Im heißen Sommer des Jahres 1967 geht Hanns-Josef Ortheil zusammen mit seinem Vater auf große Fahrt. Sie führt auf einem schwer beladenen Frachtschiff von Antwerpen durch die Meerenge von Gibraltar ins Mittelmeer und weiter bis nach Griechenland und Istanbul. Mit an Bord ist – vom Steward über den Funker bis zum Kapitän – eine ganze Gesellschaft im Kleinen. Und auch die Angst fährt im Bauch dieses Ungetüms aus Eisen und Stahl, das auf hoher See in schwere Stürme gerät, beständig mit.

Der junge Hanns-Josef Ortheil begegnet dem auf seine Weise: er beobachtet, reflektiert, schreibt. Zwischen Kommandobrücke, Frachtraum und Schiffsbibliothek beginnt seine Suche nach Fixpunkten und dem, was für ihn zählt und weiterhilft: Die Lektüre Homers? Die neusten Songs der Beatles? Das Klavierspiel? Die Arbeit an der Bordzeitung? Die Freundschaft mit einer jungen Griechin? Oder die Aussteigerfantasien eines Besatzungsmitglieds? Immer reichhaltiger und intensiver wird die abenteuerliche Reise in unbekannte Gewässer, weit über frühere Ideen und Fantasien hinaus: der große Roman einer Odyssee ins Erwachsenenleben.

Hanns-Josef Ortheil wurde 1951 in Köln geboren. Er ist Schriftsteller, Pianist und Professor für Kreatives Schreiben und Kulturjournalismus an der Universität Hildesheim. Seit vielen Jahren gehört er zu den beliebtesten und meistgelesenen deutschen Autoren der Gegenwart. Sein Werk wurde mit vielen Preisen ausgezeichnet, darunter dem Thomas-Mann-Preis, dem Nicolas-Born-Preis, dem Stefan-Andres-Preis und zuletzt dem Hannelore-Greve-Literaturpreis. Seine Romane wurden in über zwanzig Sprachen übersetzt.

Hanns-Josef Ortheil

Die Mittelmeerreise

Roman eines Heranwachsenden

btb

Sollte diese Publikation Links auf Webseiten Dritter enthalten,
so übernehmen wir für deren Inhalte keine Haftung,
da wir uns diese nicht zu eigen machen, sondern lediglich auf
deren Stand zum Zeitpunkt der Erstveröffentlichung verweisen.

Dieses Buch ist auch als E-Book erhältlich.

MIX
Papier aus verantwortungsvollen Quellen
FSC® C014496
FSC www.fsc.org

Verlagsgruppe Random House FSC® N001967

1. Auflage
Genehmigte Taschenbuchausgabe Juni 2020

Neumarkter Str. 28, 81673 München
Covergestaltung: semper smile, München
nach einem Entwurf von buxdesign | München unter
Verwendung eines Motivs von © plainpicture/Jeffries
Druck und Einband: GGP Media GmbH, Pößneck
cb · Herstellung: sc
Printed in Germany
ISBN 978-3-442-71965-5

www.btb-verlag.de
www.facebook.com/btbverlag

Like a circle in a spiral
Like a wheel within a wheel
Never ending or beginning
On an ever-spinning reel
Like a snowball down a mountain
Or a carnival balloon
Like a carousel that's turning
Running rings around the moon
Like a clock whose hands are sweeping
Past the minutes of its face
And the world is like an apple
Whirling silently in space
Like the circles that you find
In the windmills of your mind

(in remembrance of Noel Harrison, 1968)

Die Ankunft

Um 8.48 Uhr kamen Papa und ich in Antwerpen an. Wir waren die Nacht durch gefahren, von Köln über Brüssel (dort waren wir umgestiegen). Im Bahnhof von Antwerpen tranken wir zunächst einen Kaffee, wir waren sehr müde, denn wir hatten während der Nachtfahrt keine Minute geschlafen. Papa sagte, er wünsche sich Seife und eine Dusche, sein Gesicht fühle sich verspannt und verklebt an und außerdem störten ihn die Bartstoppeln. Ich betrachtete sein Gesicht genauer und konnte weder etwas Verspanntes noch Verklebtes erkennen, Bartstoppeln dagegen waren sehr viele zu sehen. Papa sah aus wie ein Mann, der sich tagelang nicht rasiert hat, denn Papas Bart wächst sehr schnell, so dass man ihn, wenn man ihn bändigen will, jeden Morgen rasieren muss.

»Ich sehe scheußlich aus, nicht wahr?« fragte er, und ich antwortete, es sei halb so schlimm, lediglich der Bart sei etwas auffällig. »Halb so schlimm ist schlimm genug«, antwortete Papa, und dann sagte er, er werde sich sofort den Bart rasieren lassen, koste es, was es wolle. Mit so einem scheußlichen Bart werde er die Stadt Antwerpen nicht betreten, und erst recht werde er sich damit nicht auf dem Schiff präsentieren. Was sollten der Kapitän und die Mannschaft an Deck von ihm denken, wenn er mit einem solchen Bart erscheine? Man werde ihn für einen Hafenarbeiter halten, der nächtelang nicht geschlafen, sondern durchgefeiert habe.

»Aber was sollte der Hafenarbeiter gefeiert haben?« fragte

ich, und Papa antwortete: »Er hat das Wochenende durchgefeiert, heute ist Montag.« – »Richtig«, sagte ich und schaute Papa wieder an, »heute ist wirklich Montag!«, und Papa lachte und tat so, als wäre ihm etwas Unerwartetes, Geniales eingefallen. Ich musste auch lachen, und dann gingen wir durch den Bahnhof und suchten nach einem Friseur, der Papa den Bart rasieren würde.

Jeder von uns hatte einen Koffer (Papa einen halbgroßen, ich einen leichten, kleineren) sowie einen Rucksack dabei. Wir hielten das nicht für viel Gepäck, und es war auch wahrhaftig kein Mordsgepäck, sondern leicht zu tragen. »Gut, dass wir kein schweres Gepäck mitgenommen haben«, sagte Papa, »wenn es nach Deiner Mutter gegangen wäre, hätte jeder von uns mindestens zwei Reisetruhen mitnehmen müssen, auf jeder Schulter eine.«

Er lachte wieder, denn er war anscheinend trotz der Müdigkeit guter Laune. Ich war nicht ganz so guter Laune, und das kam daher, dass ich zu aufgeregt für eine entspannte, gute Laune war. Ich musste an das Schiff, den Kapitän und die Mannschaft denken, die uns jetzt im Hafen erwarteten, und mir wäre es am liebsten gewesen, wir wären sofort dorthin gefahren, anstatt vorher noch Papas Bart auf Vordermann oder sogar ganz zum Verschwinden zu bringen.

Papa aber entdeckte dann wirklich einen Friseur und stürmte sofort in den Laden, »in zehn Minuten kannst Du wieder vorbeikommen«, rief er. Wir verstauten unser Gepäck in dem Friseurgeschäft, und ich drehte eine kleine Runde durch den Bahnhof, was mich aber nicht beruhigte, sondern eher noch aufgeregter machte. »Verdammt nochmal«, sagte ich mehrmals zu mir, »sei doch nicht so nervös! Es geht ja schließlich nicht um Leben und Tod!«

Den Spruch, dass »es nicht um Leben und Tod gehe«, hatte ich von Papa übernommen. Er sagte das häufig, denn er mochte es überhaupt nicht, wenn Menschen in seiner Umgebung nervös waren oder sich übermäßig aufregten. Er selbst blieb fast immer gelassen, ich kannte keinen anderen Menschen, der so gelassen blieb, und ich bewunderte das sehr, denn natürlich wäre auch ich viel lieber so gelassen gewesen, weil man als gelassener Mensch alles viel deutlicher und gründlicher erlebt. Die Nicht-Gelassenen bringen sich wegen ihrer Nicht-Gelassenheit oft um die starken Eindrücke und zappeln nur so durch die Welt, von einer Aufregung zur nächsten, während die Wirklich-Gelassenen vom Leben viel mehr mitbekommen.

Um mich zu beruhigen, setzte ich mich auf eine Bank und versuchte, die Menschen in meiner Umgebung zu beobachten. Was fiel mir an ihnen auf? Was war anders als zu Hause? Ich gab mir Mühe mit solchen Beobachtungen, aber ich bemerkte nichts wirklich Interessantes, wahrscheinlich war ich viel zu müde für das genaue, gescheite Beobachten. Blöderweise ging mir auch Papas Hafenarbeiter nicht aus dem Kopf, seine Erscheinung spukte durch mein Hirn, und mir waren vor lauter Müdigkeit fast die Augen zugefallen, weil sich der Antwerpener Hafenarbeiter dort festgesetzt und die Traumphase eingeleitet hatte.

Der Hafenarbeiter (10. Juli 1967, ohne Uhrzeit)

Henri hatte den gestrigen Sonntag und auch den Tag zuvor durchgefeiert. Fast all seinen Lohn hatte er für Bier und Schnaps ausgegeben, und außerdem hatte er sich etwas Gutes zu essen gegönnt. Sonntagnacht hatte er nicht mehr nach Hause gefunden und stattdessen im Hafengelände geschlafen. Im Hafengelände fühlte er sich wohler als in seinem wirklichen Zuhause, denn dieses wirkliche Zuhause bestand nur aus einem einzigen Zimmer am anderen Ende der Stadt. Nicht einmal einen Kühlschrank besaß er und nicht einmal einen Herd, er war ein armer Teufel, der sich unterwegs von Sachen ernährte, um die er bettelte oder die er mitgehen ließ, wenn einer der Wurstverkäufer einmal nicht aufpasste oder nicht schnell genug war. Henri tat dann so, als wollte er zahlen, ließ sich aber zunächst die Wurst geben. Hielt er sie in Händen, rannte er so schnell wie möglich davon. Kein Wurstverkäufer hatte ihm je folgen können, denn alle hatten ja bei ihrem Stand bleiben und ausharren müssen. Wäre aber einer von ihnen ihm dennoch gefolgt und nachgelaufen, hätte er ihn mühelos abgehängt, denn Henri war mit seiner Größe von 1,80 Meter und einem Gewicht von 70 Kilo ein guter Sprinter, den so schnell niemand einholen konnte …

Ich wachte wieder auf, Herrgott, ich war wirklich eingeschlafen und hatte von Papas Hafenarbeiter geträumt. So etwas passierte mir oft, ich hörte mit dem anstrengenden Beobachten der Welt auf und begann stattdessen zu träumen – und dann träumte ich manchmal von bestimmten Menschen, als wäre ich der Regisseur eines Films und als hörte ich meiner eigenen Erzählung zu, die wie ein ruhiger Monolog parallel zu den Bildern lief. Die Bilder waren immer schwarz-weiß, ohne Ausnahme, alle meine Träume waren Schwarz-Weiß-Filme, und ich verstand nicht, warum es mir nicht wenigstens einmal gelang, in Farbe zu träumen. Es war eben so, und ich konnte tun, was ich wollte, es gelang einfach nicht.

Ich stand rasch auf und ging zu dem Friseurladen zurück, Papa stand vor einem Spiegel und fuhr sich mit der rechten Hand durchs Gesicht. »Wo bleibst Du denn?« fragte er, »Du bist ja schon über eine halbe Stunde weg.« Ich starrte ihn an, denn er sah ganz anders aus, als er je ausgesehen hatte. Die Haare glänzten und lagen eng am Kopf, und er roch stark nach einem Rasierwasser, als hätte der Friseur eine halbe Flasche über das gesamte Gesicht verteilt. »Was schnüffelst Du denn so?« fragte Papa, und ich sagte, dass ich ihn kaum noch wiedererkenne, so verändert sehe er aus. »So ein Unsinn!« antwortete er, »ich sehe aus wie immer!«

Ich sagte nichts mehr zu seinem Aussehen und dem starken Duft, den er verbreitete, sondern wartete, was als nächstes geschehen würde. Papa aber wartete auch, ich vermutete, dass er auf meine Antwort wartete, ich antwortete aber nichts mehr, denn ich musste den seltsamen Eindruck, den Papa hinterließ, erst einmal verarbeiten. Hätte ich etwas gesagt, so hätte ich behauptet, er sehe aus wie ein italienischer Mafiaboss, der jeden Tag zu seinem Friseur geht und sich mit Rasierwasser und anderen Duftwässerchen überschütten lässt.

Als wir beide einige Zeit darauf gewartet hatten, was der andere noch sagen würde, sagte Papa: »Ich habe mit dem Agenten der Reederei telefoniert. Er hat mir die Nummer des Liegeplatzes gegeben, an dem unser Schiff festgemacht hat. Wir nehmen jetzt ein Taxi und fahren hin, dann sehen wir weiter.« Ich nickte kurz, dann griffen wir nach unserem Gepäck und verließen den Bahnhof.

Unterwegs sagte Papa, der Friseur habe ihn gut und rasch rasiert und ihm sogar noch die Haare gewaschen. Er habe sie geföhnt und getrocknet und mit einem Haarwasser parfümiert, und dann habe er die Haare noch gegelt und das Gesicht mit einem Rasierwasser behandelt. Niemand habe ihn darum gebeten, aber der Friseur habe nichts zu tun gehabt, und so habe er sich eine Sonderbehandlung ausgedacht. »Fast umsonst«, sagte Papa und lachte schon wieder. Als ich nicht mitlachte, drehte er sich nach mir um und fragte: »Sieht es schlimm aus?« Ich schüttelte den Kopf und antwortete: »Nein, nicht schlimm, nur anders, sehr anders.«

Da sagte Papa zunächst nichts mehr, und wir stiegen in ein Taxi, und Papa versuchte, sich mit dem Taxifahrer zu verständigen. Auf Deutsch ging es natürlich nicht, auf Französisch auch nicht, da sprach Papa Englisch, und ich hörte ihn zum ersten Mal seit vielen Jahren Englisch sprechen. (Wann hatte ich ihn das letzte Mal Englisch sprechen hören, wann genau war das gewesen? Ich überlegte krampfhaft, aber ich kam nicht darauf. Schließlich vermutete ich sogar, dass ich ihn noch nie in meinem Leben hatte Englisch sprechen hören.)

»Worüber denkst Du nach?« fragte Papa, als das Taxi losfuhr. Er saß vorne neben dem Fahrer, und ich saß hinten, mit unseren beiden Rucksäcken. Die Frage überrumpelte mich, denn ich wollte nicht sagen, dass ich über Papas Englisch nachgedacht hatte, und so antwortete ich: »Ich bin ziemlich aufgeregt. Und ich bin sehr gespannt, wie unser Schiff aussieht.« Papa lachte noch einmal, und da wusste ich, dass er auch etwas aufgeregt war und laufend lachte, um die Aufregung zu überspielen. »Du bist auch etwas aufgeregt, oder?« fragte ich, da drehte Papa sich zu mir um und sagte: »Ehrlich gesagt: Ja, bin ich.« – »Sonst bist Du niemals aufgeregt«, antwortete ich. – »Wirklich nicht?« sagte Papa, und dann drehte er sich wieder um und schaute stumm auf die Straße, so dass ich annehmen musste, er überlege gerade selbst, wie es mit seiner Aufregung im Allgemeinen und im Besonderen bestellt sei.

Wir erreichten dann die Einfahrt zum Hafengelände. Dort mussten wir uns als Passagiere des Frachtschiffes *Albireo* ausweisen, das einer Reederei in Bremen gehörte und morgen von

Antwerpen nach Istanbul auf große Fahrt gehen würde. Die Hafenkontrolleure warfen auch einen Blick in unsere Rucksäcke, während die Koffer sie seltsamerweise nicht interessierten. Dann wurden wir durchgewunken, und das Taxi schlich langsam durch das immer größere, riesige Hafengelände.

Ich hatte ein solches Gelände mit seinen Kränen, Masten, Schuppen und Speichern noch nie gesehen, es machte einen gewaltigen Eindruck auf mich. Überall wurden schwere Güter verladen, und ich erkannte auf den Decks der Schiffe und unten, an den Kais, kleine Gruppen von Hafenarbeitern, die mich sofort an Henri erinnerten. Die Frachtschiffe, die ich zu sehen bekam, waren so viel größer als die Touristendampfer in Köln, auf denen ich schon mehrmals den Rhein entlang gefahren war, dass man diese beiden Schiffstypen gar nicht miteinander vergleichen konnte. Es wäre so gewesen, als hätte man einen Riesen mit einem lächerlichen Gartenzwerg verglichen, ja, so ungefähr wäre es gewesen.

Papa drehte sich wieder nach mir um und fragte: »Na, wie findest Du es hier?« Ich schluckte und antwortete: »Das verschlägt einem die Sprache.« – »Wie bitte?!« sagte Papa da, etwas lauter und beinahe drohend. Und ich antwortete schnell: »Ich versuche später mal, es genau zu beschreiben. Ich brauche noch etwas Zeit.«

Papa hasst kaum etwas so sehr wie die Redensart, dass einem etwas »die Sprache verschlägt«. Oder »dass man keine Worte für dies und das findet«. Oder »dass sich das alles nicht in Worte fassen lässt«. Rede ich so, nennt er es »eine Bankrotterklärung«. »Bankrotterklärungen« dieser Art entstehen (wie Papa meint) nur aus Faulheit oder aus Dummheit oder aus Ignoranz und haben daher mit absolut schlechten Eigenschaften zu tun. »Alles, aber auch alles lässt sich beschreiben, und zwar von gut bis sehr gut bis zu genial«, ist einer von Papas Grundsätzen, die er mir gegenüber ungezählte Male wiederholt hat. Gelingt es einem nicht, etwas zu beschreiben, muss man es erneut (und wieder und wieder) versuchen, so lange, bis man zumindest eine halbwegs gute Beschreibung hinbekommen hat. »Diese Anstrengung ist man sich selbst und der Sprache schuldig«, sagt Papa meistens noch, was sich so anhört, als wäre *die Sprache* eine große Mutter, die man nicht im Stich lassen dürfe, sondern als deren eifriges Kind man sich beweisen müsse.

Schließlich fuhr das Taxi durch große Halden abgesägter, mächtiger Baumstämme, und der Fahrer verlangsamte das Tempo immer mehr, bis er den Liegeplatz entdeckt hatte. Er deutete auf das überdimensionale Schiff, das am Kai lag und gerade beladen wurde, und Papa und ich zogen die Köpfe ein und schauten durch die Fenster des Taxis. Als erstes erkannten wir vorne rechts am Bug den Namen des Schiffes: ALBIREO. Er stand dort wie der Name eines Königreichs, so mächtig und herrschaftlich, dass meine Aufregung überhand nahm und mein Herz stark zu klopfen begann.

Papa fragte den Fahrer nach dem Preis für die Fahrt, dann bezahlte er (umständlich und langsam), und schließlich stiegen wir aus, während der Taxifahrer unsere Koffer aus dem Kofferraum holte und sie am Kai abstellte. Wir stellten unsere Rücksäcke daneben, und der Taxifahrer winkte noch einmal und fuhr davon.

Da standen wir also. Wir standen und reckten die Hälse hoch und lasen immer wieder die königliche Fanfare: ALBIREO! Wir bewegten uns nicht, und als ich einen flüchtigen Blick auf unser Gepäck warf, kam es mir (angesichts der immensen

Größe des Schiffes) so vor, als begännen unsere Koffer und Rucksäcke langsam zu schrumpfen. Ja, wirklich, sie machten sich klein und immer kleiner und sahen schließlich so aus, als schämten sie sich, zu uns zu gehören, oder als hätte sie etwas von der kalten Furcht, die uns gerade befiel, ebenfalls befallen.

Es war der 10. Juli 1967, es war ein heißer Sommertag, der Himmel war glattblau, keine Wolken waren zu sehen – und doch wurde mir plötzlich kalt. Ich hatte eindeutig Angst vor diesem Riesen direkt vor meinen Augen, ich empfand ihn als fremd, nichts, aber auch gar nichts hatte ich mit seinem Königreich zu tun. Nicht einmal *ein* Wort kannte ich, um seine Bestandteile zu benennen, höchstens »Bug« und »Heck« kamen mir in den Sinn, doch die richtigen Wörter, die Fremd- und Fachworte, mit denen man die Glieder seines Reichs bezeichnete, die kannte ich nicht.

Würden Papa und ich dieses Monstrum betreten, würde es uns allmählich verschlingen und gar nicht erst erlauben, mit seinen Einzelteilen Kontakt aufzunehmen. Es bestand aus Eisen und Stahl, damit kannten wir uns nicht aus. Wir waren Witzfiguren, jawohl, nichts anderes waren wir. Dieses weit über menschliche Maße hinausgewachsene und unheimliche Schiff, das gerade Tonnen von Fässern und Eisenringen in seinem Schlund bunkerte, würde sich einen Spaß mit uns machen. Irgendwo würde es uns abschütteln und über Bord kippen, im Golf von Biskaya oder kurz nach Gibraltar, ich ahnte es.

»Was ist mit Dir los?« fragte Papa, »ist Dir nicht gut?« – »Nein«, antwortete ich, »mir ist schlecht.« – »Wieso denn das?« – »Wir kommen mit diesem Schiff bestimmt nicht zurecht, es ist zu groß.« – »Hast Du etwa Angst?« – »Ja.« – »Ach was«, sagte Papa, »wir haben doch keine Angst. Wir freuen uns auf das Schiff. *Albireo* ist ein schöner, klangvoller Name. Für die nächsten Wochen wird die *Albireo* unsere neue Heimat, Du wirst sehen.«

Dann deutete er auf die Gangway (wenigstens dieses Wort kannte ich schon), griff nach seinem Koffer und dem Rucksack und ging mir voraus auf die heruntergelassene Gangway zu. Ich ging langsam hinter ihm her und fixierte die Gangway, in meinen Augen hatte sie etwas Tückisches und nur scheinbar Harmloses, während sie in Wahrheit wohl der wacklige Fußpfad in ein Reich war, das uns nach seinem Betreten sofort zu seinen Gefangenen erklären würde. Der Weg über die Gangway führt in die Gefangenschaft, dachte ich wirklich, aber ich sagte nichts, sondern blieb vor der Gangway stehen.

Sie mit einem Koffer in einer Hand und einem Rucksack auf dem Rücken hinauf zu gehen, war nur schwer möglich, sie war zu schmal, und wir hatten keine Erfahrung darin, die Balance auf dieser hin und her schwankenden Höllenleiter zu halten und gleichzeitig noch unser Gepäck zu schleppen. Papa schien das auch erkannt zu haben, denn er setzte Koffer und Rucksack ab, und dann tat ich es ihm gleich: Ich setzte auch meinen Koffer und meinen Rucksack ab. Wie aber sollte es weitergehen?

»Einer von uns sollte die Gangway hinauf steigen und sich oben an Deck umschauen. Der andere wartet hier unten mit dem Gepäck«, sagte Papa. Leider hatte er nicht gesagt, wer von uns beiden die gefährliche Besteigung des Riesen in Angriff nehmen sollte, ich ahnte aber, dass er insgeheim längst an mich dachte. Ich (und damit niemand anderes als sein eigener Sohn) sollte mich auf den Weg in das Eisen- und Stahlreich machen, denn ich war der Jüngere, Leichtfüßigere, der es wie Jungsiegfried mutig mit jedem Drachen aufnimmt. »Also – was ist?« fragte Papa nach, und ich antwortete, dass ich gerne hier unten mit dem Gepäck warten würde. Für den ersten Kontakt mit der Mannschaft an Deck wäre er wohl der richtigere. »Neinnein«, antwortete Papa da unerwartet schnell, »es macht mehr Eindruck, wenn Du zuerst an Deck erscheinst. Neugierig, wissensdurstig – Du kannst es gar nicht abwarten, an Deck zu erscheinen. So sollte es sein.«

So sollte es vielleicht sein – es war aber nicht so. Ich wollte weder den Neugierigen, Wissensdurstigen noch den kämpferischen Jungsiegfried spielen. Am liebsten wäre mir gewesen, wir hätten von der *Albireo* ein paar Fotos gemacht und wären dann zurück in die wunderschöne belgische Stadt Antwerpen gefahren, um sie zu besichtigen. Danach wären wir wieder nach Köln aufgebrochen und hätten die *Albireo* ihrem Schicksal und einer mehrwöchigen, gefährlichen Mittelmeerreise überlassen.

Papa und ich standen am Fuß der Gangway und kamen nicht voran. Die beiden Koffer und Rucksäcke warteten ängstlich, kleinlaut und zusammengeschrumpft neben uns, es hätte mich nicht gewundert, wenn sie vor lauter Furcht die Kurve gekratzt und einfach geflohen wären. Nun gut, etwas musste geschehen, und es sollte nicht so sein, dass wir nicht einmal mutiger waren als unser Gepäck. Ich packte mir meinen Rucksack, lud ihn auf meinen Rücken und stieg langsam, Schritt für Schritt, die mit jedem Schritt stärker schwankende (und gegen die Schiffswand schlagende) Gangway hinauf. »Bravo!« rief Papa hinter mit her, ich empfand das aber nicht als ein Lob oder als Aufmunterung, sondern eher als zynisch. Jedenfalls handelte es sich nicht um ein astreines »Bravo«, sondern um eines, das Furcht und Angst abgetrotzt war. So hörte es sich (in meinen Ohren) an.

Oben angekommen, stieg ich an Deck und schaute mich um. Zwei Männer der Schiffsmannschaft saßen in blauer Arbeitskleidung oberhalb der weit geöffneten Ladeluken und schauten zu, wie die Ladung langsam in die dunkle Rachentiefe des Schiffsrumpfes befördert wurde. Sie saßen mit dem Rücken zu mir und bemerkten mich deshalb nicht, niemand sonst war zu sehen, das Schiff wirkte wie ein Geisterschiff, das seine Mannschaft verstoßen hatte.

Ich traute mich nicht, in die Nähe der Ladebäume zu gehen, deshalb rief ich mehrmals »Hallo!«, bis die beiden blau gekleideten Männer sich beinahe zugleich umdrehten und mich erkannten. Einer von ihnen rief mir etwas in einer Fremdsprache, von der ich kein einziges Wort verstand, zu, und ich winkte kurz und rief auf Deutsch zurück: »Mein Vater steht unten mit dem Gepäck. Wir sind die Passagiere.«

Ich glaubte nicht, dass die beiden Männer mich verstanden, das Wort »Passagiere« schienen sie aber doch verstanden zu haben, denn einer von ihnen wiederholte es laut, stand auf und kam auf mich zu. Er begrüßte mich nicht, er sagte kein Wort, sondern ging einfach an mir vorbei und stieg eine weiße, schmale Treppe hinauf. Oben verschwand er in einer offenen Tür und kam nach kaum einer halben Minute wieder zurück. »Steward kommt!« rief er mir zu und kümmerte sich nicht weiter um mich.

Ich wartete und schaute zu Papa hinab. Vom Deck aus betrachtet, erschien er so klein wie eine Maus, die den Sprung an Deck nie schaffen würde. Da hörte ich hinter mir Schritte und sah einen Mann jene weiße Treppe herunterkommen, die eben der blau gekleidete Mann hinauf- und wieder hinabgegangen war. Er begrüßte mich, gab mir die Hand, nannte seinen Namen und sagte, er sei der Steward. Ich begrüßte ihn auch, nannte ebenfalls meinen Namen und sagte, mein Vater und ich seien die beiden Passagiere, die für heute hierher bestellt worden seien.

»Hast Du kein Gepäck?« fragte der Steward, und ich erklärte ihm, dass mein Vater unten, am Fuß der Gangway, mit dem Gepäck warte. Da machte sich der Steward sofort auf den Weg die Gangway hinab und rief Papa zu, er sollte unten bleiben und nach ihm die Gangway hinauf steigen. Das Gepäck werde er, der Steward, hinauf tragen.

Ich schaute wieder herunter, auch der Steward verwandelte sich auf der Gangway langsam in eine kleine Maus, aber in eine springlebendige, unglaublich agile. Ich sah (mit einiger Bewunderung), wie geschickt sich der Steward bewegte, die Gangway schwankte überhaupt nicht, und als er sie mit den beiden Koffern wieder hinaufstieg, sah das so leicht und locker aus, als wäre er ein Tänzer und ein Liebling des schweren Riesen, der mir so fremd erschien. Papa kam (mit seinem Rucksack auf dem Buckel) schwerfällig hinter ihm her, machte aber keine einzige Pause, sondern schaffte es, das Deck in einem einzigen, langen Anlauf zu besteigen.

Endlich standen wir zu zweit oben, in der Zone der Ladebäume und Ladekräne, das war schon etwas anderes, nämlich ein kleiner Schritt in Richtung Mittelmeerreise. Papa und der Steward unterhielten sich auch sofort, als wären sie alte Bekannte, Papa bot wieder sein Lachen auf, das er so gut beherrschte, und der Steward lachte sogar dann und wann mit, als wäre er auf Papas besonderen Humor vorbereitet.

Ich selbst verfolgte die Unterhaltung aber nicht, ich stand noch an der Reling und damit etwas im Abseits. Was mir als erstes auffiel, war, dass der Steward ganz ähnlich gegelte Haare wie Papa hatte. Sie lagen in schweren, dichten Strähnen eng an, als hätte man ihn gerade aus dem Hafenbecken gezogen. Er trug eine beige, leichte Hose und ein blütenweißes Hemd, und er war viel kleiner als Papa und ich, höchstens ein Meter sechzig. Ich vermutete, dass er nicht älter als höchstens dreißig Jahre alt war, aber ich konnte mit dieser Schätzung auch sehr falsch liegen, denn sein Gesicht (und nur das Gesicht) wirkte älter, während der gesamte sonstige, sehr drahtige Körper jünger wirkte.

Um irgendetwas zu tun, öffnete ich meinen Rucksack und nahm die Kamera heraus, und dann begann ich, die Ladevorgänge an Deck zu fotografieren. Der Steward fragte mich, ob ich mit in unsere Kabine kommen wolle, da rief ich zurück, dass ich erst einige Fotos machen und später nachkommen werde. Ich fotografierte, was das Zeug hielt, und schaute manchmal mit einem Auge zur Seite, um mitzubekommen, wo der Steward und Papa verschwanden. Ich wollte sie nicht gleich begleiten, sondern mir Zeit lassen, ja, ich brauchte Zeit, mich an die Bilder an Deck (weit oben, in beträchtlicher Höhe) zu gewöhnen. Wir hatten den schlafenden Riesen bestiegen, immerhin das hatten Papa und ich jetzt geschafft.

Nachdem ich eine Menge Bilder gemacht und die Ladevorgänge an Deck dokumentiert hatte, ging ich dem Steward und Papa hinterher. Ich kletterte die weiße, schmale Treppe hinauf und ging durch die offen stehende Tür auf einen Gang, der anscheinend direkt zu unserer Kabine führte. Ich hörte, dass Papa und der Steward sich weiter unterhielten, Papa lachte anormal viel, anscheinend amüsierte ihn das, was der Steward gerade ausführlich erzählte.

Ich spürte sofort, dass Papa sich gut mit ihm verstand, ohne Umwege hatte er das Eis bereits gebrochen (wenn es denn überhaupt so etwas wie ein Eis gegeben hatte). Papa hat einen besonderen Instinkt für andere, fremde Menschen, so dass es ihm meistens leicht fällt, mit ihnen Kontakt aufzunehmen. Mit dem Steward kam er anscheinend sofort zurecht, während ich unsicher war, ob ihm das auch mit dem Kapitän so rasch und einfach gelingen würde. Mit Menschen, die sich aufspielen oder die geringste Spur von Angeberei zeigen, kann Papa nichts anfangen. Er legt sich nicht mit ihnen an, sondern ignoriert sie, doch das ist fast ebenso schlimm wie ein Streit oder sonst ein Disput, denn Angeber vertragen kaum etwas so schlecht wie das Ignoriertwerden. Ich nahm mir vor, Papa bei seinen Kontakten mit der Mannschaft an Deck genau zu beobachten, diese Kontaktanbahnungen konnten spannend werden (und das vor allem auch deshalb, weil ich oft ahnte, was in Papa während solcher Kontaktanbahnungen im Einzelnen vorging).

Von der Einrichtung und dem Aussehen der Kabine war ich sehr verblüfft. Es war so, als befände man sich nicht mehr auf dem Riesen aus Eisen und Stahl, sondern in einem geräumigen und noblen Hotelzimmer. Die Wände waren aus schimmerndem, feinem Holz, und durch die Bullaugen konnte man wie ein Adler von seinem sicheren Horst aus nach draußen schauen. Sowohl das Holz als auch die Bullaugen (und die vor allem!) flößten mir ein starkes Vertrauen ein, und ich wurde sofort ruhiger. In dieser Kabine waren wir wohl einigermaßen sicher, mochte draußen an Deck auch ein wilder Sturm nach dem andern an dem Riesenschiff zerren und reißen.

Zwei breite und bequeme Betten standen links, an der Wand, und rechts, unterhalb der Bullaugen, gab es eine Sitzgruppe mit einem großen, runden Tisch. Darauf standen zwei weiße Teller mit geschälten Apfelsinen, es roch stark nach ihrem Duft, und der Duft der Apfelsinen konkurrierte mit dem Duft von Papas Rasierwasser. Es gab jedoch noch einen dritten Duft, den anscheinend der Steward verströmte, ich konnte ihn jedoch noch nicht exakt orten oder benennen, sondern bemerkte vorerst nur, dass es auch so etwas wie einen Steward-Duft gab.

Jetzt, als wir zu dritt dicht nebeneinander in der Kabine standen, erschien mir der Steward (als wäre er ein Teil der Kabinenmöblierung) als ein erster Vertrauter, er war doch jünger als dreißig, und er hieß, wie er uns mitteilte: Denis. Denis war vierundzwanzig Jahre alt und kam vom Land, aus der Nähe von Bremen. Seit fünf Jahren fuhr er zur See, und er kannte, wie er sagte, »nichts Schöneres«.

Er lächelte einige Male etwas verlegen, vielleicht wusste er noch nicht, wie genau er mit Papa und mir umgehen sollte. Ich fand ihn aber sehr freundlich und umgänglich, und ich vermutete, dass ich mich während der langen Fahrt gut mit ihm verstehen würde. Er sagte, dass der Kapitän einige Tage Urlaub genommen habe und am morgigen Vormittag zurückkommen werde. Dann machte er einige Schritte rückwärts, auf die Kabinentür zu, und zog sich langsam zurück. Er werde uns nun allein und in Ruhe lassen, sagte er noch, um uns zuletzt noch daran zu erinnern, dass er genau um 12 Uhr das Mittagessen servieren werde. »Wo servieren Sie denn das Mittagessen?« wagte ich zu fragen. »Im Salon«, antwortete Denis, »den habe ich Deinem Vater schon gezeigt.« Er lächelte noch einmal verlegen, dann verschwand er endgültig.

Sofort machte Papa sich daran, seinen Koffer auszupacken. Er legte ihn auf sein Bett (direkt an der Wand), und ich tat es ihm gleich und legte auch meinen Koffer auf mein zukünftiges Bett (von Papas Bett durch einen schmalen Gang getrennt).

Die Apfelsinen dufteten immer stärker, und ich fragte, ob der Steward sie eigens für uns geschält habe. Papa entgegnete: »Ja, zu unserem Empfang. Denis ist ein feiner Kerl, mit dem kommen wir gut zurecht.«

In diesem Moment hatte ich überhaupt keine Zweifel, dass wir zumindest mit Denis gut zurechtkommen würden, ja, das würde bestimmt klappen. Einen ersten Verbündeten haben wir also schon gewonnen, dachte ich und grübelte, gegen wen wir uns eigentlich gerade mit dem Steward verbündet hatten. Gegen den Riesen und seine Willkür, dachte ich noch, doch dann hörte ich sofort mit dem Grübeln auf und hörte Papa zu, der mir erzählte, wovon ihm nun wiederum der Steward gerade erzählt hatte: Von Ehepaaren und von notorischen Einzelgängern. Einen Vater mit seinem Sohn habe es als Passagiere noch nie gegeben, wir seien die ersten, sagte Papa, und dann lachte er wieder, als wären wir Komödianten oder Clowns, die dazu bestimmt waren, die anderen Männer an Bord auf möglichst komische oder lustige Weise zu unterhalten.

Als ich meinen Koffer ausgepackt und den Inhalt in Schränken und Fächern (die ebenfalls aus leuchtendem Holz gemacht waren) verstaut hatte, setzte ich mich auf einen Sessel der Sitzgruppe. Papa hatte mir zuvor noch das ebenfalls noble Bad mit dem glitzernden Waschbecken und der Dusche gezeigt, auch im Bad gab es Bullaugen, die sogar noch beruhigender wirkten als die im Kabinenraum. Er hatte sich entschlossen, gleich einmal zu duschen, und so saß ich allein und in Ruhe auf einem (extrem nobel) samtbezogenen Sessel. Sofort meldete sich aber erneut die Müdigkeit, und ich geriet wieder ins Träumen.

Der Steward (10. Juli 1967, ohne Uhrzeit)

Denis, der Steward, hatte seit dem frühen Morgen schon einige Zeit auf die neuen Passagiere gewartet. Er wusste, dass ein Vater mit seinem Sohn kommen würde, eine seltene Kombination, denn sonst gingen meist Ehepaare oder notorische Einzelgänger mit auf Reisen. Die Ehepaare taten so, als wäre die Fahrt mit einem Frachtschiff der Reise mit einem Luxusdampfer gleichzusetzen. Sie pochten die ganze Fahrt auf extremen Genuss, auf ausgedehntes Frühstücken, Liegen auf dem Sonnendeck, ein Mittagessen mit mehreren Gängen ... Die notorischen Einzelgänger dagegen waren oft Kenner, die Daten unzähliger Frachtschiffe im Kopf hatten. Täglich kommentierten sie die Fahrt, warnten vor diesen oder jenen Gefahren und bereiteten dem Kapitän nichts als Ärger. Jeder Kapitän hasste die notorischen Einzelgänger und versuchte, die notorischen Ehepaare, so gut es ging, zu übersehen. Ein Vater mit Sohn dagegen war noch nie mit auf Reisen gegangen. Denis, der Steward, hatte sich Gedanken darüber gemacht, was auf ihn zukommen würde. Er war für das Wohl der Passagiere zuständig, das war eine seiner wichtigsten Aufgaben. Wenn sie das Schiff nach der Reise verließen, schrieben sie ihre Eindrücke auf und schickten sie an die Reederei. Von dort bekam Denis später zu hören, wie es den Passagieren gefallen hatte. Meist versuchte er, sich in ihre Marotten hineinzudenken, doch mit der Kombination Vater und Sohn kannte er sich nicht aus. Er hatte überlegt, wie er den beiden direkt nach ihrer Ankunft eine Freude machen konnte, aber ihm war nichts Rechtes eingefallen. Und so hatte er begonnen, ein Kilo Apfelsinen zu schälen. Zwei Teller mit geschälten und filetierten Apfelsinen hatte er vorbereitet, als eine erste Kostprobe zum Empfang.

Als ich wieder zu mir kam, verließ Papa gerade das Bad. Seine Haare waren nicht mehr gegelt, sondern anscheinend mit einem Handtuch getrocknet worden. Sie standen ein wenig ab, als hätten sie das Gel erfolgreich abgeschüttelt und beschlossen, sofort wieder aufzublühen. Ich begann, meinen Rucksack auszupacken, und richtete mir einen kleinen Tisch, der etwas seitwärts stand, als Schreibtisch ein.

»Denis sagte, dass viele Passagiere sich während der Fahrt langweilen. Die meisten unterschätzen anscheinend, dass während der Fahrt auf dem Meer kaum mal etwas Neues zu sehen ist. Einige sollen sogar durchgedreht sein, sie haben die Langeweile nicht mehr ertragen.« – »Das kann uns nicht passieren«, sagte ich. – »Nein«, antwortete Papa, »wir könnten monatelang unterwegs sein und fänden doch immer noch neuen Stoff, über den wir reden und schreiben würden.« – »Monatelang? Wäre das nicht etwas lang?« fragte ich. – »Na hör mal«, antwortete Papa, und ich merkte, dass Papa wahrscheinlich sogar davon überzeugt war, wir könnten uns jahrelang (ohne einmal an Land zu gehen) gut unterhalten.

Als wir kurze Zeit später den Salon zum Mittagessen betraten, sah ich, was Papa in diesem Glauben bestärkt hatte. Eine ganze Wand des Salons war nämlich als Bibliothek eingerichtet. Hunderte Bücher standen dort, gut geordnet, in Reih und Glied, neue und alte, und es gab sogar kleine Schilder, auf denen die Themen der einzelnen Büchergruppen notiert waren. »Mittelmeer, geographisch und historisch« konnte ich lesen, »Antike Mythologie«, »Athen« – alles war handschriftlich mit blauer Tinte geschrieben. »Bis wir das alles gelesen haben«, sagte Papa, »haben wir die Erde einige Male umrundet.«

Um Himmels willen, dachte ich, ich will die Erde auf keinen Fall einige Male auf diesem Schiff umrunden, ich werde im Stillen jubeln, wenn wir das griechische Festland erreichen. Andererseits war ich aber nicht nur erstaunt, sondern auch froh, dass es eine solche Bibliothek gab. »Ein früherer Passagier, der die Route Antwerpen-Istanbul gut kennt, soll die meisten dieser Bücher gestiftet haben«, sagte Papa, »die anderen hat die Reederei auf seine Empfehlungen hin gekauft. Was Bücher betrifft, sind wir perfekt ausgestattet.«

Vor unserer Abfahrt hatte auch ich eine kleine Liste mit Büchern für die Lektüre während der Reise angelegt. Wegen ihres beträchtlichen Gewichts hatten wir aber nur eine kleine Zahl mitgenommen, Fach- und Sachliteratur für Papa, Erzählliteratur für mich. Als ich die große Bibliothek sah, wuchs mein Vertrauen in ein Gelingen der Reise noch einmal erheblich.

Wenn die wilden Stürme loslegten oder wenn das Riesenschiff seinen Zorn an uns ausließ, würde ich mich mit einem Haufen Bücher in den Salon oder in unsere Kabine zurückziehen. Ich würde lesen, lesen und nochmal lesen – und so tun, als gingen mich die Stürme und die Macken des Schiffes nichts an. Die kalte Schulter würde ich meiner näheren Umgebung zeigen und mich stattdessen in die fernen Welten der Bücher vertiefen.

»Einige Bücher könnten wir zumindest teilweise zusammen lesen«, schlug ich vor. – »Wie soll das gehen?« fragte Papa. – »Ich könnte Dir aus ihnen vorlesen, und wir könnten uns später darüber unterhalten.« – »Und welche schlägst Du vor?« fragte Papa (und ich spürte, dass er skeptisch war). – »Die *Odyssee* zum Beispiel«, sagte ich, »die könnte ich in Altgriechisch und in deutscher Übersetzung vorlesen.« – »Die *Odyssee* ...«, murmelte Papa, »... Homer ...«. Er sagte das so nachdenklich, als stiegen diese Namen aus dem hintersten Dunkelbereich seines Kopfes erst allmählich wieder ans Tageslicht. Als wären sie verschollen gewesen, und als hätte ich sie (durch lautes Aussprechen) wieder hervorgelockt. »Einverstanden?« fragte ich nach, und Papa antwortete so, wie ich es nie erwartet hätte. Er sagte nämlich »mal sehen«, und genau das überraschte mich wirklich, weil Papa die Wendung »mal sehen« ausgesprochen hasst.

»*Mal sehen* gibt es nicht«, hat er viele Male gesagt, »*mal sehen* ist etwas für die ganz lauen Naturen. *Entweder-oder*, das gibt es, das ist vernünftig und klar und wohlüberlegt, *mal sehen* dagegen ist etwas für diejenigen, die ein Leben auf dem Abstellgleis führen. Warten, warten und nochmal warten, bis der Zug endgültig vorbeigebraust ist. Hauptsache: *Mal sehen*!«

Mir ging diese seltsame Wende in Papas Wertschätzungen noch durch den Kopf, als der Steward bereits zu servieren begann. Er hatte längst für zwei Personen gedeckt, und als er Suppe und Mineralwasser brachte, sagte er, dass wir in den kommenden Tagen jeweils im Beisein des Kapitäns, des Ersten Offiziers und des Ingenieurs essen würden. »Anders als heute also«, sagte er, »in kleiner Runde.« »Sehr schön!« antwortete Papa und begann, die Suppe (eine Rindfleischbrühe mit viel Gemüse) zu löffeln. – »Das freut Dich doch sicher auch, dass wir bald in kleiner Runde essen?« fragte er leise, als der Steward nach draußen verschwunden war. – »Mal sehen«, antwortete ich.

Papa stockte kurz und ließ den Löffel über der Brühe schweben, dann tauchte er ihn wieder ein und sagte: »Nicht *mal sehen*, sondern: *entweder-oder*. Entweder es freut Dich, oder es freut Dich eben nicht.« – »Vorerst freut es mich nicht«, antwortete ich. – »Und warum nicht?« – »Weil ich es anstrengend finde, jede Mahlzeit zusammen mit Erwachsenen einzunehmen. Die unterhalten sich nur über Themen, die mich nicht interessieren, und ich muss dumm rumsitzen und zuhören.« – »Das musst Du auf keinen Fall«, sagte Papa, »ich verstehe genau, was Du meinst. Lass mich bloß machen, wir werden eine Lösung finden.«

Nach der Rindfleischbrühe gab es Jägerschnitzel mit Pilzen und Kartoffeln und danach zum Nachtisch einen Apfelsinenpudding. »Heute ist wohl Apfelsinentag«, sagte Papa zu dem Steward (und lachte). Das fand Denis aber anscheinend gar nicht so lustig, sondern verstand es als leise Kritik. »Wenn Sie Apfelsinen nicht mögen, sagen Sie es nur. Wir kochen gezielt für die Gäste.« – »Wir lieben Apfelsinen«, sagte Papa, »wir essen normalerweise selbst jeden Tag welche.« Auch das schien dem Steward aber nicht so recht zu gefallen, denn er antwortete: »Dann sollten wir vielleicht bald einmal für Abwechslung sorgen.«

Wir aßen alles auf, was serviert worden war, und dann gingen wir in unsere Kabine zurück. Papa hatte eine *Beschreibung Griechenlands* (angeblich bereits aus dem klassischen Altertum) in der Bibliothek entdeckt, und ich hatte wahrhaftig gleich mehrere Übersetzungen der *Odyssee* gefunden. Mit diesen Büchern legten wir uns schlafen, das heißt: Jeder von uns zog Hose und Hemd aus und legte sich (nur noch mit einer Unterhose bekleidet) aufs Bett.

Ich bemerkte, dass Papa sein Buch aufschlug und darin zu blättern begann. »Diese *Beschreibung Griechenlands* ist von Pausanias«, sagte er laut – und machte sofort weiter: »Sie ist wohl in der zweiten Hälfte des zweiten Jahrhunderts nach Christus entstanden … – hier steht, sie sei für jeden Altertumsfreund eines der wichtigsten Werke der antiken Literatur!« – »Habe ich noch nie von gehört«, sagte ich. – »Ich auch nicht«, antwortete Papa, »aber wir sind ja auch keine *Altertumsfreunde*, oder?« – »Momentan noch nicht«, sagte ich.

Papa blätterte weiter, und dann erklärte er, dass die *Beschreibung Griechenlands* mit einer Beschreibung von Piräus beginne. »In wenigen Tagen sind wir dort«, sagte er, »dann lese ich Dir vor, wie Pausanias Piräus beschrieben hat.«

Ich wollte auch etwas zu diesem Thema beisteuern, deshalb schlug ich eine alte Homer-Übersetzung auf. Es war genau jene Übersetzung, die wir im Altgriechisch-Unterricht neben anderen, neueren Übersetzungen gerade lasen. Sie war (ich wusste es ganz genau!) von Johann Heinrich Voß, und ich kannte den Anfang der *Odyssee* (in dieser alten Übersetzung) sogar auswendig.

Ich schlug aber dennoch die erste Seite auf und tat, als läse ich vor: *Sage mir, Muse, die Taten des vielgewanderten Mannes, / Welcher so weit geirrt nach der heiligen Troja Zerstörung* ... – Ich ließ das Buch sinken, ich war plötzlich gerührt (wieso eigentlich?) – jedenfalls begann ich noch einmal von vorn, indem ich jetzt auswendig zitierte: *Sage mir, Muse, die Taten des vielgewanderten Mannes, / Welcher so weit geirrt nach der heiligen Troja Zerstörung, / Vieler Menschen Städte gesehn und Sitte gelernt hat / Und auf dem Meere so viel unnennbare Leiden erduldet, / Seine Seele zu retten und seiner Freunde Zurückkunft* ...

Papa reckte sich auf und schaute zu mir herüber: »Du kennst das auswendig?« – »Ja«, antwortete ich. – »Respekt!«, sagte er, aber ich merkte, dass ihn noch etwas anderes beschäftigte. »Dieser Anfang der *Odyssee* ist großartig«, sagte ich, aber Papa hakte nach: »Heißt es wirklich *vielgewandert*? Wieso denn *vielgewandert*? Odysseus ist doch keinen Meter zu Fuß gegangen, sondern war mit dem Schiff unterwegs. Oder?« – Ich überlegte kurz, natürlich, Papa hatte recht, ich hatte über das *vielgewandert* bisher noch nicht nachgedacht. – »Und wie ist das mit der

Seele gemeint?« fragte Papa weiter, »an welche Seele haben die alten Griechen geglaubt?«

Herrgott, ich wusste so etwas auch nicht, aber das war mir im Moment sehr egal. Auf mich hatte der Anfang der *Odyssee* immer großen Eindruck gemacht, und zwar deshalb, weil von einer Muse (wie von einer Göttin) die Rede war und Homer sie so eindringlich beschwor, ihm beim Dichten beizustehen. Ohne Muse gab es anscheinend kein Dichten! Und danach hatte Homer die ganze dann folgende (lange) Geschichte kurz zusammengefasst, und zwar, wie ich fand, auf ergreifende Weise.

»Tut mir leid«, sagte ich (etwas gereizt), »aber ich habe keine Lust, an diesem Anfang der *Odyssee* herumzumäkeln, ich finde ihn nämlich ergreifend und feierlich. Ganz knapp wird die ganze Geschichte zusammengefasst: Ein alter Mann findet nach einem großen Krieg nicht mehr heim, erfährt unnennbare Leiden und sehnt sich nach nichts mehr als nach der Heimkehr. Welche Seele er dabei retten wollte, interessiert mich jetzt gerade mal nicht.«

»Stimmt«, antwortete Papa, »der Anfang ist ergreifend, das gebe ich zu. Und über die Seele des Odysseus können wir ja bald mehr in Erfahrung bringen, bei dieser großen Bibliothek!«

Danach waren wir beide still und lasen noch einige Minuten in unseren Büchern. Ich überlegte, warum mich der Anfang der *Odyssee* derart gerührt hatte, kam aber (wegen der starken Müdigkeit) so schnell zu keinem Ergebnis. Als ich sah, dass Papa sein Buch sinken gelassen hatte, legte ich die *Odyssee* in der alten Übersetzung von Johann Heinrich Voß beiseite. Dann schlief ich ein.

Einige Stunden später wurden wir durch das Klopfen des Stewards an unsere Kabinentür geweckt. »Es gibt Kaffee, Tee und Kuchen«, rief Denis. Ich schaute auf die Uhr, es war früher Nachmittag. Papa setzte sich auf und sagte, dass er sehr gut, nein, sogar »ausgezeichnet« (als müsste er sogar noch das Schlafen mit Noten bewerten) geschlafen habe. Es stimmte aber, ich hatte auch »ausgezeichnet« geschlafen, tief und (zum Glück) ohne zu träumen.

Wir zogen uns rasch an, und ich sah, dass Papa die Kleidung wechselte. Als wir wieder in den Salon gingen, trug er eine helle Hose und ein weißes Hemd. »Du siehst aus wie ein Kapitän«, sagte ich. – »Wieso denn das?« fragte Papa. – »Genauso stelle ich mir einen Kapitän vor«, sagte ich, »mit heller Hose und weißem Hemd mit langen Ärmeln, es fehlt nur noch die Schiebermütze und natürlich das Fernglas.« – »Der Kapitän läuft mit Schiebermütze und Fernglas herum?« lachte Papa. – »Immer!« sagte ich, »Tag und Nacht!« – »In Ordnung«, sagte Papa, »das kann ich bieten.«

Ich wusste, dass Papa ein Fernglas mitgenommen hatte, eine Schiebermütze hatte er aber noch nie getragen. »Ich bin gespannt«, sagte ich.

Wir setzten uns wieder an den ovalen, langen Esstisch im Salon, und Denis kam herein und servierte Kaffee, Tee und ein kleines Sortiment Kuchen. »Obstkuchen«, sagte er, »garantiert ohne Apfelsinen!« – »Gibt es jeden Tag so viele Mahlzeiten?« fragte Papa. – »Frühstück, Mittagessen, nachmittags Kaffee und Kuchen, Abendessen. Wenn Sie es wünschen, können Sie sogar noch ein zweites Frühstück bekommen.« – »Nein danke«, sagte Papa, »das ist wirklich nicht nötig. Wer soll denn das alles essen?« – »Es gibt Passagiere, die verlegen sich während der Fahrt auf das Essen und bestellen rauf und runter, was zu bekommen ist. Manche verlassen das Schiff nicht einmal, wenn wir irgendwo anlegen. Weil sie keine Mahlzeit verpassen wollen.« – »Aber das ist doch idiotisch«, sagte Papa. – »Ist es«, antwortete Denis, »ich kann stundenlang von idiotischen Spleens der Passagiere erzählen, Sie würden sich wundern. Es ist nicht zu fassen, was manchen so alles eingefallen ist.« – »Das interessiert mich«, sagte Papa, »davon müssen Sie unbedingt mehr erzählen.« – »Mach ich«, sagte Denis.

Als er verschwunden war, fragte Papa mich (leise): »Die Geschichten von den idiotischen Passagieren interessieren Dich doch auch, oder?« – »Geht so«, sagte ich. – »Du könntest einige in Deinen Reisebericht aufnehmen«, fuhr er fort. – »Es wird kein Reisebericht und auch kein Reisetagebuch, es wird eine Reiseerzählung«, sagte ich. – »Und worin besteht der Unterschied?« – »Ein Reisebericht enthält alle wichtigen trockenen Fakten, ganz unbedingt. Ein Reisetagebuch enthält vor allem die Empfindungen und Gefühle, die eine Reise auslöst und hinterlässt. Die Reiseerzählung schließlich enthält einige Fakten, aber keineswegs alle, und einige Empfindungen und Gefühle, aber auch keineswegs alle. Sie ist vor allem eine Geschichte mit vielen Figuren, fast wie ein Roman.« – »Mit welchen Figuren?« fragte Papa. – »Mit dem Steward, dem Kapitän, dem Ingenieur – mit Dir und mir … – das sind einige der Figuren.« – »Ich bin eine Figur?« fragte Papa. – »In der Reiseerzählung schon«, antwortete ich. – »Und im Reisebericht?« – »Da bist Du keine Figur, sondern Du selbst, Herr Ortheil aus Köln.« – »Und im Reisetagebuch?« – »Da bist Du Papa, mein Vater.« – »Das mit der Figur verstehe ich nicht«, sagte Papa. – »In der Reiseerzählung kann ich Dich in eine Figur verwandeln: In einen Reisenden, der zugleich Passagier ist sowie Papa oder Vater sowie noch vieles andere, das ich mir ausdenke.« – »Aha«, antwortete Papa, »jetzt kapiere ich es. Du denkst Dir was aus, Du berichtest also nicht faktentreu.« – »Wenn die Fakten interessant genug für meine Erzählung sind, nehme ich sie in die Erzählung auf, sonst aber nicht«, sagte ich. – »Ich verstehe«, sagte Papa, »ich hoffe nur, Deine Reiseerzählung ist nicht *zu* frei erfunden. Nicht dass wir uns auf einer Fahrt in die Arktis befinden und mit dem Fernglas Eisbären beobachten. Etwas in der Art fände ich nämlich nicht gut.« – »Keine Sorge«, antwortete ich, »sich etwas auszudenken und es mit den Fakten zu verbinden, bedeutet ja nicht: zu spinnen. Spinnen werde ich nicht, bestimmt nicht.« – »Gut«, sagte Papa, »ich werde auf jeden Fall zur Sicherheit auch ein paar Notizen machen – trockene Fakten, ausschließlich, also wohl: Reisebericht.« – »Das kann ja nicht schaden«, antwortete ich. – »Nein«, sagte Papa, »kann es nicht. Nur zur Sicherheit, ich will Dir nicht in die Quere kommen.« – »Du kommst mir bestimmt nicht in die Quere«, sagte ich, »im Gegenteil!« – »Na gut, dann hätten wir das geklärt. Prima! Und rechtzeitig, noch vor der Abfahrt. Wirklich prima!« – »Du notierst zur Sicherheit die trockenen Fakten«, sagte ich abschließend, »und ich notiere zur Sicherheit auch noch etwas Reisetagebuch. Damit die Empfindungen und Gefühle nicht zu kurz kommen. Und wenn wir zurück in Köln sind, schreibe ich die lange Reiseerzählung.« – »Gut«, sagte Papa, »das wäre ideal – und wir wären mit dem Notieren und Schreiben komplett!«

Wir aßen jeder ein Stück Obstkuchen, Papa trank Kaffee, ich Tee, dann überlegten wir, ob wir noch einmal an Land gehen sollten. Denis sagte, dass unsere Abfahrt auf morgen Abend festgelegt sei. Morgen, am späten Abend, würden wir »die Anker lichten«. »Dann können wir vorher noch an Land gehen und uns Antwerpen anschauen«, sagte Papa. – »Mal sehen!«

antwortete ich. – »Wir bleiben auf dem Schiff – oder wir machen einen Landgang, entweder – oder«, sagte Papa. – »Ich bleibe heute lieber auf dem Schiff, wir sind ja erst gerade angekommen«, sagte ich. – »Was hast Du denn vor?« fragte Papa. – »Ich schaue mir die Bibliothek etwas genauer an«, antwortete ich, »ich stöbere ein bisschen herum.« – »Mach das«, sagte Papa, »und ich treibe mich mal etwas auf Deck herum, um ein paar trockene Fakten zu sammeln.«

Ich ging kurz in unsere Kabine und holte einen Stift und einen Notizblock. Dann kam ich zurück in den Salon und ging die bunten Reihen der Bibliothek, oben links, anfangend, Titel für Titel durch. Ich überlegte, welche ich in eine Leseliste aufnehmen sollte, das war nicht leicht, schließlich sagten mir die meisten Titel und die Namen der Autoren nichts. Während ich noch nachdachte, kam Denis ebenfalls in den Salon. »Was machst Du?« fragte er. – »Ich suche einige Bücher aus, die mein Vater und ich vielleicht lesen werden.« – »Es gibt eine Liste sämtlicher Titel«, antwortete Denis, »willst Du die haben?« – »Prima«, sagte ich, »das wäre eine große Hilfe.«

Denis verschwand kurz und kam dann mit einem Leitz-Ordner wieder. Er klappte den oberen Deckel zur Seite und zeigte mir, wie die Listen mit all ihren Titeln auf vielen Seiten gegliedert waren: »Einmal nach Themen- und Sachgebieten. Dann nach Titeln, alphabetisch. Und schließlich nach Autorennamen, wieder alphabetisch.« – »Da war ein Profi am Werk«, sagte ich. – »Ja, ich kenne ihn sogar persönlich«, sagte Denis, »er gliederte alles nach Listen, er hatte sogar eine Liste der Siebensachen dabei, die er in seinem Reisegepäck hatte. Danach führte er weitere Listen: Was es zu essen gab, welche Mitbringsel er an Land kaufte und so weiter, er war ein Listenfanatiker.« – »Erzähl davon bloß nicht meinem Vater«, antwortete ich. – »Warum nicht?« fragte Denis. – »Mein Vater ist ein Faktensammler«, sagte ich, »er könnte auf die Idee kommen, ebenfalls Listen anzulegen. Listen aller Art, mit lauter trockenen Fakten.«

Denis reagierte nicht. Ich hatte erwartet, dass er lachen oder wenigstens lächeln oder zumindest grinsen würde, aber er blickte ernst auf die Listen der Bibliothek. »Du verstehst Dich gut mit Deinem Alten, oder?« – Ich war von der unerwarteten Frage etwas überrascht. Wieso fragte er mich so etwas? Und erwartete er wirklich, dass ich einem Menschen, den ich gerade erst kennen gelernt hatte, länger darauf antwortete? – »Ja«, sagte ich, »wir verstehen uns ziemlich gut.« – »Ich glaube, sogar sehr gut«, antwortete Denis. – »Na und?« antwortete ich, »ist doch okay, wenn wir uns gut verstehen.« – »Weiß nicht«, sagte Denis, »ich kenne wenige Jungs in Deinem Alter, die sich mit ihrem Alten gut verstehen. Viele finden ihren Alten zum Kotzen. Ich zum Beispiel. In Deinem Alter fand ich meinen Alten zum Kotzen.« – »Und warum?« – »Warum?! Das war einfach klar, da musste ich nicht mal drüber nachdenken. Ich fand meinen Alten daneben, alles an ihm fand ich daneben: Seine Zigaretten, seine Musik, selbst sein Auto fand ich daneben. Ich wäre nie mit ihm auf Reisen gegangen.« – »Schade«, antwortete ich. – »Ach was, überhaupt nicht schade. Ich bin allein gereist, schon mit Vierzehn, es hat mich nicht interessiert, was mein Vater macht.« – »Welchen Beruf hatte Dein Vater denn?« – »Er hat den Bauern auf dem Land Maschinen für die Feldarbeit angedreht. Er wollte die armen Teufel profitabel von der alten Handarbeit befreien. So hat er sich jedenfalls ausgedrückt. Er war ein Schummler und Schwätzer.«

Denis steigerte sich in einen kleinen Rausch und wollte gar nicht mehr aufhören, seinen Vater in ein schlechtes Licht zu setzen. Es war peinlich, dass er plötzlich so loslegte. Fragte er sich keinen Moment, warum? Mich ging sein Vaterdrama nichts an, nein, ich konnte dazu nichts sagen, schließlich hatte ich seinen Vater nicht einmal gesehen. »Was macht Dein Vater heute?« fragte ich, um die Geschichte zu beenden. – »Er ist vergreist«, antwortete Denis, »ach was, reden wir nicht weiter darüber. Ich sehe ihn nicht mehr, ich will ihn nie mehr sehen.« – »Nie mehr?« – »Nie mehr.« – »Und Deine Mutter? Die auch nicht?« – »Ich rede nicht über meine Mutter, ist das klar?« – »Natürlich, entschuldige. Ich wollte nicht aufdringlich sein.« – »Ist schon klar. Du bist nicht aufdringlich.«

Ich sah, dass ihn seine Vater-Mutter-Geschichten beschäftigten. Sein Gesicht war leicht gerötet, und er war unverkennbar nervös. Noch vor wenigen Minuten hatte ich ihn für einen zurückhaltenden, halbwegs zufriedenen Menschen gehalten, jetzt aber wusste ich, dass diese Einschätzung falsch war. Reichlich verlegen blätterte ich in den Listen. »Okay«, sagte Denis, »ich lasse Dich jetzt mal mit dem Kram allein. Wenn Du Fragen hast, dann frag mich. Ich habe viele dieser Bücher gelesen oder zumindest mal reingeschaut, und ich habe eindeutige Favoriten.« – »Hast Du einen Topfavoriten?« fragte ich. – »Eindeutig«, antwortete Denis, »Henry Millers Griechenlandbuch. Das ist das Beste, was über Griechenland geschrieben wurde. Alles andere kannst Du vergessen, es ist fast immer dick aufgetragener Bildungskitsch.«

Er nahm ein Buch aus den gefüllten Reihen und zeigte es mir. Es hieß *Der Koloss von Maroussi* und war von Henry Miller. Ich hatte den Namen dieses amerikanischen Schriftstellers schon oft gehört, und ich wusste, dass er Romane mit so seltsamen Titeln wie *Sexus* oder *Plexus* oder *Nexus* geschrieben hatte. Zwei Jungs aus meiner Klasse hatten sie sogar gelesen und »fantastisch« gefunden, ich selbst hatte aber noch nicht angebissen, die Henry-Miller-Orgien standen mir noch bevor. Ich bedankte mich bei Denis für seinen Tip, dann nahm ich die vielen Blätter aus dem Ordner und begann, die Bücherreihen mit ihrer Hilfe langsam zu durchwandern. Denis beobachtete mich aus der Distanz (als machte er sich gerade so seine Gedanken, ich hätte gern gewusst, welche).

»Ich geh dann mal«, sagte er, »ach, noch was: Was trinkst Du denn so?« – »Nichts Besonderes.« – »Whisky? Gin?« – »Nee, trinke ich nicht.« – »Du trinkst überhaupt keinen Alkohol?« – »Höchstens mal ein Glas Kölsch.« – »Ein Kölsch!! Dass ich nicht lache! Ich habe für die Mannschaft feinsten Whisky gebunkert, heimlich natürlich. Der Kapitän hat Whisky an Bord verboten. Das ist den Jungs und mir aber egal. Wir trinken sowieso, was wir wollen. Der Whisky reicht bis Griechenland, da kaufen wir andere, feine Sachen! Du bist eingeladen, Sohnemann!«

Er machte sich lachend aus dem Staub, mir gefiel dieses Lachen nicht. Wenn er (wie gerade eben) mit mir sprach, verwandelte er sich in einen höhnischen und angeberischen Menschen, während er davor den netten, hilfsbereiten und sympathischen Steward gespielt hatte. Ich ahnte, dass er mich nicht nur für seltsam, sondern wahrscheinlich auch für bemitleidenswert hielt. Ein Junge in meinem Alter, der keinen Whisky trank, Henry Millers Romane nicht gelesen hatte und noch mit seinem Vater verreiste – so jemanden verachtete er.

Ich machte mir nichts daraus, sollte er doch von mir halten, was er wollte! Statt länger über ihn nachzudenken, vertiefte ich mich in die Bücher. Mit Hilfe der sorgfältig angelegten Listen verging die Zeit rasch. Ich schrieb einige Titel auf, die ich interessant fand, und ich las mich hier und da sogar fest.

Auch für Papa legte ich eine Liste an, ich wusste ja (zumindest ein wenig), mit welchen Themen er sich gerne länger beschäftigen würde. Dann stellte ich den Ordner mit den Listen in ein Regal und ging in unsere Kabine zurück. Papa war nicht da, er war anscheinend wirklich auf Deck unterwegs. Das Blättern und Lesen hatte mich auf viele Gedanken gebracht, am liebsten hätte ich sie aufgeschrieben. Ich ging aber zunächst nach draußen, um zu hören, was Papa in Erfahrung gebracht hatte.

Ich entdeckte ihn zuerst nicht, sondern erkannte nur die beiden älteren Männer, die sich noch immer um das Verladen der Fracht kümmerten. Auf Deck war weiter sonst niemand zu sehen, ich wollte schon wieder in die Kabine zurückgehen, als ich Papa oben auf der Höhe der Brücke stehen sah. Er hatte anscheinend darauf gewartet, dass ich mich umdrehte, denn er winkte mir sofort zu, und das so gespielt, als wäre er der Kapitän. Er trug noch immer seine helle Nachmittagskleidung und dazu eine weiße Schiebermütze sowie eine Sonnenbrille, und er stützte sich mit beiden Händen auf die Reling, als wollte er den Schiffsriesen fest zu packen bekommen.

Ich sah, dass er mir ein Zeichen gab, zu ihm hinaufzukommen, es war sonderbar, denn ich kam mir vor wie ein Jungmatrose, der vom Kapitän hinauf auf die Brücke gerufen wurde, um etwas für ihn zu erledigen. »Jetzt siehst Du wirklich aus wie der Kapitän«, sagte ich, als ich oben neben ihm stand.

»Also«, begann Papa, »ich habe die *Albireo* inzwischen vermessen. Die Länge zwischen den Loten beträgt circa einhundert Meter, die Breite auf Spanten circa fünfzehn Meter. Die Seitenhöhe des ersten Decks ist fast neun Meter und die des zweiten etwas über sechs. 3280 PS, 5000 Tonnen Ladekapazität, fünftausend!«

Ich wusste sofort, dass ich diese Zahlen schon wenig später wieder vergessen, dass Papa sie aber bis an sein Lebensende im Kopf behalten würde. »Wie hast Du die *Albireo* vermessen? Wie geht das?« fragte ich (um etwas Interesse zu zeigen). – »Na zu Fuß, ganz einfach, ich bin das Deck abgeschritten, von vorne nach hinten, und dann zu den Seiten. Das ist doch kein Problem.« – »Und die anderen Zahlen? PS und Ladekapazität? Woher hast Du die?« – »Auch ganz einfach. Die beiden Matrosen vor den Ladeluken wussten Bescheid.« – »Dann sind wir schon mal ein wenig im Bild«, sagte ich. – »Nicht ausreichend und nicht tiefgehend, aber ein wenig«, antwortete Papa, »sicher wird uns der zuständige Ingenieur bald den Motorraum zeigen. Der ist das Herz des Schiffes. Wenn wir den gesehen haben, wissen wir mehr.« – »*Du* weißt dann mehr«, sagte ich, »mir sagen die Zahlen nicht viel.« – »Das wird sich bald ändern«, sagte Papa, »die Reise wird einen richtigen Matrosen aus Dir machen. Mit Haut und Haar.«

Ich antwortete nicht. Dass die Reise aus mir einen Matrosen machen könnte (und das auch noch mit Haut und Haar), überstieg meine schlimmsten Befürchtungen. Ich stellte mir vor, wie mir ein Bart wachsen und das halbe Gesicht wie ein finsteres Geflecht überziehen würde, mit der Zeit würde ich dunkelblaue Matrosenkleidung tragen und mir mit einem klebrigen Lappen die ölverschmierten Hände abwischen. Mein Gehirn würde die viele Musik, die ich noch im Kopf hatte, gegen das Schiffsvokabular austauschen, schon bald wäre ich nur noch fähig, von Schiffs- und Seereisen und all den Abenteuern zu lesen, die sich damit verbanden.

Ich schwieg. »Warum bist Du so kleinlaut? Freust Du dich nicht mehr auf die Reise?« fragte Papa. – »Ich habe gemischte Gefühle«, antwortete ich, »und mit gemischten Gefühlen sieht man von einem Schiff nicht nur die Planken und Spanten, sondern auch die Kehrseite.« – »Das verstehe ich nicht«, sagte Papa. – »Na, ich sehe eben statt der Planken und Spanten eher den Rumpf. Die Teile unter Wasser. Die maroden Stellen. Die dunklen Laderäume. Die Heerscharen der grauen Ölfässer, die nicht alle ganz dicht sein könnten.«

Jetzt schwieg Papa. Er löste sich mit den Händen von der Reling und setzte die Schiebermütze ab. »Die habe ich auf den letzten Drücker noch in Köln gekauft«, sagte er. – »Steht Ihnen gut, Herr Kapitän«, antwortete ich. – »Na, ich weiß nicht«, sagte Papa. – »Doch, steht Dir gut. Kommst Du mit in unsere Kabine?« – »Ja, ich ziehe mich noch einmal um.« – »Schon wieder? Du hast Dich noch nie an einem einzigen Tag mehrmals umgezogen.« – »An Bord gehört sich das aber so«, antwortete Papa, »und außerdem gibt es gleich wieder etwas zu essen. Abendbrot.« – »Das wird kein Abendbrot sein, sondern ein Gelage mit rohem, gekochtem und gebratenem Fisch, zehn verschiedene Sorten. Der Essenshöhepunkt des ganzen Tages!«

Endlich lachten wir einmal wieder zusammen. Dann gingen wir in unsere Kabine zurück. »Ich vermute, ich werde während der Reise diese oder jene Mahlzeit ausfallen lassen«, sagte ich. – »Kein Problem«, sagte Papa, »wir sollten es Denis nur rechtzeitig sagen, sonst serviert er alles für Zwei, und der Tisch biegt sich vergebens.«

Wenig später saßen wir wirklich erneut im Salon, und der Tisch bog sich beträchtlich. Anders als am Mittag hatte Denis die Speisen bereits darauf verteilt, kalte Platten mit Braten, Wurst, Käse, Tomaten, Gurken und Eiern, Brotkörbe mit verschiedenen Sorten, Butter und Margarine, der ganze Tisch war voll davon.

»Das ist aber nicht Ihr Ernst, Denis«, sagte Papa (so zutraulich, als wäre Denis sein Sohn oder ein naher Verwandter oder zumindest ein guter Freund). – »Doch, das ist es«, antwortete Denis. Er spielte wieder den sympathischen, verlegenen Steward, der sich in die Marotten seiner Passagiere hineinzuversetzen versucht. »Sie trinken Bier, oder?« fragte er Papa. – »Gern«, antwortete Papa. – »Und der Sohnemann auch? – oder doch lieber ein gesundes Wässerchen?« – »Ich trinke Mineralwasser«, antwortete ich, ohne auf seine Spitzen einzugehen.

Papa bemerkte nichts. Ihm fiel nicht auf, dass es in mir brodelte, er konzentrierte sich ganz auf das Essen. Als Denis die Flasche Bier öffnete und ein großes Glas füllte, schaute er so begeistert, als hätte er seit Jahren kein gut gekühltes Bier mehr gesehen. »Ein gut gekühltes Bier«, sagte er, »bei dieser Hitze gibt es nichts Besseres!«

Er setzte das Glas an und leerte es bis zur Hälfte. Wie großkotzig, dachte ich plötzlich, und bemerkte, wie Papa sich gerade in einen alten Vater verwandelte, den ich zwar nicht »zum Kotzen« fand, zu dem ich aber auf Distanz ging. Vater trank zwei, drei, nein, sogar vier Gläser, er schien gar nicht genug zu bekommen, und dazu aß er mit einem Appetit, als hätte er die *Albireo* nicht mit ein paar Tippelschrittchen zu Fuß vermessen, sondern ihre schweren Motore mit eigenen Händen stundenlang bei größter Hitze geölt.

Niemand von uns beiden sagte etwas. Papa aß geradezu gefräßig, und ich pickte ein paar Scheiben Tomaten und Gurken zusammen und legte sie auf die bleichen Käsescheiben, von denen ich jeweils eine halbe auf eine Brotschnitte schob. Dazu trank ich Mineralwasser, es schmeckte scheußlich, denn es enthielt keine Kohlensäure.

»Rauchen Sie?« fragte Denis, als unsere Mahlzeit endlich beendet war. – »Nein«, antwortete Vater, »das muss nicht sein.« – »Ich habe kubanische Zigarren auf Lager«, sagte Denis und grinste. – »In Piräus würde ich mal eine versuchen«, sagte Vater.

Ich wollte mir das unwürdige Schauspiel nicht mehr mit anhören und stand auf. »Wohin willst Du?« fragte Vater. – »In unsere Kabine«, sagte ich. – »In der *Odyssee* lesen?« – »Nein, einiges notieren.« – »Ah ja, die Reiseerzählung wartet. Stimmt's?« – »Nein, um die geht es nicht, sie schreibt sich nach unserer Rückkehr von ganz allein.« – »Verstehe ich wieder nicht«, sagte Vater, »Du ergehst Dich heute in lauter Andeutungen und Dunkelheiten.« – »Ich ergehe mich nicht«, antwortete ich, »ich will nur ein paar Stichworte notieren und dabei in Ruhe gelassen werden.«

Ich bemerkte, dass Papa mich leicht erstaunt anschaute. Er hatte gar nicht mitbekommen, wie meine Stimmung sich seit dem Nachmittag verdüstert hatte. Ich war sogar ein wenig auf Distanz zu ihm gegangen, und zwar so, wie ich es noch selten (oder nie?) getan hatte. Er schaute, als hätte ich gerade etwas völlig Unerwartetes, Danebenliegendes gesagt oder getan. Sein Mund stand etwas offen, und ich vermutete (blöder- oder unsinnigerweise), dass er jetzt bestimmt kein Bier mehr trinken würde. Gott sei Dank nicht!

»Habe ich etwas Falsches sagt oder getan?« fragte er schließlich. – »Nein«, antwortete ich, »ich bin nur etwas durcheinander. Dieses Riesenschiff verwirrt mich. Ich brauche Zeit, mich an alles zu gewöhnen. Tut mir leid.« – »Ist schon gut«, antwortete Papa, »mir geht es auch ein wenig so, aber ich lasse die Unruhe nicht an mich ran. Wie auch immer, ich gehe noch ein wenig an Deck und lasse Dich notieren. Ist das in Ordnung?«

Ja, mit einem Mal war alles wieder in Ordnung und fast schon wieder wie früher und immer. Ich ging in unsere Kabine und machte es mir an dem kleinen Schreibtisch bequem.

Reisetagebuch (10. Juli 1967–19.30 Uhr)

Jetzt, nach einem halben Tag an Bord, empfinde ich stark, wie fremd dieses gewaltige Schiff auf mich wirkt. In meinen Augen hat es nichts Entgegenkommendes, Freundliches, sondern erscheint kalt, starr, abweisend. Nur unsere Kabine und der Salon haben sich noch etwas vom Landleben bewahrt. Die heimelige Atmosphäre dort hat aber etwas Trügerisches, sie besteht aus Spielerei (das aufwendige Decken des Tisches, das Servieren, das Abräumen – wie auf einer Bühne, im Theater) und Gerede (ich ahne schon, wie man sich dort jeden Tag viele Geschichten erzählen wird: von Stürmen, Gefahren, Seeungeheuern, idiotischen Passagieren ...). Aufgefallen ist mir, dass sich Denis, der Steward, innerhalb dieses halben Tages mehrmals verwandelte: Von einem sympathisch erscheinenden, hilfsbereiten Menschen in einen aufbrausenden, jähzornigen Sohn und wieder zurück. Ich stelle mir vor, dass er während seiner vielen Fahrten auf See von den Riesenschiffen, auf denen er unterwegs war, geimpft und geprägt worden ist. Sie haben ihm ihren Gewaltstempel aufgedrückt und viel Trübes in ihm zum Kochen gebracht. Als er von seinem Vater erzählte, kam das Trübe plötzlich zum Vorschein, ich möchte übrigens auf keinen Fall mehr davon hören. Heute habe ich noch unbeholfen darauf reagiert, das wird mir ein zweites Mal nicht passieren. Ich werde überlegen, wie ich damit umgehe, denn ich habe keine Lust, mir diese Reise durch solche Geschichten und Ausbrüche verderben zu lassen. Zu Papa ist Denis nett und zurückhaltend, mir gegenüber zeigt er jedoch boshafte Seiten und lässt sich gehen. Seltsamerweise kam es mir einige Momente lang auch so vor, als ließe sich Papa ebenfalls von der Albireo *impfen und prägen. Beim Abendessen erschien er verändert. Wie verändert? Er war »anders«, »anders« als sonst, ins Essen, Trinken und Schlingen vertieft, als müsste er Gott weiß wie viel Kraft sammeln, um standzuhalten. Wem gegenüber standhalten? Ich weiß es noch nicht, es ist nur ein erster, vielleicht auch daneben liegender Eindruck. Denis und Papa – ich werde die beiden beobachten und (nur für mich) notieren, was mir auffällt. Daneben werde ich die üblichen Stichworte aufschreiben, ich meine die Stichworte für die Reiseerzählung (die sich ja bekanntlich später von selbst schreibt … – schlechter Witz!).*

Ich blieb recht lange in der Kabine, Papa kam nicht zurück. Als es schon dunkel war, ging ich nach draußen, an Deck. Jetzt war dort kein Mensch mehr zu sehen. Die Ladeluken standen weit offen, der Laderaum war noch längst nicht gefüllt.

Ich wollte schon wieder zurück in die Kabine (oder in den Salon, zur Bibliothek), als ich einen letzten Blick auf den Kai warf. Da erkannte ich Papa. Er saß auf einem der großen Baumstämme, die nebenan, am nächsten Ladeplatz, in großen Haufen herumlagen. Papa hielt seine Schiebermütze in beiden Händen und drehte sie unermüdlich im Kreis. Er schaute aber nicht auf die Mütze, sondern auf den Boden. Ununterbrochen, als versuchte er, mit etwas klar zu kommen.

Von der Höhe des Decks aus erschien Papa sehr hilflos. Ich konnte nicht länger hinschauen, so verstört und hilflos sah er aus. Ich rief ihm etwas zu, ich winkte, da schaute er zu mir und winkte ebenfalls. Er reckte sich auf und löste sich von dem mächtigen Baumstamm. Dann ging er auf die Gangway zu und kam sie (in unerwartet raschen Schritten) hinauf. Sage mir Muse, dachte ich plötzlich, sage mir Muse die Taten des vielgewanderten Mannes. Sage mir Muse …, machte ich weiter – ich war auf der nächtlichen Suche nach einem starken und erfahrenen Beistand.

Kennenlernen

Als ich am nächsten Morgen wach wurde, öffnete ich nicht gleich die Augen. Ich lauschte darauf, welche Geräusche zu hören waren, aber es war vollkommen still. Nur das Blättern von Papier bekam ich mit, und da wusste ich, dass Papa ein Buch las. Ich schaute zu ihm hinüber und sah, dass es stimmte. Papa war bereits wach, anscheinend las er sogar schon eine ganze Weile. Ich wünschte ihm einen »Guten Morgen«, und er tat dasselbe und hielt das Buch, in dem er gerade las, hoch.

»Du wirst staunen«, sagte er, »ich lese die *Odyssee.*« – »Und wieso?« fragte ich. – »Ich wollte mir den Anfang mal genauer anschauen. Und dieser Anfang ist wirklich erstaunlich. Letztlich geht es ja um eine Seefahrt, Odysseus möchte endlich heim, sitzt aber auf einer Insel fest. Weiß man eigentlich, um welche Insel es sich gehandelt haben könnte?« – »Solche Fragen haben wir uns im Griechisch-Unterricht nicht gestellt«, antwortete ich. – »Aber wieso nicht?! Konkrete Vermutungen über die Fahrt des Odysseus müssen einen doch interessieren.« – »So haben wir die *Odyssee* nicht gelesen«, sagte ich, »sie ist schließlich kein Tatsachenbericht, sondern ein Epos, eine Erfindung.« – »Jaja«, antwortete Papa, »natürlich ist sie eine Erfindung, aber auch einer Erfindung könnte etwas Reales beigemischt sein.« – »Uns haben andere Themen beschäftigt«, sagte ich, »die Götterwelt, die Taten der Götter, ihre Beziehungen zu den Menschen, die Religion der frühen Griechen.« – »Ist ja auch interessant«, antwortete Papa, »obwohl mich selbst zunächst mal interessieren würde, wo genau sich Odysseus während seiner langen Seefahrt herumgetrieben haben könnte. Ich werde dem mal nachgehen, vielleicht gibt es auch dazu Literatur.«

Ich hatte den Eindruck, dass Papa sich wirklich für die *Odyssee* zu interessieren begann, ja, er hatte anscheinend einen eigenen Zugang zu Homers Epos gefunden. Er blieb im Bett liegen und las weiter, während ich in das kleine Bad ging und mich unter die Dusche stellte. Alles an Bord wirkte so, als befände man sich an Land, die *Albireo* rührte sich keinen Millimeter, schwer und unbeweglich lag sie am Kai. Ich schaute durch ein Bullauge hinaus und sah, dass dort viele Arbeiter unterwegs waren. Von allen Seiten wurden die Frachtgüter herbei geschafft, anders als gestern hatte man die Verladung jetzt wohl zügig in Angriff genommen.

Ich zog mich an und wartete, bis auch Papa aufgestanden war und geduscht und sich ebenfalls angezogen hatte. Er trug wieder seine helle Kapitänsmontur, ließ aber die Schiebermütze in der Kabine, als wir an Deck gingen. Ich hatte richtig vermutet: An diesem Morgen waren nicht nur viele Hafenarbeiter, sondern auch große Teile der Mannschaft mit dem Verladen der Fracht beschäftigt. Die beiden Männer in blauer Arbeitskleidung, die gestern noch allein an den Luken gestanden hatten, erkannte ich nicht mehr wieder, alle Männer an Bord trugen jetzt blau, als wären sie Mitglieder eines Sportvereins oder Artisten im Zirkus. Die meisten standen nämlich nicht still, sondern bewegten sich akrobatisch, kletterten an Deck herum, hüpften in die dunkle Tiefe des Rumpfs und schwangen sich, als ginge das mühelos, aus eigener Kraft wieder ans Licht.

Ihre Bewegungen wurden von einem Mann überwacht, der – ganz ähnlich wie Papa – eine beige Hose und ein weißes Hemd trug. Ich vermutete, das sei der Kapitän, wurde aber eines Besseren belehrt, als der Mann uns erkannte, zu uns kam und uns begrüßte. Er nannte seinen Nachnamen (den ich nicht verstand), sagte, dass er der Erste Offizier sei, und fügte ein »Willkommen an Bord« hinzu. Er sprach so leise, dass ich fast nichts verstand, er flüsterte die wenigen Worte vor sich hin, und mir fiel auf, dass er weder Papa noch mich dabei anschaute. Stattdessen blickte er auf seine Schuhspitzen, als müsste er überprüfen, ob sie auch sauber (oder sauber genug) wären.

Auf mich machte er einen seltsamen Eindruck, der sich noch verstärkte, als er kein weiteres Wort mit uns sprach, sondern sofort zur Überwachung der Ladevorgänge zurückkehrte. »Was für ein seltsamer Vogel«, sagte Papa (sehr leise). – »Finde ich auch. Er hat uns nicht mal angeschaut.« – »Nein, seine Schuhe waren ihm wichtiger. Sind sie Dir auch aufgefallen? Wie nennt man solche Schuhe? Ich komme nicht drauf.« – »Slipper«, antwortete ich, »der Erste Offizier trägt an Deck hellbraune, blank geputzte Slipper.« – »Und was hat das zu bedeuten? Kein normaler Mensch trägt an Deck solche Slipper!« – »Ich weiß es nicht, aber wir werden es herausbekommen.«

Da wir die Männer beim Verladen der Fracht nicht länger beobachten wollten, gingen wir in den Salon, wo Denis schon das Frühstück gedeckt hatte. Er tat wieder so, als wäre er gut drauf und blendend gelaunt. Wir erfuhren, dass wir am Abend zum ersten Mal in kleiner Runde (also mit Kapitän, Erstem Offizier und Ingenieur) essen würden, der Kapitän komme im Laufe des Tages aus dem Kurzurlaub zurück. Und wenn der Kapitän an Bord sei, hätten auch alle anderen Besatzungsmitglieder bei Tisch anwesend zu sein. »Es dreht sich alles um den Kapitän«, sagte Denis, »mit ihm sollten sie klar kommen, dann kommen sie auch mit den anderen klar.«

Papa schaute kurz auf, und ich bemerkte, dass er darauf antworten wollte, er tat es aber nicht, sondern schenkte sich Kaffee (und mir Tee) ein. Dann aber sagte er doch etwas, nämlich: »Danke, Denis, ich glaube, wir kommen mit dem Frühstück alleine zurecht. Sie brauchen sich nicht noch mehr um uns zu kümmern.« Denis lächelte (wie ich fand: etwas sauer), tat so, als überblickte er noch einmal prüfend den vollen Tisch, nickte kurz und verschwand, ohne noch etwas zu sagen. »Wir haben auch einen eigenen Willen«, sagte Papa da plötzlich, »Kapitän hin oder her!« – Ich begriff, dass ihn Denis' Kapitänssätze geärgert hatten, und freute mich insgeheim, dass nun auch Papa auf Distanz zu Denis gegangen war.

Es gab wieder viele verschiedene Brotsorten, für jeden ein gekochtes Ei, außerdem aber auch Rührei (mit Schnittlauch), Wurst, Käse und mehrere Sorten Marmelade sowie Joghurt (ich mag keinen Joghurt, Papa aber schon, er mag ihn). Wir unterhielten uns darüber, ob wir den Tag an Bord verbringen oder zu einem Kurzbesuch von Antwerpen nutzen sollten. Papa war eindeutig für Antwerpen, weil er glaubte, dass wir während des Verladens der Fracht nur stören würden, ich aber hatte keine

Lust, die *Albireo* vor der Abfahrt noch einmal zu verlassen. Ich brauchte Zeit, mich an den Aufenthalt auf dem großen Schiff zu gewöhnen – und genau das sagte ich auch Papa.

Nach dem Frühstück trennten wir uns daher, Papa ging an Land, ich aber blieb (nachdem wir Denis gesagt hatten, dass er mittags und nachmittags keine Mahlzeit »auffahren« müsse – nach dem reichlichen Frühstück würde etwas Obst bis zum Abendessen reichen). Als Papa danach über die Gangway verschwunden war, ging ich zur Bibliothek, wählte einige Bücher (zum Anlesen) aus und zog mich in die Kabine zurück.

Reisetagebuch (11. Juli 1967–10.52 Uhr)

Wenn Papa wüsste, dass wir im Griechisch-Unterricht Homers Odyssee *nie länger am Stück gelesen haben, sondern jeweils immer nur eine Episode – was würde er sagen?! Jetzt, kurz vor dem Aufbruch, ahne ich, dass es während der Fahrt auch um Homer gehen wird. Jeder, der in seinem Leben zumindest einige Bücher in der Hand gehabt und ein wenig Ahnung von Literatur hat, denkt bei dem Stichwort Griechenland sofort an Homer und die* Odyssee, *selbst wenn er noch keine Zeile des Epos gelesen hat. Ich habe gerade die ersten Seiten von Henry Millers* Der Koloss von Maroussi *überflogen – von Frankreich aus macht sich Miller auf den Seeweg nach Griechenland, und sofort, nach ein paar Zeilen, fällt schon der Name »Homer«. Auch Miller hat keine Zeile von ihm gelesen, beginnt aber sofort, von Griechenland und Homer zu schwärmen, als gäbe es Griechenland vor allem deshalb, weil es Homer einmal gegeben und Homer von den Griechen und ihren abenteuerlichen Seefahrten erzählt hat. Was aber weiß ich schon von der* Odyssee? *Im Griechisch-Unterricht haben wir nicht einmal einen flüchtigen Überblick über den Verlauf des Epos erhalten. Deutsche Übersetzungen, mit deren Hilfe wir so etwas hinbekommen hätten, durften wir nicht benutzen, stattdessen stolperten wir durch den altgriechischen Text, der viel zu schwer für uns ist und von dem wir kaum etwas verstehen. Der listige Odysseus, das Leben der Gefährten und all die Abenteuer, die sich zwischen den Göttern und den hilflosen Menschen ereignen – das alles bildet in meinem Kopf momentan ein riesiges Knäuel, ganz zu schweigen von den Überlegungen, wo sich die Abenteuer der* Odyssee *abgespielt haben könnten (in der Ägäis? Um Sizilien herum? Oder sogar nahe der spanischen Küste?) Um wenigstens versuchsweise mitzuhalten, habe ich der Bibliothek einige Bücher entnommen, die das Dunkel vielleicht etwas erhellen. Ein Buch über den Aufbau der* Odyssee, *eins über ihre geographischen Hintergründe – und natürlich die* Odyssee *selbst, in einer schlichten deutschen Prosaübersetzung (die ich schneller lesen kann als die in Versen von Johann Heinrich Voß). Während Papa Antwerpen durchkurvt, durchkurve ich die Homer-Literatur – und trinke dabei viel Wasser. (Henry Miller erzählt gleich auf den ersten Seiten seines Buches davon, dass die Griechen ununterbrochen Wasser trinken und »Nero« (= Wasser) das erste griechische Wort gewesen sei, das er gelernt habe – ich bin also voll auf Kurs …) Ein kleiner Ventilator läuft, ich sitze mit nacktem Oberkörper an meinem Büchertisch und mache mir Notizen (die ich vor Papa geheim halten werde).*

Ich las eine Weile und ging zwischendurch immer mal wieder ins Freie, um den Fortgang der Frachtverladung zu beobachten. Die Besatzung hatte anscheinend viel Erfahrung mit solchen Abläufen, denn jedes Mitglied war an einem bestimmten Platz an Deck tätig, ohne dass es irgendwelcher lauter Befehle bedurft hätte. Der Erste Offizier stand vielmehr fast unbeweglich etwas oberhalb des Verladedecks auf einem Aussichtspunkt und dirigierte das Geschehen (nur wenn es unbedingt notwendig war) mit einigen Handzeichen und kurzen Zurufen. Sie hörten sich wie Wörter einer Geheimsprache an, wurden aber von allen verstanden, niemand fragte etwas oder unterhielt sich mit seinem Nebenmann, alles wirkte gut einstudiert.

Ich sah, wie sich das Deck rasch füllte, schließlich war nur noch ein schmaler Pfad rechts und links frei, über den man vom Bug zum Heck und (auf der anderen Seite des Schiffes) zurück gelangen konnte. Ich vermutete aber, dass nur wenige Besatzungsmitglieder diesen Weg während der Fahrt nehmen würden, es sah eher so aus, als bestünde der lang gestreckte, immer massiver und schwerer erscheinende Frachter aus zwei strikt voneinander getrennten Bezirken: Vorn war der Arbeitsbereich des Kapitäns und der Offiziere, und vorn waren auch die Kabine der Passagiere und der Salon untergebracht. Die Mannschaft aber lebte und arbeitete im hinteren Teil des Frachters (wo sich auch der Maschinenraum befand).

Da die Fracht langsam das gesamte Deck überwucherte und mit ihren hohen Stapeln allen Raum einnahm, war kaum noch Platz übrig, um sich im Freien aufzuhalten. Im Grunde, bemerkte ich (etwas verstört), würden Papa und ich uns nur auf dem kleinen Terrain des Oberdecks aufhalten können. Ein paar Quadratmeter wären dort vielleicht noch frei, Raum für einen Tisch und zwei Stühle, direkt neben den Rettungsbooten. Stimmte das? Würden wir die lange Fahrt auf diesem beengten Territorium verbringen müssen?

Als ich mir das alles so richtig klar gemacht hatte, befielen mich einige Zweifel. Wie würde Papa es schaffen, sich tagelang mit ein paar Quadratmetern Raum an Deck zu begnügen, ausgerechnet Papa, der sich am liebsten im Freien aufhält, gern lange zu Fuß unterwegs ist und keinen Tag vergehen lässt, ohne einige weite Runden zu drehen? Hier an Bord wäre das nicht möglich, es sei denn, er würde (wie ein Tier im Käfig) ununterbrochen im Kreis laufen. Papa – im Kreis laufend! – ich musste lachen, als ich mir das vorstellte, dabei handelte es sich doch durchaus um eine ernste Sache. Hatte Papa überhaupt an so etwas gedacht? War er darauf vorbereitet? Und was würde er tun, wenn ihn der Gefangenenkoller befiel?

Irritiert ging ich in die Kabine zurück und vertiefte mich weiter in meine Bücher. Zwischendurch aß ich etwas Obst und lauschte durch die geöffneten Bullaugen nach draußen, von wo die Verladegeräusche hereindrangen.

Plötzlich aber wurde es stiller, es war eine unerwartete, sich dehnende Stille, und als ich einen Blick hinaus auf das Kaigelände warf, sah ich, dass der Kapitän eingetroffen war. Es war ein großer, relativ schlanker Mann mit dunkelgrauem, stark gegeltem Haar. Er trug eine weiße Jacke und weiße Hosen, dazu dunkelblaue Schuhe. Gerade war er einer schwarzen Limousine entstiegen, mit dessen Fahrer er sich noch ein wenig unterhielt. Ein Taxi war es nicht, eher sah es so aus, als hätte ihm die Reederei diesen eleganten Wagen zur Verfügung gestellt. Ein solcher Mann, das erkannte ich sofort, bestellte kein Taxi und ließ sich nicht von einem Taxifahrer chauffieren. So, wie er jetzt auf die Gangway zuging (und einen ganzen Schwarm von Koffern einfach hinter sich stehen ließ), war ihm eine Crew von Menschen zugeordnet, die ihm viele Mühen des Lebens abnahmen.

Er schaute nicht hoch zur Mannschaft, sondern ging mit etwas starrem, geradeaus gerichtetem Blick die Gangway hinauf. Als er das Deck betrat, standen die Matrosen still und schauten zu ihm hin. Ich sah, wie der Erste Offizier sogar Haltung annahm – und hörte genau, wie er (mit dem ganzen Aufgebot seiner sonst so leisen Stimme) »Herr Kapitän, willkommen! – Ich melde: alle Mann abfahrbereit an Bord!« rief.

Der große Ankömmling ging ernst auf ihn zu, gab ihm die Hand und legte ihm die rechte Hand auf die Schulter. Sie wechselten ein paar Worte, die ich nicht verstehen konnte. Dann verschwand der Kapitän, während einige Matrosen längst dabei waren, sein Gepäck an Bord zu schleppen.

Als die kurze Zeremonie vorbei war, atmete ich durch. Erst jetzt begriff ich, was Denis mit dem Satz, an Bord komme alles auf den Kapitän an, gemeint hatte. Mit diesem Mann war bestimmt nicht leicht auszukommen, wirkte er doch so, als duldete er nicht den geringsten Widerspruch und reklamierte in jeder Hinsicht und jeder Angelegenheit das einzige Sagen für sich. Diese besondere Stellung hielt er anscheinend für selbstverständlich und schien sie sogar zu genießen.

Einen Moment durchfuhr mich der Gedanke, dass Papa mit dieser Herrschergestalt (wie ich zuvor schon vermutet hatte) aneinander geraten würde. Ich verfolgte diese trüben Aussichten aber lieber nicht weiter, sondern wandte mich wieder der *Odyssee* zu. Wie hatte eigentlich Odysseus die Rolle des Kapitäns ausgefüllt? Wie war er mit seinen Gefährten umgegangen? Selbst solche einfachen Fragen konnte ich nicht beantworten, ich musste also schnell lesen und die Seiten der deutschen Prosaübersetzung überfliegen, um für die Gespräche mit Papa gerüstet zu sein …

Es begann bereits etwas zu dunkeln, als ich Papas Stimme hörte. Sie drang von draußen, durch das Bullauge, zu mir herein, aber so, als käme Papa langsam näher, Schritt für Schritt. Anscheinend unterhielt er sich mit jemandem, denn ich glaubte, ihn fragen, antworten und (unvermeidlich!) lachen zu hören. Ich legte die Bücher beiseite und ging nach draußen. Die Frachtverladung war längst abgeschlossen, und die *Albireo* lag mit ihrem vollgepackten und elegant verschnürten Deck jetzt vor mir wie eine gigantische Ladung von blitzenden und blinkenden Geschenkartikeln, die in Kürze irgendwo auf dem griechischen Festland ausgepackt und unter das griechische Volk verteilt werden würden. Die Ölfässer und Aluminiumringe sahen neu, sauber und startklar aus, als hätte man sie einer Kur oder einer besonders intensiven Pflegebehandlung unterzogen.

Da erkannte ich Papa, der aus der Ferne, vom Heck her, langsam auf mich zukam. Er war in Begleitung eines etwa gleich großen Mannes, der anscheinend ebenfalls zur Besatzung gehörte, jedoch ganz anders gekleidet war als die anderen Männer an Bord. Er trug nämlich eine weite, etwas zerbeulte Cordhose sowie ein hellblaues Hemd unter einem grauen Pulli. Seltsam und fremd sah das aus, als gehörte dieser Mann nicht zur Mannschaft, während er doch laufend stehen blieb, nach allen Seiten deutete, die Ölfässer mit der Rechten (fast liebevoll) berührte und auf vieles hinwies, was es an Deck zu sehen gab. Am ehesten machte er den Eindruck eines Fremdenführers, der sich mit allen Dingen an Bord perfekt auskannte und Papa gerade einen Einführungsvortrag in den Aufbau und das Funktionieren der *Albireo* hielt. War es so? Oder täuschte dieser Eindruck?

Als Papa auf mich aufmerksam wurde, winkte er, ich sollte herunter, auf das Verladedeck, kommen. Ich kletterte die schmale Treppe herab und erfuhr, dass Papas Begleiter der Ingenieur des Schiffes war. »Das ist Ingenieur Segemann«, sagte Papa und stellte mich vor. Ingenieur Segemann beugte sich etwas nach vorne und betrachtete mich genauer, er gab mir die Hand und sagte: »Dein Vater und ich kennen sich seit einer halben Stunde, und doch haben wir schon Freundschaft geschlossen.

Schön, dass Du ihn begleitest, wir Drei werden viel Spaß miteinander haben!«

Ich war völlig verblüfft, dass der Ingenieur und Papa bereits dicke Freunde waren. Anscheinend gehörte auch ich zu diesem Freundschaftsbund – oder musste ich mich erst noch bewähren? Es kam mir beinahe so vor, jedenfalls dachte ich (wirklich und ernsthaft) kurz darüber nach, als Papa längst nicht mehr von »Ingenieur Segemann« sprach, sondern den Fremden »Heinrich« nannte. Sie kannten sich erst seit einer halben Stunde … – und duzten sich bereits? Was war denn hier passiert?

Ich fühlte mich (ein wenig) übergangen, als wäre ich in diesem Freundschaftsbund lediglich die Nummer Drei, die in die Geheimnisse der beiden Älteren nicht eingeweiht war. So etwas hatte ich vor Beginn der Reise befürchtet: Ich würde laufend mit viel älteren Menschen zu tun haben und während der Reise immer häufiger Zeit allein verbringen. (Schon sah ich mich stundenlang in der Kabine sitzen, über obskure Homer-Titel gebeugt, ein Homerexperte, für dessen trockenes Bücherwissen sich kein Mensch interessieren würde.)

»Heinrich weiß alles über die *Albireo*«, sagte Papa (so stolz, als bildete er sich etwas darauf ein, Heinrich in Nullkommanichts geduzt zu haben), »niemand kennt sich hier an Bord besser aus.« – War das nicht übertrieben, war es nicht der Kapitän, der sich am besten auskannte? Ich vermutete, dass Papa den Kapitän noch nicht begrüßt und ihn auch noch nicht aus der Ferne gesehen hatte, ich aber hatte ihn gesehen und wusste in dieser Hinsicht mehr, als Papa ahnte. Daher fragte ich: »Kennt sich der Kapitän etwa nicht so gut aus wie Herr Segemann?« – Papa reagierte nicht sofort, sondern lachte (scheinbar amüsiert). Er wartete, ob Heinrich antworten würde, doch Heinrich sagte nichts. Schließlich übernahm Papa die Beantwortung meiner Frage und sagte: »Ein guter Ingenieur weiß mehr über ein Schiff als der beste Kapitän. Und ein sehr guter Ingenieur wie Heinrich weiß nicht nur alles über dieses Schiff, sondern kennt die gesamte Geschichte der Seefahrt von A bis Z.«

Mein Gott! – wenn Papa behauptete, jemand kenne etwas von »A bis Z«, war das eine der höchsten Auszeichnungen, die er zu vergeben hatte. Heinrich musste in der ersten halben Stunde ihres gemeinsamen Kennenlernens einen starken, nein, einen geradezu überwältigenden Eindruck auf ihn gemacht haben. Vielleicht lag es daran, dass sich zwei Ingenieure begegnet waren, die ähnlich dachten, ähnliche Fragen stellten und ein ähnliches Vokabular benutzten. Ich jedoch war weder ein Ingenieur noch hatte ich an den Ingenieurthemen ein allzu großes Interesse, selbst »die Geschichte der Seefahrt von A bis Z« gehörte nicht gerade zu meinen Steckenpferden. Was aber interessierte mich dann?! Und auf welchen Feldern war ich (von A bis Z) ein Experte und nicht zu schlagen?

Papa schien genau gespürt zu haben, was in mir vorging, denn er sagte auf einmal: »Heinrich, ich muss Dir etwas erklären. Ganz unter uns, der Junge will einmal Pianist werden! Schade, dass es an Bord kein Klavier und keinen Flügel gibt, dann könnte er Dir sein Können beweisen!« – Heinrich schaute mich an, als hätte Papa mich wie das rare Tier einer Spezies beschrieben, von der es nur noch wenige aussterbende Exemplare gab. »Du spielst klassische Musik?« fragte er – und er fragte es so, dass ich auf einen Schlag (ohne nachfragen zu müssen) wusste, wie vertraut Ingenieur Segemann mit klassischer Musik war. Sie war ihm absolut fremd, sie bewegte ihn nicht, er empfand sie als anstrengend – schon der Art, wie er fragte, hörte ich das an.

Nun gut, warum sollten Ingenieure von Frachtschiffen sich mit klassischer Musik auskennen, warum eigentlich? Bestimmt hatten sie andere musikalische Passionen, hörten Seemannslieder oder ganz andere, fremde Musik, von der nun wiederum ich keine Ahnung hatte. Es gab keinerlei Grund, hochnäsig zu sein, nein, auf keinen Fall. Ich fühlte mich Heinrich denn auch nicht in musikalischer Hinsicht überlegen, sondern spürte eher (und das noch stärker als schon zuvor), dass Heinrich Segemann und ich zwei grundverschiedene Wesen waren. Bestimmt würden wir uns nicht so gut verstehen, wie Papa und Heinrich Segemann sich anscheinend seit dem ersten Moment ihres Kennenlernens verstanden. Es gab also wohl keinen Dreier-, sondern höchstens einen Zweierbund (mit mir als kleiner Ergänzung) – das immerhin hatte ich in Windeseile kapiert, ohne zu wissen, wie ich damit umgehen sollte.

Ich ließ mir aber nichts anmerken, sondern gab mir Mühe: »Ich spiele meist klassische Musik, ja, aber auch Jazz und vieles andere, ich bin da nicht festgelegt.« – »Du spielst nach Noten, oder?« fragte Heinrich (und ich dachte: o mein Gott!). – »Nicht nur«, antwortete ich, »manchmal improvisiere ich auch oder spiele nach Gehör.« – Nach Gehör! – das schien eine zündende Formel zu sein, die Heinrich gefiel. »Wenn ich Dir eine Melodie vorsumme, kannst Du sie dann nach Gehör spielen?« – »Ich glaube schon«, antwortete ich. – »Donnerwetter!« sagte Heinrich, »so jemand hat uns an Bord immer gefehlt. Hätte ich das gewusst, hätten wir ein Klavier beschafft. In Griechenland werden wir eins auftun, und dann spielst Du nach Gehör, was ich Dir vorgesummt habe.« – Ich sah mich im fernen Griechenland in einer schummrigen Hafenkneipe an einem Klavier sitzen, um zu spielen, was Heinrich Segemann mir vorsummte. Matrosen aus aller Herren Länder waren nahe dran, mich zu verprügeln, und Papa hatte sich längst verdrückt. Dann aber verscheuchte ich rasch diese Bilder und sagte: »Mal sehen, ob wir wirklich ein Klavier finden.«

Heinrich Segemann war mit dieser ausweichenden Antwort zufrieden. Er schaute auf die Uhr, in einer Viertelstunde gab es das erste gemeinsame Abendessen an Bord. Er sagte, er ziehe sich kurz um und erscheine pünktlich, dann verschwand er, und Papa und ich gingen in unsere Kabine. »Ingenieur Segemann muss ein ganz besonderer Mensch sein«, sagte ich. – »Wieso?« fragte Papa. – »Weil Du ihn so rasch geduzt hast. Sowas machst Du nur selten.« – »Stimmt«, sagte Papa, »wir haben uns gleich gut verstanden, als kennten wir uns schon ewige Zeit. Vielleicht liegt es auch an demselben Alter, Heinrich wird bald Sechzig, so wie ich.« – »Hat er Kinder?« – »Nein, er war mal verheiratet, aber die Ehe hielt nicht lange, seine Frau ertrug das viele Alleinsein nicht.« – »Hatte sie jemand anderen gefunden?« – »Vielleicht, ich weiß es nicht. Ich wollte Heinrich nicht danach fragen.«

Papa ging ins Bad, während ich überlegte, ob ich mich für das Abendessen umziehen sollte. Wenn ich das tun würde, müsste ich es vielleicht häufiger oder immer tun – das aber wäre sehr lästig. Also ließ ich es bleiben und streifte nur ein einfaches, frisch gebügeltes Hemd mit kurzen Armen über. Auch die Turnschuhe trug ich weiter, ich war schließlich keine Sechzig, sondern Fünfzehn (und wurde erst im November Sechzehn).

Mir war nicht gut, als Papa und ich hinüber in den Salon gingen. Der Tisch strahlte jetzt von den vielen Gedecken und Gläsern, die reihum postiert waren. Heinrich stand bereits hinter einem der Stühle, als wäre es sein angestammter Platz, den er zu jeder Mahlzeit einnahm. Dann erschien auch der Erste Offizier (diesmal mit schwarzen Slippern, was mir sofort auffiel). Auch er steuerte sofort auf seinen Platz (rechts vom Kapitän) zu. Der wiederum saß anscheinend am Kopf des Tisches, während links von ihm wohl Papa und links von Papa ich selbst sitzen sollte. Nur der Platz gegenüber dem Kapitän (am anderen Kopf des Tisches) blieb frei, dort standen kleine Behälter mit Öl, Essig, Pfeffer und Salz.

Als Papa verstanden hatte, wie die Sitzverteilung aussehen würde, ging er zu seinem Platz und setzte sich. »Komm her, Junge«, sagte er zu mir, »setz Dich neben mich!« Ich umrundete den Tisch und ging zu dem Platz links neben Papa, ich wollte mich ebenfalls setzen, als der Erste Offizier sich räusperte. Danach murmelte er einige Worte, sie waren aber nicht zu verstehen, denn er murmelte nach unten, als spräche er mit einer Person unter dem Tisch.

»Ich habe Sie nicht verstanden, Herr Mühlenthal«, sagte Papa, und ich wunderte mich, dass Papa den Namen des Ersten Offiziers behalten hatte. – »Erwin weist darauf hin, dass unsere Runde erst Platz nimmt, wenn der Kapitän den Salon betreten hat«, sagte Heinrich. – »Ist das Dein Ernst?« fragte Papa. – »Ja«, antwortete Heinrich, »wir haben hier so unsere Bräuche.«

Ich schaute Papa nicht an, ich wusste, dass er schwieg, weil er sich ärgerte. Verhaltensformen, die er nicht mochte oder als überholt oder überflüssig empfand, nannte er gerne »absurd«. »Absurd« war es, jeden Tag während der Arbeit Krawatte zu tragen, noch »absurder« war es, im schwarzen Anzug in ein Konzert mit klassischer Musik zu gehen – und am »absurdesten« war es, sich bei Spaziergängen durch Wälder mit »Wanderbekleidung« (schwere Schuhe, rote Socken etc.) zu kostümieren.

Papa schwieg also und stand keineswegs auf, so dass auch ich schwieg und sitzen blieb. Heinrich und Erwin jedoch standen uns gegenüber und machten keinerlei Anstalten, sich hinzusetzen. Da kam Denis in den Salon, er brachte die Getränke (Bier und Mineralwasser, und gleich mehrere verschiedene Flaschen). Als er bemerkte, dass Papa und ich keineswegs standen, sondern saßen, sagte er: »Der Kapitän ist noch nicht erschienen. Bis er da ist, sollten wir alle stehen – und wenn es noch so lange dauert!«

Ich spürte, dass sich ein kleiner Konflikt anbahnte, denn ich wusste genau, dass Papa nicht lange stehend auf den Kapitän warten, sondern höchstens aufstehen würde, wenn er erschien. In solchen Momenten und Fällen benahm er sich wie ein trotziges Kind, das sich von anderen nichts sagen ließ. Mama hielt solche Verhaltensformen für unmöglich, nahm Papa aber dennoch meist gegen Kritik in Schutz. Seine Bockigkeit sei ein Relikt der Kriegsjahre beim Militär, sagte sie dann. Auf Anordnungen und Befehle reagiere Papa seither nicht mehr, da helfe alles nichts, lieber mache er sich unbeliebt.

Wie also weiter? Alle schwiegen, und ich vermutete, dass sie darauf warteten, wie Papa reagieren würde. Dann sah ich, wie er sich etwas zurücklehnte, seine Stoffserviette auseinander faltete, sie neben den großen weißen Teller legte – und aufstand. »Ich habe noch etwas vergessen«, sagte er und entfernte sich vom Esstisch. Er verließ den Salon, während alle anderen weiter standen und schwiegen. Herr Mühlenthal murmelte noch einmal etwas Unverständliches unter den Tisch, worauf

Heinrich nur knapp reagierte: »Ist ja in Ordnung, Erwin! Es ist alles in Ordnung!«

So kompliziert hatte ich mir die erste gemeinsame Mahlzeit an Bord nicht vorgestellt. Meine Herren!, es würde nicht einfach sein, sich mehrmals am Tag in diesem Kreis zu behaupten. Welche Bräuche mussten wir denn noch befolgen? Und worüber konnte man mit einem so verstörten Mann wie Herrn Mühlenthal reden? Musste man erst unter den Tisch kriechen, um dort seine hingeflüsterten Worte aufzulesen?

Papa kam nicht wieder. Ich ahnte nicht, was er angeblich in unserer Kabine vergessen hatte, ich hatte nicht die geringste Idee. Wohl aber spürte ich, dass ich jetzt als einziger in der Runde bereits am Tisch saß, während die anderen noch immer standen. Ich fiel also auf, Papa hatte mich in dieser schwierigen Lage ganz allein zurück gelassen. Was sollte ich tun?

Ich blieb weiter sitzen, als der Kapitän endlich erschien. Er trug seine strahlend weiße Kapitänskleidung, und seine Haut sah so aus, als hätte er gerade geduscht und das ganze Gesicht minutenlang mit einer Creme eingerieben und massiert. Eine schwache Röte war das Ergebnis, sie wirkte fremd und fast wie eine zweite Haut oder eine dünne Maske.

Er sagte (ziemlich laut): »Guten Abend, meine Herren!«, es hörte sich so an, als wären wir zu einer Verschwörerrunde erschienen, die sich zu einem verabredeten Zeitpunkt immer an demselben geheimen Ort traf. Er ging eilig zu seinem Platz und redete weiter: »Bitte nehmen Sie Platz!« Heinrich und der Erste Offizier setzten sich sofort, und auch der Kapitän nahm rasch Platz, ohne zu bemerken, dass ich bereits die ganze Zeit gesessen und als einziger längst meinen Platz eingenommen hatte. Er hatte mich übersehen, zum Glück!, dachte ich, das

Problem hatte sich also von selbst gelöst. Jetzt erst blickte er nach links, hin zu mir, erkannte den leeren Stuhl (auf dem Papa eigentlich gesessen hätte) und bemerkte endlich auch mich.

»Aha!«, sagte er, »der erste Passagier ist bereits pünktlich erschienen!« Er stand wieder auf und ging auf mich zu, deshalb stand auch ich auf, schließlich wäre ein längeres Sitzenbleiben jetzt nur noch »absurd« gewesen. Der Herr Kapitän gab mir die Hand, und ich war erstaunt, dass er meinen Namen und sogar den Vornamen wusste. »Darf ich *Du* sagen?« fragte er. – Und ich antwortete: »Gern, sagen Sie einfach Johannes zu mir.« – »Perfekt«, antwortete er, »Doppelnamen sind lästig, finde ich auch. Ich heiße übrigens Hans-Georg. Eine Katastrophe, nicht wahr?«

Er lachte so laut, fett und beinahe krachend, dass ich nicht mitlachen konnte. Sein Lachen brachte jedes andere Lachen zum Schweigen, etwas Ähnliches war mir noch nicht begegnet. Vielleicht ist es ein Herrscherlachen, dachte ich, das Lachen des unangefochtenen Siegers, in dessen Gegenwart kein anderer Mensch ebenfalls lacht! Lacht eigentlich in der *Odyssee* mal irgendeiner der vielen griechischen Herrscher, die sich auf den Weg nach Troja gemacht haben? Odysseus lacht nicht, nein, das konnte ich mir nicht vorstellen, vielleicht hatte aber der große Agamemnon einmal so fett und krachend gelacht. Zu Agamemnon könnte so ein Lachen (allein schon von seinem Namen her) passen!

Wir standen einander gegenüber, als Papa wieder im Salon erschien. »Und nun ist auch der zweite Passagier soweit, leider weniger pünktlich als der Herr Sohn!« sagte der Kapitän und lachte zum zweiten Mal krachend. Das seltsame Krachgeräusch entstand durch ein Zerhacken des Lachens, als nähme er sich das Lachen vor und zerlegte es danach in kleine Stücke: Haaaa..., haha ..., ha..., ha ... usw. Es hat Ähnlichkeit mit Holzsägen, dachte ich unwillkürlich, die Säge geht glatt und rasch durch den Stamm, und die Stücke plumpsen auf den Boden: Haaaa..., ha..., ha...! Danach ist er wieder still, als hätte er gar nicht gelacht.

Papa aber war genau der Richtige, um sich mit diesem Lachen zu messen. Was Lachen betraf, machte ihm niemand so schnell etwas vor. Viele Varianten hatte er drauf, ich hätte eine Liste seines Lachens zusammenstellen können. Die Frage war jetzt nur, welche Variante er gerade jetzt wählen würde. Er ging direkt auf den Kapitän zu und gab ihm die Hand. Laut lachte er nicht, sondern verzog das Gesicht nur ein wenig, als wollte er ein breites, aber lautloses Lachen präsentieren. Er spielt den Bescheidenen, dachte ich – ja, ich kannte mich (im Gegensatz zu allen anderen im Raum) genau damit aus.

Die beiden trennten sich dann voneinander, und Papa setzte sich, als legte er es darauf an, unbedingt vor dem Kapitän Platz zu nehmen. Dann zeigte er in die Runde, was er (angeblich) vergessen und aus der Kabine geholt hatte. Es waren Fotos unseres kleinen Hauses im Westerwald, Fotos aus der Luft (von einem Hubschrauber aus gemacht), Fotos von vorn und von der Seite. »Meine Herren«, sagte Papa (und ich blickte zu ihm, denn es hörte sich einen Moment lang so an, als spräche der Kapitän), »hier sind drei Fotos, die Ihnen einen Eindruck vermitteln, von wo Ihre neuen Passagiere kommen. Ich sage gleich, nach dem Essen, etwas dazu. Sie sind ein Stück Heimat, das wir mit an Bord gebracht haben.«

Ich war verblüfft, denn was Papa sagte, hörte sich wirklich glaubwürdig an. Hatte er ernsthaft vorgehabt, diese Fotos herumzureichen? Was aber bedeutete das? Ich kam nicht weiter mit meinen Überlegungen und verfing mich im Grübeln, während Denis mit dem Servieren begann. Zunächst gab es eine klare Suppe, der Kapitän erhielt sie als erste, dann war Papa, dann der Erste Offizier, dann der Ingenieur – und als letzter war ich selbst an der Reihe.

In Ordnung, diese Reihenfolge stand anscheinend fest, unklar aber war (für mich), wer die Unterhaltung bestreiten würde. Gab es da auch eine Reihenfolge? Dass der Kapitän viel reden würde, war zu erwarten. Herr Mühlenthal dagegen würde wahrscheinlich kaum ein Wort sagen, und Heinrich, dachte ich, wird nur reden, wenn es um ein Problem geht, bei dem er sich auskennt. Bleibt als Gesprächspartner für den Kapitän nur Papa übrig – oder aber ich!

Ich selbst also?! Durfte / sollte / konnte ich an diesem Tisch frei heraus mit den viel älteren Männern reden?!

Es war einen Moment still, alle löffelten (leicht feierlich) die Suppe, und ich hatte den Eindruck, die ganze Runde denke während dieses feierlichen Suppenlöffelns über den nächsten Satz nach. Also los! Worauf wartete ich noch? »Die Suppe schmeckt wie zuhause«, sagte ich (einigermaßen deutlich und laut). – »Wie bitte?!« fragte der Kapitän (als hätte ich nicht deutlich und laut genug gesprochen, das aber hatte ich: auf jeden Fall!) – »Ich sagte: Die Suppe schmeckt wie zuhause. Das ist ein Kompliment. Mama kocht zuhause nämlich ganz ausgezeichnete Suppen, nicht wahr, Papa?«

Ich drehte den Kopf nach rechts und blickte zu Papa, der aber nicht reagierte, sondern weiter seine Suppe löffelte. Warum sagte er denn nichts, er hätte doch zumindest bestätigen können, dass Mama eine hervorragende Köchin war! »Mama hat ein ganzes Suppenkochbuch im Kopf«, machte ich weiter,

»wahrscheinlich könnte sie an jedem Tag eine andere Suppe kochen!«

Niemand reagierte, es war peinlich. Hätte ich nichts sagen dürfen? War das alles, was ich gerade gesagt hatte, vorlaut oder fehl am Platz? Nein, das war es auf keinen Fall. Ich hatte keine Lust, mich unterzuordnen und darauf zu warten, dass die viel älteren Männer mit ihren Altherrenweisheiten das Essen garnierten.

»Meine Frau kocht in der Tat sehr gut«, sagte Papa (endlich), »aber das wird die Herren nicht interessieren.« – »Warum sollte sie das nicht interessieren?« fragte ich und hörte mit dem blöden Löffeln der Suppe auf. – »Es ist gerade wohl nicht von Interesse, vielleicht später«, sagte Papa (und ich hätte mich fast für ihn geschämt). – »Ich finde, gutes Kochen sowie gute Köchinnen und Köche sind immer von Interesse«, machte ich (völlig überreizt) weiter. Anscheinend hatte ich die ganze Runde gegen mich, anscheinend ... – doch es war nicht so!

»Ich gebe Dir vollkommen recht, Johannes«, sagte der Kapitän, »gutes Kochen ist ein großes Thema, ich kann ein Lied davon singen, denn ich habe während des ganzen verdammten Krieges keinen einzigen Tag etwas Anständiges zu essen bekommen.« – »Der verdammte Krieg interessiert nun wiederum mich nicht!« ... – hätte ich am liebsten gesagt, schwieg dann aber doch lieber. Immerhin war der Kapitän (wie hieß er eigentlich mit Nachnamen?) mir zur Seite gesprungen, das war in Ordnung, obwohl er es vielleicht nur in der Absicht getan hatte, seine in der Runde wahrscheinlich längst bekannten »Ich war im Krieg-Geschichten« auszupacken ...

»Der verdammte Krieg ist Gott sei Dank schon einige Jahre vorbei«, mischte Papa sich plötzlich ein, »vorbei und vorüber …« – ja, genau eine solche Reaktion hatte ich vorhergesehen. Wenn in einem Gespräch die Themen »Krieg« und »Soldatentum« angesprochen wurden, klinkte Papa sich aus. Er hasste solche Themen, und er sprach fast nie über die Jahre, die er »im Krieg« verbracht hatte. Andererseits spürte ich aber deutlich, dass der Kapitän gern über den Krieg gesprochen und von ihm erzählt hätte, ich hatte jedenfalls stark den Eindruck, obwohl ich es nicht hätte beschwören können.

Gespannt darauf, wie es weiterging, leerte ich den Suppenteller und beobachtete, wie Denis eine große Platte mit panierten Fischfilets (Girlanden von Zitronenscheiben lagen obenauf), eine Schüssel mit gekochten Kartoffeln sowie reichlich Gemüse servierte. »Ihr Lieblingsessen, Herr Kapitän!« sagte er (leicht devot) und wartete auf ein paar anerkennende Worte. Der Kapitän sagte aber nichts, während ich vermutete, dass er das Thema »Krieg« rasch wieder ins Gespräch einfädeln würde.

»Ich werde heute auf das sicher fantastische Dessert verzichten«, sagte da Heinrich Segemann, »kurz vor unserem Aufbruch ist einfach noch eine Menge zu tun.« – »In Ordnung, Segemann!« antwortete der Kapitän, »nehmen Sie sich alle Zeit, die Sie brauchen!« – »Ich werde mich auch gleich verabschieden!« sagte Herr Mühlenthal da ebenfalls – es war der erste Satz, den er so deutlich gesagt hatte, dass ich ihn ohne Mühe verstand. »In Ordnung, Mühlenthal!« wiederholte der Kapitän sich, »ich weiß ja, dass Sie beide gleich dringend gebraucht werden. Ich selbst werde nach dem Dessert noch zwei, drei Sätze mit Herrn Ortheil unter vier Augen wechseln.«

Unter *vier* Augen?! Durfte ich etwa nicht dabei sein?! Was gab es denn mit Herrn Ortheil so Wichtiges und Geheimnisvolles zu besprechen?! Ich tat so, als hätte ich diesen Satz nicht gehört, und setzte meine Küchenphilosophie fort: »O, es gibt Fisch! Fisch essen wir in Köln auch sehr häufig. Schellfisch, Kabeljau, diese beiden Sorten vor allem. Im Westerwald essen wir natürlich viel seltener Fisch. Der Fisch ist dort nicht immer frisch …« – ich musste kurz lachen, weil ich mich fast verhaspelt hätte. *Frischer Fisch* – ich redete ganz schön gewagt daher, fast wie auf einer Bühne oder in einem Komikerschuppen. Was war mit mir los?!

Eigentlich war es ganz einfach – ich hatte keine Lust, stumm dazusitzen. Wenn ich während dieser ersten gemeinsamen Mahlzeit kaum ein Wort sagte, würde ich es während der weiteren Mahlzeiten auch nicht tun – in dieser Hinsicht kannte ich mich genau. Es gab Zeiten, in denen ich absolut »wortkarg« war und mit niemandem (außer den Eltern) mehr als nötig sprach. Zum Glück galt das »wortkarge Dasein« als normales Anzeichen von »Pubertät«. Es wurde also nicht wie eine Krankheit oder ein Symptom behandelt, sondern als eine natürliche Folge der Entscheidung, »den anderen« nicht alles auf die Nase binden zu wollen. (Genau deshalb schrieb ich ja zum Beispiel dann und wann »Tagebuch«. Was darin stand, war nur für mich und für niemand anderen bestimmt – auch nicht für die Eltern …).

»Sie leben in Köln *und* im Westerwald?« fragte der Kapitän und blickte Papa an. – »Ja, wir leben in Köln, dort kam Johannes zur Welt. Und daneben halten wir uns viel im Westerwald auf, wo meine Frau und ich herkommen.« – »Sie führen also ein Stadt- *und* ein Landleben?« – »Ja«, lachte Papa (hell und als hätte jemand etwas gesagt, das ihn freute), »wir führen ein richtiges Doppelleben!«

Ich probierte die panierten Fischfilets, nachdem ich einige Zitronenscheiben auf ihnen zerquetscht hatte. Es machte Spaß, sie zu zerdrücken und den aufspritzenden Zitronensaft wie eine kleine Dusche im Gesicht zu spüren. Herr Mühlenthal schien das beobachtet zu haben, denn plötzlich legte er die Zitronenscheiben auf seinem Teller zu einem Haufen zusammen und reichte ihn mir (den Haufen mit einem Löffel quer über den Tisch balancierend). Was hatte nun wiederum das zu bedeuten?

Noch merkwürdiger erschien mir das Verhalten von Herrn Mühlenthal aber, als er den kleinen Stapel von Fotos, die Papa auf den Tisch gelegt hatte, in die linke Hand nahm, während er mit der Gabel in der Rechten weiteraß. Interessierten ihn diese Fotos denn wirklich?

»Das ist also Ihr Landhaus?« sagte er leise. – »Na ja«, antwortete Papa, »es ist eher ein Ferienhaus auf dem Land. Wir haben es vor genau zehn Jahren gebaut. Meine Frau hält sich jetzt gerade dort auf.« – »Und warum haben Sie Ihre Frau nicht mitgebracht?« fragte Herr Mühlenthal. – »Meine Frau hat Probleme mit dem Herz. Eine solche Reise wäre für sie zu riskant.« – »Ist Ihre Frau sehr empfindlich?«

Ich verstand nicht, warum Herr Mühlenthal so etwas Privates fragte, und wartete darauf, dass Papa antworten würde. Ich wusste aber, dass ihn der Gedanke an Mama nervös machte, gerade in dieser Hinsicht war Papa selbst sehr empfindlich (wir waren alle empfindlich, wenn es um Mama ging, selbst ich wurde die Empfindlichkeit nicht los …).

Um Papa die schwierige Antwort abzunehmen, sagte ich: »Es macht Mama nichts aus, zu Hause zu bleiben. Sie hat immer sehr viel zu tun. Sie ist von Beruf Bibliothekarin.« – Herr Mühlenthal schaute mich aufmerksam an und grinste: »Und was bist Du von Beruf?« – »Mein Sohn ist Homerexperte, er besucht ein humanistisches Gymnasium. Altgriechisch, Latein – verstehen Sie?« sagte Papa. – »Altgriechisch?!« rief da der Herr Kapitän. – »Ja«, sagte ich (obwohl es mir nicht recht war, dass Papa mich zum »Homerexperten« ernannt hatte – anscheinend wollte er nicht sagen, dass ich einmal Pianist werden wollte – oder er wollte vom Thema »Mama ist etwas empfindlich« ablenken), »ja, ich lerne seit einigen Jahren Latein und Altgriechisch. Ich bin allerdings kein As in diesen Fächern, nein, wirklich nicht.«

Herr Mühlenthal stierte mich so misstrauisch an, als argwöhnte er, dass ich Theater spielte. Dabei hatte ich doch nichts als die Wahrheit gesagt. Latein und Altgriechisch waren keine Fächer, die ich besonders mochte, ich spielte gern und viel Klavier, ich las eine Menge, und ich schrieb jeden Tag mindestens einen oder zwei kurze Texte.

»Ich habe auch einmal versucht, die *Odyssee* zu lesen, aber ich bin nicht weit gekommen«, sagte er und schaute viel zu ernst auf die schmalen Fischfilets vor sich auf dem Teller. Als hätte er zu wenige abbekommen. Oder als machten sie ihm aus irgendeinem undurchsichtigen Grund Sorgen.

»Dafür sprechen Sie hervorragend Neugriechisch!« – sagte der Kapitän und verdrückte zwei kleine panierte Fischfilets auf einmal. – »Der Fisch schmeckt ausgezeichnet«, sagte Papa, als gingen ihn weder das Altgriechische noch das Neugriechische etwas an. Ich aber war sehr erstaunt, dass Herr Mühlenthal angeblich hervorragend Neugriechisch sprach, er machte gar nicht den Eindruck, so etwas zu können. »Sprechen Sie wirklich Neugriechisch?« fragte ich ihn. – »Ja«, sagte er, »ich habe eine Weile in Griechenland gelebt.« – »Türkisch spricht er übrigens auch«, sagte der Kapitän. – »Türkisch auch?!«

fragte ich. – »Ja«, antwortete Herr Mühlenthal, »ich habe auch eine Weile auf Zypern gelebt und dort Neugriechisch und Türkisch gesprochen.«

»In wie vielen Stunden fahren wir los?« fragte da Papa (was ich in diesem Moment als unpassend empfand). – »In etwa drei Stunden«, sagte der Kapitän, »Sie können es wohl kaum noch erwarten?« – »Stimmt«, sagte Papa, »ich kann es kaum noch erwarten.« – »Und der Herr Sohn?« fragte der Kapitän. – »Geht so«, sagte ich (um nicht zu übertreiben).

Gleich darauf versackte die Unterhaltung. Ich fand, dass ich gut mitgehalten hatte und in keinem Moment »kleinlaut« geworden war. Den Vorwurf, »wortkarg« gewesen zu sein, konnte man mir auch nicht machen, im Gegenteil, ich hatte einiges zur Unterhaltung beigetragen und weder zu dick aufgetragen noch zu sehr untertrieben. Erleichtert war ich, dass Papa meine Pläne, einmal ein Pianist zu werden, unerwähnt gelassen hatte. Wenn jemand (egal wer) in einer beliebigen Runde entdeckte, dass ich Pianist werden wollte, hatte das meist üble Folgen. Die anderen betrachteten mich dann wie eine merkwürdige, bemitleidenswerte Pflanze, die in ihrem Leben zu wenig Wasser und Luft bekommen hatte.

Ein »Pianist« in meinem jugendlichen Alter war (nach gängiger Meinung) von seinen Eltern pausenlos getrimmt und getriezt worden. Alle paar Tage spielte er sich die Finger blutig, auf Freunde musste er verzichten, stattdessen dachte er nur an den nächsten Chopin-Wettbewerb, wo er im Wettstreit mit viel besseren Konkurrenten (aus Russland, aus Polen, jedenfalls aus dem Osten Europas) hoffnungslos verlieren und untergehen würde. Mit einem jungen Pianisten in spe beschäftigte man sich nicht, denn er war eine armselige, lächerliche Figur, die als Klavierlehrer in der Provinz enden würde.

An Bord der *Albireo* war die Gefahr, dass meine Pianistenträume entdeckt werden würden, jedoch anscheinend gering. Es gab weder ein Klavier noch einen Flügel, nicht einmal ein Schallplattenspieler oder ein Radio waren vorhanden. Ich musste also (ganz gegen meinen Willen) eine Zeitlang auf das Spielen und Hören von Musik verzichten. Würde ich das schaffen? Momentan konnte ich diese Frage noch nicht beantworten, es handelte sich um eine schwierige Frage ähnlich der, ob Papa es schaffen würde, sich während der Reise mit einem minimalen Raumangebot zu bescheiden. In gewissem Sinn hatte so ein mächtiges Schiff mit all der Macht, die es ausübte, eben doch etwas Diktatorisches. Vollkommen frei konnten wir uns nicht bewegen, und außerdem waren wir darauf angewiesen, dass der Herrscher über unser Leben seinen Aufgaben auch wirklich gewachsen war.

Seltsamerweise schien niemand in der abendlichen Runde so zu denken wie ich. Herr Mühlenthal und Herr Segemann hielten sich bestimmt für erfahrene Seeleute, die ein Schiff wie die *Albireo* jederzeit im Griff haben würden. Der eine steuerte sie, wohin auch immer er wollte, der andere operierte im Maschinenraum laufend an ihrem Herzen, so dass sie jeden Tag neue Höchstleistungen erbrachte. Für Denis, den Steward, dagegen war die Reise wohl eine Art netter Ausflug. An Land würde er sich (da war ich sicher) ein Motorrad mieten und den erstbesten Küstenstreifen rauf und runter donnern. Und der Kapitän? Was dachte ich eigentlich über ihn?

Der Herr Kapitän war mir noch ein Rätsel. Ich hatte ihn schon beim ersten Anblick für etwas eitel gehalten, und ich konnte mir gut vorstellen, dass er sehr unangenehm werden würde, wenn ihm etwas nicht passte. Andererseits hatte er sich gerade mir gegenüber sehr freundlich benommen, er war auf meine Worte und Sätze eingegangen und hatte in keinem Augenblick den Eindruck erweckt, er halte mich für einen jungen und an Bord eigentlich überflüssigen Schnösel (das hatte ich insgeheim befürchtet).

Am ehesten konnte ich mir vorstellen, dass er die Fahrt durchs Mittelmeer auf seine Weise genoss, ja, ich hielt ihn (nach meinen ersten Eindrücken) für einen verkappten Genießer. Ab und zu würde er als Kapitänsdarsteller auf der Kommandobrücke auftauchen, sonst aber würde er sich zurückhalten und die meiste Arbeit (das Steuern des Schiffes, die Betreuung der Maschinen etc.) den anderen überlassen. Er sah so aus (und er benahm sich auch so), als könnte ihm auch das Leben auf einem luxuriösen Kreuzfahrtschiff gefallen. Während der Mahlzeiten auf so einem Dampfer würde er mit den Passagieren anstoßen und geduldig zuhören, wenn sie von ihren Einfamilien- oder Ferienhäusern im Westerwald erzählten.

Nun gut, ich hatte mir bereits von allen Personen, mit denen wir in der nächsten Zeit zu tun haben würden, ein erstes Bild gemacht. Nur die Anmerkungen, die Papa zu den Fotos über unser Westerwaldhaus hatte fallen lassen, spukten mir noch durch den Kopf und waren nicht richtig einzuordnen. Er hatte mich damit überrascht, später würde ich ihn fragen, warum er die Fotos aus unserer Kabine geholt und herumgezeigt hatte.

Denis wollte das Dessert bringen, als Herr Mühlenthal und Herr Segemann sich verabschiedeten. »Trinken wir später noch ein Bier zusammen, Josef?« fragte Herr Segemann Papa beim Hinausgehen. – »Nicht nur eins«, antwortete Papa. – »Sie duzen sich?« fragte der Kapitän, »kennen Sie sich?« – »Allerdings«, antwortete Papa, »wir haben uns nach langen

Jahren heute wieder getroffen. Zufällig und ohne es vorher zu ahnen.« – Ich bemerkte, dass Herr Segemann grinsen musste. Er sagte aber nichts, sondern verließ den Salon, ohne Papas Märchen zu kommentieren.

Als Dessert gab es eine Schokoladencreme mit Schlagsahne. Der Kapitän sagte, er wolle mit Papa einige Details der Reise besprechen. Ich könne gerne zuhören und bleiben, es handle sich aber um sehr langweilige Details: »Informationen, die ich den Passagieren vor Beginn der Reise geben muss, dazu bin ich verpflichtet. Dein Vater kann Dir später eine Kurzfassung liefern«, sagte er, »dann ersparst Du Dir jetzt das Zuhören. Okay?« – Ich sagte »okay!« und verabschiedete mich.

Papa blieb mit dem Kapitän im Salon, und ich ging zurück in unsere Kabine. Ich stellte den Ventilator an, öffnete die Bullaugen und schaute lange auf die still daliegenden Hafenanlagen. Kein Mensch war noch zu sehen, die *Albireo* würde den Hafen bald schwer beladen verlassen. Mit zwei ahnungslosen Passagieren an Bord, von denen der eine, jüngere, gerade an ein kleines Haus im Westerwald dachte, in dem seine Mutter genau zu dieser Stunde Abendbrot essen würde.

Der Kapitän (11. Juli 1967, ohne Uhrzeit)

Der Kapitän war ein großes Rätsel. Schechnik, der Vollmatrose, hatte sich gerade vorgestellt und die ersten Worte an Bord mit ihm gewechselt. Was Kapitäne betraf, kannte Schechnik sich eigentlich aus, denn er war schon mit vielen unterwegs gewesen. Mit den sturen, die ihre täglichen, immergleichen Rundgänge machten, mit den überheblichen, die alles besser wussten, und mit den penetrant schweigsamen, die sich heroisch gaben. Der neue aber war anders als solche Typen, die man rasch durchschaute und die keine Varianten beherrschten. Schechnik hatte das unangenehme Gefühl, einem guten und erfahrenen Schauspieler begegnet zu sein, der viele verschiedene Rollen draufhatte. So einer war unberechenbar und sprunghaft, und wenn es gefährlich wurde, setzte so einer gerne mal alles auf eine Karte. Um mit Mann und Maus in großer Manier unterzugehen. Oder (kleinere Variante), um mit der vollen Kraft seines Schiffes drei Hafenmauern nacheinander zu rammen. »Sei auf der Hut!« flüsterte Schechnik, dann machte er aus weiter Ferne (obwohl das Fotografieren an Bord für Matrosen verboten war) ein erstes, heimliches Foto des Kapitäns.

Anker lichten

Papa kam erst nach über einer Stunde zurück in die Kabine. Er schüttelte den Kopf, wirkte aber weder verärgert noch verbittert, sondern eher amüsiert. »Meine Herren«, sagte er, »Kapitän Reckling ist zu großer Form aufgelaufen. Er hat festgehalten, was wir alles dürfen und was nicht. Ich bringe den langen Katalog bestimmt nicht mehr zusammen, so was kann ich mir nicht merken.« – »Du *willst* es Dir nicht merken«, antwortete ich, »*das* ist die Wahrheit!« – »Du könntest recht haben«, sagte Papa, »aber ein paar Dinge habe ich doch noch im Kopf.« – »Also?« – »Also: Wir dürfen uns nur vorne, im Bugbereich, aufhalten. Bei Sturm, schwierigem Wetter, hohem Seegang bleiben wir am besten in der Kabine. Die Kommandobrücke dürfen wir nur betreten, wenn der Herr Kapitän es ausdrücklich erlaubt oder uns dazu auffordert. Entscheiden wir uns bei Aufenthalten an Land für einen Landgang, müssen wir pünktlich zurück sein. Sind wir nicht pünktlich zurück, fährt die *Albireo* ohne uns weiter. Gnadenlos ...« – »Hat er wirklich ›gnadenlos‹ gesagt?« – »Mehrfach. ›Gnadenlos‹ ist eines seiner Lieblingswörter.« – »Dann war er lange im Krieg.« – »Ja, das war er. Aber ich habe mit ihm nicht darüber gesprochen, obwohl er genau darüber mit mir sprechen wollte. ›Ich spreche nicht über den Krieg‹, habe ich ihm gesagt, ›ich hasse das Thema.‹« – »Und? Wie hat er reagiert?« – »Es hat ihn erstaunt, er hatte nicht damit gerechnet.« – »Wie findest Du ihn?« – »Sag mir erstmal, wie *Du* ihn findest!« – »Na ja, er ist etwas eitel, aber das stört mich nicht. Und er war mir gegenüber ausgesprochen freundlich.« – »Stimmt, und ich weiß jetzt auch, warum. Er hat einen Sohn, der kaum älter ist.« – »Vielleicht vergleicht er mich mit seinem Sohn, könnte sein.« – »Ja, das tut er wohl. ›Mein Sohn ist etwa so alt wie Johannes‹, hat er gesagt, ›aber mein Sohn kann weder Altgriechisch noch Latein.‹« – »Und was macht sein Sohn stattdessen?« – »Keine Ahnung, er ist anscheinend auf einem Internat. Ich wollte nicht weiter nachfragen.« – »Also gut, jetzt aber sag: Was hältst *Du* von ihm?« – »Ich glaube, dass ihn irgend etwas bedrückt. Aber er gibt sich Mühe, es zu verbergen und freundlich zu sein. Es hätte schlimmer kommen können. Seltsam war nur, was er über die anderen Männer am Tisch gesagt hat.« – »Hat er gelästert?« – »Ja, ein wenig schon. ›Unser Erster Offizier ist im Umgang ein sehr schwieriger Mensch‹, hat er gesagt, »›wenn Sie Probleme mit ihm bekommen, sagen Sie es mir, ich kümmere mich dann darum.‹« – »Mm, das hört sich nicht gut an.« – »Nein, tut es nicht. ›Und Ihr Duzfreund Segemann hat auch so seine Macken‹, hat er noch gesagt.« – »Das hört sich noch schlimmer an.« – »Ja, so redet man nicht über seine Leute. Zuletzt bekam auch noch Denis sein Teil ab!« – »Aha, Denis ist in seinen Augen sicher ein junger Revoluzzer!« – »So in etwa. ›Achten Sie darauf, dass Ihr Sohn nicht mit Denis paktiert.

Der hat eine Ader für dunkle Geschäfte.‹« – »Na so was. In den Augen unseres Kapitäns sind wir anscheinend von lauter üblen Gesellen umgeben, vor denen wir uns in Acht nehmen sollten.« – »Ja, es hörte sich so an, als wäre er die einzige vertrauenswürdige Person an Bord. Tadellos, unkompliziert, ehrlich, ein bescheidener Diener der Reederei.«

Wir waren eine Weile still, Papa starrte auf ein Bullauge, als gäbe es dort draußen noch eine ganz andere, harmlosere Welt, und ich blätterte in Homers *Odyssee*, konnte mich aber nicht konzentrieren. »Viel Raum haben wir an Bord ja gerade nicht …«, sagte ich schließlich. – »Wir werden hoffentlich damit zurecht kommen«, antwortete Papa.

Ich bemerkte, dass ihm anscheinend erst jetzt, kurz vor der Abfahrt, ganz klar zu werden schien, wie unser Leben in den nächsten Tagen aussehen würde. Vier sich hinziehende Mahlzeiten, wenig Bewegung, kaum Abwechslung – das waren vorläufig keine besonders abenteuerlichen Aussichten. Oder irrte ich mich? »Lass uns doch mal an Deck gehen!« sagte ich und stand auf. Ich achtete nicht weiter auf ihn, sondern verließ die Kabine und ging auf das Oberdeck. Neben den Rettungsbooten standen jetzt zwei Liegestühle, die Denis anscheinend dort für uns aufgestellt hatte.

Ich blickte über das ganze Deck und musterte noch einmal die langen Reihen der Ladung, ich begann, die Ölfässer und Eisenringe zu zählen, als ich einen kleinen Mann bemerkte, der auf einem der Fässer hockte. Er war ganz in Schwarz gekleidet und sah aus wie ein Kobold. Ich hatte nicht die geringste Ahnung, wer das sein könnte, seine Erscheinung hatte etwas Unheimliches. Als er mich bemerkte, winkte er mit der Rechten, als wären wir alte Vertraute. Ich winkte ebenfalls, da verließ er das Fass und bahnte sich einen Weg zu mir hinauf.

Er gab mir die Hand und stellte sich vor. »Ich bin Maro, der Funker«, sagte er. An einen Funker hatte ich nicht gedacht, er überraschte mich mit diesem Satz, und die Sache wurde noch überraschender, als er davon berichtete, eine seiner Aufgaben an Bord sei die Nachrichtenübermittlung. »Welche Nachrichten meinen Sie?« fragte ich, »Nachrichten von zuhause, Nachrichten von Verwandten und Freunden?« – »Neinnein«, antwortete er, »keine privaten Nachrichten, sondern Nachrichten aus aller Welt. Schließlich gibt es an Bord ja keine Zeitungen, und Radioempfang ist nicht immer möglich.«

Ich stutzte. Papa und ich würden also einige Zeit nur mit jenen Nachrichten auskommen müssen, die Maro, der Funker, an uns weitergab? »Wie läuft das mit den Nachrichten?« fragte ich, »sind das ein paar Blätter mit verstreuten Meldungen, oder wie soll ich mir das vorstellen?« – »So in der Art. Ich stelle ein kleines Nachrichtenblatt zusammen, zwei Seiten alle paar Tage, wenn ich etwas Zeit habe.« – »Und was sind das für Nachrichten?« – »Ich richte mich ganz nach den Interessen der Mannschaft – und ein wenig auch nach denen der Passagiere.« – »Was interessiert denn die Mannschaft?« – »Vor allem die neuste Musik. Rock, Pop, Protestsongs, die ganze Palette. Dann natürlich Sport. Politik interessiert hier keinen Menschen, jedenfalls nicht der übliche Kram, das Parteiengezänk, die Provinzbühnen in Bonn. Damit darf ich unseren Leuten nicht kommen. Die halten Kiesinger für eine Mineralwassermarke.« – »Sie suchen die Nachrichten also ganz allein aus. Und Sie richten sich nach dem Publikum.« – »Ja, genau, so könnte man sagen. Ich weiß ziemlich genau, was bei unseren Leuten ankommt und was eben nicht.« – »Schreiben Sie die Texte selbst?« – »Meistens, ich fische mir die Meldungen aus dem Angebot der Radiosender und Zeitungen und schreibe sie für unsere Zwecke an Bord um.« – »Und was ist mit dem

Kapitän? Interessiert ihn das auch?« – »Und ob! Ich lege ihm meine Texte vor, und er segnet sie ab.« – »Das hört sich ja beinahe an wie Zensur.« – »Naja, Zensur würde ich es nicht nennen, eher Kontrolle. Kapitän Reckling legt Wert darauf, mit zu bestimmen, was für die Leute an Bord von Interesse ist und was eben nicht.« – »Hat er schon einmal Meldungen aussortiert oder unterdrückt?« – »Er hat seinen eigenen Geschmack, so würde ich es mal nennen.«

Maro schien das Thema nicht zu behagen. Er streckte seinen kleinen, drahtigen Körper durch, atmete tief ein und sagte, dass die Ausfahrt aus einem großen Hafen immer etwas Besonderes sei. Gleich sei es soweit, er freue sich sehr darauf. »Sind Sie etwa nervös?« fragte ich. – »Jedes Mal«, antwortete er.

Wieder gab es eine kurze Pause, dann fragte er: »Wollen wir uns duzen?« Ich war sehr überrascht und antwortete: »Gern. Ich heiße Johannes.« – »Und ich heiße Maro, Punkt, aus.« – »Ist das Dein Vorname?« – »An Bord ist es mein Vor- und Nachname. Mein eigentlicher Nachname tut nichts zur Sache.« – »In Ordnung.« – »Ich wusste übrigens schon, dass Du Johannes heißt. Und ich weiß auch, dass Du ein Homerexperte sein sollst.« – »Hat Ingenieur Segemann das gesagt?« – »Genau der.« – »Ich bin alles andere als ein Homerexperte. Man zieht mich nur damit auf, weil ich auf ein humanistisches Gymnasium gehe.« – »Das habe ich mir schon gedacht.«

Ich bemerkte, dass nun auch Papa an Deck kam. Er ging auf uns zu, und ich nutzte den kurzen Augenblick, um Maro noch etwas unter vier Augen zu fragen: »Darf ich mal dabei sein, wenn Du Nachrichten aussuchst? Ich würde gern mal sehen, wie Du das machst. Das interessiert mich.« – »Na klar, aber ich werde vorher den Kapitän fragen. Sicher ist sicher.« – »Du hältst mich auf dem Laufenden?« – »Mache ich.« – »Und wo ist Dein Arbeitsplatz?« – »Ich werde ihn Dir zeigen.« – »Was glaubst Du: Wird der Kapitän einverstanden sein, wenn ich Dir über die Schulter schaue?« – »Na, ich hoffe schon.«

Die Aussicht, die zentrale Nachrichtenbörse des Schiffes kennen zu lernen, hatte etwas Beflügelndes. Zusammen mit Maro interessante Meldungen zu lesen, zu sortieren und auszuwählen – das würde mir bestimmt gefallen und Spaß machen. So gäbe es an Bord auch für mich eine richtige Aufgabe. Das war auf jeden Fall besser, als nur pausenlos Bücher zu lesen und Beobachtungen zu notieren.

Papa stellte sich Maro vor, und Maro nannte seinen Vornamen und gab Papa die Hand. »Maro ist der Funker an Bord«, sagte ich (leicht beschwingt), »er übermittelt uns die wichtigsten Nachrichten des Tages.« – »Da bin ich aber gespannt«, antwortete Papa, »obwohl ich selbst nicht jeden Tag neue Nachrichten brauche. Auch ohne Nachrichten lässt sich gut leben. Vielleicht lässt sich sogar ohne Nachrichten besser leben als mit Nachrichten, ich vermute das beinahe.«

Ich sah, dass Maro erstaunt war. So etwas hatte er anscheinend noch nie von einem Passagier gehört. »Bisher haben sich alle Passagiere über die neuen Nachrichten gefreut«, sagte er, »ich kann Ihnen den Nachrichtendienst aber auch ersparen.« – »Moment mal«, antwortete Papa, »ich selbst bräuchte nicht jeden Tag neue Nachrichten, höchstens ab und zu. Damit ich weiß, dass die Welt sich um keinen Deut verändert hat. Mein Sohn wird sich aber bestimmt darüber freuen. Er liest alles, was nicht niet- und nagelfest ist, stimmt's, Johannes?« – »Übertreib nicht«, antwortete ich.

Wir lachten alle Drei, als es plötzlich begann. Es begann unerwartet, auf einen Schlag, und es machte mir solche Angst, dass ich mich fast an die nächstbeste Reling geklammert hätte. Es war ein rotierendes Kratzgeräusch, erst verhalten, dann sich steigernd und immer stärker werdend. Die Motoren waren angesprungen, und das mächtige Schiff schien sich vorsichtig zu schütteln. Es schwankte keinen Zentimeter, nein, das nicht, eher machte es den Eindruck, als ob alle Energien nacheinander einzeln aufgerufen, kurz begutachtet, zusammengeführt und konzentriert wurden.

An der fernen Horizontlinie ging die Sonne gerade pathetisch unter, die blutrote Scheibe zitterte noch im Dunkel und versank allmählich. Die anderen Frachter in unserer Nähe strahlten im Glanz kleiner Lichterketten, als hätten sie diesen Schmuck eigens für unsere Ausfahrt angelegt. Alles wirkte grandios und wie in einem Film mit tausend Komparsen, als verließe ein wirklich großer und bedeutender Herrscher den Kreis der Trabantenherrscher, die sich ein letztes Mal vor ihm vorbeugten.

Kein Witz, so kam es mir nämlich wahrhaftig vor: Als wären die anderen, kaum weniger großen, an den Kais zurückbleibenden Frachtschiffe kleine Ableger, die unserer *Albireo* Reverenz erwiesen. Ich hätte mich nicht gewundert, wenn jedes von ihnen einen eigenen Abschiedstanz aufgeführt und sich mehrmals um die eigene Achse gedreht hätte. Auf diesen erleuchteten Schiffen standen viele Matrosen an Deck und beobachteten unsere Ausfahrt, während auf dem Hauptdeck unseres Schiffes kein Mensch zu sehen war.

Das Kratzen, Scharren und Röhren der Motoren ging in ein angenehmeres Vibrieren über. Anscheinend waren die Energien jetzt glücklich gebündelt. Oben, auf der Kommandobrücke, standen der Kapitän und der Erste Offizier, auch Maro, der Funker, war gut zu erkennen. Sie schauten alle hinab zum Kai, und ich sah, wie ein Mann mit einer typischen Lotsenmütze rasch die Gangway hinaufkam. An Deck gekommen, zögerte er keine Sekunde, er kannte sich perfekt überall aus, das sah ich sofort. In dem Moment, als er die Kommandobrücke erreicht und die Männer dort oben nacheinander begrüßt hatte, legte die *Albireo* vom Kai ab.

Es war ein unheimlicher Moment, feierlich, aber auch Angst einflößend. Als bewegte man sich jetzt unweigerlich in unbekannte, gefährliche Gefilde, in denen man ganz auf andere Menschen und Kräfte angewiesen war, ohne etwas tun zu können. Auf den Kapitän, der mit diesem Schiff hoffentlich umzugehen wusste, auf die Mannschaft, die seine Motoren im Notfall reparieren und wieder seetüchtig machen würde.

Die *Albireo* vollzog eine unglaublich langsame halbe Drehung, und ich erkannte erst jetzt, dass sie von einem kleinen Schlepper im Dunkel aus dem Hafengelände gezogen wurde. Auf der Brücke war niemand mehr zu sehen, nur der Kapitän tauchte ab und zu im Freien auf, beide Hände in die Hüften gestemmt, mit einem strahlend weißen Hemd, das im spürbaren Abendwind flatterte.

Ich stand eine Zeitlang reglos neben Papa, wir sprachen nicht miteinander. »So eine Hafenausfahrt ist das Schönste, was man sich denken kann«, sagte Papa schließlich, »dagegen wirken Zug- oder Autofahrten nur wie lächerliche Modellbauspiele.« – »Das Schiff ist fast zu groß für diesen Hafen«, sagte ich, »ein Wunder, dass man es noch so präzise herausmanövrieren kann.« – »Kapitän Reckling sagte eben, eine solche

Ausfahrt stelle auch den erfahrensten Kapitän noch vor Herausforderungen. Man müsse höllisch aufpassen. Ohne Lotsen gehe es gar nicht.«

Langsam befreite die *Albireo* sich von den Hafenanlagen. Mir kam es so vor, als verkleinerten sich die Ladekräne an den Kais mit jeder Minute. Als räumte sie jemand beiseite und klappte sie zusammen. Wir ließen die anderen Frachter hinter uns, sie versanken mit ihren Lichtern wieder im Dunkeln. Unser Schiff schien wie an einer Leine gezogen durch die Hafengewässer zu gleiten, verhalten und angespannt, als verabschiedete es sich höflich und aufmerksam von jedem einzelnen Frachter an Land. Das Vibrieren hatte nachgelassen und war in ein kaum hörbares, gleichmäßiges Brummen übergegangen. Konnten Stürme einem solchen Herrscher über Winde und Gewässer wirklich etwas anhaben? Und hatten wir auf unserer Fahrt (zunächst an den Küsten Westeuropas entlang) überhaupt mit starken Stürmen zu rechnen?

Ich nahm mir vor, den Kapitän bald danach zu fragen. Dann eilte ich in unsere Kabine, holte den Fotoapparat und machte ein paar Aufnahmen. Ich wusste, dass es schlechte Dias werden würden, man würde kaum etwas erkennen, höchstens die verblassenden Lichter der anderen Frachter in der Ferne. Fotos würden angesichts dieser Ausfahrt wahrscheinlich hilflos wirken.

Ich hatte Papas alten Belichtungsmesser umgehängt und schaute kurz auf die Daten. Es war hoffnungslos, hier an Deck half in diesem Moment auch kein Belichtungsmesser. Also dachte ich nicht weiter daran, Dias für die Ewigkeit zu machen, besser wäre es, einen guten Text zu schreiben.

»Du machst ja gar keine Fotos mehr«, sagte Papa. – »Nein, sie werden eh nichts«, antwortete ich, »ich will später versuchen, die Ausfahrt zu beschreiben, so gut es eben geht.« – »Schade, dass wir das hier nicht filmen können«, sagte Papa, »so eine Ausfahrt ist doch etwas für eine Filmkamera. Oder noch besser: für mehrere Kameras. Und natürlich für einen großen Regisseur!« – »An wen denkst Du?« fragte ich. – »Ich kenne die großen Regisseure nicht gut genug.« – »Warum eigentlich nicht?« fragte ich, »warum gehst Du so selten ins Kino?« – »Als junger Mann bin ich alle paar Tage ins Kino gegangen. Ich hatte großes Vergnügen an Stummfilmen. Als der Tonfilm in die Kinos kam, verdarb mir das ewige Reden das ganze Vergnügen.« – »Im Ernst? Der Ton hat Dich gestört?« – »Und wie! Bilder und Musik – das hätte mir völlig gereicht. Ich mochte die alten Stummfilme sehr, sie waren auch fast immer zum Lachen. Mit den Tonfilmen begannen der triefende Ernst und der ganze Kitsch. Komplizierte Geschichten, Knutschereien.« – »Du hast etwas gegen Knutschereien?« – »In Filmen schon, da ertrage ich es nicht. Ich schaue immer weg, wenn ein Paar sich ans Knutschen macht.« – »Oder ans Küssen!« – »Richtig, oder ans Küssen. In Tonfilmen dauern Küsse viel zu lang, hast Du schon mal minutenlang geküsst?« – »Wie bitte?!«

Ich war erstaunt, dass Papa mich so etwas fragte. Und das mitten im Hafen von Antwerpen, den wir gerade mit Hilfe eines schwierigen Manövers verließen. »Wenn uns langweilig wird, können wir uns über solche Themen unterhalten«, sagte ich, »jetzt lieber nicht.« – »Du drückst Dich!« sagte Papa, »Du gehst nicht souverän mit dem Thema um!« – »Ich knutsche und küsse nicht gerade jeden Tag«, antwortete ich, »hast *Du* in meinem Alter etwa laufend geknutscht und geküsst?« – »Während der langen Fahrt können wir souverän darüber sprechen«, sagte Papa, »dann wird uns nie langweilig.«

Am Ende der Hafenausfahrt erreichten wir eine große Schleuse. Drei andere, etwas kleinere Frachtschiffe, warteten anscheinend auf uns. Die Schleusentore schlossen sich sehr langsam, es war ein seltsamer Moment. Wie eine allerletzte Chance zum Verweilen und Luftholen, beinahe bedrohlich. Nach etwas über einer halben Stunde öffnete sich die Schleuse, und unser Schiff nahm Kurs auf die offene See.

Reisetagebuch (11. Juli 1967, 23.20 Uhr)

Nein, ich bin nicht entspannt. Obwohl die Ausfahrt aus dem Hafen mich doch hätte beruhigen können. Jetzt treiben wir in einem stillen Nirgendwo dahin – und ich halte fest, dass es keinen Grund gibt, sich zu sorgen oder zu ängstigen. Ich misstraue aber der Ruhe, ich misstraue ihr, seit ich an Deck bin. Dabei erschien alles doch kinderleicht: das Ablegen, das Manövrieren, das Eintauchen ins dichte Dunkel. Ich stand mit Papa noch lange an Deck, wir haben aber kaum noch ein Wort miteinander geredet. Nur zugeschaut, wie die Signale und Lichter an Land sich entfernten und schließlich ein paar Bojen mit kleinen Lämpchen obenauf übrig blieben. Dann wurden auch die weniger – und es war, als hätte jemand die Verbindung zum Land endgültig gekappt. Dabei bestehen diese Verbindungen hier an Bord natürlich (in anderer Form) weiter. Wie aber war das zum Beispiel in der Antike? Als so eine Hafenausfahrt ja wirklich eine endgültig wirkende Trennung vom Festland bedeutete. Musste die Seefahrer da nicht ein Gruseln überkommen? Ich habe genau dieses Gruseln gerade eben gespürt.

Reisetagebuch (12. Juli 1967, 0.17 Uhr)

Papa schläft tief, als ob nichts wäre. Ich aber kann nicht schlafen, es geht nicht. Ich bin aufgestanden und hinüber in den Salon gehuscht, wo ich Licht zum Schreiben habe. Das Schreiben beruhigt (wie fast immer). Wenn ich das Schreiben nicht hätte, was wäre dann? (Reden hilft nicht, nur das Schreiben hilft.) Auch die vielen Bücher hier an den Wänden beruhigen etwas – sie schauen einen an wie alte Matrosen, die einem ihre Geschichten erzählen wollen. Hör mal zu, Junge, so war das in der Antike! Ist in Ordnung, Leute, ich werde jedes Buch zumindest in die Hand nehmen und darin blättern. Ihr seid meine Medizin.

Reisetagebuch (12. Juli 1967, 0.53 Uhr)

Ich habe ein paar Seiten in Henry Millers Koloss von Maroussi *gelesen – und zwar die, auf denen er von der Schifffahrt von Frankreich nach Griechenland erzählt. Kein Wort über das Schiff und die Fahrt! Keinerlei Eindrücke von Wetter oder Wind oder Wasweißich! Henry hat eine ganz einfache Methode, sich die Unruhe vom Leib zu halten: Er unterhält sich! Ja, wirklich, er durchforstet das Schiff nach möglichst interessanten Gesprächspartnern und redet stundenlang mit ihnen! Wer hier an Bord wäre für mich interessant? Auf jeden Fall Maro, der Funker! Und auf jeden Fall Kapitän Reckling! Denis?! Eher nicht. Ingenieur Segemann – nein, ich verstehe nichts von den Themen, von denen er sehr viel versteht (Nautik, Geschichte der Seefahrt usw.). Bleibt noch der Erste Offizier, wie heißt er doch gleich?, richtig: Mühlenthal. Über ihn weiß ich nur wenig, er ist undurchschaubar. Also: Maro, der Funker, der könnte als erster drankommen, wenn ich die Henry-Miller-Methode anwenden würde. Stundenlang kann ich mich aber nicht mit ihm unterhalten, das schaffe ich nicht. (Ich kann mich mit kaum einem Menschen stundenlang unterhalten, irgendwann schalte ich ab. Mein blöder Kopf macht dann nicht mehr mit, er will Musik und nur noch Musik!)*

Reisetagebuch (12. Juli 1967, 1.20 Uhr)

Erinnerte mich gerade daran, dass ich auf den früheren Reisen mit Papa Postkarten an Mama geschrieben habe. Wie sie sich immer über diese Karten gefreut hat! Ich würde auch gern auf dieser Reise Karten schreiben (nur an sie, niemand anderes dürfte sie lesen). Wie aber soll ich das machen, wo es doch keine Briefkästen gibt? Soll ich auf Vorrat schreiben? Alle paar Tage eine Karte, bis wir in Patras anlegen? Um in Patras auf einmal zwanzig Karten abzuschicken? Ich könnte mal mit einer anfangen, zur Probe.

Postbriefkarte an die Mama (12. Juli 1967, 1.54 Uhr)

Liebe Mama, wir sind auf weiter Fahrt! An Bord ist es herrlich. Und so viele Menschen kümmern sich um uns: Der Kapitän, der Funker, der Steward – ich kann sie gar nicht alle aufzählen. Mit jedem von ihnen unterhalte ich mich lange und lerne enorm viel dazu: über Nautik, die Geschichte der Seefahrt, das Manövrieren in Häfen, das Funken und Unken (entschuldige). Die Mahlzeiten sind reichlich (und liegen schwer im Magen). Ich überlege, wie ich so tun könnte, als äße ich ordentlich (heißt es so: äße?), während ich in Wahrheit das halbe Essen verschwinden ließe. Aber wo? Unter dem Tisch? Du siehst, es gibt doch noch Probleme, aber nur kleine. Von Ichweißnichtwo grüßt Dich Dein Sohn

Reisetagebuch (12. Juli 1967, 2.12 Uhr)

Wieso hat Papa plötzlich vom Knutschen und Küssen gesprochen? Was war da in ihn gefahren? Mit solchen Themen haben wir uns noch nie beschäftigt. Eben gerade (mitten in der Nacht, elend allein in diesem Schiffsberuhigungssalon) überlegte ich, ob diese Reise uns mit einigen Themen nerven könnte, über die wir noch nie miteinander gesprochen haben. Dabei sprechen wir doch jeden Tag viel miteinander. So haben wir es jedenfalls bisher immer auf Reisen (und auch sonst) gemacht. Bestimmte Themen haben wir jedoch ausgelassen, natürlich. Zum Beispiel das Knutschen und Küssen. Hat Papa wirklich vor, sich mit mir darüber zu unterhalten? Es könnte sein, dass unser gigantisches Frachtschiff auch die seelische Frachten (und die Rumpftiefenfrachten) in Bewegung versetzt und auf Reisen schickt. Wenn wir uns langweilen, könnten sie aus den Tiefen nach oben steigen und an Deck erscheinen! Mann, bin ich auf Abwegen!

Auf offener See

Ich hatte sehr wenig geschlafen, als ich am nächsten Morgen gegen 7 Uhr erwachte. Papa war bereits angezogen und sagte, dass er »auf einen Sprung« an Deck gehen werde. Er sei »auf die Bilder da draußen« gespannt. Er wirkte etwas nervös und suchte sein Fernglas, und als er es endlich gefunden hatte, hielt er es zunächst steif in der rechten Hand, zog es dann über (so dass es auf der Brust hing), betrachtete sich im Spiegel und nahm es dann wieder von der Brust, um es erneut steif in der rechten Hand zu halten. »Was ist denn los?« – fragte ich. – »Ich habe noch keinen passenden Platz für den Feldstecher gefunden«, sagte Papa. – »Auf See ist das kein Feldstecher, sondern ein Fernglas.« – »Jawohl, Herr Kapitän«, sagte Papa und verließ die Kabine.

Ich stand rasch auf und ging zu einem Bullauge. Draußen war es sonnig und unglaublich hell, der Horizont aber lag in einem dichten Nebel, als hinge dort ein weißer Schleier, der jede weitere Aussicht versperrt. Wie ruhig die *Albireo* durch das offene Meer glitt! Größere Wellen waren nicht zu sehen, nur die aufblitzende Spiegelung der Sonnenstrahlen um das Schiff herum erinnerte daran, dass wir von Wasser umgeben waren. Ich zog mich an und ging ebenfalls an Deck. Papa stand mit dem Fernglas an der Reling und schaute so angestrengt durch das Gerät, als hätte ihn das offene Meer hypnotisiert.

»Was ist denn da draußen zu sehen?« fragte ich. – »Nichts«, antwortete Papa, »gar nichts. Das Blau des Meeres und das Weiß des Nebels.« – »Und warum schaust Du dann so lange hindurch?« – »Um ganz sicher zu sein, dass dort wirklich nichts ist.« – »Aha. Was hattest Du denn erwartet?« – »Ein bisschen Küste. Steile Felsen. Kleine Häfen. Oder zumindest: Vögel. Schwärme von Vögeln, die uns begleiten.« – »Aber da sind nicht mal Vögel, stimmt's?« fragte ich. – »Nein«, sagte Papa, »da ist nichts. Es ist etwas unbefriedigend. Um uns ist Leere, und mit der können nur die Kenner an Bord etwas anfangen. Also die, die den Kurs halten oder unsere Geschwindigkeit bestimmen. Mit anderen Worten: der Kapitän, der Erste Offizier, vielleicht noch der Funker.« – »Hast Du schon jemand von ihnen gesehen?« – »Ja, den Funker. Er wusste immerhin, dass wir gegen Mittag Dover passieren.« – »Dover?« – »Ja, gegen 12 Uhr sollten wir Dover passieren. Oder Calais, das liegt ja bekanntlich gegenüber. Die Straße von Dover nach Calais, die passieren wir in wenigen Stunden.« – »Na bitte, das ist doch mal was.« – »Nein, das sagt nicht viel. Wir werden weder von Dover noch von Calais etwas zu sehen bekommen.« – »Überhaupt nichts?« – »Nein, der Nebel ist viel zu dicht und verhindert die Sicht auf Dover und die auf Calais wohl gleich mit.« – »Wir sollten nicht unzufrieden sein«, sagte ich, »das Wetter ist schließlich herrlich. Sonne, kaum Wind, blauer Himmel.« – »Du redest, als wärest Du Sechzig«, sagte Papa. – »An Bord wird man mit jedem Tag reifer und erfahrener«, sagte ich. – »Da kann ich drauf verzichten«, antwortete Papa.

Er nahm sich die beiden Liegestühle vor und postierte sie in einigem Abstand nebeneinander. Das Fernglas legte er auf den Boden und breitete auf jedem Liegestuhl eine Decke aus. Er ließ sich in eine von ihnen fallen, kniff die Augen zusammen und starrte ins Sonnenlicht. »Ohne Sonnenbrille halte ich das nicht aus«, sagte er. – »Okay, ich hole die Brille«, sagte ich. – »Bring den Homer mit und einen Schluck Wasser. Ich habe Durst.« – »Obwohl wir gleich frühstücken?« – »So lange will ich nicht warten.«

Ich beobachtete ihn noch einen Moment länger, bevor ich in die Kabine zurückging. Er kam mir seltsam unduldsam und leicht gereizt vor, als hätte er sich von diesem ersten Morgen auf offener See etwas ganz anderes erwartet. Das große Abenteuer inmitten von harten Brisen und stürmischer Seefahrt. Schwärme von Vögeln, die das Schiff in den hohen Wogen drohend umkreisen. Einen SOS sendenden Funker. Nichts von alledem war zu sehen. Es war eher so, als segelten wir auf einem Binnengewässer und würden gleich in einer Rentnerhochburg landen. In einem Kaffee- und Kuchenland hinter den weißen, undurchsichtigen Nebeln.

In der Kabine suchte ich nach Papas Sonnenbrille, fand sie aber nicht. Ich suchte weiter, um wenigstens mit Homer aufwarten zu können, konnte aber auch Homer in der Übersetzung von Johann Heinrich Voß nicht finden. Nur die sperrige Prosaübertragung für die Schülerinnen und Schüler humanistischer Gymnasien hatte ich schnell entdeckt, sie lag als einziger Homertext auf unserem Nachttisch. Daneben lag aber noch ein weiteres Buch, das mit Homer zu tun hatte. Anscheinend hatte Papa es aus der Bibliothek geholt. Ein Geograph machte sich darin Gedanken darüber, wie die Reisen des Odysseus vielleicht verlaufen waren.

Mit den beiden Büchern wollte ich die Kabine verlassen, als ich Denis hörte, der uns zum Frühstück rief. Ich ging nach draußen auf den Gang. »Einen schönen guten Morgen, junger Mann«, sagte er, »angenehm geruht?« – »Wir sollten uns später mal kurz unterhalten, Denis«, antwortete ich, »damit wir in Frieden miteinander auskommen.«

Er schaute mich von der Seite her an und verkniff sich eine Reaktion. Dass ich so antworten würde, hatte er nicht erwartet. Ich hatte mir aber vorgenommen, so schnell wie möglich mit ihm zu sprechen, anstatt seine dummen Sprüche einfach zu überhören.

Dann ging ich in den Salon, um nachzuschauen, ob schon für das Frühstück gedeckt war. Der Kapitän saß bereits am Tisch und frühstückte. Er grüßte freundlich und gut gelaunt, die ruhige Fahrt der *Albireo* war wohl genau das, was er sich gewünscht hatte. »Mein Vater und ich kommen auch gleich«, sagte ich. – »Bleib bitte noch einen Moment hier, mein Junge«, sagte er da.

Er stand auf und zog die Tür des Salons zu, dann setzte er sich wieder, nahm einen Schluck Kaffee und fragte: »Bier, Wodka, Whisky oder noch härtere Sachen? Was bevorzugst Du, wenn Du mit Deinen Freunden mal einen draufmachen willst?« – »Ich trinke nur selten Alkohol, Herr Kapitän.« –

»Aber Du rauchst mit Deinen Freunden mal dieses und jenes, Du weißt, was ich meine?« – »Ich weiß, was Sie meinen. Auch in dieser Hinsicht halte ich mich zurück.« – »Im Ernst?« – »Ja, im Ernst.«

Wir schauten uns an, er versuchte herauszubekommen, ob er mir glauben konnte. Nun gut, er kannte mich nicht gut, und er musste neugierig und misstrauisch sein, weil er für die Ordnung an Bord zuständig war. Ich hatte keine Lust, über meine Zurückhaltung in diesen Dingen lange zu sprechen, und ich wollte, dass er mir vertraute. Die elenden Themen (Alkohol, Drogen, das ganze Gerede über all dieses Pipapo) sollten so schnell wie möglich vom Tisch.

Deshalb entschloss ich mich, ihn rasch einzuweihen: »Bitte behalten Sie, was ich Ihnen jetzt sage, für sich, Herr Kapitän. Ich bin fünfzehn Jahre alt und werde bald sechzehn. Ich bin weder ein Homerexperte noch eine Größe in Mathematik oder Physik. Auch die anderen Schulfächer interessieren mich nicht besonders, höchstens Musik und Literatur. Ich lese sehr viel, aber alles durcheinander, was mir gerade so in die Hände gerät. Ich glaube nicht mal, dass ich dabei viel lerne. Wenn man viel liest, lernt man nicht unbedingt viel. Man hat einfach Freude an fremden Themen und Sachen, an alldem, was einem Menschen erzählen, die mehr und anderes wissen als man selbst. Das ist auch schon alles in Sachen Schule, Lernen und Lesen. Statt der Schule habe ich nämlich etwas ganz anderes im Kopf, Herr Kapitän. Ich möchte Pianist werden. Ich möchte es seit meinem fünften Lebensjahr, und ich möchte nur das und nichts anderes. Ich bin auch auf keinem schlechten Weg. Wenn alles klappt, werde ich nach dem Abitur an einer Musikhochschule studieren. Ich werde nach Rom oder Moskau gehen, und wenn das nicht hinhaut, studiere ich in Frankfurt. An der dortigen

Musikhochschule erhalte ich bereits jetzt Unterricht, außer der Reihe, aber regelmäßig, Woche für Woche. Jeden Tag übe ich mehrere Stunden, wie das für eine solche Ausbildung selbstverständlich ist. Alles Üben hätte aber nicht den geringsten Sinn, wenn ich viel trinken oder Drogen schlucken würde. Das geht nicht, es würde alles zunichtemachen, und deshalb ist es nichts für mich. Ich wollte eigentlich nicht darüber reden, aber nun wissen Sie Bescheid. Behalten Sie es bitte für sich, ich fände es nicht gut, wenn dieses Thema laufend am Tisch zur Sprache käme. Wir sollten lieber von etwas anderem sprechen. Sie können sich voll und ganz auf mich verlassen. Ich werde an Bord weder trinken noch Drogen schlucken.«

Ich spürte, dass ich während dieser kleinen Rede rot geworden war. Mir war auch etwas heiß, denn ich hatte von Themen erzählt, die ich normalerweise für mich behielt. Aber so war es besser, denn ich wollte nicht, dass wir Zeit mit dummen Vermutungen verbrachten. Dafür waren die Tage an Bord nun doch zu schade.

Kapitän Reckling hatte mir aufmerksam zugehört, das hatte ich genau gesehen. Er hatte nicht mal seinen Kaffee und sein Wurstbrot angerührt. Als ich zu Ende war, rückte er seinen Stuhl ein wenig nach hinten, stand (völlig unerwartet) auf und gab mir die Hand. »Danke, mein Junge, das waren ein paar ehrliche Worte. Ich weiß das zu schätzen. Und über Deine Zukunftsideen verliere ich keine Silbe, das behalten wir beide für uns.«

Genau in dem Moment, als er mir die Hand gab, kamen Papa und Denis fast gleichzeitig in den Salon, und hinter ihnen drängte auch Ingenieur Segemann herein. Alle blieben fast noch in der Tür stehen und schauten sich die Szene an. »Was ist denn hier los?« fragte Papa. – »Ich habe Ihren Sohn gerade als Vollmatrosen angeheuert«, sagte Kapitän Reckling. – »*Was* ist los? Ich verstehe nicht«, sagte Denis. – »Wollen wir jetzt frühstücken oder hungrig herumstehen?« fragte Ingenieur Segemann. – »Unser Erster Offizier lässt sich entschuldigen, er hat zu tun und bereits gefrühstückt. Also ist der Platz rechts neben mir frei. Johannes, übernimmst Du?« fragte der Kapitän. – »Wie bitte? Was soll Johannes übernehmen?« fragte Denis. – »Den Platz des Ersten Offiziers, was sonst?« sagte Kapitän Reckling.

Ich sah, dass Denis dieser Platzwechsel überhaupt nicht recht war. Er stöhnte leise auf und deckte neu ein, indem er mein Gedeck rechts neben dem Kapitän platzierte. Auch Papa schaute etwas verwundert, sagte aber nichts, nur Heinrich Segemann schien sich für das alles nicht besonders zu interessieren: »Wir wollten doch gestern Abend noch ein Bier zusammen trinken, Josef«, sagte er, »tut mir leid, aber ich bin nicht dazu gekommen. Heute Abend ist das anders. Dann könnten wir nach dem Abendessen eins trinken, einverstanden?« – »Sehr gern«, antwortete Papa, »dann kannst Du mir vielleicht von den Fahrten des Odysseus erzählen. Wo genau er unterwegs war, auf welchen Routen.« – »Oho«, sagte Kapitän Reckling, »darüber weiß unser Ingenieur fast alles, er kann darüber stundenlang reden.« – »Möchtest Du auch ein Glas Bier mit uns trinken?« fragte mich Heinrich Segemann. – »Ein ander Mal«, antwortete ich und sagte weiter nichts, weil mir keine gute Begründung für mein Fernbleiben einfiel. »Bist Du schon mit Maro verabredet?« kam mir da Kapitän Reckling zu Hilfe. – »Noch nicht. Hat er Ihnen gesagt, dass er mich in die Arbeit an der Bordzeitung einweihen will?« – »Maro hat mich schon darauf angesprochen. Natürlich bin ich einverstanden.

Unsere Bordzeitung kann etwas Auffrischung gut brauchen. Macht Euch zusammen an die Arbeit!«

»An welche Arbeit?« fragte Denis, während er Spiegeleier und Rührei servierte. – »Unser junger Vollmatrose wird Maro bei der Arbeit an der Bordzeitung über die Schulter schauen«, sagte der Kapitän. – »Davon höre ich das erste Mal«, sagte Denis. – »Ich übrigens auch«, sagte Papa. – »Ich nicht«, antwortete Heinrich Segemann, »Maro hat mir schon gestern Abend davon erzählt. Ich finde es eine fabelhafte Idee. Passagiere, die sich nützlich machen, haben viel mehr von einer Reise als solche, die nur faul herumliegen.« – »Und womit bitte soll *ich* mich nützlich machen?« fragte Papa. – »Mit Zuhören«, sagte Ingenieur Segemann, »ich erzähle nämlich für mein Leben gern von den Fahrten des Odysseus. Ohne gute Zuhörer ist so etwas aber nur das halbe Vergnügen.«

Mir kam es so vor, als wäre ich seit dem gestrigen Abend im Ansehen der meisten in diesem Salon ein wenig gewachsen. Ich galt anscheinend nicht mehr als der etwas weltfremde, naive Junge, der mit seinem Homer unter dem Arm herumlief, sondern eher als Vollmatrose in spe, der irgendeinen Pakt mit dem Kapitän geschlossen hatte. Wie hat er das angestellt? mochten sich einige fragen, die Kapitän Reckling etwas besser kannten. Was ist da zwischen den beiden gelaufen? Ich ahnte, dass diese Fragen besonders Denis beschäftigten, vielleicht hatte er irgendwann sogar selbst einmal daran gedacht, an der Bordzeitung mitzuarbeiten, schließlich war auch er anscheinend ein Vielleser.

Solche Themen kamen während des gemeinsamen Frühstücks aber nicht weiter zur Sprache. Kapitän Reckling zeigte sich angesichts des guten Wetters erleichtert und sprach von der Fahrt durch die Straße von Dover. »Ich lese gerade ein interessantes historisches Buch über die Westoffensive der Alliierten 1944, da spielten Dover und Calais ja eine Hauptrolle.« Niemand antwortete darauf etwas, nur Heinrich Segemann sagte (nach einer ganzen Weile) zu Papa: »Josef, kannst Du mir mal das Rührei reichen?« Womit das Thema »Westoffensive der Alliierten« erledigt war.

Später lagen Papa und ich in unseren Liegestühlen an Deck. Die Sonne brannte sehr stark auf uns herunter, als wollte sie uns zwingen, unsere jetzt spießig erscheinende Landrattenkleidung abzulegen. Ich hatte eine kurze Hose angezogen, während Papa noch in seiner hellen Kapitänshose durchhielt. Er hatte seinen alten Feldbuchrahmen aus der Kabine geholt und ein weißes Blatt in den Rahmen gespannt. Es sah aus, als wollte er das Nichts um uns herum zeichnen, mit gleich mehreren Bunt- und Bleistiften, die er wie immer fein gespitzt hatte.

»Was willst Du denn zeichnen?« fragte ich, »etwa die nicht vorhandenen Wellen? Oder die nicht vorhandenen Vögel? Oder die Gischtspuren unserer *Albireo*?« – Papa winkte ab, ich sollte ihn nicht stören, er wollte sich auf sein Zeichnen konzentrieren.

Ich war neugierig darauf, was ihm einfallen würde. Während unserer früheren gemeinsamen Reisen hatte er fast jeden Tag gezeichnet. Damals hatte ich gar nicht weiter darauf geachtet, so selbstverständlich war es mir vorgekommen. Papa fotografierte nicht, sondern zeichnete: Einzelne Menschen, Häuser, eine Straßenflucht, kleine, unauffällige Tiere, Steine – ich kannte keinen Menschen, der so schnell und gut zeichnete, ich selbst dagegen konnte überhaupt nicht zeichnen.

Ich stand auf und zog meinen Liegestuhl hinüber auf die andere Seite des Decks. Dann drehte ich ihn so, dass ich die ganze Zeit auf das offene Meer schauen konnte. Als hätten wir uns abgesprochen, stand auch Papa auf und zog seinen Liegestuhl in den Schatten. Er wiederum wollte dem Meer den Rücken zukehren, anscheinend hatte er gar nicht vor, etwas zu zeichnen, das er im Blick hatte. (Was aber dann?)

Unsere beiden Liegestühle standen schließlich in einiger Entfernung voneinander auf beiden Seiten des Schiffs, als wären wir zwei Wachtposten, die den Durchgang kontrollierten. Diese Distanz war mir sehr recht, denn ich hatte mir vorgenommen, mich in die Homerlektüre zu vertiefen, ohne dass Papa die Details dieser Lektüre mitbekam.

Also: Wie zum Teufel begann die *Odyssee*, mit welchen Szenen ging es los und wovon war da genau die Rede? Ich hatte das alles längst vergessen und erinnerte mich nur an zwei oder drei markante Episoden: Odysseus im Kampf mit dem Riesen Polyphem, Odysseus im Land der Zauberin Kirke, Odysseus bei den Phaiaken.

Das waren einige Abenteuer, deren Verlauf ich noch einigermaßen zusammen bekam. Wie Odysseus aber während seiner langen Heimreise von einer Insel zur andern gelangt war, wusste ich nicht. Der Altgriechisch-Unterricht im Gymnasium hatte sich Zeile für Zeile um eine möglichst getreue Übersetzung Homers bemüht – dabei war ihm das Epos als ganzes vollständig aus dem Blick geraten. Ich musste also wohl oder übel mit dem »Ersten Gesang« beginnen. Über dem eigentlichen Text verkündete eine Überschrift, was ich zu erwarten hatte: »Wie die Götter die Heimkehr des Odysseus beschließen und Athene nach Ithaka zu Telemachos geht«.

Die Götter hatten die Heimkehr des Odysseus beschlossen? Aber wieso bedurfte es eines solchen Beschlusses? Machte sich Athene (und weshalb ausgerechnet diese Göttin?) etwa wegen dieses Beschlusses auf den Weg nach Ithaka?

Dass Ithaka die Heimat des Odysseus war – immerhin das wusste ich. Und dass Telemachos sein Sohn war …, nun gut, das wusste ich auch. Anscheinend begann die *Odyssee* also mit zwei Geschichten: Dem Beschluss der Götter, Odysseus die Heimkehr zu ermöglichen, und dem Aufbruch der Göttin Athene nach Ithaka. Stimmte das? Aber was hatte das eine mit dem anderen zu tun?

Ich las zunächst Satz für Satz mehrmals, um mich an die sonderbare Sprache der Prosa-Übersetzung zu gewöhnen und jedes Detail mitzubekommen. Das Ganze begann in der Tat mit dem Rat der Götter, die im Haus des Zeus zu einem Treffen zusammengekommen waren. Im Verlauf dieses Treffens setzte Athene sich für Odysseus ein. Noch immer saß er auf der Insel Ogygia fest, obwohl er sich so sehr nach seiner Heimat Ithaka sehnte. Die Nymphe Kalypso umgarnte ihn (»mit weichen und einschmeichelnden Worten«, wie es hieß) und ließ ihn nicht ziehen.

Athene brachte nun die ganze Geschichte der Heimkehr in Gang, soviel stand fest. Sie stellte die Weichen, indem sie den Götterboten Hermes zu Kalypso schickte und selbst nach Ithaka eilte. Hermes sollte die Nymphe bewegen, Odysseus ziehen zu lassen, während Athene den jungen Telemach (den Sohn des Odysseus) drängen wollte, Ithaka zu verlassen und sich in Pylos, Sparta und anderswo nach dem Verbleib seines Vaters zu erkundigen. Mit dem Aufbruch des Odysseus von Ogygia und Telemachs Aufbruch von Ithaka begann also das große Epos.

Zur Sicherheit machte ich mir ein paar kurze Notizen, als ich Denis erkannte, der ebenfalls an Deck gekommen war. Er blieb genau in der Mitte zwischen unseren Liegestühlen stehen und fragte: »Etwas zu trinken gefällig? Bier, Wasser, Tee, Kaffee?« – Papa schüttelte den Kopf, und auch ich winkte ab. Denis aber wartete und schaute uns an, als müsste er sich ein genaues Bild von uns machen. Er grinste, als er Papa zeichnen sah, dann kam er zu mir und blieb neben meinem Liegestuhl stehen: »Dein Vater zeichnet? Was gibt es hier denn zu zeichnen?« – »Abwarten!« sagte ich. – »Du hast keine Ahnung?« – »Nein, habe ich nicht.« – »Aha, heute ist der junge Herr kurz angebunden!«

Ich wollte mich nicht mit ihm unterhalten, sondern lesen. Ich ahnte aber, dass er mich nicht in Ruhe lassen würde.

»Komm bitte mal kurz mit in den Salon«, sagte ich, stand auf und ging voraus. Im Salon angekommen, redete ich weiter: »Wir sollten mal einige Dinge klären. Erstens: Ich bin weder ›der junge Herr‹ noch sonst eine Lachnummer. Ich heiße Johannes, und so solltest Du mich auch anreden. Zweitens: Ich habe das Gefühl, dass wir beide ganz unterschiedliche Interessen haben. Meine mögen Dir altmodisch und beschränkt vorkommen, das ist mir egal, so lange Du Deine Meinung für Dich behältst und Dich nicht laufend über mich lustig machst. Drittens: Ich werde hier an Bord weder irgendwelche harten Sachen trinken noch irgendwelche Drogen schlucken. Viertens: Wir sollten Distanz zueinander halten und uns nicht in die Quere kommen. Jeder von uns sollte tun, was er will, jeder für sich, dann kommen wir bestimmt gut miteinander aus.«

Ich sah, dass er vollkommen überrascht war. Nie im Leben hatte er mit solchen Sätzen gerechnet. Er schwitzte plötzlich auf der Stirn und starrte hinüber zu einem Bullauge. Da wusste ich, dass nun auch er ausholen und zum Angriff übergehen würde.

»Nun mach mal halblang!« sagte er. »Erst einmal wollen wir festhalten, wer von uns beiden hier den starken Mann markiert. Ich oder Du? Du bist erst kurz an Bord und intrigierst schon ganz gezielt gegen mich. Schleichst heimlich zum Kapitän, verschaffst Dir Vorteile und ziehst wahrscheinlich ganz nebenbei über mich her. Vielen Dank dafür! Ich habe seit einiger Zeit meine Probleme mit diesem Kapitän, das hast Du zumindest mitbekommen. Und prompt hast Du diese Ahnung ausgenutzt und lieb Kind gespielt! Warum hat er Dir vor dem Frühstück so feierlich die Hand gegeben? Und warum hat er Dir den besten Platz am Tisch zugewiesen?! Kannst Du mir das mal erklären? Hat er Dich etwa zu seinem Spion ernannt, der von nun jedes kleine Fehlverhalten der Mannschaft an Bord heimlich melden wird? Ich bin mir beinahe sicher, dass Du Dich auf so etwas eingelassen hast!«

»Du bist ja verrückt!« entfuhr es mir, »völlig verrückt! Der Kapitän und ich haben über ganz andere Dinge gesprochen. Über sehr persönliche, über Dinge, die mein Leben betreffen.« – »Großartig!« schrie Denis da beinahe, »Dinge, die Dein junges Leben betreffen! Dass ich nicht lache!«

Ich halte es nicht gut aus, wenn ich so angeschrien werde. Ich werde hilflos und kann weder etwas entgegnen noch sonst etwas Handfestes tun. Meist erstarre ich und komme nicht vom Fleck. Ich kann nicht weggehen (wie ich es am liebsten tun würde), sondern höchstens versuchen, an etwas ganz anderes zu denken. Das ist meine einzige Rettung in solchen Situationen.

Ich setzte mich und wartete, bis die leichte Verspannung vorüber war. Ich atmete durch und sagte: »Ich hatte den Anfang der *Odyssee* wirklich komplett vergessen. Den Rat der Götter, Athenes Aufbruch nach Ithaka, Odysseus auf Ogygia, alles komplett vergessen! Aber nun gut, ich habe ja Zeit, das in Ruhe und gründlich zu lesen. Und ich wäre Dir dankbar, Denis, wenn Du mir diese ruhige und ungestörte Lektüre ermöglichen könntest. Mehr will ich zu Deinen Vorwürfen nicht sagen.«

Ich blickte auf die Tischplatte vor mir, ich konnte Denis nicht anschauen. Die Spannung, die zwischen uns entstanden war, war richtiggehend zu spüren. Keiner von uns bewegte sich, die Situation wirkte festgefahren. Ich nahm mir vor, bis Zehn zu zählen und den Salon danach zu verlassen. Als ich bei Neun angekommen war, drehte Denis sich um und ging vor mir hinaus.

Ich blieb noch eine Weile sitzen und nahm aus der Bibliothek ein Buch, das sich mit dem Aufbau der *Odyssee* beschäftigte. Um mich zu beruhigen, las ich die erstbeste Kapitelüberschrift: »Die Bauglieder der ersten Hälfte der Dichtung«. Anscheinend gab es genau drei Bauglieder in der ersten Baugliedergruppe. Und weitere drei in der zweiten Baugliedergruppe … – ich musste lachen. Wenn ich Papa von diesen Baugliedern erzählte, würde er das auch komisch finden.

Nach einer Weile stand ich auf und ging zurück zu meinem Liegestuhl. »Die erste Hälfte des Epos hat drei Baugliedergruppen zu je drei Baugliedern«, flüsterte ich und kicherte. So ein Kichern beruhigt ungemein. Alles, was Denis eben noch von sich gegeben hatte, trat gegenüber derart penibel-skurrilen Untersuchungen über den verzwickten Bau der *Odyssee* in den

Hintergrund. Es verblasste allmählich und löste sich schließlich in den Nebeln am Horizont auf.

Ich legte mich in den Stuhl und griff nach dem Buch mit der Prosa-Übersetzung des Epos. Da sah ich, dass dicht daneben eine Flasche mit Mineralwasser stand. Jemand musste sie nicht nur hingestellt, sondern auch bereits geöffnet haben. Ich sah, dass sie gut gekühlt war, dann nahm ich einen Schluck und vertiefte mich weiter in die Lektüre.

Aus den Aufzeichnungen meines Vaters (12. Juli, 11.17 Uhr)

Wie gern hätte ich die berühmten Kreidefelsen von Dover gesehen! Zumindest die Andeutung einer Horizontlinie wollte ich mit dem Fernglas studieren! Die verschiedenen Weiß-Töne, ein Panoramagemälde! Es ist aber rein gar nichts zu sehen, die Felsen stecken im Nebel. Ärgere mich, denn wir sind kaum ein paar Meilen entfernt! So nahe – und nichts! Vor lauter Ärger habe ich begonnen, die Kreidefelsen zu zeichnen, ich zeichne sie in die Mitte des Blattes, lasse ein paar Wellen gegen sie anrollen und kröne ihren Verlauf mit Möven, die im starken Wind tanzen. Es gibt jedoch nicht einmal Wind, ich schaue auf eine graue, banale Suppe!

Aus den Aufzeichnungen meines Vaters (12. Juli, 11.54 Uhr)

Da ich die berühmten Kreidefelsen von Dover bereits gezeichnet hatte, zeichnete ich anschließend auch einen Streifen der gegenüberliegenden, französischen Küste. Hatte nicht die geringste Ahnung, wie es dort aussieht, was mir aber egal war. Ich zeichnete flaches Land mit einigen Schafen und vielen Zäunen, es sah sehr friedlich aus, fast zu friedlich. Nebeneinander gehalten, ergeben die beiden unterschiedlichen Zeichnungen einen sehr starken, packenden Kontrast: England (Dover) – Frankreich (das Land um Calais). Schrieb eine Karte an M.: »Dover und Calais glücklich passiert, fantastische Sicht auf die berühmten Kreidefelsen und die französische Küste. Alles Weitere später mündlich.«

Sturm im Atlantik 1

Als Papa und ich gegen Mittag wieder in unsere Kabine und danach zum Mittagessen in den Salon gingen, war Papa mit einigen Zeichnungen fertig. Ich wollte sie mir genauer anschauen, er bat mich aber, noch zu warten, bis er »die Serie« beendet habe. Eine »Serie«? Ja, eine kleine Serie!

Ich ahnte nicht im Geringsten, was er meinte, und nahm im Salon wieder links neben ihm Platz. Diesmal war auch der Erste Offizier, Herr Mühlenthal, anwesend. Er hatte struppiges, vom Wind durchfurchtes Haar, als tobte an Deck ein regelrechter Orkan.

»Sie sehen aus, als hätten Sie tausend Winden getrotzt«, sagte Papa, »dabei ist es draußen doch so windstill wie auf einem Ententeich.« – »Sagen Sie das nicht zu laut«, antwortete Herr Mühlenthal, »denn das wird sich bald ändern.« – »Das Wetter schlägt um?« fragte Papa und schaute so triumphierend über den Tisch, als freute er sich. – »Sehr wahrscheinlich«, antwortete Kapitän Reckling, »am Abend könnte es uns erwischen.« – »Was soll das heißen?« fragte Papa, der weiter so dreinblickte, als begeisterte ihn diese Meldung. – »Wir werden in einen recht ordentlichen Sturm geraten«, sagte Herr Mühlenthal, »machen Sie sich auf einiges gefasst.«

Was genau, dachte ich sofort, sollen Papa und ich machen? Wir haben so etwas noch nie erlebt und ahnen nicht einmal, was uns bevorsteht. »Was können wir denn vorher noch tun?« fragte ich und schaute den Ersten Offizier an. Er blickte aber nicht zurück, sondern konzentrierte sich auf den Anblick seines gut gefüllten Suppentellers. Es gab eine Suppe mit weißen Bohnen und etwas Speck, mein Fall war sie nicht. »Die Suppe ist schon mal eine gute Stärkung«, sagte Papa, »Bohnen und Speck sind eine ideale Grundlage.« – »Sie haben anscheinend keine Ahnung«, sagte Herr Mühlenthal, »die Bohnen und der Speck werden Ihnen um die Ohren fliegen, wenn Sie einen kräftigen Sturm nicht vertragen.«

Ich schaute ihn weiter an. Warum sprach er plötzlich so grob? Was war in ihn gefahren? »Machen Sie sich keine Sorgen«, antwortete Papa, »ich vertrage einen kräftigen Sturm, darauf können Sie sich verlassen.« – »In einigen Stunden sprechen wir uns wieder«, sagte Herr Mühlenthal und wischte sich den Mund mit einer Stoffserviette ab.

»Gab es denn schon einmal ernsthafte Probleme? Auf früheren Fahrten, meine ich.« Papa richtete seine Frage direkt an den Kapitän, und ich spürte plötzlich, dass Papa die Sturmwarnung nun ernster nahm. »Na ja«, antwortete Kapitän Reckling, »auch im vorigen Jahr gerieten wir in einen heftigen Atlantiksturm. Wir haben einen Großteil unserer Ladung an Deck verloren und mussten Lissabon anlaufen, um die *Albireo* wieder startklar zu bekommen. Unsere beiden Passagiere haben das Schiff danach verlassen, sie haben die Reise abgebrochen.« – »Wie bitte?« sagte Papa (nun schon etwas aufgebracht), »die Stürme können so stark sein, dass man ernsthaft in Gefahr gerät?« – »Nein«, sagte Herr Mühlenthal, »ernsthaft in Gefahr geraten werden wir nicht, das kann ich Ihnen versichern.

Kapitän Reckling und ich sind sehr erfahrene Seeleute, das können Sie mir glauben. Wir werden diesen Sturm und auch die weiteren Stürme überstehen, keine Frage. Es kann allerdings sein, dass wir einen zusätzlichen Halt einlegen müssen. Was unsere Fahrt dann leider verzögern würde. Und das sieht nun wiederum die Reederei nicht gern.«

»Was waren das für Passagiere, die in Lissabon aufgegeben haben?« fragte Papa. – »Es war ein älteres Ehepaar«, sagte Kapitän Reckling. »Sie hatten sich so eine Reise ganz anders vorgestellt. Wie eine Dampferfahrt auf dem Rhein. Schon als der erste Wind aufkam, lagen sie flach, es war erbärmlich. Passagiere über Siebzig sollten sich eine solche Reise nicht zumuten, sage ich immer. Aber auf mich hört ja keiner.« – »Wir haben die Reederei schon oft davor gewarnt, jeden erstbesten Passagier an Bord zu lassen«, sagte Herr Mühlenthal. »Ärztliche Untersuchungen vor so einer Reise sind nach unserer Überzeugung absolut notwendig. Die Reederei verzichtet darauf, sie will den Passagieren, wie es immer so dämlich heißt, ›keine unnötige Angst machen‹.«

Der einzige am Tisch, der sich zurückhielt und nichts sagte, war Ingenieur Segemann. Ich bemerkte aber, dass er Papa immer wieder kurz anschaute, als wollte er herausbekommen, was genau Papa gerade dachte. Auch Denis sagte beim Servieren kein Wort. Ich war erleichtert, dass wir beide miteinander gesprochen hatten, auch wenn es kein gutes Gespräch, sondern eher ein Schlagabtausch gewesen war. Jeder von uns wusste nun, was der andere von ihm hielt – und das war zunächst einmal in Ordnung.

»Wir haben übrigens gute Tabletten an Bord«, sagte Kapitän Reckling, »für den Fall, dass die Seekrankheit einen von Ihnen erwischt.« – »Wen könnte sie denn erwischen?« fragte Papa, »*Sie* doch sicher nicht – und Herrn Mühlenthal doch wohl auch nicht – ganz zu schweigen von unserem standfesten Ingenieur. Oder?« – »Nein«, sagte Herr Segemann, »uns erwischt sie nicht, da hast Du recht. Denis aber könnte sie erwischen, wie sie überhaupt jüngere Menschen eher erwischt als ältere.« – »Das ist eine unbewiesene Mär«, murmelte Herr Mühlenthal, »Denis hat einfach nur einen empfindlichen Magen, weil er ihm zuviel zumutet.«

Ich zuckte kurz zusammen, denn ich vermutete, Papa werde nun fragen, was Denis seinem Magen so alles zumute. Papa war auch kurz davor, das zu fragen, als ich ihn von der Seite anstieß. »Gibst Du mir bitte etwas Salz?« sagte ich, und Papa geriet zum Glück durcheinander. – »Salz?« fragte er, als hätte er nicht verstanden. – »Ja«, sagte ich, »ich möchte etwas nachsalzen.« – »Nachsalzen?« fragte Papa weiter, »die Suppe ist doch salzig genug.« – »Für Dich schon, für mich nicht«, antwortete ich. – »Vorsicht«, sagte Ingenieur Segemann, »Du mutest Deinem Magen anscheinend auch eine Menge zu – und das vor einem ordentlichen Sturm!« Ich schaute ihn an und sah, dass er mir heimlich zuzwinkerte, anscheinend hatte er verstanden, dass ich versucht hatte, Papa abzulenken.

»Wie geht es denn jetzt weiter?« fragte ich, »was können wir konkret tun?« – »Warten wir mal ab, wie uns der Sturm zusetzt«, antwortete Kapitän Reckling, »sobald es heftiger wird, gebe ich Ihnen beiden genaue Anweisungen.« – »Essen Sie jetzt nicht zuviel«, setzte Herr Mühlenthal hinzu, »und trinken Sie keinen Kaffee und natürlich keinerlei Alkohol. Sollte einer von Ihnen seekrank werden, erhält er eine spezielle Ernährung.« – »Und wie sieht die aus?« fragte ich nach. – »Reisbrei mit etwas Zucker und Zimt am Morgen. Viel Zwieback. Reisbrei ohne

Zucker und Zimt, aber mit ein paar Früchten am Mittag. Noch mehr Zwieback. Reisbrei …« – »Pfui deibel!« entfuhr es mir. – »Wenn mein Sohn etwas nicht mag, dann ist es Reisbrei«, sagte Papa. – »Aber Du isst ihn gern, Josef?« fragte Ingenieur Segemann. – »Seit den Kindertagen esse ich Reisbrei. Reisbrei kann etwas sehr Köstliches sein.« – »Stimmt«, sagte Ingenieur Segemann, »obwohl … – es kommt darauf an.«

Die geleerten Suppenteller wurden abgeräumt, und Denis kündigte an, dass es nach der Suppe panierte Schnitzel mit Bratkartoffeln geben werde. »Panierte Schnitzel?!« fragte Herr Mühlenthal, als könnte er das nicht glauben. – »Exzellente panierte Schnitzel!« sagte Denis. – »Ausgerechnet«, antwortete Herr Mühlenthal und schaute so streng und ernst vor sich hin, als rechnete er mit dem Schlimmsten.

Ich überlegte noch, warum Herr Mühlenthal eine so kritische Haltung gegenüber panierten Schnitzeln und Bratkartoffeln an den Tag legte, als sich das Unwetter plötzlich mit einer winzigen Geste bemerkbar machte. Es war nichts Besonderes oder Erregendes, nein, es war überhaupt nichts Heftiges, das einen erschreckt hätte. Das Unwetter meldete sich vielmehr hinterrücks, auf die fieseste mögliche Art. Ein kurzer Ruck ging durch den Salon, als hätte ein zuvor noch schlafender Riese aus den Tiefen des Meeres mit seiner mächtigen Faust kurz, aber nachdrücklich gegen den Rumpf des Schiffes geklopft. Es war ein Anklopfen, ja, wie eine erste Ankündigung, dass die stillen, ruhigen Zeiten vorbei waren.

Der heftige, kurze Ruck ließ unseren Tisch einen Moment zittern, die Gläser klirrten leise, und eine einzige Stoffserviette (es war die von Herrn Mühlenthal) segelte von der Tischkante hinab auf den Boden. Das war schon alles, aber jeder von uns, der am Tisch saß, hatte es deutlich bemerkt. »Hoppla!« sagte Denis, als er mit den großen Fleischplatten hereinkam und sie auf den Tisch schob. »Hoppla!« – das war der ganze Kommentar zu dem kleinen Ereignis, niemand sagte noch ein weiteres Wort, »Hoppla!« musste genügen, aber wir alle wussten, dass dieses »Hoppla« keinem von uns die Bedenken (oder auch bereits: die Angst) nahm.

»Guten Appetit!« sagte Kapitän Reckling, »lassen Sie es sich schmecken!« Papa und ich blickten auf die panierten Fleischmengen, die zu leuchten und zu glänzen begannen, als Denis das Licht im Salon einschaltete.

Erst jetzt sahen wir, wie dunkel es draußen längst geworden war. Durch die Bullaugen blickten wir auf ein schwarzgraues Aquarell, das uns einhüllte und keine Sicht in die Ferne mehr zuließ. Ich starrte auf diese Farben, denn ich war sehr überrascht, wie rasch (und geradezu infam dramatisch) das Wetter gekippt war. Ich dachte an unsere Liegestühle und an die Decken, vielleicht befanden sich auch noch einige Bücher draußen an Deck. Ich wollte aufstehen, um nachzusehen, als Kapitän Reckling mich fragte: »Wohin willst Du? Doch nicht etwa an Deck?!« – »Ich schaue mal kurz nach den Liegestühlen und unseren Büchern«, antwortete ich. – »Keine Sorge«, antwortete Kapitän Reckling, »an Deck befindet sich nichts mehr, rein gar nichts. Die Männer haben alles weggeräumt.«

Ich setzte mich wieder hin, ohne dass mich diese Sätze beruhigt hätten. Man hatte alles weggeräumt? An Deck befand sich rein gar nichts mehr? Das hörte sich an, als drohte jedem noch so kleinen Gegenstand größte Gefahr. Dass sich Menschen an Deck aufhielten, erschien nun vollkommen ausgeschlossen. »Ich würde gern mal einen Blick nach draußen werfen«, sagte da plötzlich Papa, »schließlich erlebe ich so einen Sturm zum ersten Mal.« – »Sie bleiben genau da, wo Sie jetzt sitzen«, antwortete Herr Mühlenthal, »am besten, Sie bewegen sich nicht von der Stelle, essen Ihr Schnitzel, trinken ein Glas Wasser und ziehen sich später in Ihre Kabine zurück.«

»Na, so schlimm wird es nicht sein«, sagte Papa und stand auf. Ich wusste, dass er nun auf jeden Fall an Deck gehen würde, Herr Mühlenthal hätte seine Empfehlung höflicher (und weniger wie einen Befehl) formulieren sollen. (Wenn man Papa unhöflich (und wie ein Befehlshaber) anredet, erreicht man bei ihm nichts, rein gar nichts, höchstens das Gegenteil.)

Papa verließ den Tisch und ging zur Salontür. Ich sah, dass Kapitän Reckling seinen Zorn zu beherrschen versuchte und gleich mit einer Schimpftirade loslegen würde. Deshalb reckte ich mich etwas nach vorn und sagte: »Ich muss Ihnen allen etwas erklären.« Papa drehte sich noch einmal um und sagte: »Na, dann erklär mal schön!« Im nächsten Moment war er verschwunden.

Kapitän Reckling wollte ebenfalls sofort aufstehen, als ich weitermachte: »Ich möchte Ihnen etwas erklären. Wenn man meinem Vater etwas befiehlt oder wenn man ihn anherrscht, macht er das Gegenteil dessen, was man ihm befohlen oder weswegen man ihn angeherrscht hat. Man kann dagegen nichts tun. Es ist ein Überbleibsel seiner Zeit als Soldat im Krieg. Mein Vater kann Befehle jeder Art nicht ertragen. Wenn man ihm sagt: ›Springen Sie auf keinen Fall vom Deck ins Meer, ich befehle es Ihnen!‹, springt mein Vater unweigerlich ins Meer. Auch wenn er genau weiß, dass es ihn das Leben kostet.«

Niemand antwortete. Nur Herr Mühlenthal aß sein paniertes Schnitzel und setzte einen kleinen Haufen Bratkartoffeln auf ein Fleischstück, als wollte er mit Hilfe dieser Spielerei meine Erklärung kommentieren. »Na, das sind ja schöne Aussichten«, sagte Kapitän Reckling, stand auf und verließ den Salon. »Es gibt Passagiere, die lassen einen nicht mal in Ruhe ein Schnitzel essen«, murmelte er, während wir anderen still um den Tisch saßen und die panierten Schnitzel mitsamt den Bratkartoffeln anschauten: Sollten wir das nun essen oder nicht?

»Nun essen Sie doch endlich!« rief Denis, als er unsere Runde so schweigen und abwarten sah, »es ist ganz ausgezeichnetes Fleisch, frisch importiert.« – »Stimmt!« sagte Herr Mühlenthal und stand als dritter vom Tisch auf. »Stimmt, Denis! Ganz ausgezeichnet! Aber ich habe genug, und ich habe zu tun! Bis zum Abend die Herren!«

Ich saß nun allein mit Ingenieur Segemann am Tisch. »Iss, mein Junge«, sagte er freundlich zu mir. – »Ich habe leider keinen Appetit«, antwortete ich. – »Ich leider auch nicht«, sagte er. Dann rief er Denis herein und bat ihn, die Schnitzel (mitsamt den Bratkartoffeln) wieder abzutragen. »Heb Sie für uns auf, Denis!« sagte er, »der Koch soll sie am Abend aufwärmen – und dann schlagen wir zu!«

Wir erhoben uns beide und quetschten uns nacheinander durch die Salontür, die ganz ähnlich wie zuvor der Tisch kurz zu zittern begann. Ich drehte mich noch einmal um und sah, wie ein Glas auf der weißen Tischdecke langsam ins Rutschen geriet. Es sah aus, als hätte es plötzlich die Füße einer älteren Person bekommen, die sich trippelnd zum Tischrand bewegte, um von dort in den Abgrund zu springen. »Scheiße!« hörte ich Denis rufen, als er in den leeren Salon kam, »Scheiße, Mann! Nun hilf mir doch mal!«

Ich ging wieder zurück und bekam das Glas gerade noch zu fassen. Kaum hatte ich das geschafft, begannen aber auch die anderen Gläser, sich zu bewegen. Sie begannen regelrecht zu tanzen, als spielte im Hintergrund eine fetzige Musik. Einige wurden schwindlig, andere schlidderten über die Decke, die jetzt wie eine glänzende Eisfläche aussah. Mein Gott, welche Kräfte dieser Sturm schon beim ersten Anlauf entfachte! In wenigen Minuten hatte er das Schiff in ein Juxkabinett verwandelt! Und in diesem Kabinett spielten anscheinend alle verrückt, die Menschen an Bord genauso wie die Gegenstände!

»Wir müssen alle beweglichen Gegenstände im Salon abräumen«, rief Denis. – »Okay, ich helfe Dir«, sagte ich.

Die *Albireo* arbeitete sich nun in einem seltsamen Rhythmus voran, denn sie richtete sich vorn am Bug enorm auf, krachte breitbeinig zurück in die Wellen und tauchte danach mit dem Hintern tief ab. Das alles verlief mit einiger Verzögerung, man erlebte das Sich-Aufbäumen, wartete auf das Wellenbad und empfand das verspätete, erniedrigende Abtauchen am Heck wie eine Schmach. Dieses Schiff, dachte ich, hat die Gewalt über den Sturm längst verloren! Lächerlich, wie es sich demütigen und auf und ab hebeln lässt! Lächerlich, ja – und ganz wie ich vor Antritt der Reise befürchtet hatte! Dieses angeberische Frachtschiff, das die Beobachter im Hafen noch von allen Seiten bewundert und bei der Ausfahrt umschwärmt hatten, war inzwischen nichts anderes mehr als eine infantile Wippschaukel, mit deren Einrichtung der Atlantiksturm uns sämtlicher Mageninhalte berauben würde!

Als im Salon kein Gegenstand mehr auf den Tischen zu sehen war, ging ich zurück in unsere Kabine. »Danke für die Hilfe, junger Mann!« rief mir Denis nach, ohne dass ich reagiert hätte.

Das Gehen fiel nicht mehr leicht, ich musste mich an den Wänden entlangtasten und suchte nach einem Halt, da war aber keiner! Erleichtert war ich, als ich Papa in der Kabine antraf. »Ich habe alles weggeräumt, was zu Boden fallen könnte«, sagte er. – »Ich dachte, Du wärest an Deck gegangen!« antwortete ich. – »Das erschien mir nicht angebracht«, murmelte er.

»Kapitän Reckling war ganz schön sauer auf Dich«, sagte ich, »und Herr Mühlenthal war es wohl auch.« – »Ich habe Herrn Reckling mein kleines Problem erklärt«, sagte er, »er hatte dafür zwar kein Verständnis, hat mein Verhalten aber doch akzeptiert. ›Befehlsverweigerungen an Bord sind so ziemlich das Schlimmste, was ein Kapitän erleben kann‹, hat er gesagt. Danach haben wir vereinbart, gemeinsam nach einer Lösung für mein Problem zu suchen. Wenn der Sturm vorbei ist. Wenn der Ententeich wieder erscheint.«

Papa lachte, und er lachte so befreit und fast übermütig, als könnte so ein Vaterlachen den Sturm bändigen. »Geht es Dir gut?« fragte ich. – »Mir geht es fantastisch«, antwortete Papa, »endlich ist mal was los. Dieses stille Dahinschippern war ja kaum zu ertragen.« – »Ich schippere lieber still«, sagte ich, »und mein Magen ist empfindlicher als Deiner. Was sollen wir denn jetzt tun? Dasitzen und zuschauen, wie die Wellen die Bullaugen eindrücken?« – »Ach was. Jetzt ist Lesestunde. Ich lese die *Odyssee* in Versen, und Du liest sie in Prosa. Sie ist die ideale Begleitlektüre zu dem, was wir gerade erleben.« – »Wieso denn das?« fragte ich. – »Wieso?! Lies mal selbst, das lenkt ab, hinterher sprechen wir drüber.«

Papa legte sich auf sein Bett, schaltete die kleine Leselampe ein, lupfte das rechte Bein auf das linke – und las. Ich trank einen Schluck Wasser (einen Moment hatte ich sogar Hunger, ausgerechnet jetzt … – Hunger!) und legte mich dann ebenfalls hin.

Das Liegen war aber nicht angenehm. Mein Körper fand nämlich überhaupt keine Ruhe, sondern schien (obwohl er doch still dalag) fest an das Auf und Ab des Schiffes gekettet. Als läge ich rücklings auf einem hohen Wellenbett und als höben mich die Wellen mal weit in die Höhe, um mich kurz darauf sehr tief fallen zu lassen! Das Schlimmste an diesen Bewegungen war aber ihre Regelmäßigkeit. Sie verliefen so, als gäbe es gegen sie keinerlei Gegenwehr und als wäre mein Körper nun für sehr lange Zeit Teil einer Kirmes, die mich in den Wahnsinn treiben würde.

Ich stand wieder auf und sagte: »Das ist nicht zum Aushalten!« – »Was denn?« fragte Papa. – »Nun tu bitte nicht so, als würdest Du es nicht auch spüren!« sagte ich. – »Ich spüre nichts«, antwortete Papa und las weiter, als sagte er gerade die Wahrheit. »Das ist nicht wahr!« wollte ich sagen, als ich ins Bad getrieben wurde.

Die Wellenbewegungen des Schiffes hatten inzwischen etwas von ekstatischer werdenden Schlangenbewegungen (die Schlange züngelte, schnappte nach Luft, fiel abrupt in sich zusammen, richtete sich quälend langsam wieder auf), mit jeder Bewegung mehr bohrte sich dieses Schlingern in meinen Magen. Im Bad hielt ich mich am Waschbecken fest und stierte in den Spiegel. So musste Odysseus ausgesehen haben, als er jeden Halt auf See verloren und sich kurz vor dem Sprung in die offene, wilde See befunden hatte. »Zum Glück hast Du nicht viel gegessen«, dachte ich, »auf die Bohnen mit Speck hättest Du aber auch noch verzichten sollen!«

Ich öffnete den Mund und versuchte, den Ekel durch heftiges Aus- und Einatmen wegzupumpen. Das Bild der dicken weißen Bohnen mit Speck war aber nicht zu vertreiben. Im Gegenteil, ich sah immer mehr Bohnen, sie türmten sich vor mir auf und flossen anscheinend aus meinem Magen auf direkten Schleichwegen zurück in meinen geöffneten Mund, um sich ins Freie zu retten. »Dein Magen ist gerade überbeschäftigt«, dachte ich noch, »er trennt sich von den Bohnen und allen anderen Inhalten, er braucht Freiraum, um sich dem Sturm ganz hingeben zu können!« – Ich geriet in heftiges Schwitzen und wandte mich von meinem Spiegelbild ab. »Du solltest Dich nicht wehren, sondern Deinem Magen etwas Gutes tun«, dachte ich weiter, »vielleicht kommt er dann zur Ruhe.«

Ich beugte mich mit dem Kopf tief über die Toilettenschüssel. Dann befreite ich mich von der mittäglichen Suppe und allen weiteren Inhalten meines Magens. Es war das Ende einer zähen, ersten Schlacht, der Sturm hatte gesiegt, ich war sein erstes Opfer an Deck.

Sturm im Atlantik 2

Als ich aus dem Bad zurückkam, war Papa weiter mit seiner Lektüre der *Odyssee* beschäftigt. Er tat so, als hätte er nicht bemerkt, dass ich im Bad gerade einige Turbulenzen erlebt hatte, und blickte weiter stur auf den Text. Ich ging gleich zu meinem Bett und war froh, als ich mich wieder ausstrecken konnte. Für einen Moment spürte ich sogar eine kleine Erleichterung, als wäre das Schlimmste bereits überstanden. Ich griff ebenfalls nach meinem Homer und konzentrierte mich genau wie Papa auf meine Lektüre. Wie machte er das bloß – so ungerührt und still daliegen, mit einer interessiert und neugierig erscheinenden Miene? Ich las einige Seiten, blieb aber immer wieder hängen, der Text packte mich nicht.

»Kommst Du gut voran?« fragte ich Papa. – »Es geht so«, antwortete er, »ich habe ein großes Stück des Anfangs übersprungen.« – »Welches Stück?« fragte ich weiter. – »Die Geschichte mit Telemach, dem Sohn des Odysseus. Das interessiert mich nicht, keine Zeile. Warum steht das überhaupt am Anfang – und dann auch noch so ausführlich? Man will doch wissen, wo genau sich Odysseus befindet, wie es ihm geht und so weiter. Er ist die Hauptperson – und nicht der unerfahrene, wehleidige Sohn mit all seinen komplizierten Problemen.« – »Du lässt die Telemach-Geschichte einfach aus?« – »Gnadenlos«, antwortete Papa, »ich fange da an, wo Odysseus am Strand von Ogygia sitzt und weint.« – »Odysseus weint?« – »Allerdings. Er ist das Fahren auf See gründlich leid.« – »Dann geht es ihm genau wie mir.« – »Wie bitte?! Wegen dieses kleinen Sturms gehst Du schon in die Knie? Das gehört einfach dazu, das muss sein, sonst wird diese Fahrt eine sehr fade Geschichte.« – »Na gut, dann sag mir, wo diese Ogygia-Geschichte beginnt. Wo genau?« – »Blättere einfach vor bis zum fünften Gesang!« – »So weit? Ich soll die ersten vier Gesänge überspringen?« – »Tu es und lies!«

Ich blätterte vor und begann, den fünften Gesang zu lesen. In der Tat saß Odysseus weinend am Strand und bekam seine Heimat nicht mehr aus dem Kopf. Dabei war Ogygia anscheinend eine ausgesprochen schöne und den Aufenthalt lohnende Insel. Es gab Zedern, Weiden, Pappelweiden, Erlen und sogar

Zitronenbäume, und es gab schöne Grotten, Wiesen, »silberblinkendes Wasser« und jede Menge seltener Vögel. Nicht zu vergessen die schöne Gastgeberin, die Nymphe Kalypso, die sich um alles kümmerte und dem alten Krieger das Leben so bequem wie nur möglich zu machen versuchte. Er lebte also in der reinsten Idylle, für alles war gesorgt, nirgends ein Hauch von Krieg oder sonstiger Gefahr – warum gab er bloß keine Ruhe und genoss nicht die Erholung von der langen Seefahrt?

Ich machte eine kleine Pause, das Bild der stillen Insel wirkte in mir nach und beruhigte mich. Als ich für einen Moment die Augen schloss, spürte ich aber wieder die starken Kippbewegungen des Schiffes – vor, hoch hinauf, und zurück, tief hinunter – als holte der Sturm zu seinem zweiten Angriff aus. Ich setzte mich aufrecht hin und atmete tief durch. Papa las weiter, bemerkte aber wohl, dass ich mit der Schiffschaukelei zu kämpfen hatte. »Die Tabletten liegen in dem kleinen, oberen Fach«, sagte er leise (und las weiter).

Ich schaute nach und entdeckte die Schachtel in dem Möbel neben dem Bett. »Ich habe schon eine genommen«, sagte Papa. – »Und?« fragte ich. – »Die Wirkung stellt sich sofort ein, Du spürst nichts mehr.« – Ich warf einen Blick auf den Beipackzettel mit all seinen übertriebenen Beschreibungen der wunderbaren Wirkungen, die ich von den Tabletten zu erwarten hatte. Dann nahm ich eine von ihnen in die Hand und schluckte sie sofort runter.

»Du solltest etwas Wasser dazu trinken«, sagte Papa und las immer noch weiter. »Ist schon gut«, antwortete ich. Um keinen Preis der Welt wäre ich noch einmal ins Bad gegangen, die wenigen Schritte würden meinen Magen erneut auf die Probe stellen, da war ich sicher. Am besten wäre es, sich in einer Höhle zu verschanzen, wo ich von Sturm, Wind und Wellen nichts mitbekam. Die Grotte der Nymphe Kalypso – das wäre genau das Richtige!

»Was ist eigentlich eine Nymphe, genau genommen?« fragte ich Papa. – »Das habe ich mich eben auch gefragt«, antwortete er. – »Sind es nicht Tänzerinnen? Oder Sängerinnen?« – »Ja«, antwortete Papa, »und sie halten sich in besonders schönen, stillen Gegenden auf. An Quellen, Wiesen, im Gebirge.« – »Jedenfalls haben sie mit dem Meer nichts zu tun, rein gar nichts. Das Meer mit seinen Stürmen und Wellen ist die Gegenwelt zu allem, wo Nymphen sich aufhalten.« – »Wieso bist du da so sicher?« – »Weil ich es weiß – und zwar genau. Gerade ist es mir wieder eingefallen. Nymphen sind Bewohnerinnen des friedlichen Landes, da wo kein Mensch sich herumtreibt, und da, wohin kein Meer der Welt reicht.«

Ich hatte etwas lauter als sonst gesprochen, lautes Sprechen half ein wenig gegen die Würgekräfte im Magen. Papa schaute plötzlich zu mir herüber, sagte aber nichts. Dann stand er auf, ging ins Bad und kam mit einem Glas Wasser zurück. »Trink das, mein Junge«, sagte er und drückte mir das Glas in die Hand. Ich trank das Glas rasch leer und legte mich wieder zurück, die Decke zog ich so hoch, wie es ging. Plötzlich fror ich etwas, während ich fast gleichzeitig müde wurde. »Der Westerwald ist eine Nymphengegend«, sagte ich noch (wie Papa später behauptete), darauf legte ich mich auf die Seite, zog die Knie an und schloss die Augen.

Es kam mir so vor, als schliefe ich ein, andererseits bekam ich noch immer etwas von dem mit, was in unserer Kabine geschah. So hörte ich, dass Papa die Kabine verließ und später mit einer zweiten Person wieder erschien, die mich anscheinend begutachtete. Und so hörte ich, wie diese zweite Person »das ist ganz normal so« sagte und sich wenig später allein wieder entfernte. Ich hätte die Augen gern wieder geöffnet, um zu sehen, womit Papa sich beschäftigte, ich versuchte es und sah, dass er wieder zeichnete, dann aber fielen mir die Augen zu, und ich schlief wirklich ein.

Aus den Aufzeichnungen meines Vaters (12. Juli, 19.12 Uhr)

Der Junge schläft unruhig und träumt anscheinend viel. Die Albireo *hält trotz des heftigen Sturms weiter Kurs und macht 13 Knoten in der Stunde. Kapitän und Erster Offizier sind erfahrene Seeleute, die auch extreme Wetter noch gelassen und klug kommentieren. Odysseus wird die Insel Ogygia bald verlassen, anscheinend auf einem Floß, das er sich selbst gebaut hat! Auf einem Floß durch das Meer?! Habe dem Jungen den verordneten Reisbrei mit Zucker und Zimt gebracht, er rührt ihn nicht an (was ich gut verstehen kann). Denis, der Steward, spielt den »Arzt an Bord« und verordnete einen Schluck Whisky, das würde helfen. Erhob Einspruch und konnte gerade noch verhindern, dass der Schluck Whisky als Tee ausgegeben und dem Jungen mit Nachdruck eingeflößt wurde. Denis behauptet, er habe noch stärkere und wirksamere Tabletten als die vom Kapitän empfohlenen auf Lager (das glaube ich gern).*

Aus den Aufzeichnungen meines Vaters (12. Juli, 21.10 Uhr)

Bedenklicher Zustand des Jungen. Fieber, enormes Schwitzen, sagt kaum ein Wort. Heinrich will mich beruhigen und behauptet, es handle sich um bekannte Symptome, die Seekrankheit verlaufe bei Anfälligen genau so. Spätestens nach drei, vier Tagen sei es vorbei.

Aus den Aufzeichnungen meines Vaters (12. Juli, 23.05 Uhr)

Odysseus hat sein Floß gebaut und nimmt Abschied von der Nymphe Kalypso. Nach dem Abendessen mit Heinrich ein Bier getrunken und über antike Seefahrt gesprochen, das Thema »Odysseus« auf See von seiner pragmatischen Seite betrachtet. Später weitere interessante Gespräche mit Heinrich und dem Ersten Offizier (Mühlenthal). Beide haben Hobbies und Wissensgebiete, die ihnen ausgesprochen Freude machen. Heinrich erzählte von dem kleinen »Museum« in seiner Kabine, das er uns später einmal zeigen wird. In den vielen ruhigeren Stunden an Deck hat er Schiffstypen nachgebaut. Mühlenthal dagegen ist ein Fachmann für Navigation, er weiß viel über ihre Geschichte: Wie orientierte man sich in den alten Zeiten beim Segeln etc.? Das Gespräch mit ihm wurde so vertraulich, dass ich ihn nach seinen Slippern fragte. Erstaunliche Antwort (hatte ihn völlig falsch eingeschätzt)! Er lud mich für den kommenden Morgen auf die Kommandobrücke ein. Bei diesem Sturm? fragte ich. Genau deshalb, antwortete er, da bekommen sie viel mehr mit als sonst.

Aus den Aufzeichnungen meines Vaters (13. Juli, 7.20 Uhr)

Der Junge weiter fast regungslos, tief in seine Decken gehüllt. Seitenlage, starke Körperkrümmung. Heinrich sagte gestern, es sei gut, ihn dann und wann anzusprechen und sein Interesse an der Umgebung wieder zu wecken. Soll irgendetwas erzählen, egal was, soll eine Zeitlang ruhig sprechen und den Sturm nicht erwähnen. Als wäre die See längst wieder zur Vernunft gekommen. So in etwa.

Aus den Aufzeichnungen meines Vaters (13. Juli, 8.53 Uhr)

Mühlenthal meldete beim Frühstück, dass wir die Nord-West-Spitze von Frankreich passiert haben. Trennen uns jetzt vom Festland und tauchen in den Golf von Biskaya ein. Der Golf die gefährlichste Partie der ganzen Reise. Mühlenthals Schwärmen von der französischen Küste. Kindheitsterrain, die »schönsten Strandpartien«, die er kennt. Und er kennt weiß Gott viele.

Ich hatte die Nacht einigermaßen überstanden und sogar ein wenig geschlafen. Am Vormittag blieb ich weiter im Bett, ich hörte das Grollen der See, ein starkes Rauschen und Seufzen des Wassers, und ich stellte mir vor, dass heftige Winde über das Deck fuhren und an Teilen der Ladung zerrten.

Als ich mich aufrichtete, erkannte ich die vielen Zeichnungen, die Papa angefertigt hatte. Die großen Bögen lagen auf dem Salontisch, quer und schräg übereinander, als wäre der Salon der Aufenthaltsort eines Künstlers. Dicht neben Papas Bett standen Stapel von Büchern, er hatte sie aus der Bibliothek geholt und kleine Merkzettel hinein gesteckt. Der Sturm schien ihm wirklich nichts auszumachen, ja, er schien ihn sogar zu genießen. Jedenfalls war etwas in ihm in Bewegung geraten, ein starkes Interesse, eine Aktivität, die er vorher (nach unserer Abfahrt aus Antwerpen) noch nicht gezeigt hatte.

Ich überlegte, ob ich mich anziehen und vorsichtig an Deck gehen sollte, frische Luft würde mir vielleicht gut tun. Ich versuchte es auch, stand auf, schlich zu den Bullaugen und wusste beim ersten Blick hinaus, dass ich das Deck nicht betreten würde. Das Meer sah völlig chaotisch aus, als stritten mehrere starke Kräfte darum, es in die jeweils eigene Richtung zu zerren. Die hohen Wellen klatschten unförmig gegeneinander und taumelten umher wie Boxer, die einen festen Schlag abbekommen hatten. Dazu passte, dass sich die *Albireo* in Schräglage befand und ein Entkommen aus diesem Chaos unmöglich erschien. Ein heftiger Treffer nach dem andern landete genau auf meiner Seite und presste das Schiff tief in die Fluten, aus denen es sich nach einigen Minuten mit einem gewaltigen Ruck wieder befreite, um die nächste Schräglage (nach der anderen Seite hin) einzunehmen.

Ich hatte keinerlei Appetit, aber großen Durst, und so trank ich viel Wasser und legte mich wieder zurück ins Bett. Ich schloss erneut die Augen, die unaufhörlichen Schaukelbewegungen des Schiffes (nach vorn und hinten und dann wieder nach beiden Seiten) machten mich beinahe wahnsinnig, es half alles nichts, weder das Augenschließen noch das Augenaufreißen noch irgendwelche Träumereien und auch keine Lektüren.

Mein Gehirn war so betäubt und durcheinander, dass ich blöde zu philosophieren begann, als hätte ich zuviel getrunken oder als befände ich mich in einem Oberstufenkurs mit den unsinnigsten Fragen des frühgriechischen Denkens. »Warum bin ich überhaupt hier und nicht vielmehr woanders?« dachte ich, die irre Frage schoss mir wiederholt durch den Kopf, aber ich brachte nicht einmal ein Lachen heraus, obwohl dieser offensichtliche Blödsinn doch zum Lachen war. »Zum Lachen, wirklich!« murmelte ich und zog mich wieder unter die Bettdecke zurück. Um nicht noch hilfloser zu werden, stand ich für kurze Überlebensphasen auf und bemühte mich, wenigstens ein paar Zeilen zu schreiben. Immerhin das schaffte ich, so gerade noch …

Reisetagebuch (13. Juli, 9.32 Uhr)

Ich bekomme nicht mehr genau mit, was um mich herum geschieht. Mal erkenne ich Papa, wie er auf seinem Bett liegt und liest, dann ist er irgendwohin verschwunden. Ich weiß, dass ich am Morgen kurz mit ihm gesprochen habe, aber was genau? Er hat mir wieder eine

Tablette gegeben, ich habe sie auch willig geschluckt – und mich kurz darauf von ihr befreit. Mein Magen will vollkommene Leere, nichts sonst. Ich hoffe, dass sämtliche Ladung an Deck über Bord gehen wird, dann laufen wir den rettenden Hafen von Lissabon an. Nie mehr werde ich ein solches Schiff betreten, nie mehr!

Reisetagebuch (13. Juli, 11.05 Uhr)

Ingenieur Segemann hat mir einen »Krankenbesuch« (wie er es nannte) abgestattet. Leider konnte ich mich nicht gut und lange mit ihm unterhalten. Wenn ich den Mund aufmache, meldet sich sofort ein heftiger Ekel, als wären auch die Worte weiße Bohnen mit Speck. »Wie geht es meinem Vater?« habe ich ihn gefragt. – »Dein Vater hält sich fantastisch«, hat er geantwortet, »er war eben sogar auf der Kommandobrücke! Mühlenthal hatte ihn eingeladen, das Spektakel zu beobachten.« – »Ich möchte auch auf die Kommandobrücke«, habe ich noch gesagt. – Herr Segemann hat mich mit einer Spezialtablette versorgt, und ich habe sie ohne Gegenwehr geschluckt. Seltsamerweise blieb sie im Magen, aber das änderte nichts, der starke Schwindel und der Ekel wurden sogar noch stärker.

Postbriefkarte an die Mama (13. Juli, 13. 54 Uhr)

Liebe Mama, die Fahrt ist weiter herrlich und unkompliziert. Mit schweren Stürmen ist nicht zu rechnen. Wir fahren ruhig dahin, und alle an Bord sind guter Laune. Kapitän Reckling hat gestern zum Mittagessen weiße Bohnen mit Speck sowie panierte Schnitzel mit Bratkartoffeln auffahren lassen, alles schmeckte sehr gut. Und Herr Mühlenthal, der Erste Offizier, hat nach dem Essen ein Seemannslied angestimmt. Am meisten mag ich unseren Ingenieur, Herrn Segemann, er ist auch Papas besonderer Freund. Die beiden verstehen sich, als kennten sie sich schon seit Urzeiten. Auch mich scheint Herr

Segemann zumindest seit der Steinzeit zu kennen (kleiner Scherz!). Manchmal überrascht er mich mit einem Geschenk, heute war es eine Praline mit leckerer Schokonussfüllung.

Nach dem Mittagessen kam Papa wieder in unsere Kabine, er erzählte, dass es als Nachtisch vorzügliche, dünne Pfannkuchen mit Zucker, Zimt und Orangenmarmelade gegeben habe (das Hauptgericht ließ er auf meine Bitte hin unerwähnt). »Hast Du überhaupt keinen Appetit?« fragte er, und ich antwortete, dass schon die bloße Frage mir den Magen umdrehe. Ich hatte vermutet, dass er zu Bett gehen und sich eine Pause gönnen würde, dem war aber nicht so. Er ging vielmehr zu unserem Salontisch und sortierte einige Blätter aus. Die brachte er ans Bett, setzte sich auf die Kante und zeigte sie mir. Das erste Blatt war eine Karte, die unsere Route verdeutlichen sollte. Von Antwerpen aus waren wir durch die Straße von Dover und Calais in den gefährlichen Ärmelkanal aufgebrochen. – Warum gefährlich? – Gefährlich wegen der häufigen Winde von Südwest, gegen die unser Schiff angearbeitet habe. Vor wenigen Stunden hätten wir jedoch Brest erreicht, und von Brest aus gehe es nun durch den Golf von Biskaya direkt nach Süden.

Papa hatte die französische Küste von Calais bis Brest besonders detailliert gezeichnet und viele, auch kleinere Städte mit ihren Namen markiert: Le Havre, Saint-Malo, Paimpol ... Ich fragte, wieso er diese Namen so genau wisse, da erzählte er vom Ersten Offizier (Herrn Mühlenthal), der jeden Winkel der französischen Atlantikküste kenne. »Stell Dir vor«, sagte Papa, »Mühlenthal ist dort aufgewachsen und hat die großen Ferien mit seinen Eltern in diesen Orten verbracht.« – »Dann spricht er auch noch fließend Französisch?« fragte ich. – »Fließend und sehr elegant«, antwortete Papa, »wir haben auf der

Kommandobrücke zusammen Französisch gesprochen, Mühlenthal war begeistert und glücklich. ›Einen Passagier wie Sie hatten wir noch nie an Bord‹, hat er gesagt.« – »Du übertreibst!« – »Nein, tue ich nicht! Mühlenthal war sehr offen zu mir, er hat mir viel aus seinem Leben erzählt, hätte ich nie für möglich gehalten.« – »Und warum trägt er Slipper?« – »Slipper sind die neuste Mode, er trägt französische Marken. Er verfolgt die neusten modischen Trends.« – »Wieso denn das?« – »Er mag die französische Mode, er interessiert sich dafür, seine Mutter muss geradezu besessen davon gewesen sein.« – »Und sein Vater?« – »War Handelsvertreter in Bordeaux! Mühlenthal ist eine kuriose, interessante Erscheinung, er hat etwas Philosophisches und ...« – »Jetzt reicht es aber, er hat Dich anscheinend mühelos um den Finger gewickelt ...« – »Nein, hat er nicht. Er steht stoisch auf der Kommandobrücke, erläutert das Aufkommen jeder einzelnen Brise und tut so, als habe er den Sturm nur zu unserer Belustigung antanzen lassen.« – »Und Kapitän Reckling?« – »War heute Nacht im Einsatz und erschien nicht zum Frühstück.« – »Ist er etwa seekrank?« – »Nein, er ruht sich aus.« – »Weißt Du auch über ihn Neues und Interessantes?« – »Mühlenthal hat nur wenig über ihn erzählt. Er geht sehr auf Distanz zu Reckling und behauptet, Reckling vergrabe sich viel in Geschichte, das sei sein Metier. Große Geschichte, vor allem Kriegsgeschichte, von der Antike bis jetzt. Heerführer, Schlachten, Völkerwanderungen – darüber liest Reckling ein Buch nach dem andern.« – »Und das gefällt Mühlenthal nicht?« – »Die Gespräche darüber gehen ihm auf die Nerven, er ist eher ein philosophischer Typus, der zum Beispiel ...« – »Ja, ist gut, ich weiß Bescheid.« – »Nichts weißt Du!« – »Ich kann es mir aber denken.« – »Na gut, wir sprechen später einmal darüber. Wenn Du wieder bei Kräften bist.«

Ich schaute mir Papas Karte der französischen Küste genauer an, sie gefiel mir sehr. Entlang der Küste hatte er mit winzigen Zahlen die jeweilige Meerestiefe markiert und gefährliche Partien rot hervorgehoben. Dort lagen angeblich alte Schiffswracks, oder es gab felsige Partien direkt unter Wasser. »Woher weißt Du das alles?« fragte ich, »etwa auch von Mühlenthal?« – »Ich weiß gar nichts«, antwortete Papa, »ich habe mir das alles ausgedacht. Damit die Karte alten Seekarten gleicht.« – »Und wie sehen die aus?« – »Heinrich hat mir eine aus seinem kleinen Museum gezeigt. Sie enthält unendlich viele Angaben: Meerestiefen, Bodenbeschaffenheit unter Wasser, Strömungen, Windkanäle … – mit Hilfe dieser Karten wird das Meer lesbar. Es ist keine graue, langweilige Fläche, sondern ozeanische Vielfalt.« – »Ozeanische Vielfalt! Das hast Du bestimmt von Mühlenthal!« – »Stimmt, Mühlenthal drückt sich so aus: Die Vielfalt entsteht durch den Himmel, den Wind, das Meer und seine Tiefen – all das zusammen macht das Ozeanische aus.« – »Sehr philosophisch!« – »Ja, philosophisch und interessant. Mühlenthal ist kein plumper Seefahrer, sondern ein Mann, der das Ozeanische sucht.« – »Hat er das etwa gesagt?« – »Hat er. Und er will es mir später einmal noch genauer erklären.« – »Mmm …« – »Wieso mmm?« – »Früher hast Du Dich für Philosophie kaum interessiert und Dich lieber an die Fakten gehalten.« – »Ich halte mich auch weiterhin an die Fakten – aber ich lerne dazu. Vielleicht lerne ich, die Fakten noch anders zu sehen.«

Ich sagte nichts mehr, denn Papas Begeisterung für die philosophischen Ideen des Ersten Offiziers irritierten mich. Über solche herbeigezauberten Begriffe hätte er sich früher lustig gemacht. Hatten seine »geweiteten Blickwinkel« vielleicht mit dem Sturm zu tun?

Nach der Seekarte zeigte er mir Zeichnungen von Dover und Calais, die er für Mama angefertigt hatte. Auch einen mittelalterlichen Turm an der Küste bei Brest hatte er detailliert gezeichnet. Auf beiden Zeichnungen kreisten große Schwärme von Möwen, es sah dramatisch und unheimlich aus, als wären die Zeichnungen aus einem Sagenbuch, in dem die alte Geschichte dieser Gebiete raunend erzählt wurde. »Schade, dass ich Dover, Calais und Brest nicht gesehen habe«, sagte ich. – »Ich habe sie auch nicht gesehen«, antwortete Papa, »ich habe sie nachempfunden.« – »Ist so ein Nachempfinden auch ozeanisch?« fragte ich. – »Mach keine Witze, es hat mit dem Ozeanischen rein gar nichts zu tun. Es zeigt meine andere Seite, die ich nicht verleugnen mag.« –»Welche andere Seite?« – »Die des Bewohners vom Land, der seine Freude an Wiesen, Weiden und Vögeln hat. Die lässt er sich auch von einem noch so stürmischen Meer nicht nehmen.«

Papa wurde mir immer unheimlicher. Anscheinend hatte er neben dem Ozeanischen nun noch weitere andere Seiten an und in sich entdeckt. Ich traute mich nicht, ihn länger anzuschauen, und als er wieder an den Salontisch zurückging, um mir noch mehr von seinen Zeichenkünsten zu zeigen, sagte ich, dass es vorerst genug sei. »Diese Zeichnungen beunruhigen mich«, sagte ich, »mein Hirn gerät richtig ins Kreisen.« – »Nimm noch eine Tablette«, antwortete Papa, ich wehrte jedoch ab und krümmte mich wieder zusammen. Nur zusammengekrümmt ließen sich die Schaukelanomalien der *Albireo* ertragen, längst war sie nicht mehr Herr ihrer selbst, sondern Wind und Wetter hilflos ausgeliefert. Höchstens Mühlenthal schien noch zu verstehen und zu überblicken, was gerade geschah – wenn ich Papa glauben durfte. »Wohin bewegen wir uns jetzt?« fragte ich. – »Auf Spanien zu, durch den Golf von Biskaya«, antwortete er. – »Das ist extrem ozeanisch, nicht wahr?« – »Du sagst es, mein Junge, extrem und ozeanisch.«

Ich blieb still liegen und hörte, wie er einschlief. Aus irgendwelchen Gründen kam mir wieder Odysseus auf Ogygia in den Sinn. Was war mit ihm? Er saß weinend am Strand und dachte an zu Hause, im Grunde hatte er nur noch wenig von einem großen Helden, der es früher einmal auf die Eroberung Trojas abgesehen hatte. Ob auch er Ozeanisches spürte? Wohl eher nicht, er hatte nicht das Ozeanische, sondern die Brutalität des Meeres zu spüren bekommen. Nur die des Meeres?

Ich erinnerte mich, dass die grausamen Seiten des Meeres in der *Odyssee* mit dem Meeresgott Poseidon in Verbindung gebracht wurden. Homer hatte die schrecklichen Stürme als Racheaktionen dieses unruhigen, gewaltsamen Gottes beschrieben, der das Meer in einen ungeheuren Aufruhr versetzte und nicht aufhörte, bis das nächstbeste Schiff zertrümmert, die Mannschaft ertrunken und der letzte Lebende auf ein paar Schiffsbrettern an eine Insel geworfen worden war. Um dort Jahre weinend zu sitzen, bevor die nächste Etappe nach Hause in Angriff genommen werden konnte.

War Poseidon überhaupt mit einem einzigen Menschen ausgekommen? Hatte er Menschen nicht generell für eine lästige, armselige Brut gehalten, die in seinen Meeren nichts, aber auch gar nichts verloren hatte? Warum, hatte er sich vielleicht gefragt, wagten Menschen sich auf die Meere? Warum blieben sie nicht dort, wo sie eigentlich hingehörten: an Land, auf Hainen, unter Nymphen?! Waren Meeresfahrten von Menschen nicht bloßer Vorwitz und letztlich eine Dreistigkeit, da sie doch nicht das Mindeste von den Geheimnissen der Meere wussten?

Während ich so dachte, empfand ich großes Verständnis für Poseidon, den Gott mit dem Dreizack! Ja, er hatte Recht: Meer und Land waren jeweils Territorien für sich, deren Verschiedenheit man achten sollte. Für die Landbewohner hatten die griechischen Götter Flüsse und Seen, Bäche und Teiche geschaffen, wo sie wenigstens eine Ahnung von Meer schnuppern konnten. Ein wenig Wasser, domestiziert, ein wohltuender Anblick, nichts, was je durcheinander geriet. Genau so hatte ich den Rhein kennen gelernt und mich gefreut, auf einem Dampfer zwischen seinen schönen Ufern dahin gleiten zu können.

Das Meer aber war für andere, spezielle Meeresbewohner gemacht, für Wale und Seeungeheuer, für Schwärme von Seefischen, für Rochen und Delphine, für Eisbären und meinetwegen auch Pinguine. Menschen jedenfalls waren für die See nicht geschaffen und vorgesehen, peinlich genug waren ja bereits die Schiffe, die sie entwarfen und bastelten. Letztlich waren es bloße Behelfskonstruktionen, die nicht verbergen konnten, dass der Mensch eben kein Meeres-, sondern höchstens ein Salon- und Kombüsenbewohner auf See war. Eine komische Gestalt. Ein Fraß für hungrige Haie. Eine fleischummantelte Gräte an Deck.

›Ich habe Basteln immer gehasst‹, dachte ich, ›Jungs, die gut basteln konnten und scharf waren auf ewiges Basteln, halte ich für das Allerletzte. Immer wenn gebastelt wird, entstehen verquere Dinge, für die Menschen nicht gemacht sind: Flugzeuge, Schiffe, Autos. Über Lokomotiven denke ich später mal nach, sie gehören nämlich anderswo hin. Seit ich die erste Lokomotive gesehen habe, liebe ich Lokomotiven. Sie kommen aus keiner Bastelwelt, das ist klar, man setzt, klebt und leimt sie schließlich nicht zusammen, sondern kauft sie am Stück und setzt sie auf fertige Schienen. Bereits das ist ein großer Unterschied zu Flugzeugen, Schiffen und Autos, deren Modelle etwas für typische Bastler sind.‹

Aus meinem Reisetagebuch (13. Juli, 16.32 Uhr)

Hat Papa sich verändert? Er wirkt plötzlich ganz anders als vor ein paar Tagen. Weniger zurückhaltend. Unglaublich aktiv. An allem eigentlich Fremden (Navigation, Geschichte der Seefahrt, Philosophie) stark interessiert, Hauptsache, es ist ein neuer Gesprächsgegenstand! Meine »Theorie« ist, dass er sich auf diese neuen Wissensgebiete wirft, weil seine eigenen (Fauna, Flora, Natur, Landschaft) ihm auf See abhanden gekommen sind. Papa ist ein Landbewohner wie kaum ein anderer Mensch, ein Wanderer, Spaziergänger, Jäger. Auf See lebt er reduziert, und er gleicht diesen Mangel aus, indem er sich an alle Themen heranmacht, die ihm als typische »Meeresthemen« erscheinen. Sogar die Philosophie ist auf der Albireo *kein Land-, sondern ein Meeresthema – weil es um das Ozeanische geht, darum!*

Aus meinem Reisetagebuch (13. Juli, 17.12 Uhr)

Denis hat geklopft und ist wie auf Zehenspitzen erschienen. Er spricht so leise, als müsste man mich schonen und als könnte schon ein einziges lautes Wort mich vollends umhauen … So ist es natürlich nicht, aber ich liege nach wie vor am liebsten im Bett. Antriebslos. Wie ein Stück Schiffsladung, das man im nächsten Hafen an Land schmeißt. Denis machte ein paar Vorschläge für meine Ernährung (Omelette?, Gemüsesuppe?, Klare Suppe mit Ei?), ich konnte mich für nichts entscheiden. Wir unterhielten uns eine Weile, ich sprach ihn auf Papa an, ohne dass er mitbekam, was ich wissen wollte.

Nach dem Mittagsschlaf ging Papa in die Bibliothek. Ich konnte mir nicht vorstellen, wie man bei diesem Sturm in Ruhe lesen und sich dabei noch Notizen machen wollte. Und erst recht verstand ich nicht, wie Papa es schaffte, trotz der chaotischen Schiffsbewegungen zu zeichnen.

Später unterhielt ich mich mit Denis darüber, als er mich in unserer Kabine besuchte. »Einen Passagier wie Deinen Vater haben wir noch nie an Bord gehabt«, sagte er. – »Was ist mit ihm?« fragte ich nach. – »Er ist ein toller Hecht, ja, alle Achtung! Mit Segemann unterhält er sich über Schiffsbauten, mit Mühlenthal über Philosophie – und ich wette, dass er sich bald auch mit Kapitän Reckling über den trojanischen Krieg unterhält! Ihn interessiert einfach alles! Schon wie viel er liest, zeichnet, notiert – ich habe so was noch nie gesehen! Macht er das auch sonst?« – »Ja«, antwortete ich, »ich kenne ihn nicht anders.« – »Mann, so einen Vater hätte ich auch gerne gehabt, den hätte ich sogar ertragen. Er redet nie so, wie Väter mit einem reden, all dieses Zeug über das Leben, wie man sich zu benehmen hat, was man noch lernen sollte oder dass man seinem Leben einen Sinn geben muss. Dieser Kram interessiert ihn nicht die Bohne.« – »Stimmt«, sagte ich, »darüber redet er nie. Worüber hat er sich denn mit Dir unterhalten?« – »Über Salinger und den *Fänger im Roggen*!«

Ich schwieg. Hatte ich Denis richtig verstanden? Papa hatte mit ihm über Salingers Roman *Der Fänger im Roggen* gesprochen?! Aber er hatte diesen Roman nie gelesen, ja, er hatte wohl nicht einmal von ihm gehört. Ich räusperte mich, mir fiel nichts dazu ein. Bloßstellen wollte ich Papa jedoch auf gar keinen Fall. »Was hat er denn über den *Fänger im Roggen* gesagt?« fragte ich vorsichtig. – »Na, er kannte den Roman gar nicht, er hatte nie von ihm gehört. Mann, habe ich zu ihm gesagt, das ist einer der besten Romane weltweit, das müssen

Sie lesen.« – »Und weiter?« – »Er war sehr neugierig. Ich habe ihm mein altes Exemplar ausgeliehen. ›*Der Fänger im Roggen* ist mein Leib- und Magenbuch‹, habe ich zu Deinem Vater gesagt, ›ich habe es auf jeder Fahrt mindestens einmal gelesen.‹ Dein Vater war beeindruckt, er wird den Roman lesen, da bin ich ganz sicher. Ich habe ihn gefragt, was denn sein eigenes Leib- und Magenbuch sei. Und er hat gesagt ...« – »Moment«, sagte ich, »lass mich raten. Hemingway, *Der alte Mann und das Meer*, auf See ist das sein Leib- und Magenbuch. Richtig?« – »Exakt«, sagte Denis, »Du hast es erraten. Inzwischen sehe ich die Sache zwischen Deinem Alten und Dir übrigens anders. Tut mir leid, wenn ich darüber mal etwas Dummes gesagt habe. Ich nehme es zurück. Dein Vater ist schwer in Ordnung, und Du bist es auch. Okay?! Ich werde nie mehr ›Sohnemann‹ zu Dir sagen, das passt einfach nicht.«

Ich schwieg erneut. Was hier alles an Bord passierte, war schon erstaunlich. Lauter kleine, spannende Dramen und jede Menge Überraschungen – und Papa mittendrin, wie Zeus, der hier an einem Welträdchen dreht und dort, einfach deshalb, weil er Langeweile nicht erträgt.

»Kann ich denn gar nichts für Dich tun?« fragte Denis, »ein guter Schluck würde Dir helfen, glaub mir.« – »Whisky?« – »Nein, Rum, der bringt Dich auf die Beine.« – »Wenn ich morgen noch so schlaff im Bett liege, probieren wir es«, sagte ich. – »Sehr gut, das ist ein Wort!«

Obwohl ich abgelehnt hatte, kam Denis am Abend mit einem Teller Suppe zurück. Klare Suppe mit verquirltem Ei. Ich löffelte den Teller trotz des starken Widerwillens leer und sagte, die Suppe habe mir wirklich gut getan. Als Denis verschwunden war, ging ich ins Bad und erbrach den ganzen Teller in drei Sekunden. Egal. Trotz aller Qualen war ich auf der Seite Poseidons, auch wenn er es manchmal mit seinem Menschenhass übertrieb.

Aus meinem Reisetagebuch (13. Juli, 21.17 Uhr)

Papa wird den Fänger im Roggen *lesen. Ist das etwas für ihn? Keine Spur. Ich bin gespannt, wie er Denis genau das erklären wird.*

Aus den Aufzeichnungen meines Vaters (13. Juli, 23.29 Uhr)

Nach dem Essen wieder längeres Gespräch mit Mühlenthal. Diesmal über die spanischen und portugiesischen Küsten, die wir bald erreichen. Er liebt den Golf von Biskaya, allein schon der Name hat es ihm angetan. ›Dieser Golf hat einen religiösen Ernst‹, hat er gesagt. ›Nirgends gibt es sonst so eine Atmosphäre, als wären dort seit Ewigkeiten lauter Pilger betend und singend auf kleiner Fahrt – und das ohne Sextant oder Kompass.‹ Was für ein dunkler Satz! Ich fragte nicht nach seiner tieferen Bedeutung, weil ich es nicht für angebracht hielt. Weiter sehr unruhiger Schlaf des Jungen. Hat zum Glück einen Teller Suppe gegessen, wie Denis stolz berichtete. Von ihm erhielt ich den Roman Der Fänger im Roggen. *Sein Autor (Salinger?) soll seit Jahrzehnten auf dem Land leben, ohne sich in der Öffentlichkeit zu zeigen. Ein Wald- und Landmensch also, vielleicht etwas für mich, mal sehen.*

Im Golf von Biskaya

Aus den Aufzeichnungen meines Vaters (14. Juli, 4.11 Uhr)

Wachte durch starken Seegang auf, kein Vergleich mit zuletzt. Die Albireo *inmitten so hoher Wellen, dass man es mit der Angst zu tun bekommt. Blieb in der Kabine und fand keinen Schlaf. Der Junge dagegen schien zum Glück nichts mitzubekommen. Lag fast leblos da, wie in Narkose. Deckte ihn wieder gut zu, er rührte sich nicht. Hat Denis ihm etwa doch etwas verabreicht? Wollte die Lektüre der Odyssee fortsetzen, geriet jedoch (ausgerechnet!) an eine Stelle, an der Poseidon die schlimmsten Stürme seit dem Aufbruch des Odysseus von Troja aufbietet. Erschien mir zum gegenwärtigen Zeitpunkt nicht passend. Lenkte mich durch den* Fänger im Roggen *ab. Was für eine harmlose Welt! Ein paar Jungs in einem amerikanischen College mit den bekannten pubertären Sorgen und Themen. Hatte ich selbst eigentlich so etwas wie eine Pubertät? Und ist der Junge momentan pubertär? Vom Alter her müsste er es sein, kann aber nichts typisch Pubertäres an ihm feststellen. Werde mit ihm darüber sprechen. Hochinteressant.*

Aus den Aufzeichnungen meines Vaters (14. Juli, 6.29 Uhr)

Hielt es in der Kabine nicht aus und ging (im Bademantel) in den Salon. Traf dort Mühlenthal, rauchend. Er entschuldigte sich dafür und meinte, die Situation sei kritisch. Auf der Kommandobrücke wachen jetzt rund um die Uhr vier Mann. Natürlich ist auch Kapitän Reckling ununterbrochen dabei. Mühlenthal sprach von enormer psychischer Anstrengung, »bis zum Zerreißen«. Ein Teil der Ladung an Deck sei schon über Bord, wie viel könne man jetzt noch nicht sagen. »Und das ausgerechnet am französischen Nationalfeiertag!« sagte er. Ich fragte, ob ich einen Schluck ausgeben dürfe, er lachte.

Saß danach allein in der Bibliothek und las einige Seefahrergeschichten, in denen das Meer sich menschlich benimmt.

Ich wachte später als sonst (erst kurz nach neun Uhr) auf und wollte ins Bad. Papa lag nicht in seinem Bett, anscheinend frühstückte er bereits. Ich richtete mich auf und spürte mit starker Verzögerung, dass etwas nicht stimmte. Papas Bücher lagen überall verstreut auf dem Boden und schlingerten dort herum, als spielten sie kegeln. Auch der Salontisch war leer, und die Zeichnungen klebten zum Teil an den Wänden, wie Tapeten, die jemand flüchtig angebracht hatte. Ich bekam Angst und hatte keine Idee, was ich tun sollte.

Etwa aufstehen? Beim ersten Schritt aus dem Bett würde mich der Sturm gegen eine Wand schleudern, und ich würde selbst auf allen Vieren nicht das Bad erreichen. Dort schien ein Bullauge offen zu stehen, ich spürte den starken Wind, der dort sein Unwesen trieb, vielleicht saugte er alles, was sich im Bad befand, nach draußen, um es Poseidons Töchtern (hatte Poseidon Töchter?) zu opfern.

Ich hatte keinen einzigen klaren Gedanken, im Grunde blieb mir nichts anderes übrig, als mich ans Bett zu klammern und starr liegen zu bleiben. Am liebsten hätte ich nach Papa gerufen, aber das war natürlich nicht möglich. Wo blieb er denn bloß und was hatte er ausgerechnet jetzt so dringend zu tun?

In unserer Kabine herrschte ein solches Chaos, dass ich meinen Körper nicht einmal spürte. Kein Unwohlsein, nichts, wahrscheinlich war ich zu sehr damit beschäftigt, mich auf das baldige Ende vorzubereiten. Einen kurzen Moment dachte ich wirklich daran, ich sah die *Albireo* einen letzten, verzweifelten Satz auf dem höchsten Wellenkamm machen, sie drehte sich um die eigene Achse und schlug schräg in ein Wellental, wo sie durch die Wucht des Aufpralls sofort auseinander brach. »Ich habe es vorhergeahnt«, dachte ich noch, »aber ich war der einzige, die anderen hielten so eine Fahrt für einen flotten, gefahrlosen Segeltörn. Selbst Papa hat sich nie Sorgen gemacht.«

Genau als sich das Wort »Sorgen« bedrohlich in meinem Kopf einnistete, öffnete sich unsere Kabinentür. Papa und Denis kamen herein und tasteten sich bis zum Tisch vor. Dass lauter Bücher, Gegenstände und Zeichnungen umher flogen, schien sie nicht zu beunruhigen, sie taten vielmehr so, als wären sie zu einem kleinen Plausch anmarschiert. Dass es aber um etwas ganz Anderes ging, bemerkte ich sofort, als keiner der beiden mir einen »guten Morgen« wünschte. Nicht einmal ein einziges Wort brachten sie heraus, sie waren viel zu sehr damit beschäftigt, sich einen festen Sitzplatz zu sichern.

Als sie wenigstens das geschafft hatten, sah ich, was sie im Schilde führten. Denis hatte zwei monströs große Schwimmwesten dabei, sie leuchteten tieforange, wie niederländische Wimpel. Nichts hätte besser beweisen können, wie es wirklich um uns stand, als dieses plötzliche Erscheinen der beiden in einem giftigen Blutorange schimmernden Westen. »Blutorange …«, dachte ich wirklich, »jetzt ist es aus, gleich werden wir durch den Golf von Biskaya treiben, bis wir ersaufen!«

»Was wollt Ihr denn mit den Schwimmwesten?« fragte ich. Denis grinste und antwortete: »Es sind Rettungswesten, keine Schwimmwesten.« Dass er in unserer gefährlichen Lage noch auf so einer Unterscheidung bestand, machte mich wütend. »Rettungswesten oder Schwimmwesten – das ist doch egal, sie werden uns eh nicht über Wasser halten.« – »O doch«, antwortete Denis, nur ein wenig ernster, »das werden sie bestimmt. Jedenfalls eine Weile!«

Diese Antwort beunruhigte mich nur noch mehr, anscheinend rechnete er also längst damit, dass wir gleich über Bord fliegen würden. Warum sprach er sonst davon, dass diese blöden Westen uns »eine Weile« vor dem Ertrinken bewahren würden? Ich musste mich im Bett aufrichten, dann erhob sich Denis, hielt sich an meiner Bettkante mit der linken Hand fest und stülpte mir mit der Rechten die Weste über den Kopf. »In Ordnung!« sagte er wahrhaftig.

Ich schaute Papa an, der seine Weste selbst übergestreift hatte. Er sah überanstrengt und blass aus, als hätte er die ganze Nacht als Wachmann auf der wahrscheinlich längst funktionslosen, aber immer noch so genannten »Kommandobrücke« verbracht. »Moment«, sagte Denis, »jetzt schließen wir noch vorne den Gurt! Im äußersten Notfall bewegt man sich so wenig wie möglich und treibt auf dem Rücken, den Kopf im Schutzring. Prinzipiell kann man ewig so treiben, bis man wieder an Bord gezogen wird. Das Geniale an diesem Ding ist die natürliche Schlafposition, die es einem verordnet.«

»Was redest Du denn da?« dachte ich und wurde noch eine Stufe wütender. Innerlich war ich jetzt so außer mir, dass ich am liebsten irgendeinen Gegenstand gegen die blank polierten Kabinenwände geworfen hätte. Um zu zeigen, dass ich dieses blank Polierte von Anfang an durchschaut hatte. Es diente der Täuschung, weil es den Passagieren vorgaukelte, in einer sicheren Herberge untergebracht zu sein. Schiffe wie die *Albireo* waren jedoch nirgends und niemals eine »Herberge«, sondern immerwährende extreme Gefahrenherde.

Ich wollte meine Wut loswerden und etwas Deutliches sagen, als Heinrich Segemann unsere Kabine betrat. Wir schauten ihn alle an, als wäre er ein unerwartetes Gespenst oder ein Schauspieler, der einen verfrühten Auftritt hatte. »Heinrich?!« sagte Papa, als müsste er nachfragen, ob in der kalkweißen Haut dieses älteren Mannes (mit blutorangener Rettungsweste) wirklich Heinrich Segemann steckte. Seine Bühnengestalt hielt sich mit beiden Händen an einem Garderobenhaken fest, der hin und her zu eiern begann. Dann ließ er den Haken los und wurde von einem heftigen Schwinger des Schiffes gegen Papas Bett gepresst. »Halt Dich doch fest!« rief Papa, als wäre Heinrich Segemann noch nicht auf diesen Gedanken gekommen. Was wollte er aber von uns, warum kam er in die Kabine?

»Wie geht es dem Jungen?« fragte er leise und hustete laut und dramatisch. Vor lauter Aufregung bekam er anscheinend wenig Luft, sein Kopf war rot angelaufen und auf seiner Stirn leuchteten kleine Schweißperlen. »Die ganze Mannschaft ist im Einsatz«, sagte er (als interessierte ihn eine Antwort auf seine eigene Frage nach meinem Befinden nicht), »wir tun, was wir können. Das könnt Ihr mir glauben!«

›Das sagt er nur, um auf Nummer Sicher zu gehen‹, dachte ich. »Findet und rettet uns wirklich ein anderes Schiff, sollen wir bestätigen, dass die Mannschaft alles getan hat. Nur deshalb erscheint er in unserer Kabine!« – Ich blickte in die Runde, niemand sagte zunächst ein Wort, bis Papa aufstand und Heinrich Segemann auf den Rücken klopfte. »Jetzt hör mal auf zu husten, Heinrich«, sagte er, »niemand bezweifelt, dass alles getan wird.«

Die beiden fast gleichaltrigen Männer standen sich schwankend gegenüber, Papa klopfte Heinrich auf den Rücken, als vertriebe so ein Klopfen nicht nur den Husten, sondern den ganzen Sturm. Es war ein rührendes Bild, ich konnte kaum hinschauen, die beiden hatten sich vielleicht längst damit abgefunden, dass gleich etwas geschehen würde, was sie nicht einmal in den schlimmsten Träumen für möglich gehalten hatten.

Ich schon! Ich hatte diese Katastrophe bereits beim ersten Anblick der *Albireo* für möglich gehalten – und ich hatte es sogar laut gesagt. Was aber half das?! Ich konnte auf meine früheren Ahnungen doch jetzt nicht verweisen, niemand hätte das gewürdigt, vielmehr hätten mich alle für einen völlig unerträglichen Klugscheißer gehalten, für den selbst blutorangene Rettungswesten zu schade waren!

Papa nahm Heinrich danach am Arm und zog ihn neben sich auf das Bett. Die beiden saßen erschöpft nebeneinander wie zwei Clowns, die gerade während einer Kindervorstellung ausgepfiffen worden waren. Denis beugte sich zu mir herüber und flüsterte: »Wie geht es Dir? Wie hast Du geschlafen?« – Ich fand die Frage völlig überflüssig und schüttelte nur missmutig den Kopf. – »Du hast gut, nein, Du hast sehr gut geschlafen!« flüsterte Denis, »ich habe Dir nämlich einige Beruhigungstropfen in die Brühe geträufelt!«

Normalerweise hätte ich darauf reagiert und Gott weiß was gesagt oder getan, jetzt aber war mir dieses Rumkokettieren mit irgendwelchen Beruhigungstropfen gleichgültig. Ich tat, als überhörte ich ihn, und verfolgte gerade andere, wichtigere Gedanken. »Aha!« sagte ich und legte all meine Verachtung in diese zwei Silben. – »Du kannst Dich immer auf mich verlassen«, machte Denis jedoch weiter, »wir sind ja jetzt gute Freunde.«

Ich kann gar nicht sagen, wie unangebracht ich diese Bemerkung in unserer gefährlichen Situation fand. Es hörte sich so an, als beanspruchte er einen Platz neben mir auf dem Meeresfriedhof der hohen Wellen bei Windstärke Zwölf. Die Leichen der zwei guten, unzertrennlichen Freunde trieben in blutorangenen Rettungswesten auf dem Rücken quer durch den Golf von Biskaya und wurden nach tagelangem Treiben von gierigen Meeresbewohnern feierlich zernagt.

Ich versuchte, dieses makabre Bild loszuwerden, und konzentrierte mich auf meine unmittelbare Umgebung. Wir saßen zu viert in dieser für vier Personen zu kleinen Kabine, es sah aus, als hätten wir uns in tiefster Not zusammengerottet, um wenigstens gemeinsam in den Tod zu gehen. ›Am Ende noch singend!‹ dachte ich und hätte fast aufgelacht.

Das Ganze wirkte aber durchaus so, als hätte uns eine ausweglose Situation zusammengeführt, damit wir uns gegenseitig Trost zusprachen. Es roch geradezu danach, dass einer anfangen würde, etwas Trostspendendes, Letztes zu sagen. Heinrich Segemann griff sich mit der Rechten unter den Pullover, den die Rettungsweste zierte, und fummelte an seiner Brust herum. Dann zog er zwei dünne, bleiche Fäden hervor, an denen ein mickriger Brustbeutel hing. Führte er so einen Brustbeutel etwa immer mit sich?

Sonderbar war, dass dieses Exemplar genau jenem Brustbeutel ähnelte, den auch ich (als Junge) manchmal mit mir herumgetragen hatte. Es war ein Beutel aus hellem Kalbsleder gewesen, und ich hatte ihn sehr gerne angeschaut und gemocht, ohne zu ahnen, womit ich ihn hätte füllen können. Brustbeutel hatten etwas Geheimnisvolles, im Grunde waren es ja kleine Verstecke oder jedenfalls Utensilien, die man niemandem sonst in die Hände gab. In den Sommermonaten hatte mein Brustbeutel jedoch oft an der schwitzenden Haut geklebt, monatelang war er einfach nur lästig gewesen – und so hatte ich ihn an einem besonders heißen Tag abgelegt und danach, in den kühleren Monaten, vergessen, ihn wieder anzulegen. Jetzt schlummerte er in irgendeinem unserer Kommodenfächer, vielleicht sogar für immer, die Zeit der Brustbeutel war für mich wohl vorbei.

Dass Heinrich Segemann aber einen kalbsledernen Brustbeutel trug, konnte ich sofort verstehen. Bei solchen Unwettern war ein Brustbeutel nicht zu verachten, man steckte das letzte Hab und Gut hinein, zog die blutorangene Rettungsweste über und trieb später auf dem Rücken im Meer, wo der Brustbeutel an seinen dünnen Fäden von Welle zu Welle hüpfte, ohne je zu entkommen!

Heinrich Segemann öffnete das geheime Versteck und zog zwei kleine Kärtchen heraus. Er betrachtete sie kurz, dann gab er eines an Papa weiter. Papa schaute darauf, konnte die Schrift aber nicht entziffern. »Was ist das, Heinrich?« fragte er ruhig, als wäre Heinrich Segemann ein durcheinander geratener Patient, dem man mit äußerster Ruhe und Gelassenheit begegnen musste. Der aber antwortete nichts, sondern blickte nur starr auf die Schrift und begann, sie zu lesen. Dabei bewegte er die Lippen, und er bewegte sie so auffällig, dass ich sofort wusste, was mit ihm los war: Heinrich Segemann betete, indem er den Text eines Gebetes von seinem winzigen Brustbeutelkärtchen ablas!

Ich saß mit offenem Mund da, nein, so etwas hatte ich niemals erwartet. Begriffen die anderen überhaupt, welches Endstadium unseres Lebens Heinrich Segemann gerade einläutete? Wäre ein Priester an Bord gewesen, hätte der Ingenieur der *Albireo* um die Letzte Ölung gebeten!

Das war der Moment, als ich das Herumsitzen und Abwarten in der Kabine nicht mehr länger ertrug. Wenn wir schon gleich über Bord gehen würden, dann sollten unsere letzten Minuten doch wenigstens noch etwas Freude bescheren. Ich stand auf, zog die blutorangene Rettungsweste aus, schwankte zum Kleiderschrank und entnahm ihm eine Trainingshose und einen leichten Pullover. Ich streifte beides über, öffnete die Tür und ging, ohne ein Wort zu sagen, in den Salon. Der kurze Weg war richtig anstrengend, als hätte ich eine längere Strecke gegen starken Wind zurückzulegen. Ich ging gebückt voran, und ich fingerte mich an den Wänden entlang, wie ein Irrer, der auf seinen verrückten Gängen lauter eklige Spuren hinterließ.

Der Salon war leer, nicht ein einziger Gegenstand stand noch auf den Tischen. Ich setzte mich hin und schaute durch ein Bullauge hinaus in die Weite. Die hohe See warf große Gischtsonden gegen das Fenster, sie zerplatzten rasch hintereinander, als dirigierte der unermüdliche Poseidon eine gigantische Wassermusik. Das Schiff schien nicht mehr voran zu kommen, arbeiteten die Motoren überhaupt noch? Ich konnte jedenfalls keine Fahrt in irgendeine Richtung mehr erkennen, damit war es anscheinend vorbei.

Ich war plötzlich sehr ruhig, die Entfernung aus der Kabine hatte mir gut getan. Ich blieb einfach sitzen und beobachtete das ozeanische Schauspiel, als Denis ebenfalls in den Salon kam. Er trug weiter seine blutorangene Rettungsweste und machte ein Gesicht, als hätte er sich gerade ebenfalls ein letztes Gebet vor dem Sterben verordnet. »Eine Cola mit Rum bitte!« sagte ich und schaute weiter durch das milchig verklebte Bullauge. Ich vermutete, dass er mich nun anfahren würde, aber er legte eine kleine Pause ein, verschwand und kam nach einer endlosen Weile mit zwei gut gefüllten Gläsern wieder.

Er setzte sich sofort (tief durchatmend) neben mich, schob mir eines der Gläser zu und animierte mich mit einer kleinen Geste, den ersten Schluck zu nehmen.

»Wieso Cola mit Rum?« fragte er noch. – »Erinnerst Du Dich nicht an die Lavendelbar?« antwortete ich. – »Welche Lavendelbar?!« – »Mein Gott, ich denke, Du hast den *Fänger im Roggen* mindestens auf jeder Fahrt einmal gelesen?« – »Hab ich auch, hab ich.« – »Holden sitzt eines Abends in der Lavendelbar eines New Yorker Hotels. Der Kellner will ihm keinen Alkohol geben, deshalb bestellt Holden halt eine Cola. ›Geben Sie wenigstens einen Schuss Rum hinein!‹ ruft er dem Kellner nach.« – »Mann«, sagte Denis, »Du kennst das Buch aber genau.« – »Entweder genau oder gar nicht – meine Devise!« antwortete ich (und kam mir ausgesprochen klugscheißerisch vor – doch das war jetzt egal).

»Auf Holden, der sich nach einem Schuss Rum sehnt!« sagte ich. – »Auf Dich«, antwortete Denis, »der zum ersten Mal Cola mit Rum trinkt!«

Wir setzten unsere Gläser an, ich dachte nicht daran, vorsichtig zu nippen, sondern leerte mein Glas auf einmal. »Bitte noch eins!« sagte ich. Denis schaute mich an, als wäre ich (wie sagt man?) »von allen guten Geistern verlassen«. Die Wendung traf exakt meinen Zustand, denn genau das war ich: »Ich bin von allen guten Geistern verlassen«, sagte ich. – »Das bist Du anscheinend wirklich«, antwortete Denis treudoof, machte sich dann aber auf den Weg, mein Glas erneut zu füllen.

Auch das zweite Glas Cola mit Rum leerte ich auf einen Schluck. Ich schmeckte den Rum fast nicht, die Cola war zu dominant, höchstens ein wenig Beize war zu schmecken, als wäre etwas Betriebsöl der auseinander driftenden *Albireo* in die Cola geraten. »Das passt«, sagte ich, und Denis blickte mich an, als würde ich ihm von Sekunde zu Sekunde fremder.

»Hast Du wirklich noch nie Cola mit Rum getrunken?« fragte er. – »Niemals«, antwortete ich, »so ein Sauzeug trinkt man doch nur im Stadium äußerster, letzter Verzweiflung. Und dann natürlich nie wieder! Nie wieder! Und gleich noch mal: Nie wieder! Vielleicht war der Todestrank, den man Tristan und Isolde gemischt hat, Cola mit Rum! Es kommt mir jetzt beinahe so vor!« – »Du hast einen sitzen«, antwortete Denis, »bei unerfahrenen Cola mit Rum-Trinkern geht das rasend schnell.« – »Noch ein drittes Glas, bitte!« sagte ich. – »Nicht mit mir!« antwortete Denis, leerte sein eigenes Glas und verließ den Salon.

Ich war froh, dass der wehleidige Kerl verschwunden war, wahrscheinlich hätte er mit letzten Erzählungen aus seinem Leben begonnen und die alten Ich-habe-meinen-Vater-immer-gehasst-Geschichten von neuem ausgepackt. Das aber hätte ich bestimmt nicht ertragen, keine Lebensrückblicke, am besten war jetzt überhaupt kein Gerede, sondern: Klarheit! Ich zwang mich, weiter stoisch durch das Bullauge zu schauen und die Gischtsonden mit möglichst kühlem Blick zu betrachten. Sie waren ein großes Schauspiel, ja, das waren sie! Nicht jede Schiffsbesatzung erhielt die Gelegenheit, in solch einem fulminanten Schauspiel in Ehren unterzugehen …

So dachte ich, ich dachte »auf der Stelle«, in mir tat sich nichts mehr, außer, dass ich die Wirkung des Alkohols spürte. Ich spürte sie so stark wie noch nie in meinem Leben zuvor, kein Wunder, bisher hatte ich ja kaum Alkohol getrunken, höchstens mal ein oder zwei Kölsch mit Freunden, danach hatte ich mich meist wieder auf den Weg gemacht. »Dein ganzes

Leben hast Du Dich nach ein oder zwei Kölsch auf den Weg gemacht«, murmelte ich, »immer hattest Du etwas anderes vor, Klavierüben natürlich oder ein Buch lesen oder etwas schreiben oder durch die Gegend streunen, immerzu wolltest Du nach ein oder zwei Kölsch wieder allein sein, Dein ganzes Leben lang war das so. Dabei hättest Du doch durchaus mal ein drittes oder viertes Kölsch trinken können, Du wärst auf andere Gedanken gekommen, alkoholisch inspirierte, ja, das wärst Du vielleicht. Aber nein, so etwas hast Du nie gemacht, die alkoholisch inspirierten Gedanken waren Dir egal, Du warst immer ein sturer Dickkopf, besessen von deinen alten Gewohnheiten, die vom dritten oder vierten Glas Kölsch schon durcheinander gebracht worden wären.«

Ich machte eine kleine Pause, mein Murmeln gefiel mir, denn es war doch etwas Neues, dass ich einfach dasaß und vor mich hinmurmelte und mir den Prozess machte! Ja, das hatte etwas, so kurz vor Toresschluss! Endlich ging ich mal mit mir ins Gericht und sprach gnadenlos über meine großen Schwächen, die ich bisher immer hinter meiner ewigen Klavierüberei und all meinen anderen, von den Erwachsenen lebenslang hochgelobten Fähigkeiten versteckt hatte! Am liebsten hätte ich noch viel länger gemurmelt und dazu ein drittes Glas getrunken, denn das dritte Glas Cola mit Rum hätte mein Murmeln noch stärker in Fahrt gebracht, da war ich ganz sicher. Hätte sich Denis noch im Salon aufgehalten, hätte ich nicht gezögert, um ein drittes Glas zu bitten oder zu betteln, verdammt, ich befand mich schon auf der alkoholisch inspirierten untersten Stufe, in der man um das nächste Glas bettelt.

Was war denn los mit diesem Cola-Rum-Alkohol? Was genau passierte denn gerade? Immerhin stellte ich mir noch diese

Frage, und das Verblüffende war, dass ich mit dieser simplen Frage sogar weiter kam und zu Einsichten vordrang, die ich mir gar nicht mehr zugetraut hätte.

Um zu verstehen, was gerade geschah, musste ich nur beobachten, wie die Umgebung von meinem alkoholisch inspirierten Blick verwandelt wurde – und diese Verwandlung war genau zu spüren und zu verfolgen! Mein Blick durch das Bullauge erschien mir nämlich wie der Blick auf eine Leinwand, auf der ein großer Abenteuerfilm lief. So etwas wie *Der rote Corsar* oder *Die Meuterei auf der Bounty*. Es ging um zerberstende Schiffsmasten, herumtreibende Leichen, überfüllte Rettungsboote – mit einem Wort: Es ging um spannende Geschichten! Ich selbst kam in diesen Geschichten aber nicht direkt als Handelnder vor, sondern war eine Art teilnahmsvoller Zuschauer, der einfach nur viel Freude an ihnen hatte. Ich war von den Bildern gepackt, aber auch nicht mehr, Angst hatte ich zum Beispiel nicht, und ich war weit davon entfernt, die Situation für lebensbedrohlich zu halten.

Der Alkohol versetzte mich also in eine zweite Wirklichkeit, die auf der realen aufsaß wie ein dünner Film, der jederzeit wieder verblassen und verschwinden konnte. Seine spürbare Gegenwart machte die reale Wirklichkeit reicher und hielt sie gleichzeitig auf Distanz. Als Zuschauer war ich an dieser zweiten Wirklichkeit auf dunkle Weise entfernt beteiligt, ich spielte mit, aber nicht als Schauspieler, sondern wie ein Regisseur, der die Dreharbeiten jederzeit unterbrechen konnte.

Momentan bestanden die positiven Folgen des Alkohols aber vor allem darin, dass mich das Trinken vollkommen zur Ruhe kommen ließ. Nach zwei Gläsern Cola mit Rum war ich auf Abstand zur realen Welt gegangen und hatte mich in einen spannenden Film geflüchtet, auf dessen Fortsetzung ich gespannt war. Gleichzeitig aber hatte ich etwas über den Alkohol erfahren, »endlich hast Du damit mal erste Erfahrungen gemacht«, murmelte ich weiter, »endlich – anstatt immer nur davonzulaufen.«

Ich war so begeistert von diesen Einsichten und der seltsamen Wende, die mein Leben zu nehmen schien, dass ich mir mit der rechten Faust gegen die Stirn schlug. »Mit dem Davonlaufen hat es nun endgültig ein Ende!« sagte ich laut, als müsste ich es auch noch jemand anderem verkünden.

Kein bisschen erstaunt war ich daher, dass Mühlenthal plötzlich den Salon betrat. »Das passt«, murmelte ich (wieder leiser). Mühlenthal bewegte sich so, als gäbe es weder einen Sturm noch sonst eine Veränderung, er ging aufrecht und ohne zu schwanken, und er hatte eine geöffnete Packung Zigaretten in der linken Hand. Er setzte sich auch sofort zu mir, fragte, ob ich auch eine Zigarette wolle, und steckte sich nach meinem Kopfschütteln rasch eine an. »Es ist vorbei!« sagte er und blies den Rauch so voluminös aus, als wäre sein ganzer Körper voll von Rauchschwaden, die er jetzt ablassen würde.

»Vorbei?!« fragte ich, »endgültig? Wie lange dauert es noch?« – »In einer halben Stunde haben wir es geschafft«, antwortete er.

Ich schwieg und starrte weiter auf das Bullauge. Langsam lösten sich die Filmbilder auf, und die reale Wirklichkeit ergriff mit all ihren Raucherschwaden und Cola mit Rum-Getränken wieder von mir Besitz. Ich wollte etwas Wunderbares, Feierliches, Dankbares sagen, aber ich war plötzlich so aufgeregt, wie ich es den ganzen Sturm über nicht gewesen war.

Mühlenthal blickte mich an und fragte: »Möchtest Du nicht doch eine Zigarette?« – »Nein, danke«, antwortete ich, »aber ein Glas Cola mit einem Schuss Rum wäre jetzt fantastisch.« –

»Okay«, sagte Mühlenthal, »dann trinken wir beide jetzt Cola mit Rum, ich hole uns zwei Gläser.«

Mühlenthal, der tapfere und heldenhafte Erste Offizier, verließ den Salon, noch nie hatte ich ihn so sympathisch gefunden. Er war der Mann, der uns gerettet hatte – das wusste ich genau. Seinen Navigationskünsten hatten wir zu verdanken, dass wir gleich aus dem Sturm auftauchen, uns kurz schütteln und das rettende Lissabon anlaufen würden! Was für ein Glück, dass wir ihn hatten, einen Mann, der nicht nur klug navigierte, sondern sogar noch klüger philosophierte! »Auch vor der Philosophie werde ich nicht mehr davonlaufen«, murmelte ich wieder, »auch das hat jetzt ein Ende, und zwar sofort!«

Die Gischtsonden vor dem Bullauge schienen langsam zu sterben. Sie gaben noch einige Spritzer und Schleier von sich, doch es handelte sich eindeutig um ein Nachspiel. Auch die dunklen Farben im Hintergrund (das zornige Tiefschwarz und das penetrante Fettgrau) lösten sich auf und gaben den Durchblick auf einen feingrauen, matten Himmel frei. »Gleich wird die Sonne erscheinen«, murmelte ich, »strahlend schön, als hätte Athene persönlich sie zu unserer Befreiung geschickt!«

Zum ersten Mal kam ich mir »ozeanisch« vor. Ich hatte die größte Gefahr, die es auf hoher See gab, überstanden und war nun mit den Elementen der mich umgebenden Atmosphären vertraut und verbunden. Der Himmel, die Winde, das Wasser, die Tiefen – ich hatte sie zuletzt zur Filmmusik Poseidons mit orchestraler Beteiligung all seiner Töchter in Aktion gesehen und am eigenen Leib erfahren! War das etwa nichts?! Und hatte ich mich nicht tadellos verhalten, ohne wehleidig beizugeben oder ängstlich nach meinem Brustbeutel zu greifen?!

Die Weiterfahrt

»Wo befinden wir uns denn in einer halben Stunde?« fragte ich Mühlenthal. Er stellte die beiden gut gefüllten Gläser vor uns ab, setzte sich wieder zu mir und hob sein Glas. Wir stießen an, diesmal hütete ich mich aber, den ganzen Inhalt auf einmal zu trinken. Ich war gewarnt und durfte die alkoholische Inspiration nicht übertreiben.

»In einer halben Stunde erreichen wir Kap Finisterre«, sagte Mühlenthal und streckte sich. »Dann ist es geschafft, und wir fahren die wunderschönen Küsten Spaniens und Portugals weiter nach Süden entlang, bis wir Gibraltar erreichen.« – »Woher kennen Sie denn diese Küsten? Waren Sie schon einmal da?« – »O ja, ich kenne die Westküsten, an denen wir gerade entlangfahren, seit meiner Kindheit. Ich wohnte mit meinen Eltern in Bordeaux, und von dort aus sind wir in den Norden, aber auch tief in den Süden, in den Norden Spaniens, gefahren.«

Papa hatte mir ja schon von Mühlenthals Bordeaux-Kindheit erzählt, ich tat aber so, als hörte ich davon zum ersten Mal. Ich hatte Lust, ihn zum Reden zu bringen, vorher war er meist nur sehr schweigsam gewesen. »War es schön, als Kind in Bordeaux?« fragte ich. – »Ja, unglaublich schön. Wenn es nach mir gegangen wäre, wären wir niemals von dort weggezogen. Die alte Stadt, die Nähe zum Meer, die langen Sommer ohne Schule – das war einfach nur schön. Auch meine Eltern haben Bordeaux und Frankreich sehr gemocht, meine Mutter besonders. Im Grunde waren wir damals alle Franzosen, aber mein Vater hatte den Ehrgeiz, unbedingt auch noch in Deutschland eine große Nummer zu werden.« – »Und? Ist er das auch geworden?« – »Mein Vater kam aus der Gegend um Münster, und er wollte dorthin zurück. In Frankreich hatte er für einige große deutsche Firmen gearbeitet, den Kontakt zu Münster aber niemals verloren. Er arbeitete darauf hin, dort einmal eine bedeutende Rolle zu spielen.« – »Und hat er sie dann auch gespielt?« – »In meinen Augen nicht, in seinen vielleicht schon. Man bot ihm einen hohen Posten in der städtischen Verwaltung an, am Ende wäre er fast noch Bürgermeister geworden. Deshalb mussten wir umziehen. Von Bordeaux nach Münster! Ich war damals in Deinem Alter, und ich wusste sofort, dass ich nur bis zum Abitur bleiben würde.« – »Haben Sie überhaupt gut genug Deutsch gesprochen?« – »Stimmt, das ist eine gute Frage. Natürlich habe ich anfangs nicht gut genug Deutsch gesprochen, mein Französisch war viel besser. Und Englisch, das sprach ich auch besser als Deutsch!« – »Und später haben Sie noch Neugriechisch und Türkisch gelernt, das haben Sie uns schon erzählt.« – »Habe ich das? Ach ja, stimmt, Kapitän Reckling hat es ausgeplaudert, ich hätte nicht darüber gesprochen.« – »Aber es stimmt doch?« – »Ja, es stimmt.« – »Sie sprechen also, Moment mal, fünf Sprachen!« – »Fünfeinhalb, ich spreche auch etwas Spanisch!« – »Und was machen Sie mit all diesen Kenntnissen? Hier an Bord können Sie doch gar nichts damit anfangen!«

Mühlenthal hob sein Glas und hielt es in das grelle Licht, das jetzt durch die Bullaugen in den Salon einbrach. Es war ein Strahlen, wie ich es erwartet und erhofft hatte, und dieses Strahlen wirkte wie etwas Endgültiges: als gerieten wir während dieser Reise nie mehr in Gefahr!

Ich bemerkte, dass er nachdachte und vielleicht überlegte, ob er auf meine Frage antworten sollte. Ihm ging etwas durch den Kopf, das sah ich, aber er wich noch aus und kam auf unsere Route zurück: »Die Durchquerung des Golfs von

Biskaya ist immer gefährlich, aber so etwas wie gestern und heute habe auch ich noch nicht erlebt! Böen zum Abschalten! Früher hatte ich wenigstens Zeit, an meine Kindheit zu denken, schließlich fahren wir an Städten wie La Rochelle oder Bordeaux vorbei. Das war diesmal nicht drin, keinen einzigen Tropfen habe ich auf das südliche Frankreich getrunken.« – »Und jetzt trinken Sie Cola mit Rum, Sie sollten Wein trinken!« – »Du hast Recht, Du hast absolut Recht, natürlich habe ich früher nur französischen Wein getrunken. Heute Abend bei Tisch werde ich es tun, auch wenn niemand sonst ein Glas mit mir trinkt.« – »Wo sind wir heute Abend bei Tisch?«

Mühlenthal leerte sein Glas und drehte es mit den Fingern beider Hände weiter im Kreis. Dann sagte er: »Im Grunde liebe ich ja den Golf von Biskaya. Er ist ein ernstes Stück Meer, und in meinen Augen ist er kein Teil des Atlantiks, sondern etwas ganz Eigenes. Der Golf von Biskaya ist das mittlere Stück einer großen Wanderung, viele Pilger haben ihn durchfahren, um die heiligen Orte zu erreichen.« – »Welche heiligen Orte?« – »Englische Pilger sind früher von ihrer Heimat aus nach La Coruña gesegelt, auf direktem Weg durch den Golf von Biskaya. Und von La Coruña sind sie nach Santiago de Compostela gepilgert, was ja gar nicht so weit ist. Wie viele von ihnen mögen während der Biskaya-Stürme verzweifelt gewesen sein und die Reise mit dem Leben bezahlt haben! Vielleicht vertrauten sie aber auch auf die Rettung in einem zweiten Leben und scheuten den Tod überhaupt nicht.« – »Deshalb halten Sie den Golf von Biskaya für ein ernstes Stück Meer?« – »Ja, deshalb. Er ist eine der großen Pilgerpassagen des Mittelalters, und ich fantasiere nicht, wenn ich behaupte, dass ich das spüre.«

Ich schwieg und nippte noch einmal an meinem Glas. Jetzt schmeckte das süße Zeug mit dem beizenden Nebengeschmack wieder nur scheußlich, es hatte jede Attraktion verloren. Zum Glück war auch der leichte Nebel in meinem Kopf verschwunden. Wenn man nicht zuviel Alkohol auf einmal trank, konnte man die Inspiration anscheinend fruchtbar steuern. Oder bildete ich mir das nur ein?! Ich werde es noch herausbekommen, dachte ich.

Ich schaute Mühlenthal an und ging aufs Ganze. »Vielleicht haben Sie ein besonderes Gespür für das Meer. Und vielleicht ist das Meer für Sie nicht einfach nur eine große, leere Fläche, sondern besteht aus Territorien mit ganz verschiedenen Zonen. Und jede dieser Zonen hat dann ihren eigenen Charakter. Ist das so?« – Mühlenthal schaute plötzlich zurück und fuhr sich mit der rechten Hand durchs Haar. »Ich philosophiere ein wenig, jedenfalls nenne ich es so. Es ist nichts Anspruchsvolles, sondern nur ein Nachdenken darüber, was mir vielleicht stärker auffällt als vielen anderen. Dass der Golf von Biskaya durch Pilgerpassagen geprägt wurde, gehört zum Beispiel zu dieser Philosophie. Und aus dieser Leitidee kann man nun weitere Fragen ableiten. Welche Lieder wurden auf See im Golf von Biskaya gesungen? Gab es so etwas wie britischen Pilgergesang? Welche Gebete wurden gesprochen? Wie wurde der Golf beschrieben und wie die Küstengegenden, die man in Spanien erreichte? Und so weiter. Ich habe darüber viel gelesen, und ich habe über das Gelesene philosophiert.« – »Waren Sie selbst auch einmal auf dem Pilgerweg nach Santiago de Compostela?« – »Von Frankreich aus, ja.« – »Und, was meinen Sie? Sollte auch ich diesen Pilgerweg gehen?« – »Wieso fragst Du?! Natürlich, unbedingt, diesen Weg zu gehen, ist für einen jungen Menschen eine große Erfahrung.« – »Jetzt reden Sie wie ein Schulpädagoge!« – »Entschuldige, ja, Du hast Recht. Ich sollte so was nicht sagen.« – »Neinnein, so meinte ich es nicht! Ich höre Ihnen sehr gerne zu, sprechen Sie weiter!« – »Stell mir lieber die nächste Frage, damit ich aufhöre zu predigen.«

Gut, da hatte er Recht, konkrete Fragen konnten unser Gespräch wieder in die richtigen Bahnen lenken. Bloß keine »guten Ratschläge«!

»Ich frage Sie mal ganz direkt: Warum bleiben Sie noch länger auf diesem Schiff? Warum setzen Sie Ihre vielen Sprachkenntnisse nicht anderswo ein? Das liegt doch nahe!« – Mühlenthal lächelte schwach, vielleicht hatte er erwartet, dass ich diese Frage irgendwann stellen würde. »Diese Frage musste ja kommen«, sagte er und nahm sein Lächeln sofort wieder zurück. »Viele hier aus der Besatzung haben mir schon diese Frage gestellt, und ich habe sie nie vollständig beantwortet. ›Mir gefällt das Leben auf hoher See‹, habe ich gesagt, und damit hatte es sich. Das stimmt ja auch, aber es stimmt eben nicht ganz.« – »Sie haben noch etwas Anderes vor, stimmt's?« – »Ja, habe ich, aber nicht das, was alle erwarten. Ich möchte zum Beispiel nicht um jeden Preis und möglichst bald Kapitän werden. Nein, das nicht. Ich werde niemals Kapitän!« – »Aber wieso nicht?!« – »Weil ich mit der Seefahrerei bald Schluss machen werde!« – »Schluss machen?! Für immer?!« – »Ja, für immer.«

Ich fragte zunächst nicht weiter, ich ließ mir Zeit. Es kam mir so vor, als hätte er noch niemandem von der Besatzung an Bord von diesem Entschluss erzählt. Warum erzählte er es dann aber mir? Vielleicht, weil diese ersten sonnigen Minuten nach dem Großen Sturm etwas Einzigartiges, Besonderes waren? Minuten, in denen sich ein weiter, offener Blick auf die Zukunft auftat? Vielleicht aber auch, weil er selbst gerührt war dadurch, dass er es geschafft hatte, die *Albireo* durch einen der heftigsten Stürme in seinem Leben zu lenken?! Ich hatte keine Ahnung, ihm war keine starke Gefühlsregung anzumerken, er drehte das leere Glas weiter auf der Stelle und schaute sich dieses Drehen an, als entdeckte er bei jeder Drehung etwas Unerwartetes, Neues.

»Ich sollte jetzt wirklich aufhören, weißt Du«, fing er an, und ich antwortete nicht. »Ich sollte wirklich verdammt nochmal die Klappe halten, aber ich erzähle Dir davon. Wenn Du mit jemand anderem hier an Bord darüber redest, spreche ich kein Wort mehr mit Dir.« – »In Ordnung, Herr Offizier!« sagte ich und grinste vorsichtig. – »Gut, dann hör zu! Ich habe, etwa in Deinem Alter, so etwas wie einen Plan für mein Leben entworfen, ich habe mir sehr viele Gedanken dazu gemacht. Im Abiturjahr sprach ich immerhin drei Sprachen fließend und eine vierte recht gut. Studieren kam für mich zunächst nicht in Frage. Und vor den Jahren beim Bund nahm ich Reißaus. Bloß das nicht! Ich ging nach Griechenland, lernte Griechisch und verdiente mein Geld durch einen Job in einer Hafenagentur. Die schickte mich später nach Zypern, wo ich Türkisch lernte und weiter für die Agentur arbeiten konnte. Damals wusste ich schon, dass ich einmal länger auf See gehen würde, die ganze Welt wollte ich auf Frachtschiffen kennen lernen! Es ging mir aber nicht um das Abenteuer oder ähnlich diffusen Kitsch, nein, mich interessierten die großen Zusammenhänge: Die Geschichte der Länder und Völker, der unterschiedlichen Kulturen, und was sie miteinander zu tun haben.« – »Also das, was Sie heute Philosophie nennen?« unterbrach ich ihn. – »Ja, so in etwa. Das, was ich heute Philosophie nenne, beschäftigte mich – und nur das! Einige Jahre wollte ich auf Weltreise gehen, um soviel über die Kulturen der Welt zu erfahren wie irgend möglich. Und mit diesem Wissen wollte ich danach einen Beruf finden, in dem ich diese Kenntnisse anwenden konnte.« – »Und was wäre das für ein Beruf?« – »Für so ein Vorhaben kommen nur wenige berufliche Felder in Frage. Ökonomie zum Beispiel! Das ist aber nichts für mich, damit hatte schon mein Vater lebenslang auf unbefriedigende Weise zu tun. Politik zum Beispiel! Auch das ist nur in sehr eingeschränktem Sinn etwas für mich, Parteipolitik schließe ich von vornherein aus. Außenpolitik, Diplomatie, Völkerverständigung – genau das ist es, das ist etwas für mich!«

Mein Gott, wie bestechend und beeindruckend er sein Leben seit den Oberschultagen geplant und entworfen hatte! Ein Rädchen sollte ins andere greifen, und die Schlussfolgerung ergab sich aus allem, was er bisher gedacht und getan hatte, so folgerichtig, dass ich nur staunen konnte.

»Und? Wie weit sind Sie mit Ihrer Planung?« – »Ganz nahe am Ziel!« antwortete er. »Es gibt allerdings noch ein großes Hindernis!« – »Und das wäre?« – »Um in den diplomatischen Dienst aufgenommen zu werden, muss ich nicht nur viele Fremdsprachen beherrschen, sondern auch Jura studiert haben. Und genau das tue ich gerade. Ich studiere die Hälfte des Jahres Jura und fahre in den Semesterferien über die Weltmeere. Wenn ich die Juraexamen geschafft habe, ist die Zeit für die Ozeane vorbei.« – »Genial«, antwortete ich, »Sie schaffen die Juraexamen sicher mit Eins, und schon in wenigen Jahren arbeiten Sie bei den Vereinten Nationen oder sind bereits Botschafter ..., ich prophezeie das mal. Wo würden Sie denn gerne Botschafter sein, auch das wissen Sie bestimmt schon.« – »Argentinien wäre nicht schlecht!« – »Und wieso gerade Argentinien?« – »Bitte keine weiteren Fragen, ich liebe Argentinien, das muss genügen!«

Er hörte auf, das blöde Glas im Kreis zu drehen, und ich sah, dass er verlegen wurde. Wieder fuhr er sich mit der rechten Hand durch die Haare, die Bewegung war diesmal aber unsicher, als wäre er noch ein Schüler, den man gerade bei etwas Verbotenem ertappt hatte. Ich beobachtete ihn genau, herrje, ich war auch nicht ganz schlecht im »Philosophieren«, ich hatte es bisher nur selten versucht. »Sie haben eine Freundin«, sagte ich, »und diese Freundin ist Argentinierin und lebt in Argentinien.«

Er zog die rechte Hand aus seinen Struwwelhaaren und hielt die Finger leicht gespreizt vors Gesicht, ich hatte also Recht. Dann ließ er die Hand sinken und atmete durch. »Ich würde jetzt gerne wissen, wie es um *Deine* Lebensplanung steht«, sagte er. »Aber ich bin unendlich müde und brauche eine Pause. Wir sprechen morgen oder übermorgen mal über das Thema, und dann will ich genau wissen, wie *Du* Dir Dein Leben so vorstellst. Haargenau will ich es wissen. Schritt für Schritt. Mit allen Details. Versprochen?!« – »Sehr gern, ich werde Ihnen davon erzählen, und Sie werden hoffentlich staunen, so, wie ich gerade gestaunt habe. Aber bevor Sie verschwinden, ein letztes Mal, weil ich die Ortsangaben so gern höre: Wo genau befinden wir uns jetzt?« – »Wir lassen Kap Finisterre gleich hinter uns. Kap Finisterre ist die Westspitze Spaniens. Danach nähern wir uns der Küste bis auf wenige Kilometer. Wir werden sie bis hinunter nach Gibraltar direkt vor Augen haben, ohne Stürme, ohne Probleme. Wenn Du Fragen hast, melde Dich bei mir, ich kann Dir zu jedem Kilometer eine Geschichte erzählen.« – »Und wann landen wir in Lissabon?« – »Überhaupt nicht. Wir sind pünktlich im Plan und werden Griechenland in ungefähr fünf Tagen erreichen.« – »Im Ernst?! Ist das wirklich Ihr Ernst?!«

Er stand auf und griff nach meinem Glas. Es war noch fast voll, und er betrachtete es mit einem Lächeln. »Du übst wohl noch?« sagte er und nahm sein eigenes, leeres Glas in die andere Hand. »Steward Denis lässt uns mal wieder hängen«, sagte er, »macht aber nichts. Dann räume ich eben ab und wünsche Dir einen sonnigen, ruhigen Nachmittag an Bord unseres tapferen Dampfers. Er hat sein Bestes gegeben.«

Ernste Küsten

Als er weg war, saß ich allein in dem hellen Salon. Bald war Mittagszeit, aber die übliche Mahlzeit würde heute wohl ausfallen. Ich hatte den großen Sturm schon beinahe vergessen und hinter mir, denn Mühlenthals Erzählungen beschäftigten mich weitaus mehr. Seit er so offen mit mir geredet hatte, war mein Respekt enorm gewachsen, ich sah ihn plötzlich in einem völlig anderen Licht und hätte mich am liebsten stundenlang mit ihm unterhalten. Aber nun gut, unsere Fahrt dauerte noch viele Tage, so dass sich Gelegenheiten genug ergeben würden, sein »Philosophieren« zu begreifen und von ihm zu lernen.

Ich saß weiter völlig unbeweglich und genoss das Sonnenlicht, das unser Schiff umflutete, es badete jetzt geradezu in dieser Fülle und bewegte sich immer ruhiger und normaler. Die Schaukelbewegungen wurden schwächer und hörten schließlich ganz auf, es war so, als befänden wir uns plötzlich in den Ferien und damit in einer Zeit, in der man nichts anderes als schwimmen, baden und an einem stillen Strand liegen wollte.

Als ich daran dachte, befiel mich eine starke Sehnsucht nach dem Schwimmen im Meer, seit den Kindertagen hatte ich gern geschwommen und während der großen Ferien jede Gelegenheit dazu genutzt. Wie schade, dass wir jetzt durchs Meer fuhren, aber nicht hinein springen konnten! ›Wenn wir in Griechenland sind, werden wir schwimmen gehen‹, dachte ich weiter und spürte einen inneren Wärmestrom, ich schloss kurz die Augen, um diese wohltuende Wärme noch intensiver zu spüren. Es war eine Wärme, die glücklich machte, ja, seltsam, ich saß einsam in diesem leer geräumten Salon und empfand so etwas wie Glück, und ich dachte noch weiter und vermutete, dass dieses plötzlich spürbare Glück durch die Vorfreude auf die nächsten Tage entstand. ›Durch die Vorfreude auf Griechenland, viel Sonne, das Schwimmen und die Landgänge mit Papa!‹ schloss ich mein Nachdenken ab und stand endlich auf. »Ein wenig beherrsche ich schon das Philosophieren«, murmelte ich und wollte den Salon verlassen, als Denis noch einmal erschien.

»Das Mittagsmenü fällt heute aus«, sagte er, »die Küche ist noch nicht soweit. Viele Küchengegenstände sind kaputt, und wir müssen gründlich aufräumen. Tut mir leid. Ich bringe Deinem Vater und Dir gleich ein paar Sandwiches in die Kabine, das muss vorerst reichen. Am Abend esst Ihr dann alle wieder zusammen, und ich werde das Beste vom Besten servieren, zur Feier des Tages.« Ich antwortete, dass er sich Zeit lassen solle, Appetit hätte ich im Moment keinen, und ich würde kurz nachschauen, wie es um meinen Vater stünde.

Bevor wir uns trennten, kam es aber noch zu einer seltsamen Geste. Denis breitete nämlich beide Arme aus und umarmte mich. Er drückte mich richtig fest gegen seine Brust, als wären wir dicke Sportsfreunde und hätten gerade ein wichtiges

Spiel gewonnen. Ich kapierte nicht, was das sollte, ließ es aber geschehen, und als wir uns wieder voneinander lösten, sah ich, dass Steward Denis Tränen in den Augen hatte. Ich tat so, als bemerkte ich nichts, es war mir aber etwas unheimlich, denn diese Tränen zeigten mir, dass ich anscheinend etwas Wichtiges, das mit ihm vorgefallen war, übersehen hatte. Was aber konnte das sein?!

Weil mir einfach nichts einfiel und ich nicht weiter wusste, ließ ich ihn in der Tür stehen, er würde sich bestimmt bald wieder fangen. Hatte er etwa große Angst gehabt und diese Angst in meiner Gegenwart beim Cola-Rum-Trinken mit Gewalt unterdrückt? Es kam mir beinahe so vor, ich verfolgte diese Gedanken aber lieber nicht weiter, sondern ging, ohne zu zögern, in unsere Kabine.

Als ich die Tür öffnete, bot sich mir ein seltsames und fast komisches Bild. Heinrich Segemann und Papa lagen jeweils auf einem der beiden Betten und schliefen fest. Beide trugen aber noch immer die blutorangenen Rettungswesten, und jeder hatte auf seiner Weste ein Buch liegen, in das er sich anscheinend noch kurz vor dem Einschlafen vertieft hatte. Ich ging näher heran und erkannte Papas Lektüre (den *Fänger im Roggen*) und auch die von Heinrich Segemann (*Homerische Hymnen*). Um die beiden Schlafenden herum präsentierte sich ein großes Chaos: Bücher, Gläser, viele Blätter Papier, Karten und sogar Kleidungsstücke lagen verstreut auf dem Boden. Es sah so aus, als wäre in die Kabine eingebrochen worden und als hätte die Einbrecherbande keine Ruhe gegeben, bis sie nicht jede Schublade, jede Kommode und jeden Schrank durchstöbert und zumindest teilweise ausgeräumt hatte.

Einen Moment überlegte ich, ob ich aufräumen sollte, ich wollte die beiden tief Schlafenden aber nicht wecken. Heinrich

Segemann schnarchte beträchtlich laut, und Papa atmete tief und regelmäßig, als hätte er sich gerade immens verausgabt und bräuchte nun nichts als Ruhe. Daher sammelte ich nur ein paar Blatt Papier vom Boden auf, nahm ein paar Stifte mit und ließ die Kabine in dem Zustand zurück, in dem sie sich gerade befand. Ich selbst spürte überhaupt keine Müdigkeit noch sonst eine Nachwirkung des großen Sturms. Ich wollte irgendetwas Gescheites unternehmen, blöde war nur, dass man auf diesem Schiff kaum etwas »unternehmen« konnte. Mühlenthal hatte mich mit seinen vielen Ideen und Plänen infiziert, das war es, daher kam meine ganze Unruhe und diese unbändige Lust, das Leben, die Zukunft und überhaupt alles sofort in Angriff zu nehmen.

Ich setzte mich wieder in den Salon und begann, mir einige Notizen zu machen. Dazu benutzte ich mehrere Lexika, in denen ich nach den genauen Namen jener Regionen und Orte suchte, die wir zuletzt passiert hatten. Es ging mir nicht darum, die Reise zu dokumentieren, ich wollte vielmehr nur genau jene Orte fixieren, die ich in späteren Jahren wieder aufsuchen und dann aus der Nähe kennen lernen wollte.

Dover und Calais – diese Meerenge war interessant, ich würde von England nach Frankreich übersetzen und mir beide Küstenstädte anschauen! Weiter südlich grenzte die Normandie an, diese Küstengegend würde ich von Nord nach Süden durchqueren, und auch die Bretagne, noch weiter südlich, würde ich bereisen. Danach ging es allmählich Richtung Bordeaux, von wo aus ich nach Nordspanien gelangen würde, auf Santiago de Compostela zu!

All diese Küstenregionen des dem Atlantik zugewandten Westens waren in meinen Augen jetzt »ernste Küsten«. Ihre Geschichte hatte mit den frühsten Pilgerfahrten und mit Geschichten von Märtyrern und Heiligen zu tun. Archaische religiöse Riten hatten hier eine zentrale Rolle gespielt, und von einigen Städten Nordspaniens waren später Schiffe noch weiter in den Westen und damit nach Amerika aufgebrochen.

Die Fahrt auf der *Albireo* erschien mir nun plötzlich in einem neuen Licht: Sie entwarf die großen historischen Linien, über die ich noch viel zu wenig wusste, und sie war ein massiver Fingerzeig auf all das Wissen, das ich nach dem Abitur ausbauen wollte. Ohne eine solche Fahrt (und die ununterbrochene Fahrtbewegung, die damit verbunden war) wäre ich aber nie auf solche Ideen gekommen. Landbewohner studierten immer nur bestimmte Partien festen Landes, ohne dieses Land aus mehreren Perspektiven (also auch weit von außen oder aus naher Ferne) zu betrachten. Man sollte das Land und seine Eigenheiten zwar durchaus ins Auge nehmen, sich danach aber von ihm entfernen und es aus einiger Entfernung im Zusammenhang mit seiner Umgebung studieren. Als kundiger Landbewohner musste man für eine gewisse Zeit zu einer Art »Seefahrer« werden, um das feste Land zu umkreisen.

Ich war auf dieses Nachdenken richtig stolz, es hörte sich an, als kämen diese Gedanken direkt aus der Philosophieschule Mühlenthals, wo ich mit solchen Formulierungen vielleicht sogar hätte glänzen können. Ach was, es ging nicht darum zu glänzen, sondern darum, aus dem trockenen Schulwissen (das mich in den bisherigen Schuljahren so furchtbar gelangweilt hatte) etwas Neues zu machen! Möglicherweise war diese Reise bereits mein Abschied von dieser Art trockenem Wissen und so etwas wie ein Aufbruch in die Zukunft, wo ich mir ein eigenes, lebendigeres Wissen erwerben und zurechtlegen würde!

Reisetagebuch (14. Juli, 15.11 Uhr)

Ich habe nie daran gedacht zu studieren. Eine Universität im herkömmlichen Sinn wollte ich nie besuchen. Mein ganzes bisheriges Leben lang hatte ich immer nur eine Musikhochschule für die Zeit nach dem Abitur vor Augen. Klavier spielen, Klavier üben, Pianist werden – um mehr habe ich mich bisher nie gekümmert. War das voreilig? Warum sollte ich neben dem Klavierstudium nicht auch Philosophie studieren – und warum nicht auch Geschichte? Musik, Philosophie und Geschichte würden sich hervorragend ergänzen. Natürlich wäre das »Berufsziel« weiter Pianist, aber ich wäre kein »Idiot am Klavier«, sondern ein Pianist, der die Musik in größeren Zusammenhängen sieht.

Reisetagebuch (14. Juli, 15.56 Uhr)

Das Gespräch mit Mühlenthal hat mich durcheinander gebracht. Auf so etwas war ich überhaupt nicht gefasst. Ich hatte mir unter dieser Reise etwas ganz Anderes vorgestellt. Ruhiges Liegen an Deck, in die Sonne blinzeln, ein paar kluge Bücher lesen, sich auf die Landgänge vorbereiten. In keinem Moment hatte ich vorher an die Mitglieder der Besatzung gedacht, die jetzt für mich mindestens so eine große Rolle spielen wie alles, was ich sonst noch sehe und erkenne.

Postbriefkarte an die Mama (14. Juli, 16.33 Uhr)

Liebe Mama, im Golf von Biskaya hatten wir es mit einem kleinen Sturm zu tun. Papa und ich standen aber tapfer an Deck, und wir ließen uns die stürmischen Brisen um die Nase wehen. Die Besatzung hat sogar richtig Freude an solchen Stürmen, weil dann an Bord etwas los ist und das Meer zeigt, was es so alles kann. Gerade fahren wir an der ernsten Küste Spaniens entlang, »ernst« nenne ich sie, weil sie steil und klippenreich ist und nicht zulässt, dass irgendein Schiff dort anlegt.

Ich machte mir weiter Notizen und schrieb zwischendurch etwas ins Tagebuch, meine Herren, ich war gut in Schwung, und das Schreiben machte mir soviel Spaß wie bisher noch nie seit unserer Abfahrt von Antwerpen. Im Salon wurde es immer wärmer, der reinste Sommer war eingezogen, und ich nahm mir vor, gleich wieder an Deck zu gehen und die Liegestühle aufzuklappen. Vorher wollte ich aber noch möglichst viel von dem Wirrwarr notieren, der gerade in meinem Kopf herrschte. ›Der große Sturm lebt in mir weiter‹, dachte ich, »er durchsaust jetzt mein Hirn, dass die Gischt nur so spritzt!«

Der Übermut machte mich richtiggehend albern, ich war völlig überdreht, und vielleicht wäre es besser gewesen, wenn auch ich mich auf ein Bett gelegt hätte, um ein paar Runden zu schlafen. Ich wollte aufstehen und die Albernheiten bleiben lassen, als Maro in den Salon kam. Ich hatte ihn vollkommen vergessen und nicht mehr an ihn gedacht, ich hatte mit anderen Problemen (und Menschen) zu tun gehabt.

Er grinste, als er mich sah, und setzte sich neben mich. »Alles gut überstanden?« fragte er. – »Alles gut«, antwortete ich. – »Ich vertrage solche Stürme, ehrlich gesagt, überhaupt nicht. Die ganze Zeit habe ich flach gelegen. Hätte ich SOS melden müssen, hätte ich nicht mal das geschafft. Und Du? Du überstehst das ohne Probleme?« – »Es gab kleinere Probleme, das schon«, log ich, »aber jetzt fühle ich mich besser als jemals zuvor. Ich könnte Bäume ausreißen.« – »Du bist nicht müde oder erschöpft?« – »Nein, im Gegenteil. Und warum sollte ich auch erschöpft sein? Ich habe doch gar nichts geleistet oder getan.« – »Natürlich hast Du das! Einen solchen Sturm übersteht man nicht ohne Folgen, innerlich kämpft man dagegen mit allem an, was man an Lebensenergie aufbieten kann. Das ist nicht nur anstrengend, sondern treibt einen an den Rand der Erschöpfung. Psychisch, nicht physisch, verstehst Du?« – »Du übertreibst«, antwortete ich und versuchte, rasch das Thema zu wechseln. »Wann zeigst Du mir Deine Nachrichtenbörse? Und wann erscheint Deine nächste Bordzeitung?« – »Gott, hast Du es eilig! Gerade haben wir einen verdammt harten Sturm überstanden, und schon sollen wir das Neuste vom Neuen präsentieren! Ich habe noch mit dem zu tun, was ich gerade erlebt habe. Und den meisten an Bord geht es genau so.« – »Du übertreibst immer mehr«, sagte ich, erkannte aber, dass ihn das ärgerte. – »Tue ich nicht!« rief er (viel zu laut). »Mühlenthal hat sich ebenso zurückgezogen wie Kapitän Reckling! Und unser Ingenieur ist auch nicht im Motorenraum, sondern wahrscheinlich in seiner Kabine. Ganz zu schweigen von Denis, der während eines solchen Sturms ein Medikament nach dem andern schluckt, bis es ihn vollständig umhaut. Hast Du ihn etwa gesehen?« – »Ja, habe ich, es geht ihm gut.« – »Du lügst.« – »Nein, er ist in Ordnung! Er hat alles gut überstanden und kümmert sich um das Abendessen.« – »Wenn Du Dich da nicht mal täuschst!«

Ich spürte, dass ich mit Maro nicht weiterkam und es allmählich langweilig wurde. Der Sturm war vorüber, was sollten wir noch lange davon sprechen? Maro hielt sich anscheinend gerne dabei auf und hatte Lust, die Details zu zerreden. Ich stapelte meine Notizblätter aufeinander und stellte die Lexika wieder in die Regale zurück. »Okay«, sagte ich, »ich werde mich mal in einen Liegestuhl hauen, vielleicht hast Du Recht.« – »Moment«, antwortete Maro, »setz Dich wieder. Wenn wir Gibraltar passiert haben, machen wir uns an die Bordzeitung, einverstanden? Ich werde schon einmal die neusten Meldungen durchgehen, damit wir später gleich mit der Arbeit anfangen können. Ist eh egal, wie alt die Meldungen sind, der Mannschaft ist das vollständig schnurz, die wollen nur gute Unterhaltung geboten bekommen.« – »Nichts von zu Haus?« – »Auf keinen Fall viel von zu Haus! Was denkst Du, warum die Leute an Bord gehen und wochenlang nichts anderes als die hohe See sehen wollen? Doch nicht, um von Mutters Zuhause zu hören. Kein Mensch will das lesen! Man denkt an die Ferne, freut sich auf den nächsten Landgang, genießt die hohe See und fühlt sich wie einer, dem nichts auf der Welt, außer einem heftigen Sturm, etwas anhaben kann. Verstehst Du?« – »Aber was ist mit den Passagieren? Die werden sich für ganz andere Nachrichten interessieren. Oder?« – »Na klar. Die Passagiere wollen nur lesen, was zu Hause passiert. Jede Kleinigkeit interessiert sie. Selbst eine Meldung über gestiegene Obstpreise würde sie beschäftigen. ›Stell Dir vor, Peter, im Alten Land sind die Obstpreise gestiegen‹, sagt dann Trude zu Peter, und Peter antwortet: ›Was Du nicht sagst!‹ Es ist nicht zum Aushalten, sage ich Dir. Je weiter sie sich von zu Hause entfernen, um so mehr interessieren sie sich für Nachrichten von dort. Ich habe Passagiere erlebt, die beim ersten Landgang wie ausgehungert meilenweit bis zum nächsten Kiosk gelaufen sind, nur, um endlich wieder mal die *Bild-Zeitung* in Händen zu halten. Die haben sie dann mit an Deck gebracht und tagelang gelesen, als hätten sie es mit Hunderten von Seiten zu tun. Ich nenne das die ›Nachrichtenkrankheit‹.« – »Diesmal hast Du Glück«, antwortete ich, »mein Vater wird keine *Bild-Zeitung* und auch sonst keine deutschen Zeitungen kaufen, er denkt nicht mal daran, und wenn er einen griechischen Kiosk zu sehen bekommt, wird er sagen: ›Schau mal, ein griechischer Kiosk! Ganz anders als die italienischen, vollkommen anders!«« – »Machst Du Witze?« – »Nein, mein Vater hat eine besondere Beobachtungsgabe, verstehst Du? Er beobachtet Dinge, die andere Leute glatt übersehen, weil sie nichts an ihnen finden.« – »Interessant! Davon musst Du mir mal genauer erzählen. Dein Vater hat ja schon gesagt, dass er keine Bordzeitung mit neuen Nachrichten braucht, ich erinnere mich. Aber was ist eigentlich mit Dir? Welche Nachrichten interessieren denn Dich?«

Ich musste nachdenken. Ja, die Frage war gar nicht so dumm, welche Nachrichten interessierten mich überhaupt? Politische? Kaum. Sport? Nur sehr in Maßen (höchstens Fußball und Tennis). Musik? Ja, natürlich, für neue Klassikaufnahmen interessierte ich mich sehr, aber solche Nachrichten waren bestimmt das Letzte, was wir der Mannschaft vorsetzen konnten. Sie würden uns verprügeln, und sie hätten Recht damit.

»Genau weiß ich das auch nicht«, sagte ich, »ich bin zwar ein großer Zeitschriftenleser, lese aber nicht täglich Zeitungen. Und Fernsehen tue ich auch kaum, das ist zu langweilig. Wenn Du mir die Meldungen zeigst, die Du gesammelt hast, kann ich mehr dazu sagen. Ich freue mich drauf, ja, im Ernst, ich freue mich auf die Arbeit, glaub mir!«

Ich stand auf und ließ Maro allein im Salon zurück. »Herrgott«, rief er mir hinterher, »Du machst einen richtig nervös! Ich gehe jetzt in mein Funkerhäuschen und sondiere die neusten Meldungen. Damit Du Ruhe gibst!« – »Lass Dir Zeit«, rief ich im Hinausgehen zurück, »nach Gibraltar legen wir los!«

Das Festessen

Am liebsten wäre ich zum Schreiben weiter in der Bibliothek geblieben, aber ich wusste, dass Maro mich nicht in Ruhe lassen würde. Daher ging ich in unsere Kabine zurück und suchte dort nach Papas Feldbuchrahmen. Ich fand ihn zum Glück rasch, nahm noch einige Blatt Papier mit und ließ Heinrich Segemann und Papa weiter schlafen.

An Deck legte ich mich in den Liegestuhl, spannte eine Seite in den alten Holzrahmen, legte ihn auf die Knie und begann zu notieren. Als Kind hatte ich mit Hilfe dieses Rahmens schreiben gelernt, Papa und ich hatten ihn auf unseren Wanderungen durch den Westerwald immer dabei gehabt, und dann hatte ich aufgeschrieben, was uns beiden aufgefallen und begegnet war.

Immer wenn ich den Jahrzehnte alten Rahmen sehe, überfällt mich eine gewisse Rührung. Ich kann nichts dagegen tun, weil er mich an die Zeiten erinnert, als ich noch ein hilfloser Knabe war, keinen Ton rausbekam und kein Wort schreiben konnte. Der alte Feldbuchrahmen gehörte einmal zu Papas Behandlungsideen gegen meine diversen Defekte, er ist ein wichtiges Utensil dieser Jahre, und ich darf nicht zu lange an diese Zeit denken, sonst geht es mir nicht besonders.

Papa benutzt diesen Rahmen, wenn er unterwegs ist, noch immer, und auch ich notiere manchmal etwas auf den weißen Seiten, die auf dem glatten Aluminiumuntergrund aufliegen. Wenn ich den Rahmen in die Hand nehme, fällt mir sofort etwas ein, ich brauche nicht nachzudenken, die ersten Sätze ergeben sich einfach von selbst.

Ich glaube, dass in dem rechteckigen Ding aus verblichenem Holz irgendein Zauber steckt, niemand kann mir das ausreden, auch Papa nicht, der so ein Reden überhaupt nicht gern hört. Egal, vielleicht passt das Instrument mehr zu mir und meinem Leben als zu Papas Vergangenheit, obwohl natürlich Papa es war, der das Zauberding in seinen Studienjahren für geodätische Aufzeichnungen in Wald und Wiese gekauft hat. In seinen Augen ist es bis heute eine nicht zu übertreffende Hilfe für Notizen unterwegs mit der Hand, ich aber sehe in ihm ein Zauberrechteck, dessen Gestalt sich meinem Hirn einprägt und es auf magische Weise zwingt, etwas hinein zu schreiben.

Nun gut, ich hatte nicht vor, sentimental zu werden, »keine Sentimentalitäten«, sagte ich laut und dachte sofort, dass Papa lachen würde, wenn er mich gerade hörte. Auch Papa sagt so etwas oft, aber er sagt es als Schutz gegen das Sentimentale, denn er selbst ist durchaus empfänglich für solche Stimmungen und keineswegs unsentimental. ›Schluss, vergiss diese Geschichten!‹ dachte ich (reichlich pathetisch) und starrte auf die weiße Seite, die in Papas Feldbuchrahmen aufleuchtete, als wartete sie nur darauf, mit möglichst vielen Buchstaben und Sätzen geschmückt zu werden. ›In Ordnung!‹ sagte ich schließlich, ›kehren wir aber wenigstens zu den Methoden der Kindheit zurück und schreiben wie früher auf, was uns gerade so auffällt!‹

Hausmannskost

Das Essen an Bord ist typische deutsche Hausmannskost. Es ist also eher für die Passagiere und ihren »Heimatgeschmack« als für die Besatzung gedacht. Die Besatzung sehnt sich nach etwas ganz anderem, nämlich nach Getränken und Speisen der Länder, die das Schiff gerade passiert. Französische Fischsuppe und französische Weißweine, spanische Oliven und spanische Rotweine. Sollten Papa und ich nicht offen sagen, dass wir deutsche Hausmannkost im Atlantik (und erst recht im Mittelmeer) für keine gute Idee halten? Ich werde mit Papa darüber sprechen.

Nachrichten an Bord

Interessant war, was Maro, der Funker, über die Nachrichten an Bord sagte. Welche die Passagiere erwarten und welche die Besatzung bevorzugt. Am liebsten würde ich lauter Nachrichten erfinden und mir lauter Verrücktheiten ausdenken – und zwar so raffiniert, dass sie glaubwürdig erscheinen würden. Wie mache ich das, und wäre Maro bei einem solchen Vorhaben auf meiner Seite?

Das Leben an Bord

Jedes Besatzungsmitglied lebt an Bord sein eigenes Leben. Natürlich haben sie auch alle miteinander zu tun und arbeiten zusammen, aber letztlich lebt jeder ein Leben, das er nicht unbedingt mit den anderen teilt. Der Erste Offizier hat die Kulturen der unterschiedlichen Meeres- und Landregionen im Kopf, der Kapitän deren Kriegsgeschichte, Ingenieur Segemann die Historien der Seefahrt, der Steward die pure Gegenwart (Songs, Literatur) und der Funker die Meldungen aus aller Welt. So gesehen hat jeder einen eigenen Kosmos, den er während der freien Stunden beackert und in dem er gern lebt. Ohne einen solchen Kosmos wäre das Leben an Bord wohl schwer zu ertragen, man würde sterben vor Eintönigkeit und vor Melancholie.

Melancholie

Macht das Meer melancholisch? Ja, macht es. Wenn man außer den Wellen und Wogen nichts anderes sieht und der ewige Wind darüber wegfegt und das Meer grau ist wie ein alter Pullover und der Wind sich auch noch wichtigtuerisch alle paar Minuten aus einer anderen Richtung weht – dann entsteht Melancholie. Man denkt, verdammt, es gibt nichts Anderes mehr als diesen Zustand, nichts wird sich bald ändern, man lebt wie in einem Freiluftgefängnis und würde sich am liebsten in den Rumpf des Schiffes verkriechen, um dort ein spannenderes Kellerleben zu führen.

Die Matrosen

Wir Passagiere bekommen die Matrosen im rückwärtigen Teil des Schiffes nur selten zu sehen. Sie treten in Gruppen auf und reden kein Wort. Sie spritzen das Deck sauber, fummeln an der Ladung herum oder streichen Partien des Schiffes mit frischer Farbe. Ihr Auftreten hat etwas Gespenstisches, und jedes Mal, wenn ich sie sehe, denke ich an die alten Seefahrerfilme, die ich vor ein paar Jahren so gern im Kino gesehen habe. In diesen Filmen bewegten sich die Matrosen nur auf Kommando, führten Befehle aus und gaben sich männlich. Von Befehlen und Kommandos ist hier an Bord nie etwas zu hören, und besonders männlich erscheinen unsere Matrosen mir auch nicht. Eher wie etwas gelangweilte, stoische Arbeiter, die abends Mensch-ärgere-Dich-nicht spielen.

Ich notierte das alles in kurzer Folge, und ich hätte endlos weitermachen können, wenn Papa nicht erschienen wäre. Er sah noch schläfrig aus und hatte den *Fänger im Roggen* wieder gegen die *Odyssee* ausgetauscht. »Hier steckst Du also«, sagte er und legte sich neben mich in den zweiten Liegestuhl. – »Wo ist Onkel Heinrich?« fragte ich und musste grinsen. – »Onkel Heinrich schläft noch«, sagte Papa. »Ich hätte nicht gedacht, dass ihn die Angst um unser Schiff so überwältigen würde. Er schlodderte vorhin ja richtig.« – »Nennst Du die *Albireo* wahrhaftig *unser* Schiff? Ist es Dir vom Gefühl her näher als bei unserem Aufbruch?« – »Ja, ist es. Wir haben mit ihm etwas Bedrohliches erlebt und überstanden – so was verbindet.« – »Du redest, als wäre die *Albireo* ein Haustier.« – »Ein Haustier? Nein, das nicht. Ich finde, sie ist ein großes Spielzeug.« – »Ein Spielzeug?!« – »Ja, ein großes Abenteuerspielzeug, mit dem man aber auch in ernsthafte Gefahr geraten kann.« – »Sag das nicht unserem Kapitän Reckling, der hält die *Albireo* bestimmt nicht für so was Infantiles.« – »Natürlich nicht. Und sie ist ja auch keineswegs infantil, nein, ist sie nicht. Sie ist ein großes Spielzeug, mit dem man auf Abenteuerreise gehen kann, ein Spielzeug für das reale Leben.«

Ich sagte nichts mehr, Papa hörte sich gerade so an, als hätte auch er einige Stunden in Mühlenthals Philosophieschule genommen. Ich überlegte, ob ich seine Überlegungen auch aufschreiben sollte, tat das dann aber nicht, weil ich lieber etwas selbst Gedachtes notierte. »Ah, Du hast Dir meinen alten Feldbuchrahmen ausgeliehen!« sagte Papa. – »Ja«, antwortete ich, »er bringt mich in Sekundenschnelle auf neue Gedanken.« – »Mich nicht«, sagte Papa, »er will, dass ich zeichne, nichts sonst. Und zeichnen geht niemals schnell, auch wenn es in meinem Fall, wie Du oft behauptest, so aussieht.« – »Ich habe große Lust, an Land schwimmen zu gehen«, antwortete ich. – »Ich auch, das machen wir auf jeden Fall!« – »Vielleicht haben wir bei unseren Landgängen aber keine Zeit. Schließlich warten Hunderte von antiken Stätten und Museen auf uns.« – »Bei diesem Wetter haben die Museen nur geringe

Chancen«, sagte Papa. – »Du bist kein guter Bildungsbürger«, sagte ich. – »Weißt Du etwa, was ein guter Bildungsbürger ist?« – »Vielleicht weiß ich es am Ende unserer Reise.«

Vermutungen über den guten Bildungsbürger

Der Bildungsbürger geht nach Plan vor. Er hat mehrere Reiseführer dabei und folgt ihren Vorschlägen. Selbst das Essen lässt er sich von ihnen empfehlen. Vorschlag für Vorschlag hakt er ab und vergibt Punkte. Er findet insgeheim, dass Reisen anstrengend ist und auch anstrengend sein muss, aber er würde es niemals zugeben. Selbst Entspannung verordnet er sich und hält auf seinen Postkarten in die Heimat fest, dass er sich gerade bei bestem Wetter entspannt. Regelmäßig zählt er die Tage, die noch vergehen, bis er wieder zu Hause ist. Dort hält er einen Diavortrag vor seinen Nachbarn und Freunden und erklärt ihnen, wie schön es auch im Ausland sein kann.

Ich schaute auf und bemerkte, dass Papa mich die ganze Zeit beobachtet hatte. »Du schreibst schnell wie der Teufel«, meinte er und lachte. – »Das sage ich ja«, antwortete ich, »ich brauche bloß auf diesen Rahmen zu schauen, und das Schreiben geht los.« – »Manchmal erinnere ich mich an die Zeiten, als das ganz anders war.« – »Daran möchte ich jetzt keine Sekunde denken.« – »Ich denke sehr oft daran.« – »Ja, ich weiß. Unsere ganze Familie denkt oft an diese Zeit, als ich klein war und nicht richtig tickte.« – »Nicht nur an die.« – »Nein, nicht nur, auch an die Zeiten davor, als ich noch gar nicht auf der Welt war.« – »Du hast Recht, wir wollen jetzt nicht darüber reden. Wir sind auf großer Fahrt. Wo genau segeln wir eigentlich gerade entlang?« – »Im Gegensatz zu Ihnen, Passagier Ortheil, bin ich genau im Bilde. Wir haben den Golf von Biskaya längst durchquert, Kap Finisterre passiert und erreichen bald die Steilküsten Spaniens und Portugals, die wir dann aus wenigen Kilometern Entfernung betrachten.« – »Warst Du etwa die ganze Zeit wach? Kein bisschen geschlafen?« – »Kein bisschen – und blendend erholt!« – »Wer oder was hat denn dieses kleine Wunder vollbracht?« – »Der heilige Geist schwebte über den Wassern, und Poseidon ergriff die Flucht.« – »Na, wenn sich das nicht bildungsbürgerlich anhört!« – »Tut es das?« – »Hundert Prozent!«

Ich fand es ein wenig peinlich, dass Papa mich bei so etwas ertappt hatte, und sagte eine Weile nichts mehr. Ich hatte nun auch genug geschrieben, und als ich sah, dass Papa sich in die *Odyssee* vertiefte, ließ ich ihn allein und ging in unsere Kabine. Heinrich Segemann wachte dort gerade auf und fragte mich, wie spät es sei. Ich nannte ihm die Uhrzeit, und er erschrak. Bevor er unsere Kabine eilig verließ, blickte er noch auf die Unordnung, sagte aber nichts. »Ich räume jetzt auf«, murmelte ich, »ich mache das sogar gern.« Heinrich Segemann legte mir kurz die Hand auf die Schulter und machte sich dann aus dem Staub.

Ich hatte keineswegs geschwindelt, sondern wirklich Lust, die Kabine gründlich aufzuräumen. So etwas wäre nichts für Papa gewesen, wirklich nicht. Papa räumt eigentlich niemals auf, weil er auch nie etwas in Unordnung bringt oder unordentlich zurücklässt. Sein großer Schreibtisch ist immer tadellos aufgeräumt, und seine Bücher stehen stramm und ordentlich in den Regalen, als wären sie alle hellwach und unterhielten sich ununterbrochen miteinander.

Beim Aufräumen fielen mir auch Papas Aufzeichnungen in die Hände. Für seine Verhältnisse hatte er seit unserer Abreise sehr viel notiert. Ich zwang mich, nicht in diesen Notizen zu lesen, vielleicht wäre ihm das nicht recht gewesen. Sie machten mich aber sehr neugierig, denn ich hatte noch nie erlebt, dass Papa viel vom Tagesgeschehen aufschrieb und kommentierte. Fast hätte meine Neugier die guten Vorsätze erschüttert, ich hielt mich jedoch schließlich an sie und nahm mir vor, Papa zu fragen, ob ich seine Aufzeichnungen lesen dürfe.

Während ich immer weiter aufräumte, klopfte Denis an die Tür und meldete, dass an diesem Abend erst um 20 Uhr gegessen würde, dann aber richtig und festlich. »Was soll das heißen?« fragte ich. – »Kapitän Reckling hat einige Anordnungen getroffen. Angeblich, weil heute französischer Nationalfeiertag ist.« – »Sollen wir den etwa feiern?« – »Kommt mir auch seltsam vor, Kapitän Reckling ist keineswegs für eine besondere Frankreichliebe bekannt. Im Gegenteil!« – »Ich bin sehr gespannt«, sagte ich und beobachtete Denis auf etwaiges Unwohlsein hin. Ich konnte aber nichts entdecken, nein, er wirkte völlig normal und sogar leicht übermotiviert, als wollte er sich bei diesem Festessen besonders ins Zeug legen.

Ich brauchte etwa eine Stunde, dann war unsere Kabine aufgeräumt und sah beinahe noch besser und aufgeräumter aus als zuvor. Ich ging wieder an Deck, Papa stand an der Reling und schirmte die Augen mit der rechten Hand ab. »Schau Dir das an!« sagte er, »wie schön ein Stück Land sein kann!«

Ich schaute ebenfalls auf das Meer und erkannte in weiter Ferne wahrhaftig ein Stück Land. Es war ein schmaler, dunkelbrauner Streifen mit hellgrüner Kruste, er sah unbegehbar, schroff und steil aus, als bröckelten bei jedem heftigen Sturm große Stücke von ihm ab. Sein Anblick wirkte nach dem, was wir erlebt hatten, wie eine Erlösung und wie die Verheißung einer friedlichen Zukunft. Wir brauchten bloß irgendwo anzulegen – und wir wären für immer gerettet!

Natürlich hatte niemand an Bord so etwas vor, man spürte nur stark, wie wohltuend die Nähe des Landes und die Gewissheit, es jederzeit anlaufen zu können, waren! Der Streifen Land wirkte nicht wie ein Stück einfacher Erde, sondern wie ein Zeichen, das Stille und Frieden verhieß. Plötzlich verstand ich, worin ein weiterer Reiz dieses Reisens bestand. Die große, freie See und das weite, belebte Land zogen sich an und standen in geheimem Kontakt miteinander. Vielleicht war die Seefahrt besonders faszinierend, wenn man diese gegenseitigen Anziehungskräfte am eigenen Leib spürte und sie während jeder Reise neu auslotete.

Papa und ich schwiegen, als Anfänger waren wir vom bloßen Anblick eines Streifen Landes nach durchlittenem, gefährlichem Sturm überwältigt. »Weißt Du, wann wir Lissabon anlaufen?« fragte Papa schließlich. – »Wir laufen es überhaupt nicht an«, antwortete ich. – »Nicht?! Ich denke, das war vorgesehen, wenn Ladung über Bord ginge.« – »Anscheinend haben wir nicht viel Ladung verloren, und die *Albireo* ist sonst vollkommen in Ordnung. Sie bleibt also auch weiterhin Dein properes Abenteuerspielzeug. Übrigens essen wir gleich festlich, später als sonst, aber festlich.« – »Wieso denn das?« – »Lassen wir uns überraschen!«

Wir starrten noch einige Zeit auf das Land, ich hatte Papa dafür eigens das Fernglas geholt. Es war jedoch überhaupt nichts Besonderes zu sehen, lediglich dunkelbraune Erde mit hellgrünem Überzug und einigen tiefroten Spalten. Wir schauten beide durch das Gerät und schilderten, was wir im Einzelnen so alles sahen, es hörte sich an, als hätten wir etwas entdeckt, was vor uns noch kein Mensch vor Augen gehabt hatte.

Dann gingen wir in die Kabine zurück. Papa war erstaunt, wie ordentlich es in ihr aussah. »Ich habe mich die ganze Zeit gefragt, wie wir das wieder hinbekommen«, sagte er. »Es sah ja saumäßig aus.« – »Ich habe mich das überhaupt nicht lange gefragt, sondern einfach aufgeräumt«, antwortete ich. – »Danke, Du kannst richtig nützlich sein. Na ja, ›nützlich‹ ist eigentlich ein furchtbares Wort! Aber jetzt trifft es zu. Du darfst Dir etwas wünschen, wie früher als Kind, als Du Dir immer Konzertkarten gewünscht hast.« – »Hier gibt es aber keine Konzertkarten! Ich wünsche mir etwas anderes, nämlich ..., dass ich Deine Aufzeichnungen lesen darf! Ich habe gar nicht mitbekommen, dass Du soviel notierst!« – »Ah, das interessiert Dich, ich kann es mir vorstellen! Ich bin einverstanden, aber ich gebe sie Dir erst nach unserer Rückkehr! Jetzt würde es mich in Verlegenheit bringen, wenn Du sie liest. Ich lese Deine Aufzeichnungen schließlich auch nicht hier an Bord, ja ich lese sie nicht einmal später, sondern nur die fertige Reiseerzählung, die dann hoffentlich an Weihnachten kommt. Einverstanden?«

Ja, ich war einverstanden. Ich sprach noch davon, *warum* unser gemeinsames Abendessen an diesem besonderen Tag später stattfinden werde. Dann nannte ich ein paar Details. »Soll ich mich etwa umziehen, für das festliche Essen?« fragte Papa. – »Würde ich nicht tun«, antwortete ich. »Kapitän Reckling hat uns ja nicht eigens informiert, ich weiß davon nur durch Denis, ich glaube, es geht um etwas Privates, vielleicht hat er heute Geburtstag, oder vielleicht hat er französische Freunde oder Verwandte.« – »Wieso denn das?« – »Denis hat gemeldet, dass er anlässlich des französischen Nationalfeiertags mit uns anstoßen möchte.« – »Ist heute französischer Nationalfeiertag?« – »Allerdings. Ich denke, unsere Familie stammt aus Frankreich, da müsstest Du das doch wissen.« – »Natürlich weiß ich es, ja, es stimmt, Du hast recht, ich habe es wegen des Sturms komplett vergessen.«

Aus den Aufzeichnungen meiner Vaters (14. Juli, 19.04 Uhr)

Habe zusammen mit dem Jungen die Küstenformationen der nördlichen spanischen Westküste studiert. Ihre Geologie: Farblichkeit, Gestein, Porösität der Schichten. Morgen werde ich Zeichnungen und Aquarelle der Küste erstellen. Sie werden schärfer und präziser sein als jedes Foto.

Aus meinem Reisetagebuch (14. Juli, 19.08 Uhr)

Papa schaut durch das Fernglas, fixiert die spanische Küste und kommentiert ununterbrochen, was er erkennt. Die geologischen Begriffe sagen mir nichts, aber es hört sich gut an und ist beeindruckendes Fachchinesisch. Denis bekam alles aus dem Hintergrund mit. Er machte hinter Papas Rücken ein frommes Zeichen: »Texte zum Niederknien!«

Aus den Aufzeichnungen meines Vaters (14. Juli, 19.16 Uhr)

14. Juli, französischer Nationalfeiertag. In der Kindheit haben wir ab Mittag auf dem Hof gefeiert, und die Feldarbeit musste ruhen. Es gab Cidre, ich erinnere mich, wir bekamen ihn von entfernten Verwandten, die noch in Frankreich wohnten. Wie hießen sie doch gleich? Am frühen Abend spielte unser Vater Klavier, mehrmals auch die Marseillaise. Ich habe sein Spiel noch genau im Ohr, als säße der alte Mann vor mir. Das Klavier stand direkt neben dem Eingang der Gastwirtschaft. Wenn das Wetter gut war, mussten wir Kinder es ins Freie, vor das Haus, schieben. Unser Vater freute sich, wenn eines der damals noch wenigen Kraftfahrzeuge anhielt und die Insassen zuhörten. Nach einer Weile fuhren sie langsam weiter. Sie hatten einen Schluck Cidre erhalten und Musik gehört – das war damals etwas Besonderes, man sprach noch lange davon.

Aus meinem Reisetagebuch (14. Juli, 19.32 Uhr)

Hatte gerade, von Papas Fachchinesich inspiriert, die Idee, solche Texte in Maros Bordzeitung zu bringen. Was würden die fleißigen, aber wortarmen Matrosen sagen, wenn sie so etwas vorgesetzt bekämen? ›Neues vom Tage. In neun Kilometern Entfernung waren Backbord herrliche, tiefrötliche Sedimentablagerungen über grauweißen Sanderosionen zu bemerken. Die quartären Randschichten zeigten erhöhte Abwasserbereitschaft, die bei Temperaturen unter 10 Grad zunimmt …‹

Kurz vor 20 Uhr standen Papa und ich zögerlich in unserer Kabine. Wir hatten uns nicht festlich angezogen und deshalb kein gutes Gefühl. Was wäre, wenn die anderen festlich gekleidet waren und wir neben ihnen wie Zaungäste oder Figuren aus anderen Welten erscheinen würden? »Es hilft alles nichts, wir müssen da durch«, sagte Papa und öffnete die Tür. Hintereinander trotteten wir in den Salon, in dem so festlich wie bisher noch nie gedeckt war. In der Mitte der Tafel gab es seltsam verschlungene Stoffgirlanden mit den Farben der französischen Tricolore, und auf zwei silbernen Tabletts standen gleich mehrere Flaschen Wein, weiß, rot und sogar rosé.

Erleichtert bemerkten wir, dass auch Heinrich Segemann in seiner Alltagskleidung (dunkelblaues, ärmelloses Hemd, beige Hose) erschienen war. Er war als erster gekommen und sah noch immer etwas mitgenommen aus. »Heinrich! Alles in Ordnung?« fragte Papa leise. Heinrich Segemann lächelte freundlich und nickte: »Du brauchst Dir keine Sorgen zu machen.

Aber es ist nett, wie besorgt Du bist!« (So redete an Bord nur Heinrich Segemann: als wäre er ein Pointenjäger, der Pointen aber nur zur eigenen, nie zur Zufriedenheit anderer hinbekam. Ich war sicher, dass er stolz auf seine verdrehten Sprüche war, die anderen zuckten bei ihnen jedoch oft zusammen oder rollten mit den Augen: ›Heinrich, geht es auch schlichter?‹)

Wir Drei setzten uns und standen (brav, wie inzwischen üblich) wieder auf, als Kapitän Reckling und Mühlenthal wenig später gemeinsam erschienen. Beide waren festlich gekleidet, und wie festlich! Reckling trug ein dunkelblaues Jackett mit schwerfällig (und beinahe obszön) heraushängendem, weißem Strunztuch – und Mühlenthal ein schwarzes Sacco aus feinem Stoff (aber aus welchem?). Er sah richtig edel aus, als gäbe es ein Hochfest zu feiern, in dessen Verlauf er eine Filmfigur aus einem italienischen Mehrgenerationenfilm spielen und sich entsprechend benehmen würde. Er spielte diese Rolle aber nicht allein, Kapitän Reckling und er hatten sich anscheinend darauf verständigt, zu zweit eine dicke Nummer abzuziehen.

Heinrich Segemann reagierte als erster: »Habe ich was verpasst, vergessen oder übersehen?« fragte er rührend naiv. Kapitän Reckling hob darauf nur kurz die rechte Hand, es sollte ein Signal sein, vorerst nichts zu fragen, sondern den Mund zu halten. Dann begrüßte er uns auf Französisch und sagte einige Sätze, von denen ich kaum ein Wort verstand. Wir durften gnädigerweise Platz nehmen und ergaben das Bild einer bunt zusammengewürfelten Runde: Zwei fein gekleidete Herren hatten ein paar verirrte Schiffbrüchige aus dem Meer gezogen und feierten mit den armen Teufeln die Rettung (so kam es mir wirklich vor!).

Kapitän Reckling sprach weiter Französisch, und ich verstand noch immer kein einziges Wort. Vielleicht sprach er zu schnell, oder er sprach Dialekt, oder er konnte gar nicht richtig Französisch, es hörte sich jedenfalls so fremd an, dass ich mich zu Papa beugte und ihm leise zuflüsterte: »Spricht er wirklich Französisch?« – »Sehr fehlerhaft und mit sehr starkem Akzent!« antwortete Papa ebenso leise. – »Mit welchem Akzent?« – »Keine Ahnung. Ich bekomme es aber bestimmt noch heraus.«

Denis war nicht zu sehen. Erst als Kapitän Reckling mit seinem Begrüßungsfranzösisch fertig war, erschien er und entkorkte feierlich eine Flasche Rosé. Jeder von uns erhielt ein Glas, und wir mussten uns alle erheben, um anzustoßen. Ich nippte am Wein, er schmeckte, wie ich erwartet hatte, überhaupt nicht. Blöderweise hatte ich den Geschmack aber noch lange auf der Zunge, er erinnerte entfernt an den von Gummibärchen: als hätte man welche zerquetscht, in Alkohol getränkt und dann aufgelöst.

Mühlenthal sprach als zweiter, er schien sich bei Kapitän Reckling zu bedanken, denn er sah ihn beim Reden laufend an, lächelte übertrieben und gab sich Mühe, soviel perfekte Eloquenz wie irgend möglich hören zu lassen. Meine Herren, es waren steife Bilder, die wir zu sehen bekamen, und es waren keineswegs die eines Mehrgenerationenfilms aus Cinecittà, sondern eher die einer Operette aus Wien. (Einmal im Leben war ich mit Papa in einer Operette gewesen, ich sage nur: Nie wieder! Im ganzen weiteren Leben nicht!)

Mein Retter während dieses Getues war Heinrich Segemann. Ich brauchte ihn bloß anzuschauen, und schon befand ich mich wieder im normalen, realen Leben. Er schaute niemanden sonst an, sondern starrte unbeweglich auf den festlich gedeckten Tisch, als wollte er die Messer, Gabeln und Löffeln exakt zählen. Sein Blick wanderte von einem Sitzplatz zum anderen, machte Halt, graste das Besteck ab, sendete eine Zahl an das Gehirn und zog weiter. Ich vermutete, dass er kein Wort Französisch sprach, und wenn doch, interessierte ihn das Geschehen überhaupt nicht. Als er mit der Zählerei fertig war, rastete sein Blick ein und fixierte die vielen Flaschen Wein, als könnte er sie sich mit einem so gnadenlos stumpfen Blick alle vom Leib halten.

Auch Mühlenthal hob am Ende seiner Rede das Glas und ließ uns noch einmal alle anstoßen. Danach erschien wieder Denis und servierte als erstes kleine Glasschälchen mit buntem Dekor, in denen sich winzige Häufchen von Shrimps in einer rosaroten Sauce auf ein paar Salatblättern befanden. Die Shrimps allein sahen schon extrem unbekleidet und nackt aus, die rosarotene Sauce verstärkte aber noch diesen Eindruck. Es war ein ungesunder, aufreizender Anblick, als wären sie einmal Bestandteile der menschlichen Haut gewesen, aus deren Wulsten und Polstern man sie herausgepult hatte. Alle widmeten sich nun dieser Vorspeise, der Rosé wurde nachgeschenkt, beruhigt erkannte ich, dass er auch Papa nicht zu schmecken schien, denn er verweigerte das Nachfüllen seines Glases ebenso wie ich.

Sonderbar. Ich saß unter all diesen wesentlich älteren Männern und musste dieses merkwürdige Theater über mich ergehen lassen, ohne zu begreifen, um was es eigentlich ging. Kapitän Reckling war der Regisseur, und Herr Mühlenthal spielte offensichtlich die Hauptrolle, während der Zuschauer Heinrich Segemann sichtlich angewidert die kleinen Shrimps kaute und mit zwei spitzen Fingern nachschaute, ob sie Gräten enthielten. Ich fühlte mich ins Abseits geschoben, gern hätte ich etwas gesagt, egal was, aber mir fiel nichts Passendes ein, und so versteckte ich meine Shrimps sorgfältig unter den Salatblättern und garnierte das Versteck mit einem angekauten Stück Weißbrot.

Schließlich wurden die halbvollen Schälchen abgeräumt, Mühlenthal hatte die Flasche Rosé in die Hand genommen, hielt sie hoch und las den Etikettentext (natürlich Französisch) vor. Er war längst beim zweiten Glas angekommen, und er schaute noch immer lediglich Kapitän Reckling an, als wären sie zwei wichtige Unterhändler befreundeter Länder, die gerade ganz nebenbei einen perfekten Deal aushandelten. Hunderttausend Flaschen Rosé als Bestechung für luxemburgische Politiker, die dafür sorgen würden, dass nach Luxemburg haufenweise französischer Rosé importiert wurde. So in etwa.

Ich wurde unruhig und dachte daran, mich zu entschuldigen und den Tisch zu verlassen. Meine Seekrankheit war aber leider vorüber, und eine andere Ausrede fiel mir so schnell nicht ein. Papa bemerkte, dass ich mich hin und her bewegte, auch er fühlte sich anscheinend nicht wohl, da wurde auch schon das Hauptgericht aufgetragen. Es bestand aus dicken, in Öl gebratenen Garnelen, die ihre Panzer noch nicht ganz abgelegt hatten. Auf jedem Teller lagen sechs, und Denis wies darauf hin, dass man die Panzer am besten mit den Fingern entfernte. Neben den Garnelen thronte ein schwerer Klecks Mayonnaise, in der man die entkleideten Garnelen baden sollte. Dazu gab es Weißwein, nachdem die Flasche Rosé glücklich geleert war. Ich bat Denis zur Sicherheit noch um weitere Scheiben Weißbrot, was anderes würde ich wohl nicht herunterbekommen. Verstohlen beobachtete ich Heinrich Segemann. Sein Blick lastete jetzt schwer auf den Garnelen, als wollte er sie mit diesem durchdringenden Blick vom Teller fegen.

Schließlich saß ich wie in Schockstarre da und hoffte, dass diese Zeremonie bald vorbei sein würde. Da begann plötzlich Papa zu reden, und er redete Französisch und schaute dazu einen Mitspeisenden nach dem andern an, nur mich nicht. Er ließ die Garnelen einfach in Ruhe, sprach ununterbrochen und widmete die ganze Aufmerksamkeit seiner Rede.

Kapitän Reckling blickte ihn überrascht an, als könnte er nicht glauben, was er gerade zu hören bekam, und Heinrich Segemann fixierte Papa erst recht vollkommen entgeistert. Natürlich hatten die beiden nicht mit Papas Französisch gerechnet, nur Mühlenthal wusste ja bereits davon. Papa sprach und sprach, bis Heinrich Segemann dem ein Ende bereitete: »Josef, macht es Dir etwas aus, wieder Deutsch zu sprechen? Ich verstehe leider kein Wort Französisch, und ich weiß nicht, ob unser Johannes alles versteht.«

Papa schaute auf und entschuldigte sich, und danach schob er seinen Teller weit beiseite an den äußersten Rand des Tisches. Ich tat es ihm sofort nach, und so standen unsere beiden Teller demonstrativ im Abseits, als hätten sie die Flucht angetreten.

»Ich sprach gerade von meinem Vater«, begann Papa aufs Neue. »Seine Vorfahren kamen aus Frankreich, so dass unsere vielköpfige Familie jedes Jahr den französischen Nationalfeiertag feierte. Frankreich feiern im hintersten Westerwald, man stelle sich das einmal vor! Es gab Wein aus dem Elsass, von Franzosen, die auf unserem Hof jedes Jahr Ferien machten, und unser Vater spielte Klavier, den halben Tag lang. Im Dorf lebte ein Lehrer, der gut Französisch sprach, der kam am Abend zum Festessen vorbei, dann gab es Coq au vin, und der Lehrer rezitierte Fabeln von La Fontaine: ›Le Corbeau et le Renard‹. Als einziges von uns elf Kindern sprach auch ich fließend Französisch, und als einziges durfte ich auf ein Gymnasium gehen, um dort französische Texte zu lesen. Unser Vater war nie in Frankreich gewesen, aber er redete von den Franzosen so, als hätte er Jahre dort verbracht, er liebte Frankreich ohne Wenn und Aber. Wenn ein Gast, ohne es zu ahnen, etwas Schlechtes über unser Nachbarland sagte, würdigte er ihn keines Blickes und sorgte dafür, dass er nie wieder einen Platz in unserer Gastwirtschaft bekam. In der Nacht des Nationalfeiertags spielte unser Vater draußen im Freien unter einem urdeutschen Lindenbaum Mundharmonika, es war der große Moment des ganzen Tages, denn unser Vater spielte die Mundharmonika wirklich sehr gut und rührend ...«

Papa sprach nicht weiter. Seine Stimme war erst rau und immer leiser geworden, und dann war es zuviel, und die Erinnerung wurde zu stark. »Entschuldigen Sie, meine Herren, ich muss draußen mal einen Schluck Wasser trinken, ich habe einen rauen Hals«, sagte er und verließ den Salon. Wir saßen in stummer Runde am Tisch, bis Herr Mühlenthal mich fragte: »Johannes, sprichst Du auch fließend Französisch?« – »Leider nein«, antwortete ich, »ich spreche nur das Nötigste, aber ich werde es bestimmt noch lernen, und zwar in Frankreich!« – »Guter Plan!« antwortete Mühlenthal und hob den rechten Daumen hoch, als wollte er zeigen, dass er endlich auch wieder die lässige Tour draufhatte.

Papa kam dann recht schnell wieder zurück, und niemand sprach noch ein Wort Französisch. Zum Abschluss gab es eine große Platte mit französischem Käse, und zum Glück füllte Denis das Weißbrot noch einmal ordentlich nach. Wir alle nippten schließlich am Rotwein – und dann bescherte Kapitän Reckling den Clou des Tages.

Er schilderte den gerade überstandenen Sturm in bestem Schifffahrtschinesisch und lobte Mühlenthal sehr, anscheinend hatte er höchste Navigationskünste bewiesen. »Ich habe nur eine bescheidene Rolle gespielt«, sagte er, »Mühlenthal aber hat unsere *Albireo* so elegant manövriert, als tanzte er mit ihr mitten in den Wogen argentinischen Tango.« – »Wieso denn argentinischen Tango?« hätte ich beinahe gefragt und biss mir noch gerade rechtzeitig auf die Lippen. Wusste Kapitän Reckling etwa von Mühlenthals argentinischer Freundin? Nein, ausgeschlossen, Mühlenthal hatte mir ja zu verstehen gegeben, dass ich als einziger Teile seiner privaten Geschichte kannte. Er reagierte auf den »argentinischen Tango« denn auch nicht, blickte mich aber kurz an, als wollte er überprüfen, ob ich (wie versprochen) den Mund halten würde.

Ich schwieg, natürlich schwieg ich. Auf mich konnte er sich verlassen. Der Abend endete mit feierlichen Worten Kapitän Recklings. Er sagte, dass er die Reederei bitten werde, unseren Ersten Offizier wegen hervorragender Verdienste besonders auszuzeichnen. Zweitens aber werde er vorschlagen, Mühlenthal (nach bestandener Prüfung) als Kapitän auf besonderen Routen einzusetzen. Und zwar auf solchen, die einem großen Kapitän Ehre machten. Schon heute und jetzt sei er »ein Kapitän aus dem Bilderbuch«, der seine Kindheit und Jugend (wie wir jetzt endlich alle erfahren sollten) an der französischen Westküste verbracht habe. In Erinnerung an diese Jahre habe er ein Leben lang den französischen Nationalfeiertag gefeiert. Ihm und seiner Anhänglichkeit an Frankreich zuliebe hätten nun wiederum wir ebenfalls diesen Tag begangen, er, Kapitän Reckling, danke allen (besonders aber Denis), die sich zu diesem festlichen Essen eingefunden und es mit gestaltet hätten.

Hatten wir Schiffbrüchige »etwas gestaltet«? Segemann wohl am wenigsten, ich auch nicht viel mehr, Papa höchstens einen kleinen Teil des Festessens. Dass Mühlenthals Kindheit und Jugend in Frankreich uns längst bekannt waren, erwähnten wir natürlich nicht. Niemand wollte Kapitän Reckling seinen großen Auftritt an diesem Abend vermiesen. Er tat so, als wäre Mühlenthal sein großer und gelehriger Schüler, der die Meisterprüfung gerade frühzeitig bestanden hatte. Vielleicht steckte sogar noch mehr dahinter, und er empfand Mühlenthals Karriere wie die eines Sohnes, der seinen Vater wegen seiner herausragenden Leistungen gerade sehr glücklich gemacht hatte.

Wir stießen noch einmal alle an, dann verließ ich den Salon, während die älteren Männer zurückblieben, um die Flasche Rotwein zu leeren.

Reisetagebuch (14. Juli, 22.12 Uhr)

Beim Festessen zum französischen Nationalfeiertag habe ich nur lauter Weißbrot und ein paar Stückchen Käse gegessen. Dazu habe ich an drei Gläsern Wein genippt, von denen jedes angenippte noch schlechter schmeckte als das davor. Ich würde gern etwas Süßes essen, selbst Gummibärchen wären jetzt eine Delikatesse, wenn man sie nicht zerquetscht und in Alkohol badet und auflöst.

Postbriefkarte an die Mama (14. Juli, 22.42 Uhr)

Liebe Mama, Papa und ich haben gerade mit Kapitän, Erstem Offizier und Ingenieur Heinrich den französischen Nationalfeiertag gefeiert. Es gab wunderbare Shrimps in einer rosaroten Tunke, Garnelen in einem leuchtenden Festtagspanzer und drei Sorten Wein, einer besser als der andere (Rosé, Weiß und Rot). Papa hat von seinem Vater erzählt und davon, wie auf dem Hof im Westerwald der 14. Juli gefeiert wurde. Ich kannte diese Geschichten noch nicht, und ich habe bemerkt, dass ich über Papas Kindheit und Jugend nur sehr wenig weiß. Was weißt Du eigentlich davon? Ich bin gespannt, was Du mir nach unserer Rückkehr davon erzählst. Es interessiert mich sehr.

Ich war mit dem Schreiben gerade fertig, als Denis klopfte und den Kopf durch die Tür steckte. »Ich will nicht stören«, sagte er, »aber ich habe mitbekommen, dass Du fast nichts im Magen hast. Es gibt noch eine sehr gute Mousse au chocolat in Reserve, die ist für Dich! Magst Du so etwas?« – O ja, ich erinnerte mich gut, wie sehr mir vor Jahren einmal eine solche Mousse in einem französischen Bistro in Berlin geschmeckt hatte. »Hast Du sie etwa dabei, die Mousse?« fragte ich. – »Na klar«, sagte Denis, und dann kam er herein und servierte sie auf einem weißen Teller. Danach machte er sich gleich wieder davon, er wollte mich die Mousse, wie er noch sagte, allein genießen lassen.

Ich war etwas sprachlos, soviel Fürsorge hatte ich von ihm nicht erwartet. Ich wollte nicht nur »Danke!« oder etwas ähnlich Schlichtes sagen, sondern ihm auch zeigen, dass wir nun wirklich Freundschaft geschlossen hatten. Deshalb hob ich den rechten Daumen, genau so, wie Mühlenthal ihn während unserer Mahlzeit anerkennend in meine Richtung gehoben hatte. Denis grinste, er hatte mich wohl verstanden. Beim Hinausgehen legte er, als spielte er Komödie, die Hand zum militärischen Gruß an die Stirn.

Ich aß die Mousse langsam und ging dann ins Bett. Ich war nun doch sehr müde und schlief bald ein, Papas Rückkehr in unsere Kabine bekam ich nicht mehr mit.

Aus den Aufzeichnungen meines Vaters (15. Juli, 0.17 Uhr)

Französischer Nationalfeiertag! Und ich hatte laufend unseren Vater vor Augen! Je länger wir auf See sind, umso stärker steigen alte Erinnerungen hoch! Vor lauter Arbeit habe ich sie ein Leben lang hintan gestellt. ›Keine Sentimentalitäten!‹ hat unser Vater immer gesagt, und ›keine Sentimentalitäten!‹ habe auch ich gesagt. Ich werde in wenigen Monaten Sechzig. Einige Sentimentalitäten werde ich mir in Zukunft erlauben dürfen, unser Vater wird mir verzeihen.

Der Zeichner

Am nächsten Morgen wachten Papa und ich früh auf. Papa war sehr gut gelaunt, er pfiff im Bad sogar vor sich hin, das gute Wetter gefiel ihm, und er sagte, dass er gleich die spanische und portugiesische Küste mit all ihren Details zeichnen werde.

Wir frühstückten mit Heinrich Segemann. Kapitän Reckling und Mühlenthal hatten sich wegen dringend notwendiger Anwesenheit auf der Kommandobrücke entschuldigen lassen. Eigentlich sah unsere Fahrt in wenigen Kilometern Entfernung von der Küste wie ein Kinderspiel aus, das aber war eine Täuschung, denn vor der Küste lauerten gefährliche Felsformationen, die uns zum Verhängnis werden konnten.

»Wie hat Euch denn das gestrige Festmenü gefallen?« fragte

Heinrich, und Papa sagte: »Es war ein bisschen reichlich Tamtam. Und außerdem hat mir nichts von dem Meeresgetier wirklich geschmeckt.« – »Mir auch nicht«, sagte Segemann, »das Zeug war aufgetaut, es schmeckte nach nichts.« – »In Griechenland werden wir frischen Fisch essen, stimmt's?« sagte Papa übertrieben euphorisch zu mir, und ich antwortete (obwohl ich lieber Vorbehalte angemeldet hätte): »Auf jeden Fall!«

Heinrich Segemann aber mochte überhaupt keinen Fisch. »Ich kenne das Meer und die See sehr genau, und ich weiß, was da alles herumschwimmt. Das hat mir ein für allemal die Freude am Fischessen genommen, tut mir leid. Ich möchte Euch aber nicht davon abhalten, denn als ich noch etwas jünger war, habe auch ich alles gegessen, was aus dem Meer auf den Tisch kam. Man muss es kennen lernen, unbedingt, vor allem Johannes muss alles in der Welt kosten und kennen lernen. Das ist jedenfalls meine Meinung.«

Ich antwortete, dass ich mir Mühe geben werde, alles auf der Welt zu kosten und kennen zu lernen, zunächst sei jetzt mal Griechenland dran und darauf die Türkei, das sei zusammen ja bereits ein gar nicht so kleines Stück von der Welt. »Hör ihn Dir an, Josef«, sagte Heinrich lachend, »Dein Sohn spricht wie der geborene Weltenbummler und als wäre er mindestens Zwanzig.«

Das Frühstück verlief entspannt und ruhig, und ich war froh, dass wir nicht schon wieder in voller Runde versammelt waren. In voller Runde verlief jede Mahlzeit ziemlich zeremoniell, und ich spürte das Zeremonielle jedes Mal leicht im Magen, wie einen penetranten Druck, der mich nicht in Ruhe alles zu mir nehmen und verdauen ließ. Als wir wieder in unserer Kabine waren, dachte ich darüber nach, während Papa mit seinen Zeichenutensilien zu den Liegestühlen auf Deck verschwand.

Die Esszeremonien an Bord

Jede unserer Mahlzeiten in voller Runde wirkt auf mich zeremoniell. Das Zeremonielle spüre ich stark. Ich denke nämlich ununterbrochen darüber nach, in welcher Reihenfolge gerade etwas bei Tisch passiert und wer als nächstes mit dem Reden dran ist. Ich muss höllisch auf alles achten und kann keine Minute einfach nur an das Essen denken und das Essen auch mal ohne hellwachen Kopf genießen. Fast kommt es mir wie eine Nebensache vor und als wäre etwas Anderes viel wichtiger: Mit dem Nebenmann oder dem Mann gegenüber am Tisch aufmerksam und freundlich zu sprechen, ihn beim Sprechen anzuschauen, jedem, der ein Glas hebt, zuzuprosten, nur einen kleinen (und auf keinen Fall einen großen) Schluck Wasser zu trinken – und so weiter. Die Gegenwart von Denis verstärkt das Zeremonielle. Immer wenn er den Salon betritt, scheint ein unsichtbarer Zeremonienmeister einen Gong zu schlagen und mit diesem Gongschlag ein neues Kapitel der Mahlzeit einzuleiten. Richtig, ja, unsere Mahlzeiten bestehen wie ein Buch aus lauter Kapiteln. Sie fangen schlicht an, steigern sich, treiben auf den Höhepunkt zu und versacken. Am Ende ist man unglaublich müde, aber nicht vom Essen, sondern vom Zeremoniellen, das einen die ganze Zeit über sehr beschäftigt. An unserem Zielort Istanbul werde ich einen Zeremonienmagen haben, so klein und empfindlich, dass ich mich von Joghurt, Nüssen und Rosinen ernähren muss. (Heinrich hat während des Frühstücks erzählt, dass er das türkische Essen nicht vertrage und sich einmal drei Tage lang nur von diesen drei Lebensmitteln ernährt habe.)

Draußen war es so sonnig und still, dass ich nicht länger in unserer Kabine bleiben wollte. Am liebsten hätte ich an Deck Musik gehört (oder noch besser: Klavier gespielt!), aber das war leider nicht möglich. Inzwischen spürte ich immer mehr, wie sehr mir die Musik fehlte, noch nie in meinem Leben hatte ich so viele Stunden am Stück ohne Musikhören oder Musikspielen verbracht. Beides gehörte einfach zu meinem Leben.

Papa aber hatte es besser getroffen. Er zeichnete sehr gern, nur hatte er bisher kaum Zeit dazu gehabt. Jetzt aber hatte er Zeit ohne Ende, er freute sich darauf, und ich ahnte, dass er den ganzen Tag in der Sonne sitzen und ein Blatt nach dem andern mit einer Zeichnung oder einem Aquarell füllen würde. Zur Sicherheit holte ich seine Schiebermütze aus dem Schrank und nahm sie mit nach draußen. Papa saß denn auch wie erwartet in seinem Liegestuhl und studierte mit einem Fernglas die Küste. In unglaublichem Tempo zeichnete er, was er sah, und überprüfte das Gezeichnete mit einem erneuten Blick durch das Glas. Ich reichte ihm die Schiebermütze, er lachte, setzte sie aber ohne Widerspruch auf und kantete sie so nach hinten, dass sie ihm schräger als sonst, aber ohne seine Blicke durchs Fernglas zu behindern, auf dem Kopf saß. Er sagte nichts, er war jetzt »beschäftigt«, und ich wusste, dass er während des Zeichnens nicht gerne angesprochen wurde.

Ich ließ ihn deshalb zunächst einmal in Ruhe und zog meinen eigenen Liegestuhl auf die andere Seite des Schiffes. Ich hatte mehrere Bücher dabei, aber ich legte sie auf den Boden und schloss die Augen. Musik! Vielleicht klappte es mit dem Musikhören, wenn ich ein paar Notenbilder im Kopf abrief. Das Sonnenlicht war jedoch richtig dreist und überall, als hätte es seine Finger selbst noch im Schatten. Ich wollte es mir vom Leib halten, deshalb ging ich noch einmal zurück in unsere Kabine und holte mir ein dunkles Handtuch. Das zog ich mir über den Kopf, so dass nur noch meine Nasenspitze rausschaute. Dann wieder: Augen zu! – und ein paar Notenbilder im Kopf eingeschaltet! Ich musste Geduld haben und mich konzentrieren, schließlich tauchten sie aber auf, wie wacklige

Brüder, die nicht ganz sicher standen. Noch eine Stufe mehr Konzentration – und sie standen kerzengerade!

Ich hatte Schumanns *Von fremden Ländern und Menschen* angepeilt, und ich sah jede Note und ließ sie klingen, ja, wirklich, ich hörte das Stück, als säße ich am Klavier und drückte die Tasten. Dreimal ließ ich das Stück laufen, und schon beherrschte ich das lautlose Abspielen im Dunkeln! Immerhin war das eine Methode, mit der Musik in Kontakt zu bleiben, und sie war außerdem noch einfach und ließ sich ohne viel Aufwand angehen und abspulen.

Ich machte eine Pause und dachte an mein nächstes öffentliches Vorspiel. Leider würde ich keinen Schumann spielen, sondern zwei Arabesken von Debussy, das war auch in Ordnung, aber sie hielten dem Vergleich mit Stücken von Schumann natürlich nicht stand. Das Vorspiel würde im Konservatorium stattfinden, und ich wäre als Letzter in einer langen Reihe von Vorspielenden dran. Die Jüngsten klimperten etwas von Czerny und wurden von ihren Eltern dann wie die Helden beklatscht und befummelt, und die Jungs in meiner Altersklasse spielten jeweils irgend einen Satz aus einer Beethoven-Sonate, dass man froh war, wenn sie damit durch waren.

Fast alle Klavierschüler hatten keineswegs vor, Pianisten zu werden, niemand wollte das, sie wollten ein bisschen spielen, ein bisschen gelobt werden und dann in ein anderes Leben (als Ärzte, Juristen oder Bankfritzen) verschwinden, in dem sie das Klavierspielen dann rasant schnell wieder verlernten. Sollten sie doch! Ich wusste ganz sicher, dass ich nicht ums Verrecken Arzt, Jurist oder Kontenberater werden wollte, eher wäre ich gar nichts geworden, einfach nichts und hätte im Notfall etwas Geld mit einem simplen Job verdient.

Doch das stand ja nicht an, ich würde zunächst mal mein Bestes geben, und wenn das nicht reichte, würde ich klein beigeben. Genau, so würde ich es machen, genau so fantasierte ich mir die Zukunft zurecht. Mit »Hobbies« dagegen konnte ich nichts anfangen, Klavierspielen war doch kein »Hobby«, obwohl die meisten Klavierschüler genau das behaupteten. Sie nannten das Hobby auch einen »guten Ausgleich« oder etwas ähnlich Schwachsinniges, als wären sie alte Knacker, die über den Golfplatz schlichen, weil sie dringend einen »guten Ausgleich« zu ihrem sonstigen Nichtstun brauchten.

Ein »Hobby« würde ich mir nie »zulegen«, niemals im Leben, es sei denn, ich hätte eine Frau gehabt, die so ein »Hobby«, wie sagt man, »ausgeübt« hätte. Schnelles Tippen auf einer Schreibmaschine hätte ich als Hobby gar nicht so schlecht gefunden, sicher gab es Kurse dafür, aber auch schnelles Stenografieren hätte mir als Hobby gefallen. Anscheinend hatte ich ein Faible für bestimmte schnelle Prozesse, ja, so kam es mir beinahe vor, obwohl ich, was zum Beispiel schnelles Radfahren oder rasantes Skifahren betraf, keinerlei Sympathien aufbringen konnte. Und warum nicht?! Keine Ahnung, ich wollte nicht darüber nachdenken, es war einfach zu heiß, bestimmt beinahe vierzig Grad, und das sogar im Schatten.

Ich meditierte eine Weile mit dem Handtuch über dem Kopf, immer wieder meldeten sich die Notenbilder der Debussy-Arabesken und wollten ebenfalls Takt für Takt abgerufen werden, ich tat ihnen aber nicht den Gefallen, sondern unterdrückte sie gewaltsam, indem ich Mozarts C-Dur-Sonate, KV 545, einblendete. Für einen halbwegs guten Klavierschüler ist sie das Einfachste vom Einfachen, ich mag sie aber trotzdem sehr, weil sie gute Laune macht und die Welt so aussehen lässt, als gäbe es weder Ärzte noch Juristen noch Bankfritzen.

Als die Hitze richtig peinigend wurde, schlich ich in unsere Kabine zurück, um im Bad den Kopf unter den Wasserhahn zu halten. Er tropfte aber nur, anscheinend war das Frischwasser längst verbraucht, und die halbe Mannschaft stand am Heck der *Albireo* pausenlos unter der Dusche. Die wenigen Tropfen waren außerdem noch lauwarm, ich musste zu einer Flasche mit halbwegs kühlem Mineralwasser greifen, trank sie halbleer und kippte den Rest über das Handtuch. Dann ging ich wieder zurück an Deck, da es in unserer Kabine noch wärmer war als draußen.

Dort hatten sich einige Veränderungen ergeben. Mühlenthal und Denis standen hinter Papas Liegestuhl und schauten zu, wie er zeichnete. Mühlenthal deutete mit dem Zeigefinger der rechten Hand auf die Küste, erklärte die Welt und war wieder ganz der noble und von keinem Schweißtropfen benetzte Diplomat in spe. Und Denis stand mit in die Hüften gestützten Händen daneben und glotzte.

Ich näherte mich der Gruppe und hörte, dass wir Lissabon längst hinter uns hatten und als nächstes die Westspitze Portugals anfuhren. Denis kam zu mir und sagte wieder etwas Bewunderndes über Papas Zeichenkunst, dann fragte er, ob ich etwas Spritziges, Kühles trinken wolle. »Was gibt es denn Gutes?« fragte ich unschuldig, und er zwinkerte mir zu und sagte: »Ausgepressten Zitronensaft! Bei dieser Hitze absolut das Beste!«

Nun muss ich einschalten, dass ich ausgepressten Zitronensaft fürs Leben gern trinke. Die meisten Safttrinker, die ich kenne, trinken ausgepressten Orangensaft, ohne zu ahnen, dass er dem ausgepressten Zitronensaft nicht das Wasser reichen kann. Überhaupt haben ja viele Menschen etwas gegen halbwegs saure oder scharfe Sachen, das ist in meinem Fall anders, ich mag Saures und Scharfes, ich kann gar nicht genug davon bekommen.

Ich freute mich also über Denis' Angebot und sagte: »Ausgepresster Zitronensaft ist so ziemlich das beste Getränk überhaupt!« Ich hatte noch nicht zu Ende gesprochen, als Denis verschwand. Ich ging zu Papa und Mühlenthal und hörte zu, wie Mühlenthal über die Klippenformationen unter Wasser sprach, worauf Papa von den Klippenformationen der Küste berichtete. Sie ergänzten sich einander also perfekt, und ich musste grinsen, als ich das hörte.

In einer Pause ihrer Geologie-Vorlesung sagte Mühlenthal, er habe einen Zeichner wie Papa noch nie erlebt, so etwas zu sehen, sei überwältigend und auf jeden Fall besser als Fotografieren. Die meisten Passagiere fotografierten an Deck Tag und Nacht, und das, obwohl ihnen klar sei, dass die Ergebnisse nichts taugen und bringen würden. Er habe die Passagiere im Verdacht, nur deshalb laufend zu fotografieren, weil sie nicht zeichnen könnten. Der Schmerz, nicht zeichnen zu können, führe zu geradezu idiotisch häufigem Fotografieren, so dass man das Fotografieren auch als infantile Schmerzbewältigung verstehen könne.

Mühlenthal machte eine kleine Pause, und ich ahnte, dass er für sein wiederum locker aus dem Stand in unsere Runde geworfenes »Philosophieren« gelobt oder zumindest anerkennend darauf angesprochen werden wollte. Papa aber tat das diesmal nicht, denn Papa war für Mühlenthals »Philosophieren« während des Zeichnens vollkommen unempfänglich. Ich vermutete, dass er gar nicht zuhörte, wenn Mühlenthal damit loslegte, so ein »Philosophieren« ließ ihn momentan kalt und prallte an ihm ab.

Als niemand von uns beiden etwas sagte, seufzte Mühlenthal kurz auf und sagte zu mir: »Leider gibt es, was ihren Vater betrifft, einen winzigen Schönheitsfehler!« – Papa horchte auf und drehte sich erstaunlich schnell um: »Welchen Fehler meinen Sie? Etwas Perspektivisches?!« Mühlenthal lächelte sein bestes Diplomatenlächeln und antwortete: »Neinnein, es ist nur eine Kleinigkeit. In einer Minute ist die Sache behoben. Ich komme sofort wieder.«

Er verschwand, und ich stand allein neben Papa, der mich fragte, ob ich auf den Zeichnungen etwas Fehlerhaftes entdeckte. »Ach was«, antwortete ich, »Mühlenthal ist nur etwas arrogant drauf. Gestern ist er über den grünen Klee gelobt worden, und wenn er heute selbst jemand anderen über den grünen Klee loben soll, findet er immer noch ein Haar in der Butter!« – »Grüner Klee! Haar in der Butter! Wie redest Du denn? Dir ist wohl die Hitze zu Kopf gestiegen!« – »Entschuldige«, sagte ich, »ich bin gerade mal wieder zum Landbewohner mutiert. Wir sind im Westerwald, im Eichenwäldchen mit Blick auf unseren alten Gasthof! Es ist vierzig Grad, aber wir beide liegen unter Bäumen im Schatten. Wir haben es gut, es ist angenehm warm und nicht so heiß wie auf diesem Bratrost von Schiff!« – »Hör auf!« sagte Papa, »mir macht die Hitze nichts aus! Sie hat mir noch nie etwas ausgemacht! Selbst bei Temperaturen über dreißig Grad habe ich mit der Sense stundenlang auf den Feldern gemäht!«

Immer wieder kam er mir mit diesem stundenlangen Mähen, darauf war er stolz. Und wirklich hatte ich ihn als Kind häufig mähen sehen, ruhig, geduldig und ohne, wie sagt man, »mit der Wimper zu zucken«. Papa konnte mähen, ohne schnell zu ermüden, es machte ihm sogar Spaß, wahrscheinlich meditierte er dabei oder studierte die gemähte Erde auf seltene

Lebewesen hin. Irgendeine geheime Verbindung gab es zwischen dem Mähen und ihm – aber auch diesem interessanten Gedanken konnte ich bei dieser Hitze nicht nachgehen, es war einfach zu heiß.

Mühlenthal und Denis kamen beide zugleich zu uns zurück. Mühlenthal trug beinahe triumphierend einen großen Strohhut vor sich her, und Denis hatte ein gut gefülltes Glas mit ausgepresstem und anscheinend leicht mit Mineralwasser verdünntem Zitronensaft dabei.

Mühlenthal ging zu Papa und sagte: »Sie entschuldigen bitte!« Dann nahm er ihm die Schiebermütze vom Kopf und setzte ihm den Strohhut auf. »Ein Mann, der wie Chardin zeichnet und wie Monet aquarelliert, sollte entsprechend gekleidet sein«, sagte er. – »Wie bitte?« fragte Papa und griff nach dem Strohhut. Er nahm ihn vom Kopf, betrachtete ihn und sagte nichts, und ich bemerkte, dass etwas in ihm vorging. Fast hätte ich wetten können, dass es wieder um eine ›Sentimentalität‹ ging, diese ›Sentimentalitäten‹ schienen ihn an Deck einzuholen wie infame Bazillen oder (was auch möglich war) wie euphorisierende Glückserreger!

»Wenn Sie den Strohhut zu pittoresk finden, nehme ich ihn wieder mit«, sagte Mühlenthal, »wenn nicht, gehört er Ihnen! Er steht Ihnen tausend Mal besser als mir. Ich sehe damit aus wie ein Schnösel.« – Papa erhob sich aus seinem Liegestuhl und blickte weiter auf den Strohhut. Verdammt, die ›Sentimentalität‹ hatte ihn wirklich erwischt, denn er nahm ein Taschentuch aus seiner rechten Hosentasche und tupfte sich damit die Stirn. Aus purer Verlegenheit tupfte er herum, ich erkannte es, aber ich war der einzige, der das richtig einschätzte, da war ich ganz sicher.

»Ich sehe, er gefällt Ihnen nicht«, sagte Mühlenthal, »nun

gut, es war einen Versuch wert. Als ich Sie eben von hinten betrachtete, sahen Sie aus wie ein französischer Zeichner oder Aquarellist. Sie wissen ja, dass die französischen Künstler das Arbeiten im Freien entdeckt haben. Ohne Strohhut gab es das jedoch nicht, der Strohhut gehörte dazu, sicher wissen Sie, dass Monet beim Malen seiner berühmten Heuschober jahrelang denselben Strohhut getragen hat.« – »Nein, das wusste ich nicht, lieber Mühlenthal«, antwortete Papa. »Ich weiß aber etwas anderes: Genau so einen Strohhut habe ich beim Mähen mit der Sense auf den Feldern meiner Eltern jahrzehntelang getragen, genau so einen! Ich habe mich nicht getraut, ihn mitzunehmen, weil er sehr alt ist und nicht mehr gut aussieht. Im Westerwald trage ich ihn aber an heißen Tagen noch immer.« Papa machte eine kleine Pause, dann schaute er endlich auf, lächelte und sagte: »Ich nehme Ihr Geschenk an, lieber Mühlenthal, so was Schönes und auch noch Passendes hat mir lange niemand mehr geschenkt.«

Meine Herren, war das pathetisch! Fast wären mir die Tränen gekommen. Das Mähen, der Westerwald und der Strohhut – das ergab Bilder, die sich auch mir tief, wie sagt man, »in die Seele gegraben« hatten. Wenn man einem Stadtbewohner davon erzählt, hält er einen für verrückt, man muss viele Jahre auf dem Land verbracht haben, um zu verstehen, warum das Land sich mehr in die Seele eingräbt als jede Stadt (mit Ausnahme von Köln, aber das ist eh klar!).

Papa setzte den Strohhut wieder auf und legte seinen Feldbuchrahmen auf den Liegestuhl. Dann ging er (völlig unerwartet, und ich befürchtete schon das Schlimmste) mit der Schiebermütze in der Hand auf die Reling zu, hielt sich mit der Linken fest und warf die Mütze in hohem Bogen ins Meer.

Mühlenthal, Denis und ich – wir beobachteten es konsterniert. Was machte er denn? Anscheinend waren die Geister der westerwäldischen Heimat in Papa gefahren und trugen ihm auf, sich von der kurzfristig gekauften Schiebermütze für immer zu trennen! »Das war stark!« sagte Denis und klatschte laut, als hätte Papa Gott weiß was für einen artistischen Akt vollbracht. Ich selbst war aber nicht so begeistert, die Aktion erschien mir zu theatralisch, dabei hatte Papa doch immer viele Einwände gegen theatralische Gesten gehabt. Nun gut, das hier mochte eine Ausnahme sein, schließlich waren wir zum ersten Mal längere Zeit ohne viel Bewegung auf hoher See, da musste man den angestauten tiefen Gefühlen manchmal Tribut zollen!

Wir ließen Papa danach weiter zeichnen, er hatte sich anscheinend vorgenommen, eine Skizze nach der andern anzufertigen und die gesamte, an uns vorbeiziehende Westküste Portugals wie ein großes Küstenpanorama in vielen Folgen zu porträtieren. »Ich lasse das Mittagessen ausfallen«, sagte er zu Denis, »ich habe bei der Hitze sowieso keinen Hunger. Etwas Kühles zu trinken, wäre nicht schlecht, aber das hat Zeit!«

Als wir uns von ihm entfernten, sah ich erst, was für ein stimmiges Bild er mit Strohhut im Liegestuhl abgab. Er sah wirklich aus wie ein Landschaftsmaler aus dem letzten Jahrhundert, der gerade bunte Wiesen, Alleen mit hohen Pappeln oder Seerosen in einem Teich malte. Ich war sicher, dass er bis zur Dämmerung durchhalten würde, ohne Siesta und ohne längere Unterbrechung. Wenn Papa sich etwas vornahm, brachte er es auch zu Ende, so wie beim Mähen, wenn er ein riesengroßes Feld mit Zigtausenden von Ähren vom frühen Morgen bis in den Abend am Stück schaffte.

Er hatte für sich genau die richtige Tätigkeit bei diesen hohen Temperaturen gefunden, deswegen beneidete ich ihn. Ich selbst hatte nur noch Musik im Kopf, an längeres Lesen war nicht zu denken, und einen Swimmingpool, der mich hätte retten können, hatte ich nur in meinen Fantasien vor Augen.

Immerhin drückte Denis mir das Glas Zitronensaft in die Hand. Ich legte mich damit wieder in meinen Liegestuhl, und er holte sich einen Hocker und setzte sich neben mich. Ich nahm einen Schluck, es schmeckte schön sauer, Denis hatte zum Glück auf Zucker verzichtet. Irgendein Gift hatte er aber anscheinend doch beigemischt, denn der Saft schmeckte nicht klar oder spritzig, sondern ein wenig schal. »Was ist denn da drin, außer Zitronensaft?« fragte ich. – »Ein Schuss Gin«, antwortete Denis, »Gin ist bei dieser Hitze ideal. Er bringt Action in den langweiligen Saft.« – »Finde ich nicht«, antwortete ich, »er macht den Saft schwer und tranig.« – »Okay«, sagte Denis, »Du hast einfach keine Erfahrung mit solchen Stoffen, tut mir leid. Da gehört Gin rein, sonst ist das ein Kindergesöff.«

Ich lehnte mich zurück und schloss wieder die Augen, ich hatte keine große Lust, mich mit ihm zu unterhalten. Denis aber blieb neben mir sitzen. »Langweilst Du Dich?« fragte er. – »Nein«, antwortete ich, »ich komme schon klar.« – »Viele Passagiere kommen damit aber keineswegs klar. Ehepaare geraten aus Langeweile in Streit, da geht es hoch her. Und Alleinreisende trinken immer mehr Alkohol, bis sie bei Tisch nur noch dummes Zeug reden.« – »Ich habe keine Probleme damit«, sagte ich stoisch, »und mein Vater erst recht nicht.« – »Dein Vater nicht, das stimmt. So einen Fanatiker hatten wir noch nie an Bord. Der zeichnet jetzt wahrscheinlich bis in die Nacht.« – »Das kann sein.« – »Und Du?!« – »Keine Ahnung, ich mache gerade mal eine Pause.« – »Was würdest Du jetzt am liebsten tun, ich meine, wenn Du an Land wärst?« – »Ins Freibad gehen!« – »Dachte ich mir! Mit Deiner Freundin ins Freibad gehen, stimmt's?« – »Nein, ich habe keine Freundin.« – »Aha, so ist das. Dann würdest Du allein gehen?« – »Nein, mit meinen Freunden.« – »Und die haben auch keine Freundinnen?« – »Nur einer von ihnen hat eine feste Freundin, aber er ist zwei Jahre älter ich.«

Ich hielt die Augen weiter geschlossen, aber ich spürte, dass Denis mich auf eine Fährte lenken wollte. Es ging um Mädchen und Frauen, wahrscheinlich ging es letztlich sogar um Sex. Wollte er darüber reden? Und wollte er es ausgerechnet mit mir?!

»Und warum hast Du keine Freundin?« – »Ich bin noch zu jung, es hat sich bisher nicht ergeben.« – »Was für ein blöder Satz: ›Es hat sich bisher nicht ergeben.‹ Sowas ›ergibt‹ sich nicht, so was packt man an.« – »Mag sein, ich hab's halt nicht angepackt.« – »Eben, Du sagst es. Du lässt Dir das Beste im Leben entgehen, und Du tust, als ginge es Dich gar nichts an.« – »Lassen wir das, Denis«, sagte ich, »ich möchte mich deswegen nicht streiten.« – »Und warum nicht? Streiten wir uns doch mal ordentlich. Wenigstens für ein paar Minuten. Wenn es so heiß ist, ist mir nach richtigem Zoff. Das tut gut, sage ich Dir.«

Ich antwortete nicht, ich atmete mehrmals fest durch, als wäre ich müde und würde am liebsten eine Runde schlafen. »Auf was für Mädchen stehst Du denn so? Auf große, blonde? Ich wette, auf große, blonde! Mit Pferdeschwanz wahrscheinlich.« – »Denis!« – »Denis! Wie Du das sagst! Als wäre ich ein ganz schlimmer Junge, der Dir Deine triebfreien, blassen Fantasien stehlen will.« – »Denis!« – »Ich mag keine großen, blonden! Ich mag Frauen mit schwarzen, sehr kurzen Haaren. Sehr kurz, hast Du gehört. Ganz kurz. Beinahe glatt geschoren.« – »Ist ja gut.« – »Nichts ist gut, Du kapierst es nicht, Du kapierst nicht, was Sex mit Frauen bringen könnte, die kurze, schwarze Haare haben.« – »Stimmt, kapiere ich nicht.« – »Hattest Du mal Sex mit einer Großen, Blonden?« – »Du langweilst mich, Denis.« – »Tue ich nicht, ich bringe Dich auf Fahrt! Trink mal aus, ich hole Dir noch einen Zitrogin!«

Ich verstand nicht, was in ihn gefahren war. Die Hitze setzte ihm zu, das war klar, aber warum ging er mir damit auf die Nerven? Denis war wirklich unberechenbar, alle paar Stunden verwandelte er sich in einen anderen Menschen. Ich rührte den Saft nicht an und hielt die Augen weiter geschlossen.

»Die beste Frau, die ich je gesehen habe, ist Mühlenthals Freundin!« machte er weiter. »Die sieht unglaublich gut aus. Groß, langes schwarzes Haar, hellbraune Haut, sportlich, mein Gott, ich darf nicht an sie denken.« – »Mühlenthal hat eine Freundin?« – »Allerdings! Und was für eine! Sie ist Argentinierin, aber er hält es vor uns geheim.« – »Und woher weißt Du von ihr?« – »Mühlenthal bestellt sie in irgendeinen Hafen, und sie steigt heimlich zu.« – »Im Ernst?!« – »Diesmal hat er sie bestimmt nach Athen bestellt, da liegt unser Schiff etwas länger an. Mühlenthal wird sie an Deck schmuggeln, der feine Herr beherrscht das wie kein anderer.« – »Und dann?« – »Keine Ahnung! Vielleicht fährt sie bis Istanbul als blinder Passagier mit, in seiner Kabine natürlich. Die werden als einzige an Bord guten Sex haben, Tag und Nacht, sage ich Dir.« – »Na und?« – »Na und! Ich fühle mich nicht gut, wenn andere heimlich guten Sex haben und ich als einziger davon weiß. Wenn Mühlenthals Freundin an Deck ist, würde ich ihm am liebsten eins überziehen. Von vorn und hinten.« – »Jetzt sei nicht so aggressiv!« – »Und ob ich das bin. Wenn die argentinische Schönheit in Athen zusteigt, werde ich dazwischen gehen. Da denke ich mir was Besonderes aus.« – »Denis?« – »Was ist?!« – »Ich brauche mal eine Pause. Ruhe, Stille, ein paar sexfreie Minuten.« – »Okay, ich verschwinde. Du bist halt noch ein Anfänger, auf allen Gebieten.«

Er stand wirklich auf und verließ langsam das Deck. Wenn er sich verzögert und leicht unschlüssig bewegte, ging etwas Gefährliches von ihm aus. Als könnte er sich durchaus einmal vergessen und zuschlagen! Unangekündigt, um Ärger abzulassen. Jetzt verachtete er mich wieder, wie früher schon einmal. In Sexdingen war ich kein Gesprächspartner, und genau den suchte er! Jemanden, mit dem er sich über große, blonde und kleine, schwarzhaarige Frauen unterhalten konnte. Bestimmt hatte er, was solche und andere Frauen betraf, einige Erfahrung, eine feste Freundin hatte er anscheinend jedoch nicht. Er hätte davon gesprochen, ja, er hätte mit der festen Freundin, die in Athen auf ihn gewartet hätte, mordsmäßig angegeben. Leider gab es sie aber nicht, wohl aber gab es eine Argentinierin, die auf Mühlenthal wartete! Und genau das machte Denis so wild! Dass auf den eleganten (und oft leicht überheblichen) Mühlenthal die schönste Frau wartete, die er, Denis, bisher im Leben gesehen hatte!

Wenig später spielte er dann wieder den gut erzogenen Steward. Er brachte Papa eine Karaffe Mineralwasser (sogar mit Eisstücken) und tauschte meinen Zitrogin, ohne ein Wort zu sagen, gegen ein hoch gefülltes Glas Zitronensaft (ohne alle Zusätze). »Du hast keinen Humor«, sagte er nur, aber ich ließ ihn reden. Bisher war er immer wieder zu sich gekommen, wenn nach Auseinandersetzungen etwas Zeit vergangen war.

Eine Besonderheit war das Passieren des angeblich von allen Seefahrern auf dieser Strecke gefürchteten Kaps des heiligen Vinzenz. Es war die westliche Spitze Portugals, und wir sahen ein sehr felsiges, steiles Ufer ohne jede Vegetation, von einem mächtigen, weithin sichtbaren Leuchtturm bekrönt. Nahe dem Ufer waren Fischerboote unterwegs, und wir konnten mit dem Fernglas sogar die kleinen Bojen der Netze sehen. Natürlich zeichnete Papa auch dieses Kap, das einem Märtyrer (dem heiligen Vinzenz von Saragossa) geweiht war.

Im Laufe des Tages kamen lauter Bewunderer vorbei, um sich Papas Zeichnungen anzuschauen. Kapitän Reckling wollte ihm sogar welche abkaufen, und Mühlenthal »philosophierte« über den Zeichner und Maler William Turner, der anscheinend mit einer ganz ähnlichen »Panoramamethode« auf einer fahrenden Gondel Haus für Haus des Canal Grande in Venedig ebenfalls in unglaublichem Tempo gezeichnet hatte. Nur Heinrich Segemann sagte keinen einzigen anerkennenden Satz, sondern legte Papa die Hand auf die rechte Schulter: »Josef, überanstrenge Dich bitte nicht! Es ist viel zu heiß für so einen Wahnsinn!«

Es war ein Wahnsinn, ja, mit der Zeit waren auch die anderen davon überzeugt. Denis brachte Papa eine Karaffe nach der andern, und Papa weigerte sich bis zur Abenddämmerung, auf Toilette zu gehen, weil er dann eventuell ein schönes Bildmotiv an der Küste verpasst hätte!

Man redete auch auf mich ein, Papa zur Vernunft zu bringen, ich konnte aber nichts machen. In vielen Dingen war Papa nicht »zu bekehren«, besonders dann nicht, wenn er sich eine außergewöhnliche Anstrengung vorgenommen hatte.

Ich selbst hielt es irgendwann nicht mehr an Deck aus und legte mich in unserer Kabine aufs Bett. Mädchen, Frauen und

Sex – die Themen, mit denen Denis mich überrascht hatte, beschäftigten mich wider meinen Willen noch weiter. Jedenfalls geriet ich ausgerechnet darüber ins Grübeln, und das bei einer Hitze, die so blöde und unsinnige Grübeleien zusätzlich zum Kochen brachte.

Reisetagebuch (15. Juli, 17.56 Uhr)

Wir Jungs reden selten über Mädchen. Genau sieben gehen mit uns in eine Klasse, aber keine von ihnen ist mit einem von uns Jungs befreundet. Sie haben viel ältere Freunde, nicht aus höheren Klassen, sondern aus der Umgebung des Gymnasiums. Die nehmen unsere Mädchen auf Motorrädern mit, trinken mit ihnen Alkohol und rauchen, was das Zeug hält. Fast alle treiben irgendeinen Sport. Rudern, Handball, Basketball – Fußball spielt niemand, das finden alle nicht sportlich genug. Beim Sport geht es um Muskeln, Tempo und Schweiß – das kannst Du beim Fußball vergessen. Die älteren Freunde unserer Mädchen sehen aus wie Athleten und machen sich nichts aus der Schule. Sie kennen die neusten Bands und reden jeden Tag über die Charts und was sich dort gerade in England getan hat. Ich verstehe davon überhaupt nichts, weswegen ich für unsere Mädchen komplett unattraktiv bin. Wollte ich mithalten, müsste ich mich anders kleiden, an Muskeln zulegen und mir einen chicen Haarschnitt verpassen. An so was habe ich noch nie gedacht, es passt nicht zu mir.

Kurz nach 18.30 Uhr hörte Papa mit dem Zeichnen auf. Die *Albireo* hatte sich immer weiter vom Ufer entfernt und nahm Kurs auf die Meerenge von Gibraltar. Das Abendessen fiel aus, Denis brachte uns einen Teller mit Sandwiches sowie Bier und Cola aufs Zimmer. Papa behauptete, er habe keinen Appetit, und ich war froh, dass ich nicht schon wieder mit den viel älteren Männern in einer Runde bei Tisch sitzen und mich zeremoniell verhalten musste. Papa zog sich im Bad aus und wusch sich den Schweiß vom nackten Körper. Das Wasser aus der Leitung war am Abend wieder etwas kühler. Dann kamen wir beide zur Ruhe.

Aus den Aufzeichnungen meines Vaters (15. Juli, 21.19 Uhr)

Habe eine Methode entdeckt, das vorbeiziehende Land genau zu studieren. Beinahe so, als wäre ich selbst gerade dort und ginge zu Fuß an der Küste entlang. Das Zeichnen bringt mir die Welt wieder zurück. Wenn ich kein Land sehe, werde ich unruhig und habe das Gefühl, Raum und Zeit nicht mitzubekommen. Schade, dass wir die Meerenge von Gibraltar im Dunkeln durchfahren. Mühlenthal meinte, ich solle mich darüber nicht ärgern, die Meerenge sei ein Mythos (die Säulen des Herakles!), aber keineswegs etwas geodätisch Besonderes. Versteht Mühlenthal etwas von Geodäsie?

Reisetagebuch (15. Juli, 22.43 Uhr)

Hatte mich in die Bibliothek gesetzt und in einem Mythenlexikon einen Text über die Säulen des Herakles gelesen. Papa erwähnte sie, und ich konnte dazu nichts sagen, weil ich nur oberflächlich davon gehört hatte. Jetzt weiß ich einigermaßen Bescheid. Die alten Griechen nannten die beiden Landzungen der Meerenge von Gibraltar (spanische und marokkanische Seite) »Säulen des Herakles«. Sie waren in ihren Augen so etwas wie das Ende der befahrbaren Welt. Wer sie durchfuhr und gegen alle Vernunft den Atlantik erreichte, wurde vom Dunkel verschlungen und büßte das Vergehen mit dem sofortigen Tod. Das Schiff ging unter und verschwand für immer. Umgekehrt befördert die Durchfahrt durch die Säulen des Herakles uns ins gemäßigtere Mittelmeer. Mit dem herrischen und wilden Atlantik hat es rein gar nichts zu tun. Das große Mittelmeer ist die Heimat der

Griechen und Römer. Dort sind wir bereits wieder halb zu Hause (sagt Papa), denn wir haben unendlich viel von den Griechen und Römern geerbt und gelernt. Papa hat Maro gebeten, nach der Durchfahrt ein Telegramm an Mama zu schicken: »Haben Gibraltar passiert.« Drei Worte, sonst nichts, nicht einmal einen Gruß. Drei Worte sind feierlicher als drei Worte mit Gruß, ja, das stimmt.

Die Durchfahrt verzögerte sich. Wir mussten in der Nähe der Meerenge über drei Stunden warten, weil zuviel Verkehr war. Dann fuhren wir sehr langsam, mit gedrosselter Geschwindigkeit, durch. Der große Felsen auf der spanischen Seite wirkte bedrohlich und wahrhaftig so, als könnte er eine Säule des Herakles sein. Um seinen Fuß herum brannten viele Lichter und Lampen, weiter rechts waren die beleuchteten Häuser und Straßen eines kleinen Orts zu erkennen.

Kapitän Reckling stand auf der Kommandobrücke. Uns hatte man gebeten, dort nicht zu erscheinen. Papa strengte sich an, mit dem Fernglas Details mitzubekommen, er interessierte sich aber mehr für die afrikanische als die spanische Seite. »Junge, dort drüben liegt Afrika!« sagte er, was mir einen Schauer den Rücken herunter jagte. Afrika! Der sonst so unendlich weit entfernte Kontinent erschien vor uns wie ein schwach leuchtender Horizontstreifen, dessen Fortsetzungen uns auf der Weiterfahrt begleiten würden. »Wir werden zunächst an der afrikanischen Küste entlang fahren«, hatte Mühlenthal gesagt.

Als wir die Meerenge durchquert hatten, gingen wir sofort in unsere Kabine zurück. Wir waren beide unendlich müde, ich schlief sofort ein.

Aus den Aufzeichnungen meines Vaters (16. Juli, 3.17 Uhr)

Nach dem Durchqueren der Meerenge von Gibraltar haben wir wieder an Fahrt aufgenommen. Habe den Felsen, so gut es ging, studiert. Werde ihn Stück für Stück zeichnen, als hätten wir ihn bei Tage passiert. Dass ich dem Jungen Gibraltar zeigen konnte, erfüllt mich mit Stolz. Nie werden wir diese Nacht der Passage vergessen. Wir sind nun bereits auf der Rückfahrt, geradewegs auf Hellas zu. In wenigen Tagen werden wir in Patras landen.

Entdeckungen

Ich wachte etwas später als sonst auf und wusste sofort, dass Papa schon im Salon war. Er war bestimmt früh aufgestanden und gleich hinausgegangen. Wenn er etwas Bestimmtes vorhatte und viel daran denken musste, schlief er nicht gut, frühstückte kurz und machte sich an die Arbeit. Das kannte ich schon, aber ich ahnte an diesem Morgen noch nicht, was ihn gerade so stark beschäftigte.

An solchen Tagen hatte sein Schwung etwas Ansteckendes. Es schien nichts Wichtigeres zu geben, als eine bestimmte Sache voran zu bringen, das färbte oft ab, und ich machte dann mit und eiferte ihm nach. »Also los!« murmelte ich, stand auf und zog mir rasch etwas über. Ich hatte zwar nichts Dringliches zu erledigen oder voran zu bringen, aber das konnte noch kommen, mir fehlte nur der passende Einfall.

Im Salon saß Papa mit Kapitän Reckling, sonst war niemand zu sehen. Ich setzte mich zu ihnen, und ich bemerkte, dass sie sich anscheinend schon eine Weile unterhalten und zusammen gefrühstückt hatten. Ich fragte natürlich nicht, was sie besprochen hatten, sondern tat so, als fühlte ich mich sehr wohl und wäre »tatendurstig«, und genau das sagte ich auch.

Das Wort hatte ich von Papa, er redete einem oft ein, man sei »tatendurstig«, auch wenn man es kein bisschen war. »Tatendurstig« hörte sich an, als habe man Gott weiß was vor und wollte das Geplante direkt in große Taten umsetzen. Dabei war es eigentlich egal, worum es gerade ging. Man konnte vorhaben, ein Pfund Kartoffeln zu schälen, oder man hatte vor, einen Wald abzuholzen – wichtiger als die Größe des Unternehmens war, dass man überhaupt etwas vorhatte.

Papa mochte es nicht, wenn man nichts Bestimmtes im Kopf hatte, »Langeweile gibt es nicht«, hatte er schon oft gesagt und das Wort Langeweile (wie er es genannt hatte) »einfach aus unserem Vokabular« gestrichen. Papa sprach viel von diesem ominösen »Vokabular«, und er meinte damit all die Wörter, die wir gerne oder aber widerwillig oder lieber nicht benutzten – und zwar deshalb, weil wir mit diesen Wörtern »etwas verbanden«. »Was verbindest Du mit diesem Wort?« fragte er, wenn ich ein Wort benutzte, das er noch nicht kannte. Meist waren es Wörter, die wir Jungs gerade irgendwo aufgeschnappt hatten und chic fanden. Sie erregten Papas Aufmerksamkeit, und dann fragte er mich so lange aus, bis ich selbst nicht mehr genau wusste, was ich mit dem neuen Wort so alles verband.

Denis kam in den Salon, begrüßte mich und fragte, was ich frühstücken wollte. Ich antwortete, dass ich keinen großen Appetit habe und deshalb nur einen Tee und zwei Scheiben Toast mit Marmelade essen werde. Denis wirkte munter und frisch, anscheinend hatte er sich gut erholt. Das beruhigte mich, denn wenn Denis munter aussah, ließ er mich mit seinen spitzen Bemerkungen in Ruhe, und wir verstanden uns gut.

»Dein Vater hat mir eben gestanden, dass er mit der *Odyssee* nicht vorankommt«, sagte Kapitän Reckling. Ich schaute Papa an, er grinste, also stimmte, was Kapitän Reckling gesagt hatte. Ich wollte nicht nachfragen, sondern wartete ab, und dann sagte Papa: »Zuerst hat mich der Sturm abgelenkt und danach das Zeichnen und dann Gibraltar. Ich hatte die *Odyssee* dabei, aber ich habe immer wieder von vorne begonnen.« – »Wo von vorne?« fragte ich. – »Na, ich stecke noch immer mitten im fünften Gesang! Odysseus verabschiedet sich von der Nymphe Kalypso und baut sich ein Floß. An diesem Floß habe ich zu kauen, es will einfach nicht hinaus auf die offene See!« – »Die Stelle ist etwas für Seeleute«, sagte Kapitän Reckling. »Unser Ingenieur kann lange davon berichten. Wie das Floß ausgesehen haben könnte, wie es seetüchtig zu machen war. Darüber zerbrechen sich die Seeleute seit Jahrhunderten den Kopf, solche Themen machen ihnen Spaß, da haben sie etwas zum Nachdenken und Spielen, wie die Kinder!« – »Wieso denn zum Spielen?« fragte ich. – »Segemann hat Segelboote und Schiffe in seiner Kabine nachgebaut, zumindest in Teilen. Sie stehen auf dem Regal über seinem Bett, und niemand darf sie anrühren.« – »Heinrich hat ja vor, uns ein paar seiner Modelle zu zeigen, vielleicht begreife ich dann endlich, wie man auf einem Floß das Mittelmeer durchkreuzt«, sagte Papa und stand auf. »Jetzt gehe ich aber zunächst mal an Deck und zeichne den Felsen von Gibraltar.« – »Den hat Dein Vater nämlich auch noch gerade im Kopf«, sagte Kapitän Reckling. »Hat er mir eben gestanden. Und ich weiß jetzt sogar, wie man etwas über Nacht im Kopf behält und am nächsten Tag aus der Erinnerung zeichnet. Sowas ist nichts für Seeleute, die behalten über Nacht nichts im Kopf, sondern kippen es in die dunklen Fluten und lassen es untergehen.«

Kapitän Reckling lachte wieder sein deftiges Kapitänslachen, aber weder Papa noch ich lachten mit. Was er gesagt hatte, war nicht zum Lachen, ganz und gar nicht, und am wenigsten, wenn man gerade einen Atlantik-Biskaya-Orkan sowie Gibraltar hinter sich hatte.

Denis brachte den Tee und die Toastbrotscheiben und gleich drei verschiedene Marmeladen, ich hatte mich also nicht in ihm getäuscht, es ging ihm sehr gut. Ich vermutete, dass auch Kapitän Reckling den Salon verlassen würde, das stimmte aber nicht, er blieb sitzen, schenkte sich noch einen Kaffee ein und schwieg. Er beobachtete mich nicht direkt, sondern schaute hinüber zu den Bullaugen. Auf mich wirkte seine Anwesenheit aber so, als würde er uns beide zusammen im Blick haben, aus dem Augenwinkel oder so ähnlich. Ich hatte sogar das Gefühl, als wollte er sich mit mir über etwas Bestimmtes unterhalten. Wollte er das? Mit mir? Aber worüber?

Zum Glück hatte ich etwas zu tun und brauchte erst einmal gar nichts zu sagen, ich trank also den Tee und aß eine Toastbrotscheibe mit Orangenmarmelade. Ich kaute langsam auf der Scheibe herum, ich wartete, bis Kapitän Reckling das Schweigen beenden würde. Er machte dann aber zum Glück keine Umwege, sondern kam direkt zur Sache. »Mein Sohn«, sagte er, »ist nur wenig älter als Du. Er geht auf ein Internat, und wir verstehen uns nicht besonders. Kein Wunder, ich bin kaum zu Hause, und wenn wir uns sehen, hat er sich verändert und ist ein ganz anderer Mensch als beim letzten Wiedersehen. So kommt es mir jedenfalls vor.«

Ich nahm erneut einen Schluck Tee und verbat mir, etwas darauf zu erwidern. Ich konnte mir diesen Sohn zwar in etwa vorstellen, wie er sich veränderte und wie sein Vater nicht hinterherkam, aber es war doch eine schwierige Sache – und ich konnte mich irren. Als hätte er meine Gedanken gelesen, fragte Kapitän Reckling: »Kannst Du Dir das vorstellen? Wie mein Sohn und ich aneinander vorbei leben?« – Ich nickte und antwortete vorsichtig: »Ja, ich glaube, ich weiß, was Sie meinen.« – »Ich beobachte Deinen Vater und Dich ja nun schon ein paar Tage«, machte Kapitän Reckling weiter, »und ich muss sagen, dass ich Euch beide beneide. Ihr versteht Euch anscheinend gut und geht Euch nicht auf die Nerven, jeder macht, was er will, und der andere kommt ihm nicht in die Quere. Habe ich recht?« – »Ja«, antwortete ich, »das stimmt. Wir kommen uns nicht in die Quere. Wir wissen zwar nicht immer genau, was der andere so denkt und vorhat, aber wir tauschen uns aus und sprechen viel miteinander.« – »Richtig!« sagte Kapitän Reckling, »das ist auch mein Eindruck.«

War das alles? Hatte er mir das sagen wollen? Er schwieg wieder, nein, das war nicht alles, er hatte noch etwas auf dem Herzen. Ich bestrich die zweite Toastscheibe langsam mit etwas zu harter Butter, ich ließ mir Zeit, ich hatte weiter zu tun. Plötzlich kam mir aber ein simpler Gedanke, und ich fragte: »Ist Ihr Sohn einmal mit Ihnen zusammen gereist? Haben Sie ihn mit auf weite Fahrt genommen?« – Kapitän Reckling beugte sich zu mir vor und antwortete (leise): »Natürlich habe ich das! Viele Male hat er mich begleitet, bereits als kleines Kind – und später in den Schulferien.« – »Und? Hat es ihm gefallen? Es muss ihm doch gefallen haben!« – »Na ja, anfangs schon. Als Kind hatte er seinen Spaß – die halbe Mannschaft hat sich damals um ihn gekümmert und sich eine Abwechslung nach der andern für ihn ausgedacht. Spiele, Aufgaben, all das.« – »Was für Aufgaben?« – »Zum Beispiel: Seemannsknoten. Mein Sohn kannte bald alle wichtigen und hatte perfekt drauf, wie man sie schnürt.« – »Und weiter?!« – »Weiter? Es wurde ihm mit der Zeit langweilig. Je älter er wurde, umso mehr langweilte er sich. Er blieb tagelang in der Kabine, den Kontakt zur Besatzung brach er ab. Er wollte allein sein, allein essen und allein an Land gehen. Aber das war nicht der Sinn der Sache.« – »Was war es denn?« – »Ich hoffte, dass er selbst einmal ein Leben auf See führen würde. Dass er eine entsprechende Ausbildung machen und später Offizier und Kapitän werden würde.« – »Das haben Sie sich vorgestellt?« – »Ja, genau das.« – »Und warum? Warum soll er nicht etwas anderes werden als Kapitän?« – »Weil es der schönste Beruf und das schönste Leben ist, das ich kenne.« – »Aber warum ist Ihr Beruf und das Leben auf See denn so schön? Entschuldigen Sie, dass ich das frage, ich möchte es einfach mal genau wissen.« – »Neinnein, entschuldige Dich nicht, ich verstehe genau, warum Du das fragst. Landmenschen können sich so etwas nicht vorstellen, ihnen fehlt das Seefahrerherz. Als richtiger Seefahrer fühlst Du Dich nur auf offener See frei, vollkommen frei. Niemand redet Dir drein, und alle Probleme musst Du selbst lösen. Als Kapitän bist Du ein König, ein kleiner zwar nur, aber einer der letzten, die es noch in der heutigen Welt gibt. An Land könnte ich niemals leben. Mir wird das Leben schon zu eng, wenn ich drei Tage zu Hause in meinem eigenen Bett schlafe.« – »Sie suchen und genießen die Freiheit«, sagte ich, »ich kann mir das sehr gut vorstellen.«

Denis kam wieder in den Salon und blieb am Frühstückstisch stehen. Er fragte, ob ich wirklich so bescheiden frühstücken wolle, und ich antwortete, es sei alles in Ordnung, er könne gleich abräumen. Er wartete etwas und schaute uns an, anscheinend spürte er, dass Kapitän Reckling und ich sich gerade über Themen austauschten, von denen er auch gerne etwas mitbekommen hätte.

Niemand sagte etwas, und Kapitän Reckling blickte wieder zu den Bullaugen. (Wie gut, dass es die gibt, dachte ich, sie nehmen einem manche Verlegenheit ab.) Da begann Denis in der Tat mit dem Abräumen, es half ja nichts, einer musste jetzt etwas tun oder anpacken, sonst wären wir an dem allgegenwärtigen Schweigen erstickt. »Klingsor zeichnet wieder«, sagte Denis, während er die Frühstücksteller aufeinanderstapelte und in die Hand nahm. »Und wie er zeichnet! Und wie er aquarelliert! Es ist fantastisch!« – »Sprichst Du von meinem Vater?« fragte ich. – »Na klar«, antwortete Denis, »ich nenne ihn ab heute nur noch Klingsor.« – »Klingsor?! Wie kommen Sie darauf, Denis?« fragte Kapitän Reckling. – »*Klingsors letzter Sommer* ist eine Erzählung von Hermann Hesse«, sagte Denis und schaute den Kapitän an, »aber Sie lesen ja keinen Hesse, Sie halten ihn ja für eine schlappe Nummer.« – »Das habe ich so nicht gesagt«, antwortete Kapitän Reckling. – »Genauso nicht, aber doch indirekt«, sagte Denis und grinste übertrieben, »ich weiß, dass Sie Ihrem Sohn davon abgeraten haben, Bücher von Hesse zu lesen.« – »Und was soll er stattdessen lesen?« fragte ich. – »Wenn es nach unserem Kapitän geht, sollte sein Sohn Jack London lesen. Etwas für richtige Kerls und nicht diesen Hesse, den man sich auf keinem Schiff der Welt vorstellen kann.«

Denis lachte und verschwand mit den Tellern und Tassen, Kapitän Reckling und ich waren wieder allein. »Du möchtest sicher auf Deck«, sagte er, »deshalb mache ich es kurz. Die Sache mit meinem Sohn geht mir jetzt so durch den Kopf, weil er sich bald entscheiden muss. Was will er aus seinem Leben machen? Welchen Beruf will er ergreifen? Was soll aus ihm werden? Das sind die Fragen, die mich jede Nacht umtreiben. Mein Sohn hat ein starkes technisches Talent, er versteht viel von Schiffen und Fahrzeugen ganz allgemein, er spricht fließend Englisch und recht gut Französisch, und er ist durchaus ein Kerl, der zupacken kann. Dass er sich in meiner Gegenwart an Bord nicht wohlfühlt, kann ich verstehen. Es täte mir nur sehr weh, wenn er ausgerechnet deswegen die Kapitänslaufbahn nicht in Betracht zieht. Du verstehst?«

Ja, ich verstand Kapitän Reckling genau, aber ich wusste keinen passenden Rat. Ich hätte seinen Sohn gesehen und kennengelernt haben müssen – dann wäre mir vielleicht etwas eingefallen. Dass Reckling mir von ihm erzählte, machte mich aber auch ein bisschen stolz. Wahrscheinlich war ich der Einzige an Deck, den er ins Vertrauen zog. »Haben Sie auch mit meinem Vater über Ihren Sohn gesprochen?« fragte ich. – »Nein, ich spreche nur mit Dir darüber. Weil Du fast sein Alter hast und weil ich es mal mit jemand anderem besprechen muss.« – »Was sollte Ihrer Meinung nach denn als nächstes geschehen? Was sollte Ihr Sohn tun, wofür sollte er sich entscheiden?« – »Das ist ganz einfach. Er sollte sich bei der Marine bewerben. Statt zur Bundeswehr sollte er zur Marine gehen, das wäre der erste, richtige Schritt.« – »Haben Sie ihm das geraten?« – »Schon oft, aber er will nichts davon hören. Er spricht mit mir nicht über das Thema.« – »Dann würde ich es auch nicht mehr erwähnen.« – »Würdest Du nicht?« – »Nein, auf keinen Fall. Er macht das mit sich selbst aus, glauben Sie mir.«

Kapitän Reckling stand auf und ging zu den Bullaugen. Er stellte sich direkt vor sie hin und rieb mit der rechten Faust über das Glas, als käme von dort das Licht der Erkenntnis. »Ich schlafe sehr schlecht«, sagte er, »ich denke ununterbrochen an diese Geschichte.« – »Lesen Sie zur Abwechslung *Klingsors letzter Sommer*, Denis hat das Buch bestimmt dabei. So, wie ich ihn kenne.« – »Mach keine Witze. Das ist nichts für mich.« – »Eben deshalb sollten Sie es ja lesen. Ihrem Sohn hat es bestimmt gefallen.« – »Und wer ist dieser Klingsor?« – »Ein Maler, der in seinen letzten Lebenstagen zur Hochform aufläuft. Nie hat er bis dahin so gut gemalt und gezeichnet, plötzlich gelingt ihm fast alles.« – »Und diese Geschichte soll mit Deinem Vater zu tun haben?« – »Ja, in gewissem Sinn hat Denis recht. Nie hat mein Vater so gut gezeichnet und aquarelliert. Aber seine letzten Lebenstage verbringt er damit gerade gewiss nicht. Das auf gar keinen Fall. Das bitte nicht. Mein Vater wird ewig leben, das weiß ich.«

Kapitän Reckling kam wieder von den Bullaugen zurück und ging zur Tür. »Soll ich mal sagen, was mich an Dir so erstaunt?« fragte er. – »Gern«, antwortete ich, »nur erschrecken sollte es mich nicht.« – »Natürlich nicht. Mich erstaunt, was für einen festen Glauben Du hast.« – »Wie bitte? Was meinen Sie denn damit?« – »Du hast einen festen, unerschütterlichen Glauben. Keine Sorge, ich meine nicht einen Glauben an Gott. Das nicht. Ich meine etwas Anderes. Aber jetzt genug davon. Lass uns nächstens mal genauer darüber sprechen.«

Er winkte mir zu und verließ den Salon. Ich fand, dass wir ein gutes Gespräch geführt hatten. Er war offen und ehrlich zu mir gewesen, und er gab zu, welche Sorgen ihn umtrieben. Dennoch hatte ich mit alldem Probleme. Ich wusste, dass die meisten Väter ihre Söhne mit ihren eigenen Lebensträumen belasteten. War ein Vater von Beruf Arzt, sollte der Sohn einmal die Praxis übernehmen. War ein Vater Taxifahrer, sollte der Sohn das Taxi weiterfahren. Und spielte ein Vater Fußball, sollte der Sohn auf keinen Fall Handball spielen. So war das, überall, in fast jedem Haushalt! Die Väter hatten in dieser Hinsicht oft einen Knall und waren von ihren Träumen nicht abzubringen. Und die Söhne beneideten ihre Schwestern darum, dass die Väter sich nicht auch noch um sie kümmerten. Was die Töchter vorhatten, war ihnen nämlich egal. Selbst wenn eine von ihnen ein dämlicher, alberner Schlagerstar werden wollte, sagten sie: »Klasse! Dann mach nur! Einen Schlagerstar hatten wir noch nie in unserer Familie!«

In meinem Fall war aber alles ganz anders. Papa hat niemals gesagt, ich solle Geodät werden wie er. Und als ich erklärt habe, ich wolle einmal Pianist werden, hat er zwar Bedenken gehabt, mich aber immer nur darin bestärkt. Zusammen sind wir viele Male nach Salzburg gefahren, um die besten Pianisten der Welt spielen zu hören. Und wann immer es ging, hat Papa mich zu einem Vorspielen begleitet und sich in die erste Reihe gesetzt, um hinterher zu klatschen wie kein zweiter Zuhörer! »Was Du vorhast, ist verdammt riskant«, hat er zwar oft gesagt, mir aber nie davon abgeraten. Im Gegenteil. »Ich weiß, dass Du das Klavierspielen über alles liebst«, hat er gesagt, »und wenn man etwas so stark liebt, kann man nichts dagegen tun und muss der Liebe folgen. Wo und wann auch immer. Das ist völlig klar.«

Ich saß allein im Salon, und das alles ging mir durch den Kopf, und es hätte nicht viel gefehlt, dass ich Tränen in den Augen gehabt hätte. So ein Mist! Was war denn nur mit mir los? Schon wieder hatte ich einen »sentimentalen Kollaps«, an Deck bekam ich das anscheinend regelmäßig.

Ich stand auf, schüttelte mich und ging hinaus in die Sonne. Das Meer war vollkommen ruhig, und ich hatte das seltsame Gefühl, als hätte die Durchfahrt durch die Meerenge von Gibraltar uns wirklich ein für allemal in Sicherheit gebracht. Das Mittelmeer schien ein anderes, ja, ganz anderes Meer zu sein als der Atlantik. Ringsum von schönen Küsten umgeben, stand es überall in Kontakt zu Landschaften, Städten und Menschen. Wohingegen der Atlantik den Rachen nicht weit genug aufbekommen konnte, um den fernen Ländern Amerikas die angeberische, wilde Miene zu zeigen!

Papa saß in seinem Liegestuhl, ich stellte mich hinter ihn und schaute mir die Aquarelle an, die er gezeichnet hatte. Der mächtige Felsen Gibraltars sah aus wie eine liegende, starke Person. Mit einem kräftigen, hoch aufgerichteten Rücken, schwerem, weit über das Meer blickenden Kopf – und lang ausgestrecktem, bis zum Strand auslaufendem Körper.

Papa hatte die Gestalt aber nicht nur flüchtig festgehalten, sondern mit vielen Farbnuancen gestaltet. Der Rücken schimmerte in hellgrauen Tönen, der Kopf war fast weiß, mit feinen Gelbabstufungen, und der Körper bestand aus vielen unterschiedlichen Grüntönungen. So gut und aufwändig hatte Papa noch nie aquarelliert – jedenfalls war das meine Meinung.

»Donnerwetter!« sagte ich, »das ist nichts mehr für den Hausgebrauch, das sieht nach richtiger Kunst aus!« Papa antwortete nichts, sondern grunzte nur leise, als hätte ich nichts Wichtiges von mir gegeben. »Denis nennt Dich jetzt Klingsor, hat er Dir das gesagt?« – Papa drehte sich nicht nach mir um, sondern aquarellierte weiter. »Wer ist das?« fragte er. – »Klingsor ist ein alternder Maler in einer Erzählung von Hermann Hesse. Sie heißt *Klingsors letzter Sommer* …«. sagte ich. – »Von *wem* ist sie?« fragte Papa noch einmal nach. – »Von Hesse«, sagte ich, »Hermann Hesse.« – »Aha«, antwortete Papa und ließ sich weiter nicht stören. Schließlich drehte er sich doch sehr kurz um und sagte: »Ein alternder Maler bin ich aber auf keinen Fall. Niemals. Das ist blödes Zeug, sag das Denis.«

Neben Papas Liegestuhl lag die Prosa-Übersetzung der *Odyssee* auf dem Boden. »Darf ich mir den Homer mal kurz ausleihen?« – »Ja«, sagte Papa, »lies mal den fünften Gesang, dann sind wir auf demselben Stand. Und später sprechen wir mal mit Heinrich über das Floß und wie man damit durchs Mittelmeer kreuzt.«

Ich hielt das für eine gute Idee, griff zu dem Buch und fragte noch rasch: »Was zeichnest Du, wenn Du mit dem Gibraltar-Felsen und all seinen Gestalten durch bist?« – Papa antwortete ganz leise: »Dann kommt Afrika dran. Die marokkanische Küste, die Sahara, die Steppen ...« – »Ist das Dein Ernst?« – »Mühlenthal hat gesagt, wir fahren einige Zeit an der afrikanischen Küste entlang. Auch wenn davon wenig zu erkennen ist, habe ich doch einige Bilder im Kopf: afrikanische Natur, Behausungen, Tiere. Na, Du wirst sehen und staunen.« – »Ich bin sehr gespannt«, sagte ich und ging noch einmal kurz zurück in den Salon, um mir etwas Mineralwasser zu holen. Für ein paar Minuten setzte ich mich noch einmal an den Tisch, an dem ich gerade eben noch mit Kapitän Reckling gesessen hatte. Ich musste mir über etwas klarwerden, bevor ich den fünften Gesang der *Odyssee* endlich zur Strecke bringen würde.

Reisetagebuch (16. Juli, 10.48 Uhr)

Papa ist ein Künstler! Und ich habe es noch nie bemerkt! Früher skizzierte er rasch, was er in der Umgebung unserer Gänge festhalten wollte: Bäume vor allem, Steine, kleine Insekten, dann aber auch Lichtungen, Waldränder! Er gab sich damit keine besondere Mühe, sondern zeichnete einfach drauflos. Manches ging auch einmal schief, aber er zerriss nie ein Blatt, sondern nahm alle Blätter mit nach Hause. Sie wurden datiert und beschriftet und kamen in das Archiv, fertig. Weiter hat er sich nie damit beschäftigt. Jetzt, hier an Deck, hat er zum ersten Mal in seinem Leben richtig Zeit. Er nimmt sich die Objekte an Land vor, als wäre er ein Künstler, der sie aufmerksam studiert, Skizzen macht und schließlich perfekt aquarelliert. Sein ganzes Können kommt nun zum Vorschein. Ich habe es ihm gerade gesagt, aber ich weiß nicht, ob er selbst daran glaubt. Hält er das, was er macht, auch für Kunst? Ich habe keine Ahnung. Es ist aber so: Mit Papas Zeichnen und Aquarellieren ist (seit er den Strohhut trägt – und er trägt ihn an Deck ununterbrochen!) etwas geschehen.

Reisetagebuch (16. Juli, 11.15 Uhr)

Irgendwo in einem Dorf des deutschen Mittelgebirges sitzt jetzt ein junger Mann, kaum älter als ich, und denkt darüber nach, ob er zur Marine gehen sollte. Und ich? Ich brauche nicht darüber nachzudenken, ob ich zum Bund gehen oder Ersatzdienst leisten will. Ich habe mich genau erkundigt: Man wird mich freistellen. Papa und Mama haben vor meiner Geburt vier Söhne verloren, fast alle durch den Krieg und seine Folgen. Den fünften Sohn wird man mit dem Militär und allem, was dazu gehören könnte, verschonen. Hoffe ich jedenfalls.

Reisetagebuch (16. Juli, 11.24 Uhr)

Kapitän Reckling ist bestimmt kein Tyrann. Er ist nur ein Mann mit einer starken Sehnsucht: Möglichst frei zu sein, auf dem Meer zu leben und so wenig wie nötig an Land. Streit und Tratsch aus dem Weg zu gehen. Auf der Kommandobrücke zu stehen und dem Lotsen dabei zuzuschauen, wie er die Albireo *ohne jeden Patzer in einen Hafen manövriert. In der eigenen Kabine Schach zu spielen, allein, mit sich selbst. Kaum an Zuhause zu denken, höchstens an den einzigen Sohn. Nicht von der Vorstellung abzulassen, er könne zusammen mit einem erwachsenen Sohn später auf Weltreise über die Meere gehen. Der Sohn als sein Offizier und Nachfolger. So in etwa.*

Reisetagebuch (16. Juli, 11.36 Uhr)

Ich werde mich jetzt zusammenreißen und den fünften Gesang der Odyssee langsam und genau lesen. Alle anderen an Bord haben ihre Arbeit und ihre Probleme. Ich habe weder das eine noch das andere. Ich könnte also glücklich sein. Vollkommen glücklich.

Ich schrieb nicht mehr weiter, trank noch etwas Mineralwasser und wollte wieder an Deck gehen. Da sah ich Denis in der Salontür stehen. Hatte er mich beim Schreiben beobachtet? »Was schreibst Du denn so?« fragte er. – »Nichts Wichtiges, ein bisschen Tagebuch.« – »Schreibst Du auch über mich?« – »Na klar, jeden Tag.« – »Lass mal hören! Was schreibst Du so über mich?« – »*Heute früh ist Denis wieder mal das zynische Arschloch. Gestern dagegen haben wir uns sehr gut verstanden. Schade, dass er nicht konstanter ist, ich meine, was seine Psyche betrifft.*«

Denis schüttelte den Kopf und tippte sich an die Stirn. »Mit solchen Themen würde ich meine Zeit nicht verplempern«, sagte er. – »Tut mir leid«, antwortete ich, »ich schreibe, weil ich Spaß daran habe. Jeden Tag. Wie ein Idiot. Beinahe zwanghaft. Seit Kindesbeinen.« – »Wenn das stimmt, tust Du mir wirklich leid«, antwortete er. »Und wie fandest Du meinen Vergleich? Dein Vater und Klingsor, das war nett gemeint.« – »Mein Vater sagt, er sei kein alternder Maler. Niemals.« – »Das wollte ich auch nicht behaupten. Ich wollte sagen, dass er ein Künstler ist. Wurden seine Sachen schon mal ausgestellt?« – »Bisher nicht.« – »Dann wird es höchste Zeit. Du solltest Dich mal darum kümmern. Du hast doch nichts zu tun.« – »Von wegen! Du hast keine Ahnung.« – »Aber was tust Du an Land den lieben langen Tag? Kaum etwas, oder? Liest Du wenigstens Hesse?« – »*Narziss und Goldmund* habe ich gelesen.« – »Typisch, ausgerechnet. Das ist nicht sein bestes Buch.« – »Und was sollte ich lesen?« – »*Siddharta*. Und *Klingsors letzter Sommer*. Beides liest man an *einem* Tag.« – »Und Du hast beides natürlich dabei?« – »Na klar. Womit fängst Du an?« – »Gib mir doch gleich beides, dann schaue ich mal.« – »Dann schaue ich mal ..., dann schaue ich mal. Mann, es wird höchste Zeit, dass Du das liest! Und auch sonst solltest Du an Tempo zulegen. An Lebenstempo, meine ich. Mit den Blondinen und den Pferdeschwänzen und all diesen wunderschönen Geschichten. Du verstehst?« – »Ich verstehe kein Wort«, sagte ich und ging an ihm vorbei nach draußen. Er schlich hinter mir her und schaute mir zu, wie ich mich in den zweiten Liegestuhl legte und den fünften Gesang der *Odyssee* aufschlug. Sein Blick (wie sagt man denn?) »verweilte« auf mir, ich glaube, er dachte darüber nach, ob er wirklich (und wenn ja, in welcher Form?) in meinem Tagebuch vorkam ...

Postbriefkarte an die Mama (16. Juli, 14.19 Uhr)

Liebe Mama, das Mittelmeer ist ein warmes, großes Becken. Wir schippern dahin, und Papa malt ein Aquarell nach dem andern. Wusstest Du, dass er eigentlich ein Zeichen- und Aquarellkünstler ist? Mit dem netten Steward plane ich eine Ausstellung seiner Arbeiten. Sie soll Mittelmeerbilder heißen. Papa weiß noch nichts davon, es interessiert ihn wohl auch nicht besonders. Wir haben die üblichen

Mahlzeiten fast eingestellt und trinken stattdessen jede Stunde mindestens eine Flasche Wasser. Es sind über dreißig Grad. Papa trägt einen Strohhut und sieht aus wie der Maler Monet, ich meine den mit den Heuschobern. Der nette Steward nennt ihn Klingsor, nach einer Erzählung von Hermann Hesse, die Du unbedingt bald lesen solltest.

Der fünfte Gesang der *Odyssee* war gar nicht leicht zu verdauen. Vor allem die Stelle, wo Odysseus das Floß baut, gab mir Rätsel auf. Erstaunlich fand ich, wie genau Homer über so etwas Handwerkliches Bescheid wusste. Statt zu dichten »Odysseus baute sich in wenigen Tagen ein Floß«, hält er sich bei vielen Details auf. Bei den Baumstämmen, die gefällt werden mussten (zwanzig waren es!, zwanzig!), bei den Bolzen und Klammern, mit denen sie aneinandergefügt wurden, beim Mastbaum, der Rahe, dem Ruder, bei Brassen, Tauen und Schoten – Mann, ich musste es mehrmals lesen, bis ich es mir wirklich vorstellen konnte! Vier Tage brauchte Odysseus für diesen Bau, am fünften verabschiedete er sich. Und die Nymphe Kalypso (ich stellte sie mir groß vor und blond, und genau diese Vorstellung brachte meine Bilder vom Floßbau erneut durcheinander) … – und die Nymphe gab ihm Wein, Wasser und ein paar Speisen mit auf die Fahrt, und dann ließ sie einen passenden Fahrtwind wehen, und Odysseus spannte die Segel und machte sich auf den Weg heimwärts …

Die Nacht vor diesem Abschied hatten die große, blonde Nymphe und Odysseus noch ein letztes Mal miteinander geschlafen. Das stand wirklich im Text, genau das, und auch der Ort wurde genannt (im Innern einer »gewölbten Höhle«). Dann aber wurde es wenig präzise, denn es hieß: Sie erfreuten sich an der Liebe, beieinander weilend. Was sollte das heißen? Sich an der Liebe erfreuen … – und was meinte »beieinander weilend«? Ich verstand nicht, warum ein Dichter wie Homer, der die Entstehung eines Floßes bis ins letzte Detail beschrieb, in Liebesdingen derart allgemein blieb und kein einziges Detail parat hatte. Homer soll ein alter Mann gewesen sein, als er die *Odyssee* dichtete. Ein Mann in seinem Alter wusste also Bescheid. Warum ging er dann aber über diese letzte Nacht hinweg? Ich hatte geglaubt, die alten Griechen seien nicht prüde, schließlich waren die meisten ihrer Statuen doch splitternackt. Und dann das! »Sie erfreuten sich an der Liebe, beieinander weilend.« Das hätte auch eine meiner lieben Tanten so dichten können!

Aus den Aufzeichnungen meines Vaters (16. Juli, 16.11 Uhr)

Es stimmt, mein Zeichnen und Aquarellieren werden immer besser. Und das nur, weil ich mir Zeit lasse. Ich möchte schon gar nicht mehr aufhören. Und da die afrikanische Küste wenig hergibt, zeichne und aquarelliere ich, was mir zum Thema »Afrika« durch den Kopf geht. Und was geht mir durch den Kopf? Als erstes Serengeti darf nicht sterben, *der Grzimek-Film, den ich vor einem halben Jahr mit dem Jungen im Kino gesehen habe. Ich fand ihn großartig, er sprach meinen alten Jagdinstinkt an. Der Junge langweilte sich aber. Er hat keinerlei Jagdinstinkt, Klavierspieler haben etwas Anderes im Blut. Aber was? Ich habe mir den Grzimek-Film sogar noch ein zweites Mal angeschaut, um die Details besser zu erkennen. Der Junge hat mich nicht mehr begleitet, er fand, einmal sehen, sei wirklich genug.*

Aus den Aufzeichnungen meines Vaters (16. Juli, 16.47 Uhr)

Bei uns auf dem Land haben fast alle Männer einen Jagdinstinkt und gehen auf Jagd. Nur unser Vater hatte so etwas nicht, keine Spur. Unser Vater spielte Klavier (wie der Junge) und machte sich über die Jagd und die Jäger lustig. »Ihr seid eine Saubande«, sagte er, »Euch geht's nur ums Schießen!«

Die Bordzeitung

Dann aber war es vorbei mit dem Müßiggang, denn Maro, der Funker, machte ernst. Nach der Durchfahrt durch die Meerenge von Gibraltar wollten wir mit unserem Zeitungsprojekt loslegen, darauf hatten wir uns geeinigt. Maro kam denn auch wirklich zu mir an Deck und fragte, ob ich bereit sei. »Sofort!« sagte ich und legte den Homer beiseite.

Wir gingen hinauf zu der Funkerkabine, und Maro erklärte mir kurz die Einrichtung. Sie war beängstigend klein und sehr eng, zwei Menschen konnten darin kaum nebeneinanderstehen. Es gab einen schmalen Tisch (vor zwei Bullaugen) mit schwerem technischem Gerät, und im ganzen Raum lagen Blätter, Tabellen und Aufzeichnungen verstreut herum. Das Ganze sah so aus, als wäre Maro ununterbrochen aktiv und eingespannt in die Arbeit, auf mich machte das einen starken Eindruck. Ein paar wenige Bücher lagen auch auf einem Regal, ich schaute nach den Titeln, und Maro sagte, dass er eigentlich nur Kriminalromane lese, nichts Anderes. »Und welche genau liest Du?« fragte ich, und er antwortete, dass er momentan alle Romane von Patricia Highsmith lese, die seien so ziemlich das Beste in diesem Genre.

Dann sprach er von der »provisorischen Ordnung«, die er Tag für Tag in die Nachrichtenberge bringe. Er ordne sie nach bestimmten Kategorien, und von jeder dieser Kategorien bringe er dann einige Nachrichten in der Zeitung. »Die Zeitung besteht schließlich aus einem Nachrichtensalat«, sagte er, »was Frisches, was Herbes, was schwer Verdauliches und so weiter. Am besten erkläre ich es Dir an ein paar Beispielen – und wir machen uns gleich an die Arbeit. Die Jungs warten schon seit Tagen auf unser Blatt.«

In der kleinen Kabine hatten wir keinen ausreichenden Platz für die Sichtung der Texte, deshalb gingen wir hinab in den Salon. Maro übergab mir mehrere Pakete mit lauter einzelnen Zetteln, die von roten Gummis zusammengehalten wurden. Ich hatte welche in beiden Händen und ging voraus, und Maro kam wenig später mit den Restpaketen hinterher. Auf dem runden Salontisch breiteten wir alles aus und legten die Zettelpakete nebeneinander.

»Hier«, sagte Maro und deutete auf das dickste Paket, »hier haben wir die harten politischen Facts. In diesen Tagen sind das zum Beispiel die Rassenunruhen in den USA, die Studentenproteste in Berlin oder, für uns hier an Bord wichtig und aktuell, die Beschlüsse der griechischen Militärjunta. Die müssen wir auf jeden Fall aufnehmen, denn die Mannschaft muss top informiert sein, wenn sie in ein paar Tagen an Land geht. Auch die Nachrichten über die Rassenunruhen oder die Studentenproteste sind hochaktuell und wichtig. Wir werden aber mit Reckling aneinandergeraten, wenn wir zu ausführlich darüber berichten. Reckling streicht ausufernde Nachrichten über die Studentenproteste ›gnadenlos‹ aus unserem Repertoire, da müssen wir uns etwas einfallen lassen und die

Meldungen über die schmale Hintertür einschleusen. Wie das gehen könnte, zeige ich Dir noch.« – »Du hast den ganzen Stapel gelesen?« fragte ich. – »Natürlich. Gelesen und nach Dringlichkeit sortiert. Wichtig ist, dass die Meldungen nicht zu trocken oder abstrakt sind. Perfekt sind sie, wenn sie politische Themen mit Menschen verbinden, die jeder kennt.« – »Nenn mal ein Beispiel!« – »Hier, das wäre ein gutes: Melina Mercouri kennt jeder von den Jungs der Besatzung. Den Film *Sonntags nie ...* haben sie alle mindestens einmal gesehen, und wie verrucht Melina Mercouri singen kann, wissen wir auch spätestens seit diesem Film. Sie ist also eine sichere Nummer, über sie will man mehr wissen. Und was erfahren wir an diesem Wochenende anhand unserer Quellen? Dass die Militärjunta sie ausgebürgert und ihr Eigentum beschlagnahmt hat! Diese Nachricht bringen wir unbedingt, und wir bringen auch den Mercouri-Kommentar.« – »Und der wäre?« – »Sie hat die griechische Regierung ›faschistisch‹ genannt und als Diktatur bezeichnet. Sowas müssen die Jungs natürlich wissen. Stell Dir vor, einer von ihnen redet in Patras oder Athen freundlich über Melina Mercouri. In Acht nehmen sollte er sich und vorher zweimal nachdenken!«

Mit solchen Problemen hatte ich nicht gerechnet, sondern mir die Sache viel einfacher vorgestellt. Anscheinend mussten wir jede Nachricht erst daraufhin abklopfen, wie sie wirken würde und was ihre Mitteilung alles so anrichten könnte. So gesehen, waren die meisten Nachrichten eine heiße Ware, deren Gewichtung einiges Fingerspitzengefühl und viel Gespür verlangte.

Ich sagte das Maro, und ich sagte auch, dass ich mir die Gewichtung solcher Nachrichten noch nicht zutraue. »Momentan vielleicht nicht«, antwortete er, »aber in ein paar Tagen wohl schon. Du wirst das rasch lernen.« – Ich fragte ihn nach den harmloseren Kategorien, keine »politischen Facts«, sondern »Nachrichten aus aller Welt«. Maro lachte, als er die altmodische Bezeichnung hörte: »Nachrichten aus aller Welt, ja, mein Gott, das sind die Lachnummern! Intern nennen wir sie so. Reckling ist ein Freund dieser Nummern. Wenn es nach ihm ginge, könnte die ganze Zeitung aus solchen Nummern bestehen.« – »Hast Du auch dafür ein Beispiel?« – »Ja, etwas Aktuelles. Man hat Bundespräsident Lübke nahegelegt, nicht mehr frei zu reden, sondern generell nur noch vom Blatt abzulesen. Er hat sich bei seinem letzten öffentlichen Auftritt auch daran gehalten, das Blatt mit dem vorgefertigten Text in die Hand genommen und gesagt: ›Es ist mir eine besondere Freude, diese Rede vom Blatt abzulesen. Hiermit tue ich das langsam und deutlich.‹«

Maro lachte laut und wiederholte sogar noch einmal, was er gerade gesagt hatte. Sein Lachen hatte etwas vom deftigen Lachen des Kapitäns, anscheinend verwandelte er sich bei einem solchen Lachen in jenen Mann, dem er mit solchen Nachrichten eine besondere Freude machte. Ich versuchte auch, ein wenig zu lachen, aber ich brachte kein besonderes Lachen heraus, so doll fand ich die Sache mit dem Ablesen vom Blatt auch wieder nicht.

Als Maro das bemerkte, ließ sein Lachen an Lautstärke sofort etwas nach, und er wurde wieder ernster. »Neben den Lachnummern gibt es noch die *laufenden Nummern.* Sie bestehen aus Nachrichten über Menschen, die unseren Jungs nicht aus dem Kopf gehen. Solche Menschen begleiten ihr Leben, sie gehören zur Seemannsfamilie.« – »Hast Du auch dafür ein Beispiel?« – »Die Nummer 1 ist ganz klar Brigitte Bardot. Jede Woche muss ich etwas Neues über sie finden, aber das ist nicht schwer. In irgendeinem Zusammenhang taucht sie auf, da kannst Du sicher sein. In dieser Woche hat sie erklärt, nicht mehr im Süden Frankreichs leben zu wollen. Der Süden geht ihr auf den Geist, sie fühlt sich verfolgt, sie kommt nicht zur Ruhe. Also war sie mit ihrem Gunter in der Normandie unterwegs, um ein stilles Liebesnest an der Küste zu finden. Wenn wir ›stilles Liebesnest‹ schreiben (und genau das werden wir tun), drehen die Jungs durch. Jeder stellt sich ein solches Nest vor, und jeder ist dort allein mit Brigitte. Läuft an Land irgendein Film, in dem sie die Hauptrolle spielt, gehen sie rein. Sie können nicht genug von ihr bekommen, sogar ihre Platten hören sie, wo immer es geht.« – »Hören die Jungs hier an Bord Platten?« – »Manche schon. Die Plattenspieler taugen aber nicht viel, und außerdem dürfen sie nicht laut aufdrehen. Also hören sie die Musik an Land, die Jungs kennen die Clubs, die sie ansteuern müssen.« – »Kennst Du sie auch?« – »Nein, ich kenne nur wenige. Wenn Du welche kennenlernen willst, musst Du Denis fragen. Denis kennt jeden Club und jede Absteige in den griechischen Häfen.« – »Das hätte ich mir denken können.« – »Ja, Denis weiß, was Musik betrifft, fantastisch Bescheid. Er berät mich, wenn ich darüber berichten will. Musik ist zentral, darüber müssen in jede Nummer ein, zwei aktuelle Nachrichten. Und dann natürlich Sport: Fußball an erster Stelle, Boxen (vor allem wegen Cassius Clay), Radfahren in Maßen. Da weißt Du sicher Bescheid, besser als ich, denn ich bin einer der seltenen Typen, die sich aus Fußball nicht viel machen.« – »Tennis«, sagte ich, »im Tennis kenne ich mich sehr gut aus.« – »Schade«, antwortete Maro, »das interessiert hier an Bord keinen Menschen. Spielst Du etwa Tennis?« – »Nur ganz primitiv, nicht auf Sand oder Rasen, sondern auf kaputten Betonplätzen.« – »Ich verstehe.«

Maro nahm die kleinen roten Gummis von den Zettelpaketen und fächerte jedes ein wenig auf. »Die in meinen Augen wichtigsten Texte liegen oben«, sagte er. »Ich lasse Dich jetzt damit allein. Lies Dich mal durch die Nachrichtenberge und notiere Deine eigenen Favoriten. Kreuz sie mit einem roten Stift an und versuche, aus einer längeren Nachricht eine knappe Meldung von drei, vier Sätzen zu basteln. Ich weiß, dass Du sowas kannst, wahrscheinlich sogar besser als ich.« – »Wieso glaubst Du das?« – »Ich sehe Dir das an, ich spüre es förmlich.« – »Ich könnte Dich aber auch enttäuschen. Hast Du eine alte Nummer zur Hand, damit ich mir den Stil solcher Meldungen genauer anschauen kann?« – »Hab ich. Bring ich Dir gleich vorbei. Und jetzt mach Dich an die Arbeit, unser Blatt soll jetzt bald erscheinen!«

Für die Schülerzeitung meines Gymnasiums hatte ich schon einige Artikel geschrieben. Und mit dem knochentrockenen Nachrichtenton kannte ich mich auch einigermaßen aus. Es hätte mir aber gar nicht gefallen, solche einfallslosen, bloß informativen Texte zu verfassen. Sie hätten ein ödes Blatt abgegeben, dem niemand längere Beachtung geschenkt hätte.

Ich holte einige leere Blätter und Stifte aus unserer Kabine, dann legte ich eine Liste der Rubriken an, die ich mit Texten bedienen wollte: Harte Facts, Musik, Film, Sport und so weiter. Jedes Blatt war für ein solches Ressort vorgesehen, so behielt ich den Überblick. Als Maro wieder erschien, um mir einige alte Nummern des Bordblattes zu bringen, schaute er auf diese Blätter und pfiff kurz durch die Zähne. »Ich habe es ja geahnt«, sagte er, als hätte ich bereits Gott weiß was geschrieben, »Du bist ein Profi! Hast Du mir etwa etwas verheimlicht?« – »Nein, was meinst Du?« – »Die Blätter sehen professionell aus. Du hast schon einmal in einer Redaktion gearbeitet, oder?« – »In der einer Schülerzeitung, sonst nicht.« – »Na also. Für unsere Zwecke reicht das völlig. Viel Spaß, ich lasse Dich jetzt allein.«

Ich setzte mich an den Tisch und spürte schon im nächsten Moment den leichten Stress, der mit dieser Arbeit verbunden war. Stress entsteht, wenn man in Eile Pflichtarbeiten absolvieren soll – und das hier war, ganz gegen meinen Willen, eine nicht zu übersehende Pflichtarbeit. Ich sollte Nachrichten aussortieren und zu Meldungen umschreiben, die möglichst viele Jungs im Heckbereich unseres Frachters auf Touren bringen würden.

Ich nahm mir eine alte Ausgabe des Bordblattes vor und begann zu lesen: *Die FDP plant die Zusammenlegung der drei Bundesländer Hessen, Rheinland-Pfalz und Saarland. Ein diesbezüglicher Plan wurde von … / Die Bundesregierung steht in engem Kontakt mit Prag, um ein neues Handelsabkommen … / Die Bremer Werftgruppe XY wird einen Schiffbaugroßauftrag in Höhe von 165 Millionen DM erhalten. Für eine britische Reederei sollen drei Containerschiffe entstehen, von denen jedes …*

Solche Texte zu schreiben, würde mir keinen großen Spaß machen. Es war Fließbandarbeit im schlimmsten Sinn. Ich würde die nachrichtenbesessenen Jungs mit Informationen abspeisen, die sie sofort wieder vergessen würden. Kein Detail würde hängen bleiben, um ihre meertrunkenen Psychen zu erhellen und durchzuschütteln. Nein, so ging das auf keinen Fall. Aber wie denn?

Ich begann, die frischen Nachrichtentexte alle nacheinander zu lesen, es war wirklich zum Gähnen, und ich hatte keine Idee, was ich aus diesen bleiernen Informationen hätte machen können. Während ich mir noch einen Text nach dem anderen vornahm, kam Denis in den Salon. Wie meist, wenn er sich an mich heranpirschen wollte, fragte er scheinheilig, ob er mir »etwas Gutes« zu trinken bringen könne. Ich lehnte rasch ab, denn ich wollte auf keinen Fall, dass er sich neben den Tisch stellte und über die Texte hermachte.

Genau das tat er aber, er hörte einfach nicht zu. »Vielleicht doch einen Zitronengin, wie neulich? Oder eiskalten Tee mit einer Spezialtinktur vom lieben Denis?« Und schon hatte er einige Texte in der Hand und überflog sie mit einem Lächeln, das ich nur abstoßend fand. »Ah, Maro und Du – Ihr seid ja nun das neue Team für unser Blättchen! Geht die Sache flott voran? Steht schon der Aufmacher, und hast Du Dir schon den Tagesspruch für die Gemeinde am Heck ausgedacht?« – »Welchen Tagesspruch?« – »O, schade, Du kennst die Details anscheinend noch nicht. Jede Nummer wird von einem Tagesspruch eröffnet. Früher waren es ausschließlich Bibelzitate, jetzt wird ab und zu auch einmal ein fades Witzchen serviert. Ich vermute, Du bist stark in solchen Dingen. Wahrscheinlich hast Du den ganzen Schiller drauf und zerlegst den Wallenstein in lauter kleine Spruchweisheiten.« – »Meine Herren, Denis! Ich möchte die Texte jetzt mal in Ruhe lesen. In Ruhe! Und Du kannst Deine Säfte mixen, für wen auch immer Du willst. Ich trinke sie nicht.« – »Ich weiß, ich weiß. Aber zum Glück hat der gute Denis gerade ein wenig Zeit und nimmt deshalb Platz. Er spürt, dass Du nicht richtig klarkommst mit Deinen Aufgaben. Du brauchst etwas Führung und Leitung.«

Am liebsten wäre ich aufgestanden und hätte den Salon verlassen. Denis war einfach nur unverschämt, und er war es umso mehr, als er sich von dem Projekt ausgeschlossen fühlte. In vielen Bereichen kannte er sich gut aus, aber weder Maro noch sonst wer wollte gern mit ihm zusammenarbeiten. Ich stöhnte leise, nahm mir aber vor, ihn nicht abblitzen zu lassen. Sollte er doch erst einmal sagen, was ihm zu dem Projekt einfiel.

»Also gut«, sagte ich, »natürlich brauche ich Führung und Leitung. Wieso denn auch nicht? Was ich aber nicht brauche, sind arrogante Bemerkungen oder dumme Witze. Wenn Du wirklich an dem Bordblatt interessiert bist, dann sag, was Du denkst. Wenn nicht, solltest Du rasch verschwinden.«

Ich starrte an die Decke, als legte ich ganz bewusst eine Pause ein. Ich wollte ihm Gelegenheit geben, darauf vernünftig zu antworten. Er stand aber sofort auf und verließ den Salon wortlos. Sein Auftritt ging mir durch den Kopf, ich starrte noch länger, mein Blick blieb an der Mahagonidecke kleben, als wäre sie ein Blickfliegenfänger. Kaum drei Minuten später erschien Denis wieder, in jeder Hand hielt er ein Glas. »Einmal Cola für Dich, einmal Cola mit etwas Rum für mich. Und jetzt machen wir uns an die Arbeit.«

Er wirkte plötzlich konzentriert und entschlossen. Anscheinend nahm er die Aufgabe jetzt wirklich ernst. »Ich erkläre Dir mal, wie ich selbst mir die Sache vorstelle. Wir könnten so ein Bordblatt nämlich auch anders anlegen. Statt den üblichen Nachrichtensalat zu verbreiten, könnte das Blatt unsere Jungs auf den nächsten Landgang vorbereiten. Mit Nachrichten über die Dinge und Menschen, die gerade stark angesagt sind. Nachrichten über die Politik der Junta, dann aber auch Nachrichten aus den Zentren des *way of live*: San Francisco, London, Paris. Die Nachrichten über Zuhause lassen wir zum großen Teil weg und bringen höchstens ein paar Lachnummern. Natürlich müssen die Studentenproteste in Berlin mit rein und auch die Schweinereien, die dort passiert sind. Aber wir melden nicht dies und das, mal eine Nachricht aus Japan, mal etwas aus den USA. Stattdessen Meldungen, die Trends anzeigen, verstehst Du? Meldungen darüber, wo gerade die Post abgeht.« – »Und wo geht gerade die Post ab?« – »Na klar, die Frage musste ja kommen. Die neusten Songs geben den Ton an, Songs wie *Penny Lane.* Die Single ist gerade ein paar Monate auf dem Markt, und sie ist so ziemlich das Beste, was gerade geboten wird.« – »Ist *Penny Lane* von den Beatles?«

Denis sprach nicht weiter. Er nahm einen großen Schluck Cola mit Rum, lehnte sich auf seinem Stuhl zurück und schaute mich an. »Was ist denn?« fragte ich, »was ist los?« – Er antwortete nicht, sondern blickte weiter so, als untersuchte er mich. Ich musste krank sein, schwer krank, mit mir musste man tiefes Mitleid empfinden. So jedenfalls blickte er, halb entsetzt, halb fassungslos. »Sag mal«, begann er betont langsam, »könnte es sein, dass Du *Penny Lane* in Deinem bisherigen, zugegeben kurzen Leben noch nie gehört hast? Wäre das möglich?« – »Ja«, antwortete ich, »es stimmt, ich habe es noch nie gehört.«

Er stand auf, räkelte sich theatralisch, ging ein paar Schritte durch den Raum, blieb an der Tür stehen, kam wieder zurück. Es war eine kleine Bühnennummer, und sie erinnerte mich an den Auftritt eines Arztes, der gerade in Sorge um seinen Patienten geraten ist. Ich war ein schwerer Fall, zweifellos, die Behandlung würde nicht einfach sein.

»Moment mal«, sagte Denis, »Mo – ment!! Mit Dir stimmt etwas nicht! Mit Dir stimmt ganz eindeutig etwas nicht! Du hast irgendeinen seltenen, schweren Defekt. Wer noch nie *Penny Lane* gehört und anscheinend auch sonst wenig Ahnung von den Beatles hat, der sollte sofort operiert werden! Denn, das stimmt doch? Du hast nicht die geringste Ahnung von den Beatles, oder? Du hältst sie für eine Sängertruppe aus dem Bergischen Land, die von der Wuppertaler Schwebebahn trällert! Habe ich recht? Vielleicht hältst Du sie auch für ein Ministrantenquartett des Kölner Doms? Dir traue ich inzwischen alles zu!«

Ich sagte nichts, sondern nippte an der Cola. Sie schmeckte in diesem Moment scheußlich, viel zu süß und künstlich, einfach abstoßend. Ich setzte das Glas wieder ab, mir war elend. Ich hatte wirklich keine Ahnung von den Beatles, sondern weggehört, wenn in meiner Umgebung über sie gesprochen wurde – das war die Wahrheit. Die Beatles bedeuteten mir nichts, für mich waren sie Gespenster einer Musik, die mit klassischer Musik nicht konkurrieren konnte. So jedenfalls hatte ich immer gedacht, ohne mich zu informieren oder mich länger damit zu beschäftigen. Hörte ich die Beatles singen und spielen, machte ich mich aus dem Staub, als kämen sie mir ganz persönlich zu nahe.

Ich schob das Colaglas von mir weg, ich fühlte mich in die Enge getrieben. Sollte ich einfach rausgehen und Denis mit seinen Beatles-Obsessionen allein lassen? Sollte ich mich verteidigen oder vielleicht (und das wäre viel besser) zum Angriff übergehen, um zu erklären, für wie simpel ich diese Musik hielt? Nicht zu vergleichen mit der absolut harmlosesten Mozart-Sonate, der in C-Dur, Köchelverzeichnis 545?

Ich saß da wie ein Schüler in der letzten Reihe der Klasse. Man hatte ihm zu verstehen gegeben, dass er eine Null war, und er war nun geschockt. Sollte er seinen Aggressionen freien Lauf lassen? An die Tafel gehen und mit Kreide und Schwämmen schmeißen? Sollte er ausrasten? Oder sollte er einfach nur seine Sachen packen und die Schule verlassen? Ein Gang ins Freie, locker, als ginge ihn die Schule von nun an nichts mehr an, weil er eine bessere, andere Schule im Kopf hatte? Eine, die für ihn geeignet war, eine, an deren Entstehung er selbst hart mitgearbeitet hatte?

›Harte Arbeit‹, dachte ich plötzlich, ›Dein Klavierüben war bisher weit über zehn Jahre harte Arbeit. Du hast nicht so lange hart gearbeitet, um Dich auf diesem asthmatischen Frachtschiff von einem Flegel wie Denis wegen Deiner Arbeit beleidigen zu lassen. Wer so hart arbeitet und die halbe Sonatenliteratur der Klassik auswendig kann, hat nun mal keine Zeit und wenig Freude an den Beatles. Das ist so, jedenfalls in meinem Fall, verdammt noch mal.‹

Ich glaube, ich hätte noch Stunden auf meinem Stuhl gesessen, denn ich wusste nicht weiter. Es war Denis, der Bewegung in die Szene brachte. Er setzte sich wieder zu mir an den Tisch und lenkte ein: »Tut mir leid. Vergiss, was ich gesagt habe. Ich wollte Dich nicht kränken, ich weiß überhaupt nicht Bescheid über Dich und spiele doch den fiesen Durchgucker. Ich nehme Deine Cola mit und lasse Dich jetzt allein.« – »In der Cola ist irgendein Gift«, antwortete ich, »ich bekomme sie nicht runter. Bringst Du mir einen von Deinen fabelhaften ausgepressten Zitronendrinks mit einem Schluck – na, Du weißt schon?« – »Ich bin bereits unterwegs«, sagte Denis, nahm mein Glas und verschwand.

Immer wieder geriet ich mit ihm in unangenehme Situationen. Seit ich an Bord war, lief das so. Anfangs hatte ich mir sogar vorgenommen, den Kontakt mit ihm ganz zu meiden. Er hatte mich – mehr als andere Menschen an Bord – direkt im Blick.

Irgendetwas an mir passte ihm ganz und gar nicht, aber es gab auch irgendetwas, das ihn anzog und ihm gefiel. »Irgendetwas« – genauer konnte ich es momentan noch nicht sagen, ich durchschaute das Spiel, in das er mich oft verwickelte, nicht. Immerhin war er acht Jahre älter als ich, die spielten eine gewisse Rolle. Aber welche genau?

Wenig später kam er mit dem Zitronengin wieder zurück. »Soll ich bleiben?« fragte er ruhig. »Ja«, sagte ich.

Ich trank einen Schluck und noch einen, es schmeckte genau richtig. Frisch, eine kleine Aufmunterung. Ich blickte wieder hinüber zu den Bullaugen, denn ich wusste ja längst, wie hilfreich diese blauäugigen Ovale sein konnten. Sie verkörperten den Sprung ins Freie, ins Wasser, in die Lüfte, sie waren die Minitürchen zum arglosen Dasein. Genau deshalb beruhigten sie und sorgten für meditative Konzentration. Dachte ich in diesem Moment jedenfalls, wie ein kleiner Hermann Hesse, mit angelesenen Asienkenntnissen.

Dann nahm ich den dritten Schluck hintereinander und legte los. Ich erzählte davon, wie ich schon als Vierjähriger Klavierunterricht erhalten hatte und von da an zum Klavierspieler geworden war. Wie ich oft halbe und später fast ganze Tage lang Klavier geübt hatte. Wie ich von einer russischen Lehrerin und von einem bekannten Virtuosen unterrichtet worden war. Wie ich erste Konzerte gegeben und erste Preise in Wettbewerben gewonnen hatte. Wie ich mich gegenüber jeder anderen Musik als der klassischen verschlossen hatte und zu einem Klassikfanatiker geworden war. Wie ich in Salzburg die ganz großen Pianisten gehört hatte und einem von ihnen als Schüler gefolgt war. Wie ich ein Leben außerhalb der Schule nur und einzig für die Musik gelebt hatte. Und wie ich nun dabei war, alles auf eine Karte zu setzen, um mich um ein Stipendium im Ausland zu bewerben und Konzertpianist für ewige Zeiten zu werden!

Ich redete am Stück, ziemlich leise, ohne aufgeregt zu sein. Ich hatte Denis das alles nie erzählen wollen, aber ich wusste in diesem Moment keinen anderen Ausweg. Entweder er verstand, warum ich so aus den Welten der Beatles (und denen ihrer Musik) herausgefallen war, oder er hielt mich für einen durchgedrehten Narren, der sich bisher Gewalt angetan hatte, um in den Schutzzonen seiner Mozartsonaten wie ein alternder Säugling vor sich hin zu leben.

Als ich fertig war, hatte ich ein gutes Gefühl. Meine Beklemmung war weg, ich hatte Denis die ganze Misere serviert, jetzt war er dran. Ich war sogar ein wenig gespannt darauf, was er sagen würde. Ich zog den Hermann Hesse-Blick wieder von den Bullaugen ab und blickte Denis an. »Na«, sagte ich, »was sagst Du dazu? Ich wollte Dir das eigentlich nie erzählen, aber Du zwingst mich ja, aus der Deckung zu gehen.«

Denis schaute mich an, und ich spürte, dass er unschlüssig war. »Das ist eine heftige Geschichte. Richtig brutal. Du kommst mir vor wie jemand, der sich eingesperrt hat. In irgendeinem Kellerloch hast Du ohne viele Außenkontakte überlebt. Mit Deinem Klavier und Deiner Klassik. Die Beatles spielten derweil im richtigen Leben. Verstehst Du?« – »Nein«, sagte ich, »Du hast keine Ahnung. Natürlich ist das Üben brutal, aber wenn Du damit weit genug bist und die schweren Stücke einigermaßen beherrschst, ist es pure Freude. Nach einer oder zwei Stunden bist Du in einem Rausch, für den Du jeden Beatlessong hergeben würdest.« – »Ach was. Warum soll Dir ein Beatlessong nicht auch gefallen? Du bist verstockt und voreingenommen, oder Du willst Deinen feinen Mozart für Dich behalten.« – »So ein Unsinn. Ich spiele Mozart und die anderen Komponisten, wo immer es geht, und für alle, die es hören wollen. Ich ziehe damit durch die Lande, ich gehe auf Tournee ...« – »Na toll. Unser Minimozart macht den Beatles ja richtig Konkurrenz ...« – »Denis! So kommen wir nicht weiter! Es ist hirnlos, wie wir hier aneinander vorbeireden.« – »Aber Du willst ja gar nicht weiterkommen, Du willst es nicht.« – »Wie bitte? Habe ich das gesagt? Habe ich behauptet, mein Leben lang keine Beatles hören zu wollen? Wann habe ich so was in die Welt gesetzt?« – »Ach so! Du öffnest Dich! Du hast gute Vorsätze?«

Immer wieder zwang er mich, ihm entgegen zu kommen. Er spielte seine acht Jahre länger auf Erden eben gegen mich aus. Aber was blieb mir übrig? Über die Beatles wusste er eindeutig Bescheid – und ich nicht. Und war es nicht an der Zeit, neben der klassischen Musik endlich noch andere Musik kennenzulernen? Auf jeden Fall, es war sogar höchste Zeit.

»Ich möchte *Penny Lane* hören«, sagte ich, »am liebsten sofort.« – »*Penny Lane* ist relativ frisch, *All you need is love* ist noch frischer. Gerade erschienen. Übrigens soll ein winziges Stück Bach drin vorkommen.« – »Bach?! Johann Sebastian Bach?!« – »Genau der. Irgendwas aus den Interventionen.« – »Woraus?!« – »Keine Ahnung. Angeblich aus den Interventionen.« – »Denis. Du meinst die *Inventionen*. Okay?!« – »Sag ich ja, Du Klugscheißer. *Inventionen* als Interventionen.« – »Sehr gut. Und wo können wir das hören?« – »Jedenfalls nicht auf diesem Schiff. Nicht in irgendeiner Minikabine, fast lautlos. Wir können es an Land hören, das geht.« – »Und wo da?« – »In ein paar Tagen in Patras. Ich nehme Dich mit in einen Club. Da spielen sie die Beatles rund um die Uhr.« – »Gut, einverstanden.« – »Na sowas. Du lässt Dich herab, steigst vom Klassikthron und mischst Dich unter das amusikalische Volk, das die Beatles hört! Ich fasse es nicht.« – »Jetzt lass das Gerede! Immerhin haben wir jetzt eine Idee, wie man weiterkommen könnte.«

Denis lehnte sich zurück und wippte auf seinem Stuhl hin und her. »Weißt Du, wofür ich Dich besonders hasse?« fragte er. – »Du kannst doch gar nicht richtig hassen«, sagte ich. – »O doch, und wie ich das kann! Ich hasse Dich besonders dafür, dass Du so zielstrebig bist. Immer muss alles auf etwas hinauslaufen. Immer musst Du aus irgendeinem Kram einen noch besseren Kram machen. Du schaust nicht eine Minute mal lässig zur Seite, sondern ewig nur geradeaus. Du klammerst Dich an Deine Bücher, Deinen Homer, Deinen Mozart und Dein Geschreibsel – und machst daraus Buch- und Musik- und Schreibkonfitüre. Du kannst die Sachen nicht ruhen lassen – und Dich selbst auch nicht. Das ist es. Immerzu bist Du dahinter her, aus der noch so letzten Scheiße eine *Mousse au chocolat* zu gewinnen. Und dafür hasse ich Dich besonders. Damit das auch mal gesagt ist. Und nun ist Schluss, und ich gehe, und in Patras fliegen Dir die Beatles um die Ohren …, dass Du …, dass …« – »Dass ich mein blaues Griechenlandwunder erlebe, lieber Denis, das wolltest Du doch sagen, nicht wahr?«

Er stand wirklich auf, tippte sich an die Stirn und ließ mein leeres Glas stehen (sonst räumte er immer wie manisch alles ab, was auf den Tischen stand). Ich hatte den kleinen Fight nicht verloren, nein, hatte ich nicht. Und genau das war in jenem Augenblick eine Empfindung, die mich am meisten überraschte und fast etwas stolz machte. »Stolz?« flüsterte ich, »Du bist stolz? Etwa darauf, dass Denis Dich in Patras mit in einen Club nimmt? Oder worauf? Stolz darauf, dass Du Dich hier an Bord nicht kleinkriegen lässt? Wirklich darauf?! Amen. Halleluja.«

Nachrichtenbörsen, Geländezonen

Seit wir durch das Mittelmeer fuhren, schien es nur noch ein einziges Wetter zu geben: Windstille, starke Hitze, eine See, die kaum noch etwas von einem großen Meer hatte. Die Mannschaft am Heck war mit kleinen Reparaturen beschäftigt, entfernte Rost oder strich einige Außenpartien der Kabinen weiß an. Es sah so aus, als befände sich das ganze Schiff samt Besatzung in einem Urlaub, wo man nur noch das Nötigste tut und es sich sonst gutgehen lässt.

Nur Papa ließ nicht nach, sondern richtete seinen Liegestuhl weiter auf die afrikanische Küste aus. Sie zog sich als hellweißer Streifen in die Länge, wie eine Fata Morgana, die allerhand trügerische Bilder vor Papas Augen inszenierte. Ja, so sah es wirklich aus, denn Papa zeichnete oberhalb des weißen Streifens Wüstenbilder der Sahara und Tiere der Steppe, die sich viel weiter südlich befinden mussten. Herden von Zebras waren auf der Flucht, gefolgt von schlanken, hungrigen Löwen, und an einer Wasserstelle stand eine Gruppe von Büffeln, mit kleinen Vögeln auf ihren Rücken.

Alle, die sich Papas afrikanische Zeichnungen und Aquarelle anschauten, lobten sie, machten hinterher aber auch ihre

Witze. Wie er so in seinem Liegestuhl kauerte, mit Monets Strohhut auf dem Kopf, hatte er etwas von einem Fantasten, dem die Hitze zu Kopf gestiegen war. Sprach man ihn auf seine Bilder an, redete er über die Serengeti, als wäre er selbst vor Jahren dort gewesen. Auch Tania Blixen erwähnte er und sprach von ihrer afrikanischen Farm, über die er wohl ein imponierendes Buch gelesen hatte.

Ich selbst hatte Grzimeks Film über den Serengeti Park immerhin noch mit Papa im Kino gesehen, so dass ich ahnte, woher er seine Bilder bezog. Tanja Blixen dagegen kannte ich überhaupt nicht und wunderte mich auch ein wenig, dass Papa ihr Buch gelesen hatte. Es musste mit der Farm zu tun haben und damit, dass Papa selbst auf einem Hof aufgewachsen war. Im Stillen hielt er das Leben in großer Gemeinschaft auf einem solchen Hof noch immer für richtig und erstrebenswert, und vielleicht hatte er sogar im Stillen damit zu kämpfen, dass er nicht auf den Hof seiner Kindheit zurückkehren und dort mit anderen Mitgliedern seiner Familie leben konnte wie früher.

Mama und ich jedenfalls kamen dafür nicht in Frage. Ich hatte zusammen mit Papa zwar einmal Monate dort verbracht, konnte mir aber nicht vorstellen, dorthin wieder für lange Zeit zurückzukehren. Und Mama konnte es erst recht nicht, sie hatte das Fremdheitsgefühl gegenüber Papas Herkunftsgelände niemals abgelegt.

Mitten in diesem urlaubsähnlichen Hochsommer sollten Maro und ich nun das erste Bordblatt hinbekommen. Ich hatte mich darauf eingelassen, es gab kein Zurück. Vor allem Denis gegenüber wollte ich zeigen, dass ich mehr konnte als ein paar trockene Meldungen aneinander zu reihen. Seit ich Maros Nachrichtenberge durchgegangen war, war ich nervös und kam selbst an Deck nicht zur Ruhe. Ich vergrub mich im Salon, schrieb Nachrichten um, zerriss sie und begann von vorne. Alles war viel schwieriger, als ich Esel es mir vorgestellt hatte.

Reisetagebuch (17. Juli, 10.17 Uhr)

Ich habe die halbe Nacht nicht geschlafen. Laufend wache ich auf, und mir gehen Nachrichten in den verschiedensten Fassungen durch den Kopf. Mal vermute ich, genau die richtige Version gefunden zu haben, aber wenn ich erneut wieder aufwache, entpuppt sich gerade diese Version als unerklärlich schwach und klapprig. Hinzu kommen die Probleme der Auswahl. Ich weiß zu wenig über die Menschen, von denen die Nachrichten handeln, und ich bin in Fragen der Politik ein desinteressiertes Neutrum (aber wo bin ich das eigentlich nicht?). Inmitten der Nachrichtenberge aus aller Welt wird mir klar, was für ein Leben ich bisher geführt habe. Ein Leben in einem Kellerloch, wie Denis gesagt hat, gefangen gehalten von klassischer Musik und einem an Wahnsinn grenzenden Eifer, Chopins C-Dur-Etüde so »perlend« (und möglichst rasch) spielen zu können wie kaum ein anderer.

Reisetagebuch (17. Juli, 10.43 Uhr)

In der Volksschule haben mich die anderen Jungs einen »Idioten« (oder auch einen »Deppen«) genannt, weil ich kein Wort herausbrachte und nicht sprechen konnte/wollte. Als ich etwa zehn Jahre alt war und aufs Gymnasium kam, nannte mich niemand mehr so. Ich hatte es (einigermaßen) geschafft. Zwar stotterte ich noch ein wenig, Stottern galt aber nicht als »Idiotie«, sondern höchstens als Zeichen, dass man nicht ganz auf der Höhe der anderen war. Vor allem nicht auf der Höhe der Sportler. Sport war unter uns Jungs immer das Wichtigste. Wer gut in möglichst vielen Sportarten war, hatte mit Stottern nicht das Geringste zu tun. Stottern war eine Behinderung, und die anderen behandelten sie mitleidig. Als Stotterer war ich bei ihren ewigen Mannschaftsspielen nie so richtig dabei. Höchstens als Reserve oder in den letzten Minuten, als sowieso schon alles entschieden war. Kein Wunder, dass mir das Verletztendasein als Stotterer nicht passte. Vielleicht machte ich deshalb erneut wieder einen »Idioten« aus mir. So wurde ich der Typ, der, wann immer es ging, im Kellerloch lebte und täglich Klavier spielte, bis er nicht mehr konnte.

Reisetagebuch (17. Juli, 11.16 Uhr)

Der Plan, mit Denis durch Patras zu streifen, beunruhigt mich mindestens so sehr wie meine Unfähigkeit, gescheite Meldungen zu schreiben. Bisher hatte ich mir Landgänge in Griechenland nur als Exkursionen mit Papa vorgestellt. Wir beide unterwegs, so wie an der Mosel, in Berlin, in Paris. Zu zweit eben, ein eingespieltes Duo, auf Entdeckungsgängen. Und was für welchen! Zu dritt werden wir nicht durch Patras laufen, auf keinen Fall. Wie soll es dann aber gehen? Denis und ich – und Papa allein? Das geht auch nicht. Ich weiß, ich mache mir lauter unnötige Gedanken, werde sie aber einfach nicht los. Zu Beginn dieser Reise wäre ich nie auf sowas gekommen. Ich bin bereits aus der Spur, ich … – sehe einiges anders … – und ziehe andere Konsequenzen. Ein Beichtstuhl wäre nicht schlecht, mit einem klugen Pfarrer, dem man seine Probleme ins Ohr flüstern kann. (Aber wie lange habe ich nicht mehr gebeichtet?)

Aus den Aufzeichnungen meines Vaters (17. Juli, 11.30 Uhr)

Ich zeichne und aquarelliere, als säße ich nicht auf einem Frachtschiff im Mittelmeer nahe der afrikanischen Küste, sondern im Frankfurter Zoo. Professor Grzimek steht hinter mir und begutachtet meine Skizzen. Während ich zeichne und aquarelliere, unterhalte ich mich mit ihm. »Wie hieß doch gleich das Flugzeug, mit dem Sie zusammen *mit Ihrem Sohn in der Serengeti unterwegs waren?« (Ich habe den Namen vergessen, was sehr schade ist, denn ich hatte vor, das Flugzeug aus dem Kopf zu zeichnen. Es war angestrichen wie ein Zebra, mit schwarz-weißen Streifen also.) Genau diese Szene habe ich letzte Nacht geträumt. Grzimek hat sich geräuspert und zugegeben, dass er den Namen des Flugzeugs ebenfalls vergessen hat. Wir schwiegen beide betreten, bis Grzimek sagte: »Mögen Sie einen Whisky?«*

Postbriefkarte an die Mama (17. Juli, 13.14 Uhr)

Liebe Mama, wir fahren fast regungslos (und wie an einer Schnur) an der afrikanischen Küste entlang. Von Afrika ist nicht viel zu erkennen. Leere weiße Strände, manchmal auch ein Gebirgszug. Papa starrt viel durchs Fernglas und behauptet, ein Kamel mit einem Reiter sowie eine Gruppe von Frauen in bunten Gewändern deutlich gesehen zu haben. Das kann stimmen, denn Papa sieht ja sowieso mehr als jeder andere Mensch. Neuerdings sieht er aber auch Dinge, die überhaupt kein Mensch sieht. So behauptet er, einen direkten Draht zu Professor Grzimek aufgebaut zu haben. Mach Dir aber bloß keine Sorgen. Papa ist (noch) in Ordnung.

Schließlich konnte ich Maro nicht mehr länger vertrösten. Wir setzten uns wieder an den großen Tisch im Salon, und ich legte ihm einige meiner Versuche vor. »Ich bin sehr gespannt«, sagte er, und beugte sich über den ersten Text.

Er lautete: *Melina Mercouri sitzt in einem New Yorker Hotel und raucht Zigaretten aus Griechenland. Gerade hat sie die Nachricht erhalten, dass die Militärregierung ihres Heimatlandes sie ausgebürgert hat. »Es sind Faschisten«, sagt Melina Mercouri und zündet sich eine neue Zigarette an. »Eine Diktatur, wie sie im Buche steht. Ich gebe ihr nicht mal ein halbes Jahr.« Für die Journalisten, die sie umzingeln und mit Zigarette fotografieren, bestellt sie Whisky und Eiswürfel. »Das werden sie in Griechenland auch bald verbieten und anordnen, dass dort nur noch Ouzo getrunken wird«, sagt Melina Mercouri.*

Ich fand, der Text war keine Sensation, aber er war auch nicht grottenschlecht. Auf jeden Fall brach er mit der Tradition der stumpfsinnigen, neutralen, geruchs- und geschmackslosen Meldungen. Ja, er hatte sogar Pep, richtigen Pep, jedenfalls in meinen Augen. (Ich hätte als Leser sogar gesagt, ich fände ihn »toll«, richtig toll.)

Maro aber runzelte die Stirn und las alles zum zweiten Mal, als handelte es sich um einen schwierigen, schwer verständlichen Text. »Was soll das sein?« fragte er schließlich. – »Das ist eine Meldung. Eine in ganz neuem Gewand.« – »In was für einem Gewand?« – »Die Meldung als kleine Geschichte. Als eine, die sich einprägt und die man eine Weile im Kopf behält. Anders als die üblichen furztrockenen Informationen.« – »Und woher hast Du die Details? Das Hotel? Die Zigaretten?« – »Melina Mercouri wohnt wirklich momentan in einem New Yorker Hotel, weil sie gerade in New York auftritt.« – »Okay. Und die Zigaretten? Wieso raucht sie griechische?« – »Das fand ich gut. Sie zeigt sich als Griechin, und sie raucht, wie sie Zigaretten in *Sonntags nie* … geraucht hat. Wer den Film gesehen hat, erinnert sich.« – »Okay, ich verstehe. Aber es stimmt nicht, oder? In Wahrheit raucht Melina Mercouri in Deinem New Yorker Hotel keine griechischen Zigaretten, oder? Du hast das erfunden.« – »Ja, habe ich. Aber was ist dabei? Sie hätte solche Zigaretten rauchen können, oder sie hat solche Zigaretten vielleicht sogar wirklich geraucht. Sie passen jedenfalls genau ins Bild.«

Ich sah, dass Maro damit nicht zurechtkam. Seine ängstliche innere Zensurbehörde sagte ihm, dass man eine solche Meldung (die keine astreine Meldung war und auch nicht sein wollte) nicht bringen durfte. Ich setzte trotzdem nach: »Wie findest Du den Text? Ich meine, jetzt mal abgesehen davon, dass er nicht Deinen Ansprüchen an eine Meldung genügt. Wie findest Du ihn als Text?« – »Gut, ja, er ist gut. Er könnte sogar der Anfang einer Geschichte sein. Ja, könnte er. Er könnte sogar der Anfang eines Romans sein, ja, durchaus.« – »Etwa auch der Anfang eines Romans von Patricia Highsmith? Könnte er sogar so gut sein?« – »Na ja, er ist gut, aber *so* gut nun auch wieder nicht.« – »Nicht so gut wie Texte von Patricia Highsmith?« – »Nein, natürlich nicht. Aber warum fragst Du?« – »Weil ich ihn für mindestens so gut halte wie einen Text von Deiner Patricia Highsmith!«

Maro schaute mich an, als wäre ich größenwahnsinnig. Er blickte richtig angewidert, denn in seinen Augen war ich ein vielleicht talentierter, aber hoffnungslos über das Ziel hinausschießender Schreiber, der von falscher Selbsteinschätzung lebte. »Ich lese mal weiter«, sagte er.

Ich gab ihm einen neuen Text, er lautete: *Generalleutnant Patakos von der griechischen Militärregierung hasst Miniröcke. Jedes Mal, wenn er in Athen eine Frau mit einem solchen Rock sieht, läuten bei ihm die Glocken. Am liebsten hätte er Polizisten hinter den Miniröckträgerinnen hergeschickt, um zu überprüfen, wie kurz der Rock im Einzelfall ist. Ein Gesetz zur Einhaltung bestimmter Maße bereitete er zusammen mit Modefachleuten schon seit Wochen vor. Dann aber wurde es ihm einfach zuviel. Seit letzter Woche sind Miniröcke in Griechenland grundsätzlich verboten, egal, wie kurz oder lang sie sind.*

Diesmal brauchte Maro zum Glück keine Zweitlektüre. Er lachte sogar kurz, als hätte ich eine lustige Lachnummer geschrieben. Ein Schuss Lachnummer war auch nach meiner

Meinung in dieser Meldung drin, aber im Ganzen berichtete sie von einem Trauerspiel. Von einer Regierung, die sich einbildete, alles regeln zu können, auch gegen den Willen des Volkes.

»Noch ein dritter Text?« fragte ich, und Maro nickte (das aber so, dass ich schon ahnte, er würde sich etwas ausdenken, diese Meldungen nicht bringen zu müssen). Mein dritter Text lautete: *Wilhelm Bungert ist derzeit nicht der beste Tennisspieler der Welt, wohl aber der Spieler, der das schönste Tennis spielt. In Wimbledon hat er gerade im Finale gegen einen australischen Profi verloren, der ein Jahr lang nur harte Aufschläge trainiert hat, mit mindestens zweihundert km/h. Wilhelm Bungert hat in Wimbledon so viele Doppelfehler gemacht wie kaum ein anderer Spieler. Er mag keine Aufschläge, und Profispieler mag er auch nicht. Kein Wunder: Wilhelm Bungert arbeitet vierzehn Stunden in dem Betrieb, den er sich gerade aufbaut. »Für Tennis bleibt da leider nicht soviel Zeit«, hat er (ernsthaft) gesagt.*

Wieder lachte Maro, obwohl die Bungert-Meldung eindeutig keine Lachnummer, sondern ein versteckter Protest gegen das öde Aufschlagtennis und das damit einhergehende Profitum (vierzehn Stunden Training am Tag) war. »In diesem Fall kann ich jedes Detail belegen und nachweisen«, sagte ich, »ich habe die Meldung genau recherchiert und aus mehreren Einzelnachrichten zusammengesetzt. Mit Patricia Highsmith hat das diesmal überhaupt nichts zu tun, Du kannst beruhigt sein.«

Maro schwieg, und ich wusste, dass er sich nun Mühe geben würde, mir klarzumachen, dass meine Meldungen nicht in seine staubtrockene Bordzeitung gehörten. Ich hatte diese Texte aber nicht geschrieben, um sie in irgendeine Schublade zu stecken (ich hasse Schubladen, und ich würde nie etwas »für die Schublade« schreiben).

Ich war etwas irritiert, kein stärkeres Lob zu erhalten, Maros bescheidene Reaktionen machten mich missmutig. Ich hatte drei gute, nein, sehr gute Texte geschrieben, sie gehörten in jede verdammte Bordzeitung jedes Frachtschiffs auf allen Meeren der Welt. Klar, ich war auch gereizt, richtig gereizt, wer ist das nicht, wenn er auf etwas rundum Gelungenes nur matte Reaktionen erhält?

»Um es mal klarzustellen«, sagte ich, »ich schreibe solche Texte nicht für die ominöse Schublade oder den noch ominöseren Papierkorb. Ich schreibe sie für die gesamte Besatzung an Bord. Bug und Heck, backbord, steuerbord, ganz egal. Ich erzähle gut recherchierte Geschichten vom gegenwärtigen *way of life*. Als nächstes schreibe ich über *Penny Lane*, den aktuell besten Beatles-Song.«

Maro wirkte hilflos, er wusste nicht, wie er reagieren sollte, nein, er hatte nicht die geringste Idee. »Über *Penny Lane* willst Du auch schreiben?« fragte er (ziemlich blöde), »wie schreibt man denn über sowas?« – »Lass mich nur machen«, sagte ich, »als Beatlesfan weiß ich gut Bescheid und kenne so manches Detail.« – »Beatlesfan bist Du auch?« – »In Maßen, aber gründlich.«

Maro zögerte, leider gab er sich keinen Ruck, wie er es in meinen Augen hätte tun müssen. Was erwartete ich? Dass er gesagt hätte: »In Ordnung, die Texte sind klasse, ich lege sie unserem Kapitän vor, und wenn er einverstanden ist, bringen wir in jeder Nummer ein paar davon. Vier oder fünf.«

Vier, fünf waren harte Arbeit, denn solche Texte mussten

lange recherchiert werden, sie fielen nicht vom Himmel, und sie schrieben sich auch nicht (wie die faden Informationen) von selbst. Aber nichts da, Maro konnte sich nicht überwinden. Was war er doch für ein Kleingeist! Ein Textbuchhalter! Einer, der mit Literatur rein gar nichts zu tun hatte. (Ein Wunder, dass er Patricia Highsmith las … – ich selbst hatte nur Gutes über diese Autorin gehört, aber noch keine Zeile von ihr gelesen …)

»Also? Wie machen wir weiter?« fragte ich, und ich gab mir Mühe, entschieden und bestimmt zu wirken. »Tja«, antwortete Maro, »ehrlich gesagt …« – »Ehrlich gesagt, fällt Dir zu meinen Texten nichts ein. Sie sind Dir fremd. Du hast etwas anderes erwartet. Die Langweilertexte von früher. Sag es doch, sag es einfach!« – »Nein, Deine Texte gefallen mir, ehrlich. Aber ich weiß nicht …« – »Aber Du weißt nicht, natürlich nicht! Du willst Dich nicht für sie einsetzen, sondern nur ein paar anerkennende Worte sagen. Danach soll ich sie irgendwo ablegen. Aber das wird nicht geschehen, das kann ich Dir sagen. Mit mir nicht!«

Ich war selbst ein wenig über meinen Ton erschrocken. Wieso übertrieb ich so und hängte mich derart rein in die Sache? Ich wollte kämpfen, ja, das war der eigentliche, tiefere Grund. Wie gegen Denis wollte ich auch gegen Maro bestehen. Längst wusste ich, dass er der leichtere Gegner war, einer, gegen den ich zumindest ein Unentschieden schaffen würde. Ein Unentschieden?! Wieso gab ich mich plötzlich mit so etwas zufrieden?

Maro ging die Blätter, die ich bisher (deutlich, aber mit der Hand) geschrieben hatte, noch einmal durch. Dann legte er sie sorgfältig aufeinander und band sie mit einem seiner berüchtigten roten Gummis zusammen. Schließlich lagen sie als kleiner Stapel (beinahe wie eine gefährliche, Sprengstoff enthaltende Post) vor uns auf dem Tisch. Er rührte sie nicht mehr an. »Ich überlege mir noch, was damit geschehen soll«, sagte er, »und ich werde mit Kapitän Reckling darüber sprechen. Wenn Du einverstanden bist.« – »Natürlich bin ich das«, antwortete ich. – »Ich sage Dir bald Bescheid«, sagte Maro. Dann verließ er den Salon.

Reisetagebuch (17. Juli, 17.11 Uhr)

Meine Texte sind gut, nein, sie sind sehr gut. Und das Wichtigste ist: Es macht mir großen Spaß, sie zu schreiben. Sehr großen Spaß sogar. Ich hebe richtig ab, wenn ich einen solchen Text zusammengebracht habe. Ich bin glücklich. Alles andere ist mir egal, sogar die afrikanische Küste, und Professor Grzimek komplett. Selbst die Odyssee …, nein, das stimmt nicht, ich spinne gerade. Die Odyssee ist (wie sagt man?) über all meine kleinen Brutzeltexte »erhaben«. Jedenfalls vorläufig noch. Odyssee-Texte tastet man nicht an. Nein? Tut man das nicht?! Aber wieso soll man Odyssee-Texte nicht antasten? Mal sehen. Ich werde es versuchen.

Aus den Aufzeichnungen meines Vaters (17. Juli, 18.09 Uhr)

Wir haben Algier passiert und bewegen uns auf Tunis zu. Je länger wir an der afrikanischen Küste entlangfahren, umso größer wird mein Fernweh. Nach Algier und Tunis, nach der Sahara, dem Kongo, Tansania, dem Kilimandscharo. Dachte an Hemingways Erzählung, ließ diese Bilder aber auf sich beruhen. Nicht den Kilimandscharo soll ich zeichnen, sondern meine Fantasiebilder. Dass ich so viele im Kopf habe, hätte ich nie gedacht.

Aus den Aufzeichnungen meines Vaters (17. Juli, 18.17 Uhr)

Sonderbar. Habe über meine letzten Sätze noch einmal nachgedacht. Und plötzlich fiel mir ein, dass ich in unserer großen Familie der einzige Schlafwandler war. Die beiden ältesten Schwestern haben mich sogar manchmal des Nachts draußen im Freien gesucht. Voller Angst, dass ich im Nachthemd in den Fluss stolpern könnte. Bei Vollmond soll es besonders schlimm gewesen sein. Am liebsten hätten sie mich ans Bett gefesselt. Ich soll laut gesprochen und manchmal sogar gesungen haben. Irgendwann war es vorbei. Angeblich mit dem Beginn des Studiums in Bonn. Unser Vater machte jedoch noch lange Zeit Witze darüber. Vielleicht war ich ein junger Mann voller Fantasien. Aber wohin haben sie sich verzogen? Und – könnte es sein, dass sie hier an Deck wiederbelebt werden? Aber wodurch?

Nach dem Abendessen (die Mittagessen fielen wegen der starken Hitze jetzt aus, stattdessen wurde Obst gegessen und viel Wasser getrunken) bat der Kapitän uns alle (Mühlenthal, Segemann, Papa und mich) nach draußen, aufs Oberdeck. Denis hatte eine Korbgarnitur als kleine Runde arrangiert. In der Mitte stand ein kleiner, niedriger Korbtisch, und drumherum die bequemen Korbstühle. Es gab gut gekühltes Bier (und mickrige Salzstangen).

Ich trank Cola (und flüsterte Denis zu, dass er sich einen neuen »Beigeschmack« einfallen lassen sollte). Papa wiederum fragte Heinrich Segemann (ohne dass die anderen es hörten), was die Korbrunde zu bedeuten habe. Heinrich antwortete: »Die Korbrunde ist ein besonderer Spleen von Reckling. Er beruft sie ein, wenn es warm genug und ruhig ist und nichts Dringendes ansteht. Es ist eine Art von Salon. Jeder erzählt etwas, und die anderen hören brav zu.« – »Aber was soll ich denn um Himmels willen erzählen?« fragte Papa. – »Keine

Ahnung«, antwortete Heinrich, »vielleicht etwas aus Deiner Jugend. Etwas vom Land. Etwas von Kühen, Rindern und Ochsen.« Heinrich lachte verstohlen, aber Papa lachte nicht mit. Ich wusste, dass ihm bei dem Gedanken an einen Salon nicht wohl war. Papa und ein Salon?! Nein, das passte gar nicht zusammen.

Als wir Platz genommen hatten, prostete Kapitän Reckling allen zu. Dann sprach er von seiner Freude, die traditionelle Korbrunde wieder beleben zu können. »Niemand ist gezwungen, daran teilzunehmen«, sagte er, »aber während der früheren Reisen war sie dann und wann eine lohnende Sache.«

Zu Beginn erhielt Mühlenthal das Wort, um ein paar Sätze über unsere Mittelmeerroute zu sagen. Er nahm nur einen kleinen Schluck Bier, als wollte er besonders formgewandt sein, dann sprach er von den klassischen drei möglichen Routen, auf denen man seit den ältesten Zeiten das Mittelmeer durchquert habe.

Die erste verlief entlang der afrikanischen Küste und war damit genau jene Route, auf der wir uns derzeit befanden. Sie war am einfachsten zu befahren, und sie bot einige Sicherheiten, da wir uns nie zu weit vom Land entfernten. Morgen würden wir Cap Bon im Osten Tunesiens passieren und danach Richtung Sizilien (Cap Passero) abbiegen. Und von da würden wir Patras anlaufen und zwei Tage später dort eintreffen.

Eine zweite Route verlief mehr in der Mitte des Meeres und führte von Gibraltar über die Balearen und Sardinien ebenfalls nach Sizilien. Sie war erheblich gefährlicher und häufig dem starken Wind ausgesetzt, hätte uns aber um einiges früher ans Ziel gebracht (oder die Möglichkeit geboten, einige weitere Häfen zum Löschen von Ladung anzulaufen).

Eine dritte Route hätte wiederum von Gibraltar aus direkt in den Norden Siziliens geführt. Wir wären durch die Straße von Messina gefahren und danach nördlich, auf Patras zu.

Mühlenthal hatte eine kleine Skizze mit diesen Routen vorbereitet und legte sie auf den runden Korbtisch. Sie war für die beiden Passagiere gedacht, und man sah ihr an, dass sie schon älter war und anscheinend immer wieder zum Einsatz kam. Papa nahm sie sofort in die Hand und hielt sie dann so, dass auch ich darauf blicken konnte.

»Danke«, sagte er, »so eine Skizze ist wirklich nützlich. Aber ich hätte da noch eine Frage, und diese Frage betrifft die *Odyssee.* Leider stecke ich ja noch immer im Fünften Gesang fest, aber das tut jetzt nichts zur Sache. Ich frage mich vielmehr, wo Odysseus sich befand, bevor er allein auf seinem Floß heimwärts aufbrach. Sicher wird man das nicht genau fixieren können, aber doch ungefähr, das müsste doch möglich sein. Ich vermute, die Herren kennen alle möglichen Varianten der Odysseus-Route, die gegenwärtig diskutiert werden, oder?«

Kapitän Reckling gefiel diese Frage sichtlich. Endlich war einmal nicht von den Gefahren der Durchquerung des Mittelmeeres die Rede, sondern von den Mythen und Geschichten, die es bekannt und berühmt gemacht hatten. »Sie werden sich wundern«, antwortete er auf Papas Frage, »im Grunde legen wir genau jene Route nach Patras zurück, die auch Odysseus auf dem Heimweg nach Ithaka zurückgelegt haben muss.«

Papa reagierte sofort: »Haben *muss*?! Oder haben *könnte*?!« – »Haben *muss*!« antwortete Kapitän Reckling, »unser Erster Offizier kann es Ihnen aber besser erklären als ich. Er weiß genau Bescheid, bitte Herr Mühlenthal, übernehmen Sie wieder!«

Mühlenthal nahm einen zweiten kleinen Schluck Bier, griff nach der Skizze und nahm den Zeigefinger zu Hilfe: »Odysseus kam von Troja, also fast aus der Region des heutigen Istanbul. Der Weg zurück nach Hause, anfangs noch mit seinen Gefährten, musste durch die gesamte Ägäis verlaufen. Mit all ihren vielen Inseln und Gestaden war sie das Urterritorium griechischer Seefahrer. Odysseus war einer von ihnen, er wusste, wie man auf weite Fahrt geht, und er kannte sich aus. Im Grunde betrieben die alten Griechen die Seefahrt relativ risikolos. Sie fuhren von Insel zu Insel, und sie fuhren am Festland entlang. Weite Fahrten durchs offene Meer nach Westen scheuten sie. Anders als die Phönizier hielten sie es nicht für erstrebenswert, bis Gibraltar – oder sogar noch darüber hinaus – vorzustoßen. Das Äußerste, was sie anpeilten, war Sizilien. Das war vom Westen Griechenlands aus noch in wenigen Tagen bei ruhiger See zu schaffen. Maximal bis in diese Zonen könnte es Odysseus später verschlagen haben. Nach der Fahrt durch die Ägäis hätte er aber die Südspitze der Peloponnes umrunden und zurück nach Norden segeln müssen. Genau das misslang ihm, aus welchen Gründen auch immer. Er wurde durch das Ionische Meer südwärts abgetrieben. Manche Kommentatoren behaupten, er sei wirklich nach Sizilien gelangt, andere sprechen von Malta. Momentan halten die meisten diese Insel für das ominöse Ogygia der Nymphe Kalypso. Von Ogygia soll Odysseus auf dem Floß die endgültige Heimfahrt angetreten haben. Wieder zurück, Richtung Norden, zum Land der Phäaken. Und von dort war es dann nicht mehr weit nach Ithaka.«

»Phänomenal«, sagte Papa (und ich wunderte mich über das seltsame Wort, das ich noch nie von ihm gehört hatte). »Einfach phänomenal. Wenn wir Sizilien passiert haben, befinden wir uns also in der Tat auf der alten Odysseus-Route. Sobald wir uns von der afrikanischen Küste entfernen, werde ich mich wieder in den Homer vertiefen.« – »Aber hoffentlich nicht nur in den Homer!« sagte Heinrich Segemann, »also nicht nur in den Text, meine ich. Ich habe das Odysseus-Floß nach den Angaben Homers schon vor Jahren nachgebaut, ich bringe es Euch in die Kabine. Da hast Du gleich ein Motiv für Dein weiteres Zeichnen!« – »Phänomenal«, sagte Papa erneut, und ich fand es einfach zu viel, sagte aber nichts.

Mühlenthal legte die Mittelmeerskizze, anhand deren er uns die Fahrten des Odysseus erklärt hatte, wieder auf den Tisch. Er nahm plötzlich einen viel größeren Schluck als zuvor und holte noch weiter aus: »Ein wenig muss ich die Vorfreude dämpfen. Denn sobald wir die afrikanischen Küsten verlassen, geraten wir wieder in stürmisches Gewässer. Die Fahrt von Sizilien nach Griechenland könnte einige Strapazen mit sich bringen.« – »Daran sind wir inzwischen gewöhnt«, antwortete Papa (wie ich fand etwas vorschnell). Ihm war anzusehen, dass er die angekündigten Stürme nicht ernst nahm, sondern vor allem an das Floß des Odysseus dachte. Er würde es bestimmt zeichnen, von allen Seiten, mitten in stürmischer Aktion, vielleicht sogar noch mit Poseidon im Hintergrund, wie er darauf lauerte, es zu zerschmettern.

»Es freut mich, dass Sie bereits so sturmerprobt und gelassen sind«, sagte Mühlenthal ernst und leerte seine Flasche Bier mit einem letzten Schluck. »Historisch interessant ist, dass wir eigentlich schon mit Sizilien den alten griechischen Herrschaftsraum über das östliche Mittelmeer berühren. Das Ionische Meer zwischen Italien und Griechenland und die Ägäis mit ihren Hunderten von Inseln – sie bildeten diesen Raum, in dem sich früher die verschiedensten Stämme aufhielten. Vor den Griechen mit ihren kleinen Handelsstädten dominierte noch das uralte Mykene und natürlich das alte Kreta. Und noch weiter im Osten befanden sich die Phönizier und im Süden natürlich die strengen Ägypter. Die *Odyssee* ist nicht zufällig das erste große Seefahrerepos über einen einzigen Mann, der mit all den Nachklängen und Spuren dieser Kulturen in Berührung kommt. Homers Fantasie ist eine Seefahrerfantasie, und zwar eine unverwechselbar griechische. Lesen Sie das Ganze bitte nicht wie einen Abenteuerroman, sondern wie einen Reiseroman über die altgriechischen Welten und die des östlichen Mittelmeerraums.«

Papa saß ganz vorn auf seinem Korbstuhl und fixierte die kleine Mittelmeerkarte, als könnte er ihr allein schon durchs Draufschauen tiefe Erkenntnisse entlocken. Was Mühlenthal sagte, erregte ihn anscheinend, so hatte er unsere Fahrt wohl noch nie gesehen (und ich natürlich auch nicht). Anders als Papa hatte ich aber keine Lust, den weiteren Ausführungen Mühlenthals ergeben zu lauschen.

Als ich sah, dass er Denis herbeikommen ließ und ein Glas französischen Rosé bestellte, ahnte ich, dass die Stunde seines »Philosophierens« gekommen war. Bestimmt würde er über das »uralte Mykene«, das »alte Kreta« sowie das »strenge Ägypten« sprechen, leidenschaftlich und originell. Durch viel Lektüre und lange Jahre auf See, durch zahllose Landgänge und sonstige Forschungen war er auf einzigartige Weise darauf vorbereitet, mit seinen »Philosophien« abzuheben. Ich fand das auch reizvoll, nur hatte ich an diesem Abend keine Lust, mich der Mühlenthalschen Magie hemmungslos (und wahrscheinlich stundenlang) zu widmen.

Und so nutzte ich den Moment, als Mühlenthal das Glas Rosé an seine schmalen Lippen setzte, und entschuldigte mich. Ich machte es kurz und sagte, dass ich noch mit Maro an der nächsten Nummer der Bordzeitung arbeiten wolle. »Tu das, Johannes«, sagte seltsamerweise Kapitän Reckling in freundlichem, warmem Ton (als wäre er und nicht Papa mein Vater). Und »Ja, mach nur!« sagte daraufhin Papa (als hätte er sich gerade rechtzeitig daran erinnert, dass er noch immer mein Vater war).

Ich ging also in unsere Kabine, holte Papier und Stifte und setzte mich wieder in den Salon. Denis ließ sich schon bald wieder sehen und fragte, was ich trinken wolle. »Hau ab«, sagte ich, »ich will schreiben und nicht trinken.« – Er lachte laut und brachte mir ein Glas sowie eine große Karaffe mit Wasser. »Auf dass Pegasus mit Dir davonreiten möge«, sagte er (leise und geschmacklos). Dann zog er sich zum Glück wieder zurück.

Ich wusste genau, worüber ich schreiben wollte. Und so begann ich, ohne eine Minute zu zögern: *Odysseus setzt den Mastbaum und das Segel und schiebt das Floß in die Wellen. Kalypso gibt ihm Wein und einige Speisen mit, dann küssen sie sich minutenlang und sprechen noch einmal von den gemeinsamen heißen Nächten in den Grotten der schönen Insel. Der Wind steht günstig, das Floß kommt schnell in Fahrt. Nach einer Stunde probiert Odysseus den Wein. Es ist mieser maltesischer Rosé, und die sonstige Wegzehrung Kalypsos besteht aus trockenem, maltesischem Ziegenkäse und noch trockenerem Weißbrot. »Nie mehr Malta!« flüstert Odysseus und denkt an das Land der Phäaken. Sie sollen fantastische Gastgeber sein. Außerdem sind ihre Frauen legendär schön und lieben athletisch gebaute Schiffbrüchige. »Ich könnte auch dort einige Zeit bleiben«, flüstert Odysseus weiter. »Jedenfalls besser, als frühzeitig nach Hause zu kommen.«*

Reisetagebuch (17. Juli, 21.18 Uhr)

Ich habe meine Aufgabe an Deck endlich gefunden. Kleine Geschichten werden es sein, die anhand der neusten Nachrichten oder anhand von Lektüren oder anhand von alldem entstehen, was an Bord so gesprochen wird. Ich könnte sie in die Reiseerzählung einbinden, so wie ich früher bereits kleine Reflexionen in sie eingebunden habe. Stimmt – die Reflexionen! Ich habe sie fast vergessen. Dabei habe ich sie immer besonders gemocht.

Vor der afrikanischen Küste

Die afrikanische Küste besteht nicht mehr (wie die Küsten der zum Atlantik blickenden Küstenregionen) aus handfesten Küstenzeichen (wie etwa Leuchttürmen oder Klöstern auf spitzen Felsen), sondern ausschließlich aus Traumbildern. Gerade das aber stimuliert einen besonders. Man denkt an Wüstenexpeditionen und an Oasen, man sieht Kamele und bunte Märkte. All das wie in Träumen zu sehen, genügt einem jedoch völlig, man möchte sich keinen Moment überzeugen, was an ihnen wahr ist oder besonders. Und so bleibt man an Deck, glotzt, träumt und lässt die Bilder unangetastet für immer zurück. (Werde ich also einmal nach Afrika reisen? Eher nicht. Aber was weiß ich schon?!)

Der gehorsame Schreiber

Maro, unser Funker, ist ein gehorsamer Schreiber. In seinem Leben hat er schon Tausende von Texten gelesen, die fast alle in derselben Manier geschrieben waren. Sein Gehirn denkt neue Texte dementsprechend, er kennt keine anderen. Als ich ihm meine Texte vorgelegt habe, las er sie auf Verstöße und Andersartigkeit gegenüber dem, was er gewohnt war. Er wird nicht nachlassen und das Recht des ge-

horsamen Schreibens behaupten. Und ich werde nicht nachgeben und weiter muntere Texte schreiben, die zumindest mir sehr gut gefallen.

Aus den Aufzeichnungen meines Vaters (17. Juli, 22.54 Uhr)

Hätte nie gedacht, dass mir eine Salonrunde wie heute gefallen könnte. Mühlenthal weiß fantastisch viel über das östliche Mittelmeer und spricht davon so, dass man am liebsten jahrelang dort unterwegs sein würde. Und Kapitän Reckling hält sich zurück und lässt ihn gewähren. Aber wie steht es mit meinem Freund Heinrich? Hat er Mühlenthals »Philosophieren« etwa schon zigmal gehört? Das könnte sein, aber er tat so, als wäre er aufmerksam und hörte alles zum ersten Mal. Vielleicht haben die Drei die Salonnummer aber auch perfekt einstudiert, und ich spiele den dummen August, dem später nichts bleibt, als Homers Schiffe und Flösse zu zeichnen. Wäre das möglich? Nein, daran glaube ich nicht.

Aus den Aufzeichnungen meines Vaters (17. Juli, 23.09 Uhr)

Bald geht es auf Sizilien zu. Mühlenthal sagte mir kurz vor Salonende, dass wir mit einem beträchtlichen Sturm zu rechnen hätten. Vielleicht schon morgen oder übermorgen. Habe Sorgen wegen des Jungen. Er verträgt das nicht gut, es könnte ihn erneut ans Bett fesseln. Und das ausgerechnet kurz vor unserer Ankunft in Hellas! Als ich in unsere Kabine zurückkam, saß er im Salon und unterhielt sich mit Denis. Manchmal wirken die beiden wie zwei Brüder. Denis ist der ältere. Der Junge hält Distanz zum älteren Bruder, beobachtet ihn aber genau bei seinen Aktionen. Er könnte von ihm was lernen. Oder?!

Ich hatte einige Zeit im Salon geschrieben und auch eine Weile in Büchern über das Mittelmeer gelesen (wie war das mit den Phöniziern? Wo hatten sie eigentlich gelebt? Gab es bekannte phönizische Städte?), als Denis wieder erschien. Er setzte sich zu mir, als wäre nichts gewesen und als hätten wir einen friedlichen Tag miteinander verbracht. Ich räumte meine Texte rasch zusammen und sagte, dass ich schlafen gehen wolle. »Das willst Du, glaube ich, nicht«, sagte er, »Du willst mir noch etwas vorlesen. Etwas von Deinen Sachen. Etwas Frisches für die Bordzeitung.«

Keine Minute hatte ich daran gedacht, meine Texte ausgerechnet Denis vorzulesen. Ich war müde und überanstrengt, und ich hatte keine Lust, meine Texte zu zelebrieren. »Da!« sagte ich und schob ihm einige hin, »lies selbst, wenn Du magst. Ich bin zu müde.«

Ich gab ihm den Melina Mercouri-Text, den Text über Generalleutnant Patakos sowie den über Odysseus auf seinem Floß. Ich konnte nicht hinsehen, wie er sich über die Blätter beugte und die Texte gierig verschlang. Natürlich würde er sie schlecht finden, nicht ganz schlecht, aber doch so schlecht, dass man sie in die Schublade legen sollte.

Ich stand auf und tat, als wartete ich lediglich ab, bis er mit der Lektüre durch war. Leider gaben die Bullaugen nichts mehr her, keinen Halt, nichts, draußen war es stockfinster. Ich schaute Denis nicht an, ich blickte auf den Boden, als musterte ich den kleinen Teppich, der mir erst jetzt auffiel. Er lag unter dem Salontisch, als hätte ihn jemand dort vergessen und als wäre er jahrelang nicht hervorgeholt worden.

»Nun mach schon!« sagte ich schließlich und stellte mich dicht neben Denis. Er sollte seine Lektüre endlich beenden. Ich würde meine Texte nehmen und rasch verschwinden, er brauchte nichts dazu zu sagen.

Als er sie gelesen hatte, blickte er zu mir auf. »Die Texte

sind spitze«, sagte er (leise). »Niemand hat hier an Bord jemals solche Texte geschrieben. Vom wem hast Du sowas gelernt?« – »Nun übertreib nicht«, antwortete ich, »Maro findet sie überhaupt nicht gelungen. Er sagt, sie taugen nicht für die Bordzeitung.« – »Da hat er recht! Dafür taugen sie wahrhaftig nicht. Nicht für dieses Käseblatt. Lass bloß nicht zu, dass man sie auf diesen elenden Seiten bringt. Nein, wir müssen uns etwas Anderes ausdenken, etwas ganz Anderes!« – »Und das wäre?« – »Ich beschaffe Dir eine Schreibmaschine und Kohlepapier. Du tippst Deine Texte, ich zeige Dir, wie. Und dann bringen wir sie als Extranummer unter die Mannschaft.« – »Nein, das möchte ich nicht. Ich will Maro nicht hintergehen.« – »Sei jetzt still und nerv einen nicht mit Deinen Vorbehalten. Du machst es jetzt genau so, wie ich gesagt habe.« – »Da kannst Du lange warten.«

Ich nahm die Texte wieder an mich. Denis stand auf und schüttelte den Kopf. »Du bist wieder völlig verstockt. Aber egal. Beantworte mir noch meine Frage: Wer hat Dir das beigebracht?« – »Es ist viel zu spät, ich bin müde, lassen wir das für heute«, sagte ich. – »Es sind sehr gute Texte, ganz im Ernst. Du glaubst mir doch?« – »Ja«, sagte ich, »tue ich. Vielen Dank. Gute Nacht!«

Aus den Aufzeichnungen meines Vaters (18. Juli, 0.11 Uhr)

Der Junge wirkte nach seiner Rückkehr aus dem Salon seltsam sprachlos. Ich vermute, es gab einen Streit mit Denis. Vielleicht tut ihm der Umgang mit ihm doch nicht so gut, wie ich dachte. Er ging gleich zu Bett, ohne zu lesen, wie er es sonst immer tut. Ich sagte, dass der Salon mir gefallen habe. Und er antwortete nur: »Na prima.« Dann schlief er ein. Ich werde mich wieder mehr um ihn kümmern.

Die Annäherung an das Land

Ich schlief, ohne ein einziges Mal zu erwachen. Als ich zu mir kam, saß Papa an unserem Tisch und las die *Odyssee*. Er fragte mich, wie es mir gehe, und ich sagte, es sei alles in Ordnung, ich fühle mich gut. »Gestern Abend warst Du sehr einsilbig«, sagte er. – »Ja, tut mir leid«, antwortete ich, »es hat nichts mit Dir zu tun. Ich habe mich etwas geärgert, aber es ist schon vorbei.« – »Wir sollten mal in Ruhe zusammen frühstücken«, sagte Papa, »nur wir zwei, ohne den Kapitän und die anderen. Bald landen wir, auch darüber sollten wir einmal sprechen. Was wir an Land vorhaben, was uns interessiert.«

Ich freute mich über seine Vorschläge, denn ich war es ein wenig leid, jede Mahlzeit in Gesellschaft zu verbringen. Einmal wieder zu zweit zu frühstücken, das war genau das Richtige an diesem sonnigen Morgen. Das Meer war noch immer still und breitete sich träge vor uns aus.

Meine Laune wurde mit jeder Minute besser, und ich nahm mir vor, die Sache mit den kleinen Geschichten und Texten auf sich beruhen zu lassen. Ich würde weiter an ihnen arbeiten, aber nur zu meinem eigenen Vergnügen. Nach unserer Heimkehr würde ich sie in meine Reiseerzählung einbauen, für Maros Bordzeitung waren sie eindeutig nicht geeignet. Warum auch? Sollte Maro doch die üblichen Meldungen bringen, wie seit Jahren. Mir war es ab sofort egal.

Als Papa und ich vor dem Frühstück kurz an Deck gingen, sahen wir zum ersten Mal während der Fahrt einen kleinen Schwarm Tümmler. Die Tiere durchschnitten mit ihren kurz aus dem Wasser auftauchenden Flossen die glatte Oberfläche des Meeres, zogen sich eine Weile in die Tiefe zurück und erschienen mit ihren hellgrau glänzenden Körpern unvorhersehbar an einer ganz anderen Stelle. Die schmalen Köpfe waren gut zu erkennen, und es kam einem beinahe so vor, als beäugten sie unser Schiff von der Seite, in der Absicht, es zu begleiten.

Sie schienen keinerlei Furcht zu haben und bewegten sich so losgelöst und frei, als gäbe es nichts Schöneres auf der Welt, als in diesen Sonnenfluten kurze Runden zu drehen und einige Wettschwimmen zu veranstalten. Das Ganze sah wie inszeniert aus, als gehorchten sie einem Dirigenten, der die Aufführung leitete. Sie mussten die Darbietungen lange trainiert haben, denn jedes Tier schien genau zu wissen, wie und wo es sich bewegen sollte.

Insgesamt waren sie ein schöner Anblick, richtig wohltuend, man konnte sich keine besseren Tiere in der Umgebung vorstellen. Schwere Wale oder Haie erwecken immer den Eindruck, pausenlos auf einen dicken Fraß und große Beute aus zu sein. Bei den Tümmlern ist das ganz anders. Sie tun so, als wäre der Spieltrieb dominant und als ernährten sie sich ganz nebenbei von ein paar Fischen in Miniaturausgabe, die unter dem Geschlucktwerden nicht groß zu leiden haben.

Ich hatte angenommen, dass ein Schwarm Tümmler zwar für Papa und mich eine kleine Sensation bedeutete, nicht aber für die Besatzung, die solche Schwärme wohl schon oft gesehen hatte. Dem war aber nicht so. Denn auf einmal standen sowohl am Vorderdeck wie auch am Heck Trauben von Beobachtern, und es wurden sogar Ferngläser herumgereicht, um die Tiere ganz aus der Nähe betrachten zu können.

Selbst Kapitän Reckling kam an Deck und erklärte uns in einem (bei ihm immer häufiger werdenden) getragenen Ton, es handle sich um junge Tümmler, die uns nun eine ganze Weile begleiten würden. Früher seien solche Schwärme als Glücksboten verstanden worden, die ein Schiff kurz vor der Landung willkommen hießen.

Neben mir stand Maro, blickte ebenfalls durch ein Fernglas und kündigte an, dass er in der Bordzeitung eine Notiz über das Auftauchen der Tümmler bringen werde. Dann sagte er (leise und nur zu mir): »Ich habe mit Reckling gesprochen. Er will Deine Texte sehen.« – »Ist nicht mehr nötig«, antwortete ich, »ich ziehe sie zurück. In Zukunft schreibe ich solche Sachen nur noch für mich. Ich will keinen Streit.« – »Was soll das heißen?« fragte Maro. »Interessiert Dich die Zeitung nicht mehr?« – »Doch, die Nachrichtenlese interessiert mich sehr. Und ich würde mich freuen, wenn Du mir solchen Erzählstoff weiter zeigst und anbietest. Aber die Meldungen für die Zeitung, die solltest Du allein schreiben. Das ist nun mal nichts für mich.« – »Wenn Du meinst. Zeig Deine Geschichten aber trotzdem dem Kapitän, ich habe schließlich bereits von ihnen gesprochen. Und erwähne bitte unsere kleine Meinungsverschiedenheit nicht. Wir sollten das Thema nicht weiter vertiefen.« – »Nein, sollten wir nicht. Ich werde Kapitän Reckling drei, vier Texte geben. Und nichts dazu sagen.« – »Danke. Du bist sehr in Ordnung.«

Dass ich »in Ordnung sei«, hätte Maro nicht eigens betonen müssen. Es war doch selbstverständlich, dass wir wegen einiger kurzer Texte kein großes Theater veranstalten würden. Also ging ich rasch in die Kabine, wählte vier Texte aus, kam zurück und stellte mich neben Reckling. Papa war schon im

Salon verschwunden, Reckling aber schaute noch immer den Tümmlern zu, als könnte er sich an ihnen nicht satt sehen. Er blickte weder nach rechts noch nach links, sondern stur geradeaus und flüsterte: »Grandios. Einfach grandios. Sie haben enorme Grazie, nicht wahr?«

Ich fand, dass »Grazie« bestimmt nicht das richtige Wort für die Bewegungen von jungen Tümmlern war, wollte Reckling aber nicht widersprechen. In meiner Verlegenheit suchte ich nach einem ähnlich unpassenden, übertrieben pompösen Wort und antwortete: »Phänomenal. Ja, einfach phänomenal.«

Wir schwiegen eine Weile und glotzten, es waren keine Tümmler mehr zu sehen. Da flüsterte Reckling plötzlich: »Ich habe eine gute Meldung erhalten. Und Du bist der einzige, der sie erfährt.« Ich überlegte kurz und flüsterte zurück: »Ist sie von Ihrem Sohn?« – »Ja«, nuschelte er, »mein Sohn hat sich bei der Marine angemeldet. Sein Antrag wird nun geprüft.«

Ich spürte förmlich, wie glücklich der große Mann neben mir war. All seine Träume bezüglich seines (anscheinend nicht einfachen) Sohnes schienen in Erfüllung zu gehen. Plötzlich verstand ich auch, warum ihm die Beobachtung der jungen Tümmler so viel bedeutete. Ihr Auftauchen und ihr »graziöses« Schwimmen erschienen ihm anscheinend wie Bilder seines eigenen Glücks! Das Leben bestand in diesem Moment aus einem Schauspiel, das pure Freude bereitete, so, wie er es sich lange gewünscht hatte. Mühelos, ohne falsche Zwänge, eine lockere Fortsetzung von Korbrunden, die an den Abenden eine andere Art von Freude mit sich brachten. Wie aber sollte ich darauf reagieren?

»Eigentlich möchte ich Ihnen gratulieren«, sagte ich, »aber das könnte Unglück bringen. Ich warte also lieber, bis über den Antrag entschieden ist.« – »Du bist ein kluger Bursche«, antwortete er, »und von diesem klugen Burschen will ich nun ein paar kluge Texte lesen.« – »Muss das sein?«, fragte ich, »ich möchte gar nicht mehr, dass sie in der Bordzeitung erscheinen.« – »Wie auch immer«, antwortete er, »lesen möchte ich sie trotzdem.« – »Also gut«, sagte ich, »hier sind einige! Wenn Sie das unbedingt lesen wollen! Ich gehe jetzt frühstücken, mein Vater und ich wollen über den ersten Landgang sprechen.«

Ich übergab Reckling die kurzen Geschichten und ließ ihn mit den Tümmlern und meinen Erfindungen allein. Einen Moment lang stellte ich mir vor, wie er in seine Kabine gehen, ein Glas Sekt auf die Zukunft des Sohnes trinken und sich dann (gut gelaunt) meinen Texten widmen würde. »Meine Texte sind auch junge Tümmler«, hätte ich ihm am liebsten noch zugeflüstert. Aber das musste vielleicht gar nicht sein. Er würde es spüren, so, wie er momentan drauf war.

Weil wir später als sonst zum Frühstück im Salon erschienen, war niemand mehr anwesend. Denis war schon dabei, Teller, Gläser und Besteck abzudecken. »Ich dachte, Sie hätten heute früh keinen Appetit«, sagte er, beeilte sich dann aber, uns noch etwas frisches Brot und Marmeladen zu bringen.

Während er das alles auf den Tisch stellte, sagte er zu Papa: »Ich habe Johannes eingeladen, am Abend nach unserer Ankunft mit mir einen Club in Patras zu besuchen. Haben Sie etwas dagegen?« – »Was für einen Club?« fragte Papa. – »In Patras gibt es drei, vier Clubs, in denen die neuste Bandmusik läuft. Britische und amerikanische Bands, das Beste, was es im Augenblick weltweit so gibt.« – »Weltweit?!« hakte Papa nach. – »Ja, weltweit!« antwortete Denis. – »Habt Ihr das schon fest vereinbart?« fragte mich Papa. – »Nein«, sagte ich, »Denis hat den Vorschlag gemacht, aber ich war mir nicht sicher.« – »Warum nicht?« fragte Papa. – »Ich kenne diese britischen und amerikanischen Bands nicht. Du weißt ja, warum.« – »Nein«, sagte Papa, »warum kennst Du sie nicht?« – »Weil ich mich bisher nur mit klassischer Musik beschäftigt habe. Aber das weißt Du doch. Warum fragst Du so?« – »Ach so, das meinst Du. Interessiert es Dich denn? Möchtest Du diese weltweit gefeierten Bands hören?« – »Ja, sehr gern.« – »Also gut! Dann solltet Ihr beide zusammen in diese Clubs gehen. Stimmt's, Denis?« – »Na klar«, antwortete er, »machen wir.«

Ich war etwas erstaunt, wie gezielt Denis das Thema zur Sprache gebracht hatte. Er blieb also dabei und wollte mit mir zusammen die Clubs von Patras besuchen. Und das am ersten Abend, nachdem wir gelandet waren. »Wann werden wir denn in Patras ankommen?« fragte ich Papa, »weißt Du das? Hat Kapitän Reckling davon gesprochen?« – »Ja, hat er, gestern Abend. Er ist momentan sehr gut gelaunt, so gut wie seit der ganzen bisherigen Fahrt nicht. Vielleicht ist er erleichtert, dass wir die schwierigsten Passagen der Reise hinter uns haben. Nach der Landung in Patras soll es ja nur noch an der griechischen Küste entlang Richtung Norden gehen. Da kann nichts mehr schiefgehen.« – »Das hört sich beruhigend an. Aber wann genau werden wir nun in Patras landen?« – »Übermorgen, am frühen Mittag.« – »Gut. Dann gehen wir beide danach an Land und durchstreifen die Stadt.« – »Das tun wir.« – »Wie früher an der Mosel. Wie in Berlin. Ich freue mich mordsmäßig darauf.« – »Ich mich auch.«

Was für ein guter Tag ist das heute! dachte ich. Keine Spannungen, keine Konflikte, alles klärt sich anscheinend von selbst. Übermorgen Mittag werden Papa und ich in Patras an Land gehen, und am Abend werde ich mit Denis in der Stadt unterwegs sein. Papa wird nach dem Abendessen sicher an Deck bleiben, das vermute ich jedenfalls.

»Maro hat mir eine Seite mit Empfehlungen der Bremer Reederei für den ersten Landgang gegeben«, sagte Papa. »Er behauptet, es sei die übliche Seite mit Informationen für die Passagiere. Nichts Besonderes, ziemlich einfallslos. Patras soll arm an Sehenswürdigkeiten sein und nur einen kleinen Hafen haben. Oberhalb der Stadt liegt wohl eine alte Burg, deren Besteigung empfohlen wird. Und dann soll es noch eine größere orthodoxe Kirche geben. Ein paar Kilometer von der Stadt entfernt liegt auch ein kleines Strandbad. Aber dafür haben wir wohl keine Zeit, obwohl ich sehr gern im Meer baden würde. Man wird ja beinahe verrückt, wenn man bei diesen Temperaturen tagelang auf die See starrt, ohne hineinspringen zu können.« – »Wie lange liegt unser Schiff denn in Patras?« – »Nur einen Tag. Dann geht es schon weiter, auf Piräus zu.«

Wir frühstückten nicht viel, ich selbst aß nur eine einzige Scheibe Brot mit etwas Orangenmarmelade. Die Warnungen, die Mühlenthal gestern Abend wegen eines bevorstehenden Sturms ausgesprochen hatte, gingen mir noch durch den Kopf. Diesmal wollte ich besser darauf vorbereitet sein, und das bedeutete: Viel Wasser trinken, wenig essen, vor dem Sturm an Deck bleiben, die frische Luft einatmen! »Mühlenthal hat gestern von einem starken Sturm gesprochen!« sagte ich. – »Ja, in ein paar Stunden soll es angeblich losgehen«, sagte Papa. – »Mmm.« – »Machst Du Dir Sorgen deshalb?« – »Ja, mache ich. Nach dem, was ich schon mal erlebt habe.« – »Wir nehmen gleich eine oder zwei starke Tabletten, ich habe das schon mit Denis abgesprochen. Du brauchst Dir keine Sorgen zu machen.«

Ich trank ein großes Glas Wasser und überflog die Empfehlungen der Reederei, die Papa aus seiner Hemdtasche gezogen hatte. Auf die alte Burg wollte ich auf keinen Fall gehen, die große orthodoxe Kirche dagegen interessierte mich sehr. (Ich hatte noch nie eine solche Kirche gesehen, und ich wusste fast nichts über die Besonderheiten des griechisch-orthodoxen Glaubens.)

»Die Burg besteigen wir aber nicht, oder doch?« fragte ich Papa. – »Nein, wir wollten doch keine Bildungsbürger abgeben, die auf menschenleere Burgen steigen«, sagte Papa. – »Stimmt. Die große orthodoxe Kirche würde ich mir aber trotzdem gerne anschauen.« – »Natürlich, die sollten wir uns unbedingt anschauen. Alte Burgen sind museal und menschenleer, orthodoxe Kirchen nicht. Die Griechen sollen sehr gläubig sein.« – »Weißt Du darüber Bescheid, ich meine über die Besonderheiten des orthodoxen Glaubens?« – »Nicht gut genug. Denis soll darüber etwas wissen, behauptete Kapitän Reckling gestern Abend.« – »Denis?! Das kann ich mir nicht vorstellen.« – »Doch, Denis! Er hat sich mit dem orthodoxen Glauben intensiver beschäftigt. Wegen dieses amerikanischen Schriftstellers, dessen Roman ich lesen soll.« – »Wegen Salinger?!« – »Ja, wegen dem. Der soll etwas vom orthodoxen Glauben verstanden haben.« – »Salinger?! Davon erzählt der *Fänger im Roggen* aber nichts!« – »Keine Ahnung. Auch diese Lektüre habe ich vorerst abgebrochen. Wegen des Zeichnens. Ich mache mich aber wieder dran. Es interessiert mich.«

Dass Denis sich mit dem orthodoxen Glauben auskannte, brachte meine Mutmaßungen über ihn schon wieder durcheinander. Er war einfach nicht »auszurechnen«, wie meine Schulfreunde gesagt hätten. (Meist waren bestimmte Fußballer »nicht gut auszurechnen« – dann schossen sie wochenlang kein Tor und plötzlich in jedem Spiel mindestens zwei … Man konnte die Wendung aber auch auf Politiker, Künstler oder sonstige Geistesgrößen übertragen. Picasso zum Beispiel war absolut »nicht gut auszurechnen«, keine Minute lang …)

Ich überlegte. Denis war für mich anscheinend deshalb schwer zu durchschauen, weil wir in sehr verschiedenen Welten lebten. Ja, es gab wohl kaum gegensätzlichere Welten als die von Denis und mir. Wahrscheinlich gerieten wir deshalb laufend aneinander und beobachteten das Fremde am andern mit einer gewissen Faszination (und Ungläubigkeit).

Der Unterschied zwischen uns bestand aber darin, dass Denis mich oft »bekehren« wollte, während ich nicht das geringste Interesse daran hatte, nun wiederum ihn zu »bekehren«. Sollte ich Denis die Schönheiten eines Bachschen Präludiums erklären? Nein, das wäre umsonst gewesen, es hätte ihn nicht interessiert. Oder etwa doch?! Meine Herren – wenn ich etwas länger darüber nachdachte, konnte ich mich selbst in dieser Hinsicht irren. Denis war eben überhaupt »nicht auszurechnen«.

Papa trank seine Tasse Kaffee aus und sagte: »Schön, jetzt haben wir einen kleinen Plan für Patras. Wir beide gehen am Mittag zusammen an Land und durchstreifen die Stadt. Wir essen griechisch, wir schauen uns die orthodoxe Kirche an, wir lassen uns treiben, wie immer. Vielleicht machen wir ein paar gute Bekanntschaften, vielleicht finden wir einige Griechen, mit denen wir uns verständigen können. Mal sehen. Übermorgen Mittag beginnt also unser griechisches Abenteuer. Und am Abend beginnt Dein Abenteuer ohne väterliche Begleitung. Ich bleibe an Deck und frequentiere Kapitän Recklings Korbrunde. Und Du gehst in die Clubs. Mit weltweit anerkannter Bandmusik.« Papa lachte, ich wusste, dass er sich über das »weltweit« noch häufiger lustig machen würde. (Ein Geodät hält nichts von »weltweit«, er kennt nur klar abgegrenzte Regionen, die man mit dem Feldbuchrahmen in der Hand vermisst und beschreibt.)

Wir wollten den Salon verlassen, als Kapitän Reckling erschien. Er hielt die Blätter mit meinen Geschichten in der rechten Hand – und ich dachte: Herr, lass ihn bitte nicht von diesen Geschichten anfangen! Papa kennt sie ja noch gar nicht!

Kapitän Reckling aber fing sofort damit an und sagte zu Papa, dass er stolz auf seinen Sohn sein könne. »Stolz?! Wieso das denn?« fragte Papa (etwas zu eifrig, wie ich fand). Dann holte Reckling aus und sprach davon, dass meine Geschichten großen »Unterhaltungswert« hätten, unerwartete »Perspektiven« enthielten und sehr gut geschrieben seien. »Welche Geschichten meinen Sie?« fragte Papa erneut nach. – »Sie kennen diese kleinen Erzählungen Ihres Sohnes noch gar nicht?« – »Nein«, sagte Papa, »da ist mir anscheinend Wichtiges entgangen.« – »Nichts Wichtiges«, meldete ich mich kurz zu Wort, »ich habe sie Dir nicht gezeigt, weil Du so sehr mit dem Zeichnen beschäftigt warst.«

Papa blieb in der Tür stehen und ging ein paar Schritte wieder zurück in den Salon. »Ich bekomme gerade so einiges nicht mit«, sagte er, »und das anscheinend, weil ich zu viel zeichne. Ich erfahre nichts von britischen und amerikanischen Bands, und ich lese zu wenig Salinger. Und die Geschichten, die mein

Sohn in alle Welt verteilt, die bekomme ich auch nicht mehr zu Gesicht.«

Sein Ton hörte sich nicht besonders gut an. Er klang rau, empört und so ganz anders als noch vor einer Minute, als wir uns perfekt verstanden und den Landgang geplant hatten. »Ich wollte Dich nicht mit diesen Geschichten nerven«, sagte ich, »Du solltest in Ruhe zeichnen können.« – »Haben mich Deine Geschichten jemals genervt?« fragte er und wurde lauter. »Haben Deine jahrelangen Schreibexerzitien das auch nur eine einzige Sekunde getan? Wie kommst Du auf solche Gedanken? Mit kaum etwas Anderem habe ich mich so beschäftigt wie mit dem, was Du geschrieben hast. Hast Du das vergessen? Oder willst Du es nicht mehr wahrhaben?!«

Papas Gesicht war rot vor Zorn, ich hatte ihn noch nie in dieser Verfassung gesehen. Ich war so entgeistert und überrascht, dass ich mich setzte und hilfesuchend zu den Bullaugen starrte. Nichts da. Sie blickten nicht zurück, sondern stellten sich tot.

Auch Kapitän Reckling war die Situation unangenehm. Er versuchte, Papa zu beruhigen, und sagte: »Josef, ich glaube, es handelt sich um ein Missverständnis. Dein Sohn hat mir vier kurze Geschichten übergeben, die eigentlich für Maros Bordzeitung gedacht waren. Ich habe sie gerade mit größtem Vergnügen gelesen. Sie passen und gehören aber nicht in diese Zeitung. Sie sind vielmehr Literatur, richtige, gute, druckreife Literatur.«

Ich sah, dass Papas Erregung anhielt. Er hielt sich am Tisch mit der rechten Hand fest, erst dann schien er zu bemerken, dass ich mich gesetzt hatte. Er schüttelte den Kopf und setzte sich ebenfalls. Jetzt wird die Sache schlimm, dachte ich, jetzt holt er aus und ich bekomme seinen ganzen Ärger noch schlimmer und härter ab als Odysseus die Wogen des Meeresgottes Poseidon!

Doch es kam völlig anders, denn Papa zögerte, atmete durch und strich sich langsam über die Stirn. Dann sagte er: »Entschuldige, mein Junge. Ich bin etwas durcheinander. Hör nicht auf den Unsinn, den ich rede. Natürlich wolltest Du mir nichts vorenthalten, nein, bestimmt nicht. Und Du, Hans Georg, gib mir mal die Blätter, ich möchte sie lesen! Jetzt, da wir uns anscheinend duzen, ist mir das eine besondere Freude.« – Kapitän Reckling schaute verwundert, dann legte er die Blätter auf den Frühstückstisch und lachte sein schepperndes Kapitänslachen. »Stimmt, ich habe Dich gerade geduzt! Da siehst Du, wohin Dein Zorn einen treibt. Aber nun bleibt es dabei, nun duzen wir uns!«

Er lachte weiter und bestellte drei Gläser Sekt. Denis machte einen stark irritierten Eindruck, als er sie in den Salon brachte. Papa und ich standen auf, und ich musste (wie die beiden anderen) ein ganzes Glas leeren. Neben der Korbrunde gab es nun eine Kapitänsrunde. Sie bestand aus Kapitän Reckling, Papa und mir – und sie würde sich, wie Reckling vollmundig verkündete, der Pflege meines literarischen Werks (haha!, toll!, was für eine Idee!) widmen.

Mir wurde leicht schwindlig, als ich das Glas geleert hatte. Es lag nicht am Alkohol, sondern an den Stimmungsschwankungen, die ich gerade mitgemacht hatte. Die beiden Männer saßen nebeneinander und beugten sich über meine Geschichten. Ich selbst schlich hinaus. Was machten die Tümmler?

Sie waren weiter in reger Aktion, und es waren viel mehr

als noch eben. Sie bewegten sich auch erheblich schneller, als wollten sie es mit dem allmählich stärker werdenden Wind aufnehmen. Manchmal sah es so aus, als glitten sie wie scharf geschossene Pfeile über die Meeresoberfläche, dann bogen sie in plötzlichen Kurven nach den Seiten hin ab und tauchten theatralisch. Es waren Auftritte wie im Zirkus, ganz große Nummern, noch nie hatte ich so etwas gesehen.

Denis stand plötzlich neben mir und sagte: »Ist mit Dir alles in Ordnung?« – »Ja, warum fragst Du?!« – »Du hast rote Flecken im Gesicht, auf beiden Seiten, das sieht nicht gut aus.« – »Dann schau woanders hin, die Flecken werden sich bald verziehen.« – »Nun sei nicht so störrisch. Ich mache mir Sorgen, im Ernst.« – »Es ist nichts, es hat rein gar nichts zu bedeuten. Ich habe mich nur etwas aufgeregt. Und zwar wegen meiner Geschichten. Reckling hat sie gelesen, Du hast sie gelesen, Maro hat sie gelesen – nur meinem Vater habe ich sie nicht zum Lesen gegeben. Und das war ein nicht wieder gut zu machender Fehler.« – »Wie bitte? Dein Vater liest sie doch gerade, dann ist doch alles in Ordnung.« – »Nichts ist in Ordnung. Ich hätte sie meinem Vater als erstem geben müssen. Wenn ich einen Text geschrieben habe, war er immer mein erster Leser. Seit ich überhaupt so etwas wie schreiben kann. Seit ich dieses verdammte, ewige Schreiben einigermaßen beherrsche.« – »Was soll das heißen?! Was meinst Du mit ›ewigem Schreiben‹?« – »Mein Vater hat mir das Schreiben beigebracht. Ich meine das richtige, gute, das man später wiederlesen und vorlesen kann. Er war mein Lehrer, jahrelang, Tag für Tag. Ich habe Tausende von kleinen Texten geschrieben. Verstehst Du jetzt, was ich meine?!« – »Tausende von Texten! Übertreibst Du nicht ein bisschen?« – »Nein, ich übertreibe nicht. Es ist so, wie ich gerade sage. Es ist tausendmal so! Und es ist der

Grund, dass meine Texte etwas taugen, zumindest einigermaßen. Jeder, der nichts von den Hintergründen weiß und sie liest, sagt: ›Oooo! Der Junge kann aber gut schreiben! Wer hat ihm denn sowas beigebracht? Das ist ja erstaunlich. Oooo! Oooo!‹ Ich kann diese Sprüche nicht mehr hören, ich hasse sie. Ich hasse die doofen Kommentare, und ich hasse es, dass ich etwas erklären soll. Ich will nichts erklären, ich will kein Erklärer sein, verdammt noch einmal! Ich will in Ruhe gelassen werden, von allen und jedem, um meine verrückten kurzen Texte schreiben zu können. Mehr nicht. Mit dem Klavierspielen ist es haargenau so. Jemand hört mich durch einen blöden Zufall irgendwo spielen, dann heißt es schon wieder: ›Oooo! Wieso kann der Junge denn so gut spielen? Wer hat ihm denn das beigebracht? Das ist beachtlich.‹ Scheiße ist das! Jahrelang habe ich Tag für Tag Klavier geübt und jahrelang habe ich Tag für Tag kleine Texte geschrieben. Das war viel Mühe und Arbeit. Harte Arbeit! Deswegen beherrsche ich inzwischen zwei Dinge einigermaßen: Klavierspielen und kleine Texte schreiben. In dieser Reihenfolge. Sonst kann ich nichts, gar nichts, verstehst Du? Keine Mathematik. Keine Physik. Nicht mal *Penny Lane* kenne ich, und vom orthodoxen Glauben habe ich nicht die geringste Ahnung. Ich bin eine Null. Ich kann nicht einmal … richtig küssen, verstehst Du? Ich kann überhaupt nichts von dem, was andere Jungs in meinem Alter von ganz allein können.«

Ich war laut und lauter geworden, ich übertrieb es. Aber ich kann zu meiner Entschuldigung sagen, dass ich sehr gereizt war. Am liebsten hätte ich das verdammte Schiff verlassen und wäre (nur mit Papa) weiter durch Griechenland gegondelt. Oder getrampt. Oder Gott weiß was. Ich hatte genug von den anderen, von Maro, dem gehorsamen Schreiber, von Mühlenthal, dem Alleswisser, und von Denis, der mir dauernd auflauerte, um meine Störungen aus der Nähe zu studieren. Nur auf Kapitän Reckling ließ ich nichts kommen, er hatte sich immer sehr anständig benommen. Fast ›wie ein Vater‹, fast wie. Vielleicht hätte sich auch Segemann so benommen, das war durchaus möglich, ich bekam ihn aber nur selten zu sehen. Immer war er beschäftigt, mit Basteleien in seiner Kabine, mit Arbeiten im Motorenraum. Er versteckte sich anscheinend, ihm schien die dauernde Anwesenheit der anderen auch lästig zu sein. Oder irrte ich mich?!

Seltsamerweise tauchte er plötzlich neben Denis und mir auf. Und seltsamerweise genau in dem Moment, als ich mit meiner Tirade durch war. Ich starrte noch auf das Meer, wo die Tümmler vor Lebensfreude beinahe durchdrehten, da kam er näher. Heinrich Segemann. In einem hellblauen, ärmellosen Hemd. Mit dunkelblauer Hose. Ungegelt. Mit struppigen, weit abstehenden Haarwirbeln. Ein Ingenieur. Ein Erfinder. Irgendwas in dieser Richtung. Er hielt eine Bastelei in der rechten Hand, kam direkt auf mich zu und sagte: »Ich hatte ja versprochen, Dir mein kleines Floß des Odysseus zu zeigen. Hast Du Interesse?!«

Ehrlich gesagt, hatte ich in diesem Augenblick nicht die geringste Lust, mir Segemanns Floß des Odysseus anzusehen. Aber er hatte immer wieder von diesen Basteleien gesprochen, sie waren beinahe sein einziges großes Thema gewesen. Deshalb riss ich mich zusammen und antwortete: »In Ordnung. Endlich bekomme ich das Floß des Odysseus auch wirklich zu sehen. Ich dachte schon, es existiert gar nicht.«

Denis starrte uns an, als redeten wir in einer Sprache, die er noch nie gehört hatte. Ich kümmerte mich nicht weiter um ihn, ich hatte schließlich alles gesagt, was gerade zu sagen gewesen war. Sollte er von mir halten, was er wollte. Notfalls würde ich auf den Landgang in die Clubs von Patras verzichten. Sollte er doch allein hingehen, um seine britischen und amerikanischen Bands zu hören!

Ich fragte Floßbauer Segemann, wo wir uns seine Bastelei anschauen sollten. Der Salon war (durch Papa und Kapitän Reckling) besetzt, also vielleicht in unserer Kabine? Segemann war einverstanden, und so trotteten wir dorthin, wo ich unseren Tisch von Büchern und Papas Zeichnungen befreite. Wir räumten die Platte ganz leer, und ich wusch sie ab und trocknete sie. Dann setzte Heinrich Segemann das Floß in die Mitte, und ich umkreiste den Tisch mehrmals, um sein Objekt zu bestaunen.

Es sah rührend einfach aus: dicke, runde Hölzer, fest aneinandergebunden, schmalere Querhölzer in der Mitte, ein großer Mastbaum mit einem weißen, leicht zerfetzten Segel, irritierende viele Taue – und ein besonders schlichtes Ruder. Durch einen kleinen, baldachinartigen Aufbau wirkte es fast wie ein Segelboot.

Kunstvoll daran war, dass es so provisorisch wirkte. Also nicht wie das Floß eines Menschen, der die besten Geräte zu seinem Bau zur Hand gehabt hatte, sondern eher wie ein Floß, das aus der Not heraus entstanden war. Mit Materialien, die sein Erbauer irgendwo in der Wildnis aufgetan hatte.

»Gefällt es Dir?« fragte Segemann. – »Sehr«, sagte ich, »ich würde mit einem solchen Floß zwar nicht durchs Mittelmeer segeln, aber ich kann mir gut vorstellen, dass Odysseus genau das mit genauso einem Floß getan hat.« – »Eben«, antwortete

Segemann, »auf die Vorstellung kommt es an, die Vorstellung muss stimmen. Deshalb habe ich so viel Wert auf die Schlichtheit der Konstruktion gelegt. Wenn man es sich genauer anschaut, denkt man als erstes: Sieht gut aus, aber damit kommt er nicht weit. Das Meer wird es auseinandernehmen, Teil für Teil. Und so kommt es dann ja auch. Es ist eine meiner Lieblingsstellen in der *Odyssee*, ja, es ist eine wirklich fantastische Stelle.« – »Wieso?« fragte ich. – »Wieso? Na komm, hast Du eine Übersetzung da? Ich lese die Stelle mal vor.«

Ich holte die Prosaübersetzung und gab sie Segemann. Er setzte sich, lehnte sich etwas nach vorne und las sehr langsam eine längere Passage aus dem berüchtigten Fünften Gesang. Zum ersten Mal bekam ich Satz für Satz mit. Als öffnete Segemanns ruhiges und betontes Lesen mir erst so richtig die Ohren. Ich schweifte nicht ab (wie beim eigenen Lesen), sondern folgte den Ereignissen, als sähe ich sie direkt vor mir. Wie Odysseus viele Bäume fällte, sie behaute und mit Bolzen und Klammern zusammenfügte! Und wie er das Floß später (auf Walzen!) ins Meer zog! Und wie er dann lossegelte und am achtzehnten Tag ruhigen Segelns »die schattigen Berge des Landes der Phaiaken« ganz deutlich sah, ›zum Greifen nah‹! Genau in diesem großen Moment bemerkte ihn jedoch Poseidon und bot den schlimmsten Sturm auf, der sich denken ließ …

Es war eine höllische, Angst machende Stelle, und es war bestimmt nicht der richtige Moment, sie zu lesen. Draußen war es längst etwas dunkler geworden, die Sonne war verschwunden, anscheinend stand der angekündigte Sturm nun auch uns bald bevor.

Heinrich Segemann hatte das alles aber keine Sekunde im Blick, sondern las unbeirrt weiter, in einem lebendigen, abwechslungsreichen Ton, als wäre der Text von ihm! Ja, er schien diesen *Odyssee*-Sturm richtig zu genießen und jedes Detail auszukosten. Wie der Mastbaum zerbrach, wie Segel und Rahe wegflogen und die schweren Stämme jeden Halt verloren und einzeln durchs Meer trieben! Und wie Odysseus am Ende sich nur noch schwimmend zu retten versuchte und nach drei Tagen Schwimmen endlich das feste Land erreichte. Raues Gestade zunächst, doch dann einen Fluss, im Land der Phaiaken …

Heinrich Segemanns Stimme wurde leiser und leiser, und ich bemerkte, wie ihn die Stelle rührte: Odysseus, der in einem Wald in Flussnähe ein kleines Lager findet und ein paar Blätter über den geschundenen Leib breitet: »Und ihm goss einen Schlaf auf die Augen Athene, dass er ihn aufs schnellste befreie von der mühsamen Ermattung, indem er ihm die Lider rings umhüllte …«

So endete der Fünfte Gesang, und ich kapierte endlich, warum Ingenieur Segemann gerade von dieser Stelle so angetan war. »Unglaublich, oder?!« sagte er und trocknete sich mit einem Taschentuch die Stirn. – »Ja«, sagte ich, »wirklich furchterregend!« – »Aber nicht nur das! Stell Dir vor: Viele Jahre ist Odysseus wegen des Trojanischen Krieges in der Ferne gewesen. Auf der Heimfahrt von Troja verliert er nach und nach alle Gefährten. Zuletzt bleibt ihm nur noch ein zusammengezimmertes Floß! Und auch das wird noch Stück für Stück in alle Bestandteile zerlegt! Schließlich strandet er nackt und hilfloser als hilflos im Land der Phaiaken! Kann man sich ein schlimmeres Ende vorstellen? Für einen Krieger, dessen Kriegsplan Troja letztlich zerstört hat? Nichts hat es ihm gebracht, gar nichts, er ist am Ende!«

Ich nickte, aber so sehr ich auch überlegte, mir fiel einfach nicht ein, wie es in der *Odyssee* danach weiterging. Odysseus war zwar am Ende, aber die Phaiaken waren als gute Gastgeber bekannt. Richtig? Hatten sie ihn nicht gastfreundlich aufgenommen? Und war er vom Phaiakenland nicht endlich doch nach Hause gelangt?

Ich sah Segemann an, dass er mir am liebsten auch noch den Sechsten Gesang (und damit die Wende zum Guten) vorgelesen hätte. Das aber wollte ich lieber selbst tun, Satz für Satz, so langsam wie möglich. Ich hatte die Stimme Segemanns jetzt genau im Ohr, und ich würde sie im Ohr behalten, wenn ich den Sechsten Gesang las.

Um ihm zuvor zu kommen, sagte ich: »Spätestens morgen werde ich noch einmal den Sechsten Gesang lesen. Der ist ja besonders schön. Finden Sie auch?« – »Schön?!« sagte Segemann (fast belustigt). »Der Sechste Gesang enthält die Nausikaa-Geschichte. Die hat Goethe zu Tränen gerührt.« – »Ach ja?« tat ich unschuldig (obwohl ich im Schulunterricht schon einmal davon gehört hatte, von Goethes Rührung nämlich und davon, dass er vergeblich versucht hatte, die Nausikaa-Geschichte nachzudichten – oder etwas Ähnliches in dieser Art). – »Allerdings«, sagte Segemann, »Goethe hat sogar versucht, die Nausikaa-Geschichte nachzudichten.« – »Und?« fragte ich (und fühlte mich beinahe mies), »wie kam er damit zurecht?« – »Er hat die Arbeit abgebrochen. Was sich davon erhalten hat, ist aber von großer Schönheit. Überwältigend geradezu. Das schönste Deutsch, das je geschrieben wurde.« – »Im Ernst?« – »Nach meiner Meinung das schönste Deutsch. Aber ich bin natürlich in diesen Dingen nur ein kleiner, unbedeutender Laie.«

Ich mag es nicht, wenn Menschen behaupten, sie seien in dieser oder jener Angelegenheit nur kleine, unbedeutende Laien. Meistens sagen das ausgerechnet solche, die sich durchaus sehr gut auskennen. Sie machen sich kleiner als sie sind, und das alles nur, weil sie nichts wagen und ihre Ansichten nicht selbstbewusst vertreten. So etwas ist nervig und führt oft zu langem Blabla, an dessen Ende sie gegenüber den nur scheinbar besser Informierten zugeben müssen, sich doch einigermaßen auszukennen.

Ich zuckte also (innerlich) etwas zusammen, als Segemann sich so wegduckte, aber ich hätte es nie über das Herz gebracht, dieses Thema anzusprechen. Er hatte mir anhand des kleinen Floßes (und noch mehr anhand seiner Lesung) gezeigt, dass es sich lohnte, weiter in der *Odyssee* zu lesen. Ich hatte sogar richtig Lust dazu, und ich sagte das auch und bedankte mich (reichlich umständlich).

Wir waren mit unserer *Odyssee*-Sitzung gerade durch, als es klopfte. Papa konnte das nicht sein, also kamen nur Maro oder Denis in Frage. (Ich tippte auf Denis.) Segemann sagte, er werde das Floß in unserer Kabine lassen, damit Papa es zeichnen könne. Dann verabschiedete er sich und ging hinaus. Draußen stand Denis, lauernd, wie fast immer.

»Was willst Du schon wieder?« fragte ich. – »Nach Dir schauen. Sehen, ob es Dir besser geht.« – »Dann mach schnell und wirf einen Blick auf mich und sag, ob die roten Flecken noch da sind.« – »Nein, sind sie nicht.« – »Sie sind also verschwunden, wie ich vorhergesagt hatte?« – »Ja, sie sind weg.« – »Bravo, Denis! Die Flecken sind weg. Damit kannst auch Du Dich wieder entfernen. Habe ich Recht?« – »Nein, es geht noch um etwas Anderes.« – »Worum geht es denn noch?« – »Um Deine Kleidung. Du siehst einfach unmöglich aus.« – »Wie bitte?!« – »Wenn Du Dich kleidest wie heute oder wie an den Tagen, seit Du an Deck bist, können wir in keinen Club der Welt gehen.« – »Ich sehe vollkommen normal aus.« – »Das ist es ja eben. Du siehst grausam normal aus. Jeder wird erkennen, dass Du ein Deutscher bist. Und zwar einer von der biedersten Sorte. Ein Mausetourist. Einer mit Fotoapparat und Baedeker.« – »Ich benutze keinen Baedeker. Und fotografieren tue ich selten genug.« – »Na gut. Du willst mich nicht verstehen. Das habe ich mir schon gedacht.« – »Komm«, sagte ich, »wir gehen mal kurz an Deck. Ich brauche etwas Frischluft.«

An Deck wehte längst ein kräftiger Wind. Nur am Horizont klaffte noch ein weit geöffnetes Sonnenloch. Davor aber hatten sich schwere, dunkle Wolken geschoben, übereinander, bedrohlich geschichtet, als hätte Poseidon ... nein, das ging nun wirklich zu weit.

Denis hatte mich verunsichert, denn wahrscheinlich hatte er sogar Recht. Ich würde in Patras vielleicht wirklich aussehen wie ein biederer, braver, unendlich langweiliger Tourist. Über meine Kleidung während des Landgangs hatte ich mir einfach keine Gedanken gemacht. Normalerweise dachte ich auch keine Sekunde über so etwas nach. Ich zog irgendwas über und machte mich auf den Weg. In den griechischen Clubs konnte ich unter lauter jungen Leuten damit aber wohl nicht bestehen. Ich würde auffallen, und das möglicherweise nicht angenehm.

»Es geht Dir doch um die Clubs, stimmt's?« fragte ich, »in den Clubs könnte ich eine peinliche Nummer abgeben. Das willst

Du sagen.« – »Genau das. Was Du sonst trägst, ist mir egal. Ich muss Dich ja zum Glück nicht begleiten. Abends aber gehe ich keinen Schritt mit Dir, wenn Du Dich in Deine grauen Hemden mit Reißverschluss hüllst.« – »Soll ich vielleicht eigens neue Sachen kaufen, nur um in einem Deiner dämlichen Clubs nicht aufzufallen?« – »Wenn Du nichts Anderes anziehst, wirst Du sehr negativ auffallen! Du solltest aber positiv auffallen! Passend und originell gekleidet! Wie die anderen, die sich Mühe damit geben.« – »Ich gebe mir damit aber keine Mühe. Ich habe es noch nie getan.« – »Schlimm für Dich, Johannes! Hast Du noch nie etwas Besonderes getragen? Etwas, das Dir und nur Dir gefällt? Etwas, das die anderen nicht tragen? Wirklich noch nie?!« – »Nein, noch nie. Ich sagte doch, dass ich mir über Kleidung keine Gedanken mache.« – »Es wird Situationen gegeben haben, in denen Du Dir solche Gedanken gemacht haben musst!« – »Nein, es hat sie nie gegeben!« – »O doch, es hat sie gegeben! Aus Anlass eines Klaviervorspiels etwa! Als Du öffentlich aufgetreten bist! Was hast Du da getragen?« – »Nichts Besonderes!« – »Doch, etwas Besonderes! Vielleicht ein Sacco aus Samt? Schwarzem Samt? Rotem Samt? Eine Samthose? Lackschuhe? Schwarze Lackschuhe?!«

Ich geriet völlig durcheinander. Woher, ja, woher wusste er das? Denn es stimmte. Während meiner letzten öffentlichen Auftritte hatte ich eine Samtjacke, eine Samthose und schwarze, glänzende Lackschuhe getragen. Es war die Kleidung, die mein jetziger Klavierlehrer verordnet und vorgeschrieben hatte. »Wenn man Beethovens *opus 110* spielt, sollte man nicht aussehen wie ein Gelegenheitspianist«, hatte er gesagt und keinen Widerspruch geduldet. Die Sachen befanden sich in Köln, und ich zog sie natürlich nur an, wenn ich öffentlich auftrat.

»Deine roten Flecken melden sich wieder«, sagte Denis, »also habe ich Recht. Samtsacco, Samthose und Lackschuhe. Welche Größe?« – »Das ist doch egal. Warum fragst Du?« – »Ich werde mich drum kümmern. Wenn wir beide ausgehen, ist zumindest einiges in der Richtung vorhanden. Du wirst Dich umziehen und eine tadellose Figur abgeben. Richtig scharf wirst Du aussehen.« – »Scharf?! Es reicht! Ich werde keine Witzfigur abgeben. Niemals. Und jetzt Schluss, Ende, aus. Ich habe zu tun.«

Das Land der Phaiaken

Ich hatte zu tun?! Ach was, ich hatte überhaupt nichts zu tun, sondern war tüchtig durcheinander. So kurz vor unserem ersten Landgang hatte ich ein ordentliches Chaos im Kopf. Kapitän Reckling und Papa saßen im Salon und lasen meine Geschichten. Denis suchte in irgendeinem geheimen Bordfundus nach einer Kleidung, die er mir in Patras verpassen würde. Ingenieur Segemann wartete auf meine Lektüre des Sechsten Gesangs der *Odyssee*. Der Schriftsteller Salinger hielt etwas vom orthodoxen Glauben und wollte sein Wissen vielleicht auch mit mir teilen. Ein immer größer werdender Schwarm Tümmler raste direkt neben uns auf das griechische Festland zu und machte alle dreißig Sekunden kehrt, um von neuem loszurasen. Dichte, tiefschwarze Wolken rührten einen schweren Sturm an.

All diese Sachen fügten sich nicht zusammen und hinterließen, jede für sich, eine starke Unruhe. Ich war gezwungen, darauf zu reagieren, aber ich wusste nicht, wie und in welcher Reihenfolge. Nicht einmal wohin ich mich als nächstes zurückziehen sollte, war mir klar. An Deck blies bereits ein heftiger Wind, der Salon war besetzt, und in unsere Kabine wollte ich mich nicht flüchten. (Während des Sturms würde ich sie lange genug zu Gesicht bekommen, von unten, von allen Seiten …) Schließlich ging ich, weil mir einfach nichts Besseres einfiel, doch in den Salon. Wenigstens das Theater um und mit meinen Geschichten konnte ich so vielleicht rasch beenden.

Als ich den Salon betrat, sah ich gleich, dass Papa mich intensiv musterte. Er wollte herausbekommen, wie es um mich stand und ob ich noch mit seinem Zorn haderte. Nein, tat ich natürlich nicht, er hatte ja Recht gehabt, denn ich hätte ihm meine Geschichten als erstem zeigen müssen. Kapitän Reckling dagegen saß da wie ein Zuschauer, der sich auf das folgende kleine Schauspiel freute und sich schon im Voraus darüber amüsierte. Wie konnte ich mich aus der Affäre ziehen?

Ich grinste, als fühlte ich mich der Situation problemlos gewachsen, und sagte gönnerhaft: »Okay. Jetzt habt Ihr die Geschichten gelesen. Und jetzt sammele ich sie wieder ein und lege sie in meinen Ordner.« – »Moment«, sagte Kapitän Reckling, »willst Du denn gar nicht hören, wie wir die Geschichten finden?« – »Nein«, sagte ich, »was gibt es da schon zu ›finden‹? Vielleicht gibt es etwas zu ›suchen‹? Vielleicht.« – »Jetzt machst Du Witze«, sagte Reckling, »dabei wollten wir Dir nur sagen, dass die Geschichten uns beiden sehr gefallen haben. Man kann kaum glauben, dass sie ein bald Sechzehnjähriger geschrieben hat.« – »Es hat sie ja auch kein bald Sechzehnjähriger geschrieben«, antwortete ich. – »Sondern?« – »Sondern ein junger Mann, der seit seinem achten Lebensjahr und damit seit acht Jahren Tag für Tag kleine Geschichten schreibt. Und so ein junger Mann ist eben längst keine Sechzehn mehr, sondern, sagen wir, noch mal acht Jahre älter. Vierundzwanzig also. Mindestens.«

Kapitän Reckling lachte wieder. »Dann bist Du also so alt wie Denis? Vierundzwanzig. Genau so alt!« – »Exakt«, sagte ich, »literarisch bin ich im Alter von Denis, musikalisch aber bin ich sogar noch mal acht Jahre älter. Also zweiunddreißig.« – »Na«, antwortete Kapitän Reckling, »dann lasse ich diesen jungen Mann in mittlerem Alter mal lieber mit seinem Vater allein und verziehe mich auf die Kommandobrücke. Um den nächsten Sturm zu meistern.«

Er legte Papa die Hand auf die Schulter (als hätte die Lektüre meiner kleinen Geschichten die beiden »zusammengeschweißt«) und verließ den Salon. Ruhig, konzentriert, kein bisschen lässig. Das gefiel mir (natürlich).

»Unser Kapitän ist ernsthaft beeindruckt«, sagte Papa. – »Okay. Aber Du weißt, dass ich Gespräche über meine Texte nicht mag. Ich will sie nicht hören, auf keinen Fall.« – »Ich weiß«, antwortete Papa, »trotzdem hättest Du gerade unserem Reckling zeigen können, dass Du Dich über sein Lob freust. Er hat sogar vorgeschlagen, dass Deine Texte vervielfältigt und an die Mannschaft verteilt werden sollen.« – »Das hat er vorgeschlagen?« – »Ja, aber ich rate Dir davon ab.« – »Und wieso?« – »Weil es Dich während unserer Fahrt zu sehr beschäftigen könnte. Alle paar Tage wird man neue Texte von Dir verlangen. Du solltest aber Zeit genug haben, Dir die Sachen an Land anzuschauen. Schreiben kannst Du später, zu Haus. So wie früher.« – »Schade«, sagte ich, »schade, dass die Besatzung meine Geschichten nicht zu lesen bekommt. Sie sind viel interessanter als die Meldungen von Maros Bordzeitung.« – »Natürlich sind sie das. Aber warum soll die Besatzung die

Geschichten nicht zu lesen bekommen? Warum nicht am Ende unserer Reise? Wir vervielfältigen einige in Ruhe und schenken sie der Besatzung zum Abschied. Ist das ein guter Gedanke?« – »Das ist ein sehr guter Gedanke! Ja, das ist die Lösung!«

Ein Problem war so in der Tat wirklich ›gelöst‹. Und der Umgang mit Papa? Ich war mir sicher, dass alles wieder wie früher war. Dennoch fragte ich nach: »Nimmst Du mir noch übel, dass ich Dir die Geschichten …« – Papa stand auf und schaute mich an: »Ich nehme Dir gar nichts übel, das weißt Du doch. Hier an Bord gerät man dann und wann durcheinander. Es stürmt allerhand auf einen ein, da redet man ab und zu dummes Zeug. Und was ich noch sagen wollte …« – »Ich weiß«, sagte ich, »ich weiß, ich weiß, ich weiß. Sag es bitte nicht.« – »Und was ich noch sagen wollte. Du bist wirklich vierundzwanzig. Mindestens. Du bist sogar gerade dabei, fünfundzwanzig zu werden.« – »Aha. Na toll. Und wieso?« – »Unser *old man* hat mit vierundzwanzig seine ersten literarischen Sachen veröffentlicht. Kurze Texte. Ein paar Stories. Und mit fünfundzwanzig arbeitete er an seinem ersten Buch.« – »Nun gut. Ich habe verstanden. Dann habe ich ja noch acht bis neun Jahre Zeit.«

Ich war so prallvoll von dem guten Gefühl, dass die Sache mit Papa wieder »repariert« war, dass ich ihn kurz umarmte. Es war ein bisschen viel Theatralik, aber es musste einfach sein. In manchen Situationen kochen die Emotionen ihren eigenen Sud, da kann man nicht gegen an. Ignorieren oder rasch übergehen sollte man sie jedenfalls nicht, dazu sind starke Emotionen denn doch zu selten und auch zu wichtig.

»Reckling hat mich auf die Kommandobrücke eingeladen«, sagte Papa. »Ich darf den Sturm also aus höchster Warte erleben.« – »Das ist wohl so etwas wie eine Auszeichnung?« – »Ja, es ist eine Art Orden. Und was machst Du? Am besten, Du gehst in unsere Kabine. Die Tabletten liegen in dem kleinen Tablettenfach im Bad.«

Reisetagebuch (18. Juli, 14.19 Uhr)

Es hat wieder angefangen. Heimtückisch und plötzlich, wie beim ersten Mal. Als imitierte unser Schiff die Wellenbewegungen der Tümmler. Noch sitze ich am Tisch in unserer Kabine und versuche, den Sechsten Gesang der Odyssee zu lesen. Ich kann mich aber nur schwer konzentrieren. Und das auch deshalb, weil ich den Sturm im Fünften Gesang noch genau im Kopf habe. Ich komme mir fast wie Odysseus vor, hilflos, die halbe Zeit unter Wasser, von einer Woge nach der andern geschüttelt und umher getrieben.

Reisetagebuch (18. Juli, 14.56 Uhr)

Ich habe zwei Tabletten auf einmal geschluckt. Sie schmeckten so widerlich bitter, dass ich sie gleich wieder ausspeien musste. Ich werde mit diesem Schiff keine Freundschaft schließen, und ich werde es niemals duzen. Auf gar keinen Fall. (Ingenieur Segemann hat behauptet, mindestens die Hälfte der Matrosen duze die Albireo, *als wäre sie eine Verwandte oder eine Freundin oder eine Geliebte. So ein Unsinn.)*

Reisetagebuch (18. Juli, 15.23 Uhr)

Der old man wird Papa und mich ewig verfolgen. Da bin ich sicher. Zwischen Hemingway, Papa und mir gibt es nämlich eine geheime Beziehung. Wir Drei bilden eine ganz besondere Runde. Ich sollte ihr mal einen Namen geben. Die erste Hälfte meines Schreibens war Papa, die zweite war Hemingway mein Lehrer.

Postbriefkarte an die Mama (18. Juli, 16.39 Uhr)

Liebe Mama, wir treiben in ruhiger Fahrt und bei schönstem, sommerlichem Wetter auf das griechische Festland zu. Inzwischen befinden wir uns auf der früheren Route des großen Odysseus. Das Land der Phaiaken ist nahe – und wir sind gespannt, wer uns dort erwarten wird. Im Sechsten Gesang der Odyssee findest Du alles Weitere, ich lese ihn gerade zum dritten Mal. Das schönste Altgriechisch, das je geschrieben wurde, sagt Ingenieur Segemann. (Oder verwechsle ich da gerade was?) In Patras schicke ich alle Karten, die ich bisher an Dich geschrieben habe, auf einmal in einem gefütterten, dicken Kuvert ab. Papa hat sich heute gefragt, ob uns in Patras vielleicht auch ein Brief von Dir erwartet? Na klar. Ich weiß es.

Reisetagebuch (18. Juli, 18.11 Uhr)

Ich habe Denis im Verdacht, einen anderen Menschen aus mir machen zu wollen. Ich soll bunte Klamotten tragen, zu den Songs der Beatles tanzen und ein luftig-lustiges Leben führen. So wie die jungen Leute in San Francisco. Am Ende soll ich mir noch die Haare gelen und scharf dreinschauen, dann werde ich auch das Küssen hinkriegen. Das behauptet er jedenfalls. Die Frage ist nur, wen zum Teufel ich küssen sollte? Irgendein Mädchen? In einem der Clubs? Eine Griechin aus Patras? Die kein Wort Deutsch und auch kein Englisch versteht? Einfach so? Denis sagt, wenn wir Glück hätten, gebe es in den Clubs auch Touristinnen. Schließlich sei gerade jetzt beste Reisezeit. Touristinnen aus Deutschland? habe ich ihn gefragt. Quatsch, hat er geantwortet, Touristinnen aus England natürlich. Die küsst man, die aus Deutschland lässt man links liegen. (So ein Angeber! Ekelhaft!)

Reisetagebuch (18. Juli, 18.42 Uhr)

Kann ich mir überhaupt vorstellen, ein Mädchen (und wenn – in welchem Alter? … und wenn – wo genau?) zu ›küssen‹?! Schon das Wort ist mir peinlich: ›Ich küsse, Du küsst, er/sie/es küsst‹ – absolut peinlich. Als wäre ›küssen‹ eine neutrale Handlung wie eine beliebige andere. Wie zum Beispiel ›sprechen‹: ›Ich spreche, Du sprichst, er/sie/es spricht‹ – steril und sachlich. Küssen ist aber doch nichts Steriles, sondern etwas hochgradig Aufgeladenes. Oder?! Kann man auch neutral und sachlich küssen? In Köln ist alles viel einfacher. Da wird nicht ›geküsst‹, sondern ›gebützt‹. ›Gebützt‹ habe ich schon viele Male, das ist kein Problem. Was aber mache ich, wenn ich eine deutsche Touristin aus Westfalen küssen muss/sollte/will. Ich kann doch nicht fragen: Dürfte ich Dich vielleicht bützen? (Haha!) Und wie ist das eigentlich? Muss man vorher fragen, wenn man jemanden küssen möchte? Offiziell? Und muss die arme Person, die es später erduldet, es vorher ebenso offiziell genehmigen? Meine Herren, was grüble ich da bloß zusammen? In San Francisco wird den ganzen Tag lang geküsst. Jeder küsst da jeden und jede. Und ich Trottel überlege mir am Ende noch, ob ich eine Kussbescheinigung brauche.

Der Kuss

Zu Beginn unserer Reise haben Papa und ich kurz auch das Küssen (sowie das Knutschen) erwähnt. Das war seltsam genug. Jetzt, nach vielen Tagen, bemerke ich, dass mich dieses Thema weiter verfolgt. Denis sagt, man geht in einen Club nicht nur, um gute Musik zu hören, sondern auch, um zu guter Musik gute Küsse zu tauschen. Nun rächt sich, dass ich bei Kussszenen in Filmen oft weggeschaut habe. Sie waren mir peinlich. Dabei hätte ich lernen können, wie man so küsst. Papa hat behauptet, in Filmen werde zu lange geküsst, minutenlang. Meistens stimmt das. Papa versteht aber anscheinend nicht, warum das so ist. Minutenlang wird geküsst, damit die Zuschauer das Küssen an guten Beispielen lernen. (Oder ist das zu pädagogisch gedacht?)

Die Kussszene

Die aufregendste Kussszene, die ich bisher gesehen habe, lief einmal tief in der Nacht im Fernsehen. (Ich sah den Film bei den Großeltern allein, die anderen feierten unten im Erdgeschoss, nur ich schaute fern.) Die Schauspielerin hieß Michèle Morgan, war sehr blond und trug einen Bikini. Sie stand vor einer Felsspalte, direkt am Meer. Ein schwarzhaariger Mann kam auf sie zu, schaute sie an und küsste sie, ohne vorher etwas zu sagen. Der Kuss hörte überhaupt nicht mehr auf. Mir wurde fast schwindlig vom Küssen der beiden, was daran lag, dass nicht nur der Mann Michèle Morgan, sondern auch Michèle Morgan den Mann küsste. Beide wollten in diesem Moment nichts anderes, als den anderen heftig und ununterbrochen zu küssen. Einen schöneren Kuss habe ich bisher nicht zu sehen bekommen.

Aus den Aufzeichnungen meines Vaters (18. Juli, 20.12 Uhr)

Ich habe es nur etwa eine Stunde auf der Kommandobrücke ausgehalten. Länger konnte ich die immer mächtiger werdenden Wogen nicht anschauen. Man denkt, gleich ist das Schlimmste vorbei – und dann werden die Wellen noch kräftiger und schlagen erst richtig zu. Mühlenthal war auch diesmal der große Souverän. Selbst einen Sturm kommentiert er so, als müsste er gerade eine nüchterne, glasklare Abhandlung darüber schreiben. Reckling hält sich zurück und wirkt oft, als denke er an etwas Anderes. An das Essen danach? An einen guten Tropfen? Jedenfalls sieht er aus wie einer, der den Sieg über die Wogen schon im Voraus genießt. Mit Mühlenthal kann nichts schief gehen, das steht Reckling im Gesicht geschrieben. Was aber würde passieren, wenn Mühlenthal einmal ausfiele? Kann ein Schiff wie die Albireo *wirklich nicht kentern? Ich denke schon.*

Aus den Aufzeichnungen meines Vaters (18. Juli, 21.08 Uhr)

Habe einige Zeit in Heinrichs Kabine verbracht. Er hat mir seine halbe Schiffssammlung gezeigt, lauter selbst gebastelte Modelle. Wenn er darüber sprechen kann, blüht er auf und will gar nicht aufhören. Ich ließ es gern über mich ergehen, denn es lenkte mich ab, so dass ich den Sturm schließlich kaum noch beachtete. Das durchaus scheußliche Gefühl bleibt aber dennoch, man wird es keine Minute los. Als befände sich das Schiff an einem tiefen Abgrund und als bedürfte es nur noch eines kleinen Rucks, um es in genau diesen Abgrund zu stürzen.

Aus den Aufzeichnungen meines Vaters (18. Juli, 22.13 Uhr)

Habe immer wieder nach dem Jungen geschaut. Es geht ihm erneut gar nicht gut. Er redet kaum ein Wort, und wenn er es tut, bekomme ich diffuses Zeug zu hören. Mehrmals fragte er, ob wir in Patras einen Brief von M erhalten würden? Warum beschäftigt ihn das? Dann behauptete er, sich in den Clubs von Patras nicht wohl zu fühlen. Ich erwiderte, dass er doch noch keinen einzigen kennengelernt habe. Da antwortete er: ›O doch! O doch!‹

Aus den Aufzeichnungen meines Vaters (18. Juli, 22.47 Uhr)

Ich habe Heinrich gebeten, einmal kurz bei uns vorbei zu schauen. Der Junge war wach, und ich wollte, dass Heinrich ihn mit Hilfe seines Odysseus-Floßes ablenkte. Er gab sich auch Mühe und erklärte genau, wie er das Floß gebaut hatte. Der Junge wandte den Blick schließlich kaum noch von dem kleinen Modell ab. Es sah unheimlich aus. Als Heinrich fertig war, sagte der Junge: »Dieses Floß war aber dem Untergang geweiht, das sollte man nicht vergessen.« Heinrich verschwand wieder. Draußen im Gang beruhigte er mich: »Das geht vorüber. Wie schon beim ersten Sturm.«

Aus den Aufzeichnungen meines Vaters (18. Juli, 23.54 Uhr)

Las (zur weiteren Ablenkung) den Sechsten Gesang der Odyssee. Nach einem heftigen Sturm landet Odysseus im Land der Phaiaken und verbringt dort erschöpft eine Nacht. Am nächsten Morgen begegnet ihm Nausikaa, die Tochter des Königs Alkinoos. Sie ist mit ihren Gefährtinnen unterwegs, um Wäsche in genau jenem Fluss zu waschen, in dessen Nähe Odysseus sich aufhält. Die beiden begegnen einander – und Nausikaa kleidet den Fremden ein und lädt ihn ins Haus ihres Vaters.

Heinrich behauptet, es handle sich beim Land der Phaiaken um Korfu, da gebe es nicht den geringsten Zweifel. Die Beschreibungen des Flusses bei Homer seien sogar so genau, dass man die Stellen in der Natur noch heute fixieren könne, wo Nausikaa am Strand des Flusses die Wäsche zum Trocknen ausgelegt habe. Von Korfu wurde Odysseus schließlich auf einem Schiff der Phaiaken (und damit als deren Gast) nach Ithaka (und damit in seine Heimat) gebracht.

Der sechste Gesang gefiel mir sehr – und das auch aus einem persönlichen Grund. Ich habe nämlich die Tage noch gut in Erinnerung, als unsere Mutter zusammen mit den Schwestern die Wäsche auf den Wiesen an unserem Flüsschen so zum Trocknen auslegte, wie Nausikaa es vor Tausenden von Jahren getan haben muss.

Aus den Aufzeichnungen meines Vaters (19. Juli, 0.23 Uhr)

Noch eins: Der sechste Gesang der Odyssee ist von starker, latenter Erotik. Odysseus ist nackt, als er Nausikaa und ihrem weiblichen Ge-

folge begegnet. Er wäscht sich mit Essenzen, die sie ihm zur Säuberung seines Körpers gibt. Dann kleidet sie ihn ein. Schließlich verleiht die Göttin Athene dem Schiffbrüchigen noch besondere »Anmut«. Und es heißt: »Da ging er abseits und setzte sich an das Gestade des Meeres, von Schönheit und von Anmut glänzend, und es verwunderte sich die Jungfrau« (gemeint ist natürlich Nausikaa). Sie verwunderte sich? Sie wunderte sich sogar so sehr, dass sie ihn als einen möglichen, zukünftigen Gatten ins Auge fasste …

Vor der Küste

Am nächsten Morgen hatte der Sturm noch immer nicht nachgelassen. Papa war erneut nichts anzumerken. Er stand früh auf, brachte mir einen Tee und Zwieback und begann, das Floß des Odysseus zu zeichnen. Er sprach vom sechsten Gesang der *Odyssee*, den er in der Nacht gleich zweimal gelesen habe. In seinen Augen sei er besonders schön. Odysseus lande im Land der Phaiaken und begegne der Königstochter Nausikaa und den jungen Mädchen ihres Gefolges. »Welchen jungen Mädchen?« fragte ich. – Und Papa antwortete: »Es ist von jungen Mägden und Mädchen die Rede. Während sie Wäsche an einem Fluss zum Trocknen auslegen, spielen sie Ball. Stell Dir das vor! Hätte ich nicht gedacht, dass in der *Odyssee* Ball gespielt wird.« – »Und wie ergeht es Odysseus mit Nausikaa und den jungen Mädchen?« fragte ich weiter, und Papa antwortete: »Sie kleiden Odysseus ein und führen ihn in das Königshaus des Alkinoos. Der ist Nausikaas Vater.«

Ich fragte nicht noch weiter nach, obwohl mir viele Fragen durch den Kopf gingen. Auf penetrante Weise erinnerte mich die Erwähnung der jungen Mädchen bei Homer an die der jungen Mädchen in den Clubs von Patras, von denen Denis gesprochen hatte. Und auf noch penetrantere Weise erinnerte der Umstand, dass Odysseus von Nausikaa und den jungen Mädchen eingekleidet wurde, daran, dass Denis mich vor unserem Auftritt in den Clubs von Patras neu einkleiden wollte. Nein, nein, nein! dachte ich und versuchte, diese albernen Parallelen aus dem Kopf zu bekommen. Der sechste Gesang der *Odyssee* erschien mir plötzlich als ein Text voller versteckter Anspielungen auf mein eigenes Leben, so dass ich beschloss, ihn vorerst nicht weiter zu lesen (und später vielleicht zu überspringen).

Da ich mich während der Nacht immer wieder herumgewälzt hatte, war ich hundsmüde und blieb weiter im Bett, wo das unermüdliche Auf und Ab der *Albireo* noch am besten zu ertragen war. Eine Abwechslung bescherte die erste Ausgabe der Bordzeitung, die Maro vorbeibrachte. »Ich weiß, dass Du nicht viel von diesen Meldungen hältst«, sagte er, »das verstehe ich. Ich kann aber nicht von heute auf morgen ändern, was sich bewährt hat.« – »Das könntest Du schon«, antwortete ich, »Du willst es nur nicht. Es ist unbequem und anstrengend, alles neu zu durchdenken. Aber nun gut, Du hast Dich entschieden, das respektiere ich und werde nichts Negatives über die Zeitung sagen.«

Maro war mit diesen lauen Worten zufrieden und machte sich wieder davon. Papa überflog das Blatt, legte es aber gleich beiseite. »Ich bin nun mal kein Nachrichtenleser«, sagte er. Die sogenannte Zeitung bestand aus einer Vorder- und Rückseite mit sehr kurzen Meldungen, wild durcheinander, ein Sammelsurium von Bestandteilen, über deren Reihenfolge sich Maro keinerlei Gedanken gemacht hatte. Nicht einmal darüber hatte er also nachgedacht, er wollte nur verbreiten, was nach »Trendigem« aussah und bei der Mannschaft auf irgendein diffuses Interesse stieß.

Und was war das?! Der Showmaster Lou van Burg war vom ZDF wegen einer Affäre entlassen worden und durfte seine Sendung nicht mehr moderieren. Der Radfahrer Tommy Simpson war während der Tour de France nach dem Aufstieg zum Mont Ventoux einem Herzschlag (wahrscheinlich wegen Dopings) erlegen. Die Firma Neckermann überbot andere Anbieter mit Sonderpreisen für die neuen Fernsehgeräte, die bald auf den Markt kommen würden (es handelte sich um solche mit Farbe). Lou Rawls hatte laut einer Umfrage des amerikanischen Magazins »Billboard« Frank Sinatra als beliebtesten Sänger bei den amerikanischen Studenten abgelöst. Und so weiter. Es war etwas »für jeden« dabei, genau, wie Maro es mir vor Tagen erklärt hatte. Und es war nichts dabei, was länger als ein paar wenige Tage hängen bleiben würde, weil keine »guten Geschichten« recherchiert und gebracht wurden, sondern dürftige, farblose Meldungen (ohne Hintergründe).

Wir befanden uns längst im Ionischen Meer, Papa zeigte mir auf der Karte, wie unsere Fahrt genau verlief. Odysseus musste von Malta aus die Insel Korfu angesteuert haben. Wir aber fuhren etwas südlicher, auf die beiden Inseln Zakynthos und Kefalonia zu. Zwischen ihnen hindurch würden wir auf Patras zuhalten, an der nördlichen Peloponnes entlang. Dort war mit starkem Wind (angeblich herrschte gerade Windstärke 8) nicht mehr zu rechnen. Bereits kurz vor den Küsten der beiden Inseln würde es ruhiger zugehen, und ich könnte mich wieder an Deck aufhalten.

Das Klavier

Ich sehne mich sehr nach einem Klavier. Wenn ich mit Papa die Stadt Patras durchstreife, werde ich mich heimlich danach umsehen. Ich möchte Papa nicht mit so etwas nerven, aber für mich ist es sehr wichtig, irgendwo ein Klavier aufzutun. Wenigstens eine einzige Stunde möchte ich gerne spielen. Und was? Ganz einfach, Präludien und Fugen aus dem Wohltemperierten Klavier.

Das Lernen

Ich lerne während dieser Fahrt mehr und anders als im Schulunterricht. Zum einen lese ich langsamer und genauer, und es gehen mir viel mehr Dinge durch den Kopf, die mit dem Gelesenen zu tun haben. Mein Hirn ist laufend aktiv und in Bewegung, und das macht Spaß. Je nach dem, was wir sehen und worüber wir sprechen, beschaffe ich mir etwas Lektüre aus der Bordbibliothek, mache Notizen oder schreibe einen kurzen, eigenen Text. So sollte Lernen immer gehen. Nicht, indem man den Lernstoff durch eine Hirnmaschine dreht, sondern indem man den Stoff erst sorgfältig auswählt, ihn in Teile zerlegt und aus verschiedenen Perspektiven betrachtet. Fast alle hier an Bord sind Geographen, Geologen, Meereskundler, Schifffahrtsexperten – und daneben noch Bastler, Homerleser, Fans von Musikgruppen und so weiter. Wenn wir das Festland betreten, wird Papa sich auch noch in einen Botaniker verwandeln. »Na, welche Pflanze haben wir denn da?« wird er oft fragen (und ich werde es zu überhören versuchen, da ich Pflanzennamen nicht behalten kann und Pflanzen nur schlecht wiedererkenne).

Reisetagebuch (19. Juli, 11.24 Uhr)

Kapitän Reckling hat mich in der Kabine besucht und sich nach meinem »Wohlergehen« erkundigt. »Geht so …«, habe ich gesagt, und er hat mir angemerkt, dass ich nicht gut drauf bin. Er sagte, dass er in Notfällen nichts dagegen habe, wenn ich einen Schluck Alkohol zu mir nähme. So ein Schluck bewirke manchmal Wunder. Ich fragte, was er denn vorschlagen würde. »Normalerweise klaren Gin, pur, ohne Eis«, sagte er. Ich erklärte ihm, dass es mir nicht recht sei, wenn Denis davon wisse. Denis mache aus jeder Kleinigkeit eine Geschichte. »In Ordnung«, sagte Kapitän Reckling, »ich hole Dir jetzt ein gut gefülltes Glas Gin und tue noch ein paar Spritzer Zitronensaft hinein. Und wenn mich jemand bemerkt, sage ich, dass ich Dir ein Glas Zitronenwasser bringe. Weil Du das doch so gern trinkst. Einverstanden?« – Ich war einverstanden, denn der Gin konnte nur helfen, nicht schaden. Schlimmer als ich mich gerade fühlte, würde ich mich auch nach einem Gin nicht fühlen. Seltsam waren nur die letzten Worte, die Reckling flüsterte, bevor er unsere Kabine (Papa war nicht anwesend) verließ. Er sagte nämlich: »Nun gut, mein Junge, wir bekommen das hin.« »Mein Junge« sagte Papa sonst immer zu mir. Dass auch Kapitän Reckling mich plötzlich so nannte, war schon erstaunlich.

Aus den Aufzeichnungen meines Vaters (19. Juli, 14.11 Uhr)

Wenn wie jetzt ein starker Sturm tobt, fallen die Mahlzeiten meistens aus. Reckling saß zwar wieder auf seinem angestammten Platz, schien das Essen aber diesmal nicht zu genießen. Mühlenthal ließ sich wieder entschuldigen, und Heinrich kaute lange an einer Brotscheibe, als bekäme er sie nur mit viel Überwindung herunter. Ich selbst habe bei starkem Sturm größeren Appetit als sonst, das ist schon verdreht. Aus Solidarität tue ich aber so, als schmecke auch mir das

Essen nicht richtig. Der Junge isst beinahe nichts, höchstens ein paar Brocken Zwieback. Reckling hat ihm eigens einen Zitronensaft ausgepresst. Seit wir uns duzen, ist er so liebenswürdig, dass man den älteren Herrn kaum wiedererkennt.

Aus den Aufzeichnungen meines Vaters (19. Juli, 15.01 Uhr)

Dem Jungen geht es besser. Er fotografiert sogar wieder (durch das Bullauge unserer Kabine). Merkwürdig war seine plötzliche Ausgelassenheit. So fragte er mich, ob ich mich noch an meinen ersten Kuss erinnere. Ich sagte »ja«, verweigerte aber eine genauere Auskunft. »Jetzt sei nicht so spießig«, sagte er, und ich glaubte, nicht recht zu hören, sagte aber nichts.

Recklings Glas Gin mit einigen Spritzern Zitronensaft tat mir sehr gut. Am liebsten hätte ich gleich noch ein zweites Glas geleert, aber das wäre dann doch zuviel gewesen. Ich hatte die »jungen Mägde und Mädchen« des Sechsten Gesangs im Kopf, wie sie luftig-bunte Kleider tragen, Ball spielen und den nackten Odysseus entdecken. Daher entschloss ich mich nun doch, den ganzen Gesang in Ruhe zu lesen. Dass Goethe diese Stelle besonders gefallen hat, spricht sehr für ihn. Ich hätte gern mehr darüber gewusst, wo genau er die *Odyssee* gelesen und wie er das Nachdichten angestellt hat. Daher pirschte ich sogar in die Bordbibliothek, um darüber mehr zu erfahren, bekam aber zunächst nicht viel raus. Ich erfuhr allerdings (und das wunderte mich sehr), dass auch Goethe einmal »seekrank« gewesen war. Und das ausgerechnet auf der Fahrt nach Sizilien – und damit nur eine kleine Strecke von der Stelle entfernt, an der wir uns gerade auf der *Albireo* befanden.

Reisetagebuch (19. Juli, 16.13 Uhr)

Wenn ich mir einen der großen Schriftsteller als leidenschaftlichen Küsser vorstellen soll, kommt eigentlich nur Goethe in Frage. Wer den »Werther« geschrieben hat, muss ein solcher Küsser gewesen sein. Während unser old man bestimmt kein solcher Küsser war, sondern eher ein heimlicher. Ein Küsser only by night (verdammt, das Thema geht mir nicht mehr aus dem Kopf). Friedrich Schiller war übrigens kein leidenschaftlicher, sondern ein anstrengender Küsser. Die gibt es auch. Sie küssen aus besonderen Gründen, moralischen oder pädagogischen. Während die leidenschaftlichen Küsser alles, was sie seelisch draufhaben, in einen einzigen Kuss legen. Thomas Mann hat, glaube ich, niemals geküsst, ich kann es mir einfach nicht vorstellen. Ich sollte jetzt bald einmal einen kurzen Text schreiben, in dem geküsst wird. Dann wäre ich das Thema vielleicht fürs Erste los.

Die sich küssen

Brigitte Bardot und Gunter Sachs haben sich mehrere Ferienhäuser in der Normandie angeschaut, wo sie sich möglichst ungestört und allein bewegen können. »Ich möchte Dich küssen, ohne dass man uns laufend beobachtet«, hat Brigitte gesagt und eine luftig leichte Bluse (ohne einen BH darunter) übergestreift. »Auch ich möchte Dich küssen, wann immer, wo immer …«, hat Gunter Sachs geantwortet und zwei Gläser Gin, pur, ohne Eis organisiert. Da sie sich nicht für ein bestimmtes Haus entscheiden konnten, haben sie sich vorerst nur in ihrem Wagen geküsst. Vom Meer her wehte dazu eine starke Brise (Windstärke Sechs), und die blonden Haare von Brigitte verfingen sich in den struppigen Wirbeln von Gunter Sachs. »Macht nichts«, hat Gunter gesagt. »Hauptsache, es beobachtet uns niemand. Küss mich, küss mich weiter, Brigitte!«

Papa kam mehrmals in die Kabine, verschwand aber immer wieder recht schnell. Er beobachtete mich genau und schien nicht einordnen zu können, was mit mir los war. Zwischendurch gab er die genaue Windstärke und unsere Position durch. Im Salon zeichnete er später einen schmalen Fluss, der sich aufs Meer zu bewegte. Mitten in seinem Lauf gab es trockene und sandige Stellen, auf denen Wäschestücke lagen. In einem nahen Olivenhain war die schlafende Gestalt eines Mannes zu erkennen. Der Körper des Mannes war mit vielen Blättern bedeckt. Im Hintergrund erschien ein hügeliges Gelände, ohne Bäume, sehr kahl. Menschen waren sonst nicht zu erkennen, so dass ich mich fragte, wo die jungen Mägde und Mädchen geblieben waren.

Aus den Aufzeichnungen meines Vaters (19. Juli, 18.30 Uhr)

Ich war noch einmal auf der Kommandobrücke. Mühlenthal glänzte mit genauen Prognosen. In der Nacht werde der Sturm abklingen, und morgen würden wir bei bestem Wetter Patras anlaufen. Beim Abendessen tauchte plötzlich auch der Junge auf. »Alles im Lot, mein Junge?« fragte ihn Reckling, und er antwortete: »Ich bin wieder okay.« Dann setzte er sich neben mich und begann so eifrig zu essen, wie ich es auf der ganzen bisherigen Fahrt noch nicht erlebt habe. Er aß zwei Omelettes, einen großen Salat, Brote mit Käse – und hinterher noch einen beachtlichen Tomatensalat. Wir waren bei Tisch wieder vollzählig, selbst Mühlenthal war anwesend. Der Junge fragte ihn, wo Goethe an seinem Nausikaa-Drama gearbeitet habe – und Mühlenthal wusste natürlich auch das. »In Sizilien!« sagte er – und der Junge antwortete: »Wann können wir uns darüber einmal länger unterhalten?« – »Bald«, wich Mühlenthal aus und schaute den Jungen an. Er schaute, als begänne der Junge ihm unheimlich zu werden. Er kann einem aber auch wirklich unheimlich werden. Irgendetwas geht in ihm vor. Heinrich sagte hinterher zu mir: »Der Junge ist wie junger, gärender Wein. Ist er eigentlich gerade verliebt?« Ich antwortete, dass mir darüber nichts bekannt sei. Und Heinrich fragte: »Und warum nicht?«

Am Abend nahm ich zum ersten Mal wieder an einem der gemeinsamen Abendessen teil. Ich aß normal und ordentlich und fühlte mich fast gesund. Nach dem Essen fragte ich Kapitän Reckling (unter vier Augen), ob er nur Papa den Zugang auf die Kommandobrücke erlaube. »Möchtest Du auch einmal Ausschau halten?« fragte er. »Ja«, antwortete ich, »das ist ein brennender Wunsch.« Reckling antwortete, dass ich mich noch etwas gedulden und in unserer Kabine bereithalten solle.

Das tat ich, bis er auf einmal erschien und mich mit hinauf auf die Kommandobrücke nahm. Von dort aus hatte man erst den rechten Überblick über alles, was gerade geschah. Die *Albireo* schlingerte noch immer zwischen den hoch sich auftürmenden Wellen umher, als führe sie Slalom. Sie legte sich erstaunlich schräg, und der starke Wind presste von vorn. »Der Wind kommt von Norden«, sagte Mühlenthal, »das war zu erwarten. Sonst würden wir Patras einige Stunden früher erreichen. Macht aber nichts, wir sind exakt im Plan.«

Ich blieb etwa eine Viertelstunde, es war kein guter, sondern eher ein hochdramatischer Anblick. Die hohen Wellen mit ihren gewaltigen Schaumkronen, ihre unkontrollierten, nicht auszurechnenden Bewegungen, das ganze Durcheinander – als könnte das Meer sich selbst nicht entscheiden, wie es danach aussehen wollte. Zerzaust, nervös, fiebrig, wie nach einer schweren Erkrankung?

Aus den Aufzeichnungen meines Vaters (19. Juli, 21.07 Uhr)

Der Junge war kurz auf der Kommandobrücke. Vorher ging es ihm besser, niemand hatte Bedenken, ihm den Aufenthalt dort zu erlauben. Als er wieder in unserer Kabine war, erbrach er das Abendessen. Ich versuchte, ihn zu beruhigen, aber er ließ nicht mit sich reden. »Ich bleibe in Patras lieber an Bord«, sagte er. Ich wusste natürlich, dass er es nicht ernst meinte, überlegte mir aber dennoch, wie ich ihm in Patras eine besondere Freude machen könnte. Im Salon unterhielt ich mich kurz mit Maro. »In irgendeiner Kneipe oder irgendeinem Restaurant oder irgendeinem Eck muss es in Patras ein Klavier geben. Alt, lange nicht gestimmt, das ist alles egal. Könnte man so etwas noch vor unserer Ankunft herausbekommen?« – »Ich gebe mein Bestes«, antwortete Maro.

Aus den Aufzeichnungen meines Vaters (19. Juli, 23.19 Uhr)

Der Junge schläft Gott sei Dank tief. Schrieb einen langen Brief an M., den wir morgen, zusammen mit den Karten des Jungen, auf die Post bringen werden. Würde mich andererseits über einen Brief von M. sehr freuen. Reckling sagte, dass sofort nach unserer Ankunft ein Agent der Reederei an Bord komme. Wenn M. uns an deren Adresse (wie lose vereinbart) geschrieben hat, wird dieser Agent uns Ms Brief übergeben. Wie ist es ihr in unserer Abwesenheit ergangen? Hat sie sich nicht zuviel Sorgen gemacht? Man darf M. nicht belasten, keine Sekunde, ihr schwaches Herz würde es nicht ertragen.

Aus den Aufzeichnungen meines Vaters (20. Juli, 3.17 Uhr)

Der Junge schläft weiter tief. Kann selbst nicht schlafen. Träumte sogar von M., wie sie allein in der Küche sitzt und zum Fenster hinausschaut, als wartete sie auf unsere Ankunft. Es war herzzerreißend.

Patras 1

Und dann war es soweit. Schon gleich nach dem Aufwachen spürte ich, dass alles anders war. Das Sonnenlicht hatte sich dicht auf die Bullaugen gelegt, und draußen an Deck waren mehrere Stimmen zu hören. Papa hatte die Kabine bereits verlassen, ich duschte eilig und ließ mir möglichst viel kaltes Wasser über den Kopf laufen.

Ich fühlte mich plötzlich besser, als hätte ich eine Art Gesundschlaf hinter mir. Das Beste aber war, dass sich die *Albireo* wieder völlig normal bewegte. Kein Schlingern mehr, keine Dramen und auch keine Albernheiten. Sie schien fast mit der Meeresströmung daher zu gleiten, so unauffällig benahm sie sich. Ich schaute noch rasch durch ein Bullauge, um die Lage zu sondieren. Was ich zu sehen bekam, war das Beste überhaupt. Ganz in unserer Nähe befand sich nämlich ein Stück Land, es war ein schmaler Strand mit ein paar Hügeln dahinter. Hätte ich mir Mühe gegeben, wäre ich in einer halben Stunde da gewesen. Rudernd, auf einem kleinen Boot.

Der Anblick des Landes kam so überraschend, dass ich fast Tränen in den Augen gehabt hätte. Die ganze Anspannung der letzten Zeit löste sich auf einmal, als wäre ein schlimmer Spuk endlich vorbei. Ich hatte das Gefühl, die alte Freiheit eines Landgängers rasch wiederzubekommen. Ich würde vorwärts, rückwärts, zur Seite gehen können, ich würde laufen, springen, ja, ich würde all das tun können, was an Deck die ganze Zeit unmöglich gewesen war.

Vielleicht ist es naiv, das zu betonen, mag ja sein. In diesem Moment erschien mir diese Empfindung von Freiheit jedoch einschneidend. Was Freiheit eigentlich ist und wie wichtig sie sein kann – darüber hatte ich noch wenig nachgedacht. Jetzt aber war das alte, große Gefühl da, als hätte ich in Gefangenschaft gelebt. Natürlich hatte ich das nicht, und natürlich war die bisherige Reise ein Abenteuer und keineswegs eine Tortur.

Was ich zu spüren bekommen hatte, war eher etwas Anderes gewesen: Ich hatte das Regime der Erwachsenen ganz aus der Nähe kennengelernt, und ich hatte mich ihm in keinem Moment entziehen können. Sie hatten sich Mühe mit mir gegeben, keine Frage, und auch ich war möglichen Konflikten und Auseinandersetzungen aus dem Weg gegangen. Dennoch: Dieses »Regime« war immer da gewesen, deutlich bemerkbar. Ich hatte Erklärungen abgeben, Standpunkte vertreten und mich verteidigen müssen, auch wenn das nach außen hin nicht so ausgesehen haben mochte. In mir jedoch hatten diese Anstrengungen Spuren hinterlassen, und das umso mehr, als ich keine Möglichkeit gehabt hatte, wenigstens eine Stunde am Tag Klavier zu spielen.

Klavier zu spielen, brachte alles wieder ins Lot, indem es meist mühelos die Ansprüche, die von außen an einen gestellt wurden, auslöschte. Die Konzentration, die man für gescheites Spielen aufbringen musste, war einfach zu stark für sonstige Seelenpakete. Nach vier, fünf Minuten Spielen war man auf den vorgezeichneten Bahnen des *Wohltemperierten Klaviers*, und das Gehirn schaltete alle anderen Motive und Themen brutal ab. ›Gnadenlos‹, wie Reckling gesagt hätte (aber er sagte es zum Glück immer seltener).

Diese Distanz und diese zumindest kurzfristige Befreiung von den Spielregeln der Erwachsenen hatten mir gefehlt. Als ich das nahe Land sah, spürte ich genau, wie sehr, weshalb ich mir vornahm, in Patras auf Teufel komm raus auf die Suche nach einem Klavier zu gehen.

Ich zog extra ein weißes Hemd mit kurzen Armen und eine dunkelblaue, kurze Hose an. Weiß und Blau waren die Farben Griechenlands, ich wollte mich ganz darauf einstellen. Dann ging auch ich an Deck. Papa stand mit Heinrich Segemann an der Reling. Er hatte sein Fernglas in der Hand und musterte das nahe Land, während Heinrich kommentierte, was gerade zu sehen war.

Sie drehten sich beinahe zugleich nach mir um, und Heinrich sagte: »Na bitte, Josef! Habe ich es nicht gesagt? Er ist wieder der Alte. Gesund, frisch, als hätte es nie einen heftigen Sturm gegeben.« – »Guten Morgen, mein Junge!« rief Papa (viel zu laut), »Du siehst wirklich wieder besser aus. Ist alles in Ordnung?« – »Ja, alles in Ordnung«, sagte ich und fragte, wo genau wir uns befänden.

Heinrich hatte eine Karte dabei und zeigte mir unsere Position. Das Land, das zum Greifen nahe lag, war eine der Ionischen Inseln. Sie hieß Zakynthos und bildete zusammen mit der Nachbarinsel Kefalonia die Einfahrt in Richtung griechisches Festland. Die Inseln lagen zu beiden Seiten unseres Schiffes wie Einfassungen eines offenen, weiten Tores, durch das wir uns auf die Stadt Patras zubewegen würden.

Kaum, dass ich wieder erschienen war, zeigte sich auch Denis an Deck. »Frühstück gefällig?« fragte er, als ob nichts gewesen wäre, und ich antwortete: »Was hast Du denn heute zu bieten?« – »Komm mit!« sagte Denis und flüsterte mir auf dem Weg zum Salon zu: »Bevor wir landen, zeige ich Dir die Kleider. Schau Dir die Sachen mal an, es ist bestimmt etwas für Dich dabei. Ich bringe sie unauffällig in Eure Kabine.«

Ich war ziemlich aufgeregt und hatte kaum Appetit. Kapitän Reckling hatte bereits gefrühstückt, saß aber noch am Tisch.

Er hatte einige Seiten mit Meldungen für die nächste Bordzeitung vor sich liegen, und ich sah ihm sofort an, dass er von ihnen nicht begeistert war. »Hattest Du schon Zeit, das zu lesen?« fragte er mich nach unserer Begrüßung. Ich sagte »nein, das noch nicht« – und keinen Satz mehr. Reckling schüttelte den Kopf und las vor: »Seit Beginn der Kulturrevolution in China sind 840 Millionen Mao-Porträts angefertigt worden ... In Persien herrscht eine Hitzewelle, die Arbeit in den Ölgebieten wurde niedergelegt ... In den USA bedroht ein Eisenbahnerstreik den Nachschub für die Kriegsführung in Vietnam. Präsident Johnson hat im Kongress eine Vorlage eingebracht, um dem Streik ein Ende zu machen ...«

Ich hatte Maro versprochen, an seiner Zeitung nicht herumzumäkeln, deshalb sagte ich weiter nichts. »Dir gefällt das auch nicht, habe ich recht?« fragte Reckling. – »Maro sagt, er möchte die Zeitung so wie immer anlegen«, versuchte ich auszuweichen. – »Das ist es ja gerade«, antwortete Reckling, »so wie früher, so wie immer. Deine Texte haben mir sehr viel besser gefallen. Wollen wir nicht doch einige davon unter unsere Leute bringen?« – »Vorerst lieber nicht«, antwortete ich, »Maro könnte enttäuscht sein. Und ich möchte zu seiner Enttäuschung nicht beitragen.« – »Meine Herren«, grinste Reckling, »Du bist ja die Güte selbst! Selbst Jesus Christus war manchmal bissiger, blättere ruhig mal in der Bibel!« – »Jetzt nicht«, antwortete ich (und musste ebenfalls grinsen), »jetzt geht es nur noch um Griechenland. Um die gläubigen Griechen! Um die Strandbäder in den Außenbezirken! Um griechische Musik und griechisches Essen!« – »Freust Du Dich auf den ersten Landgang?« – »Ja, sehr.« – »Man merkt es Dir richtig an.« – »Was passiert denn als nächstes?« – »Ein Lotse klettert an Bord, dann fahren wir in den Hafen. Dort kommen ein Agent, der Zoll und die Polizei an Deck. Die meisten Erledigungen sind Formsachen. Das geht rasch, vor allem alles, was die Passagiere betrifft.« – »Um was kümmert sich denn der Agent?« – »Zunächst um die Fracht. Er kontrolliert das Ausladen und Beladen, er bringt uns die Post aus der Heimat, er nimmt unsere Post mit, er macht Vorschläge für den Landaufenthalt, er ist unser zentraler Ansprechpartner, der Vertreter der Reederei in allen Belangen.« – »War Mühlenthal einmal ein solcher Agent?« – »Ja, war er. Daher weiß er Sachen, die andere nicht wissen. Aber Mühlenthal weiß ja sowieso alles. Das hast Du sicher bereits gemerkt.« – »Hab ich. Es ist beängstigend, was er alles so weiß.« – »Nein, beängstigend ist es nicht. Mühlenthal behält das meiste Wissen für sich. Er ist weder ein Angeber noch ein Besserwisser, und er geht einem nicht auf die Nerven. Er weiß einfach sehr viel, auf seine angenehme, ruhige Weise. Man kann ihn alles fragen, und man wird keine Sekunde von ihm gedeckelt, weil man weniger weiß. Mühlenthal ist sympathisch geblieben, obwohl er wahrscheinlich sämtliche Daten sämtlicher Mittelmeerhäfen im Kopf hat.« – »Stimmt, er ist sehr sympathisch.« – »Ja, ist er. Und der Kapitän ist es auch. Und unser Ingenieur auch. Nur unser junger Freund Denis hat auch ein paar wenige unsympathische Züge, aber die behalten wir beide für uns. Einverstanden?« – »Ich finde auch Denis sehr sympathisch.« – »Natürlich. Du bist ja auch die Güte selbst.«

Reckling lachte wieder sein Kapitänslachen, stand auf, steckte die Blätter mit den Meldungen (klein gefaltet) in seine Hosentasche und verließ den Salon.

»Hat er wieder über mich gelästert?« fragte Denis, als er mit Tee und etwas Zwieback erschien. »Nur kurz«, antwortete ich, »nichts Wichtiges. Hast Du nicht mal was anderes zu bieten als Zwieback?« – »Griechischen Joghurt mit Honig und Nüssen?« – »Ja, etwas Griechisches! Das ist eine gute Idee.« – »Und den Zwieback bröselt unser Junge dann mitten hinein in den Joghurt. Dann hat er neben den Nüssen noch etwas Deutsches zum Knabbern.«

Ich tat, als überhörte ich das blöde Gerede, und fragte, ob mein Vater bereits gefrühstückt habe. »Na klar«, antwortete Denis, »Dein Vater ist zehnmal fitter als Du! Klingsor zeichnet bestimmt längst die ionischen Inseln!«

Wenig später saß ich allein im Salon. Ich aß in der Tat cremigen griechischen Joghurt mit Honig und Nüssen, in den ich etwas Zwieback gebröselt hatte. Dazu trank ich griechischen Bergtee, von Denis aufgesetzt. Alles schmeckte so, als befänden wir uns auf einer anstrengenden Wanderschaft und sollten nichts Schweres, sondern nur Leichtes, Gesundes (»Bekömmliches«, hätte Mama gesagt) zu uns nehmen. Der Tee war recht bitter, machte aber munter, und der Joghurt floss so schonend und verträglich in den Magen, als gehörte er zu den auserwählten Ambrosiaspeisen der olympischen Götter.

Das Schönste an alldem aber war, dass unser Schiff auf beiden Seiten von Landstreifen eingerahmt war. Wohin ich auch schaute, zogen sie an mir vorbei, sehr langsam, wie ein Panoramafilm, auf dem keine Menschen, sondern nur Strandstreifen, kaum bewaldete Hügel und einige leere Bergstraßen zu sehen waren. Das Land sah beinahe unbelebt aus, als hielten die Ureinwohner sich versteckt.

Waren die Kolonialherren früher nicht auch meist auf Schiffen gekommen? »Ach was, so ein Unsinn!« dachte ich und vertrieb die Idee, Parallelen zu ziehen. Wenn es überhaupt Parallelen zu früher gab, hatte unser Schiff eine gewisse Nähe zu alten Handels- oder Expeditionsschiffen. Wir liefen das kaum besiedelte Land an, um Handel zu treiben und seine fremde Kultur zu studieren – so redete ich es mir ein (und war mit diesen Beschwörungsformeln zufrieden).

Nach dem Frühstück schaute ich noch einmal nach Papa. Denis hatte recht gehabt, denn Papa saß bereits wieder in seinem Liegestuhl und skizzierte Momentbilder der Peloponnesküste. »Ist mit Dir wirklich alles in Ordnung?« fragte er (leise). – »Ja, ich habe griechischen Joghurt gefrühstückt und Bergtee getrunken.« – »Ich auch! Zu Mittag essen wir aber an Land und nicht mehr hier an Deck. Oder?« – »Natürlich. Dann essen wir griechisch. Ich bin gespannt.« – »Ich habe eine Überraschung für Dich, später, an Land!« – »Aber das ist doch nicht nötig. Griechenland ist die größtmögliche Überraschung, mehr geht nicht!« – »Doch, es geht noch etwas. Eine Kleinigkeit nur, aber nicht unwichtig. Du wirst sehen!«

Ich ließ Papa weiter zeichnen und ging zurück in die Kabine. Ich öffnete die kleinen Bullaugen und Luken weit und ließ die frische Luft hereinströmen. War das schöne Land nicht bereits zu riechen? Ach was, ich machte mir jetzt nur allerhand vor. Ich war einfach begeistert und überdreht, in dieser Verfassung hätte ich wahrscheinlich sogar einen Marathonlauf hinbekommen. So grenzenlos war das Vertrauen in meine neu erwachten Energien.

Reisetagebuch (20. Juli, 9.46 Uhr)

Diese Reise ist meine ganz persönliche Odyssee. Ich bin mit meinen Gefährten unterwegs, und wir haben viele Gefahren zu meistern. Das

Schönste sind aber die Landaufenthalte. Wenn wir von den unterschiedlichen griechischen Stämmen empfangen werden. Wenn sie uns ihre berüchtigte Gastfreundschaft anbieten. Wenn sie unsere Reisegeschichten hören und mit uns anstoßen wollen.

Reisetagebuch (20. Juli, 10.13 Uhr)

Ich weiß es: Bei jedem Landaufenthalt werden wir einen Brief von Mama ausgehändigt bekommen. Sie ist (wie in der Odyssee) die Frau, die zu Hause geblieben ist und das Haus hütet. Zum Glück gibt es keine Freier, die sie während unserer Abwesenheit belästigen. Ich bin gespannt, wie Mama (so allein) die Zeit verbringen wird. Es muss doch sehr ungewohnt für sie sein, niemand um sich und bei sich zu haben. Wie mag das überhaupt sein, ich meine, wie wäre es denn für mich? Was würde ich (ganz allein) tun, zu Hause, unterwegs, auf Reisen? Nicht einmal richtig vorstellen kann ich mir das.

Reisetagebuch (20. Juli, 10.29 Uhr)

Die Landstreifen ganz in der Nähe haben eine unglaublich beruhigende Wirkung. Vor lauter Freude könnte ich fast in sie reinbeißen. Sie sind etwas Handfestes und Unverrückbares – und damit ganz anders als das Meer, das unberechenbar und chaotisch sein kann. Ist man auf dem Meer unterwegs, muss man mit allem rechnen. Jeder Moment kann ein Trugmoment sein und die (ungeahnte) Vorstufe zu schweren Stürmen und anderen Katastrophen. Mit dem Leben an Deck liefert man sich ganz und gar aus, denn das Schiff bietet kaum Hilfen an, die Gefahren zu überstehen.

Es klopfte, und ich wusste genau, wer es war. Ich machte die Kabinentür nur einen Spalt auf und bemerkte Denis, der mit einer Sporttasche gekommen war. »Lass mich rasch rein«, flüsterte er, als ginge es um Gott weiß für geheime Dinge. Ich gab nach, und er schlich in unsere Kabine.

»Kurze Anprobe gefällig?« fragte er und öffnete die ziemlich zerschlissene Tasche. Ich sagte nichts und schaute zu, wie er die Sachen, die ich anprobieren sollte, auf Papas Bett verteilte. Es waren sehr bunte, weite Hemden, mit langen Armen und furchtbar dekorativen Mustern. Mit kitschigen Herzen, Blumen und allerhand anderem Schnickschnack. Daneben gab es noch Jeans, anscheinend gerade gewaschen, in blassblauer Farbe. Und (die Krönung): Zwei Schirmmützen, weiß, als wollten wir in Patras auf Jagd gehen.

»Soll das ein Witz sein?« fragte ich. – »Stell Dich bloß nicht so an! Die Sachen sind genau richtig. Was Buntes, Auffälliges statt Deiner grauen Mausekleidung! Und Jeans natürlich.« – »Ich habe noch nie Jeans getragen. Ich mag keine Jeans.« – »Das ist mir völlig egal. Wenn Du mich begleitest, trägst Du Jeans und nichts anderes.« – »Das entscheidest Du nicht!« – »Das entscheide *nur* ich!« – »Und was bitteschön sollen die Mützen?« – »Na, Du weißt doch Bescheid. Die Mützen sind eine Reverenz an unseren Meister.« – »Welchen Meister?« – »Für Salinger und seinen *Fänger im Roggen*! Holden trägt doch auch so eine Mütze, und er schenkt sie seiner kleinen Schwester. Schon vergessen?« – »Nichts habe ich vergessen, gar nichts, und erst recht nicht den *Fänger im Roggen*!« – »Jaja, Du kennst auch dieses Buch auswendig, bis in jedes Detail. Aber ...« – »Was aber?!« – »Aber Du hast es noch längst nicht kapiert! Da könnte ich wetten!« – »Den *Fänger im Roggen* soll ich nicht kapiert haben?!« – »Kein Wort! Hättest Du ihn kapiert, wärst Du ein anderer Mensch! Ein Jeans- und Schirmmützenträger! Ein lockerer, entspannter Typ, der auch einmal in ein buntes Hemd schlüpft!« – »Holden Caulfield ist weder locker noch entspannt, Du redest Unsinn!« – »Er ist etwa in Deinem Alter, aber er ist Dir meilenweit voraus. So einen wie ihn wirst Du nie einholen – und wenn Du tausendmal besser Klavier spielst oder die *Odyssee* rezitierst!«

Denis fühlte sich wieder einmal sehr überlegen. Es machte ihm richtig Spaß, Holden Caulfield gegen mich auszuspielen. Ich hätte gerne gewusst, was er an Holden so interessant fand, ließ es aber bleiben. Vielleicht später einmal. Jetzt lockte Griechenland – und nichts anderes mehr.

»Zieh mal so ein Hemd über«, sagte Denis, »um die Größe zu testen.« – »Ich denke nicht dran!«

Ich legte die Hemden wieder aufeinander und öffnete die Sporttasche, um sie wieder darin zu verstauen. Da wurde es ernst.

»Du hörst mir jetzt mal genau zu«, sagte Denis. »Ich habe mir ein paar Gedanken gemacht. Ich will nichts Böses, sondern nur Gutes, und noch mehr: Ich will nur das Beste! Dass Du vorankommst und die Welt lockerer siehst und Dinge mitbekommst, die Du nie mitbekommen würdest, wenn Du ein öder Klaviertitan bleibst. Es geht um ein Spiel, und es geht um Maskerade! Da macht man mit, aus Spaß und aus Jux! Und man spielt nicht trotzig den jungen Mann, der auf weißen Segelschuhen gut gepolstert durch Griechenland schleicht!«

Ich musste lachen, ja, ich lachte wirklich. »Aber was ist mit den Schuhen? fragte ich, »Du hast ja gar keine Schuhe dabei! Welche soll ich denn anziehen, Deiner oder Holdens Meinung nach?« – »Du wirst Sportschuhe tragen, Größe 44, das müsste passen!« – »Die hast Du auch schon aufgetan?« – »Ich habe mir von den Jungs am Heck geliehen, was immer ich brauchte. Sie waren alle dazu bereit, niemand hat, so wie Du jetzt, Theater gemacht! Sie wollen Dir helfen, verdammt noch einmal, kapierst Du das endlich?« – »Ich versuche, es zu kapieren. Warum gehen sie denn nicht selbst in diese wahnsinnig interessanten Clubs?« – »Einige gehen hin, die meisten haben aber was anderes vor.« – »Und was?« – »Was?! Du bist der Letzte, dem ich das auf die Nase binde.« – »Na toll. Hüte Deine Geheimnisse, Denis! Mich beeindruckst Du damit nicht. Und jetzt gib her. Ich probiere den Kram an. Dir zuliebe. Ein Spielverderber war ich noch nie.«

Ich begann, die bunten Hemden anzuprobieren. Sie passten nicht, weil sie wirklich sehr weit waren. Alle reichten fast bis zu den Knien, und sie schlodderten um meinen viel zu schmalen Körper. Ich kam mir vor, als wäre ich ein Fahnenträger (und mein Körper die Fahnenstange). Ich wagte nicht, mich in einem Spiegel zu betrachten, denn ich ahnte, wie lächerlich ich aussah. »Gar nicht so übel«, sagte Denis, »schön weit, Du wirst nicht ins Schwitzen kommen!« – »Und wieso sollte ich das?« – »Weil Du tanzen wirst – und das heftig!« – »Gut, dass ich auch das endlich erfahre!« – »Ich vermute, Du bist ein legendärer, begnadeter Tänzer. Jedenfalls zu Rhythmen von Bach und den anderen Langweilern.« – »Unbedingt. Zu Bach tanze ich so ziemlich am besten.«

Auch die hellblauen Jeans probierte ich an. Im Gegensatz zu den lockeren Hemdchen saßen sie viel zu eng, und ich kam nur schwer in eine von ihnen hinein. »Die sind perfekt«, sagte Denis, »die kleiden selbst Dich! Weil Du noch halbwegs mager und dünn bist. Dazu die Sportschuhe und dann noch die Mütze – und niemand wird Dich wiedererkennen!«

Ich zog alles aus, und Denis stopfte die Sachen in seine Tasche. »Mann«, sagte er, »nun schau doch nicht so! Als hätte ich Dir Gewalt angetan!« – »Ich habe so einen Kram noch nie getragen«, antwortete ich. – »Okay«, sagte Denis, »es ist nicht leicht für Dich, verstehe ich ja. Aber ich gebe Dir einen Tipp. Die Sache muss Spaß machen, richtig Spaß. Wir gehen weder zu einem Gottesdienst noch zu einer anderen ernsten Sache. Wenn Du nicht entspannt und gut drauf bist, lassen wir es! Und damit Du es bist, trinken wir vorher einen anständigen Schluck! Etwas Griechisches, Hartes! Dann fällt Dir alles leichter, und Du schlüpfst bester Laune in Deine Montur. Einverstanden, der Herr?« – »Mal sehen«, antwortete ich.

Er verschwand wieder, ich ging ein paar Schritte hinter ihm her, um zu sehen, wie er sich mit seiner Sporttasche den Weg zum Heck bahnte. Dort würde er den anderen Jungs erzählen, wie blöd ich mich angestellt hatte. »Mit dem ist rein gar nichts anzufangen«, würde er sagen und sich weiter über mich lustig machen. War es so?! Oder würde er »den Mantel des Schweigens« über unsere Anprobe breiten?! Beides war möglich, Denis blieb eben weiter »unberechenbar«.

Die bunten Hemden, die Jeans und die Mütze – das ganze Theater hatte mich noch unruhiger gemacht. Ich griff nach einem Liegestuhl und zog ihn hinüber zu dem von Papa (der weiter unbeirrt zeichnete). »Ist was?« fragte er (leise), als ahnte er genau, dass mich etwas beschäftigte. – »Ja«, sagte ich, »es geht um die Clubs von Patras, Du weißt schon.« – »Was ist mit den Clubs?« – »Denis sagt, es gehe dort auch ums Tanzen.« – »Ja und?« – »Ich bin kein großer Tänzer. Ich tanze nicht gern, wann habe ich schon einmal getanzt?« – »Als Kind! Da hast Du sehr oft getanzt!« – »Wie bitte?! Ich erinnere mich nicht.« – »Ich aber! Du hast in unserer Kölner Wohnung sehr oft getanzt. Allein. Zur Musik aus dem Radio.« – »Zu welcher Musik?« – »Zu französischen Chansons, wie Mama sie mochte. Zu Chansons von Juliette Greco, zum Beispiel. Und jedes Mal hast Du einen Hut getragen!« – »Einen Hut?« – »Ja, einen meiner Hüte. Sie waren Dir natürlich zu groß, das war Dir aber egal. Du hast Dich im Kreis gedreht, ununterbrochen, mit Hut und nackten Füßen. Es gibt sogar Fotos davon.«

Herrje, ich konnte (oder wollte?) es nicht glauben. Als Kind war ich ein Tänzer gewesen? Aber wieso? Und warum hatte ich ausgerechnet zu französischen Chansons so eifrig getanzt? Was Papa sagte, brachte mich noch mehr durcheinander. Ich schwieg eine Weile und blickte starr auf Papas Blatt, auf dem sich gerade ein gewaltiges Gebirge abzeichnete. Es saß auf der geduckt wirkenden Küste auf, als hätte eine griechische Gottheit es mit den Füßen locker beiseite und einige Kilometer nach hinten geschoben.

»Ich kann das nicht glauben«, sagte ich zu Papa, »ich meine, dass ich als Kind soviel getanzt haben soll. Warum? Warum habe ich das getan?« – Papa hörte auf zu zeichnen und nahm das Fernglas zur Hand. Er setzte es an die Augen und schaute (viel zu lange) hindurch. Und dann sagte er: »Du wolltest Deiner Mutter eine Freude machen.«

Ich wollte Mama eine Freude machen? Mit meinem Tanzen?! Ich musste schlucken, aber ich ließ nicht nach. »Das verstehe ich nicht«, sagte ich, »ich hätte ihr auch anders eine Freude machen können.«

Papa ließ das Fernglas nicht los. Er setzte es ab und schaute wieder hindurch und setzte es wieder ab. »Du weißt doch. Deine Mutter war manchmal sehr traurig. In solchen Momenten hörte sie französische Chansons. Und dazu hast Du zu tanzen begonnen. Um Deiner Mutter zu zeigen, dass diese Chansons so traurig nicht sind. Sie waren auch nicht heiter, nein, das natürlich nicht, aber sie waren eben auch nicht ausschließlich traurig. Man konnte sogar zu ihnen tanzen. Das wolltest Du ihr beweisen. Du wolltest ihr helfen, die Traurigkeit zu überwinden. So war das.«

Ich konnte es nicht glauben, und es fiel mir schwer, das alles ruhig anzuhören. Es war unendlich traurig und rührte mich sehr, doch es brachte mich auch in Verlegenheit.

Manchmal denke ich nämlich, dass ich das Kind, das ich einmal war, nicht mehr verstehe. Mit all seinen merkwürdigen Spielen, seiner Stummheit und seinen seltsamen Ritualen ist es mir fremd geworden. Seit ich es (auf Grund meines Alters) irgendwann hinter mir ließ, habe ich mir größte Mühe gegeben, nicht zu häufig an es zu denken. Das klappt aber nicht. Ich sitze allein irgendwo rum, und es erscheint, bleibt stehen, schaut mich an und verschwindet wieder.

Das Schlimme ist, dass dieses Kind, das ich war, noch immer lebt. Es kann jederzeit auftauchen, es altert nicht, nein, es möchte mich immer wieder an der Hand nehmen, um mit mir (verdammt, wie sagt man?) »durchs Leben zu gehen«.

Das Allerschlimmste aber ist, dass das Kind, das ich einmal war, mehr ahnt und erkennt als ich selbst. Es ist nur scheinbar viel jünger, in Wahrheit ist es mir weit voraus. Wodurch und warum – das ist eines der vielen Rätsel, die ich noch nicht gelöst habe. Ich weiß auch nicht, wie ich es lösen sollte, ich habe nicht die geringste Ahnung – und denke doch beinahe jeden Tag an so etwas wie eine »Lösung«.

Ich fragte Papa nicht weiter nach meinem kindlichen Tanzen, nein, es war wirklich genug. Schließlich bekam ich auch noch das Schlucken in den Griff, während Papa sein Spiel mit dem Fernglas fortsetzte. »Wie war das denn früher mit Dir?« fragte ich, »hast Du viel und gerne getanzt?« – »O ja!« sagte Papa (und setzte das Fernglas endlich ab), »viel und gern! Auf Dorffesten im Westerwald, in Köln, in Berlin, am Rhein – mein Gott, ich habe wirklich gerne getanzt!« – »Mit Mama?« – »Auch, aber nicht nur! Ich war ein gar nicht so schlechter Tänzer. Und ich war groß, schlank – und daher beliebt. Ich wurde häufig aufgefordert, stell Dir das vor!«

Wie sollte ich mir das vorstellen? Papa mit einer anderen Frau als Mama im Arm?! Das war schwer vorstellbar. Die beiden leben seit fast dreißig Jahren zusammen, und es kommt mir so vor, als hätten sie die ganzen Jahrzehnte auf dieselbe, enge Weise zusammen gelebt. Auch wenn sie einmal für ein paar Stunden (oder Tage) getrennt sind, haben sie immer das Bild des andern im Kopf. Sie sind eben ein richtiges Paar, durch und durch.

»Du meinst also, tanzen ist gar nicht so schwer? Und Du glaubst, ich bekomme es hin?« fragte ich abschließend. – »Natürlich bekommst Du es hin. Und wenn nicht, denkst Du einfach an früher. Wie Du als Kind mit Hut getanzt hast! Dann wird es klappen!«

Ich ließ Papa in Ruhe zeichnen und machte mich auf den Weg zurück in unsere Kabine. Kapitän Reckling stand oben auf dem schmalen Ausguck und rief: »Noch zwei Stunden, höchstens!« Ich winkte ihm zu, und er lachte, und ich dachte (völlig sinnlos): ›Alles halb so wild!‹ Was aber wollte ich damit sagen, was genau?!

Ich war noch immer ziemlich durcheinander, und so setzte

ich mich in unserer Kabine zunächst nicht auf einen Stuhl, sondern stellte mich an ein Bullauge und schaute lange hinaus. Papa machte es wieder richtig, er zeichnete Bild für Bild. Um es ebenfalls richtig zu machen, hätte ich ein Klavier benötigt. Und was hätte ich gespielt? Stücke von Erik Satie, sehr langsam, viel langsamer als sonst, Gehübungen, Vorbereitungen auf das Erkundungsgehen an Land.

Reisetagebuch (20. Juli, 11.05 Uhr)

Ganz in der Ferne ist bereits die Stadt Patras zu erkennen. Wir nähern uns einer breiten Bucht, an deren Ufer sie langgestreckt liegt. Hellgraue, neue Häuser, die älteren in Ockerfarbe oder in Beige. Ein diffuses Gemisch, die Häuser mal größer, mal wie kleine Brotkästen. In der Bucht liegen einige amerikanische Kriegsschiffe, wie auf Abruf. Griechenland wird von einer Militärjunta regiert. Immer wieder war bei Tisch davon die Rede. Dass man sich in Acht nehmen müsse. Dass das Regime hart und brutal durchgreife.

Vor lauter Aufregung hielt ich es schließlich nicht mehr aus. Ich ging wieder hinaus an Deck und sah, dass auch Papa sein Zeichnen aufgegeben hatte. Wir standen dicht nebeneinander an der Reling, Vater und Sohn, wie Helden eines alten Epos. Ja, mir war feierlich zumute, und es hätte nicht viel gefehlt, und ich hätte Papa einen Arm um die Schultern gelegt. »Wir haben es wirklich geschafft«, hätte ich laut gesagt, »gleich betreten wir den Boden von Hellas.« Papa hätte mich in so einem Fall aber seltsam angeschaut, daher schwieg ich lieber (und wusste nicht, wohin mit all meiner angestauten Feierlichkeit).

Wir erreichten die breite Bucht, und die Geschwindigkeit unseres Schiffes wurde stark gedrosselt. Schließlich machte die *Albireo* Halt, während das Boot mit dem Lotsen auf uns zukam. Eine Leiter wurde herunter gelassen, und er kletterte rasch an Bord. Ich hörte, dass er Englisch sprach, und ich wunderte mich, wie gut das Englisch von Kapitän Reckling war. Mühlenthal war nicht zu sehen, er schien sich auf der Kommandobrücke aufzuhalten.

Dann setzte sich unser Schiff wieder in Bewegung, Meter für Meter, sehr verlangsamt. Wir näherten uns dem Hafengelände, wo nur wenige Menschen auf uns zu warten schienen. »Welcome to Greece« stand in großen Lettern auf dem Dach eines Hochhauses direkt am Kai. Wir legten an (wie feinfühlig, dachte ich noch, zentimetergenau!), die Taue wurden ausgeworfen, die Gangway kam wieder zum Einsatz, und die Zollbeamten betraten das Schiff als erste. Danach einige Polizisten, zum Schluss der Agent.

Papa ging in unsere Kabine und holte unsere Ausweise. Er reichte sie herum und unterhielt sich eine Weile mit den Männern. Ich stellte mich ebenfalls vor, und der Agent fragte mich (auf Englisch), ob ich die Fahrt auf See gut überstanden hätte. »I'm okay!« sagte ich (betont ruhig), und er lächelte schwach (ich interessierte ihn nicht).

Es herrschte ein langes, zeremonielles Begrüßen, und Kapitän Reckling spielte seine Rolle vorzüglich. Er trug ein weißes, gestärktes Hemd mit langen Armen und eine weiße Hose, die Haare waren wieder gegelt, und er hatte es sich nicht nehmen lassen, seine alte Onassis-Sonnenbrille zum Einsatz zu bringen. Die Brille hatte seine Frau ihm einmal geschenkt, er mochte sie nicht, aber in Griechenland (hatte er bereits gesagt) wollte er sie tragen, weil sie in Griechenland (und nur dort) beeindruckend wirke.

Alle sprachen Englisch, die Polizisten sogar untereinander, als wollten sie der Welt an Deck beweisen, wie gut sie diese fremde Sprache beherrschten. Maro schaute von seinem Funkerhaus auf uns herab, lässig mit beiden Armen auf die Reling gelehnt, und Denis wirbelte zwischen den Gruppen der Männer umher und bot laufend Getränke an. (Auch ihn hörte ich Englisch sprechen, ja, er sprach Englisch, und weiß Gott gar nicht schlecht.)

Das ganze Hin und Her mit Begrüßen und Reden und Diskutieren dauerte mindestens eine halbe Stunde, und es war erst beendet, als plötzlich Erwin Mühlenthal erschien. Unser Erster Offizier trug kein weißes, gestärktes Hemd, sondern ein hellblaues unter einem dunkelblauen Sacco, dazu eine graue Krawatte und eine schwarze Hose. Er wirkte unter all den redenden und (nur scheinbar) betriebsamen Männern wie ein merkwürdiger Fremdling, den alle erstaunt beäugten. Wie schon bei unserer eigenen Begrüßung (vor vielen Tagen, in Antwerpen) ging er rasch auf jede Person zu, gab ihr die Hand und tat so, als gäbe es Wichtiges und Dringendes zu tun.

Alle waren davon überrascht, wie elegant Mühlenthal Griechisch sprach. Er sprach es sehr laut und prononciert und anscheinend völlig perfekt, denn die Griechen an Bord sprachen mit einem Mal auch wieder Griechisch, als wäre ihr kurzer Ausflug ins Englische endgültig vorbei. Mühlenthal gab einige Zeichen, dirigierte herum, sprach (anscheinend) vom Verladen und winkte der Mannschaft, die plötzlich am Heck auftauchte. Er rief den Jungs etwas auf Deutsch zu, wechselte wieder ins Griechische, schaute mehrmals auf die Uhr und gab zu erkennen, dass er ab sofort das Ausladen und Verladen (und überhaupt alles) in die Hand nehmen würde.

Ich beobachtete Kapitän Reckling. Musste ihm Mühlenthals Auftritt nicht zusetzen, da es doch so aussah, als hätte ausschließlich Mühlenthal das Sagen an Bord?! Anscheinend nein. Denn Reckling kümmerte sich um die Polizisten und lud sie in den Salon, er gab Denis ein Zeichen, Sekt zu servieren, und er plauderte mit dem Agenten, als spielte er das Staatsoberhaupt, das nun seinen repräsentativen Pflichten nachkommen würde.

Auch Papa wandte sich noch einmal an den Agenten und übergab ihm die Post für Mama, die wir zusammengestellt hatten. In einem großen Kuvert befanden sich meine vielen »Briefpostkarten« und außerdem ein Brief sowie die (viel kleineren) Karten, die Papa an Mama (eher im Telegrammstil) geschrieben hatte.

Der Agent tat erfreut (als wäre die Post an ihn gerichtet) und übergab Papa einen Luftpostbrief von Mama. »Bereits vorgestern eingetroffen«, sagte er und tat wieder erfreut (als hätte er persönlich für das rechtzeitige Eintreffen gesorgt). Wir bedankten uns, Papa hielt Mamas Brief in der Hand, und ich sah ihm an, wie glücklich er darüber war, von ihr einen Brief erhalten zu haben.

»Wir können gehen«, sagte Papa dann zu mir. – »Was?« fragte ich (blöderweise). – »Wir können jetzt an Land gehen. Es steht dem nichts mehr im Wege. Also los! Lass uns gehen.«

Es war der 20. Juli 1967, hoher Mittag. Die Sonne schien bei ungefähr hundert Grad. Wir nahmen nichts mit auf unseren ersten Landgang, keinen Rucksack, nicht einmal einen Fotoapparat, nichts. Ich trug lediglich eine kleine Umhängetasche, und in ihr hatte ich einen Block, Zeichenblätter (für Papa), Stifte, einen Stadtplan und Mamas gerade übergebenen Brief verstaut. Die Tasche sah unauffällig aus, wie eine Schultasche, nichts Besonderes und keineswegs touristisch. Wir hatten uns vorgenommen, so schlicht wie möglich an Land zu gehen. Arglos, ohne Hintergedanken. Zwei Entdecker und Erforscher der Fremde. So in etwa.

Patras 2

Wir gingen die Gangway hinab und durchquerten das Hafengelände. Für Bewohner der Stadt war es gesperrt, so dass wir unbehelligt vorankamen. Begleitet wurden wir nur von einigen Hunden, die urplötzlich aus den verschiedensten Verstecken erschienen. Jeder von ihnen kam allein auf uns zu und trottete dann neben uns her. Es waren mindestens sechs oder sieben, manche unterbrachen auch unsere Begleitung und bildeten dann eine kleine Nachhut. Es sah aus wie eine komische (und gleichzeitig ernste) Szene in einem Film, perfekt eingeübt: Ein Begrüßungskomitee von Hunden empfängt die Fremden aus Deutschland.

Ich musste lachen, und auch Papa lachte (etwas). Merkwürdig war, dass keiner der Hunde bellte oder zudringlich wurde. Jeder hatte etwas Gesetztes, beinahe Würdevolles, als gehörte er einer bestimmten Crew oder Vereinigung an, die er zu vertreten habe. Seltsam war auch, dass sie einander nicht in die Quere kamen. Sie taten so, als hätte jeder eine Aufgabe und exakte Regieanweisungen des großen Drehbuchs im Kopf.

Wir gingen unbeirrt voran, und ich wunderte mich, dass Papa nicht reagierte. Wenn er sonst einem Hund begegnet, geht er auf ihn zu, nimmt Kontakt auf und spricht mit ihm. »Wollen wir die Hunde nicht begrüßen?« fragte ich. – »Nein«, antwortete Papa, »es sind zu viele. Wenn wir einem die Hand geben, müssen wir auch den anderen die Hand geben. Und das könnte zu Problemen führen.« – »Wir gehen einfach weiter, als ob nichts wäre?« – »Genau das. Gleich wirst Du sehen, was sie vorhaben.«

Nun gut, ich blickte stur geradeaus, und auch Papa tat so, als wären wir die Begleitung von vielen Hunden gewohnt und brauchten nicht eigens darauf einzugehen.

An einem großen Tor mussten wir uns nochmals ausweisen, das ging rasch – und danach machten wir die ersten Schritte hinein in die Stadt. Statt der Hunde (von denen die meisten die Begleitung aufgaben und ins Hafengelände zurückkehrten) liefen nun plötzlich einige Kinder um uns herum. Es waren ausschließlich Jungs mit nackten, braunen Oberkörpern, quicklebendig und laut. Sie riefen »Hello! Hello!« und »Mister! Mister!«, als wären wir Amerikaner oder Engländer.

Papa tat wieder so, als wollte er nicht darauf eingehen, und so winkten wir nur, gaben uns Mühe, freundlich dreinzublicken, gingen sonst aber betont gelassen weiter voran. Die Jungs hatten einen kleinen Fußball dabei und spielten ihn sich zu, sie wollten auch uns in ihr Zuspiel verwickeln, aber es klappte nicht recht, denn Papa und ich waren nicht gut in Form. Einige streckten auch die Hand aus und bettelten um etwas Geld. Sie waren aber nicht hartnäckig oder lästig, sondern taten eher so, als spielten sie die Bettelei, weil es dazu gehörte, Fremde, die aus großen Schiffen ausstiegen, um etwas Geld zu bitten.

»Willst Du Ihnen kein Geld geben?« fragte ich Papa. – »Nein«, sagte er, »lieber nicht. Ich fange erst gar nicht damit an.«

Auch die Jungen begleiteten uns, und auch sie gaben einer nach dem andern bald auf. Von der Hundetruppe blieben schließlich nur zwei Hunde übrig, anscheinend hatten sie sich abgesprochen, dass der eine links, der andere aber rechts von uns lief. Und so setzten Papa und ich, begleitet von zwei Hunden und einer immer kleiner werdenden Gruppe von Kindern, unseren festlichen Einzug in die griechische Stadt Patras fort.

Wir gingen ruhig, aber zügig voran, als wüssten wir genau, wohin wir wollten, dabei war das keineswegs so. Weder Papa noch ich schaute auf den Stadtplan, wir genossen einfach nur die Bewegung. Endlich wieder gehen, gehen, gehen – ohne Unterbrechung, endlos, so wie in den Landzeiten früher! Ich glaube, dass wir beide genau diese Befreiung spürten und dass wir noch einige Zeit so gegangen wären, wenn es für das ununterbrochene Gehen nicht zu warm gewesen wäre.

Denn anders als an Bord, wo die Hitze durch den Seewind gemildert wurde, war es zwischen den engen Straßen der Stadt bullig heiß. Die Hitze staute sich, und man hielt es in den sonnigen Partien nicht aus. Dort bewegte sich auch sonst kaum ein Mensch, wie wir überhaupt rasch bemerken mussten, dass das Leben (jetzt am hohen Mittag) vollständig zum Erliegen gekommen war. Keine Autos, keine Fußgänger, die wegen einiger Besorgungen durch die Straßen eilten, selbst die Hunde gaben nach einer Weile auf und legten sich in den Schatten, als wäre der Film vorerst zu Ende.

Was tun?! Papa fragte mich, ob wir als erstes ein kleines griechisches Mittagessen zu uns nehmen sollten. Ich hatte genau mit dieser Frage bereits gerechnet und stimmte zu, ja, das

Mittagessen wäre gleichzeitig auch eine ideale Auszeit vom Gehen. Skeptisch war ich lediglich deshalb, weil ich (aus Erfahrung) wusste, wie Papa die Suche nach einem passenden Restaurant angehen würde.

Papa orientiert sich nämlich niemals im Voraus, er liest keine Empfehlungen oder Broschüren oder dergleichen, und er lässt sich auch von niemandem vorher sagen, wo man gut, preiswert und in angenehmer Atmosphäre essen könne. Stattdessen setzt Papa auf den Zufall: Er fragt Einheimische vor Ort, direkt auf der Straße, und er fragt mehrere hintereinander und ermittelt so den Beliebtheitsfaktor bestimmter Restaurants. Wird eines von ihnen gleich mehrmals genannt, so ist das für Papa ein untrügliches Zeichen, es mit diesem mehrfach genannten Restaurant versuchen zu können.

Ich machte mich also auf Papas Fragen und die bekannte Nummer gefasst. Diesmal gab es jedoch ein Problem. Auf den Straßen befanden sich nämlich überhaupt keine Menschen, die zu fragen gewesen wären. In den schattigen Zonen saßen nur hier und da ältere Männer, jeder allein auf einem alten Holzstuhl, als säße er bereits stundenlang dort und ernährte sich nur von der Sonne. Die Männer beobachteten uns, nicht aufdringlich, sondern gleichgültig, aber sie behielten uns ununterbrochen im Blick. Fast alle spielten mit einer seltsamen kleinen Kette aus einfarbigen Steinen, sie ließen sie durch die Finger gleiten, schnippten sie in die Höhe, fingen sie wieder auf und betasteten einzelne Steine, als enthielten sie besondere Energien.

Ich war gespannt, was Papa tun würde, doch ihm fiel nichts Besonderes ein. Er ging einfach auf den nächstbesten älteren Mann zu, begrüßte ihn auf Englisch und fragte nach einem guten Restaurant in der Nähe. Sein Ansprechpartner rührte sich aber nicht, ja, er hob nicht einmal den Kopf, um Papa genauer zu mustern. Stattdessen schaute er vor sich hin, ließ die Kette kreisen und zuckte nur kurz mit den Achseln.

Papa blieb aber geduldig. Er sagte nichts mehr, sondern ging einige Schritte weiter, um den nächsten Mann anzusprechen. Auch der reagierte nicht, nur die Kette geriet in Bewegung, und es wurde erneut mit den Achseln gezuckt.

»Komm einmal her!« rief Papa und winkte mich zu sich. »Sie verstehen anscheinend kein Englisch. Sprich sie einmal auf Griechisch an!« Auf Griechisch?! Mein Gott, das Griechisch, das ich in der Schule (ein wenig) gelernt hatte, war Altgriechisch! Welcher griechische Mann von der Straße würde so etwas noch verstehen?! Und wieso bat mich Papa um so etwas, obwohl er das wusste?

»Altgriechisch werden sie erst recht nicht verstehen«, sagte ich. – »Und ob sie das verstehen!« sagte Papa und wartete darauf, dass ich loslegen würde. – »Was soll ich denn sagen?« fragte ich, »soll ich etwa die *Odyssee* rezitieren?« – »Warum nicht?« antwortete Papa, »einen Versuch ist es wert.«

Normalerweise wäre mir ein solcher Auftritt peinlich gewesen, diesmal jedoch war das anders. Die älteren Männer beäugten mich zwar, würden sich aber nicht über mich lustig machen. Eher würden sie mich abblitzen lassen, stoisch weiter vor sich hinsinnend.

Ich konzentrierte mich einen Moment, dann trat ich einen Schritt vor und rezitierte auf Altgriechisch die wenigen Zeilen der *Odyssee*, die ich auswendig wusste. Es war der Anfang, und ich sagte sie langsam und gut betont auf, wie man es uns Schülern einmal beigebracht hatte.

Als ich fertig war, machte ich wieder einen Schritt zurück,

und Papa trat an meiner Stelle nun wiederum etwas vor und sagte (auf Deutsch): »Das war Homer, aus der *Odyssee*!«

Der ältere Mann, dem unser passabler Auftritt galt, stellte die Handbewegungen mit der kleinen Kette ein und griff nach seinem Hut. Er nahm ihn von der Lehne des Stuhls, erhob sich, setzte den Hut auf und gab uns ein Zeichen, dass wir ihm folgen sollten. »Siehst Du«, sagte Papa, »es hat ihn beeindruckt, ich habe es ja geahnt!«

Der Mann ging uns voraus, mit langsamen, schweren (und stolzen) Schritten. Er nahm uns sonst nicht weiter zur Kenntnis, er sagte nichts und betrachtete uns auch nicht genauer. Die beiden Hunde, die uns eine Weile begleitet hatten, kamen aus dem Schatten hervor und liefen hinter uns her. Es ging also erneut voran, voran, voran – während ich plötzlich den Verdacht hatte, dass Prozessionen in Griechenland an der Tagesordnung waren. Anscheinend fanden sich Menschen und Tiere immer wieder zu solchen Prozessionen zusammen und zogen stumm von hierhin nach dorthin. An die Stelle des Gesprächs oder des Dialogs mochte in Griechenland wohl das langsam sich fortbewegende Rudel von Menschen (mit all seiner Feierlichkeit und seinen vertrauten Ritualen) treten. Fragte sich nur, wohin das einen führte und was sich am Ende daraus ergab.

Wir bogen um eine Straßenecke und erreichten nach einer Weile schließlich einen kleinen Platz. Unser Wegführer machte vor einem dunkelblauen Gebäude Halt und klopfte an das Tor. »Ein Restaurant ist das aber nicht«, sagte ich zu Papa, und Papa antwortete: »Nein, es ist eine Schule.« – »Eine Schule?! Bist Du sicher?« – »Ganz sicher. Unser alter griechischer Freund nimmt an, dass Du auf eine Schule gehen möchtest, um Griechisch zu lernen.« – »Machst Du Witze?« – »Nein, keineswegs.«

Ich konnte mich nicht mehr halten, sondern begann (leise) zu lachen. In was für ein merkwürdiges Theater waren wir geraten? Ich lachte, bis ich Papa sagen hörte: »Das ist nicht zum Lachen.« Nein? War es das nicht? Und wieso nicht? »Wir sollten nicht lachen«, sagte Papa, »weil unser Freund es ernst meint. Unser Lachen wird er nicht verstehen. Er wird denken, wir machen ihm etwas vor. Verstehst Du?«

Nun gut, ich versuchte, mich zu beherrschen, und ich beobachtete, wie das Tor geöffnet wurde. Ein etwas jüngerer Mann kam zum Vorschein und umarmte den älteren, der uns bis zum Tor geführt hatte. Die beiden unterhielten sich, dann sprach uns der jüngere (auf Englisch) an. Er fragte Papa, ob er eine Schule suche, in der sein Sohn Unterricht auf Altgriechisch erhalten könne. Papa blieb völlig ernst und sagte, dass er für eine solche Adresse durchaus dankbar wäre. In der Tat interessiere sein Sohn (also ich) sich sehr für die Epen Homers und wäre froh, einen Griechen die altgriechischen Verse der *Odyssee* einmal rezitieren zu hören. »Ich schreibe Ihnen zwei, drei Adressen von Lehrern auf, die Sie anrufen können«, sagte der Mann und bat uns, im Innenhof der Schule einen Moment zu warten.

Unser alter Wegführer aber verschwand sofort wieder. Er verabschiedete sich nicht, und er hatte auch sonst noch immer kein einziges Wort für uns Fremde. Langsam schlich er davon, den Hut auf dem Kopf, würdevoll, innerlich längst mit anderen Dingen beschäftigt.

Ich hatte ein solches Verhalten noch nie erlebt, und ich gebe zu, dass ich Schwierigkeiten hatte, es zu verstehen. Ein paar

Worte hätte der Hutträger doch mit uns wechseln können, zumindest versuchsweise. Ich hätte mir Mühe gegeben, seinem Neugriechisch etwas zu entnehmen, ja, ich hätte ihm gerne gelauscht, wie er uns mit lauter neugriechischen Sätzen unterhalten und vielleicht zur Verzweiflung gebracht hätte.

»Was für ein Stoffel!« murmelte ich und blickte ihm hinterher, doch Papa korrigierte mich: »Nein, ein Stoffel ist er nicht! Er hält sich nur an die Regeln und markiert die Grenzen.« – »Was soll das heißen?« – »Er sieht keinen Grund darin, besonders freundlich zu uns zu sein. Wir laufen ihm über den Weg, wir fragen ihn etwas, wir sind lästig – er aber möchte im Schatten sitzen und während seiner Meditationen nicht gestört werden.« – »Du glaubst, er meditiert?« – »Aber ja. Die Kette in seiner Hand dient der Meditation. Er genießt den stillen Mittag. Erst am frühen Abend wird er seinen Stuhl verlassen, sich unter die anderen mischen und wieder zu sprechen beginnen. So ist das. Und wir sollten es respektieren.«

Sollten wir das?! Ich war mir nicht sicher, aber ich entgegnete nichts. Schon nach kurzer Zeit auf dem griechischen Festland begriff ich, dass ich vom griechischen Leben und seinen Regeln rein gar nichts wusste. Ich legte die Maßstäbe an, die ich aus Deutschland mitgebracht hatte – und bekam zu spüren, dass diese Maßstäbe nicht galten. Welche aber dann?! Papa schien mehr darüber zu wissen als ich, aber woher wusste er so etwas, wo er doch keinerlei Schule mit Griechisch-Unterricht besucht hatte?! Ich schwieg weiter und nahm mir vor, besonders aufmerksam darauf zu sein, was in Griechenland anders als in Deutschland ablief.

Der jüngere Mann kam mit einem Zettel zurück und übergab ihn Papa. Papa bedankte sich ruhig und lächelte, wie ich fand, gerade richtig (nicht zu sehr, nicht zu wenig, aber auch nicht dezent, eher verhalten). Mein Gott, es würde nicht leicht werden in Griechenland, mit all den fremden Ritualen, auf die man mit dem richtigen Lächeln und den passenden sprachlichen Wendungen in den jeweils passenden Fremdsprachen reagieren musste!

Ich war froh, dass wir uns wieder entfernen konnten, und hoffte, dass Papa keinen Fehler begehen würde. Jetzt bloß nichts mehr sagen, sondern ein kurzer Dank und ein flotter Abgang! Papa aber dachte gar nicht daran, sondern hakte noch einmal nach. »Sie haben uns sehr geholfen, vielen Dank«, sagte er (auf Englisch) und knüpfte daran die Frage, wo man ganz in der Nähe (oder »ums Eck«) in einem Restaurant gut zu Mittag essen könne.

Zum Glück verstand unser Gesprächspartner sofort, was gemeint war. Er ließ sich den Zettel mit den Adressen der Lehrer noch einmal geben und zeichnete unter die Namen und Telefonnummern eine Skizze. Würden wir der ausgezogenen Linie folgen, würden wir nach etwa fünf Minuten ein kleines Restaurant an einer Straßenecke erreichen. »Wir haben keinen großen Appetit«, erläuterte Papa (auf Englisch), »wir möchten uns nur etwas stärken.« – »Ich verstehe«, antwortete der jüngere Mann, »nehmen Sie die Vorspeisen für zwei Personen, das dürfte reichen!«

In Ordnung, endlich hatten wir eine brauchbare Auskunft erhalten! Doch Papa war noch immer nicht zufrieden. Zum Schluss wollte er wissen, was »Vorspeisen für zwei Personen« auf Neugriechisch heiße. Der Mann sagte es ihm, und wir verstanden kein Wort. »Schreiben Sie es bitte auch auf den Zettel!« sagte Papa, »die griechischen Buchstaben kann mein Sohn auf jeden Fall lesen!«

Auch das geschah, und so hielten wir einen voll beschriebenen Zettel in Händen und machten uns damit auf den Weg. »Lies einmal laut vor, was Du entzifferst«, bat mich Papa. Auch das noch?! Ich nahm den Zettel in die Hand und las laut vor, was ich zu verstehen glaubte. »Very well«, sagte der jüngere Mann, und ich wagte es, ein wenig (nicht zu übertrieben, aber auch nicht zu bescheiden) zu lächeln. Diskret, zurückhaltend, aber doch erkennbar zufrieden.

Wir verließen den Innenhof, das Tor fiel hinter uns ins Schloss. Wir befanden uns auf einer menschenleeren Straße und folgten der Weglinie auf der Skizze. Aus den nahen Schattenverstecken lösten sich die beiden Hunde und begleiteten uns wieder, einer rechts, einer links.

»Das Leben verläuft hier vollkommen anders als bei uns«, sagte ich zu Papa. – »Was hast Du denn erwartet?« fragte er. »Dass man uns im Mercedes abholt und durch die Stadt fährt? Dass man uns an einen gedeckten Tisch setzt und deutsches Bier serviert? Dass man Deutsch mit uns spricht und aus dem *Faust* zitiert?!«

Sollte das witzig sein? Ich fand, das war es nicht, nein, es war albern. Auch Papa spürte, dass die gerade entdeckte griechische Fremde anstrengend war und wir beide weit davon entfernt, sie zu begreifen. Wir hatten uns das Erforschen dieser Fremde zu einfach vorgestellt – und bekamen bereits nach kaum einer Stunde zu spüren, dass unsere Griechenland-Exkursion harte Arbeit bedeutete.

Ich hörte aus seinen merkwürdig ruppigen Sätzen sogar heraus, dass er gereizt war. Auch er hatte unser »griechisches Abenteuer« anscheinend sehr unterschätzt und polterte jetzt drauflos. Ich hielt das für voreilig und polterte deshalb einfach zurück: »Ja, ich hatte mir vorgestellt, dass die alten Meditationskünstler uns einladen würden. In Ihre Wohnung, zu gutem Essen und noch besseren einheimischen Getränken. Und ich hatte gehofft, dass wir zusammen Musik machen würden, sie auf der Mundharmonika und ich auf dem Klavier. Und ich hatte mir sogar ausgemalt, dass wir schließlich zusammen *Sirtaki* tanzen würden, Du als Alexis Sorbas und ich als Dein Schüler!«

Papa blieb mitten auf der Straße und mitten in der Sonne stehen. Es war sehr still, und selbst die Hunde bewegten sich nicht mehr, als wollten sie lauschen, was nun geschehen würde. »Rezitier es noch einmal«, flüsterte Papa, »ich meine den Anfang der *Odyssee*! Es klang wunderschön, wie ein Gesang!«

Ich trat einen Schritt vor und rezitierte noch einmal die ersten Zeilen, und Papa hatte recht: Es klang wunderschön! Ich ließ die Verse langsam in der Sonne verklingen und trat einen Schritt zurück. Papa und ich standen weiter in der griechischen Sonne, bei mehr als hundert Grad. Wir lauschten und bewegten uns nicht, und ich glaube, wir hatten plötzlich das Gefühl, wirklich und wahrhaftig in Griechenland angekommen zu sein.

Ja, ich könnte schwören, dass es so war. Die wenigen Zeilen der *Odyssee* hatten eine magische Wirkung gezeigt, indem sie uns zum ersten Mal mit den Menschen vor Ort verbunden und zusammengebracht hatten. Nur wenige uralte Worte, klangvoll und melodisch, hatten das bewirkt, von sich aus, ohne moderne Beihilfen (wie etwa Englisch oder Deutsch).

Da aber wurde es den beiden Hunden in unserer Nähe zuviel, und sie trotteten los. Uns immer voran. Und anscheinend genau auf der ausgezogenen Linie, die wir anhand unseres Zettels verfolgten.

»Sie haben großen Appetit«, sagte Papa. – »Ja«, antwortete ich, »sie sind uns voraus.«

Patras 3

Dann haben wir zum ersten Mal Griechisch gegessen. Ich bestellte (auf Neugriechisch) »Vorspeisen für zwei Personen«, ohne zu ahnen, was uns erwartete. Wir hatten mit einem mittelgroßen Teller gerechnet, auf dem einige Vorspeisen (aber welche?) liegen würden. Dann aber wurden zwei kleine Teller gebracht, auf denen sich jeweils zwei kleine Vorspeisen befanden. Es waren mit Reis gefüllte Weinblätter (in Zitronensauce) und gekochte Bohnen (in Tomatensauce). Dazu gab es sehr gutes, frisches Weißbrot (in Scheiben). Papa trank ein Glas Weißwein, ich trank eine Zitronenlimonade.

Papa sagte: »Das war ausgesprochen lecker, vielleicht aber doch etwas zu wenig.« Kaum hatte er es gesagt, kamen erneut zwei kleine Teller mit jeweils zwei Vorspeisen. Neben einem cremigen Kartoffelpüree (kalt) lagen sehr klein geraspelte Gurken (mit Olivenöl beträufelt).

Papa sagte: »Das war ausgezeichnet. Es passt perfekt zu der Hitze. Bloß kein Fleisch, bloß nichts Schweres.« Kaum hatte er das gesagt, wurden wieder zwei kleine Teller mit jeweils zwei Vorspeisen serviert (ein rechteckiges Stück Schafskäse mit Peperoni und Olivenöl sowie ein kleiner Haufen lauwarmer Spinat, ebenfalls mit Knoblauch).

Papa sagte, dass ihm die Sache langsam unheimlich werde. Vielleicht habe man unsere Bestellung falsch verstanden. Er sprach den Kellner auf Englisch an, und der Kellner nickte und sagte »Yes! Okay!«. Es war aber leicht zu erkennen, dass er kein Englisch beherrschte. Und so gaben wir unser Fragen auf und erlebten, wie immer wieder zwei kleine Teller serviert wurden. Am Ende waren es (für jeden) acht Teller.

Wir bestellten (zusammen) noch eine Flasche Mineralwasser, und ich holte den Stadtplan aus meiner Umhängetasche, um für ein wenig Orientierung zu sorgen. (Papa mag das aber nicht, er findet, dass sich die Orientierung in fremden Städten von selbst, durch genaues Beobachten, ergeben sollte.)

Als ich den Plan auf unserem Tisch ausbreitete, sagte Papa, dass er für höchstens eine halbe Stunde verschwinden werde, um etwas Dringendes zu erledigen. Ich fragte: »Was gibt es denn so Dringendes?« – Und Papa antwortete: »Warte ab! Bleib aber bitte hier sitzen, ich komme auf jeden Fall bald zurück.«

Ich durfte mir noch ein Dessert (klein geschnittene Feigen mit Nüssen in einem Joghurt mit Honig) bestellen und wartete darauf, dass Papa zurückkommen würde.

Reisetagebuch (20. Juli, 13.43 Uhr)

Alles hier in Griechenland ist anders als in Deutschland – so kommt es mir jedenfalls vor. Die Straßen sind über Mittag stundenlang leer, und die Menschen sind (außer einigen älteren Männern) in ihren Wohnungen verschwunden. Unterhaltungen oder gar Gespräche ergeben sich nicht von selbst, sondern müssen erst hergestellt oder herbeigeführt werden. Die Häuser sehen sehr verschieden aus, keins ist (schon von der Höhe her nicht) wie das andere. Viele sind schmal, und die Läden im Erdgeschoss reichen bis tief ins Innere des Hauses. Am Schönsten sind die Läden mit vielen Sorten Nüssen, Mandeln oder Pistazien. Sie liegen zu großen Halden geschichtet nebeneinander und werden in kleine Säckchen (zum Mitherumtragen) verpackt.

Reisetagebuch (20. Juli, 13.58 Uhr)

Auch Papa wirkt hier in der griechischen Fremde irritiert (und ist deshalb manchmal sogar etwas gereizt). Er möchte, dass er mit dieser Welt klarkommt, das geht aber nicht so leicht, wie er es sich vorstellt. Nur wenige Griechen verstehen anscheinend Englisch, und vor allem haben nicht alle Lust, sich mit den Fremden lange zu beschäftigen. Ich hatte gehört (und geglaubt), die Griechen seien enorm »gastfreundlich«. Die Phaiaken in Homers Odyssee sind es, aber es sind wohl nicht alle Griechen auch zugleich Phaiaken.

Reisetagebuch (20. Juli, 14.11 Uhr)

Patras ist eine der größten Hafenstädte Griechenlands. Verlässt man den Hafen, schließen sich lauter Viertel an, die noch mit ihm verbunden sind (oder in Kontakt stehen). Läden mit Bootsgeräten, Garagen für Reparaturen von Schiffsmaterial, Reiseagenturen. Die Straßen stoßen alle im rechten Winkel aufeinander, so dass man sich leicht zurechtfindet. Vom Hafen aus steigt das Gelände der Stadt unmerklich an. Weiter oberhalb hören die Straßen im rechten Winkel auf. Dort sind die Straßen wahrscheinlich älter (und die Häuser noch baufälliger als einige Häuser unten am Strand).

Reisetagebuch (20. Juli, 14.23 Uhr)

Ich habe den Kellner (auf Englisch) nach seinem Namen gefragt. Er hat mich sogar verstanden und mir seinen Vornamen (Nikos!) genannt. Dann hat auch er mich nach meinem Namen gefragt. Ich habe »Johannes« gesagt, und er lachte und rief: »O! You are Io-

annis!« Ich bat ihn, »Ioannis« auf einen Zettel zu schreiben, damit ich das Schriftbild vor Augen hatte. Er tat es. Dann schaute er mich an und sagte (auf Deutsch): »Wer nichts wird, wird Wirt!« Er lachte furchtbar, als hätte er einen Mordswitz gemacht. Dann fragte er mich, was der deutsche Satz (den er anscheinend irgendwo aufgegabelt hatte) bedeute. Ich versuchte, es ihm zu erklären, scheiterte aber gründlich. (Die Sache mit dem Wirt ist einfach zu kompliziert …)

Reisetagebuch (20. Juli, 14.32 Uhr)

In meiner Umhängetasche befindet sich der Luftpostbrief von Mama. Nichts würde ich gerade lieber tun, als ihn zu öffnen. Das geht aber nicht, denn ich muss warten, bis Papa wieder da ist. Dann können wir den Brief zusammen lesen. Ich werde ihn vorlesen, ja, und Papa wird zuhören. So wird das sein. Oder?!

Als Papa wieder erschien, fragte ich ihn, ob wir Mamas Brief öffnen sollten. Er sagte »noch nicht!«, wir hätten erst noch etwas Anderes vor. Jeder von uns trank noch einen Mokka (und danach ein kleines Glas Wasser). Der Mokka schmeckte abscheulich, was aber nicht an dem Getränk, sondern an mir lag. Ich trank das Mokkaglas nämlich ganz aus, ohne zu bemerken, dass sich unten auf dem Boden reichlich Mokkakaffeesatz befand. Der lag mir dann auf der Zunge wie ein griesliger schwerer Pelz, den ich am liebsten wieder ausgespuckt hätte (was ich natürlich nicht tat).

Wir zahlten, und Papa sagte: »So, jetzt kommt eine Überraschung!«

Ich schaute auf den Stadtplan und versuchte, mich zu orientieren. Wo waren wir gerade genau? Papa nahm mir aber den

Plan aus der Hand, faltete ihn zusammen und steckte ihn in seine rechte Hosentasche. »Nach der ersten Kreuzung rechts ab, dann sind es noch etwa zweihundert Meter!« sagte er.

Ich fragte ihn nicht weiter, sondern folgte ihm dabei, wie er »gemessenen Schrittes« (eine jener Lieblingswendungen, die er für komisch hält) ein Ziel ansteuerte. Es war ein Café, das aber jetzt (während des langen Mittags) geschlossen hatte. Vor seinem Eingang saß wieder ein älterer Mann, diesmal auch wieder mit Hut (und sogar mit einer Weste – wie hielt er das aus?). Als er Papa erkannte, stand er auf, grüßte mich kurz und führte uns in das Café.

Der Raum war sehr dunkel, und der Mann machte ein wenig Licht. Dann ging er weit nach hinten, wo er einen schwarzen Vorhang zur Seite zog. Er machte erneut Licht, und ich sah, dass sich hinter dem Vorhang eine winzige Bühne befand. Auf dieser Bühne stand ein alter Flügel, dunkelschwarz, mit mattem Glanz. Die Tastenklappe war geschlossen, und der ältere Mann öffnete sie. Dann deutete er auf den braunen Hocker, der vor dem Flügel stand. Der Mann machte einen Schritt zur Seite und blickte mich an. Dann machte er eine Geste: Ich sollte mich setzen und spielen.

Ich begann zu schwitzen, nicht aus Angst oder wegen der Wärme im Café, sondern weil ich mit einem solchen Anblick nicht gerechnet hatte. In Patras Klavier zu spielen – davon hatte ich zwar geträumt, aber nicht richtig daran geglaubt. Anscheinend hatte Papa sich umgehört oder vorher bereits Erkundigungen eingezogen. Nun sollte mein großer Wunsch also in Erfüllung gehen.

»Na!« sagte ich, als wollte ich den Flügel begrüßen. – »Na bitte!« sagte Papa, während der ältere Mann sich zurückzog und uns auf der kleinen Bühne allein ließ. Ich legte meine Umhängetasche beiseite und nahm auf dem Klavierhocker Platz. Es roch nach Holzspänen und lange nicht gelüfteten Decken, und ich sah, dass ein Stapel von ihnen in einer Wand der kleinen Bühne lag.

Papa ließ mich auf der Bühne stehen. Ich schlug einige Tasten an, um den Klang zu testen. Der Flügel war leicht verstimmt, doch das machte mir jetzt nichts aus. Das Schönste war, dass wir (Papa und ich) allein waren. Keine Zuhörer oder Gaffer. Nur der ältere Mann, der sich wieder draußen vor das Café gesetzt hatte. Die beiden Hunde lagen ihm zur Seite, aber er beachtete sie nicht, sondern spielte mit seiner Kette.

Ich schraubte den Sitz des Klavierhockers noch etwas nach unten. Dann begann ich mit dem Präludium in C-Dur aus dem *Wohltemperierten Klavier.*

Aus den Aufzeichnungen meines Vaters (20. Juli, 21.06 Uhr)

Heute, am 20. Juli 1967, gegen 16 Uhr, spielte der Junge in einem Café, das der Funker Maro nach langen Recherchen für mich entdeckt hatte, Präludien und Fugen von Johann Sebastian Bach. Ich saß im dunklen Zuhörerraum, niemand sonst war zugegen. Es war das schönste improvisierte »Konzert«, das ich erlebt habe. Der Junge spielte leiser als sonst, und er wirkte hochkonzentriert. Das Konzert hatte Strenge und Ernst, und doch klangen die kurzen Stücke auch wie kuriose und fast kindliche Fingerübungen eines jugendlichen Klavierspielers, den es aus wirklich sehr weiter Ferne in diese Fremde verschlagen hatte. Ich konnte die Rührung nur schwer unterdrücken.

Ich spielte etwas länger als vierzig Minuten, dann stieg ich herab zu Papa, der im Zuschauerraum saß. Sonderbar war, dass er nichts zu meinem Spiel sagte, gar nichts. Er stand auf, und wir gingen zusammen hinaus.

Der ältere Mann hockte noch immer vor der Tür des Cafés, und auch die beiden Hunde lagen ruhig und brav im Schatten. Papa wollte dem älteren Mann etwas Geld geben, zum Dank dafür, dass er mich spielen gelassen hatte. Der Mann schüttelte aber nur den Kopf und blickte dann wieder so still vor sich hin, wie ich es bereits von den anderen älteren Männern her kannte. Bestimmt meditierte auch er, und bestimmt ließ er sich während seiner Nachmittagsmeditationen nicht von Johann Sebastian Bachs Präludien und Fugen aus dem *Wohltemperierten Klavier* aus dem Konzept bringen. Anscheinend hatte er die Stücke einfach überhört.

Wir setzten unseren Landgang dann fort und gingen eine ganze Weile eine breitere Straße entlang, die parallel zur Küste verlief. Keiner von uns erwähnte mein Klavierspiel noch einmal, und das war mir sehr recht. Im Augenblick gab es darüber nicht viel zu sagen, vielleicht später einmal, wenn wir uns genauer daran erinnern und es besser einordnen konnten. Und so gingen wir schweigend durch den weiterhin stillen Nachmittag, und die beiden Hunde folgten uns und spielten die treuen Gefährten.

Ich durchbrach unser Schweigen, indem ich Papa an Mamas Brief erinnerte. »Denk nicht, dass ich ihn vergessen habe«, antwortete Papa. »Ich habe mir genau überlegt, wann und wo wir ihn lesen.« – »Und wo lesen wir ihn?« – »Gleich dort vorn, direkt am Meer, wenn wir einen ruhigen Platz gefunden haben.«

»Gleich dort vorn« gab es einen kleinen Vorsprung des Landes, nicht so groß wie eine richtige Halbinsel, von der Form her aber ähnlich. Darauf standen ein paar Bänke, aufs weite Meer hin ausgerichtet. Alle waren leer, und zwei von ihnen standen im Schatten. Wir setzten uns, und ich holte Mamas Brief aus der Umhängetasche. »Wer soll lesen, Du oder ich?« fragte ich Papa. – »Du natürlich!« antwortete er, »aber bitte langsam und gut betont, Du weißt schon.«

Ich öffnete das Kuvert und nahm den hellblauen Luftpostbrief heraus. Mama hatte mit ebenfalls blauem Kugelschreiber geschrieben, sehr deutlich und gut lesbar. Sie hielt sich nicht lange mit Floskeln auf, sondern begann gleich mit dem Erzählen. Schon seit einiger Zeit befand sie sich in unserem westerwäldischen Haus und arbeitete jeden Tag ein wenig im großen Garten. Sie schilderte viele Details: wo sie angefangen, wo sie Unkraut gejätet, wo sie Blumen geschnitten, wo sie Torf ausgestreut hatte – ja, sie schilderte das wirklich sehr gründlich.

Mit dieser Gründlichkeit wollte sie Papa eine Freude machen, das wusste ich. Papa war ein besonderer Liebhaber unserer Gärten und der kleinen Wäldchen, die rings um unser Haus lagen. Wenn wir uns in unserem Ferienhaus aufhielten, hatte er jeden Tag dort etwas zu tun, nicht allzu lange, aber doch zwei oder drei Stunden. Garten und Wäldchen wollten laufend beackert und aufgesucht werden – so hatte er es einmal gesagt. Und er meinte damit, dass Garten und Wäldchen unter mangelnder Aufmerksamkeit leiden und die Verbindung zu den Menschen abbrechen würden, wenn man sich nicht um sie kümmerte.

Wie auch immer – ich mache mir nicht so viel aus den Gärten und Wäldchen, ich finde sie schön und halte mich auch gerne in ihnen auf, aber ich denke mir nicht laufend neue Tätigkeiten aus, mit deren Hilfe ich den Kontakt zu ihnen gestalten und ausbauen könnte.

Nach den Arbeiten im Gelände um unser Haus waren in Mamas Brief die Spaziergänge mit ihrer Schwester dran. All diese Spaziergänge verliefen nicht in freier Landschaft, sondern ausschließlich im nahen Dorf. Es waren Spaziergänge von zwei Stunden und mehr (mit vielen Unterbrechungen). Meist spazierten die beiden Schwestern (als wären sie noch junge Mädchen) Arm in Arm. Während des Spazierens erfuhren sie von überallher das Neuste und besprachen es dann miteinander. Mama verstand sich sehr gut mit ihrer einzigen Schwester, während sie mit ihren Brüdern nicht ganz so gut zurechtkam.

Auch die Erzählungen über das Neuste im Dorf waren vor allem für Papa gedacht. Manche Personen, die ausführlich (mit vielen Details) vorkamen, kannte ich nicht genau, andere interessierten mich nicht, und es fiel auf, dass im ganzen Dorf kein einziger Mensch zu leben schien, der in meinem Alter war. (Jedenfalls kam ein Junge meines Alters nicht vor, Mama übersah solche Jungen komplett und erzählte lieber, was sie beim Bäcker, beim Metzger oder nach dem Gottesdienst über das Leben im Dorf erfahren hatte.)

Ich mache es kurz. Der Brief bestand aus sechs (!) klein beschriebenen Seiten, und er war so mit Details »voll gespickt«, dass man schwindlig wurde vor lauter Details und sich am Ende nicht mehr merken konnte, was an Details eigentlich alles erzählt worden war.

Ich selbst jedenfalls hatte nach der Lektüre schon wieder vieles vergessen. Ich sagte das natürlich nicht, schließlich richtete sich der Brief vor allem an Papa (und weniger an mich). In meinen Augen war es einer von Mamas typischen Ehebriefen, in denen der junge Mann, der ich inzwischen doch war, keine große Rolle mehr spielte.

Ich hätte es sehr gerne gesehen, wenn Mama einmal einen Brief nur an mich geschrieben hätte. Dann wäre sie nämlich in Schwierigkeiten gekommen: ›Was soll ich dem Jungen bloß erzählen?‹ hätte sie sich gefragt (und wahrscheinlich eine Zeitung zu Hilfe genommen). Der Zeitung hätte sie die neusten Sportnachrichten entnommen und sie so mitgeteilt, als wäre sie zum Beispiel selbst beim Pferderennen in X dabei gewesen. Das beherrscht Mama nämlich gut: Von ihr völlig fremden Dingen und Ereignissen so zu erzählen, als wäre sie dabei gewesen: Als hätte sie dem Siegerpferd nach dem Sieg selbst die Siegesmöhren gereicht. Als hätte sie mit einem Glas Sekt zusammen mit dem Jockey auf den Sieg angestoßen. Als hätte sie auf der Tribüne in der ersten Reihe gesessen, ohne Hut, jawohl, ohne Hut (und das aus Protest, weil die meisten Frauen natürlich Hüte getragen hatten … – Hüte! Hüte!)!

Ich musste lachen, denn ich dachte an Mamas ganz besonderes Temperament (sie kann manchmal regelrecht wild und ausgelassen sein, aber nur für kurze, begrenzte Zeit). »Was lachst Du denn?« fragte Papa (etwas irritiert). – »Ach, es ist nichts«, antwortete ich, »ich stelle mir nur vor, wie Mama gerade den Garten umgräbt, den Garagenbau mit dem Architekten bespricht, die Holzfäller in unseren Wäldchen beaufsichtigt und hinterher einen Schluck Bier mit allen trinkt. Zum Wohl, meine Herren, auf gutes Gedeihen!«

Da musste Papa ebenfalls lachen, hörte jedoch rasch damit auf, als dürfte das eigentlich nicht sein. Ich musste ihm den Brief geben, und er steckte ihn ein, und ich wusste, dass er ihn heute mindestens noch dreimal und morgen erneut lesen würde, so lange, bis er jedes Detail wirklich geschluckt hatte und alle Details auf die Reihe bekam.

Von unserer Halbinsel aus schauten wir die Hafenpromenade entlang und entdeckten an ihrem Ende einen größeren Kirchbau. Ich fragte, ob dies eine griechisch-orthodoxe Kirche sei, und Papa bestätigte es: »Ja, bestimmt.« Dann beschlossen wir, nach einer kleinen Pause weiter an der Küste entlang bis zu der etwas abgelegenen Kirche zu gehen und uns dort umzusehen.

Ohne ein richtiges Ziel wurde man in den menschenleeren und überhitzten Straßen nervös. Man verstand nicht mehr, warum man überhaupt unterwegs war, während die Einwohner keinen einzigen Schritt vor die Tür machten. Ich sprach mit Papa über diese Leere auf den Straßen und die seltsame Stille, die in der Stadt Patras herrschte. Und Papa sagte, es handle sich »um das Phänomen der Siesta«.

Siesta (20. Juli, ohne Uhrzeit)

Die Siesta (von der ich bisher noch nie gehört hatte) ist eine sehr kluge Erfindung. Sie bedeutet, dass die Stunden am Mittag und frühen Nachmittag Leerstunden sind. Die Einwohner Griechenlands verbringen sie in ihren Häusern, hingefläzt auf ihre Betten, abgetaucht in die Stille des Grübelns oder der Meditation. Nicht einmal die Vögel singen noch, und die Hunde liegen noch schlaffer als die Menschen im Schatten und vergessen das Lammkotelett, das sie am Abend abknabbern wollen. Auch das Meer ist ruhig, und Poseidon hat endlich mal rein gar nichts zu sagen. Ich vermute, dass die Götter auch Freunde der Siesta sind. Auf dem Olymp liegen sie in breiten Badewannen und lauschen jungen Epheben, die aus der Odyssee rezitieren. Oder hören sie lieber Musik? Wenn ja, aber welche? Melina Mercouri?! Ich bin sicher, dass die griechischen Götter ausschließlich griechische Musik hören. Die Frage ist nur, ob es auch spezielle Siesta-Musik gibt? Ja, gibt es sie?! Ich bin auf ein hoch interessantes Thema gestoßen …

Die griechischen Götter 1 (20. Juli, ohne Uhrzeit)

Ich muss noch etwas notieren, das mich seit kurzem beschäftigt, es geht um die griechischen Götter. In Homers Odyssee kommen sie laufend vor. Sie leben und tagen meist auf dem Olymp, sie beraten sich, essen und trinken – und begeben sich häufig (zur Abwechslung und als Flucht vor der olympischen Langeweile) auf die Erde. Jene Griechen, die Homers Odyssee vor unendlich langer Zeit zum ersten Mal hörten, haben an diese Götter geglaubt. Für sie waren manche Ereignisse auf der Erde (wie zum Beispiel Stürme, Winde oder besondere Erscheinungen der Sonne, der Wolken oder der Sterne) nur so zu erklären. Die nahe Natur flüsterte ihnen etwas zu, aus einem Baum säuselte es, und aus einer Quelle klang leises Lachen. Überall bewegten sich Wesen, die nicht immer gut sichtbar, aber doch spürbar anwesend waren. Genau diese unsichtbare Anwesenheit machte das Leben mit den griechischen Göttern aus. Solche Götter gab es jedoch nur in Griechenland, nirgendwo sonst. Sie entstanden vielleicht dadurch, dass die Griechen und ihre Welt (also das Land und das Meer) sehr eng zusammengehörten. Vielleicht sind die griechischen Götter sogar nur dadurch entstanden, dass die Griechen ganz und gar mit der Natur fühlten, die sie umgab: mit den Winden, dem Meer, den Inseln, den Felsen, Bergen und Bächen … (Darüber werde ich noch weiter nachdenken und auch darüber, ob die griechischen Götter (in veränderter, anderer Gestalt) nicht durchaus noch existieren …)

Die griechischen Götter 2 (20. Juli, ohne Uhrzeit)

Die Sache mit den griechischen Göttern, will ich noch festhalten, ist sehr geheimnisvoll – und spannend. Sie einfach abzutun und zu sagen, dass die alten Griechen eben noch sehr naiv und abergläubig gewesen seien, ist dumm. Ich spüre jedenfalls (seit ich auf dem Meer unterwegs bin – und seither mit jedem Tag mehr), dass die griechi-

schen Götter mit dem Meer zu tun haben müssen. Mit dem griechischen Meer, meine ich, und mit seinen Küsten … – und außerdem mit den kahlen Bergen, nicht aber sosehr mit den Städten, nein, mit denen wohl nicht. Oder?! Woher will/kann ich das wissen? Ich breche hier erst einmal ab, ich muss noch mehr darüber nachdenken …

Patras 4

Noch während der Siesta näherten wir uns der griechisch-orthodoxen Kirche, die dem heiligen Andreas geweiht war. Davor befand sich ein großer, leerer Platz, und ich vermutete, dass die Größe des Platzes ideal für die vielen Prozessionen war, die hier regelmäßig stattfinden würden. Ich wusste es nicht genau, aber ich stellte es mir (nach den Erfahrungen, die ich gerade in Patras gemacht hatte) genau so vor: Dass Priester und Gläubige sich der Kirche in Form einer langen Prozession näherten und unglaublich langsam auf die Kirche zugingen. Schließlich würden sie die Kirche, immer langsamer werdend, betreten. Ab und zu blieben sie stehen und verharrten auf der Stelle, und danach dauerte es noch einmal einige Zeit, bis sie den feierlichen Einzug in die Kirche hinter sich gebracht hatten.

So fantasierte ich herum, als Papa und ich selbst die Kirche betraten und langsam ins Dunkel gingen. Dieses starke Dunkel war zunächst beherrschend, es tat sich direkt nach dem Hineingehen auf. Man blieb stehen und wurde auf die vielen Kerzen aufmerksam, die gleich am Eingang in den verschiedensten Größen bereit standen.

Anders als in den katholischen Kirchen spielten die Kerzen anscheinend eine bedeutende Rolle. Die gläubigen Griechen, die in der Kirche auftauchten, blieben nämlich vor diesem Angebot stehen, und jeder von ihnen nahm sich eine Kerze, mal eine richtig große, mal eine in mittlerer Größe. Man zahlte für den Kauf dieser Kerze und ging dann mit ihr in den Kirchenraum. Dort gab es mehrere Stellen, wo man die Kerze anzünden und in einen dicht mit Sand gefüllten Behälter stecken konnte. Die Behälter waren voller entzündeter, mehr oder weniger herabgebrannter Kerzen, die einen brennenden Kerzenwald bildeten.

Mir gefielen diese Kerzenwälder sehr, sie wirkten wie ein domestiziertes Flammenmeer, hell leuchtend und lebhaft. Da jeder Gläubige seine Kerzen nach Belieben aufstellen konnte, standen die Kerzen nicht in Reih und Glied und gehorchten keiner vorgegebenen Ordnung. Jede hatte ihren eigenen Platz und war leicht wieder auffindbar.

Niemand, der die Kirche betrat, bewegte sich ohne eine solche Kerze in der Hand in das Innere, das war schon sehr auffällig. Der Kerzenkauf und das Kerzenaufstellen erschienen daher wie ein wichtiger, nicht verzichtbarer Beginn des Kirchenbesuchs. Auffällig war auch, dass sowohl Frauen wie Männer mit einer Kerze unterwegs waren, selbst die Kinder griffen nach dem Betreten der Kirche sofort danach, als wäre es (fast) eine Sünde, sich ohne Kerze durch die Kirche zu bewegen.

Ich war erstaunt, so etwas gab es bei uns zu Hause nicht, Kerzen spielten in unseren Kirchen nur eine sehr untergeordnete Rolle, und die Orte, wo man sie entzünden konnte, musste man meist erst lange suchen, weil sie versteckt in den Seitenschiffen lagen. Als Kind hatte ich auch gerne Kerzen (zum Beispiel vor einem Marienbild) entzündet, irgendwann hatte das aber aufgehört, denn es war ein vor allem kindliches Ritual gewesen, das mit der Freude am Kerzenentzünden zu tun gehabt hatte.

Ich beobachtete Papa, und ich sah, dass er unschlüssig war, ob wir als Fremde ebenfalls eine Kerze kaufen, sie entzünden und aufstellen sollten. »Was ist?« fragte ich ihn (um die Sache voran zu bringen), »worauf warten wir noch?« Papa antwortete nicht, sondern griff nach seinem Portemonnaie und gab mir eine Münze, um die Kerze zu bezahlen. Und dann nahmen wir uns jeweils eine Kerze (in mittlerer Größe) und entzündeten sie dort, wo bereits viele brennende Kerzen standen.

Danach hätten wir (wie die anderen Gläubigen) einige Zeit verharren und beten sollen. Wie aber sollten wir beten? War es in Ordnung, in einer griechisch-orthodoxen Kirche genau das zu beten, was wir in einer katholischen Kirche gebetet hätten? Gehörte sich das? Natürlich bekam niemand von den anwesenden gläubigen Griechen unsere Gebete zu hören – das jedoch war nicht entscheidend. Auch ein stilles Gebet hätte fehl am Platz sein und die Gepflogenheiten der für uns fremden Religion verletzen können.

Ich sah, dass Papa etwas ganz Ähnliches durch den Kopf ging. Er blieb stehen und hielt die Hände überkreuz vor dem Bauch. Man hätte denken können, dass er gerade betete, man hätte aber auch annehmen können, dass er sich einfach nur Gedanken machte oder »meditierte«. All das war möglich, und so war die Haltung, die er vor den vielen Kerzen einnahm, keine schlechte Idee.

Ich machte es ebenso und betete nicht, ich stand wie Papa

eine Weile still und machte mir weiter bewusst, wie anders (als Zuhause) es in diesem griechisch-orthodoxen Kirchenraum zuging.

Neben dem großen Dunkel war mir gleich nach Betreten der Kirche aufgefallen, dass es keine Kirchenbänke, sondern höchstens eine Handvoll hölzerner Kirchenstühle gab. Knieten die Gläubigen während eines Gottesdienstes denn nicht? Standen sie die ganze Zeit? Es sah so aus, andererseits fiel aber auf, dass viele Gläubige direkt nach Betreten der Kirche einen Ort zum Niederknien suchten. Sie knieten sich auf den nackten Boden und erstarrten dann, und man sah ihnen an, dass sie mit einer besonderen Inbrunst beteten.

»Inbrunst« – wie komme ich auf so ein Wort? Das Wort war sofort da, als ich die Gläubigen (ob männlich oder weiblich) dabei beobachtete, wie sie zu beten anfingen. Sie ließen sich fallen und machten sich klein, viele schlossen die Augen, und einige hielten eine Schnur in der Hand und betasteten die daran befestigten winzigen Knoten einen nach dem andern. Es war dem Rosenkranzbeten etwas ähnlich, seltsam war nur, dass dieses Beten von Gläubigen aller Altersstufen betrieben wurde, während das Rosenkranzbeten bei uns zuhause fast verschwunden ist und meist nur noch ältere Menschen so beten.

Auf den ersten Blick sahen die Gebetsschnüre wie die Meditationsketten aus, von denen wir in den Straßen von Patras bereits viele gesehen hatten. Ich glaubte aber nicht, dass die älteren Männer, denen wir begegnet waren, auch gebetet hatten, nein, sie hatten mit ihren Ketten gespielt und kleine Kunststücke vollbracht – ein Beten war das wohl nicht gewesen.

Dennoch mochte zwischen den Gläubigen in der Kirche und den älteren meditierenden Männern draußen im Freien eine gewisse Verbindung bestehen. Beide bewegten sich nicht von der Stelle und »gingen in sich«, als blickten sie vor allem nach innen. Was um sie herum noch so alles passierte, interessierte sie nicht, es hätte sogar Gott weiß was passieren können – und sie hätten sich nicht von der Stelle bewegt.

Papa und ich gingen dann weiter durch die Kirche, mir war dabei aber nicht wohl. In unsere Kirchen kommen viele Menschen, die in einer Kirche spazieren gehen. Sie beten keine Sekunde, sondern schauen sich alles an: die Bilder an den Wänden, die Skulpturen, die Altäre – was auch immer. Für viele unserer Kirchenbesucher ist die Kirche eine Art von Museum, in dem man Kunstwerke bestaunt, bewundert und Texte über sie liest.

Das war in der griechisch-orthodoxen Kirche, durch die wir gerade gingen, jedoch nicht der Fall. Niemand »besichtigte« sie, vielmehr suchten alle Gläubigen einen Platz zum Beten oder einen Ort, wo sie direkten Kontakt mit einem bestimmten Detail der Kirche aufnahmen. Es gab Gläubige, die eine Säule mit den Händen und der Stirn berührten, und es gab noch mehr Gläubige, die eine Ikone, die an einer Säule oder einer Wand angebracht war, sogar küssten.

Das aber war nun ganz anders als bei uns zuhause, denn in unseren Kirchen berührt und küsst niemand ein Altarbild oder sonst ein Detail in einer Kirche. Die Gläubigen durchwandern sie vielmehr oder nehmen in den Bänken Platz, nur wenige beten (und noch weniger mit besonderer »Inbrunst«). Sie halten Distanz zu allem, was um sie herum ist, ja, es ist wirklich ein wenig so wie in einem Museum, wo auch kein Besucher auf den Gedanken kommen würde, ein Bild zu berühren oder zu küssen.

Besonders geheimnisvoll war aber eine Art Opferstock, den ebenfalls fast alle Gläubigen während ihres Kirchenaufenthalts aufsuchten. Dort machten sie Halt, griffen nach kleinen, unbeschrifteten Zetteln, nahmen einen der vielen bereit liegenden Bleistifte in die Hand und schrieben ein paar Worte auf das weiße Papier. Dann falteten sie die Zettel zusammen und warfen sie in den Opferstock. Die meisten beschrieben nur einen einzigen, manche aber auch mehrere, ja, ich beobachtete ein junges Mädchen (etwa in meinem Alter), das fünf Zettel beschrieb und einwarf.

Für mein Leben gern hätte ich gewusst, was alles auf diesen Zetteln stand. Anscheinend notierten die Gläubigen ihre Wünsche und Sorgen – und das auch ganz konkret und direkt. Ich konnte mir nicht vorstellen, dass auf den Zetteln Gebete notiert waren, nein, das nicht, denn das Beten (mit den entsprechenden vorgeschriebenen Gebeten) blieb wohl dem Niederknien vorbehalten.

Auf den Zetteln würden also ganz andere Dinge stehen: Bitten um Hilfe, Schilderungen von besonderen Nöten – mit anderen Worten: all das, was die Gläubigen gerade besonders beschäftigte. Die beschrifteten Zettel waren Dokumente ihrer Seele (oder, modern gesagt: »Psyche«), so stellte ich mir das vor.

Vielleicht waren sie auch ein Ersatz für jene Gespräche, die in unseren Kirchen noch in den Beichtstühlen geführt werden. (Oder kannten die griechisch-orthodoxen Gläubigen auch so etwas wie die Beichte?) Spontan glaubte ich das nicht, ohne dass ich es hätte begründen können. Die beschriebenen Zettel erschienen mir vielmehr als jene Form der »Beichte«, die dem mir noch fremden Glauben eher entsprach. Sie enthielten wahrscheinlich kurze Monologe oder Geständnisse oder Beschreibungen von Seelenzuständen. Und sie waren bestimmt adressiert an Gottvater (oder an Jesus Christus oder an die Gottesmutter) – oder vielleicht an jenen Heiligen, der in dieser Kirche von Patras auf gleich mehreren Abbildungen erschien. Dieser Heilige aber war der Apostel Andreas.

Dass es sich um den Apostel Andreas handeln musste, erkannten Papa und ich an der Form des Andreaskreuzes, das häufig auftauchte. Nur der Apostel Andreas war an einem solchen Kreuz den Märtyrertod gestorben, niemand sonst. Wo und wann das allerdings geschehen war, wussten Papa und ich nicht genau. »Jedenfalls nicht in Rom«, sagte Papa, »in Rom auf keinen Fall!«

Nun gut – in Rom auf keinen Fall. Diese dürre Erkenntnis brachte uns leider nicht weiter, und so mussten wir uns gestehen, dass sich in unserem Wissen erhebliche Lücken auftaten. »Das mit den Lücken wird ab jetzt immer schlimmer werden«, sagte Papa (leicht resigniert), »wir werden uns anstrengen müssen.« – »Schade, dass unser Erster Offizier uns nicht begleitet«, antwortete ich, »der wüsste so etwas.«

Papa reagierte nicht, aber ich sah ihm an, dass ihm die Erwähnung von Erwin Mühlenthal nicht gefiel. Nicht gut genug vorbereitet zu sein, machte ihm zu schaffen, denn er mochte »mangelnde Vorbereitung« auf Reisen überhaupt nicht. »Ich habe zuviel gezeichnet und zu wenig gelesen«, sagte er selbstkritisch und schüttelte den Kopf, »noch einmal wird mir das nicht passieren – wozu haben wir schließlich eine gute Bibliothek an Bord?«

Ich ließ ihn mit sich selbst hadern und fragte mich, ob sich das Leben an Bord ab jetzt vielleicht ändern würde. Wollte Papa nun Tag und Nacht in der Bibliothek oder mit Stapeln von Büchern an Deck verbringen? Hoffentlich nicht. Ich selbst hatte auch nicht vor, aus unserer Reise eine Bildungstour in großem Stil zu machen. Lieber wäre es mir gewesen, wenn Papa und ich (wie auf früheren Reisen) planlos und entspannt durch Dörfer, Städte und Landschaften gezogen wären und alles um uns herum selbständig kommentiert hätten. (Das hatte mir früher sehr gefallen, ich meine das selbständige, freie und »erfinderische« Beobachten und Kommentieren.)

Deshalb versuchte ich zu retten, was zu retten war: »Wir hatten aber vereinbart, nicht den Bildungsbürger herauszukehren«, sagte ich. – »Hatten wir«, antwortete Papa, »und dabei werden wir auch bleiben. Vielleicht finden wir aber einen gesunden Kompromiss. Nicht zuviel an überflüssiger Bildung, und gerade soviel, dass wir die Dinge um uns herum besser verstehen.«

Der »gesunde Kompromiss« – ich hasste diese Wendung. Gesunde Kompromisse gab es nämlich nicht, alle Kompromisse waren ungesund, indem sie aus zwei starken Alternativen eine blasse Drittalternative machten. Wer sich auf so etwas einließ, blieb ewig unzufrieden und dachte sehnsüchtig an die starke Alternative zurück, was aus ungesundem Denken mit der Zeit sogar krankes Denken machen konnte. Passierte das, entstand »Krieg«, wofür ich viele Beispiele hätte anführen können.

(Woher ich das so genau wusste?! Ich hatte über das Thema des »gesunden Kompromisses« einmal einen Aufsatz geschrieben und den »gesunden Kompromiss« auf bezwingend logische Weise (und durch Einbeziehung des Satzes vom ausgeschlossenen Dritten – »tertium non datur«) verurteilt. Ungerechterweise ist ausgerechnet dieser Aufsatz nur mit einer 4 – benotet worden, was ich noch heute für eine Schande halte.)

Wir gingen daraufhin langsam wieder zum Eingang der Kirche zurück, ohne uns der ausführlichen Betrachtung der vielen Ikonen, die an einer großen Wand aneinandergereiht waren, länger zu widmen. Ihre Betrachtung hätte uns wenig gesagt, denn wir verstanden die Bildinhalte nicht genau und hätten höchstens Vermutungen über ihre Bedeutung anstellen können.

Und so kam ich insgesamt zu dem Ergebnis, dass ich mich als Besucher dieser griechisch-orthodoxen Kirche oft ausgeschlossen fühlte. Ich konnte weder so beten wie die Einheimischen, noch konnte ich ihre Ikonen mit den Lippen berühren. Gerade noch eine Kerze hatte ich entzünden und ihr einen Platz im Kircheninneren verschaffen können (so war ich zumindest auch ein wenig anwesend gewesen).

Was den griechisch-orthodoxen Glauben als Ganzes betraf, so hielt ich es nach Besuch dieser Kirche für wenig wahrscheinlich, ihn schon bald genauer verstehen zu können. Dazu nämlich wären sehr viele Lektüren und Einsichten notwendig gewesen, für die ich während dieser Reise keine Zeit aufbringen würde. Wenn ich mehr über dieses Thema erfahren wollte, musste ich ein anderes Verfahren der Wissensbeschaffung anwenden. Ein ganz anderes – aber welches?

Als ich nach dem Verlassen der Kirche wieder auf den großen leeren Platz vor ihrem Eingang stand, war plötzlich eine noch frische Erinnerung da. (Wieso melden sich solche Erinnerungen mit einem Mal, blitzartig, ohne dass man dazu etwas beigetragen hat?) Ich erinnerte mich nämlich an die Seiten, die ich in Henry Millers *Der Koloss von Maroussi* über seine Griechenlandreise gelesen hatte. Miller hatte nicht viel über sein Reiseland gelesen, sondern sich eher mit anderen Menschen

(Einheimischen/Kennern etc.) unterhalten, die seine mangelnden Kenntnisse aufgebessert hatten. Die Unterhaltung, der Dialog – richtig, das war Millers Methode gewesen, und er hatte sie geradezu intensiv (und kalkuliert) betrieben.

Gab es aber in meiner Umgebung überhaupt solche Menschen, die viel über Griechenland wussten? O ja, Erwin Mühlenthal wusste viel (oder sogar alles), und von Denis wurde behauptet, dass auch er mit wichtigen Glaubensinhalten der griechisch-orthodoxen Kirche (zumindest einigermaßen, so richtig glaubte ich jedoch nicht daran) vertraut war. Was war also einfacher, als Mühlenthal und Denis unauffällig in Gespräche über dieses Thema zu verwickeln? Ich würde es bald versuchen, betont lässig und locker, so dass sie nicht gleich merkten, wie unbewandert ich in Bezug auf dieses Thema doch war. (Mich als »unbewandert« zu bezeichnen, gefiel mir spontan … – »unbewandert«, das hatte etwas, es klang nicht resigniert, sondern neutral. Wenn man über eine Sache mehr wusste (und »bewandert« war), würde die Wanderschaft weitergehen …)

Es war später Nachmittag, die Siesta war aber noch immer nicht vorbei. Papa meinte, es mache wenig Vergnügen, weiter durch die leeren, überhitzten Straßen zu wandern. Und so setzten wir uns etwas von der Stadt ab und folgten den eher schmaleren Wegen, die in die Höhe führten.

Nach einiger Zeit endete das bebaute Terrain, und wir kamen zu Feldern mit vielen Ölbäumen. Ihre spitz zulaufenden, silbrig-grünen Blätter leuchteten im Licht, und die knorrigen Stämme drehten sich (wie alte Korkenzieher aus Holz) tief in die Erde. Im niedrigen Gras zwischen den Ölbäumen blühten einige Blumen, die ich aber nur kurz beachtete, weil ich ihre Namen nicht kannte. ›Vorsicht‹, dachte ich, ›gleich wird Papa sich melden und diese Namen nennen. Und dann wird er von einer Blume zur andern gehen und jede einzeln per Handschlag begrüßen.‹

Es war aber bereits zu spät, denn Papa verließ den Weg und ging querfeldein durch die Ölbaumfelder. Er schaute sich die Bäume aus der Nähe an, betastete ihre Blätter und die kleinen, noch grünen Oliven, die man im Herbst ernten würde. Danach waren die Blumen dran, vor denen er (genau, wie ich erwartet hatte) stehen blieb, um sie ganz von nahem zu betrachten. Auch sie betastete er und studierte ihre Blüten, ich wusste, das würde nun einige Zeit dauern, im schlimmsten Fall würde Papa sogar einige von ihnen zeichnen.

Ich sagte aber nichts dagegen, schließlich waren Bäume und Blumen Papas besondere Favoriten. »Lass uns eine kleine Siestapause einlegen«, sagte er, und ich antwortete: »In Ordnung. Legen wir uns in den Schatten unter die alten Bäume.« – »Du willst Dich hinlegen?! Ich lege mich nicht hin, ich werde einige Blumen zeichnen – und vielleicht sogar einen Ölbaumzweig!« – »Dann mache ich ein paar Notizen.« (Puuh ...)

Siesta 2 (20. Juli, 16.34 Uhr)

Es geht einfach nicht, wir kommen mit dem Siestadasein nicht gut zurecht. Dabei befindet sich alles, was man für eine Siesta braucht, direkt vor uns: Ein Olivenhain mit alten Bäumen (sie sehen sogar uralt aus, weitaus älter als alle anderen Bäume – aber sind sie das wirklich?), eine Landschaft mit dunklen Schatten und einem angenehm unaufdringlichen Blütenduft. Und doch schaffen wir es nicht, uns hinzulegen, die Augen zu schließen, in den Schatten zu kriechen und den Duft einzuatmen! Stattdessen zeichnen und schreiben wir, was wir auch anderswo hätten tun können. Die Einheimischen sollten uns einmal vormachen, wie das Siestadasein geht. Vielleicht würden wir dann endlich auch ruhen, nichts tun, die Stille und Ruhe genießen.

Die olympischen Götter (20. Juli, 16.48 Uhr)

Die olympischen Götter (wie ich sie durch Homer bisher kenne) erscheinen wie wilde Furien, die in das Leben der eher langweiligen Menschen platzen, als wollten sie ganz andere Menschen aus ihnen machen. Solche Götter sind extrem leidenschaftlich und auf starke Veränderungen aus. Sie »verweilen« nicht und sind auch nicht für langsame Prozessionen zu haben. Rasch und bewegt sollte es zugehen, und heftige Emotionen sollten im Spiel sein. So gesehen, sind sie eine ganz und gar ungewöhnliche Truppe: Action-Darsteller mit überspannten und durchgedrehten Ideen, mit keinerlei menschlichen Maßstäben zu messen. Frage: Wieso haben ausgerechnet die Griechen solche Götter erdacht? (Ich lernte die heutigen Griechen von ganz anderen, ruhigeren Seiten her kennen, jedenfalls während der Siesta.) Nächste Frage: Welches Volk hat sonst noch solche wild auftrumpfenden Götter erfunden? Letzte Frage: Aus welchen (alten!) Quellen (außer Homer) erfahre ich mehr über sie?!

Der Olivenhain (20. Juli, 17.03 Uhr)

Ein Olivenhain ist ein typisches Gelände für die olympischen Götter. Auf so etwas haben sie bestimmt manchmal ein Auge. Sie lassen die Düfte der Blumen betäubend wehen, und sie schicken einige Ziegen, die das Gebiet herrenlos herumziehend vermessen. Schwärme von Faltern tauchen an den Abenden auf, Vogelstimmen sind dagegen nirgends zu hören. Sehr wohl aber die Grillen: ihr immer bedrohlicher und hartnäckiger wirkendes Generve – der eine, krächzende und hässliche Ton, den sie (vor lauter Hitze verrückt geworden) laufend anstimmen.

Die Musik der Siesta (20. Juli, 17.11 Uhr)

Ich habe es: Die Musik der Grillen ist die Musik der Siesta. Beides ist unverwechselbar griechisch – und dazu kommen noch das Lachen, Schnaufen und Prusten der Götter sowie die Panflöte, die irgendein Hirte im Hintergrund spielt. Noch genauer: Eine einzige Saite, immer wieder gezupft und angerissen – und dazu das Leiern der Flöte – und dazu das Röcheln und Rumoren der Götter: das ist (könnte sein ...): Musik auf Griechisch. (Dem werde ich »nachgehen«, ich »Unbewanderter« ...)

Papa zeichnete immer weiter, und ich fragte ihn (aus einiger Entfernung), woher der starke Duft komme. »Das ist Thymian!« rief er quer über das Feld (und viel zu laut), »wilder Thymian! Fantastisch, nicht wahr?« – »Fantastisch, ja«, brüllte ich beinahe zurück. Ich war etwas überreizt, das kam von der Erschöpfung. Es war einfach zu heiß, und wir waren seit unserem Aufbruch im Hafen bereits relativ lange Strecken gegangen.

Ich steckte meine Blätter in die Umhängetasche und legte mich auf den Boden. Seltsam, der Himmel mit seinen wenigen Wolken schien wie ein großes Tuch hoch oben zu schweben. Das blasse Tuch bewegte sich leicht, als pustete der Wind dagegen, und es kam manchmal näher und flog dann mit wenigen Schwüngen wieder unabsehbar weit hinauf in die Höhe. ›Na klar‹, dachte ich (nun vollends erschöpft), ›die Götter sind in Bewegung. Selbst während der Siesta sind sie pausenlos unterwegs, diskutieren die Spielpläne für die nächsten Tage, proben ihre Auftritte, arbeiten an ihren Dialogen.‹

Ich schloss die Augen und blinzelte nur noch ab und zu, dann schlief ich plötzlich ein. Ja doch – ich schlief wirklich ein, gegen meinen Willen, wie »aus heiterem Himmel« (die Wendung, dass etwas »aus heiterem Himmel« geschieht, müssen die Griechen erfunden haben). Ich war völlig weg und träumte nichts. Wie ein in der Hitze schmorendes Stück Menschenfleisch lag ich da, unbedeckt, wie ein Fraß für die Geier. Irgendwo läutete eine Glocke, zumindest das bekam ich noch mit. Ich reagierte jedoch nicht auf das Läuten, schließlich galt es *mir* bestimmt nicht. Und so schlief ich weiter …

Als ich endlich erwachte, sah ich, dass auch Papa aufgegeben hatte. Er lag ebenfalls auf dem Boden, rechts und links von jeweils einem Blätterstoß gerahmt, auf den er einige Steine gelegt hatte. Ich wollte ihn nicht wecken, und so setzte ich mich ruhig auf und blickte hinab auf die Stadt.

Die ersten Lichter waren angesprungen, und man hörte das Hupen von Autos. Auch war das Geräusch von Rolläden zu hören, sie wurden mit einer einzigen schroffen Bewegung in die Höhe gezogen. Ich schaute auf die Uhr, bei uns zu Hause schlossen die Läden, während hier in Griechenland nun das Leben begann.

Ich hatte plötzlich Lust auf ein Glas kaltes Bier, als wäre ein solches Getränk genau richtig, um in den griechischen Abend zu starten. ›Du spinnst!‹ dachte ich (denn ich hatte noch nie am frühen Abend Lust auf ein Bier gehabt, niemals und nirgends). Und dann sagte ich (ohne es richtig zu wollen) auch noch laut: »Spinnerei! Was für eine Spinnerei!«

Meine Herren, ich war wohl nicht ganz in Ordnung, vielleicht hatte ich einen Sonnenstich. Irgendetwas stimmte jedenfalls nicht mit mir, ich spürte es im Kopf, der mich mit lauter

Einfällen unterhielt, wie ich sie sonst nie hatte. »Spinnereien!« sagte ich noch einmal – und Papa erwachte.

Er reckte sich auf und fuhr sich durch die Augen. »Habe ich etwa geschlafen?« fragte er. – »Nein«, antwortete ich, »Du hast nur ein paar Minuten geruht«. – »Gott sei Dank!« sagte er, »hier auf dem Boden tief zu schlafen, hätte ich nämlich blamabel gefunden.« – »Nein«, sagte ich, »das war es nicht, es war ganz in Ordnung, nur die passende Musik fehlte.« – »Welche Musik?« fragte Papa. – »Griechische«, antwortete ich, »Saiten, Flöte, das Raunen der Götter, das Stammeln der Sänger ...«

Papa blickte mich an, als spräche ich eine fremde Sprache. Dann legte er seine Blätterstapel zusammen und stand rasch auf. Er kam zu mir, übergab mir die Blätter und sagte: »Ist alles in Ordnung?« – »Ja«, antwortete ich, »ich habe Lust auf ein kühles Bier.« – »Auf Bier? Seit wann denn das?« – »Seit eben. Ich könnte zwei oder drei Gläser trinken, so einen Bierdurst habe ich plötzlich.« – »Ist wirklich alles in Ordnung?« fragte Papa. – »Na klar, warum fragst Du? Komm, lass uns Bier trinken gehen«, antwortete ich.

Ich steckte Papas Zeichenblätter zu meinen Tagebuchblättern in die Umhängetasche, stand ebenfalls auf und ging gleich los. Ich ging Papa voran, ich gierte geradezu nach kühlem Bier.

Patras 5

Die Innenstadt von Patras war nicht wiederzuerkennen. Alle Läden, Geschäfte, Cafés und Restaurants hatten geöffnet, und Stühle, Tische und Sitzbänke waren nach draußen gestellt. Viele Menschen (aller Altersstufen) waren unterwegs und durchstreiften die Straßen – und das Ganze machte einen beschwingten Eindruck, als gäbe es etwas zu feiern oder als wäre Jahrmarkt. An den Straßenecken und auf den Plätzen waren besonders viele Spaziergänger versammelt, sie unterhielten sich, und in ihrer Nähe waren Verkäufer mit einigen Waren unterwegs.

Die meisten waren Männer in mittlerem Alter, die Zigaretten, Feuerzeuge oder auch Luftballons verkauften, das wirkte seltsam, als spielten sie in einem Bühnenstück eine Statistenrolle. Gekauft wurde nur selten etwas, das unterstrich den Statisten-Eindruck, aber auch die redenden und lange auf der Stelle stehenden Menschen hatten etwas Theatralisches, weil sie sich einfach nicht fortbewegten oder in Aktion traten, sondern sich benahmen wie Mitglieder eines großen gemischten Chors, der gleich einen sentimentalen Nachtgesang anstimmen würde.

Alle paar Meter gab es an kleinen Straßenständen etwas zu essen. Verkäufer (in bereits höherem Alter) boten gegrillte Maiskolben an, und es gab kleine Spieße mit gegrilltem Fleisch, das oft leicht verbrannt aussah. Auch Getränke waren auf offener Straße fast überall zu bekommen, und so zögerte ich nicht lange, sondern bat Papa, mir ein kühles, griechisches Bier zu bestellen.

Papa hatte keine Einwände (hatte ich das erwartet? – nein,

keinen Moment!), denn auch er hatte anscheinend großen Durst, und so bestellte er für uns an einem Straßenstand zwei Bier. Ich war noch immer etwas durcheinander (warum hatte ich solche Lust auf Bier?), aber als ich den ersten Schluck genommen hatte, war mir einiges klarer. Der bittere, leicht säuerliche und etwas penetrante Geschmack – das hatte mit allem zu tun, was ich vorher gesehen hatte: mit der trockenen, rauen Erde, mit dem Thymianduft und mit meinen Fantasien über Ziegenherden, griechische Musik und griechische Götter (sowie das wilde Leben, das aus alldem zusammen bestand).

Angesichts all dessen Wasser zu trinken, kam mir harmlos, langweilig, ja, beinahe idiotisch vor. Noch abwegiger erschienen mir Fruchtsäfte, Cola oder Limonaden – nein, ich wollte mit solchen Kindergetränken an meinem ersten griechischen Abend nichts zu tun haben.

Die Einwohner von Patras genossen (auf ihre, mir noch fremde Art) diese Stunden und wahrscheinlich die Nacht, sie ließen sich treiben, unterhielten sich hier und da, wechselten den Platz, setzten sich für kurze Zeit und streunten dann weiter herum. Sie waren lebhaft und munter und zeigten gerade soviel Temperament, dass dieses Treiben nicht überkochte oder aus den Fugen geriet. Sich wie ein trockener Beobachter zu benehmen (und das womöglich noch mit einem Führer in der Hand) erschien mir geradezu abstoßend, und nicht nur das – es wäre richtig dämlich gewesen.

Ich trank das Bier ziemlich schnell, das war schon erstaunlich. Zum ersten Mal in meinem Leben schmeckte mir dieses Zeug, vielleicht lag es daran, dass es griechisches Bier war. Zu Hause hatte mir (außer dann und wann ein Kölsch) nie ein Bier einigermaßen geschmeckt, meine Klassenkameraden hatten darüber oft ihre Witze gemacht. Ich hätte sogar noch ein zweites Bier getrunken, merkte aber, dass Papa »umherstreifen« wollte.

In Ordnung, jetzt war das »Umherstreifen« dran. So wie früher, in alten Tagen (mein Gott, das ist stark übertrieben, ich bin schließlich noch kein alter Mann …, oder?!). Papa und ich – wir ließen uns also durch die belebten Straßen von Patras treiben und schauten nach etwas Interessantem. Was also hätte interessant sein können, was kannten wir noch nicht, welchen Spuren sollten wir folgen?

Als wir an einer Buchhandlung vorbei kamen, machte Papa Halt. Ich hätte es wissen können! Dass er in der griechisch-orthodoxen Kirche einige Details nicht hatte erklären können, machte ihm noch immer zu schaffen! Er zögerte jedenfalls keine Sekunde, sondern ging sofort in den muffigen, rechteckigen Raum, der wie ein unaufgeräumtes Zimmer aussah, in dem die Bücher in Stapeln überall (auf kleinen Tischen, Bänken, dem Boden, ja sogar den Rändern eines Springbrunnens) herum lagen.

Ich wäre viel lieber weiter gegangen und »umhergestreift«, Papa aber war völlig auf die Bücher fixiert und steuerte sofort die Ecke an, in der sich Bücher über Patras und Griechenland befanden. ›Jetzt schlägt er einen Reiseführer auf, schaut nach der Andreaskirche und liest nach, wo und wann der Apostel Andreas gestorben ist‹, dachte ich – und wandte mich von der Patrasecke demonstrativ ab.

Blöderweise entdeckte ich genau gegenüber aber eine Ecke ausgerechnet mit deutschen Büchern, ich mochte nicht hinschauen und schaute dann doch (flüchtig) hin. Es gab Taschenbücher mit deutschen Romanen, ein Roman von Thomas Mann war darunter, und ich dachte: »Nie und nimmer wirst Du während dieser Reise auch nur eine einzige Zeile von

Thomas Mann lesen! Schwöre es, schwöre es bei Deinem *old man*!«

Entschlossen ließ ich die deutschen Taschenbücher links liegen und griff stattdessen nach englischen Titeln. *The old man and the sea* war wahrhaftig darunter, und obwohl ich Hemingways Erzählung schon mehrmals gelesen hatte, lockte mich dieser Titel. Im Original hatte ich nur selten Hemingway gelesen, wieso eigentlich?! Und war die Geschichte vom alten Mann und dem Meer nicht ein Stoff, der zu unserer Reise passte? Ich nahm das Buch aus dem Regal und ging zu Papa, der längst einen kleinen Stapel von Patras-Büchern vor sich aufgebahrt hatte. »Der Apostel Andreas ist, Du wirst es nicht glauben, hier in Patras gestorben«, sagte er. »Er hat die Frau des Statthalters zum Christentum bekehrt und ist daraufhin im Auftrag dieses Statthalters gekreuzigt worden.« – »A – ha!« sagte ich (ziemlich blöde, denn ich hatte keine Lust, länger darauf einzugehen). – »Nix a – ha!« antwortete Papa, »Andreas wird von den orthodoxen Christen mehr verehrt als jeder andere Apostel oder Heilige. Er ist die Nummer Eins, stell Dir das vor!«

Fast hätte ich »soso« gesagt, dann wäre Papa aber wahrscheinlich in die Luft gegangen. Deshalb sagte ich lieber gar nichts, es war mir einfach danach. Stattdessen streckte ich Papa das Hemingway-Taschenbuch hin und bat ihn, es zu kaufen. »Die englische Ausgabe haben wir bereits an Bord«, sagte er knapp und vertiefte sich wieder in seine Patras-Bücher.

Draußen strömten die Menschen vorbei: gut gelaunt, locker, lässig. Aus dem Hintergrund kam auch Musik, anscheinend spielte dort eine Gruppe. Papa und ich aber standen in der staubigen Buchhandlung und spielten die wissensdurstigen Touristen. Ich fand das öde, sagte es aber nicht, sondern besprach mich kurz mit Papa. »Ich streife ein bisschen weiter«, sagte ich, »in einer halben Stunde können wir uns irgendwo wiedersehen. Was meinst Du?« – Papa blätterte in seinem Patrasführer und deutete auf einen Stadtplan: »Schau mal, hier, auf diesem großen Platz treffen wir uns. Merk Dir den Namen! Es sind nur ein paar Meter!«

Ich merkte mir den Namen und ging wieder nach draußen. Es war richtig befreiend, Abstand von den Büchern zu gewinnen. ›Lesen die Griechen überhaupt?‹ dachte ich plötzlich, ›sie machen jedenfalls nicht den Eindruck. Über Mittag herrscht stundenlang Siesta, und danach vergnügen sie sich bis tief in die Nacht auf den Straßen! Bleibt höchstens der Morgen, da ist Schule, Lehre, was auch immer … – aber reichen die paar Stunden, um ordentlich etwas wegzulesen?‹

Leider konnte ich niemand fragen, und genau das fand ich, während ich weiter umherstreifte, immer ärgerlicher. Es war gar nicht gut, überhaupt keinen Zugang zu den Menschen um einen herum zu finden, nein, das war daneben. Kontakt erhielt man nur, wenn man etwas von ihnen wollte. Wenn man Essen oder Getränke bestellte, wenn man Altgriechisch lernen wollte, wenn man dies und das – eine normale Unterhaltung aber ergab sich von selbst nicht. Und das war der Punkt. Ich streifte umher, aber ich hätte noch stundenlang umherstreifen können, ohne so richtig etwas von dem mitzubekommen, was gerade um mich geschah.

Worüber sprachen die Menschen? Über die Militärjunta? (Sie machten nicht den Eindruck.) Über Sport? (Nein, auch nicht.) Über die neusten Songs? (Die Jugendlichen vielleicht …) Über ihre Familien oder so? (Ja, genau den Eindruck machten sie: Vielleicht sprachen sie ununterbrochen übereinander:

über die Nachbarn, die Familie, die Verwandten in Athen, was weiß ich …) Ich hätte mir sagen können, dass mich diese Unterhaltungen nichts angingen, das stimmte ja auch. Aber es hätte mich doch sehr interessiert, genauer zu hören, *wie* sie über ihre Nächsten redeten. So wie Mama in ihren ausufernden Briefen? Von Detail zu Detail hüpfend? (›Hanna wird immer verschlossener. Sie traut sich nicht, ihren Eltern zu sagen, dass sie sich schon dreimal mit Hans getroffen hat, zweimal am Schützenplatz, einmal in der leeren Kirche, damit niemand sie sieht …‹)

Ich hätte das zu gern gehört, aber ich bekam rein gar nichts mit. Ich ging umher, als hätte ich verstopfte Ohren, so in etwa war das. Wenigstens etwas Musik bekam ich zu hören, ja, wenigstens Musik! Viel mehr als bei uns zu Hause, wo es auf den Straßen zu wenig Musik gibt.

In Patras aber kamen jene Bürger, die ein wenig Musik machen konnten, nach draußen, postierten sich irgendwo an einer Straßenecke oder auf einem Platz und legten los. Meist sang jemand, und zwei oder drei Musikanten (der Begriff ist nicht ganz richtig …) begleiteten ihn. Mit der Gitarre, mit einer Rassel (der Begriff ist auch nicht ganz richtig …). Meine Herren, man sieht und liest es ja: Nicht einmal die passenden, richtigen Begriffe kannte ich. Ich hatte nicht nur verstopfte Ohren, ich hatte wohl auch ein zumindest halb verstopftes Hirn.

Was mir aber immerhin auffiel, war der Gesang, denn so eine Art von Gesang hatte ich noch nie gehört. Wie soll ich es beschreiben (es ist wirklich nicht leicht)? Es war ein Singen ohne Melodien und eigentlich auch ohne Rhythmen! Die Stimme verweilte vielmehr lange bei einem Ton, ging einen Halbton nach oben, zwei Töne nach unten, wieder zurück, drei Halbtöne nach oben ... – es war wie ein Umkreisen des *einen* Tons, fast pausenlos, die Stimme setzte kaum ab. Hätte ich es zeichnen müssen (o Gott!), hätte ich eine kleine Schleife gezeichnet.

Die Wirkung aber war schon genauer zu beschreiben, denn der Gesang hatte etwas Betäubendes. Als wollte er sich durch einen Ohrenspalt ins Hirn einschleusen und dort weiter und weiter kreisen, sehr langsam, wie ein Gift (wie ein *Gift?!*), das alle anderen Fantasien und Gedanken lahm legte. Ja, der Gesang hatte etwas von einer Hypnose, so kam es mir jedenfalls vor.

Ein Orchester, das ihn begleitet hätte, konnte ich mir nicht vorstellen, vielleicht mochten die Griechen so etwas grundsätzlich nicht. Chöre wohl eher, aber dann wohl so, dass die Chöre genau dasselbe sangen wie der einzelne Sänger oder die Sängerin!

Die *Sängerin*?! Seltsam, aber auf den Straßen von Patras sangen nur Männer! Sie waren etwa in mittlerem Alter (so um die Vierzig), und sie sangen viel mit geschlossenen Augen. Sie legten den Kopf etwas nach hinten und pressten das hypnotische Gift aus ihren Körpern! Schleichend (und etwas unheimlich) tropfte es aus ihnen heraus und ließ die Menschen um sie herum erstarren! (Niemand sang mit, kein einziger Mensch, die Sänger blieben allein und wurden bewundert ...)

So fremd das alles wirkte – ich mochte es sehr. Vielleicht kam es daher, dass ich generell das Singen sehr mag, nicht so sehr das Singen von Chören, wohl aber das Singen einer einzelnen Person. Wenn eine Frau oder ein Mann gut singen kann, ist das sogar das Wunderbarste überhaupt – besser als jedes Spiel auf einem Instrument (›Instrumente sind Krücken‹, hat mein Lehrer X alle paar Wochen gesagt ...). Ich könnte mich fortschmeißen, wenn ich guten Gesang höre, ja, wirklich, es ist keine Redensart. Ich könnte mich wirklich wegwerfen, fortschmeißen (und mein Instrument gleich hinterher), so sehr bewegt mich Gesang.

Ich könnte jetzt lange Listen des Gesangs, der mich besonders bewegt, aufstellen – das gehört aber (leider) nicht hierher. Früher hat meine Begeisterung für Gesang einmal dazu geführt, dass man mich mit einer Sängerin zusammengebracht hat. Ich sollte sie ›am Klavier begleiten‹. Und was wurde daraus? Nichts, es war ein Desaster. Während ich sie begleiten sollte, war ich komplett abgelenkt, von ihrem Gesang, ihrer Statur, ihren seltsamen Bewegungen (sie hob laufend die Hände, und zwar beide, und zwar in unterschiedlicher Höhe, als wollte sie während des Singens etwas entknoten, ein Telefonkabel, einen verflochtenen Draht, etwas in dieser Art …).

Und so konnte ich mich nicht auf mein Spiel konzentrieren, keine Sekunde. Außerdem aber kapierte ich nicht, was es bedeutete, sie ›zu begleiten‹. Was meinte das denn genau? Sollte ich erheblich leiser spielen als normalerweise? Sollte ich langsamer spielen? Ich packte es nicht, nein, ich war für ›die Klavierbegleitung‹ nicht geschaffen und gab das Experiment daher frühzeitig auf (obwohl mir die Sängerin sehr gefallen hatte, ich meine als Person, als Wesen, als … nun, lassen wir das).

Mein Umherstreifen durch Patras entwickelte sich daher (mangels fehlender Gespräche und Unterhaltungen) zu einem ›musikalischen Stadtrundgang‹. Ich ging von Gruppe zu Gruppe, hörte etwas zu (und entdeckte kaum Unterschiede zwischen den Gruppen). Wenn ich diese Musik überhaupt mit einer schon gehörten in Verbindung hätte bringen wollen, so wäre es die Filmmusik von *Alexis Sorbas* gewesen. Diese Musik (ja, immerhin) hatte ich noch im Ohr – und zwar so genau, dass ich sie auf einem Klavier aus dem Kopf hätte spielen können!

Ich kam zu dem großen Platz, wo ich mich mit Papa treffen wollte, aber es war noch etwas zu früh. Deshalb setzte ich mich auf eine Bank und holte meine Blätter hervor.

Reisetagebuch (20. Juli, 19.06 Uhr)

Manchmal ist das Schreiben kein Triumph, sondern ein hilfloser Akt. So wie jetzt. Anstatt mich mit den Einwohnern von Patras zu unterhalten, schreibe und schreibe ich wie fast immer. Dabei hätte ich doch einige Ideen, was ich tun könnte: Zum Beispiel selbst Musik machen! Ein Klavier ins Freie rollen und loslegen …, so wie die Einwohner von Patras einfach loslegen! Nicht mit dem Wohltemperierten Klavier, *sondern mit Improvisationen! Improvisationen worüber? Über Themen von Mozart! Sicher? Ja, über Themen von Mozart! Über welche? Über das kurze Thema der kleinen C-Dur-Sonate, KV 545! Mit der hast Du es, was? Ja, mit der habe ich es. Wir sind sogar befreundet, und zwar eng. Die Einwohner von Patras wären auch zu meinem Spiel herbeigeströmt. Es hätte ihnen nicht so imponiert wie griechischer Gesang, nein, das nicht! Aber sie hätten den guten Willen anerkannt: Da gab sich ein Fremder redlich Mühe und machte seine Sache nicht schlecht.*

Als ich meine Notizen aufgeschrieben hatte, ging es mir etwas besser. Ich kreiste noch etwas auf dem Platz und entdeckte einen Plattenladen. Es war ein langer Schlauch von Raum, der tief in das Haus hinein führte. So wie in der Buchhandlung waren auch in diesem Laden keine Käufer zu sehen, seltsam, kauften die Einwohner von Patras etwa auch keine Platten?! Unsinn, das war ausgeschlossen, Musik braucht jeder Mensch ganz unbedingt zum Leben (Bücher aber nicht unbedingt).

Ich ging hinein und wanderte an den Ständen mit Platten entlang. Natürlich waren es vor allem Platten mit griechischer Musik. Die Sängerinnen (es gab wieder nur sehr wenige) und Sänger waren meist auf dem Cover abgebildet, und ihre Namen sagten mir nichts. Ich wollte den Laden aber um keinen Preis verlassen, ohne zumindest ein paar Worte mit dem Verkäufer (Besitzer?) gewechselt zu haben. Sollte ich ihn auf klassische Musik ansprechen?! Nein, das passte nicht. Worauf aber dann?

Ich ging zu ihm, er stand ganz hinten, am Ende des Schlauchs, neben der Kasse. Er blätterte in einem Katalog und schaute nur kurz auf, als ich ihn auf die Filmmusik zu dem Film *Alexis Sorbas* ansprach. Er reagierte sofort, er hatte mein holpriges Englisch also durchaus verstanden. Anstatt aber deutlich zu antworten, sagte er nur: »Psssttt!« Und noch einmal: »Psssttt!«

Wie bitte?! Was hatte ich denn so Blödes gesagt, dass man darauf nur mit einem mehrmaligen »Psssttt!« antworten konnte? Ich war sehr irritiert und wohl auch verlegen, nein, noch mehr: Tief drinnen in mir entwickelte sich ein starker Ärger. Ich sprach kein Griechisch, das war peinlich genug, ich sprach aber immerhin ein paar Brocken Englisch, die hätten helfen können, mit einem Einwohner von Patras Kontakt aufzunehmen! Warum aber verbot mir dieser Einheimische zu sprechen und bedeutete mir, den Mund zu halten und zu schweigen?! Gehörte das zu den Ritualen in dieser Stadt: Fremden das Sprechen zu verbieten?!

Mein Ärger wuchs und wuchs – und machte mir gleichzeitig Mut. Ich nahm ein Blatt Papier aus meiner Tasche und notierte den Titel des Films (in Großbuchstaben: ALEXIS SORBAS). Und dazu schrieb ich: Who wrote the music?

Der Verkäufer nahm das Blatt, das ich beschrieben hatte, und riss es sofort durch. Er schmiss es in einen Papierkorb und sagte wieder: »Psssttt!«, »psssttt!«, »psssttt!«

Da aber wurde es mir zuviel. Mein Englisch war zu schlecht, um diese elend misslungene Konversation zu beleben, deshalb redete ich (aus Hilflosigkeit) weiter auf Deutsch: »Mein lieber Kumpel! Das ist allerhand! Ich habe Sie höflich etwas gefragt, und Sie reagieren so ungehobelt, wie ich es mir nie vorgestellt hätte! Eine einfache Frage so zu beantworten, ist skandalös! Und damit: Auf Wiedersehen! Ihr Benehmen ist eine Flegelei!«

Puuh ..., da hatte ich es ihm aber gegeben! Mir war egal, dass er mich nicht verstand. Mitbekommen hatte er zumindest, wie sehr mich sein Verhalten empörte. Und das genügte in meinen Augen (für diesen Augenblick).

Ich dachte an Denis. Schade, dass er nicht dabei war. Er hätte Schwung in die Sache gebracht, und wir hätten sicher rasch erfahren, welcher griechische Komponist (war es ein Grieche? Bestimmt!) die Filmmusik zu *Alexis Sorbas* geschrieben hatte. Später hätten wir uns nach den neusten Beatles-Platten umgeschaut! Ja, genau, die würden hier doch wohl zu finden sein?! Oder würde dieser Schmalspurverkäufer auch eine Frage nach den Beatles mit einem zweimaligen »Psssttt!« beantwortet?! Zuzutrauen war es ihm.

Zuzutrauen war ihm aber nicht, was dann geschah. Er beugte sich nämlich nach vorn und flüsterte mir (auf Deutsch – und völlig akzentfrei!) zu: »Nun regen Sie sich doch nicht so auf! Kommen Sie mit, ich erkläre es Ihnen!«

Was?! Mein Gott, er hatte jedes Wort verstanden! Wie peinlich! Nein, überhaupt nicht peinlich! Er hatte mich mies behandelt, und ich hatte heftig reagiert, das war in Ordnung!

Er drehte sich um und öffnete eine schmale Tür. »Kommen Sie mit!« sagte er noch einmal, und ich dachte: ›So etwas Skurriles gibt es sonst nur im Film! Ein Grieche, der auf Deutsch antwortet und sonst nur ›psssttt!‹ herausbekommt! Was für eine komische Nummer!‹

Wir gingen in einen kleinen Hinterraum, in dem er sein Büro untergebracht hatte. »Setzen Sie sich!« sagte er, und erstaunlicherweise war in all dem Durcheinander wirklich ein Stuhl vorhanden, auf den ich mich setzen konnte. Ich wollte ihn nach seinem perfekten Deutsch befragen, aber er legte gleich los: »Ich bin in Bielefeld geboren, meine Eltern haben über ein Jahrzehnt in Deutschland gelebt. Seit einem halben Jahr sind sie wieder zurück – und ich mit ihnen!«

›Gratuliere!‹ hätte ich fast gesagt, aber ich bekam nur ein hilfloses Grinsen hin. »Die Sache ist die«, machte er umständlich weiter, »dass wir uns in Teufels Küche begeben, wenn wir hier über Mikis Theodorakis reden.« – »Über wen?« fragte ich. – »Ah, Sie wissen nicht, wer das ist! Das erklärt alles!« – »Was erklärt was?!« fragte ich. – »Mikis Theodorakis ist der Komponist der Musik zu *Alexis Sorbas.* Hier in Griechenland kennt ihn jedes Kind. Vor kurzem hat die Junta seine Platten verboten. Theodorakis ist jetzt ein Widerstandskämpfer? Verstehen Sie jetzt?«

Er flüsterte noch immer, als wären die Agenten oder Polizisten der Junta ganz in der Nähe! Aber wer wusste das schon genau?! Vielleicht waren sie es wirklich! Plötzlich begriff ich, in welchem Film ich mich gerade befand. Keineswegs in einem komischen, sondern in einem politischen, vielleicht sogar einem Thriller! Diese Hinterstube mit ihrem Durcheinander, das Flüstern meines Gegenübers, seine Heimlichtuerei – all das wirkte auf mich so, als wäre ich »Unbewanderter« auf einmal mitten hinein in die »inneren Angelegenheiten« eines fremden Landes geraten! Wie aber kam ich da wieder heraus?

»Entschuldigen Sie«, sagte ich, »ich wusste nicht Bescheid, tut mir leid. Der heutige Tag ist mein erster in Griechenland, ich bin mit einem Frachtschiff unterwegs. Natürlich hätte ich von Mikis Theodorakis wissen müssen, das ist unverzeihlich.« – »Darf ich Du sagen?« fragte mein Gegenüber. – »Na klar«, antwortete ich, »ich heiße Johannes.« – »Okay, Ioannis! Ich heiße Andreas.«

›Bitte nicht!‹ hätte ich am liebsten gesagt, ›bitte nicht ausgerechnet Andreas! Das ist für heute einfach zuviel!‹ Da aber kam mir ein besserer Gedanke: »Andreas!« sagte ich, »ah, genau wie der Apostel, der hier den Märtyrertod erlitten hat!«

Das Gesicht meines Gegenübers klarte auf. Und wie! Er freute sich anscheinend, dass ich wenigstens wusste, wo und warum der Apostel Andreas in Patras gestorben war! »Na so was!« sagte er, »das weißt Du also!« – »Ja«, log ich dreist, »in Geschichte bin ich ziemlich bewandert, besser als in Gegenwartskunde!«

Der gute Andreas musste lachen, während ich an Papa dachte, der mit all seinem frisch angelesenen Apostel- und Patraswissen längst draußen auf dem Platz auf mich warten würde. Und so fragte ich noch rasch, ob sich wirklich keine Platten des großen griechischen Komponisten im Laden befänden. »Natürlich habe ich welche«, antwortete Andreas, »ich kann

Dir aber keine verkaufen. Schon der Besitz ist strafbar und würde Dich ins Gefängnis bringen!«

Ins Gefängnis?! Dieses martialische Wort brachte einen neuen Ton in unsere Unterhaltung. Ich wollte nur noch weg – und zwar rasch! »Okay, ich habe verstanden!« sagte ich (leise), »sind die Beatles etwa auch verboten?« – »Noch nicht«, antwortete Andreas, »aber man sieht es nicht gern, wenn ihre Platten gekauft werden!« – »Und welche sollte man stattdessen kaufen?« – »Griechische Volkslieder, Lieder vom Land, naives, möglichst unpolitisches Zeug!« – »Zeigst Du mir bitte sowas Naives, ich würde es gern einmal hören!«

Andreas öffnete die Tür und ging mit mir zurück in den Laden. Dann suchte er eine Single mit zwei Liedern aus und schenkte sie mir. »Das ist ein gutes Beispiel!« sagte er. – »Ich würde die Single gerne bezahlen, aber ich habe kein Geld«, antwortete ich, »ich bin mit meinem Vater unterwegs, und nur der bezahlt, aus Sicherheitsgründen.« – »Sehr vernünftig!« sagte Andreas. – »Kann ich Deine Telefonnummer haben?« fragte ich noch, »und darf ich in Notfällen anrufen?« – »Auch sonst, jederzeit!« sagte Andreas und schrieb seine Nummer auf einen Zettel. Da beschloss ich, ihn zu den Phaiaken zu rechnen.

Ich ging dann hinaus und brauchte nicht lange zu suchen. Papa stellt sich meist sehr auffällig in die Mitte eines Platzes oder (wenn vorhanden) neben ein Denkmal. Auch auf diesem Patras-Platz gab es das, und ich sah, dass Papa um das Denkmal herumging, um wieder mal etwas »zu klären«. Wer die Figur war, warum man den berühmten Mann verehrte …, etwas in dieser Richtung.

Er nickte nur kurz, als er mich erkannte, und legte gleich los. Wir umrundeten den Platz und schauten uns einige der

Verkaufsstände und Buden an, während er das frische Wissen, das er in der Buchhandlung erworben hatte, an den Mann bringen wollte. Patras war also die Hauptstadt des griechischen Karnevals (was mich angesichts des abendlichen Treibens auf seinen Straßen nicht überraschte) – und in der Nähe wurde ein in ganz Griechenland bekannter Wein angebaut. Antike Bauten und Überreste gab es nur in kleinem, unbedeutendem Umfang zu sehen, Patras war vielmehr eine durch und durch moderne Hafen- und Handelsstadt.

Gut, die Wissensausteilung hatten wir also hinter uns. Papa beendete seinen Vortrag mit einem Hinweis auf ein Strandbad ganz in der Nähe. »Wollen wir morgen gleich in der Früh hinfahren und baden? Unser Schiff geht am Mittag, das schaffen wir.« – Ich war sofort einverstanden, ja, perfekt, das war eine gute Idee: kein Umherstreifen durch leere Straßen, sondern Baden im Meer!

Meine Laune besserte sich wieder, und ich beschloss, Papa nicht von der seltsamen Mikis-Theodorakis-Sache im Plattenladen zu erzählen. »Wo warst Du? Was hast Du gemacht?« fragte er. Und ich antwortete, dass ich mir die vielen Musikgruppen angehört und in einem Laden eine Single mit solcher Musik als Geschenk erhalten habe. »Sollten wir die nicht doch bezahlen?« fragte Papa. – »Neinnein«, antwortete ich schnell, »der Verkäufer sprach fließend Deutsch und hat viele Jahre in Deutschland verbracht. Er freute sich über die Begegnung und wollte mir unbedingt etwas schenken.«

Papa war beeindruckt und freute sich mit – und dann planten wir noch kurz den weiteren Abend. »Lass uns hier etwas auf der Straße essen«, sagte Papa. »Maiskolben, Fleischspieße – das sollten wir unbedingt mal probieren.« – »Ja, machen wir das«, antwortete ich und erinnerte Papa daran, dass ich später mit Denis in einen Club gehen wollte. »Ich habe es nicht vergessen«, sagte Papa. »Wir essen noch eine Kleinigkeit, dann gehen wir zur *Albireo* zurück. Ich bleibe an Bord – und Du ziehst weiter mit Denis umher.«

In Ordnung?! Nein, nicht ganz. Am liebsten wäre ich nämlich auch an Bord geblieben, weil ich das Umherziehen leid war. Für diesen Tag war es doch wirklich genug – und die vielen (auch spannenden) Erlebnisse mussten (wie hieß es immer?) »verarbeitet« werden. Warum dann also noch in einen Club – und das (wahrscheinlich) unter der Leitung von Denis, dem aufgedrehten Chaoten?!

Papa und ich aßen Maiskolben (jeder einen) und probierten die Fleischspieße (das Fleisch war nicht gewürzt, sondern nur so lange auf den Grill gelegt worden, bis aller Saft herausgetropft und das Fleisch so trocken wie möglich war). Dann tranken wir noch ein griechisches Bier und gingen in den Hafen zu unserem Schiff zurück. Es lag hell erleuchtet (und strahlend wie ein Luxusdampfer) am Kai. Niemand war zu sehen, auch an Deck nicht. Wir warfen einen kurzen Blick in den Salon. Kapitän Reckling saß allein an dem Salontisch und hatte einige deutsche Zeitschriften vor sich liegen. »Meine Herren, wohl behalten zurück?« fragte er und lächelte souverän. Und Papa antwortete (ebenfalls lächelnd): »Lassen Sie uns ein Bier zusammen trinken, Herr Kapitän!«

Patras 6

Reisetagebuch (20. Juli, 20.28 Uhr)

Dass ich ein Land betreten würde, das von einer Militärjunta regiert wird, hatte ich während unseres Umherstreifens schon bald vergessen. Schließlich war nicht auf den ersten Blick zu erkennen, dass es so war. Wie hätte ich es also mitbekommen können? Ganz einfach, ich hätte es im Kopf haben und aufmerksam sein müssen, das war der Fehler. Wieder mal habe ich mich zu sehr für die alten, vergangenen Sachen (antike Götter, orthodoxer Glaube etc.) interessiert und dabei die Gegenwart vernachlässigt. Der erste Mensch, den ich aus eigener Initiative angesprochen habe, hat mir dann aber gezeigt, wie falsch ich mit meiner Gegenwartsträumerei liege. Ich höre mir lauter Straßenmusik an und finde sie toll – und dabei sind diese Straßenmusikanten vielleicht nur von der Junta bestellte Sänger, die zur Beruhigung des Volkes Lieder vom Land trällern. Ist es so?! Was kann ich denn zukünftig tun?! Wach sein, genauer hinschauen, weniger an die antiken Götter denken! (Aber gerade die antiken Götter sind momentan mein Lieblingsthema – das klappt also bestimmt nicht …)

Reisetagebuch (20. Juli, 20.52 Uhr)

Ich habe Denis an Deck gesehen und kurz mit ihm gesprochen. Er hat sich umgezogen und sieht völlig verrückt aus. Er trägt zu einer roten Hose blaue Schuhe und darüber ein buntes Hemd, wie beim Karneval. Die Haare hat er wieder enorm gegelt und sich mit irgendeinem Duftwasser einparfümiert. In einer Stunde ziehen wir los. »So spät?!« habe ich gefragt. – »Nicht spät, die Nacht ist noch jung!« hat er (weltmännisch) geantwortet. Ich gäbe etwas darum, an Deck bleiben zu dürfen. Aber ich darf mich nicht drücken. Kurz habe ich darüber auch mit Papa gesprochen. »Wann soll ich denn zurück sein?« habe ich (brav, nicht wahr?) gefragt. Und Papa hat gesagt: »Sieh mal selbst zu! Aber ich würde es nicht übertreiben!«

Es war dann vollständig dunkel, als Denis und ich loszogen. Er hatte eine Sporttasche mit meinen Sachen dabei und trug sie so lässig in der rechten Hand, als machte er das jeden Abend. Ich hätte ihn gern auf einige meiner Wissenslücken (orthodoxer Glaube, Theodorakis) angesprochen, aber es passte nicht. Denis bewegte sich rasch und wendig, er wollte nicht viel reden, sondern sein Ziel bald erreichen. Und ich lief wie ein Trottel neben ihm her, der von dessen Allüren abhängig war. (Soweit war es also mit mir gekommen!)

Kaum hatten wir das Hafengelände verlassen, zeigte sich schon, dass Denis (anders als Papa und ich) nicht durch die Stadt Patras ging, sondern durch sie hindurch tigerte. Laufend wechselte er die Straßenseite, begrüßte Herumstehende per Handschlag, blieb ein paar Minuten gesprächsweise stehen und zog weiter. Mich beachtete er dabei nicht, natürlich nicht, er wollte mir ja vorführen, was für ein toller Typ er doch war!

Fast bei jedem Stop trank er etwas, kein Bier und natürlich auch keinen Wein, sondern einen durchsichtigen, klebrigen Schnaps aus einem kleinen Gläschen, das er auf einen Schluck leerte. Für den Trottel neben sich bestellte er jedes Mal dasselbe, und ich tat ihm den Gefallen und leerte mein Gläschen ebenfalls auf einen Schluck.

Das Zeug schmeckte scheußlich nach Anis, und ich spürte, dass es mir nicht gut tat. Zwei Bier hatte ich an meinem ersten griechischen Tag bereits getrunken, das bekam ich nun zu spüren, denn der Schnaps wirkte so, als nähme er tief in meinem Magen eine üble Verbindung zu dem bereits getrunkenen Alkohol auf. Ja, wirklich, das Bier und der Schnaps verbündeten sich und hinterließen in mir eine Benommenheit, die überhaupt nicht angenehm war. Ich stolperte sogar ein wenig, aber Denis bekam nicht einmal das mit, so sehr war er mit seinen Spielchen beschäftigt. Er sprach sein Steward-Englisch, und es war seltsam, dass viele junge Griechen ihn sofort verstanden. Mist!, Papa und ich – wir hatten uns zu sehr an die alten Männer gehalten – und genau die hatten kein Wort Englisch gesprochen!

Wir waren kaum zehn Minuten in der Stadt (und noch in der Nähe des Hafens) unterwegs, als wir in eine schmale Straße einbogen, an der mehrere große Lagerhallen lagen. »Wir sind da!« sagte Denis, »komm, zieh Dich rasch um, hier draußen, zackzack!« Was sollte ich?! Mein Gott, es wäre völlig aussichtslos gewesen, ihn etwas zu fragen oder vernünftig mit ihm zu reden, denn er war so auf Dampf, wie ich ihn noch nie erlebt hatte. »Komm, komm!« sagte er nur und ging mit mir hinter die Halle, wo kein einziges Straßenlicht hinreichte. Er öffnete die Sporttasche, nahm meine Sachen heraus und sagte: »Nun mach schon!«

Ich spürte, wie das Bier und der Anis in meinem Magen um die Wette kreisten und seltsame Signale an meinen Kopf sendeten. Vielleicht lag es daran, dass ich plötzlich so willenlos wurde und mich wahrhaftig Stück für Stück umzog. Mit einem Mal trug auch ich ein buntes Hemd, eine grüne Hose und Sportschuhe, der zweite Karnevalist war geboren. Ich dachte aber keine Sekunde über diese alberne Verkleidung nach, sondern ließ die Sache laufen und folgte Denis in die Halle.

Was ich da zu sehen bekam, hätte ich niemals erwartet, und ich wusste vom ersten Moment an, dass ich fort wollte. ›Fort! Nix wie weg!‹ dachte ich nur noch – und trottete dennoch ergeben hinter Denis her.

»Wenn wir uns aus den Augen verlieren, sehen wir uns hier am Eingang wieder, okay?« schrie er mitten hinein in den Lärm der Musik, und ich antwortete (völlig stupid geworden): »Okay, alles klar.«

Im nächsten Moment war er verschwunden, abgetaucht, weg – und ich stand weiter allein vorne am Eingang. Niemand sonst stand aber so da wie ich, nein, wirklich nicht, niemand machte so große Augen und wunderte sich und wusste nicht vorwärts noch rückwärts. ›Mensch!‹ sagte ich mir, ›nun mal los!‹ – und dann bewegte ich mich immerhin ein paar Schritte hinein in das Dickicht.

Denn das war es, es war ein unüberschaubares Dickicht mit Hunderten von jungen Menschen, von denen sich jeder Einzelne auf seine Weise bewegte und wer weiß was im Kopf hatte. Sie standen nämlich nicht mehr (wie in der Stadt) in kleinen Gruppen zusammen, und sie unterhielten sich auch nicht, sondern bildeten entlang der Wände der Halle eine hin und her wogende Masse, aus der die Tänzer zur Mitte hin ausbrachen und wie wild zu tanzen begannen. Manche machten das nur einige Minuten und ließen sich wieder in die Menschenwoge zurückfallen, andere (ganz in der Mitte der Halle) aber waren bereits völlig dem Tanzen verfallen und hatten nichts anderes mehr im Sinn.

Ich wollte mich wie gesagt voran bewegen, aber was bedeutete das schon? Ein paar freie Schritte zu machen – das war nicht möglich, denn ich steckte sofort in den vibrierenden, teils mitsingenden, teils auf der Stelle herumstampfenden Scharen fest. Sie keilten mich ein, ich bekam sie sofort zu spüren, ja, verdammt, ich roch ihre Körper und hörte, wie sie neben mir juxten und sich austobten und so taten, als wären sie nicht mehr bei Sinnen. Hatten sie alle vorher getrunken?! Von dem klaren, klebrigen Zeug?! Nein, hier waren bestimmt viel härtere Drogen im Spiel, Sachen, von denen ich noch nie gehört hatte … – ich (wieder mal) so elend »Unbewanderter«!

Und so ließ ich mich hilflos voran schieben und machte lauter winzige Schritte, um möglichst weit vom Eingang weg zu kommen. Was spielte ich hier doch für eine lächerliche Nummer! Bunt verkleidet stolperte ich in die griechische Unterwelt, wo es bestimmt Regeln und Gesetze gab, von denen ich noch nie gehört hatte!

Und dann bekam ich es wirklich zu sehen, ganz in der Nähe, und es wirkte auf mich wie ein Blitz! Denn ich sah plötzlich die Küsse, ja doch, vor und neben mir wurde geküsst – und das verdammt heftig! Die eine Hälfte der außer Rand und Band geratenen Scharen war zum Tanzen, die andere aber war anscheinend zum Küssen gekommen – so sah es jedenfalls aus! Die jungen Frauen küssten die jungen Männer und umgekehrt – und es schien zu den Regeln zu gehören, dass man nicht nur *eine* Person küsste, sondern kurz darauf zu einer anderen überging – um erneut jemanden zu küssen.

Das Küssen hatte dadurch aber etwas Lockeres, Leichtes und wirkte nicht (wie in den Filmen, die ich kannte) ernst oder feierlich. Wer hier küsste, war anscheinend nicht unbedingt verliebt oder so mit seinem Gegenüber vertraut und beschäftigt, dass er nicht von ihm ablassen wollte. Nein, im Gegenteil, hier konnte jeder vom andern ablassen, weil das Küssen nicht viel zu bedeuten schien. Es sah eher wie – ja, wie? … wirklich schwer zu sagen – es sah eher aus – wie ein organischer Austausch von Lippenberührungen.

Wie komme ich denn auf sowas?! Ich erkläre es kurz. Das Küssen in der riesigen Halle erinnerte mich an die Lippenbewegungen von Fischen, wie ich sie in unserem Kölner Großaquarium oft beobachtet habe. Es gibt nämlich Fische (die Namen weiß ich gerade nicht) mit unglaublich dicken, wulstigen Lippen. Sie bewegen diese Lippen laufend und schnappen herum und führen sich wie Kleopatra auf. Lippenbetont und lippenbesessen. Manchmal rudern sie heran an die Scheibe, glotzen die Besucher an und pressen ihre Lippen (als wollten sie küssen) kurz gegen das Glas. Es sieht nicht gut aus, ganz und gar nicht, aber die meisten Besucher lachen, um den aufkommenden Ekel zu überwinden.

Genau so aber wurde in der Unterwelthalle von Patras geküsst. Als wären die Lippen Saugnäpfe, mit denen man an den Lippen des Gegenübers so lange hängt, bis die Verspannung vorüber ist. Bestimmt ging es dabei auch um den Austausch von bestimmten Stoffen und Säften, ich hatte da so meinen Verdacht. Aber ich kam nicht dazu, diesen Beobachtungen und Gedanken nachzugehen, denn ich wurde hoffnungslos voran geschoben, an der hin und her wogenden Galerie der Küssenden und Singenden vorbei.

Was waren das alles bloß für Ekstatiker! Und welcher Gott war für sie zuständig?! Ich tippte auf Dionysos, aber wahrscheinlich lag ich damit falsch, und es gab viel frischere und gegenwärtigere Götter. Götter der Musik! Sänger! Gitarristen! Schlagzeuger! Was auch immer. Die Melancholiker der Straßenmusik hätten hier nicht die geringste Chance gehabt, und ich begriff endlich, dass die braven Lieder, die sie gesungen hatten, nicht das waren, was die jungen Griechen eigentlich hören wollten. (Oder?! Oder hörten sie am frühen Abend aus

Anhänglichkeit brave Sachen – und nachts die wilden ausländischen?)

Natürlich kannte ich keine der Gruppen, deren Musik durch die Halle bebte, es mussten englische oder amerikanische sein, mehr wusste ich nicht. Ich war wohl der Einzige mit so einem fatalen Nichtwissen, denn die jungen Typen neben mir sangen fast jeden Song mit, schlugen mit den Händen wie berauscht ins Leere, hüpften auf der Stelle und verausgabten sich. Ich vermutete, dass sie stundenlang so durchhalten würden, es sah wirklich genau danach aus. Pausen gab es nicht, es ging immer weiter, immer voran – die Ekstase hatte alle gepackt, nur ein armer Trottel aus Deutschland spürte sie nicht und tappte durch das kaum erleuchtete Dunkel, das nur einige bunte und lächerlich wirkende Lämpchen an den Wänden und an der Decke ein wenig erhellten.

Es war beeindruckend (ungenaues Wort!), ja, das war es schon. Jeder, der diese Halle betreten würde, hätte mir zugestimmt. Es war anders als alles, was ich bisher zuhause gesehen hatte, anders als das Tanzen in Diskotheken (in denen ich es nie mehr als ein paar Minuten ausgehalten hatte), und vor allem anders als die Parties, die meine Mitschüler in irgendeiner Bruchbude veranstalteten, wenn sie Geburtstag feierten.

In den Diskotheken und auf den Parties hatte man nämlich bestimmte Personen im Blick. Ein Gegenüber, jemanden, den man mochte, oder sogar jemanden, den man heimlich ein bisschen verehrte (ich erkläre die Unterschiede jetzt mal nicht weiter). Hier aber fixierte niemand eine bestimmte Person, sondern man starrte zur Decke, schloss die Augen, gab sich der Musik hin, lehnte sich an den Nächsten, küsste und tanzte, tanzte und küsste …

Ich blieb dann endlich stehen, es war zuviel. Was sollte ich hier?! Küssen kam nicht in Frage, und Tanzen konnte ich nicht. Ich überlegte einen Moment, ob ich es versuchen sollte, denn es wäre (anders als erwartet) niemandem aufgefallen. Ich hätte mich verrenken können, keiner hätte das zur Kenntnis genommen oder seinen Nachbarn darauf aufmerksam gemacht, was für ein Trottel da zu tanzen versuchte. Trotzdem, nein, ich war kein Tänzer (und würde nie einer werden). Man kann versuchen, sich selbst zu animieren, das wusste ich auch. Es hilft aber nichts, es hilft gar nichts – vor allem dann nicht, wenn einem eine Sache vollkommen fremd ist und man sich Gewalt antun muss. Also nein, schließlich gab es andere Sachen, die mir Spaß machten, und auf die konnte ich setzen. (Und worauf, bitte schön?! Klavier spielen, na klar, aber reicht das?)

Als ich das Thema Tanzen (halbwegs) geklärt hatte, ging ich die Sache aktiver an. Und so nahm ich mir vor, eine einzige lange Runde an den Wänden der Halle entlang zu drehen, zurück bis zum Eingang. Danach aber wollte ich stillschweigend (wie genau Worte sein können!) verschwinden, auch ohne Denis. Ich bahnte mir also Schritt für Schritt meinen Weg und kam genau gegenüber dem Eingang an einer kleinen Bar vorbei, wo Getränke ausgeschenkt wurden.

Ich wollte nichts mehr trinken, auf keinen Fall, für heute hatte ich einfach genug. Doch es kam anders. Denn vor der schmalen, rot leuchtenden Theke stand eine junge Frau, die mich stoppte. Sie sprach mich auf Griechisch an, und ich schüttelte den Kopf, sie versuchte es auf Englisch, und ich stammelte hilflos etwas zusammen. Dass ich meinen Bruder suchte, dass mein Bruder verloren gegangen sei ... – kein Witz, es fiel mir nichts Besseres ein, um mich von der jungen Frau zu lösen und weiter zu kommen.

»Okay!« sagte sie, sie habe verstanden, und dann meinte sie, dass sie mir helfen wolle, den Bruder zu finden, und dass ich ruhig bleiben solle. Sie hängte sich sogar bei mir ein und dann drehte sie sich zur Theke hin um und bestellte zwei der teuflischen, kleinen Gläschen mit dem Anisschnaps. Ich bekam eins in die Hand, und dann stießen wir damit an, und es blieb mir nichts übrig, als auch dieses Gläschen rasch, auf einen Schluck, herunter zu kippen.

Danach passierte es dann, und ich erzähle es jetzt (denn es muss ja sein, um bei der Wahrheit zu bleiben) so nüchtern wie möglich. Die junge Frau (sie hieß Delia) umschlang mich plötzlich und küsste mich ohne Vorwarnung, und so stand ich mit ihr zusammen direkt vor der Theke – und das Küssen wollte nicht enden. Ja doch, es stimmt. Gerade noch hatte ich wahre Kussorgien zu sehen bekommen, ich wusste also einigermaßen Bescheid.

Es kam darauf an, das Küssen in die Länge zu ziehen, man musste sich ihm ganz und gar widmen. Ohne Nebengedanken. Ohne Gedanken an das Vorher und Nachher. Auf die Verlängerung und Steigerung des starken Gefühls kam es an – und darauf, dieses brennender werdende Empfinden so zu steigern, bis einem die Luft ausging.

Wir küssten uns also einige Zeit – und ich muss hinzufügen, dass es Delia auch zu gefallen schien. Als wir unsere Lippen voneinander trennten, schaute sie mich (fast begeistert) an und strich mir plötzlich mit der Hand durch die Haare. Diese Geste irritierte mich sehr, sie hatte mit dem Küssen so gar nichts zu tun, es war eine Geste aus einem anderen Stück. Und aus welchem? Lassen wir das, die Streichelgeste passte nicht, sie machte verlegen – und das so sehr, dass ich wieder von meinem Bruder zu sprechen begann und davon, dass ich ihn suchen müsse.

Delia ließ mich aber nicht ziehen, sondern ging mir voraus und zog (umgekehrt) mich hinter sich her. Wer uns beobachtet hätte, dem wäre vielleicht der Gedanke gekommen, wir seien ein Paar. Delia und Ioannis – ein Paar! Mich gruselte etwas, ich war sehr durcheinander. Und obwohl es weder eine Schmach noch sonst eine Katastrophe war, von Delia durch diese Unterweltszenen geschleust zu werden, dachte ich doch an nichts anderes als daran: die Flucht anzutreten.

Wir waren höchstens noch zehn Meter vom Eingang entfernt, als ein einziger Song die Stimmung in der Halle zum Überkochen brachte. Es war *All you need is love* ..., genau das – und es war der erste Song, den ich so einigermaßen zuordnen konnte. Denis hatte davon gesprochen, richtig, es war wohl der neuste Song von den Beatles.

Die Wirkung war enorm. Auf einen Schlag wurden das Küssen und Herumalbern eingestellt – und fast alle strömten in die zuvor halbleere Mitte der Halle, um, nein, nicht um zu tanzen, sondern um ihre zuckenden Körper den Beatles zu opfern.

Ich weiß, das klingt pathetisch und übertrieben, aber ich dachte es sofort: Wie die alten Griechen ihren Göttern dies und das geopfert haben (und manchmal waren es angeblich sogar Menschen gewesen), so opferten die jungen Ekstatiker von Patras ihre Seele und ihren Leib jetzt den vier Sängern aus Liverpool! Sie vergaßen, wer, was und wo sie waren, sie löschten ihr kleines Patras-Dasein aus und sie warfen sich in den Orkus der Musik, der – ja, das muss ich zugeben – rauschhafter und überwältigender war als alles andere, was ich bisher in dieser Halle zu hören bekommen hatte.

All you need is love, all you need is love – alle ließen sich in diese krachend vorgetragenen Wiederholungen fallen und sangen (nein: schrieen) den simplen, kindlichen Text mit, als müssten sie jemandem beweisen, wer sie eigentlich waren, und als müssten sie der Welt ihren Trotz und Widerstand zeigen.

Natürlich kam ich dagegen nicht an, und warum auch?! Der Song packte mich mit, und ich geriet in seinen Sog und war erleichtert, mitsingen zu können. Endlich nicht mehr allein, endlich ein Teil dieses Rauschs!

Delia freilich geriet dadurch aus dem Blick, es hatte sie irgendwohin verschlagen, egal, ich konnte ihr sowieso nicht folgen. Immerhin aber konnte ich mir einbilden, dass ich zusammen mit ihr *all you need is love* gleichsam gezündet und auf den Weg gebracht hatte, ja, in diese Richtung gingen meine fahrigen, wilden Gedanken.

Bis ich Denis erkannte. Er schob sich auf mich zu und sagte etwas über den Song und die Beatles, aber ich erkannte sofort, dass er überall oder nirgendwo war und gerade noch zusammen bekam, wer ich war, wie ich hieß und was mich hierhin verschlagen hatte. Jedenfalls nannte er mehrmals meinen Namen und bedachte ihn mit seltsamen Worten (in der Art von Kosenamen). Es hörte sich aber so an, als machte er sich über mich lustig, und zwar auf eine Weise, die mir überhaupt nicht gefiel.

Ich rief ihm zu, dass er die Sporttasche mit meinen Sachen herausrücken solle, seltsamerweise verstand er das und begleitete mich sogar zum Eingang, wo die Tasche hinter einem gewaltigen Vorhang neben vielen anderen Mitbringseln der jungen Ekstatiker von Patras auf einem Haufen lag.

Ich zog den Vorhang hinter mir zu und kleidete mich rasch wieder um, und dann schaute ich durch den Spalt des Vorhangs auf die tanzenden Massen und wartete den günstigen Moment ab, in dem ich weder Denis noch Delia in der Nähe zu sehen bekam.

Ruckzuck – ich schlüpfte durch den schmalen Spalt hinaus und weiter durch das Tor ins Freie. Als ich draußen war und den Abendhimmel in all seiner traulichen Naivität wiedersah, fühlte ich mich so erleichtert wie lange nicht mehr. Ich hatte »meine Erfahrungen« gemacht, ja, durchaus, aber es drängte mich wirklich nichts, sie so rasch zu wiederholen.

Eine halbe Stunde vor Mitternacht kam ich an Deck. Papa schlief bereits, und auf der *Albireo* war nichts zu hören als das Hin- und Herschlagen eines Masts, der anscheinend nicht gründlich genug befestigt worden war.

Patras 7

Am nächsten Morgen ging es mir schlecht. Ich sagte aber nichts, sondern stand fast gleichzeitig mit Papa auf (und sogar früher als sonst). Denis hatte sich krank gemeldet, und so bekamen wir an diesem Morgen kein Frühstück. Das war mir aber sehr recht, denn ich wollte Denis nicht sehen und erst recht wollte ich nicht von ihm hören, welche abseitigen Triumphe er in der letzten Nacht gefeiert hatte.

Und so verließen Papa und ich unser Schiff und gingen mit den Badesachen in die Stadt. Dort nahmen wir einen Bus zu dem Strandbad, dessen Adresse Papa herausbekommen hatte. Ich saß ziemlich still neben ihm, und ich war mir sicher, dass er meine Lethargie mit dem gestrigen Abend in Verbindung brachte.

Er fragte aber nicht nach, nein, Papa ist in dieser Hinsicht einmalig, das muss ich mal sagen. Jeder zweite Vater hätte sich an einen herangemacht und dumme Fragen gestellt (›Na, wie war es denn gestern? Hast Du ein paar nette Mädels kennengelernt? Hattet ihr Spaß?‹ – All dieses unausstehliche, widerliche Ausspionieren hätte ich dann zu hören bekommen.) Papa aber tat so, als wäre dies ein Tag wie jeder andere. Und als hätte gestern Nacht nichts stattgefunden, nach dem er sich dringend erkundigen musste. Er wartete einfach ab, ob ich etwas sagen würde, und als ich nichts dazu sagte, war es auch gut.

Die Fahrt zum Strandbad dauerte nicht mal zwanzig Minuten. Eigentlich war es kein richtiges Strandbad, sondern nur ein Stück Strand ohne besonderes Beiwerk wie Liegen, Sonnenschirme und so. Wir mussten uns auf unsere Badetücher legen, und darunter war harter Sand, fast wie Stein. Eine einzige Dusche stand vor einem Bretterzaun, wurde aber von keinem der Badegäste benutzt.

Da wir kurz nach der Öffnung gekommen waren, hätte man sie zählen können. Zehn, zwanzig Personen, höchstens. Die meisten waren schon älter und sahen tief gebräunt aus, als hätten sie bereits Monate hier am Strand verbracht. Sie legten sich auf ihre Tücher und schlossen die Augen, ins Wasser gingen zunächst nur wenige.

Ich zögerte aber keine Sekunde und sagte Papa, dass ich sofort ins Meer gehen würde und ob das in Ordnung sei. »Erst du, dann ich«, sagte Papa, »einer von uns sollte auf unsere Sachen aufpassen.«

Perfekt! Ich als Erster! Und ganz allein! Ohne begleitet, beobachtet oder bequatscht zu werden. Ich spürte richtig das Glück, die ersten Schritte ins Meer völlig allein machen zu können. Das Meer war einfach noch größer, gewaltiger und rauschhafter als die Beatles, so ein abwegiger Gedanke schoss mir wie eine späte Erleuchtung durch den duseligen Kopf.

Das Meer aber war vor allem schärfer und kälter, die pure Frische. Ich warf mich hinein und ging gleich mit dem Kopf unter Wasser. Das war das Beste: ganz abgetaucht endlos zu schwimmen. Und dabei die Luft anzuhalten, so lange wie möglich. ›Ja‹, dachte ich, ›das ist fast besser als Küssen, denn Du spürst es am ganzen Körper und nicht nur an den Lippen!‹

›Wo schwimme ich gerade eigentlich?‹ fragte ich weiter, ›im Ionischen Meer? Heißt es so? Jedenfalls nicht weit entfernt von der Stelle, wo Odysseus bei den Phaiaken an Land ging und auf Nausikaa traf.‹

Ich hatte keine Nausikaa, aber immerhin Delia getroffen, fatal war nur, dass ich mich nicht mehr genau an ihr Aussehen erinnerte. Ihre Stimme hatte ich im Kopf, sie war verdächtig leise und schmeichelnd gewesen, mehr brachte ich aber kaum noch zusammen. Richtig, sie hatte langes, schwarzes Haar gehabt, und es hatte an beiden Seiten über die Schultern gehangen. War das Haar nicht gedreht gewesen – fast wie ein Zopf? Nein, nicht wie ein üblicher Zopf, es waren vielmehr gedrehte Locken gewesen, stark gedreht – genauer bekam ich es einfach nicht hin.

Ich schwamm weit hinaus und versuchte, Delias Bild zusammen zu setzen. Meine Fantasien lösten sich aber auf und waren stark irritierend. Plötzlich tauchten nämlich auch bekannte Gesichter von Filmschauspielerinnen auf. Es waren Frauen mit langen, schwarzen Locken, eigentlich kannte ich auch ihre Namen. Die fielen mir aber nicht ein, nein, ich war den Alkohol noch nicht los, obwohl ich tapfer versuchte, gegen ihn anzukämpfen.

Schließlich gab ich es auf und legte mich weit draußen im Meer auf den Rücken. Ich ließ mich auf und ab heben und treiben und schloss die Augen, von Minute zu Minute wurde es besser, und als ich das Meer verließ, fühlte ich mich sogar richtig gut.

Papa ging dann auch hinein und schwamm noch weiter hinaus als ich, das war klar. Wenn man ihn nicht daran erinnert, schwimmt er viel zu weit, und es hätte mich nicht gewundert, wenn er für eine Weile ganz davongeschwommen wäre. Am Strand gab es niemanden, der so etwas kontrollierte, und so legte ich mich lieber nicht hin, sondern behielt ihn im Auge.

Ich hatte keine Lektüre mitgenommen, mir war einfach nicht danach gewesen, wenigstens zum Schreiben hatte ich aber etwas dabei. In der Nähe des Bretterzauns gab es eine kleine Strandbar, dort bediente ein älterer Mann. Ich setzte mich in den Schatten, bestellte ein großes Glas Wasser, überzeugte mich, dass Papa noch lebte, und notierte ein wenig.

Reisetagebuch (21. Juli, 10.09 Uhr)

Es war toll gestern Nacht – aber ich war überfordert. Heute weiß ich besser, was in solchen griechischen Clubs alles abgeht. Stundenlange Musikduschen in extremer Lautstärke! Ununterbrochenes Tanzen! Kussorgien, dass sich die Lippen verziehen! Das Ganze ist ein

Massenerlebnis, und die vielleicht noch zu zweit gekommenen Paare lösen sich darin auf. Im Grunde ist jeder stark isoliert, und gerade darin besteht ja der Reiz! Sich niemandem zugehörig zu fühlen und niemandem verpflichtet! Nur für sich selbst da zu sein und den eigenen, spontanen Impulsen zu folgen. Es ist ein Abtauchen ähnlich dem Schwimmen im Meer, und es hat sogar ähnliche Folgen. Die Sinnlichkeit wächst, je länger man sich bewegt – und man wird zu einem Fisch in einer fremden, fast gewaltsam auf einen einwirkenden Atmosphäre. Ich habe gerade im Meer gebadet – das Meer ist hier keine Spur gewaltsam, sondern kommt einem im Gegenteil mit all seiner Verführung entgegen. Es gibt nichts Schöneres als so ein Schwimmen.

Reisetagebuch (21. Juli, 10.18)

Sag, wie das Küssen war, jetzt schreib es auch auf! Wir haben uns geküsst, obwohl wir uns gar nicht kannten. Und wir haben uns sogar heftig geküsst. Hätten wir uns gekannt, wäre es so nicht möglich gewesen. Beide haben wir in diesen Kuss alles gelegt, was wir von einem guten Kuss erwarteten. Zärtlichkeit, Intensität, Feuer (ich übertreibe!)! Wären wir allein gewesen, zum Beispiel draußen, im Umkreis der Halle, hätten wir bestimmt anders geküsst. Und wie?! Verwegener, enthemmter! Und weiter?! Die vielen Menschen um uns herum ließen nur dieses Küssen zu. Mehr nicht. Keine Enthemmung, keine Übergänge (vielleicht sogar) hin zum Sexuellen. Nein, dieser Kuss lockte nicht, noch mehr zu versuchen, er lag nicht auf dieser Ebene, nein, ganz und gar nicht. Es war beinahe ein kindlicher Kuss, nur mit mehr Nachdruck. Und genau das war (zumindest für mich) gestern genug. Mehr hätte ich schwer vertragen – und (sei ehrlich!) zu mehr wärest Du (vor lauter Hemmungen) auch gar nicht fähig gewesen.

Reisetagebuch (21. Juli, 10.31 Uhr)

Herr Mühlenthal, was sagen Sie denn zum Küssen, welche Theorien haben Sie heute zu bieten? – Mein lieber junger Freund: Sie haben Griechisch geküsst, das ist es. Griechisch und nicht Italienisch und erst recht nicht Spanisch und am wenigsten Französisch. Mit dem griechischen Küssen zu beginnen, ist nicht schlecht für Ihr Alter. Die Konsequenzen und Steigerungsmöglichkeiten erkläre ich Ihnen am Nachmittag.

Ich hatte das Glas Wasser längst ausgetrunken und plötzlich wieder Lust auf ein kühles Bier. (Irgendetwas stimmte nicht, das Biertrinken verfolgte mich richtig.) Ich schaute wieder nach Papa, er war auf dem Weg zurück, aber es würde noch einige Zeit dauern, denn Papa schwimmt nicht schnell, aber »zügig«. (Das sagt er oft: »Ich schwimme zügig, denn ich bin ein Langstreckenschwimmer. Die Sprinter sollen nach den ersten hundert Metern ruhig weit vor mir liegen, nach tausend Metern schwimmt jeder von ihnen hinter mir her!«)

Ich bestellte also ein kühles Bier und kaufte eine Postkarte von dem langweiligen Strand und dachte gezielt an Mama: Wie sie mit ihrer Schwester durch unseren kleinen westerwäldischen Ort flanierte und jedem, der es nicht hören wollte, davon erzählte, dass Papa und ich weit im Süden tollkühn und abenteuerlich unterwegs waren!

Postbriefkarte an Mama (21. Juli)

Liebe Mama, heute Morgen kommen Papa und ich in den Genuss eines griechischen Bades im Meer! Tümmler umkreisen uns, und das Meer ist voller Glitzerfische, die leicht paniert wahrscheinlich fantastisch schmecken. Einen Oktopus, sehr klein geschnitten, haben wir bereits gestern gegessen. Und Maiskolben, wie bei uns von den Feldern! Die Griechen legen sie auf einen Rost, bis sie verbrannt sind, und dann legen sie noch ein paar Fleischstücke dazu. Lamm (wie Du es nicht magst!)! Sei froh, dass Du mit G und nicht mit uns unterwegs bist, sonst müsstest Du später Weinblätter essen, und das mit Reis – und dann wäre die Sache so richtig schlimm (denn Du isst keines von beiden). Papa steigt gleich aus dem Meer, er ist der Odysseus, nicht ich!

Nach seinem Bad im Meer ging Papa unter die verwaist dastehende Dusche. Das Wasser dort schien noch kälter zu sein als das Meerwasser, jedenfalls hörte es sich so an. Papa stöhnte und prustete – und die meisten Badegäste drehten sich nach ihm um.

Ich musste lachen, denn ich kannte das ja: Papa möchte nach so einem Bad unter eine Dusche, und wenn er keine findet, sucht er eine. Das hatte er schon zuhause gemacht, wenn wir zum Beispiel in einem Flüsschen gebadet hatten. Er sucht dann und sucht und geht notfalls sehr weit, nur um endlich unter einer Dusche zu stehen.

Schließlich kam er zu mir an die Strandbar und bestellte sich, als er sah, dass ich ein griechisches Bier trank, ebenfalls eines. Er setzte sich neben mich, atmete erschöpft, aber zufrieden tief durch und trank einen ersten Schluck. »Tut das gut!« sagte er. – »Ja«, sagte ich, »finde ich auch. Aber verstehst Du, warum ich nun laufend Bier trinke? Wo ich mir zuhause doch nie etwas daraus gemacht habe?« – »Das ist doch ganz einfach«, sagte Papa, »Du wirst langsam erwachsen, jedenfalls, was die Getränke betrifft.« – »Soll das ein Witz sein?« – »Nein, kein Witz, es stimmt, denk mal darüber nach.«

Ich sagte nichts mehr und stierte aufs Meer. Hey, es stimmte wirklich! Papa hatte es genau getroffen, ganz direkt und sofort. Wieso war ich selbst nicht darauf gekommen? Ja, wieso nicht?!

Weil ich mit dem Erwachsensein (noch nichts) zu tun haben will! Schon das Wort (»er ist schon sehr erwachsen …«) hört sich abstoßend an, als wäre ich dabei, in ein anderes, langweiliges Lager überzuwechseln. Dorthin, wo alles klar ist, wo man seine bestimmten Vorlieben hat und die nächsten Jahre geplant und geschnürt sind! Verdammt, nein, ich hasse dieses Erwachsenengetue, wie es einige Mitschüler schon so perfekt beherrschen. Dann wird über Automodelle, Vereinsmitgliedschaften und Ferienangebote geredet, als hätten sie bereits eine große Familie und müssten die Schwiegereltern mit einplanen. Schlimm ist so etwas, ganz schlimm!

Andererseits. Falsch war es ja nicht, was Papa gesagt hatte. Er hatte es getroffen, ich wollte es nur noch nicht hören. Lieber hätte ich gehört, wenn er es einfacher formuliert hätte. Etwa so: »Du hast inzwischen einen anderen Geschmack, und das kommt von der Reise!« Ein Satz dieser Art hätte mir gefallen, denn er hätte meinen (zweifellos) anderen Geschmack nicht gleich mit dem Erwachsenwerden in Verbindung gebracht.

Aber nun gut, Papa hatte das Thema angeschnitten, dann sollte er auch zu hören bekommen, was er vielleicht gar nicht hören wollte. Und so gab ich mir einen Ruck und sagte: »Gestern Abend habe ich eine junge Griechin geküsst, stell Dir das vor!«

Papa wartete ab und nahm einen zweiten, größeren Schluck Bier. ›Jetzt bin ich gespannt‹, dachte ich, ›was fällt ihm dazu wohl ein?‹ Papa ließ sich jedoch richtig Zeit und blickte aufs Meer und kniff die Augen zusammen und begann zu blinzeln.

Und dann sagte er: »Ich bräuchte eine Sonnenbrille, aber ich mag Sonnenbrillen ja nicht. Ich kann mich noch genau erinnern, wie das war, als die Sonnenbrillen plötzlich massenhaft auftauchten. Das hatte etwas Affiges, ja, ich fand es von den ersten Tagen an affig. Und das werde ich bis heute nicht los. Doch egal. Jetzt wäre es gut, eine Sonnenbrille zu haben.« – »Du könntest Dir von unserem Kapitän die Onassis-Brille ausleihen«, antwortete ich. – »Stimmt«, sagte Papa, »das ist eine gute Idee, das werde ich zukünftig machen. Mit der Onassis-Brille am Strand liegen, das ist genau richtig für mein jetziges Alter.«

Wir schauten dann beide aufs Meer, und es war unglaublich schön, so in Ruhe nebeneinander zu sitzen, sich gut zu verstehen und – wie sagt man? – »an nichts Böses zu denken«. »Denkst Du auch an das, woran ich gerade denke?« fragte Papa. Ich überlegte kurz: Meinte er etwa Mama und ihre Spaziergänge durch unseren Ort? Oder vielleicht, dass Mama nicht gern baden ging? Möglich. Aber nein, Papa hätte solche Gedanken für sich behalten und mich nicht damit behelligt. Es ging um etwas anderes, und zwar um etwas, das nicht mit Papa und Mama, sondern mit Papa und mir zu tun hatte.

Na klar, plötzlich wusste ich, was er meinte. »Du meinst die Geschichte von dem alten Mann, der vierundachtzig Tage aufs Meer fuhr, ohne einen einzigen Fisch zu fangen, nicht wahr?« Papa blieb still und schaute weiter, und ich sah, dass er ein bisschen gerührt war. (Ich verrate aber nicht, woran ich das bemerkte.)

Jedes Mal, wenn wir beide auf diese Geschichte zu sprechen kommen, ist die Rührung nicht weit. Zusammen mit zwei, drei anderen Geschichten gehört sie zu unserer ganz persönlichen Vater-Sohn-Geschichte, ja, es ist eine Art Bibel unseres engen Zusammenseins. Ich überspringe die Hintergründe und sage dazu rein gar nichts, aber ich muss das Ganze erwähnen, weil es wahr ist und zu dem schönen Moment führte, den wir im Strandbad erlebten.

Wir saßen nebeneinander und blickten aufs Meer und erinnerten uns an die alte Story. Mein Gott! Und Papa sagte (und das war fast »zuviel des Guten«): »Vielleicht schreibst Du unsere Geschichte mal irgendwann auf, ich meine die mit dem alten Mann oder die mit Hemingway oder …, na, hilf mir mal, Du kennst Dich da besser aus!« – »Wieso irgendwann?!« fragte ich, »was mache ich denn seit Jahren anderes, als an unserer Geschichte zu schreiben?«

Wieder gab es eine sehr lange Pause (wie im Film, wenn die Darsteller erst mal schlucken und durchatmen müssen, bevor sie den nächsten Knallersatz loslassen). Es kam aber kein Knallersatz, vielmehr sagte Papa nur: »Stimmt, Du hast vollkommen recht. Ich Esel habe es nur noch nicht richtig bemerkt!« – »Du bist kein Esel«, antwortete ich, »Du bist ein Langstreckenschwimmer und ein Fischer, und Du hast einen Mordsbrocken von Fisch an der Angel. Aber das ist ja auch kein Wunder …« – »Und wieso nicht?!« – »Na, Du hast ja einen Jungen dabei, der Dich begleitet und selbst nach vierundachtzig Tagen vergeblicher Ausfahrt aufs Meer an Deiner Seite bleibt.«

Meine Herren, Papa schwieg wieder, und dann trank er sein Glas leer. Und ich dachte, dass er jetzt etwas Feierliches, Großes über unsere einzigartige Freundschaft (ja doch, ich dachte in diesem Augenblick: ›Wir sind einfach die besten Freunde der Welt, besser geht nicht. Wir sind nicht nur Vater und Sohn, sondern beste Freunde …‹) sagen würde.

Er sagte so etwas jedoch nicht, sondern machte eine Kehrtwendung: »Hast Du auch geschrieben, als ich eben im Meer war?« – »Ja«, sagte ich. – »Du hast über den Kuss und die junge Griechin geschrieben?« – »Ja, auch«, antwortete ich. – »Liest Du es mir vor?« – »Nein«, sagte ich (rasch).

Ich war mordsmäßig verlegen und hätte mir fast auf die Lippen gebissen vor lauter Verlegenheit. Stattdessen trank auch ich mein Glas leer und sagte: »Du möchtest es aber gerne hören, nicht wahr, ich meine das mit der jungen Griechin?« – »Nicht unbedingt«, sagte Papa, »ich habe mich nur ganz trocken gefragt, wie man von so einem Kuss erzählt. Das würde ich nie hinbekommen. Ich käme nicht einmal darauf, es zu versuchen. Ich wäre zu schamhaft. Die meisten meiner Geschwister waren schamhaft, vielleicht waren wir es sogar extrem. Als Junge habe ich mich nicht mal auf einer Kuhweide zum Baden umgezogen. Ich bin ins Schilf gegangen, aus Scham, die Kühe könnten mich nackt sehen.« – »Haben Dich überhaupt fremde Menschen mal nackt gesehen?« – »Das Thema müssen wir vertagen, ich denke später darüber nach. Einverstanden?« – »Ja, einverstanden«, antwortete ich, »und ich denke darüber nach, ob und wann ich Dir die Kussstory vorlese.«

Freundinnen

Im Hafen wurden auf der *Albireo* noch immer Waren verladen. Es war Mittag und eigentlich hätten wir ablegen sollen. Mühlenthal saß hinter einem kleinen, rechteckigen Tisch an Deck und ging einen Haufen von Zetteln durch. Papa fragte ihn, ob sich unsere Abfahrt verzögere, und Mühlenthal antwortete: »Ja, wir werden erst am Abend soweit sein, es stimmt etwas nicht mit den Papieren.«

Wir gingen in unsere Kabine zurück. Papa legte sich hin und las den *Fänger im Roggen*, ich aber hatte keine Lust, in der Kabine zu bleiben, und schaute an Deck der Verladung der Waren zu. Mühlenthal war in seine Büroarbeit vertieft und nicht ansprechbar, das machte mir aber nichts aus. Mit dem Patras-Aufenthalt war ich sehr zufrieden, er hatte viel Unerwartetes, Neues gebracht. Als nächstes würden wir den Isthmus von Korinth anlaufen und dann auf Piräus zuhalten.

Nach einer Weile erschien Denis. Er hatte sich anscheinend von seinem Unwohlsein etwas erholt, schaute aber immer noch mitgenommen und blass aus. »Wo warst Du denn?« fragte er. – »Wir waren schwimmen, Vater und ich.« – »Wirklich?! Mann, das hätte ich heute Morgen nicht geschafft. Die Nacht war sehr lang.« – »Zuviel *All you need is love*, oder?« – »Achwas, davon kann man nie zuviel bekommen. Delia hat Dich übrigens gesucht, aber Du warst verschwunden.« – »Ich hatte genug, es war zu voll und zu laut.« – »Aha! Dabei ist das Tolle an den Clubs genau das: dass es voll und laut ist. Da vergehen Dir alle Macken, und es wird Dir ganz anders.« – »Wie anders?« – »Du stehst unter Strom, und Du hast Kontakt. Keinen festen, sondern einen lockeren, losen. Zu diesem und jenem und zu allen, die tanzen. Mann, es ist eine einzige große Feier! Da spielen Seelenzustände von Zuhause nicht mehr die geringste Rolle.« – »In meinem Fall schon. Ich muss mich erst daran gewöhnen, so schnell geht das nicht.« – »Okay, habe verstanden. Sollen wir es in Piräus noch einmal versuchen? Ich kenne dort noch bessere Clubs.« – »Nein, in Piräus und Athen möchte ich allein unterwegs sein.« – »Allein?! Ist das Dein Ernst? Bringst Du das wirklich hin? Eher läufst Du doch wieder an Papas Leine. Ich sehe Euch schon auf der Akropolis sitzen, mit Sonnenbrille und Reiseführer!« – »Und Du?! Wo sehen wir unseren Denis sitzen? In einer Hafenbar von Piräus? Unter Seeleuten aus aller Welt? Dass ich nicht lache!«

Denis schwieg und fuhr sich durch die Haare. Ich hätte zu gern gewusst, wie er die Nacht verbracht hatte, aber ich traute mich nicht, ihn zu fragen. Will man so etwas von einem anderen wissen, sollten die Bedingungen stimmen. Der andere und man selbst müssen einigermaßen gut drauf sein (und sich vertrauen), sonst bringt es nichts. Ich hätte Denis zu einem Drink einladen können, dann wären wir vielleicht weiter gekommen. Dafür aber war es jetzt am Mittag zu früh, und außerdem mochte ich nichts Alkoholisches mehr trinken. Bei der Hitze machte der Alkohol mit einem, was er wollte, und man hatte nicht die geringste Chance, klar zu bleiben.

Ich ließ Denis stehen und ging in den Salon. Es war nicht gedeckt, anscheinend fiel das Mittagessen mal wieder aus. Ich machte mich auf die Suche nach einer alten Quelle über die griechischen Götter. Schließlich entdeckte ich einen Text, mit dem ich die Sache angehen wollte. Er war von Hesiod und hieß *Theogonie*. Ich begann zu lesen und war schon bald in einer anderen Welt.

Es fing mit den Musen und ihren Tänzen an, und ich stutzte, als ich gleich zu Beginn las, dass die Musen gerne nach Herzenslust tanzten, ausgelassen anscheinend und nicht so, wie man das Tanzen bei uns Zuhause betrieb. Zum Tanzen kam der Gesang, Singen und Tanzen waren die beste Unterhaltung für die griechischen Götter. Zeus wurde an erster Stelle genannt, er hatte mit Mnemosyne die neun Musen gezeugt, und Hesiod wiederholte sich unermüdlich und hymnisch, indem er von den wunderbaren Tänzen und dem himmlischen Singen dieser Geschöpfe berichtete.

Der Anfang der *Theogonie* hatte durch die vielen Wiederholungen und die laufenden Verweise auf Musik, Klingen und Singen etwas Rauschhaftes, das gefiel mir sehr, obwohl ich schon bald eine Pause machen musste, denn der Text war voller fremder Namen von Göttinnen und Göttern, von Orten und Plätzen, er quoll geradezu davon über.

Reisetagebuch (21. Juli 1967, 14.16 Uhr)

Ich habe das Tanzen unterschätzt. Die Lektüre von Hesiods Theogonie *sagt mir, dass die Griechen darunter etwas ganz Anderes verstehen als wir im Norden. Mit dem Tanzen fängt alles an, dann kommen die Stimmen hinzu, und dann erwachen die Götter zum Leben und machen mit und mischen sich unter die Menschen. Hesiod hat dafür starke Bilder und Worte, die animieren. Als wären Tanzen und Singen nicht nur der Anfang von etwas Schönem, sondern auch das eigentliche, festliche Leben! Vom Olymp ist viel die Rede, dort sollen die Musen hausen und sich vergnügen! Wie schade, dass Papa und ich diesen mythischen Berg nicht zu sehen bekommen! Wir werden an ihm vorbei schippern, und Denis wird* Penny Lane *anstimmen. (So was hält er für den Musengesang von heute!)*

Reisetagebuch (21. Juli 1967, 14. 34 Uhr)

Ich habe Papa gegenüber das nächtliche Küssen erwähnt – und er hat das Ganze sehr sachlich behandelt. Das war schon in Ordnung, andererseits hätte ich mir gewünscht, dass er mehr Neugierde an den Tag gelegt hätte. Schließlich habe ich in meinem bisherigen Leben noch nie einen Menschen geküsst, den ich nicht kannte. Es war das erste Mal, und so gesehen war es (für mich) etwas Besonderes. Darüber hätte ich gern mit Papa gesprochen. Ich weiß aber, dass seine Sätze über die Schamhaftigkeit schwer wiegen. Papa ist schamhaft, und ich selbst bin es auch. Die Frage ist, wie man sich so etwas abgewöhnt, nicht ganz, aber doch so, dass man von der ewigen Scham nicht behindert wird. Ein Quäntchen Scham sollte bleiben, als Schutz, aus Vorsicht, aber wie viel genau?!

Aus den Aufzeichnungen meines Vaters (21. Juli 1967, 15.09 Uhr)

Kann ich M davon berichten, dass der Junge in der letzten Nacht ein griechisches Mädchen geküsst hat? Nein, auf keinen Fall! Es würde sie nicht nur beunruhigen, sondern ihr sogar zusetzen. An so etwas denkt M keine Sekunde, sie hält den Jungen für jünger als er eigentlich ist. In ihren Augen ist er noch immer ein großes Kind, dessen oft pfiffige Sätze sie amüsieren. Ihr gegenüber setzt er diesen Witz gerne ein, wahrscheinlich unabsichtlich, denn Berechnung oder Kalkül kommen in seinem Fall nicht in Betracht. M und der Junge sind ein Duo mit eingespieltem Humor, den sie vor allen anderen geheim halten und den der Junge in seinen Postkarten virtuos einsetzt. Dieser Humor ist vor vielen Jahren in der Küche entstanden, in den Zeiten, als die beiden zusammen unsere gemeinsamen Mahlzeiten zubereiteten. Setzten sie sich aber zu zweit ans Klavier, waren sie ernst, fast zu ernst. Und das haben wir nun davon: Der Junge will Konzertpianist werden, das hat ihm der Ernst eingeimpft. Wäre er nach der Küchenseite hin ausgeschlagen, hätte er es vielleicht zu einem munteren, lebenslustigen Koch gebracht. (Mir wäre das auch recht gewesen, ich mag gute Köche fast noch mehr als gute Konzertpianisten – sagen werde ich so etwas aber nie. Auf gar keinen Fall!)

Ich wurde vom Lesen und Schreiben müde, als Mühlenthal in den Salon kam. »Ich habe Dich gesucht«, sagte er und setzte sich zu mir an den Tisch. – »Was ist?« fragte ich, »gibt es Probleme?« – »Nein, die Papiere sind jetzt fast in Ordnung, es fehlen nur noch einige Ladescheine der Agentur. Wir fahren am frühen Abend los.« – »Und warum haben Sie mich gesucht?« – »Ich war nicht lange an Land, ich kenne Patras nämlich sehr gut. Keine Wiederholungen, und erst recht nicht in Patras!« – »Und was haben Sie dann an Land so gemacht?« – »Ich bin gestern durch den Mittag geschlichen, und ich habe etwas entdeckt, das mich sehr erstaunt hat.« – »Und das war?« – »Ich habe jemanden Klavier spielen hören. Die Musik kam aus einem Café, es war Bach, ich wusste es gleich. Ich hörte Ausschnitte aus dem *Wohltemperierten Klavier.*« – »Und?! Haben Sie nachgeschaut, wer da spielte?« – »Allerdings, habe ich. Und auf diese Weise habe ich Dein Geheimnis entdeckt.« – »Mein Geheimnis?!« – »Ja, ich habe die ganze Zeit gedacht, Johannes hat ein Geheimnis. Irgendetwas, das er uns nicht verrät. Eine Besonderheit. Und nun weiß ich es.« – »So besonders ist es nun auch wieder nicht.« – »O doch, ist es! Du spielst sehr gut, das weißt Du selbst! Sicher willst Du Pianist werden. Das willst Du doch, oder?« – »Na ja, ich habe es zumindest vor.« – »Gratuliere! Du hast einen Plan, um den ich Dich rundum beneide! Du brauchst keine fünf Sprachen zu lernen und Dich keinem Jurastudium zu unterziehen. Schon mit Zwanzig, Fünfundzwanzig wirst Du in der halben Welt auftreten und Dir Deine eigene Philosophie zurechtlegen.« – »Glauben Sie?« – »Ich bin sicher. Pianist zu werden, ist ein eleganter Plan. So etwas gefällt mir. Wenn Du in Zukunft vor lauter Üben nicht verblödest, erreichst Du die Eleganz-Höchststufe!« – »Daran habe ich nie gedacht. Es hört sich gut an, aber ich weiß nicht, ob ich so etwas vorhabe.« – »Viel üben und daneben viel lesen!

Viel unterwegs sein! Viel mit anderen Menschen teilen! Und natürlich das Wichtigste!« – »Was?! Was ist das Wichtigste?!«

Mühlenthal stand auf und ging zu den Bullaugen. ›Hinter diesen ovalen Löchern sitzen unsere Beichtmütter und Beichtväter‹, dachte ich. ›Wenn einer von uns zu ihnen schleicht, taucht er zu ihnen ab. Ins Meer, in den Himmel, auf die Berge!‹

»Das Wichtigste ist: Sich zu verlieben! Zum richtigen Zeitpunkt! In den richtigen Menschen! Und das, mein Lieber, ist verdammt schwer.« – »Aber Sie haben es doch geschafft!« sagte ich. – »Was meinst Du?!« fragte er und drehte sich nach mir um. – »Es heißt, Sie hätten das Sich-Verlieben geschafft«, sagte ich. »In Piräus wartet angeblich eine Argentinierin auf Sie, von der ein zweiter Mensch an Bord ebenfalls weiß. Mehr sage ich dazu nicht.«

Mühlenthal kam zu mir zurück und setzte sich wieder. »Das hat Denis sich ausgedacht, stimmt's? Es ist typisch für ihn. Ich würde ihm wünschen, dass er sich selbst einmal verliebt. Ich glaube aber nicht, dass er es schon einmal soweit gebracht hat. Aber egal, das soll uns nicht kümmern. Es ist jedenfalls nichts dran an der Argentinierin, die in Piräus auf mich wartet.«

Ich schaute Mühlenthal an, er war ruhig und gelassen geblieben, als könnte niemand auf sein Geheimnis kommen. Es war aber ganz einfach, ich wusste plötzlich genau, dass er Piräus für den falschen Ort einer Begegnung mit seiner Freundin hielt. Piräus war zu auffällig, dort war zuviel los. Es musste ein anderer Hafenort sein, am besten der unauffälligste, kleinste.

»Ihre Freundin wartet in Chalkis auf Sie!« probierte ich es. Mühlenthal blieb gelassen, aber ich hatte getroffen. – »Wenn Du jemand davon erzählst, schmeiße ich Dich von Bord. Selbst Deinem Vater gegenüber bleibst Du verschwiegen. Hast Du gehört?!« – »Heißt das, Sie wollen Ihre argentinische Freundin nach Betreten der *Albireo* verstecken?« – »Ich bin Dir keine Erklärungen schuldig, mein Lieber.« – »Nein, sind Sie nicht. Ich will auch nur sagen, dass *ich* meine argentinische Freundin niemals verstecken würde.« – »Würdest Du nicht! Na, ist ja toll!« – »Sie möchten Klatsch und Gerede vermeiden, das verstehe ich schon. Andererseits ist die Fahrt mit der *Albireo* für Ihre Freundin dann nur ein kleines, aber kein großes Vergnügen. Tag und Nacht im Versteck einer Kabine zu verbringen, wer kommt denn auf solche Gedanken?! Und das nur aus Scheu oder aus Scham oder aus …, ach, was weiß ich!«

Mühlenthal schaute mich erstaunt an. Ich hatte etwas lauter als sonst geredet, ja, ich bemerkte es selbst. Lautes Reden war sonst nicht meine Sache, und andere Leute, die laut redeten, fand ich fast immer abstoßend und nervig.

»Hey!« sagte er, »was regt Dich denn auf? Was ist los?« – »Nichts«, antwortete ich, »gar nichts! Ich hasse nur diese ewige Scheu und die ewige Scham und die ewige Zurückhaltung und das ewige Auf-der-Stelle-Treten und das ewige Zu-Boden-Schauen! Ich kenne es ja von mir selbst. Ich bin auch so ein beschissener Leisetreter und Pianissimospieler. Abscheulich ist das. Die griechischen Götter haben ganz anders gelebt, sie haben sich von den Musen etwas vortanzen und vorsingen gelassen, und dann sind sie in Schwung gekommen und haben sich ihren wilden Gefühlen hingegeben. Hat man schon einmal gelesen, dass solche Götter lange darüber nachgedacht hätten, in wen sie sich verlieben und mit wem sie verkehren? Diese ewige Scham und Scheu hat erst mit dem Christentum begonnen, da hat das Getue angefangen!« – »Mit dem Christentum?! Und womit da genau?« – »Im Alten Testament gibt es nur den großen, ewigen Gott und keine Frau an seiner Seite. Im Neuen

Testament kommt zumindest die Gottesmutter hinzu. Und wo wird sie im Himmel platziert? Wenn alles gut geht, erhält sie einen Platz an der Seite ihres Sohnes. Von ihm wird sie gekrönt. Die Mutter vom Sohn! Müsste es nicht genau andersherum laufen: Dass die Mutter den Sohn krönt?! Zwischen den beiden besteht aber eine große Distanz, sie lassen starke Gefühle nicht zu. Und damit ziehen die Scheu und die Scham und die Vorsicht auch in das Leben von uns Gläubigen ein.« – »Aha! So ist das also!« – »Ja, vielleicht ist es so. Ich weiß es auch nicht genau.« – »Natürlich nicht! Aber Du machst Dir Deine Gedanken! Und Du machst noch etwas Anderes, das kann ich Dir sagen!« – »Und das wäre?« – »Du philosophierst! Merkst Du es nicht?! Du hast angefangen zu philosophieren! Wie Mühlenthal, Dein Lehrer in solchen Dingen!« – »Na großartig! Mühlenthal – und mein Lehrer! Ein Mann, der einen großartigen Lebensplan hat, es aber nicht wagt, seine argentinische Freundin an Deck zu zeigen!«

Mühlenthal lachte (ich hatte ihn bisher höchstens ein Lachen ansetzen, aber nie richtig durchziehen gesehen). Jetzt aber lachte er richtig. Fast befreit. Und fast so, als hätte er auf so einen Moment lange gewartet. »Was willst Du trinken?« fragte er. – »Nichts Alkoholisches!« – »Ein kleiner Schluck sollte es aber sein!« – »Wieso?« – »Weil wir uns ab jetzt duzen! Okay?« – »Okay! Dann lass uns darauf einen Schluck Whisky trinken!« – »Perfekt! Und danach zeigst Du mir, was Du gerade so liest. Machen wir uns an die Arbeit. Um die drohende Verblödung eines jungen Pianisten gerade noch rechtzeitig zu bekämpfen.«

Reisetagebuch (21. Juli 1967, 16.51 Uhr)

Jetzt duze ich mich auch noch mit Mühlenthal! Das hätte ich am wenigsten erwartet. Und, es ist seltsam: Mit allen, mit denen ich mich duze, verbindet mich ein Geheimnis, das die anderen nichts angeht. Sogar mit dem Kapitän ist das so (es geht um seinen Sohn), aber auch mit Mühlenthal (da ist es die argentinische Freundin) und selbst mit Denis (die dunkle Geschichte mit seinen Eltern). Nur im Fall von Heinrich Segemann ist das anders. Ich vermute, er hat gar kein Geheimnis. Heinrich Segemann könnte ein völlig geheimnisloser, redlicher Mann sein. In der Art vielleicht von Marias Mann Josef, dem man das Geheimnis der Jungfrauengeburt erst beibringen musste und der danach, ohne Probleme zu machen, so tat, als wäre diese Sache gar kein Geheimnis und jedermann könnte sie wissen.

Reisetagebuch (21. Juli 1967, 17.23 Uhr)

Mühlenthal hat mit mir einige Seiten Hesiod gelesen, unglaublich langsam und fast alle Stellen mehrmals. Er wiederholt sie und fängt an, zu grübeln. Beim Grübeln gerät ihm das Thema nie aus den Augen, und doch entfernt er sich langsam von ihm. Er behauptet, er führe ein Thema oder einen Satz oder eine Wendung »spazieren«. Philosophieren (nach seiner Art) sei: Gedanken herumführen, Tankstellen für sie entdecken, Pfade und Wege auftun, von denen aus sie neue Ausblicke zu sehen bekämen. (Reichlich blumig hört sich das an, aber es ist etwas dran.) Neben der Theogonie *soll ich von Hesiod noch* Werke und Tage *lesen (und die* Odyssee *endlich beiseite legen). Hesiod stehe mit Homer auf* einer *Stufe. In Chalkis sei es zwischen den beiden zu einem Dichterwettstreit gekommen. Ich solle Hesiod intensiv lesen – in Chalkis würden wir beide (Mühlenthal und ich) dann darüber streiten, wer (Homer oder Hesiod) den Preis des Dichterwettstreits erhalte. (Typische Mühlenthal-Idee!)*

Reisetagebuch (21. Juli 1967, 17.51 Uhr)

Da sich die Abfahrt unseres Schiffes verzögert, ist Papa noch einmal an Land gegangen. Ich hatte keine Lust, wegen der Unterhaltung mit Erwin und weil ich noch ein wenig Hesiod lesen wollte. Außerdem hatte ich plötzlich ein Bild von der argentinischen Freundin im Kopf. Sie war recht groß, hatte langes Haar, aber das Haar war blond und nicht schwarz (wie Denis einmal berichtet hat). Auch an Delia musste ich mehrmals denken (ohne Bild, einfach so). Was haben wir eigentlich miteinander geredet? Ein paar Sätze schon, aber ich bekomme sie nicht mehr zusammen (zuviel Bier und vor allem: zuviel von diesem widerlichen Anisschnaps!). Schade, dass ich sie nicht mehr zu sehen bekomme. Ja, sehr schade sogar. Ich würde sie zu gerne einmal bei normalem, hellem Tageslicht sehen. Und dann? Wir würden uns in ein Café setzen und eine »angeregte Unterhaltung« beginnen. Würden wir das? Von ihrer Seite her bestimmt. Und ich? Was würde ich tun? Wie ich mich kenne, würde ich zuhören und kaum ein Wort herausbringen. Mist! Und doch: Es wäre einen Versuch wert …

Eine Stunde, bevor wir ablegten, kam Papa wieder zurück. Er hatte einen großen Beutel mit schweren Wassermelonen dabei, und wir zerteilten eine von ihnen in kleine Stücke und aßen sie. Die Melonenstücke waren kühl, und sie waren ideal für den heißen Tag. Sie schmeckten etwas süß, waren aber nicht klebrig (wie befürchtet), sondern genau die richtige Erfrischung für den frühen Abend (das Abendessen war wegen der Abfahrt verschoben worden).

Als wir die Melonen gegessen hatten, kramte Papa noch einen Brief aus seinem Beutel. Er war leicht zerknittert. Papa strich ihn vorsichtig glatt und sagte: »Den hat mir eine junge Frau am Hafeneingang mitgegeben. Sie hatte gehört, dass ich ein

Passagier der *Albireo* bin.« – »Hat man sie nicht in den Hafen gelassen?« – »Nein, nur Besatzungsmitglieder und Passagiere dürfen hinein, das weißt Du doch.« – »Ja und? Ist der Brief etwa für mich?« – »Ich glaube schon«, antwortete Papa, »auf dem Kuvert – schaust Du – steht Dein Name: Ioannis. Auf Griechisch!« – »Hat die Frau ihren Namen genannt?« – »Ja, sie sagte, dass sie Delia heiße und dass sie gestern Nacht Deine Bekanntschaft gemacht habe.« – »Meine Bekanntschaft?!« – »Ja, junger Mann! Und jetzt stell Dich nicht an, sondern nimm den Brief und lies ihn in Ruhe und mach damit, was immer Du willst! Mehr ist von meiner Seite aus dazu nicht zu sagen.«

Papa behandelte die Sache mal wieder sachlich. In meinen Augen aber war sie ein echtes Problem. Delia hatte mir einen Brief geschrieben? Aber warum? Wir hatten nach unserem Kussmanöver höchstens eine halbe Stunde ein paar Worte gewechselt (an die ich mich, verdammt nochmal, nicht mehr erinnern konnte). Was hatte ich bloß gesagt? Hatte ich ihr Avancen (sagt man so?) gemacht? Oder hatte ich sonst einen Blödsinn geredet: dass sie mir gefiel, dass sie hübsch war? Nein, so was würde ich auch nach hundert Anisschnäpsen nicht von mir geben. Zumindest in dieser Hinsicht kannte ich mich (mit mir selbst) aus.

Was mich weiter beschäftigte, war der Brief selbst. Wer schrieb schon Briefe an Menschen, die er gar nicht richtig kannte? Und wer betrieb damit einen solchen Aufwand und brachte ihn zum Hafen, in der Hoffnung, jemanden zu finden, der mit der *Albireo* unterwegs war?

Ein *Brief* – das Ganze sah nach etwas aus, womit ich noch nie zu tun gehabt hatte. Ja, schreib es nur hin: Dieser Deliabrief war vielleicht ein Liebesbrief! Klar, Liebesbriefe waren etwas Wunderbares, und natürlich hatte ich in Büchern schon viele gelesen. Das Problem war diesmal, dass man so ein Liebesbriefschreiben beherrschen musste. Ganz daneben war es, einfach etwas von »Liebe«, »Gefühlen« oder anderen unklaren Empfindungen zu stammeln. Liebesbriefe verunglücken in den meisten Fällen nämlich furchtbar. Und wenn der Angebetete dann lesen muss, welchen Schwachsinn eine Liebende geschrieben hat, muss er sich sofort übergeben und spricht kein Wort mehr mit ihr (umgekehrt ist es natürlich genau so, obwohl – Männer schreiben einfach eine andere Sorte Schwachsinn).

Der Brief brachte mich richtig durcheinander, dabei hatte ich Minuten zuvor noch in den elegantesten Denkerbahnen philosophiert! Durch seine bloße Gegenwart machte er mir bereits zu schaffen, denn ich wusste nicht einmal, wo ich ihn lesen sollte. Wo, verdammt, wo denn? An Deck?! Nein, nicht in der Nähe von anderen! In der Kabine? Da hielt sich Papa auf. Im Salon? Da lungerte Denis herum. Ich steckte ihn in die Hose und tat (mir gegenüber) so, als ginge er mich vorerst nichts an. Dabei brannte er fast ein Loch in meine Hosentasche.

Schließlich kam mir die kleine Besuchertoilette neben dem Salon in den Sinn. Sie wurde fast nur von Gästen benutzt, die sich kurze Zeit an Deck aufhielten. Ich passte auf, dass niemand mitbekam, wie klammheimlich (gutes, treffendes Wort!) ich mich hineinschlich. Es roch stark nach einer fremden Seife, und der Wasserhahn des Beckens tropfte unaufhörlich. Ich versuchte, das Tropfen abzustellen, aber es klappte nicht. Dann holte ich den Brief hervor und öffnete ihn hastig mit dem Zeigefinger.

Nein! Nichts von »Liebe«, »Gefühlen« und weichen Empfindungen! Delia schickte mir nur eine kurze Nachricht (auf Englisch). Dass sie sich freuen würde, mich wiederzusehen. Dass unsere Begegnung zu kurz gewesen sei. Und dass sie gern länger mit mir sprechen würde. Darauf folgten ein Gruß, eine Adresse und eine Telefonnummer. Das war auch schon alles. Bis auf … – ja, nun gut, ein kleines Detail verwies doch in die eher weichere, sensiblere Richtung. Ganz rechts unten befand sich nämlich ein winziges Herz, in Blau, jawohl: in dunklem, leuchtendem Griechischblau!

Gegen so ein kleines Detail war allerdings nicht das Geringste zu sagen, es war schließlich nur so dahingemalt. Vielleicht war es auch komisch oder witzig gemeint, obwohl es (wegen des dunklen Griechischblaus) im Grunde weder komisch noch witzig war. Ich nahm mir aber vor, es so zu betrachten: wie eine nicht ganz ernst gemeinte Spielerei.

Als ich den Brief gelesen hatte, hätte ich ihn um ein Haar vernichtet. Ja, im Ernst, ich war drauf und dran, ihn zusammenzuknüllen und in die Toilette zu schmeißen! Weg damit! Ich wollte mich nicht weiter damit beschäftigen, schließlich war Delias Angebot sowieso sinnlos. Bald würde unser Schiff ablegen, und ich würde die junge Griechin, die mich in einem Wahnsinnsanfall geküsst hatte, nie mehr zu sehen bekommen. Das musste sie aber doch wissen, na klar, sie wusste bestimmt, dass wir weiter in Richtung Piräus fuhren, wo wir schon morgen früh landen würden …

Ich knüllte den Brief immer mehr zusammen, er bestand schon nur noch aus einer Minikugel von (übrigens) hellblauem Papier, da wurde mir für einen Moment heiß. Hatte Delia etwa vor, ebenfalls nach Piräus zu kommen? Steckte diese Idee hinter der Sache? Vielleicht würde sie sich in einen Wagen setzen und in wenig mehr als zwei oder drei Stunden die Strecke Patras – Piräus zurücklegen? Und: Konnte es nicht sein, dass in Piräus (oder Athen) Verwandte von ihr wohnten, die sie schon seit langem mal wieder besuchen wollte?

Herrgott, ich wurde aus ihren Nachrichten und Andeutungen nicht schlau. Und warum nicht?! Weil ich zu naiv war! Ja, wirklich, ich verstand diese simplen Sätze einfach nicht richtig. Sicher waren sie voller versteckter Hinweise, und bestimmt war jeder Trottel (in etwas höherem Alter) fähig, diese Geheimzeichen richtig zu deuten. Ich aber war dafür zu jung, mir fehlten das entsprechende Wissen und die Erfahrung, und so las ich diese (wahrscheinlich insgeheim vor unterdrückter Liebesglut brennenden) Sätze so verständnislos, als hätte ich einen Busfahrplan auf Griechisch vor mir!

Wie also weiter?! Ich wusch mir (viel zu lange) die Hände mit der fremd duftenden Seife, und ich war danach so verrückt, dass ich den fremden Duft mit Delia in Zusammenhang brachte. Es war kompletter Unsinn, ich weiß, aber ich konnte nichts dagegen tun. Anscheinend war ich von dunklen Dämonen besessen, denn ich konnte schon kaum noch an etwas Anderes als den Brief denken. Allein kam ich damit nicht zurecht. Das einzugestehen – immerhin war ich dazu noch fähig.

Als erster möglicher Ansprechpartner für meine Probleme fiel mir ausgerechnet Papa ein. Er wäre der Richtige gewesen. Sachlich und knapp hätte er alle Probleme angesprochen und rasch gelöst. Papa fiel in solchen Sachen genau das Richtige ein, doch ich brachte es einfach nicht fertig, ihn (wie sagt man so richtig?) »ins Vertrauen zu ziehen«.

Denis?! Nein, auf keinen Fall! Dabei hätte er bestimmt einige gute Ideen gehabt. Tage später bekäme ich dafür ein paar Beleidigungen und Lästereien zu hören, das kannte ich schon und wollte es unbedingt vermeiden.

Mühlenthal?! Ja, nicht schlecht. Mühlenthal mischte sich nicht ein, sondern blieb auf Distanz. Und außerdem hatte er bestimmt die meiste Erfahrung in solchen Dingen. (Heinrich Segemann und Kapitän Reckling kamen weiß Gott nicht in Frage ...)

Ich verließ die Besuchertoilette, den auf das kleinstmögliche Format zusammengeknüllten Brief spürte ich wie einen schweren Stein in der Hosentasche. Im Salon deckte Denis den Tisch. Er pfiff eine Melodie vor sich hin, die mir gefiel. Sie hörte sich munter, locker und lässig an, und ich vermutete sofort, dass es sich um *Penny Lane* handelte. Ich blieb stehen und hörte zu, Denis bemerkte mich zunächst nicht.

Sein Pfeifen und Summen löste etwas in mir, und ich fühlte mich plötzlich besser. Was stellte ich mich so an?! Delia, der Brief und eine mögliche Verabredung – das alles gehörte zu dem Abenteuer unserer Reise, genau so (oder vielleicht sogar noch mehr) wie Homer, Hesiod, Bach, der orthodoxe Glaube und die griechischen Götter! So ein Brief war keine Katastrophe, gewiss nicht, er war vielmehr eine Herausforderung! Ich musste die Sache selbst in die Hand nehmen. Und ich musste als erstes auf unauffällige Weise einige Erkundungen einziehen.

Aber bitte langsam! Vorsichtig! Einen Schritt nach dem andern!

»Hey«, sagte ich zu Denis, »wann gibt es etwas zu essen?« Er drehte sich um und grinste: »Wir legen gleich ab. Wenn wir auf offener See sind, bekommst Du zu essen, was immer Du willst.« – »Und wann bekomme ich *Penny Lane* endlich mal in der Originalversion zu hören? Wir sprechen schon lange genug davon.« – »O-ri-gi-nal-version! Mein Gott, wer außer Dir redet schon so?! Hör mal zu, ich singe den Song eigens für Dich – und danach erläutere ich ihn im Detail, und daraufhin lernst Du ihn auswendig ...« – »Ist ja gut! Leg los! *Penny Lane* ...«

Konnte Denis überhaupt singen? Bestimmt nicht, da hätte ich wetten können. Er konnte es aber doch, denn der sonst oft so verkrampfte Denis hatte etwas, das ich selbst nicht besaß: Eine Stimme!

Die Sache ist die (und ich weiß zumindest ein wenig Bescheid): Jeder Mensch hat eine Sprechstimme, mit einer bestimmten Tonlage, Höhe und Ausdrucksstärke. Daneben kann ein Mensch aber auch eine Singstimme haben – und die hat mit der Sprechstimme nicht viel zu tun. Die Singstimme kommt aus dem Bauch (wie beim Bauchredner), oder sie kommt aus der Lunge (wie bei Tenören), oder sie bildet sich in der Kehle (wie bei manchen Frauen, die höchste Töne hinkriegen – ich denke an Maria Callas und so). Jedenfalls ist die Singstimme keine normale Stimme, sondern (wie soll ich sagen?): ein Gottesgeschenk! Hast Du eine solche Stimme, kannst Du jeden Menschen damit verzaubern, denn eine gute Stimme geht jedem Menschen ins Herz, egal wie alt er ist und wo er herkommt! (Gerade fällt mir auf, dass die griechischen Musen vielleicht die Erfinderinnen der Singstimme waren! Ja, im Ernst, das ist nicht schlecht kombiniert, fast schon elegant!)

Denis begann also zu singen, und er hielt sich dabei mit beiden Händen an unserem Salonesstisch fest. Er klammerte nicht, nein, er benötigte bloß etwas Festes und Tieferliegendes als Stütze. Er hatte eine hohe, fast niedliche und kindliche

Stimme, und sie klang wie die eines Jungen, der in einer Stadt unterwegs ist, um gleich mit seinen Freunden Fußball zu spielen. Genau so hörte es sich an, wie ein Singen aus Vorfreude, unterwegs in der Stadt, und der Bolzplatz war nicht mehr weit!

Ich kenne dieses Gefühl »aus eigener Erfahrung«, ich weiß, welche Freude man bei dem Gedanken, gleich stundenlang mit guten Freunden und einem Ball spielen zu dürfen, empfindet! (Tennis ist anders, ganz anders! Beim Tennis gibt es eine solche Vorfreude nicht. Wohl aber komprimierte Freude, zum Beispiel nach einem Satzgewinn.)

Es war ein schöner Moment, als Denis sang, und ich fand ihn so sympathisch wie noch nie seit Beginn unserer Reise. Er brachte den Song ohne Stocken zu Ende, und ich sagte: »Toll! Besser als die Beatles!« (und noch ein bisschen was Lobenderes). Er machte sich aber nicht viel aus meinem Lob, anscheinend wusste er durchaus selbst, wie gut er singen konnte. »Du spielst Klavier, ich singe!« sagte er nur noch, und ich schämte mich ein wenig, dass ich ihm mit den Erläuterungen zu meinem Klavierüben vielleicht auf die Nerven gegangen war. Was ich konnte – das konnte er auch! Nur eben anders, mit einer anderen Musik und mit einem anderen Instrument! (Typisch war, dass ich das keine Sekunde vermutet hatte …)

Denis deckte dann weiter den Tisch, und ich gab zu, nur auf den Gesang geachtet, aber kein Wort verstanden zu haben. Um was ging es überhaupt in *Penny Lane*? Denis tat verständnisvoll wie selten (anscheinend hatte mein Lob ihn also doch gefreut).

Und so bekam ich von ihm zu hören, dass *Penny Lane* wirklich existiert, und zwar (als Straße? Als Platz?) in Liverpool!

Der Song dreht sich um Menschen, die dort unterwegs sind: Ein Friseur, ein Bankmensch, ein Feuerwehrmann, eine Krankenschwester. All diese Typen kreuzen auf und hinterlassen Spuren oder tun etwas Seltsames. *Penny Lane* besingt also einen ganz bestimmten Raum, seinen Geruch, das Licht, die Bewegungen – und das ist schon alles. Der Refrain lautet *Penny Lane is in my ears and in my eyes* – und das ist die Essenz von allem!

Was soll ich sagen? Ich war begeistert! Ich hatte gedacht, der Song handle von starken Gefühlen, ausgeflippten Menschen oder sonst was mühsam Erdachtem! Genau davon handelte er aber nicht. Er handelte von ganz gewöhnlichen Menschen mit kleinen Macken, und gerade das war das Gute. Ich bat Denis, mir den ganzen Text aufzuschreiben, und er versprach, es am späten Abend zu tun.

Wir verstanden uns in diesen Augenblicken kurz vor dem Ablegen der *Albireo* richtig gut, das (übliche) gegenseitige Lästern spielte endlich einmal keine Rolle. Deshalb wagte ich es auch, Denis auf meine Themen anzusprechen: »Sag mal, kennst Du Delia eigentlich näher?« Er deckte den Tisch weiter ein und schaute nicht auf. »Näher nicht, ich weiß nur, dass sie im Club oft bedient und sich etwas dazu verdient.« – »Wie alt ist sie denn?« – »Achtzehn, neunzehn? Etwas in der Richtung.« – »Und was macht sie sonst?« – »Sie studiert, sie will Volksschullehrerin werden. Ihre Eltern sind geschieden, die Mutter wohnt in Patras, der Vater in Athen.« – »Hat sie Geschwister?« – »Ja, zwei Brüder, und die leben bei ihrem Vater.« – »Und was ist der Vater von Beruf?« – »Taxifahrer!« – »Weißt Du das genau?« – »Ja, was man eben so weiß. Ich habe zwei-, dreimal mit ihr gesprochen, sie ist wirklich nett. Offen, gescheit und kein bisschen zickig, wenn Du verstehst.« – »Ich verstehe. Und was hat sie über mein Verschwinden gesagt?« – »Dass sie es schade fand. Dass ihr zu kurz miteinander gesprochen habt. Ich hoffe, dass Du auch das richtig verstehst, Dir muss man ja wirklich alles erklären. Alles, aber auch alles …«

Ich spürte, wie die Stimmung wieder sacht zu kippen begann, und fragte nicht weiter. »Also, Mylord, wünschen Sie sich was! Was soll ich servieren?« fragte Denis. – »Spiegeleier mit Speck! Drei Stück! Und dazu frische Tomaten! Und griechisches Weißbrot! Mehr nicht! Und hinterher trinken wir beide zusammen ein Bier. An Deck. Wenn wir unterwegs sind!«

Reisetagebuch (21. Juli 1967, 21.18 Uhr)

Wir haben den Hafen von Patras wieder verlassen. Nahe der Küste liegen jetzt noch weitere amerikanische Kriegsschiffe. Das ergibt kein gutes Bild, sondern wirkt eher so, als stünde das Land unter der Oberherrschaft fremder Truppen. Die Kontrollen im Hafengelände seien erheblich strenger gewesen als sonst, berichtete Kapitän Reckling während des (verspäteten) Abendessens. Militär und Polizei im jetzigen Ausmaß habe es früher dort nicht gegeben. Diktaturen, sagte Reckling, stellten ihre Präsenz laufend und übertrieben zur Schau. Die Papiere der Agentur seien xmal geprüft worden, das sei allen auf die Nerven gegangen. Zum Glück habe die Albireo *aber einen Ersten Offizier, der fließend Griechisch spreche. Er habe die Wichtigtuerei der Behörden geschickt und souverän unterlaufen. Zum Wohl, Mühlenthal, einen Schluck auf Sie!*

Reisetagebuch (21. Juli 1967, 21.52 Uhr)

Ich habe mich wieder etwas beruhigt. Die Geschichte mit Delia beginnt, mir zu gefallen. Und ich habe jetzt auch einen Plan, den ich allein durchführen werde. Weder Papa noch sonst jemand wird eingeweiht. Ich werde mein Glück endlich einmal allein versuchen. Dass Denis Penny Lane *gesungen hat, half enorm. Es ist fast so, als schwebte ich auf der Wolke dieses lockeren Songs. Auf jeden Fall trägt er dazu bei, blöde Verklemmungen abzubauen.*

Reisetagebuch (21. Juli 1967, 22.23 Uhr)

Ich habe mit Denis an Deck ein Bier getrunken und das Thema »Verklemmungen« angesprochen. Er behauptete, die Griechen seien extrem wenig verklemmt, viel weniger als die Italiener und auch weniger als die Franzosen. Um richtig lockere Menschen zu erleben, müsse man allerdings weiter reisen und fahren. Nach Latein- und Südamerika. Ich antwortete, dass ich Buenos Aires in Betracht ziehe. ›Und wieso ausgerechnet Buenos Aires?‹ fragte Denis. Und ich antwortete (und hätte mich hinterher am liebsten auf die Zunge gebissen), dass es in Buenos Aires die besten Pianisten und Klavierlehrer von ganz Amerika gebe. ›Klavierspielen ist in meinen Augen leider etwas für Hyperverklemmte‹, sagte Denis – und fügte hinzu: ›Aber mach Dir nichts draus …‹

Aus den Aufzeichnungen meines Vaters
(21. Juli 1967, 23.08 Uhr)

Der Junge und ich – wir haben heute zwei große Wassermelonen gegessen. Bei der enormen Hitze schmecken sie besonders gut. Zu Hause dagegen würde ich sie nicht anrühren. Hier in Griechenland aber könnte ich mich sogar ausschließlich von ihnen ernähren. Sie bieten etwas Fleischiges (das Fruchtfleisch) und dazu etwas Eisiges, Körniges (wenn das Fruchtfleisch leicht angefroren ist) sowie reichlich Saft. Eine gut gekühlte Melone ist also (ich sagte das auch zu dem Jungen) ein kleines Drei-Gänge-Menü. (Der Gedanke hätte

M sehr gefallen ..., ich kam aber nur darauf, weil ich mich spät am Abend mit Mühlenthal unterhalten hatte. Sein ›Philosophieren‹ war wieder mal ansteckend ... Er erzählte, dass er sich mit dem Jungen nun duze. Und ich antwortete: ›Danke! Damit machen Sie auch mir eine Freude!‹ Daraufhin schaute er so, als verstünde er mich nicht ganz ...)

Postbriefkarte an die Mama (21. Juli 1967, 23.14 Uhr)

Liebe Mama, ich habe einen Song der Beatles entdeckt. Er heißt Penny Lane *und handelt von einer Straße und ihren Menschen in Liverpool. Bestimmt läuft er auch in Köln laufend im Radio, denn er ist sehr beliebt. Ich würde gern wissen, wie Du ihn findest, ich finde ihn nämlich sehr locker und lässig. Ich weiß, dass Du solche Songs nicht häufig hörst. Lieber hörst Du Chansons aus Frankreich. Manchmal sind die ja auch locker (aber nicht lässig). Versuche es doch mal mit* Penny Lane *– das könnte Deinen Horizont mächtig erweitern (entschuldige, ich bin zu begeistert, ich weiß – das wird sich aber schon bald wieder legen).*

Korinth

Ich war sehr müde und wäre gegen Mitternacht am liebsten zu Bett gegangen. Das war aber nicht möglich, weil der Isthmus von Korinth auf uns wartete. In wenigen Stunden würden wir ihn erreichen, sagte Kapitän Reckling und malte schon mal im Voraus die nautischen Probleme der Durchquerung aus. (Sonst hielt er sich mit diesen Ausmalungen zurück, denn die

Unkundigen (wie etwa Papa und ich) verstanden davon sowieso kaum ein Wort.)

Angesichts des weltberühmten Isthmus musste aber anscheinend unbedingt das ganze Vokabular aufgeboten werden: Die Höhe der Felsmassive, die Breite des Durchbruchs, die Probleme, die vor allem darin bestanden, während der Nacht (und bei schwacher Beleuchtung) nirgends zu touchieren, das spezifische Tempo der Fahrt, die Berechnung der Gegenströmung (?) … – ich ließ es über mich ergehen und tat so, als hätte ich begriffen, dass uns etwas Einzigartiges bevorstand.

Zu verstehen war immerhin, dass die meisten Frachtschiffe den schmalen Kanal nicht durchfuhren, sondern außen herum kreuzten, rund um die Peloponnes. Dafür brauchten sie viel Zeit und konnten, wenn es schlimm kam, in gefährliche Gewässer geraten. Die Durchfahrt kostete die Reederei eine Menge Geld, doch die enormen Kosten schienen kein Hindernis zu sein. Die *Albireo* sollte Piräus so schnell wie möglich (und nach dem vorgegebenen Fahrplan) erreichen, das war am Wichtigsten.

Und so blieben alle wach und versuchten, die Zeit bis zum Erreichen des Isthmus totzuschlagen. Jeder beschäftigte sich mit einem Buch, einer Zeitschrift oder einer kleinen Arbeit, selbst Maro saß an Deck und sortierte die neusten Nachrichten, die er schon bald wieder in seiner Zeitung unterbringen wollte.

Unterhalten aber wollte sich niemand mehr, dazu waren wir alle einfach zu müde. Und da Alkohol vor der Durchquerung des Isthmus nicht mehr ausgeschenkt werden durfte, saßen wir alle auf dem Trockenen und kamen nicht richtig in Schwung. Manchmal stellte einer eine Frage oder machte eine knappe Bemerkung, danach versanken alle wieder in Schweigen.

Daher herrschte an Bord eine seltene Stille: als wäre für immer alles gesagt oder als litten wir alle an einer Krankheit, die das Reden erschwerte. Ich selbst fand das nicht weiter schlimm, sondern eher kurios: wie jeder dasaß und sich zu konzentrieren versuchte und wie das wohl keinem (außer natürlich Erwin Mühlenthal) so richtig gelang.

Insgeheim belustigt, versuchte ich mitzubekommen, was jeder von uns tat oder las. Papa hatte die *Beschreibung Griechenlands* von Pausanias (das Buch für die wahren »Altertumsfreunde«) wieder herausgekramt. Er las die Passage über das alte Korinth und flüsterte mir zu, dass schon in den frühsten Zeiten immer wieder versucht worden sei, die Landenge des Isthmus zu durchgraben. Selbst die mächtigsten Herrscher seien jedoch daran (und zwar vor allem an den Felsformationen) gescheitert. »Götterwerk gewaltsam zu ändern«, falle den Menschen nicht nur schwer, sondern sei ganz unmöglich, hatte Pausanias geschrieben, und Papa begann, von der großen Vermessungsaufgabe zu schwärmen, die der Durchbruch der Landenge in der Neuzeit mit sich gebracht habe. »Da wäre ich gerne dabei gewesen«, sagte er, »da hätte ich gerne mitgemacht.«

Nun gut ... – wäre, hätte ... wem war mit solchen Konjunktiven gedient? Heinrich Segemann jedenfalls nicht. Er trank in kleinsten Mengen einen rot schimmernden Fruchtsaft und las dazu Hermann Hesses *Klingsors letzter Sommer*. Bei ihm war das Buch also inzwischen gelandet, und als ich Denis (leise) fragte, auf welche Weise, antwortete er, dass Segemann nie solche Erzählungen lese, wohl aber jetzt, und das anscheinend aus »purer Anhänglichkeit« an Papa, dessen Zeichnen er großartig finde. »Könnte ich so zeichnen wie Dein Vater«, hatte Segemann in der Tat auch zu mir einmal gesagt, »hätte ich die

Modellbauerei gar nicht erst begonnen. Jetzt stehen all meine Boote und Schiffchen nur noch herum und verstauben. Mit den Zeichnungen aber ist das anders, die leuchten von Jahr zu Jahr mehr.«

Auch Denis saß in unserer verstreuten Runde an Deck und gähnte alle paar Minuten. Er las nicht, sondern schrieb die Texte einiger Beatles-Songs eigens für mich auf. Ich fand das allerhand und hatte es so nicht erwartet. Er hatte mich auf die Spuren der Beatles gesetzt, für mich war das eine große Entdeckung. Schade fand ich es aber, dass ich nun wiederum Denis nicht für klassische Musik begeistern konnte.

Ja, im Ernst: Wäre irgendein Komponist der Klassik für Denis eine große Entdeckung gewesen? Mozart? Auf keinen Fall. Beethoven? Auch nicht. Beide erfüllten zu sehr die Vorstellungen, die Denis sich von »Klassik« machte. Bach kam noch am ehesten in Frage, vielleicht musste ich es aber auch ganz anders versuchen, Denis-gemäßer (aber wie genau?). Ich machte mir darüber Gedanken, aber ich war noch zu keinem Ergebnis gekommen.

Als Einziger von uns allen war Kapitän Reckling (der sonst immer »den Fels in der Brandung« spielte) nervös. Er las oder saß nicht, sondern stand oben auf dem Peildeck. Beide Hände in den Hosentaschen, erstarrt, die Schultern hoch gezogen. Seine Nervosität kam daher, dass er die Durchfahrt durch den Kanal selbst steuern oder leiten (»managen« nannte Mühlenthal es) musste. Ein großes Frachtschiff im engen Kanal – das war eine Aufgabe nur für den Kapitän und für niemanden sonst. Hier musste er sich beweisen, und hier würde auffallen, wenn er die wichtigsten Steuerungsaufgaben anderen übertrug. Deshalb also blieb Reckling in diesen Stunden allein.

Niemand konnte ihm helfen, mit niemandem wollte er reden. Er peilte und peilte und stand eisern, als wehte ein heftiger Wind. Es wehte aber nicht einmal ein Lüftchen …

Und Erwin?! Ich vermutete, dass beinahe alle an Deck (vielleicht mit der Ausnahme von Heinrich Segemann) gerne gewusst hätten, in welches Buch sich Mühlenthal so lange vertiefte. Er las Seite für Seite und rührte sich nicht. Auch Bemerkungen machte er keine, er war einfach kein bisschen vorhanden.

Ich hatte mich zu Maro gesetzt und ging mit ihm die neusten Nachrichten durch. Dabei machte ich mir Notizen und dachte darüber nach, welche Nachrichten ich zu meinen kurzen Geschichten verarbeiten könnte. Manchmal schaute ich aber zu Mühlenthal rüber, und als ich es nicht mehr aushielt, ging ich zu ihm und stellte mich neben seinen bequemen Korbsessel.

»Was liest Du denn so begeistert?« fragte ich. – Erwin schaute nicht einmal auf. – »Was Passendes«, sagte er. – »Wozu passend?« machte ich weiter. – »Etwas Passendes zu unserer Umgebung.« – »Einen Griechenlandführer?« – »Na hör mal, ich lese doch keine Reiseführer!« – »Und was sonst?« – »Die Originalquellen!« – »Und die wären?« – »Die Briefe des Apostels Paulus an die Korinther …«

Meine Herren, das war wieder typisch! Ich hatte an antike, heidnische Texte gedacht – und Mühlenthal las Texte aus der Bibel! Paulus und die Korinther! Natürlich, Ausschnitte aus diesen Briefen kamen oft im Gottesdienst vor, ich hatte sie aber immer für sehr versponnen gehalten. Dass mit den Korinthern wahrhaftig die Einwohner von Korinth gemeint waren, hatte ich zum Beispiel nie ernsthaft in Erwägung gezogen.

Eher hatte ich vermutet, dass es sich bei den »Korinthern« um ein Sagenvolk handelte, dessen Namen Paulus erfunden hatte. Schließlich hatte er um jeden Preis predigen wollen, egal wem, egal wo, Hauptsache mächtig und laut! Seine Briefe waren wohl wichtiger als die vor Ort gehaltenen Reden gewesen, so war es mir jedenfalls vorgekommen – und genau deshalb hatte ich den Namen der »Korinther« auch für einen austauschbaren Namen gehalten, der für die Massen stand, die Paulus am liebsten auf der Stelle, durch die pure Macht seines Wortes, zum Christentum bekehrt hätte.

(Ganz kurz noch etwas zu Paulus, jetzt, da der Name schon einmal gefallen ist. Ich habe die Ausschnitte aus seinen Briefen, die ich im Gottesdienst zu hören und zu lesen bekam, nie besonders gelungen gefunden. Sie enthielten die ersten großen Predigten, mit deren Hilfe die Nachfolger Jesu dessen Lehre in der Welt verbreiten wollten. Als solche waren sie zwar zu respektieren und zu achten, schließlich gab es für sie keine Vorbilder. Und dennoch: Die vier Evangelien (Matthäus, Markus, Lukas, Johannes) waren in meinen Augen klare, anschauliche und sogar gut erzählte Texte. Paulus aber war weder klar noch anschaulich noch konnte er gut erzählen. Manchmal hatte ich bei Lektüre seiner Briefe sogar den Eindruck, dass er sich den Glauben erst zurecht dachte – und das auch noch mit Worten, die nach viel klingen und Gott weiß was hermachen sollten, aber nicht genau waren. Hatte er überhaupt eine präzise Idee davon, *was* er predigen wollte? Jedenfalls kamen in seinen Briefen viele große und abstrakte Begriffe vor, und das tat ihnen nicht gut.

Noch weniger tat ihnen aber gut, dass Paulus in seiner aufbrausenden Art immerzu über das Ziel hinaus zu schießen schien. Ich glaube, er hatte von sich als Prediger noch die Vorstellung vom obersten Göttergott Zeus, der ausschließlich Donnerworte verkündete und Blitze schleuderte. Besser wäre es gewesen, wenn Paulus versucht hätte, so wie der Herr Jesus zu sprechen: Freundlich, den Menschen zugewandt, leise und eindringlich …)

Paulus in Korinth

Soeben ist Paulus nach langer, beschwerlicher Reise in Korinth eingetroffen. Seine Gefolgsleute boten ihm eine Stärkung (etwas zu essen und kühles Wasser zu trinken) an. Paulus lehnte jedoch ab und verlangte, ihn sofort zu einem Felsen mitten in der Stadt zu führen, von dem herab er zu den Korinthern predigen könne. Die Gefolgsleute sagten ihm, dass es einen solchen Felsen nicht gebe, sondern höchstens die hoch gelegene Burg, von der er aber nicht herab predigen könne, weil ihn dann in der Stadt niemand verstehe. Paulus schimpft nun mit ihnen, er hält sie für unfähig, seinen Predigten den bestmöglichen Rahmen zu verschaffen. Sie haben ihm ein großes Gasthaus vorgeschlagen, das von vielen Korinthern besucht wird. Er aber hat geantwortet, dass er, Paulus, der wortgewaltige Diener Jesu, nie in beengten Gasthäusern predigen werde, sondern nur da, wo ihm Tausende lauschen können. Derzeit machen sich seine Gefolgsleute auf die Suche nach einem geeigneten Platz. Paulus selbst hat inzwischen immerhin einen Krug Wasser geleert, mit Speisen möchte er seinen Bauch jedoch nicht beschweren. (Bericht unseres Korrespondenten Flacchus Antonius aus Korinth)

Pausanias, Hesse, die Beatles und Paulus – wir Typen an Deck waren wirklich eine bunt gemischte Truppe – und das nicht nur, was die Lektüren und Vorlieben betraf.

Als ich die kurze *Paulus-in-Korinth*-Geschichte geschrieben hatte, setzte ich mich in einen Liegestuhl und schaute nur noch auf die Küste, die ganz nahe an uns vorbei zog.

Es war eine stille, antike Nacht. Die Sterne waren deutlich zu erkennen, mit all ihrem Geflimmer und ihrer (unverschämten) Lautlosigkeit. Die vielen Lichter auf dem Festland erschienen wie ihre irdischen Spiegelungen: Straßen- und Häuserlampen, Verkehrslichter und die herumeilenden, zitternden Lichter der Autos.

Wir passierten das heutige Korinth mit seinen Neubauten und erleuchteten Strandzonen. Dann verlangsamte die *Albireo* und kam vor der Einfahrt zum Kanal kurz zum Stillstand. Kapitän Reckling und Mühlenthal standen längst, von zwei weiteren Matrosen begleitet, auf der Kommandobrücke. Segemann war zum Heck hin geflüchtet, Maro hatte sich in seinen Funkerraum zurückgezogen. Und so standen nur noch Papa und ich an Deck und bestaunten regungslos, was nun Großes geschah.

Unglaublich langsam, fast wie im Gehen, passte sich unser schweres Schiff in das furchterregend schmale Nadelöhr ein. Zu beiden Seiten stiegen die glatten, in tiefgelbes Nachtlicht getauchten Felsmassive hoch an und überragten uns so, dass man glaubte, den Kopf einziehen zu müssen.

Zum ersten Mal während der ganzen bisherigen Fahrt schien die *Albireo* menschliche Züge anzunehmen und menschlich zu empfinden. Wir hörten sie nämlich nicht mehr, kein Motorengeräusch, nichts, nicht mal das Knirschen eines Mastes oder das leise Vibrieren des Decks! Stattdessen schwieg sie plötzlich, als hielte sie die Luft an. Die zigmeter hohen Wände auf beiden Seiten, die wie gewaltige Titanen mit enormen Kräften aussahen, machten sie sprachlos. Reckling und Mühlenthal hatten sie aber im Griff, und zwar so, wie ein guter Reiter sein Pferd im Griff hat. Sie ließen das Schiff gewähren und tun und machen – sie ließen es, so langsam es eben wollte, durch den Kanal treiben und gleiten.

Niemand an Bord rührte sich. Hinten an Deck war die Mannschaft versammelt und blickte an den feuchtnassen Wänden hoch. Keiner sagte ein Wort, nicht einmal ein Husten war zu hören. Und so lag über dieser Durchfahrt, die sich lange hinzog, eine Ergriffenheit, wie ich sie in so merkwürdig feierlicher Form noch nie erlebt hatte.

Selbst Papa hielt den Atem an und sagte nichts mehr. Und ich?! Ich machte einige Fotos, hörte damit aber sofort wieder auf, weil sie den starken Eindrücken niemals gewachsen gewesen wären.

Mitten im Kanal erlebte ich dann aber jenen seltsamen Augenblick, den ich noch immer nicht gut beschreiben kann. Es war so etwas wie ein »Durchbruch«, ja, kein Witz, es war, als durchquerte ich gerade nicht nur den Kanal von Korinth, sondern auch einen Kanal tief in mir drin. Das klingt schrecklich und kitschig, es *war* aber so. Mein Herz begann plötzlich zu rasen (aus Furcht?), und ich klammerte mich an die Reling.

»Was ist mit Dir?« fragte Papa. Ich konnte nicht antworten, denn ich spürte die Beengung so, als griffen diese hohen Wände nach mir. Es war irgendetwas Psychisches, Dunkles, ich vertrug das Ganze nicht, es war eine heftige, bisher noch nicht gekannte Platzangst (Papa nannte es später »eine Phobie«).

Er ging mit mir zurück in die Kabine, gab mir Wasser zu trinken und setzte sich auf einen Stuhl neben mein Bett.

»Das geht bald vorüber«, sagte er und griff nach den Blättern, die ich vorher auf unseren Tisch gelegt hatte. Dann überflog er, was Denis an Beatles-Texten notiert hatte. »Hat Denis das für Dich aufgeschrieben?« fragte er. – »Ja«, sagte ich, »es sind Texte der Beatlessongs.« – »Haben eigentlich Salinger und der *Fänger im Roggen* etwas mit den Beatles zu tun? Ich meine, nicht direkt, sondern indirekt.« – »Wie meinst Du das?« fragte ich. – »Ach, jetzt nicht, wir reden später einmal über das Thema.« – »In Ordnung«, sagte ich. – »Soll ich Dir etwas vorlesen?« fragte Papa. – »Ich weiß nicht«, antwortete ich, »vielleicht geht es mir dann noch schlechter.« – »Nein, das wird es nicht«, sagte Papa, »auf gar keinen Fall. So, und jetzt schließ mal die Augen und hör zu, was Dein Vater Dir vorliest.«

Ich schloss die Augen und hörte, wie Papa ein Buch herbei holte. Er setzte sich wieder auf den Stuhl neben mein Bett, na klar, er war jetzt wieder der Arzt, der beste und einzige, den ich je gehabt habe.

Und dann hörte ich ihn lesen, jenen Text, den wir beide (jeder für sich und auf Deutsch) so oft gelesen haben, den er mir aber noch nie vorgelesen hatte. Papa las ihn auf Englisch, und ich hörte zu und verstand seltsamerweise jedes Wort: *He was an old man who fished alone in a skiff in the Gulf Stream and he had gone eighty-four days now without taking a fish. In the first forty days a boy had been with him. But after forty days without a fish the boy's parents had told him that the old man was now definitely and finally* salao, *which is the worst form of unlucky, and the boy had gone at their orders in another boat which caught three good fish the first week. It made the boy sad to see the old man come in each day with his skiff empty and he always went down to help him carry either the coiled lines or the gaff and harpoon and the sail that was furled around the mast. The sail was patched with flour sacks and, furled, it looked like the flag of permanent defeat …*

Athen 1

Am frühen Morgen liefen wir den Hafen von Piräus an. Vor der Küste wartete ein großes Rudel von Frachtschiffen auf die Einfahrt. Auch die *Albireo* ging zunächst vor Anker, weil im Hafen kein Verladeplatz frei war.

Papa und ich hätten also ebenfalls warten müssen, wenn wir in der Gestalt von Erwin Mühlenthal nicht einen Ersten Offizier an Bord gehabt hätten, der vorausplante. Für alle Fälle hatte er nämlich ein Motorboot geordert, das uns an Land beförderte. Es legte an, und Papa und ich stiegen über eine Strickleiter hinab. Zehn Minuten später standen wir im Hafen, zeigten unsere Ausweise und erhielten die notwendigen Papiere für ein Verlassen des Hafengeländes.

Nicht nur um das Motorboot hatte Mühlenthal sich gekümmert, er hatte uns auch mit guten Informationen und Ratschlägen versorgt. »Macht nicht den Fehler, gleich auf die Akropolis zu steigen«, hatte er gesagt, »bleibt erst unten, auf flachem Gelände! Geht auf die Agora, schaut Euch dort zwischen den alten Tempeln und Wegen um und umkreist die Akropolis.«

Von Piräus fuhren wir mit einem Bus zum Omonia-Platz, einem der zentralen Plätze Athens. Gegen zehn Uhr erreichten wir ihn. Wir hatten noch nicht gefrühstückt, und so setzten wir uns in ein Café, tranken griechischen Mokka und aßen einen (trockenen) Sesamkringel, wie ihn fast alle Griechen an den Nachbartischen auch aßen. »Das ist das erste und letzte Mal, dass ich so etwas esse«, sagte Papa (etwas unwirsch), und ich antwortete: »Mein Gott, es gibt Schlimmeres als im alten Athen zu sitzen und einen Sesamkringel zu essen, der fast ebenso alt ist.«

Papa lachte, und dann sagte er, dass er vor unserer Besichtigung der Agora noch eine kurze Zeitschriftenschau an einem Kiosk betreiben wolle. Bestimmt finde er griechische Zeitschriften, die ihn interessieren könnten, auch wenn er kein Wort Griechisch verstehe. Wir vereinbarten, uns in einer halben Stunde wieder zu treffen, und so trennte ich mich von Papa und drehte eine Runde auf dem großen Omonia-Platz.

Es war *die* Gelegenheit – und ich wusste, dass sie so schnell nicht wieder kommen würde. Meine Pläne und Ideen, die mit Delias Brief zu tun hatten, konnte ich jetzt in Angriff nehmen. Mein Herz klopfte aber spürbar und schnell, und ich hatte feuchte Hände, als wäre ich ernsthaft in Gefahr und müsste Gott weiß was für Probleme lösen. Dabei ging es nur darum, eine Telefonzelle zu finden und eine Nummer in Patras zu wählen.

›Du denkst jetzt auf keinen Fall noch lange über das Für und Wider nach‹, sagte ich mir. ›So ein Anruf ist nicht die Welt. Wenn Delia einhängt oder ablehnend reagiert, ist das auch in Ordnung. Sie wird das aber nicht tun, nein, wird sie nicht, schließlich hat sie Dich gebeten, sich bei ihr zu melden. Was aber soll bei alldem herauskommen? Nettes Plaudern? Shit, ich mag nettes Plaudern nicht, ich hasse es. Wie auch immer: Du rufst jetzt sofort an, sonst erkläre ich Dich zu einem Feigling und Langweiler!‹

Ich ging zu einem Kiosk, kaufte eine Sportzeitung und wechselte Kleingeld. Dann betrat ich eine Telefonzelle, holte Delias Brief aus meinem kleinen Rucksack und wählte ihre Nummer. ›Was mache ich, wenn jetzt die Mutter an den Apparat kommt? Mist, daran habe ich wieder mal nicht gedacht. Was mache und sage ich, wenn die Mutter kein Englisch versteht? Nenne ich überhaupt meinen Namen? Nenne ich den ihrer Tochter? Vielleicht denkt sie, ein ausländischer Typ von irgendeinem Geheimdienst der Welt ist am Apparat? Oder ein Geheimagent der Junta, der nur vortäuscht, Englisch zu sprechen!‹

Es war richtig übel, denn die konfusen Gedanken und Fragen flatterten immer schneller durch meinen Kopf, und ich hatte mich nicht mehr unter Kontrolle. Als wäre ich plötzlich in eine undurchsichtige Geschichte geraten, aus der ich nie mehr herausfinden würde. ›Häng sofort wieder ein!‹ murmelte ein dumpfer Warner tief in mir, ›noch ist es nicht zu spät!‹

Dann aber war es zu spät, denn am anderen Ende der Leitung meldete sich eine weibliche Stimme. Sie nannte sich Delia, und sie sprach ein klares, deutlich artikuliertes Griechisch. Sofort wurde mir besser, und ich brachte es fertig, die ersten Worte auf Englisch zu sagen. Sie wusste gleich, wer da sprach, und sie sagte, sie habe auf meinen Anruf gewartet. »Du hast gewartet?« fragte ich (natürlich auf Englisch). – »Ja«, antwortete sie, »schon fast eine Stunde.« – »Du warst sicher, dass ich anrufen würde?« – »Nein, nicht sicher, aber ich habe es gehofft.«

Okay, sie hatte es also gehofft. Das war mehr und besser, als ich erwartet hatte, es hörte sich sogar richtig gut an. So einfach war das also! Ein paar Münzen einwerfen, einen Hörer in die Hand nehmen, telefonieren, ein paar Worte sagen, gut zuhören – und zack! – befand man sich auf der anderen Seite des Lebens! Dort, wo man nicht mehr allein war! Dort, wo man dies und das zu zweit plante! Fantastisch, einfach fantastisch! Aber – was planten wir eigentlich gerade genau?!

»Von wo rufst Du an?« fragte Delia, und ich war erleichtert, wie rasch sie alles in die Hand nahm. – »Aus Athen!« antwortete ich. – »Und von wo dort?« – »Vom Omonia-Platz!« – »Weißt Du, dass mein Vater dort oft mit seinem Taxi auf Kunden wartet?« – »Denis hat mir erzählt, dass er Taxifahrer ist.« – »O ja, ist er, und zwar ein sehr guter!«

Mmmm – was wollte sie mir sagen? Sollte ich Ausschau nach ihrem Vater halten? Würde er mich durch halb Athen fahren, um mir die »Sehenswürdigkeiten« zu zeigen oder versteckte Winkel, wohin es keine Touristen verschlug? Ging es darum?!

Ich nahm mir vor, das Vaterthema (wie sagt man?) »links liegen zu lassen«. Das Tempo aufnehmen, in die Offensive gehen! »Schade, dass wir uns nicht mehr sehen können!« sagte ich. – »Wieso schade?« fragte Delia, »ich wäre heute sowieso nach Athen gefahren! Ich habe Ferien und werde eine Weile bei meinem Vater wohnen. Wir *können* uns also sehen, kein Problem!«

Wow! Damit hatte ich nicht gerechnet! Ein Treffen mit Delia war gar kein Problem! Schon in wenigen Stunden würden wir uns sehen! Würden wir? Wollte ich?! Meine Herren, in diese Richtung hatte ich vorher nicht gedacht. Mit Delia zu telefonieren, hatte ich für das Äußerste gehalten, was zu einer ersten Mutprobe in Sachen ›Kontakt mit einer jungen Griechin‹ gehörte.

›Ich bin leider mit meinem Vater unterwegs‹ – im Ernst, dieser Satz lag mir schon auf der Zunge! ›Vielleicht klappt es im nächsten Jahr, da könnte ich allein nach Griechenland kommen. Mit der Bahn. Durch Österreich und Jugoslawien‹ – solche Sätze hatte ich schon im Kopf. Natürlich, ich wollte kneifen, die Sache ›Kontakt mit einer jungen Griechin‹ wurde plötzlich erschreckend real.

War ich auf einen solchen Kontakt überhaupt vorbereitet? Was riskierte ich da gerade? Ich hatte doch nicht die geringste Ahnung, was ich mit einer jungen, gescheiten, weltoffenen und unkomplizierten Griechin hätte anfangen können. Sollten wir uns wirklich (wovon ich einmal geträumt hatte) in ein Café setzen? Um dort einen Mokka zu trinken und an trockenen Sesamkringeln zu kauen? Oder sollten wir einen Anisschnaps nach dem andern trinken und uns im deftig betrunkenen Zustand so lange küssen, bis selbst der Mond unseren durchgeknallten Anblick nicht mehr ertrug und sich hinter Wolkenbänke zurückzog?

Mist, Mist, Mist! Ich naiver Tölpel brachte alles durcheinander. Fast hätte ich gesagt: ›Delia, tut mir leid, ich werde gerade erst Sechzehn! In zwei Jahren bin ich besser drauf, dann komme ich in Patras vorbei – und wir segeln zusammen in der Ägäis auf den Spuren des alten Odysseus!‹

»Bist Du noch dran?« sagte Delia. – »Ja«, sagte ich (Herrgott, warum täuschte ich keine Störung vor und hängte einfach ein? Ich hätte bloß mit den Zähnen knirschen und einen Leitungsschaden vorspielen brauchen!), »ja, ich bin es noch immer!« – »Schön, dass Du noch existierst!« sagte sie, »ist alles in Ordnung?« – »Tut mir leid«, antwortete ich, »ich bin heute etwas langsam, wir haben die ganze Nacht nicht geschlafen, weil wir durch den Kanal von Korinth geschippert sind!« – »O, erzähl mir später davon! Ich liebe den Kanal, bin jedoch noch nie hindurch gefahren. Aber ich habe viele Fotos von ihm gemacht, von unten, von oben, ich bringe sie mit.«

Sie wollte die Fotos mitbringen! Auch das noch! Moment, was hatte sie eigentlich vor?

»Ich bin am Nachmittag in Athen«, sagte sie, »dann können wir uns treffen.« – »Ah, schon am Nachmittag«, antwortete ich (und sah, wie mein Vater gerade den Omonia-Platz überquerte und einen Taxifahrer ansprach …). »Ich …«, sagte ich weiter, »ich – also Du solltest wissen, dass ich nicht allein, sondern mit meinem Vater unterwegs bin. Er ist schon recht alt und nicht gut bei Fuß, er ist gebrechlich. Ich begleite ihn und passe auf ihn auf. Tut mir leid. Aber ich kann mich nicht von ihm trennen. Es könnte ihm etwas zustoßen.« – »Soll ich meinem Vater Bescheid sagen, dass er Euch durch Athen fährt? Er macht das gern, er ist ein großzügiger Mann mit einem sehr großen Herzen!« – »Das ist nett, vielen Dank«, antwortete ich, »aber mein Vater und ich sind in der Nähe der Agora und machen nun einen mehrstündigen Rundgang.« – »Auf der Agora? Aber da ist doch fast nichts zu sehen!« – »O, da kennst Du meinen Vater schlecht. Er sieht Dinge, die andere Menschen nicht sehen. Es ist phänomenal.« – »Gut, dann sehen wir uns später. Bist Du auch am Abend mit Deinem Vater unterwegs?« – »Am Abend?« – »Ja, am Abend!« – »Ach so, Du meinst den Abend …« – »Ja, ich meine eindeutig den Abend, mein lieber Ioannis!«

Na klar, nun war der Satz endlich auch bei mir angekommen: Delia wollte sich am Abend mit Ioannis treffen! Mitten in Athen. Und das zu zweit. Oder?! Es war nicht auszuschließen, dass sie ihre beiden Brüder, ihren Vater und eine Heerschar von bestimmt existierenden Freunden oder Verwandten mitbrachte. Das allerdings wäre mir nun doch zuviel gewesen. Ich allein – und auf der Gegenseite eine Meute von extrem entspannten Griechen, die vielleicht alle mit mir *Sirtaki* tanzen wollten!

»Du meinst, wir *beide* sollten uns am Abend treffen?« fragte ich nach. – »Ja, wir *beide*! Auf dem Omonia-Platz! Um 20 Uhr!«

›Du stimmst jetzt sofort zu, ohne Widerrede!‹ drängte mich meine innere Stimme – und dann tat ich es und sagte laut: »Wunderbar! Um 20 Uhr auf dem Omonia-Platz. Und ich komme allein, ohne Vater!« – »Ich auch! Und ich freue mich sehr!« – »Ja, ich mich auch. Bis später!« – »Bis später, mein lieber Ioannis!«

›Mein lieber Ioannis!‹ – das hörte sich dafür, dass wir uns gar nicht genau kannten, etwas übertrieben an. Aber auch extrem entspannt. Und freundlich. Und offen.

Im Hinterkopf hatte ich aber noch immer mit meinem missmutigen Warner zu tun: ›Was will sie von Dir? Warum möchte sie ausgerechnet Dich sehen? Bist Du James Bond oder Apoll? Oder was macht Dich so anziehend?‹ Richtig, diese Frage stand wirklich im Raum. Ich verstand ja selbst nicht, warum Delia sich so für mich interessierte. Ein simpler Kuss aus dem Nichts konnte doch nicht der Grund sein. Was aber dann?

Der dumpfe Warner deutete an, es könnte noch etwas ganz Anderes im Spiel sein. Etwas Gefährliches. Etwas, das einem naiven Tölpel wie mir nie in den Sinn gekommen wäre.

Ich verließ die Telefonzelle und suchte nach Papa. Er stand direkt neben dem Taxi, mit dessen Fahrer er eben noch gesprochen hatte. Ich überquerte rasch eine Straße und lief zu ihm. »Lass uns mit dem Taxi zur Agora fahren«, sagte Papa,

»ich bin das Bus fahren leid.« – »Mit dem Taxi?« antwortete ich, »muss das sein? Taxi fahren ist in Athen angeblich sehr teuer.« – »Wer behauptet denn so was? Mühlenthal behauptet das genaue Gegenteil. Er sagt, Taxi fahren sei preiswert, wir sollten Taxi und nicht Bus fahren.«

Ich hatte die Nacht kaum geschlafen. Vielleicht entglitt mir an diesem Samstag deshalb fast jedes Gespräch. Immer kam ich zu kurz und musste mich den Vorschlägen meiner Gesprächspartner beugen. Delia, Papa – sie nahmen alles in die Hand, und ich konnte, schwach wie ich war, nur noch abnicken.

Wir setzten uns also in das Taxi und ließen uns zur Agora fahren. Papa saß vorne und unterhielt sich (auf Englisch) mit dem Fahrer. Sie sprachen über deutsche Autos: wie und warum sie so gut seien und leider nur viel zu teuer. Der Fahrer schwärmte richtiggehend davon, einmal in einem deutschen Auto durch Athen zu fahren, er übertrieb die Qualitäten gewaltig. Zum Glück versteht Papa von Autos fast gar nichts, das musste dem Fahrer auffallen, und als es ihm anscheinend auffiel und er das Thema beendete, standen wir auch schon am Eingang der Agora – und Papa bezahlte. »Siehst Du«, sagte er danach, »es kostete nur ein paar Drachmen! Hab ich ja gesagt.«

Am Eingang übergab man uns neben den Eintrittskarten auch einen Plan mit einem Überblick über das große Gelände. Alle Gebäude und die meisten Wege waren mit Ziffern versehen, und als wir aus dem Schatten eines großen Baumes ins helle Sonnenlicht traten, sank mir der Mut. Hundemüde war ich – und nun sollte ich jenes antike Gelände betreten, von dem ich schon soviel gehört und gelesen hatte. Platons Erzählungen von den Gesprächen des Philosophen Sokrates spielten auf der

Agora, früher war sie der große Markt und der zentrale Treffpunkt der alten Athener gewesen.

Früher, ja, früher! Damals hatte es auf dem Gelände noch große Gebäude gegeben, die Schatten gespendet und die Spaziergänger und Einkäufer hier und da zum Verweilen eingeladen hatten. Jetzt aber lagen auf den vertrockneten Wiesen nur noch einige Säulenschäfte und Mauerandeutungen der antiken Gebäude herum! Papa und ich würden bei über hundert Grad bis zum Mittag durch ein Gelände stolpern, dessen wahre, antike Schönheit kaum noch zu erkennen war!

Was allerdings gut zu erkennen – und auf den ersten Blick so großartig und triumphal war, dass es den Anblick der Agora fast auslöschte, war das riesige Felsplateau oberhalb des flachen Geländes! Auf ihm thronten mehrere Tempel mit ihren Säulenreihen – und alles sah entrückt und geheimnisvoll und gewaltig aus, dass man hätte Angst bekommen können.

Genau das aber geschah nicht. Zwar begriff jeder, der hinauf zur Akropolis schaute, dass dies der ferne Bezirk der Götter war, den nichts mehr mit den Wohnräumen der Menschen, sondern den das strahlende Licht mit den Himmelsräumen der Olympier verband. Andererseits hinterließ sein Eindruck aber keineswegs Angst oder Furcht, sondern eher so etwas wie Andacht. Ja, im Ernst, man schaute seltsam ergriffen und hypnotisiert hinauf und stellte sich vor, dass man mit vielen anderen Menschen in einer langen (typisch griechischen!) Prozession hinaufziehen würde, um dort den Göttern zu opfern!

Menschen, die man mit Göttern oder anderen übersinnlichen Wesen allein ließ, empfanden diesen Göttern gegenüber Angst oder Furcht. (Bestimmt war es zum Beispiel im alten Ägypten so gewesen!) Menschen, die aber in einer langen Prozession an bestimmten Festtagen vor die Standbilder und zu den Tempeln der Götter zogen, empfanden Andacht. Hatte man Angst oder Furcht, blieb man mit seinen Gefühlen immer auf der anderen, irdischen Seite, auf den Knien vor den grausamen Göttern. Betrat man den Bezirk der Götter aber andächtig in einer Gemeinschaft mit anderen, so stand man mit den Göttern in Kontakt, sang Lieder zu ihren Ehren und feierte später mit ihnen zusammen das Festmahl.

War es so?! Durch den Griechisch-Unterricht wusste ich zumindest ein klein wenig Bescheid. Von der Agora führte ein Festweg hinauf zur Akropolis, und auf diesem Weg waren die Athener einmal oder mehrmals im Jahr zu den Göttern gepilgert! Mit vielen Reitern und Pferden waren die Einwohner der großen Stadt aus dem Gelände, auf dem sie ihre Geschäfte betrieben, Theater spielten, der Musik lauschten und Wein tranken, hinauf auf den leuchtenden Felsen gezogen. Sicher hatten sie dort Feuer entzündet und große Gesänge angestimmt, und sicher hatte man den festlichen Zug noch vom Hafen aus sehen können: ein Anblick ohnegleichen in der antiken Welt!

»Das halten wir nicht durch«, sagte Papa neben mir, »es ist einfach zu heiß. Wir schleichen jetzt von Schatten zu Schatten, und ich hole uns vorher noch etwas zu trinken. Warte hier am Eingang auf mich!«

Ich setzte mich auf eine dunkelgrüne, leicht geschwungene Bank unter einen Schatten spendenden Baum und öffnete meinen Rucksack. Welche hilfreichen Bücher hatten wir denn dabei? Keinen Reiseführer (sowohl Papa wie auch Mühlenthal mochten solche Bücher mit ihrem trockenen, nichtssagenden Belehrungston nicht – ich war da weniger streng, sagte aber nichts zu diesem Thema), wohl aber Pausanias und einen schmalen Band, den Mühlenthal uns mitgegeben hatte. »Lest das auf der Agora«, hatte er gesagt, »und lasst Euch Zeit dazu!«

Ich schlug das Büchlein auf. Es war eine Ausgabe der *Homerischen Hymnen* mit dem altgriechischen Text auf der linken und der deutschen Übersetzung auf der rechten Seite. *Homerische Hymnen*?! Die hatte unser Griechischlehrer vielleicht einmal erwähnt, mehr aber auch nicht. Der Titel war irreführend, denn sie stammten keineswegs von Homer, sondern waren Hymnen, die anonyme Sänger zum Lob der fernen Götter angestimmt hatten. Und wann hatten sie das getan?!

Ich erinnerte mich nicht mehr, es war einfach zu heiß, um noch schwache Erinnerungen zu mobilisieren. Seltsamerweise entdeckte ich auch im deutschen Nachwort keine genaueren Zeitangaben, und so datierte ich die Hymnen auf »die graue Vorzeit«. Ich blätterte in dem Band, die Hymnen gefielen mir, sie hatten etwas Verzücktes. Vielleicht hatte ein Sänger sie während einer Prozession angestimmt. Wie hatten diese Festzüge noch einmal genau geheißen?

Ich schaute kurz auf die Geländekarte der Agora und entdeckte den Weg: *Panathenäen*, richtig, so hieß das Fest – und *Panathenäenweg* hieß dementsprechend der Weg, der sich von der Agora aus hinauf zum Felsgelände der Akropolis schlängelte. Diesen Weg hatten alle Bürger der Stadt zurückgelegt, man stelle sich das einmal vor!

Ich war richtig hin und weg von dieser Fantasie, und ich schloss die Augen und streckte mich auf der leicht geschwungenen, dunkelgrünen Bank aus. Wie hätte ich es »in grauer Vorzeit« gefunden, zusammen mit Tausenden von Menschen zu den Göttern hinauf auf diesen mächtigen, alles beherrschenden

Felsen zu steigen? Nach dem großen Tieropfer hätte es ein noch größeres Festmahl gegeben – existierten davon Bilder oder Zeichnungen? Das musste ich herausbekommen, ganz unbedingt!

Eine der kürzesten Hymnen von denen, die ich gerade gelesen hatte, drehte sich bereits Wort für Wort in meinem Kopf, wie ein Karussell: *Preisen will ich Demeter Schönhaar, sie die erhabne / Göttin; sie selbst und die schönste Tochter Persephoneia. / Göttin, Heil! schirm unsere Stadt auch! Leite mein Singen!*

»Schläfst Du?« fragte Papa, »komm, nimm einen Schluck!«

Ich richtete mich auf und trank etwas Mineralwasser. ›Eigentlich sollte man Wein trinken‹, dachte ich, ›kein Wasser und auf keinen Fall Bier und erst recht keinen Anisschnaps, sondern nur Wein! Wie die hymnisch singenden Griechen, von denen jeder bereits vor dem Beginn des Festzugs mindestens einen Liter Wein getrunken hat.‹

»Die alten Griechen haben vor Beginn des Panathenäenzuges Unmengen Wein getrunken, um in eine hymnische Stimmung zu kommen«, sagte ich zu Papa. »Selbst Sokrates soll viel Wein getrunken haben, um das ewige Philosophieren wenigstens für die Dauer des Festzuges mal aus dem Kopf zu bekommen. Auch Platon hat Wein getrunken, Aristoteles dagegen nicht, weswegen er übrigens von seinen Schülern insgeheim ein wenig verachtet wurde.« – »Woher weißt Du denn sowas?« fragte Papa. – »Ich weiß es eben«, antwortete ich, »aus dem Schul- und Selbstunterricht. Ich bin besser unterrichtet als Du vielleicht ahnst. Zumindest hier im alten Athen. Schließlich lebe ich bereits seit einigen Jahren mit einem Teil meines Kopfes in seinen Mauern und lese Texte, die auf seiner Agora, in seinen Theatern sowie in seinen Schulen spielen.« – »Großartig«, sagte Papa, »dann führst Du uns durch das Gelände, und wir brauchen wirklich keinerlei Reiseführer.« – »Absolut nicht«, antwortete ich, »ich kann Dir das meiste erklären. Aber willst Du nicht als erstes die Akropolis zeichnen? Von hier aus hast Du eine fantastische Aussicht!«

Sehr gut, ich hatte ins Schwarze getroffen, denn Papa wollte (wohl ebenso wenig wie ich) wissen, welche Gebäude die Wege säumten, nein, Papa wollte zeichnen. Und ich? Ich wollte schreiben, wenigstens einige Zeilen.

Reisetagebuch (22. Juli 1967, 11.10 Uhr)

Athen, Agora, 38 Grad. Und ich habe (zum ersten Mal in meinem ganzen bisherigen Leben) Lust auf ein Glas Wein. Ich würde es hier im Schatten trinken und später etwas Schafskäse dazu essen. Dann wäre die Vorstellung perfekt: Die vom Raunen der großen Menge auf diesem Gelände, vom Geschiebe der Menschen, von den Ausrufen der Händler – und vom Beginn des großen Festzuges!

Die Akropolis

Die Akropolis ist eine riesige Festwiese aus Stein (kein Widerspruch!). Die Tempel mit ihren Säulen bewohnen sie wie winddurchlässige, für die Götter abgegrenzte Zonen, in denen die Opferfeuer nachts bis zum Meer leuchten. Dort oben (und auf dem Weg dorthin) wurden die schönsten Hymnen gesungen, die nur von den Göttern handelten und von nichts anderem sonst. Kamen die Feiernden auf dem Felsen an, knieten und beteten sie nicht. Sie hörten auf die Hymnen der Sänger und stimmten später einen Chorgesang an. Schaut man (wie ich gerade) zur Akropolis hinauf, versteht man die antike, griechische Welt auf einen Blick. Demeter, Schönhaar! Ioannis, weit entfernt von Dir zur Welt gekommen/grüßt und verneigt sich, erwartend des Weins, / den er wird leeren, auf Dein und der Tochter Persephoneia Wohl und Ergehen! (Gar nicht übel, was ich da aus dem Stegreif gedichtet habe ...)

Postbriefkarte an die Mama (22. Juli 1967, 12.17 Uhr)

Liebe Mama, Papa und ich sitzen im Glutzentrum der antiken, griechischen Welt: auf der Agora, unterhalb der Akropolis! Hier, auf dem flachen Gelände mit den Märkten und vielen Tavernen, streunten die Philosophen umher und befragten die Athener nach ihrem Wissen oder Nichtwissen. Auf dem Panathenäenweg hinauf zur Akropolis aber sangen die Dichter und Hymniker festliche Gesänge zum Lob der Götter. Papa und ich sind richtig angesteckt von diesen Szenen, Papa zeichnet, ich schreibe – und am Abend treffen wir uns mit den Einheimischen und trinken griechischen Wein (ich nur ein halbes Gläschen, versteht sich, nur um zu kosten ...).

Athen 2

Wegen der großen Hitze waren gegen Mittag nicht mehr viele Menschen auf der antiken Agora. Nur einige Franzosen und Engländer waren unterwegs (die Franzosen erklärten sich gegenseitig, was sie aus den Resten der nicht mehr existierenden Gebäude herleiteten, und die Engländer machten es kürzer, nannten die alten Namen und sagten: »Hier befand sich einmal das Gebäude der Stoa«, worauf der Nebenmann antwortete: »Interessant!«).

Gegen 13 Uhr suchten wir einen abgelegenen, schattigen Platz in einem kleinen Hain mit Bäumen und legten uns auf die Erde. Papa schlief sofort ein, was sehr merkwürdig aussah. Er trug nämlich die schwere Onassis-Brille, die Kapitän Reckling ihm geliehen hatte. Sieht man einen bereits etwas älteren Mann mit so einer Brille auf der Erde liegen, muss man um ihn bangen, denn er sieht fast wie tot aus. Die schwere Onassis-Brille ist eindeutig etwas für Aktionen und Draufgängertum (und eben nicht für Schläfer geeignet). Ein Schläfer mit Onassis-Brille sieht aus, als wäre Griechenland gerade dabei, vom Erdboden zu verschwinden. Weswegen ich auch nicht hinschauen konnte, sondern mich meinen Träumereien mit geschlossenen Augen hingab.

Trotz meiner ebenfalls großen Müdigkeit konnte ich nicht schlafen. Omonia-Platz, 20 Uhr! Da hatte ich mir etwas eingebrockt. Schon die Kleidungsfrage stellte mich vor Probleme, ganz zu schweigen von der Vorbereitung der Begegnung. Wäre es nicht gut, vorher einen tüchtigen, aber nicht zu großen Schluck Wein oder Bier zu sich zu nehmen? Damit die Konversation gleich in Schwung kam und meine bekannten Defizite (hartnäckiges Schweigen, höchstens dann und wann ein Wort) keine Rolle spielten?!

Papa und ich – wir hatten uns zuvor darauf geeinigt, noch einige Stunden auf dem stillen Gelände der Agora zu verbringen. Wir wollten uns den gut erhaltenen Hephaistos-Tempel in Ruhe anschauen, und Papa wollte einige Bäume, Sträucher (und sogar vertrocknete Blüten!) zeichnen. Erst am Nachmittag wollten wir in der Nähe (oder auf dem Markt von Athen) etwas essen und am frühen Abend nach Piräus zur *Albireo* zurückkehren, um gegen 18 Uhr an Deck das obligatorische Abendessen (mit anschließender Korbsesselrunde) einzunehmen.

Ich dachte darüber nach, ob es für mich nicht besser wäre, den Abend über in Athen zu bleiben. Erst nach Piräus – und dann wieder zurück nach Athen – und spät in der Nacht erneut nach Piräus?! – das war umständlich und gefiel mir überhaupt nicht. Besser wäre es, wenn ich die Stunden vor dem Treffen mit Delia allein in Athen verbringen und mich (möglichst perfekt) vorbereiten würde. Wie aber konnte eine perfekte Vorbereitung aussehen, wie genau?!

Na klar, über so lebenswichtige Fragen sprach in der Schule kein älterer Mensch mit einem! Warum hatten wir im Griechisch-, Englisch- oder Deutschunterricht nicht einmal Texte gelesen, in denen sich junge Menschen zum ersten Mal begegnen und etwas (aber was?!) miteinander anfangen wollen? Stattdessen hatten wir das verkorkste *Romeo und Julia*-Gerede von Shakespeare gelesen, wo von Anfang an alles auf den Selbstmord der beiden jungen Leute hinauslief. Wer, um Himmels willen, wollte so etwas Trostloses lesen, aus dem nichts für den täglichen Umgang zu lernen war?

In Goethes *Werther* hatte es immerhin ein paar Szenen gegeben, in denen der steife Werther ein paar Blicke auf seine Lotte riskiert hatte – viel Brauchbares war bei diesen Annäherungsversuchen aber auch nicht herausgekommen. (Werther war ja schon in Euphorie geraten, als er Lotte ein paar Scheiben von einem Brotlaib hatte abschneiden sehen – kann man sich eine unpassendere Szene vorstellen, um den Beginn einer Kontaktaufnahme zu schildern?!)

Nun rächte sich auch, dass ich nie mit einem Mitschüler über solche Themen gesprochen hatte. Mein Gott, wie ahnungslos war ich bisher durch die Welt gestolpert! Immer nur die Musik, das Klavier, meine kurzen Geschichten und ein paar

Lektüren im Kopf! Ich hatte in einem Nebel von unausgegorenen Fantasien gelebt, nicht einmal einen Nagel konnte ich mit einem dicken Hammer so in die Wand schlagen, dass er hielt und saß!

Und – warum hatte ich so wenig Sport getrieben? Ein bisschen Tennis, früher wenigstens Fußball – meist schlich ich aber wie ein Pianist in mittleren Jahren nachdenklich durch die Welt! Bestimmt wirkte ich so älter als ich eigentlich war, bestimmt – und vielleicht hatte dieser fatale Eindruck Delia auf meine Fährte gelockt, in dem Glauben, sie habe es mit einem mindestens Zwanzigjährigen zu tun! Mit einem souveränen Studenten aus Köln, der in den Kneipen der Stadt heiße Musik machte und französische Touristinnen um den Verstand brachte! Mit, sagen wir, einem Architekturstudenten oder einem angehenden Ingenieur, der die neusten Automodelle entwarf und mit seinem Motorrad in Höchstgeschwindigkeit über die Rheinbrücken Richtung Eifel knatterte! Wo sich ein Wochenendhäuschen seiner Eltern befand, in dem er so mancher Touristin die geologischen Formationen der Eifel en detail erklärte!

Nicht einmal ein richtiger Tiefschlaf gelang mir an diesem überdreht heißen Mittag auf der Agora. Ich brachte nur ein diffuses Träumen hin, ein Traumspektakel nach dem andern, und jedes noch perverser als das vorige!

Ich ließ Papa den niedergestreckten Onassis spielen und ging durch das vom Sonnenlicht erdrückte Terrain hinüber zum Hephaistos-Tempel. Der sah wirklich gut aus, komplett erhalten, nicht zu massiv, kein Prunkgebäude, sondern etwas Schlichtes, aber Geradliniges, das genau in die Landschaft passte.

Ich ging langsam um den Tempel herum, auf der schattigen

Wiese an seiner Längsseite saßen zwei junge Frauen und aßen Melonen, ausgerechnet. Nichts hätte ich lieber getan, als jetzt ein Stück Melone zu essen, aber ich hielt mich natürlich zurück. Immerhin blieb ich in ihrer Nähe stehen und wischte mir mit einem Taschentuch durchs Gesicht, sie sollten mitbekommen, dass ich unter der mörderischen Hitze zu leiden hatte.

Was sprachen sie? Griechisch? Nein, sie sprachen anscheinend Spanisch! Ich setzte mich ebenfalls auf die schattige Wiese, aber in angemessener Entfernung. Dann holte ich meinen Notizblock hervor und tat so, als wollte ich den Hephaistos-Tempel zeichnen. ›Zeichnen‹, dachte ich, ›macht mehr Eindruck als Schreiben! Wenn ich zeichne und Gott weiß wie intelligent dreinschaue, halten sie mich für einen Künstler! Wenn ich schreibe, halten sie mich für einen, der nichts Richtiges weiß und sich etwas zusammenfaselt! Höchstens Gedichte zu schreiben, ja, das ginge noch – wenn man Gedichte zu schreiben scheint, werden viele Leute schwach. Dann vermuten sie, sie hätten ein lyrisches Urtalent vor Augen! Etwas ganz Rares, einen Ausbund an Empfindsamkeit! Der Gipfel freilich wäre ein Songschreiber! Mit lockerer Hand ein paar Zeilen notieren – solche wie in *Penny Lane*! – schade, nein, sowas Geniales würde ich im ganzen Leben nicht fertig bringen.‹

Das Problem war nur, dass ich ja gar nicht zeichnen konnte. Selbst einen so übersichtlichen, wohlproportionierten Tempel wie den des Hephaistos mit seinen schmucken dorischen Säulen würde ich aus perspektivischen Gründen nicht hinbekommen. Perspektivisch zu zeichnen, lag mir einfach nicht, ich weiß auch nicht, woher das kommt. Ich habe Mitschüler, in deren Hirn alle Gegenstände der Umgebung schon perspektivisch vorhanden sind. Bei mir ist das jedoch nicht der Fall.

In meinem Hirn stehen die Gegenstände meiner Umgebung wie bestellt und nicht abgeholt herum – als wären es Stücke aus Einzelteilen, die ich erst zu etwas Perspektivischem zusammenschrauben muss.

Ich versuchte es dann auf die kindliche Art und zeichnete drei Säulen nebeneinander, jede unten recht breit, nach oben hin zulaufend. Ich brachte sie auf einem durchlaufenden Sockel unter, wo sie wie drei hilflose Spargelstangen, die jemand zu früh aus dem Boden gezupft hatte, herumstanden. Mein Gott, das konnte ich nun wirklich niemandem zeigen!

Ich tigerte dann weiter mit dem Block und näherte mich den Spanierinnen, natürlich verstand ich kein Wort Spanisch, aber ich glaubte zu verstehen, dass sie sich über mein Tempelstudium unterhielten.

Als ich die Süße und Frische der Melone schon riechen konnte, blickte ich kurz zur Seite und grüßte sie (auf Englisch). Sie grüßten zurück, und ich glaubte zu hören, dass sie ein *bescheidenes* Englisch sprachen. Schon das bloße Grüßen hatte Wirkung hinterlassen, ich bemerkte es einigermaßen erstaunt, denn sie lachten verlegen und fragten mich, wo ich herkomme. Ich antwortete, dass ich aus Cologne, Germany, komme, und ich hätte sie fast umarmt, als sie (immerzu weiter lachend und kichernd) sagten, dass sie schon einmal in Cologne gewesen seien. Zu Besuch. Um den wunderbaren Dom zu sehen!

Entschlossen ging ich in die Offensive und fragte sie, ob ich mich zu ihnen setzen dürfe. Ja, gern, warum nicht? – Eben, warum nicht?

Sie machten weiter und fragten, ob ich (als hätte ich es geahnt) Kunst studiere oder etwa bereits ein Künstler *sei*? Ich lächelte freundlich und antwortete, leider nein, ich studiere nicht Kunst, sondern Architektur. Das fanden sie toll (und, so kam es mir jedenfalls vor, genauso interessant wie ein Studium der Kunst). Na bitte, das Gespräch lief ja fast wie von selbst!

Ich fragte nun wiederum sie (und zwar jede einzeln, betont höflich), welchen Beruf sie ansteuerten. Sie studierten Geschichte (ausgerechnet), und das mit dem Schwerpunkt griechische und römische Antike. ›Wie kommt man denn auf so etwas?‹ hätte ich beinahe weiter gefragt, da aber boten sie mir etwas von ihrer Melone an, und ich hatte mein vorläufiges Ziel erreicht.

Es war nun später Mittag, und ich bekam (endlich) etwas Gutes zu essen!

Wir unterhielten uns dann weiter, Mensch, ja, wir kamen richtig gut ins Gespräch. Kein Wunder, wir hatten viele gemeinsame Themen und brauchten nicht welche (was ich sonst ausgesprochen hasste) künstlich und an den Haaren herbei zu ziehen!

Das Panathenäenfest kannten sie zum Beispiel bis ins Detail und hatten zusammen schon antike Texte zu seinem Verlauf gelesen. Und als ich den schmalen Band mit den *Homerischen Hymnen* aus meinem Rucksack zog und aufschlug, gerieten sie fast aus dem Häuschen. Man stelle sich vor: Beide konnten Altgriechisch lesen – und das meilenweit besser als ich! Dass der Tempel, vor dem wir auf der Wiese saßen, dem Gott Hephaistos gewidmet war, wussten sie natürlich auch – das Ganze ging schließlich sogar so weit, dass sie mir den *Hymnen*-Band aus der Hand nahmen und den Gesang auf Hephaistos vorlasen. Ich verstand natürlich kaum ein Wort und überzeugte mich erst danach, um was es ging: um den *ruhmvollen Künstler (!) Hephaistos*, der den Menschen, grob gesagt, eine höhere Kulturstufe beigebracht hatte! Den Hausbau also und die Kultivierung des Landes, während sie zuvor noch wie Tiere in den Höhlen der Berge gehaust hatten!

Wir Drei bildeten schließlich eine richtig muntere Gesellschaft, die sich angeregt und ununterbrochen unterhielt. Das hatte ich also ohne viel Mühe geschafft!

Bis – ja, bis plötzlich Papa auftauchte! Noch nie war mir während der ganzen bisherigen Reise aufgefallen, wie braun er inzwischen geworden war. Er trug eine hellblaue Hose und ein weißes Hemd mit kurzen Armen, und er führte die Onassis-Brille auf seiner beträchtlich großen Nase spazieren! Die linke Hand hatte er in die linke Hosentasche gesteckt, und in der Rechten hielt er seinen Zeichenblock zusammen mit drei Stiften. Hätte ich nicht gewusst, wer er war, hätte ich ihn wirklich für einen Künstler gehalten, so sicher, zielstrebig und beeindruckend umkreiste er den Tempel!

Dass auch die Spanierinnen ihn imponierend fanden, war an ihrem plötzlichen Schweigen zu bemerken. Ich übertreibe etwas – aber es war wirklich ein bisschen so, als beobachteten wir in Gestalt dieses älteren Mannes eine Erscheinung, die in geheimem Kontakt mit all diesen Säulenschäften, Wegen und Tempeln stand. Ein Künstler also?! Oder doch eher ein Archäologe?!

Papa bemerkte mich endlich ebenfalls, zeigte aber nicht die geringste Reaktion. Er ging ruhig weiter und studierte den Tempel, und ich wusste genau, dass er nach der passenden Perspektive für eine Zeichnung Ausschau hielt.

»Wer ist denn das?!« fragte eine der beiden Spanierinnen (und sie fragte es so erstaunt, als wäre Hephaistos gerade persönlich erschienen). – »O«, antwortete ich rasch, »das ist unser Professor! Er führt uns durch Athen, wir sind eine kleine Gruppe von ausgewählten Studenten, die sich in seiner Begleitung den antiken Gebäuden widmen. Wir nennen ihn *Klingsor*, nach einer Erzählung von Hermann Hesse. Er ist nämlich ein begnadeter Zeichner, wie der Maler Klingsor in Hesses Erzählung! Entschuldigt mich einen Moment, ich will kurz mit ihm reden.«

»Wer *ist* das?« fragte Papa (sehr leise), als ich mich näherte. – »Es sind zwei junge Spanierinnen, die Alte Geschichte mit dem Schwerpunkt Griechenland studieren.« – »Das heißt, Sie wissen über vieles hier auf dem Gelände Bescheid?« – »Absolut! Sie lesen sogar altgriechische Texte so schnell vom Blatt, dass ich nicht hinterherkomme!« – »Was habt Ihr denn vor?« – »Wir?! Ich habe mich nur ein wenig mit ihnen unterhalten. Sie werden gleich weiterziehen.« – »Aber warum? Wenn sie so vieles wissen, sollten wir uns länger mit ihnen unterhalten. Oder ist Dir das unangenehm?« – »Nein, warum sollte es?!« – »In Ordnung! Dann mache mich bitte mit ihnen bekannt.« – »Das geht nicht so ohne Weiteres.« – »Und wieso nicht?« – »Sie denken, ich bin mindestens Zwanzig und studiere Architektur, und Du bist mein Professor, und wir beide sind mit einer Gruppe von noch weiteren Architekturstudenten studienhalber in Athen unterwegs.«

Papa starrte mich an, als wäre ich verrückt geworden. (War ich das etwa wirklich? Hatte die enorme Hitze derartige Spuren hinterlassen?)

»Ich habe es geahnt«, sagte Papa, »Du erfindest Geschichten, und die schreibst Du wahrscheinlich zu Hause so um und auf, als handelte es sich um die Wahrheit. Ich habe Dir immer gesagt, dass ich solche Geschichten nicht mag. Nicht, wenn das Erfinden uns selbst und unsere Reise betrifft. Sonst kannst Du Dir natürlich ausdenken, was immer Du willst.« – »Du verstehst das falsch«, antwortete ich, »es handelt sich nur um einen Einzelfall. Ich wollte herausbekommen, ob diese beiden Studentinnen mir ein höheres Alter und ein Architekturstudium abnehmen.« – »Und warum?« – »Weil ich ein dämlicher, halbwegs neurotischer Oberschüler mit noch dämlicherer Gymnasialbildung bin: Nicht ganz da oder nur halb entwickelt – Mist, ich habe keine Worte dafür. Jedenfalls stört es mich, ich wäre lieber viel jünger oder viel älter, das jetzige Alter ist gar nichts für mich.« – »Du übertreibst stark«, sagte Papa, »Du steigerst Dich in etwas hinein, Du spielst Pubertät!« – »Danke!« antwortete ich, »vielen Dank für das Verständnis!«

Ich drehte mich um, ich war zornig. Im Grunde verstand er ganz genau, was ich sagen wollte, es war ihm momentan nur etwas lästig. Er wollte den Hephaistos-Tempel zeichnen, und er wollte nur das! Was ich sagte, waren in seinen Augen »pubertäre Anwandlungen«, ausgelöst durch »Klimaeinflüsse«, »schnell wieder vorbei«.

Erstaunlich aber war, dass er mich auf meinem Weg zu den beiden Spanierinnen begleitete. Ich war reichlich verlegen, er aber nicht, nein, er hatte die Sache im Griff, das spürte ich gleich!

Als wir die Gruppe erreichten, stellte er sich kurz vor und fragte, ob er Platz nehmen dürfe. Er versprach sich und nannte mich »seinen Sohn«, bekam aber gerade rechtzeitig noch die Kurve und ergänzte, ich sei natürlich nicht wirklich sein Sohn, sondern sein Schüler, er behandle mich aber oft *wie* einen Sohn.

Leider, machte er (tollkühn!) weiter, leider habe er nämlich im wirklichen Leben keinen Sohn, obwohl er sich einen Sohn ein Leben lang gewünscht habe! (Meine Herren, das war dreist! Er überrundete mich auf den schmalen Pfaden des Spiels, das ich mir gerade ausgedacht hatte …)

»Zeichnen Sie?« fragte ihn eine Spanierin. Auf genau diese Frage hatte Papa natürlich gewartet. »Ein wenig«, antwortete er (scheinbar bescheiden) und schlug seinen Zeichenblock auf. Seite für Seite zeigte er vor, kommentarlos, als handelte es sich um das Skizzenbuch eines italienischen Meisters (mindestens) der Frührenaissance.

Es wurde still, ja, ich hatte es befürchtet. Die beiden sprachen plötzlich wieder Spanisch, als müssten sie sich in der Muttersprache vergewissern, wie einzigartig diese Zeichnungen waren.

Schließlich sagte Papa, er werde zum Abschluss unseres Rundgangs auf der Agora noch den Hephaistos-Tempel zeichnen. Einverstanden? O ja! Und danach werde er zum Essen einladen! Zum Essen?! Jawoll, und zwar auf dem alten Markt von Athen, mitten im Zentrum. Einverstanden?!

Die beiden kamen gar nicht mehr dazu, etwas zu entgegnen. Sie waren mit allem einverstanden, damit, dass er noch eine Meisterzeichnung hinlegte, und natürlich auch damit, dass er sie einlud! Ohne es je erwartet zu haben, hatte er zwei junge Frauen gefunden, die sein Zeichnen bewunderten und sich anscheinend auch noch wohl in seiner Nähe fühlten.

Denn das (und genau das) sagten sie mir, als er sich etwas entfernte, um nun endlich zu zeichnen. »So einen Professor hätten wir auch gern!« sagte die eine – und: »Ja, das ist ein wunderbarer Mann!« sagte die zweite. Und fügte hinzu: »Er wirkt gar nicht Deutsch, sondern wie ein Grieche!« (Und ich?! Wirkte ich etwa »Deutsch«? Und was bedeutete das?! Wahrscheinlich war es das Schlimmste, was man über einen jungen Mann wie mich sagen konnte: »Er wirkt Deutsch …« – »Deutsch« wie wer oder was? »Deutsch« wie Hitler? Wie Bismarck? Wie Goethe? Wie Beethoven? Oder wie Kartoffelsalat mit Frankfurter Würstchen?!!)

Ich gab das Grübeln auf. Im Grunde war es gar nicht schlecht, mit den beiden Spanierinnen essen zu gehen. Ich konnte es sogar für die passende Vorübung für den Abend halten. Ein besseres Training war kaum vorstellbar, später würde ich bestimmt einen guten Eindruck auf Delia machen. Nicht »Deutsch«, sondern zumindest »Niederländisch«, also: entspannt, locker (das Lässige war noch nicht drin …).

Athen 3

Reisetagebuch (22. Juli 1967, 18.10 Uhr)

Ich habe mit Papa und zwei jungen Spanierinnen auf dem alten Markt von Athen gegessen. Er ist überdacht, und seine vielen Stände sind in einer großen Halle verteilt. Das Angebot der Waren ist unglaublich: Fleisch (vor allem Lamm, aber auch Zicklein), Fisch (besonders reichhaltig) und natürlich Gemüse (viel größer als bei uns: Auberginen, Peperoni, Zucchini …). An vielen Ständen liegen Berge von verschiedenen Nusssorten und daneben getrocknetes Obst in allen Farben. Im Marktzentrum gibt es direkt an den Gängen Tavernen mit niedrigen Korbstühlen. Sie sind zu den Gängen hin offen, und man kann sich die Gerichte selbst aussuchen. Sie liegen in kleinen Vitrinen und dampfen angestrahlt vor sich hin. Und man deutet auf so ein Gericht, und die Bedienung nennt den exakten, griechischen Namen und lacht und freut sich, dass man unbedingt Fisch mit Spinat und kleinen Kartoffeln essen will.

Reisetagebuch (22. Juni 1967, 18.33 Uhr)

Papa bestellte für die beiden jungen Spanierinnen und mich auch etwas zu trinken. Sie wollten nur Wasser trinken – und das bestellte er natürlich auch. Dann ließ er aber für uns alle auch Wein kommen – und dazu winzige Trink- und keine Weingläser! Die Bedienung füllte jedes Gläschen mit Weißwein aus Kreta und sagte (sie sprach kein Wort Englisch): Zum Wohl! Papa forderte die Spanierinnen auf, mit ihm und mir einen Schluck zu trinken – und sie lehnten es dann auch nicht ab, so dass wir fast alle zugleich tranken. Ich kann mich gar nicht an den Anlass erinnern, als ich das letzte Mal Wein getrunken habe, wann war das? Egal, richtig getrunken habe ich damals nicht, höchstens genippt. Diesmal aber war es doch anders: Ich habe mein Gläschen ziemlich rasch geleert, und dann kam die Bedienung und füllte es wieder. Papa schaute nicht hin und sagte auch nichts, schließlich war ich ja ein junger Architekturstudent von etwa zwanzig Jahren, der durchaus Wein trinken durfte und dem Wein sogar schmeckte (er war gut gekühlt).

Reisetagebuch (22. Juli 1967, 18.52 Uhr)

Direkt neben unserer Taverne gab es ein kleines Podium, auf dem (ich schwöre, dass es so war!) ein griechischer Sänger saß! Ein Sänger wie in den ältesten Zeiten! Er sang in mittlerer Lautstärke und spielte dazu Akkordeon. Ich hörte genau hin, er sang deutlich, so dass die griechischen Zuhörer wohl jedes Wort hätten verstehen können. Es war aber kein melodischer und auch kein rhythmischer Gesang, sondern eher ein stark betontes Sprechen, als sagte er Verse auf und machte ein paar verhaltene Schlenker dazu. Man hörte ihn – und man hörte ihn auch wiederum nicht, ich meine, er war kein Sänger wie auf unseren Bühnen, sondern eher ein Hintergrundsänger. Im Markt war es recht laut, von den Stimmen der Verkäufer, vom Klappern des Geschirrs, vom Reden der Einkäufer – unter diesem Klangteppich aber gurgelte der Sänger, als wollte er die Kulisse stützen und halten und als bräche ohne sein Singen alles zusammen. (Denn ohne diesen Gesang und damit ohne Musik konnte ich mir diesen Markt gar nicht vorstellen.)

Reisetagebuch (22. Juli 1967, 19.11 Uhr)

Papa und die beiden Spanierinnen sind längst verschwunden, Papa Richtung Piräus (und Albireo*), wo er an Bord essen möchte. Und die beiden jungen Spanierinnen danach, etwas später. Ich hatte gesagt, dass ich noch etwas bleiben und den Abend in Athen verbringen möchte – und Papa hat natürlich angenommen, ich wolle mit den beiden Spanierinnen weiter »durch die Nacht ziehen« (so hat er sich jedenfalls ausgedrückt). Delia habe ich nicht erwähnt, sondern ihn (vorerst zumindest) in dem Glauben gelassen, die beiden jungen Spanierinnen noch weiter zu begleiten. Dazu hatte ich aber längst keine Lust mehr, schließlich waren wir bereits mehrere Stunden zusammen – und das reicht denn auch (sie waren sehr nett – das will ich noch sagen, um Missverständnisse zu vermeiden). Wir haben unsere Telefonnummern ausgetauscht, im November sind beide wieder in Köln, da werden wir uns bestimmt sehen. (Oder?!)*

Reisetagebuch (22. Juli 1967, 19.26 Uhr)

In einer halben Stunde werde ich Delia auf dem Omonia-Platz treffen. Ich bin gut vorbereitet: Durch ein mehrere Stunden dauerndes, flottes Gespräch mit zwei jungen Spanierinnen, durch den Genuss von circa vier Gläser Weißwein aus Kreta und durch den euphorisierenden Gesang eines älteren Sängers mit Akkordeonbegleitung (der mir am meisten geholfen hat, in Stimmung zu kommen).

Kurz vor 20 Uhr kam ich auf dem Omonia-Platz an. Es war noch immer sehr warm, und mir kam es so vor, als wäre die Hitze auf dem ovalen, überfüllten Platz besonders spürbar. Es gab viele Busstationen und Taxistände, und dazwischen schoben sich lange Schlangen von Autos durch die herumeilenden Passanten.

Nach kaum einer Minute entdeckte ich Delia. Sie stand in der Nähe der Taxistände und war kaum wiederzuerkennen. Als ich sie sah, wurde ich für einen Moment unsicher. Sie trug ein ärmelloses, langes, schwarzes Kleid und flache, weiße Schuhe, und ihre Haare fielen so locker und gedreht auf ihre Schultern, als hätte ein Friseur Stunden damit zugebracht. Außerdem aber war sie eindeutig geschminkt, ja, und zwar stark – und die Lippen waren: dunkelrot!

Ich habe nichts gegen geschminkte Frauen, nein, wirklich nicht, aber ich finde, das Schminken ist eher etwas für Frauen in mittlerem Alter, die dadurch eine gewisse Bühnenpräsenz ausstrahlen. Bei Frauen im Alter von Delia wirkt diese Bühnenpräsenz in meinen Augen übertrieben (und beinahe komisch). Als wollten sie den Mann an ihrer Seite dadurch insgeheim auffordern, mindestens eine Onassis-Brille zu tragen (was natürlich absolut in die Hose gehen würde).

All das trug zu meiner Unsicherheit bei, und ich dachte, dass ich bestimmt nicht der Richtige sei, um diese junge Griechin jetzt durch den Abend zu begleiten. Wie sah ich selbst denn überhaupt aus? Meine Haare waren verschwitzt und standen ab, ich trug ein ödes, blaues T-Shirt und dazu eine beige Hose – und die leicht angedreckten Turnschuhe trugen weiß Gott nicht dazu bei, meine Attraktivität zu steigern!

Außerdem schleppte ich noch immer den Rucksack mit mir herum, was mich in dem Argwohn bestärkte, hier noch »deutscher« zu wirken als jeder bayerische Abiturient. (Bayerische Abiturienten tragen keine gewöhnliche Rucksäcke, sondern chice Wanderrucksäcke aus Leder mit aufgedruckten Hirschköpfen – sie werden deshalb auch oft für Studenten aus dem hohen Norden (Schweden und so) gehalten.)

Ich näherte mich Delia vorsichtig, als sie mich erkannte. Statt dass es ihr die Sprache verschlagen hätte, kam sie sofort auf mich zu und umarmte mich. Mein Gott, wie sie duftete! War das Lavendel oder Thymian oder Rosmarin – oder alles zusammen?! Es wirkte, als wäre sie gerade einem Bad entstiegen, nicht im Meer, sondern in einem Pool oder einer anderen Freizeiteinrichtung mit Duschqualitäten.

Zum Glück spürte ich noch den kretischen Weißwein, die vier kleinen Gläser waren wirklich behilflich und brachten mich etwas in Fahrt. So dass ich Delia (als sie fragte, wo ich den Tag verbracht habe) von der Agora und ihren Gebäuden, den *homerischen Hymnen* und dem Alten Markt mit seinen vitalen Sängern erzählte. Sie wollte das alles aber gar nicht so detailliert hören, sondern lauschte nur mit einem Ohr, während sie mich an der Hand nahm und zu den Taxiständen zog. Ich Trottel begriff aber noch immer nicht, was mir bevorstand, dabei hätte ich es bei einiger Überlegung doch längst ahnen können.

Auf Delia und ihren deutschen Begleiter wartete nämlich ihr Vater. Er stand in imposanter Statur (mit Sonnenbrille!) neben seinem Fahrzeug und lachte so deftig, als wäre ich ein Familienmitglied. Auch er umarmte mich, und dann nahmen Delia und ich auf dem Rücksitz Platz, und Delias Vater fuhr die beiden jungen Menschen durch die verstopfte, überhitzte und laute Innenstadt von Athen.

Wir hatten meinen Rucksack in den Kofferraum gelegt, so hatte ich die Hände frei. Genau das aber nutzte Delia sofort aus, indem sie meine linke Hand nahm und festhielt. Hand in Hand saßen wir also auf dem Rücksitz, und ich dache: ›Na toll! Jetzt fährt uns der Herr Papa zur Trauung! Vorher wird sie aber noch das Brautkleid anziehen, und ich werde (ja, was bloß) … den Smoking (??) anlegen.‹

Es war kein purer Blödsinn, den ich da zurechtfantasierte, vielmehr erinnerte die seltsame Situation mich wirklich an etwas Feierliches, wie ich es in Filmen oder Wochenschauen gesehen hatte. Ein Paar wurde zur Kirche gefahren, der Vater der Braut öffnete der Tochter die Tür und führte sie zum Altar, wo der vorausgeschickte Bräutigam bereits schwitzend wartete!

Ich überlegte, was ich zu alldem sagen sollte, aber ich brauchte nicht zu überlegen. Die Regie im Wagen hatte der Herr Papa übernommen – und zwar vollständig! Aus dem Autoradio schallte griechische Volksmusik (von einer der Junta bestimmt genehmen Sorte), und ich selbst erhielt zunächst einen kleinen Katalog mit Fragen vorgesetzt.

Woher ich komme? Aus Köln. – Was ich von Beruf sei? Student der Architektur. – Wie alt ich sei? Neunzehn. – Was mein Vater von Beruf sei? Ingenieur. – Wie viele Geschwister ich habe? Keine mehr. – Keine mehr?! Nein, meine Brüder seien bereits gestorben. – Brüder? Wie viele? Vier. – Vier meiner Brüder seien gestorben? Ja. – Im Krieg? Zwei im Krieg, zwei nach dem Krieg. – Und die Mutter? Die lebe noch? Ja, die Mutter lebe noch, sei aber herzkrank. – Und der Vater? Der Vater sei mit mir unterwegs. Auf einem Frachtschiff, der *Albireo*. Sie liege im Hafen.

Ich kannte diese harten Ballwechsel vom Tennis, daran erinnerte es mich jedenfalls. Ich hatte das Gefühl, gut pariert zu haben, aber ich hatte nicht erwartet, welche Wirkung meine Worte haben würden. Delias Vater war nämlich mit einem Mal still. Er starrte auf die Straße und den stockend vorankommenden Verkehr, und er drehte die Lautstärke der griechischen Volksmusik etwas herunter. Plötzlich waren wir nicht mehr auf dem Weg zu einer Trauung, sondern zu einer Beerdigung.

»Stimmt das?« fragte Delia leise. – »Ja«, sagte ich, »das mit meinen Brüdern stimmt.« – »Du hattest *vier* Brüder?« – »Ja, aber ich habe keinen von ihnen gesehen, sie sind vor meiner Geburt gestorben.«

›Herrgott‹, dachte ich, ›so reitet doch jetzt nicht auf diesem Thema herum! Und bitte auch keinen Trost! Nein, ich möchte nichts Tröstliches hören – und es sollen keine Gebete gesprochen werden, und man soll Gott und Jesus und die Gottesmutter ganz aus dem Spiel lassen. Ich komme mit alldem selbst zurecht, verdammt noch einmal!‹

»Weiß Denis, dass Du vier Brüder hattest?« fragte Delia. – »Nein, es geht ihn nichts an.« – »Weiß sonst jemand an Deck davon?« – »Nein, es geht niemanden etwas an. Verstehst Du? Ich möchte nicht gern darüber sprechen.«

Delia schwieg, aber sie schwieg zum Glück so, als habe sie

mich wirklich verstanden. Jedenfalls legte ich die Tatsache, dass sie den Kopf an meine linke Schulter lehnte, so aus. Gerade noch rechtzeitig bogen wir vom Friedhofsweg ab und erreichten die Pfade der deutsch-griechischen Freundschaft. (Ja? War es so?!)

In gewissem Sinn ja. Nur dass Delias Vater sich von einem Vater in einen Fremdenführer verwandelte – und das störte mich sehr. (Ich mag keine Fremdenführer, jedenfalls nicht die üblichen, die lange Monologe vor alten Gebäuden halten. Dabei würde ich durchaus Gefallen daran finden, einmal in die Rolle eines Fremdenführers (zum Beispiel in Köln) zu schlüpfen. Ich hätte für diesen Fall sogar ein paar gute Ideen, aber das gehört nicht hierher ...).

Und so fuhren wir weiter durch die Innenstadt von Athen – und Delias Vater erklärte die Welt. Dort befand sich der Hadrianbogen und dort der Schlossgarten und dort das Parlamentsgebäude und davor das Grabmal des unbekannten Soldaten und dort das Königsschloss – ich bekam die entsprechenden Gebäude nur für Sekunden zu sehen, das aber schien zu reichen, mich mit ihnen bekannt zu machen.

Es reichte natürlich nicht. Die Bauten flogen wie Spielbälle einer Angebertour an uns vorbei, eins war angeblich noch prächtiger und wichtiger als das nächste, und ganz Athen schien aus lauter Heiligtümern zu bestehen, in denen die Söhne und Töchter eines ungemein ruhmreichen Landes ein heroisches Leben führen.

Ich fühlte mich gegen meinen Willen in Beschlag genommen. Weder hatte ich mich zu so einem Wirbel bereit erklärt, noch hatte ich Lust, meine abendlichen Stunden auf dem Rücksitz eines klapprigen Taxis zu verbringen. Und das auch nicht, obwohl Delia es darauf angelegt hatte, die Rolle der klugen Demeter mit der ihrer schönen Tochter Persephoneia zu kreuzen und aus beiden Frauen eine einzige, strahlende Erscheinung zu machen. Nicht einmal in Ruhe sprechen konnte ich mit ihr, ich musste flüstern, weil der vor uns sitzende väterliche Großmogul das nicht zuließ.

»Sag mal, wie lange dauert das noch?« fragte ich sie (sehr leise). – »Gefällt es Dir nicht?« – »Geht so.« – »Wollen wir aussteigen?« – »Ja, das wäre mir lieber.« – »Sofort?« – »Ja, ich bin müde vom vielen Sehen, ich würde gern mit Dir etwas trinken.« – »Verstehe. «

Delia beugte sich nach vorn zu ihrem Vater und sprach (Griechisch) mit ihm. Er nickte und nickte, und dann drehte er sich zu mir um und sagte: »Du möchtest also etwas Gutes trinken? Guten griechischen Wein? Oder guten Likör? Oder guten Schnaps?« – »Am liebsten ein Glas Wein«, antwortete ich, und er lachte noch lauter (und fast so wie Alexis Sorbas).

Die Rede war dann von *Monastiraki*. »Wir fahren nach *Monastiraki*«, sagte Delia, und ihr Vater wiederholte es mindestens dreimal: »Am besten ist *Monastiraki*. *Monastiraki* ist Leben. Jeder Fremde sollte einmal in *Monastiraki* Wein getrunken haben.«

Ich vermutete, dass es sich um eine Art Altstadt oder um eine Gegend mit vielen Restaurants und Tavernen handelte, und auf meine Frage hin antwortete Delia: Richtig, in *Monastiraki* gebe es ungezählte, gute Tavernen und den besten Wein und bekannte Sänger, die sogar während der Mahlzeit an die Tische kämen.

Delias Vater parkte das Taxi in der Nähe eines großen Platzes, der wie ein Bahnhofsvorplatz aussah. Und dann – ja, meine Güte! Dann zogen wir wirklich zu dritt los, denn der König der Athener Taxifahrer wich nicht von unserer Seite. Er schaukelte vielmehr mit seinen breiten Hüften voran, und er trug (es dunkelte längst) weiter die Sonnenbrille. In der rechten Hand führte er seine Perlenkette spazieren (*Komboloi* nannte Delia sie), und er ließ sie geschickt schlingern und tanzen.

Rasch bemerkte ich, dass fast jeder Kellner ihn kannte und dass die Restaurantbesitzer auf die Straße stürmten, als sie seiner ansichtig wurden. Wir blieben also immer wieder stehen, und er sprach mit jedem und umarmte jeden zweiten. Erst nach fast einer halben Stunde ließ er sich herab, einen Tisch auszuwählen. Wir durften ihm gegenüber nebeneinander Platz nehmen, und sofort waren drei Kellner da, brachten große Karaffen mit Wasser und Unmengen von Weißbrot, während er ihnen seine Bestellungen zurief.

Ich sagte Delia, dass ich bereits vor kurzem gegessen und daher keinen Hunger habe, sie aber flüsterte streng: »Das geht nicht, Du *musst* mit uns etwas essen. Meine Brüder kommen übrigens auch gleich. Und zwei meiner Tanten.« Was?! Nein, ich brachte nicht einmal ein Lächeln hin, sondern entschuldigte mich und floh auf die Toilette.

Natürlich, Delias Familie bestand aus Phaiaken. Sie setzten auf Gastfreundschaft und empfingen jeden Schiffbrüchigen so freundlich wie nur irgend möglich. Als Königstochter führte Delia mich zum Palast ihres Vaters, wo das Festmahl wartete und ich von meinen Abenteuern im Mittelmeer erzählen würde. Von schlimmen Stürmen, von der Seekrankheit, von unterschätzten Strömungen und den Nordwinden vor Patras.

Es war nichts dagegen zu sagen, im Gegenteil, ich hätte

glücklich und zufrieden sein können. Aber warum war ich es nicht?!

Weil ich nicht wusste, worauf das alles hinauslaufen sollte. Wirklich nur auf ein Festmahl? Oder auf ein Verwandtentreffen mit einem überspannt wirkenden »Deutschen«? Oder auf eine Wein-, Likör- und Schnapsorgie, an deren Ende ich nicht einmal mehr wissen würde, wo sich Piräus befand?

Ich verweilte einige Zeit in der Toilette. Ich wusch mir durch das Gesicht und auch durch die Haare, aber ich kam mit meinen Überlegungen nicht weiter. Als ich die Toilette verließ, stand Delia draußen im Dunkel. Anscheinend hatte sie auf mich gewartet.

»Was ist?« fragte sie, »ist Dir nicht gut?« – »Doch, fabelhaft, es ist alles in Ordnung. Ich bin nur etwas müde.« – »Stören Dich meine Verwandten?« – »Deine Verwandten?! Aber nein, wieso das? Dein Vater ist sehr nett, wirklich.« – »Morgen unternehmen wir etwas zu zweit. Hast Du Lust?« – »Morgen?!« – »Ja, morgen fahren wir zu zweit an der Küste entlang. Wir baden im Meer, und wir fahren nach *Kap Sounion*. Dort ist es traumhaft schön.« – »Das hast Du schon alles geplant?« – »Ja, habe ich.« – »Mit oder ohne Vater?« – »Ohne – und auch ohne Brüder und Tanten. Heute Abend wirst Du willkommen geheißen – das gehört sich so. Und morgen lassen sie uns allein.«

Sie lachte, als sie mein erstauntes Gesicht sah. Und dann wiederholte es sich, ja, urplötzlich – und der lange Moment im nächtlichen Club von Patras war wieder da, und wir küssten uns mitten in diesem Athener Dunkel, in dem es um uns herum aus allen Lorbeersträuchern und Büschen und Hecken heraus duftete. Und wie in Patras wollten wir gar nicht mehr aufhören, und ich dachte: ›Gleich verschlingt einer von uns den anderen als Beute, wie eine sich aufbäumende Schlange der Göttin Athene, die massiven Appetit hat …‹

Ja, es war zum Durchdrehen, und ich war endlich einverstanden mit allem – und nahm mir vor, den netten »Deutschen« zu spielen und von Köln zu erzählen und vom Rhein und davon, wie sehr ich die Griechen und Griechenland mochte (mit Ausnahme der Junta, aber durfte ich das auch sagen?!)!

»Kommst Du jetzt endlich?« sagte Delia, und ich antwortete: »Dieses Küssen macht einen verrückt.«

Sie musste wieder lachen und sagte »Aber ja! Dabei fangen wir gerade erst an!« – und als ich das hörte, hielt ich mich für so etwas wie einen »Glückspilz« (scheußliches Wort, aber ich finde gerade kein treffenderes) und ging mit ihr an den großen Esstisch zurück.

Um ihn herum saßen jetzt viele Menschen, kein Platz war mehr frei, Delias Verwandtschaft hatte sich eingefunden. Und auf dem Tisch standen Karaffen mit Weißwein und gewaltige Vorspeisenplatten für mindestens, sagen wir, fünfzig Personen. Alles sah so aus, als wären die Speisen gerade herab vom Olymp der Götter auf *Monastiraki* geregnet, und Delia führte mich an meinen Platz und sagte: »Das ist Ioannis aus Köln. Heute Abend wollen wir ihn willkommen heißen!«

Kap Sounion

Reisetagebuch (23. Juli 1967, 9.13 Uhr)

Ich sitze in einem Café am Omonia-Platz und frühstücke (Mokka mit Sesamkringel). Schon kurz nach Sechs war ich wach, nervös wie selten. Gestern bin ich erst spät auf der Albireo *angekommen. Papa ging gerade zu Bett und erzählte noch von den Themen der Korbsesselrunde. Den ganzen Tag über war ein Großteil der Ladung ausgeladen und neue Ladung verstaut worden, weswegen Mühlenthal über das Thema referiert hatte: Worauf es beim Verstauen ankomme und dass eines der schönsten deutschen Segelschulschiffe vor kaum zehn Jahren während eines Hurrikans mit über achtzig Besatzungsmitgliedern gesunken sei, weil die Ladung (Unmengen von Gerste) falsch und gegen alle Vernunft verladen worden sei. Auf Papa hatten die Schilderungen von diesem Untergang (*Pamir *hatte das Schiff geheißen – ich hatte aber noch nie etwas von ihm gehört) starken Eindruck gemacht. Über eine halbe Stunde erzählte er mir vor dem Zubettgehen von den Details und sagte mindestens zehnmal: »Stell Dir vor…, stell Dir vor …« Für mich war das perfekt, denn er kam nicht dazu, mich nach meinen eigenen Erlebnissen zu fragen. Und so nahm er es auch gelassen hin, als ich ihm sagte, ich werde morgen (und damit heute) nach Athen fahren und später zusammen mit einer jungen Griechin einen Ausflug nach Kap Sounion machen. »Wo liegt denn das?« fragte er nur noch. Und ich antwortete (als wäre ich inzwischen ein »Altertumsfreund« geworden): »Es ist die Südspitze Attikas. Nirgends soll die Sonne schöner untergehen, und nirgends soll es einen schöneren Tempel geben.«*

Reisetagebuch (23. Juli 1967, 9.32 Uhr)

Natürlich habe ich Papa gestern noch gefragt, ob er mit nach Kap Sounion kommen wolle. Ich hatte aber schon geahnt, dass er ›nein‹ sagen würde. Einen ganzen Tag den vitalen Onassis zu spielen, um auch noch einer jungen Griechin zu imponieren – das hielt er wohl für eine bloße Wiederholung des gestrigen Zusammenseins mit den zwei jungen Spanierinnen. Es war ihm zuviel und würde nichts Neues bringen – und das deutete er auch zumindest vorsichtig an, indem er sagte, seine Interessen lägen für den morgigen (und damit heutigen) Tag woanders. »Und wo genau?« fragte ich noch, und er antwortete: »Das werden wir sehen, ich erzähle Dir morgen davon.«

Reisetagebuch (23. Juli 1967, 9.54 Uhr)

Delia und ich – wir fahren gleich mit einem Bus los. Auf der Fahrt nach Kap Sounion legen wir einen Zwischenstopp ein und werden ein Strandbad aufsuchen. Wir werden baden und uns Zeit lassen – und das ist heute für mich genau das Richtige. An Stelle von »Besichtigungen« und »Planorientierungen« – und auch an Stelle von Homerischen Hymnen *(Delia kennt keine einzige, sie hat nur einmal in ihrem Leben flüchtig davon gehört).*

Reisetagebuch (23. Juli 1967, 10.09 Uhr)

Heute bin ich besser als gestern auf das Zusammensein mit Delia vorbereitet. Ich habe in der Nacht noch kurz mit Denis darüber gesprochen, und er hat mich mit gut sitzenden Sportschuhen, einem eng anliegenden T-Shirt (orange) und einer hellblauen Jeans ausgerüstet. Außerdem trage ich eine kleine Sonnenbrille, ziemlich chic, muss ich zugeben. Denis wollte mir noch ein Gel für die Haare geben, aber das fand ich völlig daneben. Ich habe eine dunkelblaue Badehose und ein winziges Handtuch dabei, leider aber (es fiel mir zu spät ein) keine Sonnencreme. Auch zu einer Lektüre hat Denis mir geraten: bloß nichts Gelehrtes und nichts über die Antike, sondern Henry Millers Koloss von Maroussi: *»Glaub mir, Delia hat den Namen von Henry Miller schon mal gehört – aber bestimmt noch nichts von ihm gelesen. Hast Du ein Buch von ihm dabei, punktest Du enorm.«*

Der Bus nach Vougliameni

Ich war sehr erleichtert, als wir Athen verließen. Der Bus ist in die Jahre gekommen und fährt deshalb sehr langsam. Er schwankt sogar ein wenig, lässt sich aber nur widerwillig überholen. Da heute Sonntag ist, war er mit vielen jungen Griechen besetzt. Der Fahrer stand (wieder mal) auf griechischer Volksmusik und sang manchmal mit. Alle im Bus wirkten entspannt und glücklich. Wir fuhren am Meer entlang, und es lag uns zu Füßen wie ein von den Göttern entrolltes Schaubild: Hier und da Segel- und Fischerboote, darunter auch kleine Kähne. Die Insassen bewegten sich aber kaum, sondern zeigten nur ihre Prachtkörper vor, als wollten sie den griechischen Statuen Konkurrenz machen. Ich verstehe jetzt besser, warum fast alle alten Statuen nackt sind und den athletischen Körper ausstellen. Was soll man hier anderes tun als schwimmen, ein wenig Sport treiben und im Schatten ruhen?

Reisetagebuch (23. Juli 1967, 11.22 Uhr)

Delia badet bereits im Meer, ich habe gesagt, dass ich gleich nachkommen werde. Wir haben uns rasch umgezogen und auf unsere Handtücher gelegt (sie hat ein dunkelblaues, großes dabei). Delia hat eine (angeblich) »fabelhafte« Sonnencreme mitgebracht und bat mich, ihr den Rücken einzucremen. Meine Herren, ich habe so etwas noch nie getan, sagte aber sofort »okay, mach ich!«, als wäre ich darin ein Profi. Ich schraubte die Creme vorsichtig auf und träufelte eine schmale weiße Spur auf die Finger der rechten Hand. Und dann begann ich: diese Spur rund um den Nacken zu verteilen und langsam in die Schulterblätter einzumassieren. Ich nahm wieder nach und gab auch den Fingern der linken Hand etwas zu tun: Und ich sah plötzlich, dass Delias feine Rückenhaare sich ein wenig aufrichteten und ein Feld von blasser Gänsehaut markierten, das ich am liebsten noch länger behandelt hätte – so erotisch wirkte es. (»Du hast sie nicht alle«, sage ich jetzt mal …)

Henry Millers Koloss von Maroussi

Henry Miller war um die Fünfzig, als er sein Buch Der Koloss von Maroussi *veröffentlichte. Ich sollte mir das ganz klar machen und noch einmal festhalten (ja doch!), dass es das Buch eines immerhin* fünfzigjährigen *Mannes ist. Miller erzählt darin von seiner ganz persönlichen ›Entdeckung‹ und ›Eroberung‹ Griechenlands. Vorher war er lange in Frankreich, jetzt (Anfang der vierziger Jahre) ist eben Griechenland dran. (Länder sind anscheinend für ihn wie exotische Kleidung, die man wechselt und eine Weile trägt.) Man merkt pausenlos, dass der Autor in seinem vorherigen Leben viel gesehen und erfahren hat. Alle paar Sätze gibt er (versteckt) damit an und urteilt über jede Kleinigkeit (und vor allem auch Menschen) so, als wäre er Gottvater und mal eben auf Reisen, um seine Schöpfung zu begutachten. Das gefällt mir überhaupt nicht, andererseits gefällt mir aber, dass Miller mit offenen Augen und ohne Reiseführer etc. unterwegs ist. Er will sich selbst ein Bild machen – und davon erzählt er: übertrieben, manchmal (bestimmt auch) daneben und auch drauflos, als plauderte er sich das alles eben mal von der Seele. Kann ich davon lernen? Jede Menge, wenn ich den Gottvater draußen lasse (diese Versuchung besteht aber sowieso nicht – ich bin schließlich noch keine Sechzehn). Und wenn ich mir weiter alles genau (und möglichst ohne viele Hilfsmittel) anschaue …*

Reisetagebuch (23. Juli 1967, 13.08 Uhr)

Ich war etwa eine halbe Stunde im Meer – Delia schwamm viel weiter hinaus als ich. Die meisten sonstigen Badegäste gingen nur ein paar Schritte hinein, legten sich auf den Rücken und ließen sich etwas treiben. Das Sonnenlicht packte sich jede einzelne Welle und schaute nach, was sich darunter verbarg: Kleine Fische, in geblendeten Schwärmen? Krebse mit Stielaugen? Als Delia zu mir kam, umarmte sie mich und sprach plötzlich Griechisch mit mir. Die Umarmung war nicht die von Freundin und Freund, sondern eher eine von Schwester und Bruder. Sprach sie deshalb Griechisch?

Reisetagebuch (23. Juli 1967, 14.11 Uhr)

*Denis hatte recht: Delia kennt Henry Miller zumindest vom Namen. Sie kennt auch einige Titel seiner Bücher (*Sexus/Plexus/Nexus*). Als sie sah, dass ich im* Koloss von Maroussi *las, fragte sie mich, was Miller von den Griechen so denke. Ich antwortete, dass er sie für Abenteurer halte und für offen, freundschaftlich und ungestüm. Der Grieche, schreibe er, komme auf einen zu und werde sofort ein Freund, im Gegensatz zum Beispiel zum Franzosen. ›Und was ist mit den Deutschen?‹ fragte Delia. – ›Miller kann mit ihnen nichts anfangen – und wenn ein paar von ihnen irgendwo auftauchen, schildert er sie wie gelehrte, aufgeblasene Idioten.‹ Delia fragte weiter, ob mich das kränke, und ich antwortete: ›Nee, das ist mir egal. Ich muss ja nicht jeden Satz von Henry Miller ernst nehmen.‹ Sie lachte und wollte uns etwas zu trinken holen. Ich sagte, dass Miller laufend ein Getränk mit Namen* Retsina *erwähne, da lachte sie weiter und brachte mir nach einer Weile ein großes Glas mit* Retsina*. Ich fragte, was das* *genau sei, und sie sagte, es sei ein geharzter Weißwein, der abscheulich schmecke. ›Und sowas lässt Du mich trinken?‹ fragte ich. – ›Ich wette, dass er Dir schmeckt‹, sagte sie.*

Retsina

Retsina *ist ein geharzter Weißwein. Ich habe ihn gut gekühlt getrunken – und mir schmeckt er sehr. Eigentlich ist es kein richtiger Wein, sondern eine golden schimmernde Flüssigkeit, in der einmal viele Thymianästchen und etwas Pinienharz geschwommen sein müssen. Genau danach schmeckt er nämlich: nach Wiese und Sonne und uralten Bäumen und felsigem Untergrund. Zum Glück ist er nicht schwer, sondern eher ein leichtes Gesöff, von dem man einiges trinken kann, ohne betrunken zu werden. (Vielleicht ist* Retsina *eine Art griechisches Kölsch … – oder ist das nun purer Unsinn?)*

Reisetagebuch (23. Juli 1967, 15.16 Uhr)

Wir waren noch einmal zusammen im Meer – und mir fiel auf, dass ich keine Anstalten mache, Delia zu umarmen. Vielmehr warte ich darauf, dass sie *mich umarmt. Ich habe es einfach noch nicht richtig raus – diese lässige Art einer Annäherung. Ich beobachte und denke zuviel, ich frage mich, ob ich gerade das Richtige tue – und das ist natürlich absolut tödlich. Sie dagegen schwimmt auf mich zu, legt ihre Arme um meine Schultern, küsst mich (nicht so lange wie sonst, sondern flüchtig, es sind Schmetterlingsküsse) und fragt mich, ob es mir gut gehe. Mein Gott, mir ist es noch selten so gut gegangen, das muss ich sagen – es geht mir sogar so gut, dass ich am liebsten bliebe. Für mindestens ein paar Wochen, vielleicht auch noch länger. (Was ich natürlich nicht sagte …)*

Reisetagebuch (23. Juli 1967, 16.07 Uhr)

Delia wundert sich, dass ich so vieles aufschreibe. Warum tue ich das? Weil mir hier in Griechenland vieles fremd ist und ich nichts vergessen will. Im Grunde ist sogar alles, was ich sehe, wichtig und wert, festgehalten zu werden. (Ich schreibe also noch zu wenig auf.) Und ich schreibe nicht nur für mich, sondern auch für meine Eltern, für die ich nach unserer Rückkehr nach Deutschland eine große, bebilderte Reiseerzählung zusammenstellen werde. An Weihnachten bekommen sie das dann geschenkt, zusammen mit meinen Dias und anderen Materialien. All das ergibt ein dickes, selbstgemachtes Buch, handgeschrieben, mit lauter Eingeklebtem. Delia findet das toll, meint aber, sie würde so etwas nicht machen, sondern ruhig lieber das meiste vergessen. Umso schöner leuchteten dann in der Erinnerung die wirklich wertvollen, bleibenden Bilder. Ich habe zu solchen Kommentaren eine eigene Meinung (ich meine nämlich, sie gründen letztlich auf Faulheit …), aber ich sagte nichts und nickte nur. Sie spürte aber anscheinend, dass ich nicht einverstanden war, sondern setzte hinzu, ihr komme so ein Erinnerungsbuch für die Eltern kindlich vor. Wie das Büchlein eines fleißigen Schülers. Wie ein Büchlein von Mamas Liebling. Ich nickte weiter (war innerlich aber etwas erbost) und sagte, das stimme, ich sei wirklich fleißig und außerdem sei ich in der Tat Mamas Liebling. Nach dem Verlust von vier Söhnen habe sie mir diese Rolle zugedacht. Tja, ich war (einen Moment) sogar so erregt, dass ich etwas ins Stottern geriet. Ich musste aufstehen und (wieder mal) auf die Toilette gehen. Ich fand aber so schnell keine, wohl aber eine Umkleidekabine. Ich schloss sie zu und setzte mich auf die kleine, hölzerne Umkleidebank.

Mamas Liebling

Dass ich ›fleißig‹ und/oder ›Mamas Liebling‹ bin, haben schon viele Spötter (in den ersten Schulklassen fing es an) zu mir gesagt. Es ist Shit, ich weiß, man will mich mit so einem Geschwätz kränken und fertig machen. Am meisten ärgert mich aber, dass es durch und durch falsch ist. Ich bin nicht im üblichen Sinne ›fleißig‹, nein, ich bin sogar richtig faul. Nur was das Klavierspielen und das Aufschreiben (von Beobachtungen und kurzen Geschichten) angeht, bin ich fleißig, in Ordnung, das gebe ich zu. ›Mamas Liebling‹ bin ich im üblichen Sinne auch nicht. Denn ›Mamas Lieblinge‹ entstehen durch Kitsch und wenn Mütter ihre Söhne zu sehr verwöhnen oder umschwärmen. Genau das hat Mama aber mit mir nie getan. Ich wurde weder verwöhnt noch umschwärmt, wir gehen einfach nur wie zwei Menschen miteinander um, die sich sehr gern haben, einander unbedingt brauchen und darüber keine vielen Worte verlieren. Versteht das endlich mal jemand?!

Sex 1

Was das Wort Sex *für einen Jugendlichen in meinem Alter bedeutet, weiß ich nicht genau. Nein, ich habe keine präzise Ahnung vom Sex. Natürlich könnte ich über Sexpassagen in Büchern sprechen, die helfen aber nicht weiter. Was Sex für etwas ältere Menschen ist, kann ich mir in etwa schon vorstellen. Sex für beinahe Sechzehnjährige dagegen ist ein echtes Problem. Man muss diesen Sex erst erfinden, er passiert nicht von selbst. Und von wem sollte er eigentlich ausgehen? Vom Mann oder der Frau? Von beiden zugleich? Und welche Körperteile sind dabei im Spiel (ich meine die Reihenfolge)? Herrgott, es gibt einfachere Dinge, aber es gibt kaum ein Thema, das einen so nervös macht und mit dem man so wenig zurande kommt. Warum ich davon schreibe? Weil ich im Strandbad von Vouliagmeni so etwas wie Sex erlebt zu haben glaube.*

Sex 2

Ich versuche mal, es zu schildern, aber es geht bestimmt daneben. Also: Ich war, sagen wir mal, ein wenig ›verstimmt‹, weil Delia mein Schreiben für kindlich erklärt hatte (na ja, im Grunde ist es das auch, genau das, aber um dieses Thema zu klären, müsste ich philosophieren können wie Mühlenthal – oder noch besser, viel besser …). Und so saß ich also in einer Umkleidekabine und versuchte, Ruhe in mein (durch ein Glas Retsina *außerdem noch aufgeputschtes) Hirn zu bekommen. Ich stierte wohl vor mich hin, als ich Delia nach mir rufen hörte: ›Ioannis?! Ioannis?‹ Mein Gott, ich fand das peinlich und lästig und wollte es nicht mehr hören, deshalb öffnete ich die Umkleidekabine und gab ihr ein Zeichen. Sie lachte ein wenig und kam zu mir und dann drängte sie mich in die Kabine und schloss hinter uns ab. ›Was tut sie?‹ dachte ich (richtig ängstlich), ›ich will wieder raus und zwar sofort.‹ Sie aber sagte ›Komm, Ioannis, nun mach schon, Ioannis, nun komm!‹ Wir standen einander in der viel zu engen Kabine gegenüber, und das Küssen begann, endlos und heftiger noch als jemals zuvor. Dann aber überschritt sie die Grenze und zog das Oberteil ihres Bikinis aus, zack, war es weg, zack, verschwunden, als hätte sie das alles bereits hunderte Male so gemacht, rasch und geschickt, wie ein Zauberkunststück. Sie presste sich an mich und küsste weiter, ich bekam kaum noch Luft, und in der schmalen Kabine staute sich die Begierde (schlechte Bezeichnung!), und ich wusste, verdammt nochmal, nicht wohin mit diesem Stau. Es war, als wollte der überhitzte Körper gleich platzen oder als stünde man kurz vor einer Ohnmacht oder als sei man dabei, ›überzuschnappen‹. Es war ein omnipotenter Kitzel, sehr angenehm, ja, aber auch störend, so dass man ihn am liebsten bald wieder loswerden wollte. Ich wäre nicht weiter gegangen, bestimmt nicht, das Küssen reichte mir, Delia aber griff nach meiner Badehose und streifte sie nach unten und sagte wieder: ›Ioannis! Nun mach schon!‹ Sie löste sich von mir und sprang mich beinahe an, jedenfalls bekam ich sie gerade noch mit beiden Händen am Rücken zu halten, während ihre Füße sich von der Erde abstießen und ihre Beine mich in Höhe des Gesäßes umklammerten. Und dann taumelten wir hin und her und fanden keinen Halt und keinen richtigen Stand und krachten stattdessen gegen eine Wand der Kabine. ›Mach weiter, Ioannis!‹ rief Delia (mit stark veränderter, heiserer Stimme) – und dann kam der Bruch ... – denn wir hörten, dass draußen noch andere Badegäste aufkreuzten. Sicher waren wir zu laut und zu impulsiv, na klar, wahrscheinlich hatte man unsere Leidenschaft bis zum Strand mitbekommen. ›Shit!‹ rief Delia (noch lauter), und erneut: ›Shit!‹ – und dann zauberte sie sich mit zwei Griffen in das Dasein einer keuschen jungen Frau um die Zwanzig zurück, riss eine Tür der Kabine auf und sagte etwas auf Griechisch. Später erfuhr ich, was sie gesagt hatte: ›Meinem Freund geht es gerade nicht gut. Holt ihm doch bitte rasch ein großes Glas Wasser und bitte auch einen Schwamm, dass er sich abkühlen kann. Er hat einen Hitzestich!‹ Ich blieb in der Kabine, und man brachte ein großes Glas und eine Flasche Mineralwasser und in der Tat einen Schwamm. Für uns sprach, dass ich wahrhaftig einen Sonnenbrand hatte (schließlich hatte ich auf eine Sonnencreme klugerweise verzichtet). Delia begleitete mich nach draußen, und ich musste mich auf unser gemeinsames Badetuch legen, wo ich die Augen schloss und durchatmete. Sex! War es das also in etwa gewesen? Und war es Sex in Henry Millerscher Machart (ich hatte leider auch da keine Ahnung)? Oder etwas Griechisches und vielleicht sogar Antikes?!*

Reisetagebuch (23. Juli 1967, 17.11 Uhr)

Ich habe (zur Erholung) noch ein Glas Retsina *getrunken, und es schmeckte mir noch besser als das erste. Manchmal kamen andere Badegäste an uns vorbei (wir saßen an der Strandbar) und schauten uns auffällig neugierig an. Was dachten sie sich? Was hatten sie mitbekommen? Ich fragte Delia leise danach, aber sie winkte ab, es war ihr egal. Viel wichtiger war, dass unser kleiner Zwist vorbei war, niemand von uns kam darauf noch einmal zu sprechen. Wir beschlossen, mit dem Bus weiter bis Kap Sounion zu fahren, um dort den Sonnenuntergang zu erleben. Dann zogen wir uns an, jeder für sich, nacheinander, um keine weiteren Missverständnisse aufkommen zu lassen. Das Sonnenlicht kroch jetzt aus den Ebenen und vom Meer her langsam zum Horizont und entflammte dort rötlich schimmernde Streifen. In den Bus fiel durch die geöffneten Fenster etwas Wind und zauste uns an den Haaren. Wir saßen eng nebeneinander, und Delia hatte wieder meine linke Hand genommen. Die griechische Volksmusik war erstickt, und das Ausatmen der abendlichen Landschaft war an ihre Stelle getreten. Der Bus war beinahe leer, aber wir kamen noch rechtzeitig am Kap Sounion an. Der alte Poseidontempel strahlte bereits von weitem. Ich hatte noch nie einen schöneren Tempel in schönerer Landschaft gesehen. (Es war zum Beten, ja, so schön war es, es war zum Danksagen, Preisen und Beten – aber es gab dafür keine Texte, denn die christlichen passten natürlich ebenso wenig wie die antiken …, ›Mensch‹, dachte ich, ›warum wird es in Deinem Fall niemals zum Dichter reichen, warum nicht?!‹)*

Der Poseidontempel von Kap Sounion

Der Poseidontempel von Kap Sounion ist nicht vollständig erhalten, sondern besteht aus zwei parallelen Säulenreihen: einer durchlaufenden und einer nur etwa zur Hälfte durchlaufenden. Er sieht aus, als hätte irgendwann einmal eine schwere Faust mitten in sein noch intaktes Gebäude gehauen, um seine (vielleicht zu vollendete?) Gestalt zum Einsturz zu bringen. Eingestürzt ist aber vor allem der mittlere Part und damit das kultische Gehäuse und Zentrum. Die Säulenreihen außen stehen direkt am Rand eines steilen Felsmassivs, als blickten sie auf die weiten Meeresflächen rundum mit ihren win-

zigen, vorgelagerten Inseln. Dadurch, dass sie ganz allein stehen und nirgends ein anderes Gebäude zu sehen ist, wirken sie wie das Haus eines Einsiedlergottes, der dem Meer entsteigt, dort etwas Ruhe sucht und sich über den Felsen wieder hinab ins Meer gleiten lässt. Dieser einsame, oft zornige, dem Meer mehr als jeder andere Gott verbundene Herrscher über die Südspitze Attikas ist Poseidon (dessen Bekanntschaft ich während unserer Fahrt schon mehrmals gemacht habe). Herrscht die Göttin Athene (klug, stark und allgegenwärtig) über die Stadt (Athen), so beherrscht Poseidon (dämonisch, jähzornig und eigenmächtig) das Meer.

Das Griechenland von Kap Sounion

Delia und ich – wir saßen auf einer langen Mauer etwas unterhalb des Tempels und schauten aufs Meer. Neben uns saßen noch viele andere junge Leute, und es wurde (hörbar) auch Englisch, Französisch und Spanisch gesprochen (zum Glück sprach niemand Deutsch, denn das hätte mich sehr gestört und auch nicht gepasst). Statt sich wie sonst normal oder gar laut zu unterhalten, flüsterten aber alle nur und lösten den Blick nicht vom Meer, das sich an dieser Stelle bis zum Horizont unendlich weit ausdehnt. Als wollte es von hier aus die ganze Erdkugel einhüllen und verschließen und ihr etwas einhauchen vom griechischen Spirit. Ja, ich schwöre es: Ich hatte bis zu diesem Augenblick noch keine richtige Ahnung davon, was »Griechenland« einmal gewesen war und was »Griechisch« bedeutete. Es hatte überhaupt nichts mit trojanischen Kriegen und Herrschaft über andere Völker zu tun, sondern war etwas viel Größeres. Es war, ja, wie erkläre ich das?, es war wie der Versuch, das Meer mit dem Land zusammen aufleben zu lassen. So dass das Meer nichts Abgeschiedenes war, nichts nur für sich, sondern das stärkste Element des Zusammenhalts (wobei es doch eigentlich gefährlich, intrigant und ein Widerpart war). Gelang es, das Meer mit dem Land zu verbinden, und atmete das Land die Winde des Meeres, so wurden die Felder und Ebenen fruchtbar und die Berge ein Spielplatz der Nymphen und Götter. Blieben Land und Meer aber getrennt, vertrockneten die Felder, und die Wälder knickten ein, und es gab weder Gesang noch Musik.

Der Sonnenuntergang von Kap Sounion 1

Hunderte von Menschen warteten schließlich auf den angeblich berühmten Sonnenuntergang am fernen Horizont. Eigentlich kann man mich mit Sonnenuntergängen jagen, und ich würde so etwas Kitschiges, Vorhersehbares und doch leidlich Bekanntes nie fotografieren. Ein Sonnenuntergang läuft auf eine Gefühlserpressung hinaus, die meisten, die ihn erleben, werden weich und sentimental und geben sich der roten Wolkenzuckerwatte hin, als wäre sie der süße, alles ins Versöhnliche umbiegende Nachtisch (zum sonst bitteren Leben). Im normalen Sonnenuntergang steckt kaum ein Prozent Wahrheit, sondern eher sind darin neunzig Prozent Tschaikowsky und neun Prozent Elgar (der normale Sonnenuntergang ist also ein Mixgetränk, das auch noch …). Kap Sounion bietet aber einen anderen Sonnenuntergang, einen einzigartigen, unverwechselbaren. Das liegt an der Landschaft, am Tempel und an der weiten, offenen Meeresfläche. Was also passiert? Die Sonne verweilt zunächst noch im Innern des Tempels und bringt die Säulenreihen zum Glühen. Dann wandert sie durch deren Öffnung zum Rand des hohen Felsmassivs und breitet einen weiten, glimmenden Schirm über die Felsen und das angrenzende Meer aus. Die Küste beginnt langsam zu leuchten, als wären dort lauter Feuer gezündet worden, dann erlischt sie – und das Sonnenlicht schiebt sich über die Meeresfläche, als bestünde es aus einer langen Prozession von Strahlen (schon wieder!), die schließlich den Horizont erreicht und dort in den Abgrund der Nacht kippt.

Der Sonnenuntergang von Kap Sounion 2

Einigermaßen, ja doch, habe ich den berühmten Sonnenuntergang in seinen einzelnen Phasen geschildert (und das gar nicht schlecht – so kommt es mir jedenfalls vor …). Ich möchte aber noch ein paar Sätze über seine Wirkung verlieren: Die Wirkung ist nämlich die, dass man die Sonne zum ersten Mal im Leben in echter Aktion sieht. Statt nur zu leuchten, zu glimmen oder zu scheinen, verwandelt sie sich etwa im Verlauf einer Stunde in eine Gestalt mit vielen Gesichtern. Man erlebt diese Gestalt, schaut ihr zu, sagt »ah« und dann »oh«, man sitzt, als wäre die Sonne ein raffiniertes, artistisches Wesen im Zirkus. Hinzu kommt, dass man mit allem Gesehenen sehr einverstanden ist und sehr positiv (und glücklich) darauf reagiert, nicht aber mit dem Ende. Sobald die Sonne nämlich verschwunden ist, wird man abgrundtief (richtiges Wort!) elegisch oder auch traurig – auf jeden Fall aber still. Alle schleichen in der Dunkelheit zu den wartenden Bussen, stolpern, fluchen leise und drängen sich in die klapprigen Blechbehälter, als wäre das menschliche Leben letztlich doch ein ödes in stinkenden Konserven. Kein schöner Abgang also – und das nach einem wahren Sonnentriumph!

Reisetagebuch (23. Juli 1967, 23.08 Uhr)

In Athen wieder zurück haben Delia und ich uns getrennt – und ich bin mit der Vorstadtbahn zurück nach Piräus gefahren. Papa hatte den Tag zum größten Teil im Archäologischen Museum verbracht und viele Statuen gezeichnet. Morgen will er mit mir noch einmal hingehen, um weiter zu zeichnen. Er ist sehr begeistert, und die Zeichnungen sind meisterhaft. Ich war aber sehr müde und erzählte nur kurz von meinem Ausflug in den Süden Attikas. Auf Delia kam ich nicht zu sprechen, es beschäftigte mich (innerlich) noch zu sehr.

Reisetagebuch (23. Juli 1967, 23.35 Uhr)

Eins muss ich noch festhalten: Während der Rückfahrt im Bus gab ich meiner (lange zurückgehaltenen) Neugierde nach und fragte Delia, warum sie nach dem Kuss im Club von Patras mit mir noch weiteren Kontakt gesucht habe. »Wunderst Du Dich darüber?« fragte sie. – »Ja«, sagte ich, »für mich ist es ein Rätsel.« – »Na denn«, antwortete sie, »ich mag Jungs, die noch Zwitter sind. Nicht zu alt, nicht zu jung, von beidem noch etwas. Die griechischen Jungs wollen meist so schnell wie möglich älter sein als sie sind. Schon mit Zwanzig führen sie sich auf wie Väter, die eine Familie regieren. Mit Haus, Auto und Ehefrau – und mit vielen Freunden, die Abwechslung bringen. Als ich Dich gesehen habe, wusste ich sofort, dass Du nicht so bist. Ich habe Dich auf Neunzehn geschätzt, Du hättest aber auch Siebzehn sein können. Und außerdem hat mich Deine Fremdheit gelockt. Du bist nämlich ein richtiger Fremder, so jemand kenne ich nicht, Du lebst und denkst anders als wir – und das möchte ich kennenlernen.« – Ich war nahe daran, ehrlich zu werden und ihr zu verraten, dass ich noch keine Sechzehn war, aber ich ließ es dann doch, um die elegische Stimmung nach dem Absturz der Sonne bei Kap Sounion nicht zu vertiefen. Gerne hätte ich sie noch gefragt, ob sie etwa auch in mich verliebt sei (sehr heikle Frage – war ich denn »verliebt«? Hey, Kumpel Johannes, bist Du das?), aber »Liebe« und »Verliebtsein« und all das – das waren noch viel schwierigere und härtere Themen als »Sex« (mit all seinen Gangarten). Ich war zu müde und konnte nicht mehr gescheit denken – und das war ja auch wirklich nicht nötig. Delia und ich – wir saßen dicht nebeneinander und hielten uns an den Händen – und als wir ausgestiegen waren, legten wir einen Club-Kuss erster Klasse hin und verabredeten uns für den nächsten Abend, zu einem Gang durch Athen (allein, ohne Verwandte und auch ohne Papa).

Athen 4

Ich schlief sehr gut, ohne ein einziges Mal aufzuwachen. Kurz vor dem Frühstück traf ich Denis an Deck, und er drängte mich, etwas über den Verlauf des gestrigen Tags zu erzählen. »Wie war's?« fragte er aufdringlich und schaute lüstern, als hätte ich Gott weiß was für Geschichten zu bieten.

Ich machte es kurz und berichtete, dass Delia und ich in Vouliagmeni gebadet und anschließend zum Kap Sounion gefahren waren. »Ihr habt Euch den Sonnenuntergang angeschaut?« – »Ja«, sagte ich, »haben wir.« – »Perfekt! Du machst das raffiniert! Und genau richtig! Das hätte ich Dir nie zugetraut!« – »Was ist daran so raffiniert?« fragte ich. – »Na hör mal! Sich mit einer jungen Frau wie Delia, die starke Emotionen für jedes Vorschulkind aufbringt, einen der schönsten Sonnenuntergänge der Welt anzuschauen, ist gekonnt. Sie kann gar nicht mehr anders, als sich in Dich zu verlieben. Bei Männern ist das natürlich anders – obwohl, ich bin mir in Deinem Fall gar nicht so sicher. Für Dich war es ja auch neu, großartig, überwältigend – es könnte sein, dass auch Du umgekippt bist!« – »Umgekippt?!« – »Na klar, vom Alltags- ins Liebeslager! So ein Sonnenuntergang verbindet, sage ich Dir. Der schreibt sich direkt ins Herz und hinterlässt Wunden und Blutergüsse.« – »Mein Gott, wie Du übertreibst! Warst Du wenigstens auch mal in Sounion?!« – »Jeder von uns hier an Bord war einmal da, außer Kapitän Reckling! Mühlenthal hat hinterher über die Wirkungen des spürbar schwächer werdenden Lichts auf die menschlichen Sinne philosophiert, und Segemann hat den Tempel in Miniaturausgabe (samt Sonne) nachgebaut und zwei Segelschiffe ergänzt, die vorbeidriften.« – »Und Du? Wie hast Du darauf reagiert?« – »Glaubst Du etwa, ich klappe wegen eines Sonnenuntergangs zusammen?! Das ist etwas für Paare, die sich danach verloben und auf das erste Kind vorbereiten!« – »Sei nicht so gehässig!« – »Bin ich nicht, ich bin ehrlich! Aber sag, was ist mit Euch passiert? Ich meine hinterher? Im Bus? Und danach? Habt Ihr Händchen gehalten? Hat Delia die Sache in die Hand genommen?« – »Was meinst Du?« – »Meine Herren, tu nicht so unschuldig! Du weißt, was ich meine!« – »Denis, können wir jetzt frühstücken? Klingsor und ich – wir wollen heute Vormittag ins Nationalmuseum, zum Antikenstudium.« – »In Ordnung. Es gibt Rühreier mit Kräutern und Toast, und es gibt griechischen Honig mit Sesam und Weißbrot.«

An diesem Morgen waren Papa und ich richtig gut drauf. In der Vorstadtbahn, die uns von Piräus wieder nach Athen brachte, erzählte er, dass er nach dem gestrigen Museumsbesuch die Herrschaftsgebäude des heutigen Griechenlands angeschaut habe. Eine Wachablösung in der Nähe des Parlaments habe er gesehen, und später sei er lange im Schlossgarten gewesen. »Und wie war Kap Sounion?« fragte er schließlich. – »Fantastisch«, antwortete ich, »so einen Sonnenuntergang habe ich noch nie erlebt.« – »Hat die junge Griechin Dich begleitet?« – »Ja, hat sie.« – »Gut…, gut, dass Du jemand von hier an Deiner Seite hattest.« – »Ja, sehr gut.«

Aus! Schon hatten wir das Thema »Junge Griechin als Begleitung beim Sonnenuntergang« hinter uns! Ich muss noch einmal sagen, Papa ist in solchen Dingen einmalig. Vergleicht man seine kurze Frage und den ebenfalls kurzen Kommentar mit all dem Gedöns, das Denis aus einer solchen Sache macht, erkennt man Papas Souveränität erst so richtig. Er mischt sich nicht ein und sagt nichts zu Dingen, die ihn letztlich nichts angehen. Er erkundigt sich gerade mal danach, ob nichts Schlimmes passiert ist. Und wenn ich ihm sage, es war »fantastisch« und »schön«, dann freut er sich mit, ist beruhigt und stochert nicht weiter in der Glut oder im Feuer. »Glut«?! »Feuer«?! Ich gerate gerade auf Abwege …, lassen wir das.

Im Nationalmuseum waren nicht viele Menschen unterwegs, manche Säle waren sogar leer. Papa hatte eine kleine Liste mit Skulpturen und Stelen und Vasen dabei, von denen er einige zeichnen wollte. Ich bekam einen Plan des Gebäudes und konnte allein hindurchziehen. Dann verabredeten wir ein Treffen am Mittag. Ich setzte mich auf einen Schemel und ging den Plan durch. Eilig durch alle Säle zu laufen, war kompletter Unsinn, ich hätte hinterher alles wieder vergessen. Besser war es, hier und da länger stehen zu bleiben, sich eine einzelne Skulptur anzuschauen und etwas dazu zu schreiben oder auch zu erfinden. Bevor ich damit begann, schrieb ich eine Karte an Mama.

Postbriefkarte an die Mama (24. Juli 1967, 10.18 Uhr)

Liebe Mama, Papa und ich durchwandern heute das große Nationalmuseum mitten in Athen. Es ist so etwas wie der Figurentempel der antiken Welt. Ich bin gespannt, was ich zu sehen bekomme, und ich habe mir vorgenommen, die Figuren mit den christlichen, die ich einigermaßen kenne, zu vergleichen. Papa zeichnet, und ich schreibe – unsere Tätigkeiten sind wieder gut verteilt. Wir freuen uns auf einen weiteren Brief von Dir, morgen könnte er uns erreichen. Gestern war ich (allein, ohne Papa) in Kap Sounion, schau einmal auf einer Karte nach. Ich habe den schönsten nur denkbaren Sonnenuntergang erlebt. Aber magst Du eigentlich Sonnenuntergänge?! Ich vermute fast nein.

Skulpturen im Athener Nationalmuseum

Viele antike Figuren im Athener Nationalmuseum stehen erhöht, auf einem Podest. Oft sind sie allein, strecken sich in die Höhe oder schauen betreten nach unten. Die meisten sind nicht mehr vollständig erhalten, so dass man raten muss, was ihnen abhanden gekommen ist. Ein Dreizack (Poseidon)? Ein Speer? Ein Diskus? Die männlichen Figuren sind meistens nackt und haben Körper wie aus dem Bilderbuch (höchstens das männliche Glied bleibt weit unter Normalniveau). Sie müssen täglich mehrere Stunden trainiert haben und sehen deshalb so aus, als könnten sie jede Olympiade gewinnen (haben die Griechen eigentlich auch noch den Sport erfunden? Ich meine die Wettkämpfe mit Medaillen und Lorbeerkränzen, die waren doch der Anfang des heutigen Sports … Ich kann mir nicht vorstellen, dass zum Beispiel die alten Ägypter den Diskus geworfen haben. Die haben statt Sport Pyramiden gebaut, das ist auch in Ordnung, aber etwas ganz Anderes …)

Skulpturen, verärgert

Die großen Skulpturen sind fast immer allein und brüten was aus. Sie nehmen keinen Kontakt mit anderen auf und erst recht nicht mit den Besuchern. Als Besucher fühlt man sich richtig hilflos, weil man nicht genug über sie weiß und erst recht nicht, was sie gerade bewegt. Sie leben in ihrer Götterwelt und denken sich bestimmt ihren Teil über die dämlichen und hilflos gaffenden Betrachter. ›Hey!‹ rufen sie spöttisch, ›Fremder aus Köln! Wir sind hier nicht im Zoo! Wenn Du weiter so dreist schaust und die Größe unserer Genitalien bemängelst, verhüllen wir uns. Dann kannst Du sehen, wie Du zurechtkommst.‹

Vasen im Athener Nationalmuseum

Auf den antiken Vasen (die mir sehr gefallen) werden kleine Geschichten erzählt. Ich komme auch hier nicht immer hinter den Sinn, aber doch so ungefähr. Meist stehen drei oder vier Menschen zusammen, reden miteinander, tauschen sich aus oder tun zeremoniell (dann redet einer, oder jemand singt). Am eindeutig Schönsten sind Vasenbilder, auf denen nur zwei Menschen zu sehen sind. Sie stehen dicht beisammen (oder, auch sehr häufig, einer steht, der andere sitzt). Sie trösten sich (jemand ist gestorben), opfern ein Tier oder warten auf die Ankunft eines Gottes. Solche Zweiergestalten wirken beinahe wie von heute, obwohl sie doch an andere Götter glauben, Tiere opfern und sich ein anderes Jenseits ausmalen als wir. Sie sehen aber in etwa so aus, wie auch wir aussehen, wenn wir zum Beispiel Sorgen haben, Trost spenden oder in die Kirche gehen. Das fiel mir stark auf: Wie nah diese nicht besonders festlich oder pompös oder elegant gekleideten Menschen uns sind! Nicht ein einziger Angeber ist zu erkennen, und auch niemand, der andere kleinreden oder kleinkriegen möchte. So etwas gibt es einfach nicht. Und das ist doch erstaunlich.

Jünglinge im Athener Nationalmuseum

Ich habe mir die Skulpturen der Jünglinge im Athener Nationalmuseum besonders genau angeschaut. Sie werden zwischen fünfzehn und achtzehn Jahre alt sein, schätze ich mal. Jeder von ihnen wirkt aber reifer, sehr männlich, aber noch zurückhaltend, vorsichtig. Anders als Delia im Blick auf heutige griechische Jünglinge andeutete, sehen sie überhaupt nicht so aus, als dächten sie bereits an ein Haus, ein Auto und an eine Familie. Woran denken sie aber? Zum Glück an fast nichts. Sie lassen ihren Körper wachsen, das scheint sie am meisten zu interessieren: dass und wie er wächst! Damit das rundherum klappt, treiben sie sehr viel Sport und gehen in philosophische Schulen. Lernen tun sie dabei nicht unbedingt viel (was ist das schon: ›Ler – nen?!‹). Sie laufen und werfen den Diskus und philosophieren unter Anleitung älterer Männer und wachsen langsam hinein ins Leben. Denkt einer von ihnen daran, was er (wie man bei uns zu Hause laufend gefragt wird …) ›einmal werden will‹? Meine Vermutung: Diese jungen Männer ›wollen nichts werden‹, sie werden etwas von ganz allein, durch ›Fügung‹ (treffendes Wort!).

Antike und christliche Gestalten

Ich muss schon sagen, dass in diesem großen Museumstempel der antiken Figuren eine andere Luft weht als in Museen mit christlichen Figuren. Die antiken wirken selbstbewusster, freier und unbekümmerter (selbst dann, wenn sie Sorgen haben). Der größte Unterschied ist natürlich der, dass die meisten nackt sind und sich mit ihren nackten Körpern darstellen und austoben können. Jetzt erst bemerke ich so richtig, wie stark doch christliche Figuren vermummt sind! Als könnten sie an ihrer Kleidung ersticken! (Die Kleidung spielt überhaupt eine vielleicht übertriebene Rolle: dicke Gewänder, viel Zeremonielles, ja sogar dominant Zeremonielles!) Und noch etwas: Die christlichen Figuren leben im Rahmen einer großen Hierarchie, in der jeder seinen Platz hat. Laufend stellen sie sich in Kreisen oder in Ober- und Unterordnungen auf und gruppieren sich! Die Zentrale ist dabei immer gleich besetzt: Gottvater, Gottsohn, der Heilige Geist und (vielleicht noch) die Jungfrau Maria! So eine Zentrale gibt es für die antiken Skulpturen nicht. Zwar sind alle Zeus und Athene untergeordnet, aber sie denken nicht laufend daran. Jede Gestalt spielt ihre eigene Rolle und hält sich selbständig …

Papa und ich waren drei Stunden im Nationalmuseum unterwegs, danach war ich müde und musste unbedingt etwas trinken. Ich suchte nach Papa, fand ihn aber zunächst nicht.

Erst nach über einer Viertelstunde entdeckte ich ihn in einem kleinen Raum. Er saß im Schneidersitz auf dem Boden und zeichnete.

Papa bemerkte mich nicht, und ich machte mich auch nicht bemerkbar. Mann, es war ein starkes Bild, Papa auf dem Boden in diesem antiken Tempel der Figuren sitzen zu sehen! Einen Moment dachte ich: Papa gehört dazu! Er ist selbst einer von denen!

Dann setzte ich mich auch auf den Boden, direkt neben ihn. Papa räusperte sich und sagte: »Die Koren sind das Schönste in all diesen Sälen, findest Du nicht?!« Dabei blickte er auf eine Figur, die wahrscheinlich »Kore« genannt wurde (ich nahm es jedenfalls an). Ich sagte: »Eindeutig, die Koren sind das Schönste!«

Ich wartete, bis er zu Ende gezeichnet hatte (und schaute natürlich nicht auf die Zeichnung). Dann hörte ich, wie Papa flüsterte: »In zehn Minuten am Eingang, okay?« – Ich sagte »okay!« und blieb sitzen und schaute hinauf zu einer Kore – und das war das vorläufige Ende unserer Rundgänge.

Kore im Athener Nationalmuseum

Eine große, schlanke Frauengestalt. Jung, mit weit geöffneten Augen. Ein schwaches, sehr freundliches, entgegenkommendes Lächeln (wie es keine einzige Männerskulptur in diesen Sälen hinbekommt). Die gelockten und gedrehten Haare hängen zu beiden Seiten bis weit über die Schultern: Ein Schmuck, der jeden anderen Schmuck überflüssig macht. Ein langes, eng sitzendes, glattes Gewand, die rechte Hand liegt an, die linke hat wohl ein Weihegefäß gehalten. Ich saß (wie gebannt, ganz im Ernst) und stand auf und näherte mich und las auf einer Tafel: Die Figur sei stark bemalt gewesen, in vielen, verschiedenen Farben, vor allem die Haare und das Gesicht. Und ich erschrak (für einen Moment), als ich las: »Die geschminkten Lippen leuchteten früher dunkelrot ...«

Papa und ich – wir trafen uns dann vor dem Museumsgebäude und setzten uns auf die Stufen. Es war Mittag, und wir überlegten, was wir mit dem weiteren Tag anstellen sollten. Morgen würde die *Albireo* Piräus verlassen und Richtung Chalkis fahren (mein Gott, dort wartete die Argentinierin auf Mühlenthal, ich hatte es fast vergessen ...). Wir hatten also noch diesen Nachmittag und den Abend sowie den morgigen Vormittag zur Verfügung, um uns noch weiter umzuschauen.

Papa hatte Heinrich Segemann bereits in der Frühe zu einem Abendessen in der Nähe des Marktes eingeladen. Einmal wollten die beiden, die längst gute Freunde geworden waren, sich außerhalb des Schiffs treffen und ungestört unterhalten. Papa fragte, ob ich auch an diesem Essen teilnehmen wolle, aber ich war ehrlich und sagte, dass ich mit der jungen Griechin verabredet sei. »Das trifft sich ja gut«, antwortete Papa, »dann könnten wir beide in der Nacht zusammen mit Heinrich nach Piräus zurückkehren?« – »Ja«, sagte ich, »können wir. Wann seht Ihr beide Euch denn?« – »Gegen 18 Uhr.« – »In Ordnung. Dann könnten wir uns gegen 22 Uhr am Omonia-Platz treffen. Bis dahin habe ich auch zu Abend gegessen.«

Wir kauften uns in der Nähe einen kleinen Imbiss (ein längliches Stück Brot, in der Form eines offenen Schiffchens, im Ofen braun und knusprig gebacken, mit Spinat und Schafskäse gefüllt) und dazu reichlich Wasser. Dann legten wir eine Siesta ein (wir hatten uns daran gewöhnt) – und zwar im Schlossgarten, den Papa bereits recht gut kannte. Wir setzten uns auf eine Bank, aßen und tranken, und Papa streckte sich danach auf einer anderen Bank aus und schlief hinter den großen, dunklen Gläsern seiner Onassis-Brille auch sofort ein.

Reisetagebuch (24. Juli 1967, 14.08 Uhr)

Ich werde Delia heute Abend vorläufig zum letzten Mal sehen. Ich habe vor, ihr etwas zu schenken. Aber was?! Mit Geschenken für eine junge Griechin, die man mag, der man aber nicht aufdringlich zeigen will, wie sehr man sie mag, habe ich nicht die geringste Erfahrung (es ist immer dasselbe – beinahe sechzehn Jahre alt zu sein, ist beschissen, es ist ein saublödes Alter, man weiß so gut wie nichts über das, was man im Leben so wissen und können muss). Ich werde am Nachmittag durch die Straßen gehen und die Augen nach einem passenden Geschenk offen halten. Nervös macht mich das Nachdenken darüber, wie unsere Geschichte weitergehen soll. Also bitte: Wie?! Soll ich Delia nach Köln einladen? Ist das ein guter Gedanke? Oder soll ich in einem halben Jahr allein wieder nach Griechenland reisen? Und was wird in der Zwischenzeit? Sollen wir uns Briefe schreiben (nein, bitte nicht, keine langen Briefe, sondern Postkarten, das ist viel besser, so in der Art meiner Postbriefkarten an die Mama, oder?!)

Postbriefkarte an die Mama (24. Juli 1967, 14.26 Uhr)

Liebe Mama, der Besuch des Nationalmuseums liegt hinter uns. Am besten haben Papa und mir die Figuren der Koren gefallen. Es sind junge, zurückhaltende und freundliche Frauen, die einen anlächeln, als wäre man mit ihnen verabredet. Sie haben viel Überlegung auf ihren Kopfschmuck und die Haartracht verwendet, das würde Dir gefallen. Und sie tragen sehr schlichte Kleider, lang und glatt, ohne Falten, und keinerlei sonstigen Schmuck. Auch das fändest Du schön, denn Du magst ja das Einfache, Schlichte, also Kleider in nur einer Farbe oder ärmellose Sommerkleider mit blauen Blumenmotiven (Du weißt, welches Kleid ich meine ...). Liebste Mama, ich freue mich auf unser Wiedersehen! Überanstrenge Dich nicht! Bald sind wir alle Drei wieder zusammen. Dann gehen wir zu unserem Wäldchen spazieren und schauen hinab auf die Nister. Mein Gott, ich darf nicht daran denken, sonst werde ich sentimental ...

Ich wartete, bis Papa wieder wach geworden war, und las bis dahin noch einige Seiten Hesiod (*Werke und Tage* – über das Buch wollte Erwin sich ja mit mir in Chalkis unterhalten). Es ist ein Text mit vielen Regeln für den Tag, die Woche, das Jahr und darüber, was man so alles tun soll ..., das gefiel mir sofort (es kam meiner Ahnungslosigkeit perfekt entgegen).

Und, als hätte ich es geahnt! – nach wenigen Minuten geriet ich an eine Stelle, an der Hesiod dem Leser rät, einen Freund dann und wann zum Essen einzuladen. Auch das passte genau. Denn der Abend würde sowohl für Papa als auch für mich ein Abend der Einladungen werden, denn ich wollte inzwischen auch jemanden einladen: Delia natürlich, wen sonst?

Nach einer Taverne (und nicht nur nach einem Geschenk) musste ich während meines Umherziehens also ebenfalls die Augen offen halten, meine Herren, ich hatte zu tun – der Nachmittag würde bestimmt kein Müßiggang werden!

Papa erwachte und richtete sich wieder auf, und ich ging hinüber zu seiner Bank, um die letzten Feinheiten zu besprechen. »Wo isst Du denn mit Heinrich zu Abend?« fragte ich ihn. – »Moment«, antwortete Papa, »Heinrich hat einen Vorschlag gemacht, und ich habe es mir aufgeschrieben.«

Er holte einen Zettel aus seinem Portemonnaie und las vor, *Monastiraki* heißt das Viertel, da treffen wir uns, Heinrich kennt dort ein paar gute Tavernen.« – »Ah ja, stimmt, das Viertel kenne ich auch ...« – hätte ich fast gesagt, verbot mir aber jede Regung. – »Gibst Du mir bitte etwas Geld mit auf den Weg? Ich möchte Mama ein Geschenk kaufen, und ich möchte die junge Griechin gern zum Essen einladen.« – »Was Du nicht alles so möchtest!« sagte Papa, lachte und gab mir etwas Geld. »Kauf aber bitte nichts Überflüssiges«, meinte er noch, und ich antwortete (obwohl ich wirklich nicht wusste, was er diesmal für »überflüssig« hielt): »Natürlich nicht, auf keinen Fall.« (Papa hält vieles für »überflüssig«, ohne das andere Menschen nicht leben können, wie etwa Zahnbürsten, Socken im Sommer, Unterhemden oder Kämme. Er beherrscht nämlich bestimmte Methoden, um ohne das alles (und noch viel mehr) auszukommen. Mama mag nicht, wenn er mit anderen Leuten darüber spricht. »Viele halten Dich dann für verrückt«, sagt sie. – »Na und?« antwortet Papa, »dann bin ich eben verrückt. Ist mir doch egal.«)

Papa und ich – wir trennten uns und streiften los. Keiner von uns hatte (Papas Vorsätzen entsprechend) einen Stadtplan dabei, wir gingen also, »wie es uns in den Sinn kommt« (Papas alte Formulierung). Na gut, ich kannte das schon von unseren früheren Reisen. Es war aber gar nicht so einfach, durch eine so große Stadt wie Athen zu streifen, nein, Athen war eine andere, hohe Liga, mit all seiner Antike, den vielen Museen und Kirchen und vor allem mit seinen Menschen, mit denen man nicht leicht einen Kontakt herstellen konnte. Ich nahm mir vor, nicht zu schnell und vor allem durch schmale Straßen zu gehen, der Verkehr auf den größeren störte sehr und floss laut und ununterbrochen.

Durch Athen streifen

1

Die Bürgersteige werden nicht ernst genommen. Sie sind eigentlich nur dazu da, halbwegs geordnet an den Häusern entlang zu ziehen. Kaum jemand blickt nach rechts oder links, alle schieben sich gegenseitig voran, eilen zu einer Ampel, stürzen sich auf die Straße und springen zwischen den haltenden Autos hindurch auf die andere Seite.

2

Auch die Schaufenster spielen keine große Rolle – anders als bei uns. Nie bleibt ein Paar vor einem solchen Fenster stehen und kommentiert, was zu sehen ist. Selbst vor den Schmuckläden steht sich niemand die Beine in den Bauch. Jeder scheint genau zu wissen, wohin er will, betritt ohne Zögern einen Laden oder ein kleines Geschäft und kommt relativ schnell wieder heraus, als hätte er dem Verkäufer nur mal gerade seine Telefonnummer genannt.

3

Schon nach wenigen Minuten hatte ich das Mitlaufen in der Menge richtig satt. Und so schaute ich nach einer Gelegenheit, um irgendwo zumindest für Minuten zu verschwinden. Ich trank im Stehen ein Glas Wasser und einen Mokka, und ich probierte ein Ministück Kuchen – oder das, was nach Kuchen aussah. Er war rund, glänzte und offenbarte sich (durchgeschnitten) als eine dicke, gestockte, sehr süße Masse, die einem den Magen voll schlägt und ruiniert. Was macht man damit? Wegwerfen geht nicht, aber heimlich mitnehmen geht. In der nächsten Grünanlage verfütterte ich die Delikatesse an die Spatzen.

4

Irgendetwas fehlt in diesem lauten, aufdringlichen Verkehr, denke ich. Irgendetwas, das ihn öffnen, entzerren und ein wenig beruhigen könnte. Bunte Straßenbahnen! Horden von Fahrradfahrern! Langsame Spaziergänger! Elegante Rollschuhläufer! Frauen mit jungen Hunden!

5

Was soll ich Delia schenken? Ich schaue in jeden Durchgang, ob mir eine Idee winkt. Es zeigt sich aber keine. Dieses Herumstreifen bleibt ideenlos, was wahrscheinlich daran liegt, dass ich nach etwas suche. Damit sollte ich unbedingt aufhören. Man sucht nicht nach einem Geschenk, nein, es fällt einem in den Schoß, sonst taugt es sowieso nichts.

6

Ich hoffte auf Rettung, als ich den beiden jungen Spanierinnen von gestern zufällig wieder begegnete. Ich sagte, dass ich ein Geschenk für meine Mutter suche, und sie fragten, wie alt meine Mutter sei. »So um die Vierzig«, log ich deftig. Da rieten sie zu einem hellen, bunten Schal oder einer weiten Korbtasche für Einkäufe. »Klasse, tolle Ideen«, sagte ich und lud sie zu einem Getränk ein. Sie wollten aber nichts trinken, sondern rasch weiter, ihr Flugzeug ging angeblich in wenigen Stunden.

7

Ein bunter Schal, eine weite Korbtasche zum Einkaufen – Mama kann mit so etwas nichts anfangen. Taschen zum Einkaufen sucht sie selbst aus, und bunte Schals mag sie nicht, weil sie »nur zu einem bestimmten Frauentyp passen«. Es ist fantastisch – Mama und ich, wir kennen uns so gut, dass wir den anderen reden hören, auch wenn er gar nicht da ist. Ich könnte mir in einem Schmuckladen ein bestimmtes Schmuckstück zeigen lassen. Und ich würde Mama sofort hören (natürlich, ohne dass der Verkäufer sie hört): »Viel zu protzig. Das zieht man höchstens an bestimmten Feiertagen an. Mit anderen Worten: Wenn's hoch kommt, dreimal im Jahr – eher aber nie.«

8

Auf die ersten deutschen Touristen, denen ich begegnen würde, habe ich lange gewartet. Auch Papa interessierte sich dafür und tippte, dass wir ihnen morgen früh (während unseres geplanten Aufstiegs zur Akropolis) begegnen würden. Dann aber sah ich eine Gruppe von vielleicht zehn Schülerinnen und Schülern, die mit ihrem Lehrer unterwegs waren. Ich hörte sofort, dass sie Deutsche waren: endlich ein paar vertraute Laute! Ich schlich mich an sie heran und sprach sie in erfundenem Neugriechisch an, und sie schauten betreten und antworteten auf Englisch: Es tue ihnen leid, sie sprächen leider kein Griechisch. Ich sagte »No English, please, no English!« – als wäre mir diese Sprache zuwider, da schauten sie noch betretener und fragten ihren Lehrer, was sie antworten sollten. »Sagt ihm, dass Englisch jetzt die Weltsprache ist«, sagte ihr Lehrer (auf Deutsch). Sie übersetzten das für mich gleich ins Englische – worauf ich hartnäckig blieb: »No English! No language of the Beatles! I's forbidden in Greece!« Da reagierte ihr Lehrer beinahe panisch: »Kommt, geht weiter! Rasch, lasst ihn in Ruhe! Vielleicht arbeitet der Typ für die Junta!«

9

Es gibt viele größere Plätze, auf denen der Autoverkehr kreist, als hätten die Fahrer vergessen, wo sie eigentlich abbiegen wollen. Auch hier also die Neigung, aus einem Nacheinander mit der Zeit eine endlose Prozession zu machen, die schließlich stehen bleibt, so dass der Verkehr »zum Erliegen kommt« (schöne, treffende Wendung!).

10

Ich muss sagen: So richtig weiß hier in Athen anscheinend niemand, was man mit einem Nachmittag anfängt. Cafés wie bei uns (wo man miteinander reden, Zeitung lesen oder etwas schreiben kann) gibt es kaum (und wenn, sind sie sehr klein, und die Gäste trinken in zwei Stunden einen winzigen Mokka und ein Gläschen Leitungswasser).

Weinstuben oder Brauhäuser oder etwas Ähnliches gibt es überhaupt nicht, mit Wein- oder Biertrinken muss man also bis zum Abend warten – und trinkt dann etwas zum Essen. Ich habe eine einzige dunkle Stube (ziemlich anrüchig) entdeckt, wo man schon am Nachmittag Alkohol ausschenkte – und zwar richtig schweren. In den hohen Regalen an einer Wand (hoch bis zur Decke) schimmerten lauter bunte Flaschen mit Likör, Branntwein und Getränken, von denen ich noch nie gehört hatte. Am Eingang stand, dass der Ausschank für Jugendliche unter einundzwanzig Jahren verboten sei. Ich ließ es darauf ankommen, setzte mich auf einen Hocker, blätterte die riesige Getränkekarte mit Hunderten von Nummern durch und bestellte (entschlossen und bestimmt, als wäre ich ein Kenner) die Nummer 67. ›Mal sehen, ob ich in ihren Augen schon Einundzwanzig bin‹, dachte ich – und ›frohlockte‹ innerlich, als die Verkäuferin nach der Nummer 67 im Regal fischte. Es war eine dunkelbraune, angeblich zwanzig Jahre alte Brühe. Ich nippte daran und ekelte mich sofort. Dann ließ ich sie vor mir stehen und kippte sie, als die Verkäuferin für einen Moment verschwand, in den nächsten Blumentopf.

11

Es half nichts, auch nach stundenlangem Herumstreifen hatte ich keine Ideen – weder wegen eines Geschenks für Mama, noch wegen eines für Delia. Für Mama würde mir während unserer Reise bestimmt noch etwas einfallen, wegen des Geschenks für Delia aber musste ich handeln. Wie sagt Mama manchmal? ›Am Schönsten sind Geschenke, die man nicht fertig kauft, sondern selber macht!‹ Leider bin ich aber nicht fähig, Geschenke selber zu machen. Ich kann nicht basteln (ich sagte es schon einmal), und ich kann auch nicht so etwas Beliebtes wie Kränze aus trockenen Blumen flechten … (sowas ist grausam, ganz grausam, als präparierte man Blumen für eine Beerdigung – und das als Geschenk!) Was aber könnte ich selber machen? Nur zweierlei: Delia ein Musikstück auf einem Klavier vorspielen (das möchte ich nicht, jedes, aber auch jedes Stück bekäme dann etwas Pathetisches) oder: Delia einen Brief schreiben ... Ich setzte mich also in ein Café und entwarf eine vorläufige Fassung, um zu sehen, ob ein Geschenk daraus werden könnte.

Ein Brief an Delia (Vorfassung)

Liebe Delia, mein Englisch ist nicht besonders, deshalb schreibe ich diesen Brief lieber auf Deutsch, lass ihn Dir bitte von jemandem übersetzen! Als ich die Reise durchs Mittelmeer zusammen mit meinem Vater antrat, ahnte ich nicht im Geringsten, was mich alles erwarten würde. Inzwischen habe ich viel erlebt, sehr Schönes, aber auch viel, was mir an die Nieren gegangen ist (wie man in Deutschland so sagt). Zum Schönsten, was ich erlebt habe, gehörten die Begegnungen mit Dir: unsere erste Begegnung (im Club von Patras) und unsere Fahrt nach Kap Sounion. So schön und unvergesslich das alles auch ist – ich habe mich oft gefragt, was eine so gut aussehende, junge Griechin wie Du an mir findet. Ehrlich gesagt, habe ich keine Antwort auf diese Frage gefunden. Ich fand es nicht richtig, Dich so etwas zu fragen, wir kennen uns schließlich erst kurz, deshalb habe ich lieber geschwiegen. Etwas Wichtiges aber kann ich nicht länger verschweigen: Ich bin kein Student, und ich bin auch keine Neunzehn, sondern ich werde in wenigen Monaten sechzehn! Enttäuscht Dich das? Hätte ich Dir früher die Wahrheit sagen sollen? Ich habe es nicht getan, weil ich mich bei dem Gedanken, neunzehn zu sein, sauwohl gefühlt habe. Endlich kein ›junger Mann‹ mehr, endlich in einem Alter, in dem man bereits einiges weiß, ohne richtig ›erwachsen‹ zu sein! Nun aber weißt Du Bescheid! Wenn ich mir etwas wünschen dürfte, wäre es ein baldiges Wiedersehen. Und zwar hier in Griechenland – auf einer der Inseln, zu zweit unterwegs! Wenn Dir diese Idee auch gefällt, schreib mir, und ich schreibe Dir dann zurück (ich schreibe übrigens lieber Karten als Briefe!, die Karten dafür aber in einer winzigen Handschrift, viele Zeilen passen darauf, Du wirst Dich wundern!). In etwas über einer Woche bin ich wieder in Deutschland. Ich werde Dich bestimmt nie vergessen, und ich danke Dir für die wunderbaren Stunden, die wir zusammen verbracht haben. Ich ahne jetzt, wie es ist, sich zu verlieben, das muss ich Dir zum Schluss (leider) noch sagen. Es ist vielleicht so, als würde man ausgetauscht und aus einem allein lebenden Menschen in einen Menschen verwandelt, der aus zwei Menschen gleichzeitig besteht. So stelle ich es mir vor. Lebe wohl – und vielleicht ja bis bald – Dein Johannes

Kurz nach 18 Uhr sah ich Delia wieder. Diesmal trug sie ein langes, dunkelblaues Kleid und war kein bisschen geschminkt. Auch ihre Haare waren nicht wie sonst kunstvoll gedreht, sondern zu einem Pferdezopf zusammengebunden. Dadurch sah sie viel jünger aus. Wir setzten uns in ein Café und tranken etwas, und ich hatte plötzlich das Gefühl, dass Delia auch meine Schwester sein könnte. (Pervers, oder?!) Jedenfalls verstand ich mich mit ihr so gut und mühelos, wie man sich eigentlich nur mit nahen Verwandten (oder den Eltern) versteht. Ohne viele Fragen, ohne Misstrauen, ohne übertriebene Beobachtung und ohne Nebengedanken!

Ich sagte ihr, dass wir morgen mit der *Albireo* ablegen und Richtung Chalkis fahren würden. Sie schlug vor, dass wir uns vorher (also morgen Mittag) noch einmal kurz sehen sollten. Noch einmal, unbedingt. Ich geriet in Verlegenheit und war schließlich ziemlich durcheinander, Mann, ich war richtig hilflos und wollte irgendetwas Klärendes sagen. Deshalb nahm ich einen Anlauf und sagte, dass ich schon bald wieder nach Griechenland kommen werde, diesmal aber allein, ohne Vater, ohne Frachtschiff, also: solo! Über das ›Solo‹ musste sie lachen, sagte aber nichts dazu, sondern fuhr mir genau so durch das

Haar, wie sie mir im Club von Patras durchs Haar gefahren hatte.

›Hey‹, dachte ich, ›lass das! Hey, ich bin kein Volksschulkind, dem man so durchs Haar fährt! Ich bin mindestens Neunzehn, wenn nicht sogar Zwanzig oder Vierundzwanzig, so wie Denis!‹ Und dann ließ ich sie doch gewähren und fand es wunderschön, dass sie mir mit der linken Hand so durch die Haare fuhr.

Ich lud sie danach zum Essen ein, und ich erwähnte die Taverne, die ich während meines Umherstreifens für diesen Zweck ausgesucht hatte. Sie wollte aber anderswohin, in eine Taverne ganz in der Nähe, die sie angeblich sehr mochte.

Wir umarmten uns und gingen in enger Umarmung sehr langsam eine schmale Straße entlang …, als ich …, ja, Moment …, ich muss Luft holen, um das jetzt zu erzählen … – denn es schlug ein wie ein Blitz: als ich plötzlich Papa in Begleitung von Heinrich Segemann auf uns zukommen sah! Papa erkannte mich gleich, eindeutig, er blieb aber stehen und packte Segemann am rechten Arm, als wollte er ihn anhalten, ebenfalls stehen zu bleiben. Segemann *blieb* auch wahrhaftig stehen – und bemerkte (in all seiner etwas trotteligen Langsamkeit) endlich, dass ich kaum zwanzig Meter entfernt leibhaftig vor ihm stand!

Shit! – warum war mir das Ganze bloß so unangenehm? Ich hatte keine Zeit, darüber nachzudenken, ich hatte nie mit so einer Situation gerechnet. Delia war ›eine junge Griechin‹, die Papa nie kennenlernen würde, so hatte ich es mir vorgestellt. (Eigentlich war sie, was Papa und mich betraf, eher eine Fantasie als eine reale Gestalt, denn als eine reale Gestalt war sie in unseren Unterhaltungen nie aufgetaucht. Sondern?! Sondern als ›eine junge Griechin‹ – und damit wie eine Figur aus einem Film!)

Ich brachte den Film und das Reale aber nicht mehr zusammen, nein, wie hätte ich so etwas denn auch in Sekundenschnelle schaffen können?! Und dann tat ich Idiot das Blödeste, was ich hätte tun können. Ich sagte nämlich zu Delia, dass ich rasch noch Zigaretten kaufen wolle – ja, verdammt, ich machte (allein) kehrt, ließ sie stehen, wo sie stand, und machte ein paar rasche Schritte rückwärts ins Dunkel. Delia war überrascht, blieb aber wirklich stehen, und auch ich blieb schließlich (wie ›angewurzelt‹) stehen, um vorgeführt zu bekommen, wie Papa sich auf Delia zu bewegte, sie ansprach und mit ihr eine Unterhaltung begann.

Ich bekam das fremde Bild gar nicht hinein in meinen Kopf, es blieb draußen, als wäre es wirklich ein Filmbild. Mein Glotzen dauerte ein paar Minuten, da erst fielen mir die Zigaretten ein, und ich machte mich auf den Weg und fand (zum Glück) sofort einen Laden, wo ich eine Packung kaufte, irgendeine, die bunteste, die ich auftreiben konnte.

Damit ging ich langsam zurück – und erschrak, als ich Delia und Papa noch immer beieinander stehen sah, während Heinrich Segemann sich nicht traute, näher zu kommen, sondern herumstand wie ein Kind, das die Eltern (oder andere Erzieher) mitten auf der Straße (furchtbar allein) stehen gelassen hatten.

Ich ging auf Delia und Papa zu und trug die Zigaretten wie eine Monstranz vor mir her. »Seit wann rauchst Du?« fragte Papa (auf Deutsch). – Und ich antwortete: »Griechische Zigaretten möchte ich wenigstens einmal probieren. Denis sagt, sie sind etwas Besonderes.« – »Ihr geht jetzt essen, stimmt's?« fragte Papa weiter, und ich sagte: »Ja, wir gehen jetzt essen.« – »Wir auch!« antwortete Papa, drehte sich um und winkte Heinrich Segemann zu sich heran. »Heinrich, was stehst Du denn so schüchtern herum? Das hier ist Delia, eine junge Griechin. Johannes hat sie vor kurzem kennengelernt. Die beiden gehen jetzt essen, und genau das tun wir auch! Gegen 22 Uhr treffen wir uns und fahren zu dritt nach Piräus zurück … Heinrich, nun sag doch endlich mal was!«

Heinrich Segemann schaute Delia an, als wäre sie wie eine antike Göttin dem Meer entstiegen. Ja, kein Scherz, es war deutlich zu sehen, dass er seinen Augen nicht richtig traute. So eine gut aussehende, junge Griechin – und das in der Nähe dieses blutjungen Sohnemanns! »Guten Abend!« brachte er gerade noch heraus, dann aber machte Papa dem allen ein Ende, gab Delia die Hand und verabschiedete sich. »Esst etwas Gutes!« rief er uns zu – und verschwand zusammen mit Heinrich, der sich noch einmal nach uns umschaute, als müsste er überprüfen, ob ich wirklich der war, für den er mich einmal gehalten hatte (nein, der war ich nicht mehr …).

»Puuh«, sagte ich zu Delia, »das war mein Vater!« – »Ich weiß«, antwortete sie, »er hat sich ja gerade vorgestellt!« – »Was hat er denn zu Dir gesagt?« fragte ich. – »Na, dass er Dein Vater ist und sich freut, meine Bekanntschaft zu machen.« – »Das hat er gesagt?« – »Ja, was fragst Du denn so?« – »Und hat er noch was gesagt?« – »Ja, er hat mich nach Köln eingeladen. Von Köln aus soll ich mit Dir ans Meer fahren! Das hat er gesagt.« – »Ans Meer?« – »Ja, es sind etwa dreihundert Kilometer, er wusste die Zahl ganz genau. Und er sagte: ›Köln liegt nahe am Meer. Sie werden sich wundern …‹«

Reisetagebuch (24. Juli 1967, 23.32 Uhr)

Vor zwanzig Minuten sind Heinrich, Papa und ich wieder auf der Albireo *angekommen. Über »die junge Griechin« wurde kein Wort mehr gesprochen. Papa und Heinrich haben angeblich sehr gut gegessen. Griechisches Lamm aus dem Ofen mit grünen Bohnen! (Sie haben auch* Retsina *probiert, der ihnen aber nicht schmeckte.) Ich nun wiederum habe Delia eingeladen, und wir haben viele Vorspeisen, aber kein Hauptgericht gegessen. Sie mag keinen* Retsina, *wohl aber kretischen Weißwein. Seltsam, wir sind auf unseren morgen bevorstehenden Abschied überhaupt nicht zu sprechen gekommen. Delia redete von ganz anderen Dingen (ihren Brüdern, der Arbeit in der Schule, dem Spaß, den es mache, Kinder zu unterrichten, Musik, dem Club und so weiter). Ich war froh, dass sie so locker drauf war und soviel erzählte, denn ich wäre in arge Verlegenheit geraten, wenn ich selbst viel hätte erzählen sollen. Sie fragte mich nur wenig, und ich redete erst nach zwei Gläsern Weißwein mehr und sagte, dass ich seit der Kindheit einem großen Traum hinterher laufe. Eigentlich wolle ich nämlich Pianist werden, sagte ich, mir fehle aber der notwendige Mut, um das Vorhaben ernsthaft anzugehen. ›Du spielst gut Klavier?‹ fragte sie (ganz erstaunt), und ich nickte und wusste nicht, wie ich mit dem Thema weiter umgehen sollte. Etwa ganz offen?! Ich befürchtete, dass sie mich an irgendein Klavier in der Nähe schleppen und um ein Vorspiel betteln würde. Das aber wollte ich unbedingt vermeiden, ich war dazu nicht aufgelegt, nein, ich hatte sogar einen richtigen Widerwillen dagegen, mich an einem Klavier zu postieren und die flotten Fingerchen wieselflink über die Tasten zu jagen. (Spielten junge Männer wie ich in Griechenland überhaupt Klavier?! Wollten sie nicht viel eher Sänger werden? Sänger, Tänzer, Akkordeonspieler?!) Delia und ich – wir unterhielten uns wieder sehr gut, und dann schlenderten wir (›eng umschlungen‹, mein Gott, wie sich das anhört!) zum Omonia-Platz. Wir küssten uns diesmal nur kurz, und Delia verschwand und winkte mir zu, und ich dachte: ›So, jetzt sind wir beide zusammen! Für wie lange wird sich noch finden!‹*

Reisetagebuch (24. Juli 1967, 23.51 Uhr)

Diese Reise wird die letzte lange Reise sein, die ich mit Papa unternehme. So haben wir beide es vereinbart. Was aber wird danach kommen? Reisen mit einer Freundin? Und wird die erste dieser Reisen eine Reise mit einer jungen Griechin sein? Ich bin sehr durcheinander und aufgeregt. Papa bemerkte es, glaube ich, nicht. Er liegt schon im Bett und liest den Fänger im Roggen. *Ich sitze im Salon und schreibe mir (wie so oft) die Finger wund. Es tut aber nicht weh, neinnein, es beruhigt, zumindest mit dem Stift muss ich ja reden, sonst platze ich.*

Reisetagebuch (25. Juli, 0.45 Uhr)

Erwin kam noch in den Salon, und wir haben zusammen ein Bier getrunken. ›Ich habe jetzt eine Freundin‹, habe ich zu ihm gesagt. – Und er fragte: ›Wie heißt sie?‹ Ich sagte es ihm und erzählte ein bisschen, und er hörte zu, und ich war sehr froh, diesen ruhigen, klugen Mann (mit all seiner großen Erfahrung) in meiner Nähe zu haben. Er ging auf die Sache völlig unkompliziert ein und redete so, als handelte es sich um nichts Besonderes. Wohl aber um etwas, um das man »sich kümmern« müsse. »Und wie soll ich das tun?« fragte ich ihn. – »Genaue Verabredungen treffen. Wann und wo Ihr Euch wieder seht. Und dafür sorgen, dass der Abstand zwischen den Treffen nicht zu groß ist. Außerdem solltet ihr häufig telefonieren …, unbedingt.« – Ich fragte ihn zum Schluss auch nach der Argentinierin (um den Austausch über diese Themen ausgeglichen zu gestalten). »Sie ist bereits in Chalkis«, sagte Erwin. – »Und wie wird sie an Deck gelangen?« fragte ich. – »Na, ganz einfach, über die Gangway. Vor aller

Augen!« – »Was?! Nicht heimlich, sondern vor aller Augen?!« – »Exakt.« – »Und wieso das?« – »Sie ist nicht mehr meine Freundin, sondern meine Verlobte. In wenigen Wochen werden wir heiraten.« Mann, das war eine Nachricht! Ich lud Erwin noch zu einem Glas Sekt ein, das passte zwar überhaupt nicht, musste aber unbedingt sein. Er schlug die Einladung aus – und lud mich von sich aus ein. Und so haben wir beide (Erster Offizier Erwin Mühlenthal) und ich (Pianist Johannes O) ein Glas Champagner getrunken. Auf die Liebe und auf die Zukunft!

Athen 5

Am letzten Vormittag, den wir noch in Piräus/Athen verbringen würden, wollten Papa und ich auf die Akropolis, wir hatten uns dieses Ziel bis zuletzt als Höhepunkt aufgehoben. Oben auf dem Felsplateau zwischen lauter Tempeln zu sitzen und auf das weite Land ringsum bis zum Meer zu schauen – das hielten wir für einen würdigen Abschluss. Und da wir dafür nicht viel Zeit haben würden (die *Albireo* sollte am frühen Nachmittag Richtung Chalkis ablegen), ließen wir das Frühstück an Bord wieder aus und machten uns zeitig auf den Weg.

Vorher hatte Denis uns einen weiteren Luftpostbrief von Mama ausgehändigt. Ich hatte ihn in meinen Rucksack gesteckt, und Papa und ich hatten entschieden, ihn während der Fahrt mit der Vorstadtbahn von Piräus nach Athen zu öffnen. Ich würde ihn vorlesen (wie schon beim ersten Mal), und Papa würde (gespannt) zuhören.

Bevor es soweit war, kam ich aber noch einmal kurz auf die gestrige Begegnung mit Delia zu sprechen. Ich wollte wenigstens ein paar Worte von Papa dazu hören, irgendetwas, sein ewiges Ausweichen (oder Drüberweg- oder Dranvorbeireden – ja, was nun?!) begann, mich zu nerven.

»Sag mal«, begann ich, »wie hat Dir denn die junge Griechin gestern gefallen?« (Mein Gott, das war eine Frage auf unterstem Niveau, furchtbar – aber ich wollte es eben wissen ...) – »Das willst Du wirklich von mir hören?« entgegnete Papa. – »Ja, sag doch mal was dazu, ich habe keine Ahnung, wie sie Dir gefallen hat!« – »Ich auch nicht«, antwortete Papa, »wie soll ich denn dazu etwas sagen, wo ich doch höchstens drei Minuten mit ihr gesprochen habe?!«

Zack – das war typisch Papa. Kurz, knapp, und – er hatte vollkommen recht. Was sollte er schon sagen? Nach einer Begegnung von drei Minuten! Sollte er etwa einen kleinen Schmalztopf anrühren, in der Art von: »Lieber Junge! Deine junge Freundin sieht hinreißend aus! Und dabei doch so bescheiden! Das schlichte Kleid hat mir besonders gefallen! Und der Pferdezopf ist niedlich! Ganz zu schweigen von ihren großen, typisch griechischen Augen! Sie erinnerten mich an die Augen der schönen Koren im Nationalmuseum! Da hast Du eine gute Wahl getroffen, mein Junge!«

Ich sagte nichts mehr. Es war eine blöde Dummheit von mir gewesen, das Thema noch einmal anzusprechen. Konnte ich mit dieser Sache denn nicht allein klarkommen? Brauchte es noch meinen Vater?! Ja, anscheinend brauchte ich ihn – das wurde mir schlagartig klar. In Wahrheit hatte ich ihn jedoch nicht nach einem ersten, bloß äußerlichen Eindruck fragen wollen, sondern danach, was er zu der Freundschaft sagen würde, die sich gerade anbahnte!

Ich versuchte es noch einmal. »Delia sagte mir, dass Du sie nach Köln eingeladen hast!« – »Ja, habe ich.« – »Und wieso?!« – »Na, wieso denn nicht?! Das liegt doch nahe, wenn ihr befreundet seid!« – »Ich bin mir noch unsicher, ob wir das wirklich sind!« – »Was?! Natürlich seid Ihr das! Das sieht man doch sofort, auf den ersten Blick!« – »Ach ja? Aber woran sieht man so etwas?« – »Daran, wie zufrieden Ihr beide auf andere Menschen wirkt.« – »Tun wir das?« – »Absolut. Heinrich zum Beispiel hat später gesagt: Die beiden sind ein schönes Paar!« – »Na, ob ausgerechnet Heinrich den notwendigen Blick dafür hat – das bezweifle ich sehr!« – »Da tust Du ihm aber Unrecht! Heinrich ist Modellbauer, und Modellbauer haben genau den richtigen, scharfen Blick!« – »Ich weiß nicht ...« – »Eben, Du weißt nicht ... Du bist unsicher und stocherst im Nebel herum! Ich an Deiner Stelle würde mir nicht viele Gedanken machen! Ich würde Delia nach Köln einladen – und ich würde eine Einladung von ihr annehmen, wenn sie Dich nach Athen einlädt. Was ist daran so kompliziert?! Ihr solltet Euch besser kennenlernen – wenn Ihr das wollt! Und wenn nicht – ja, mein Gott, dann eben nicht! Habe ich recht?!«

Ich zögerte einen Moment. Ja, natürlich hatte er recht. Es war keineswegs kompliziert, ich wehrte mich nur gegen seine raschen und (in meinen Ohren) zu flott klingenden, logischen Schlussfolgerungen. »Meine Herren, ist ja gut ...«, sagte ich, »für Dich ist das Ganze sehr einfach! Für mich eben nicht.«

Wir saßen dann in dem Vorortzug nach Athen, und ich dachte: ›Manchmal hat Papa auch etwas Stures! Bisher habe ich das kaum je bemerkt, aber gerade bemerke ich es! Er hat eine Meinung, und er lässt sich nicht dreinreden. Was er für richtig hält, ist eben richtig.‹

Ich war etwas sauer und auch wütend, weil er mich so abblitzen ließ. War ich denn noch immer der unerfahrene, naive Junge, den man mit ein paar logischen Schlussfolgerungen zufrieden stellte?! Etwas in mir bäumte sich gegen seine Gelassenheit auf, ich wusste aber nicht, wie ich dagegen angehen sollte. Da sagte ich (einfach so, knochentrocken, als feuerte ich einen Warnschuss in die Luft): »Delia möchte, dass wir uns verloben!«

Das saß. Als ich den Satz herausgebracht hatte, wusste ich gleich, dass er einschlagen würde. An ihm kam Papa nicht mehr vorbei, jetzt musste er Farbe bekennen. Vielleicht reizte ihn meine Dreistigkeit auch, meinetwegen, sollte er doch ruhig mal aus der Haut fahren!

Er antwortete aber nur: »Verlobt man sich in Griechenland früher als bei uns?! Und was bedeutet eine Verlobung konkret?« – »Du sturer Hund!« hätte ich am liebsten geschrieen – und weiter: »Sollen wir Nachforschungen darüber anstellen, was eine Verlobung in Griechenland gestern und heute, unter besonderer Berücksichtigung des orthodoxen Glaubens, bedeutet?! Fragst Du *danach*?!«

Ich machte aber stattdessen eine Pause und versuchte, mich zu beruhigen. Natürlich war ich auf dem falschen Weg, ich hatte mich nicht mehr unter Kontrolle. »Mühlenthal hat sich übrigens gerade verlobt«, sagte ich (leise), »das zumindest ist sicher.« – »Was Du nicht sagst«, antwortete Papa, »kennst Du etwa seine Verlobte?« – »Nein, natürlich nicht! Wir beide lernen sie aber morgen kennen!« – »Morgen?! Da sind wir in Chalkis!« – »Eben – und in Chalkis kommt sie an Bord!«

Papa lachte: »Das weißt Du auch schon?! Fabelhaft!« – »Ja, das weiß ich. Gestern Nacht habe ich mit Erwin noch ein Glas Champagner getrunken. Auf seine Verlobung!« – »Großartig!

Aber auf Deine habt Ihr hoffentlich noch nicht angestoßen, oder?!« – »Nein, haben wir nicht. Die Sache mit meiner Verlobung ist ein Scherz, aber das weißt Du ja sowieso.« – »Einen Moment lang habe ich geglaubt, dass was dran ist.« – »Und es hat Dich kein bisschen aufgeregt?« – »Doch, hat es. Ich habe sofort gedacht: Wie wollen wir das Deiner Mutter erklären? Und ich kann Dir sagen, dass ich darauf keine Antwort weiß. Nein. Ernsthaft. Ich wüsste nicht, wie man ihr so was erklärt. Aber jetzt Schluss damit! Lass uns Ihren Brief lesen!«

Gut, in Ordnung. Einmal durchatmen. Wir beide fahren wieder in dieselbe Richtung. Wie immer. Nichts bringt uns auseinander oder gegeneinander auf! Selbst eine (mögliche) Verlobung nicht. Wir beide sind einfach die Meister im Erledigen schwieriger seelischer Probleme. Wir schultern sie und werfen diese lästigen Brocken irgendwann ab. Wir trotzen jeder See und jedem Meer! Wie *the old man* – und der Junge, der ihn begleitet …

Ich öffnete meinen Rucksack und nahm Mamas Luftpostbrief heraus. Da kam mir noch ein letzter Gedanke – und ich fragte Papa: »Hast Du den *Fänger im Roggen* bald ausgelesen?!« – »Ja, habe ich.« – »Was meinst Du? Bin ich nicht auch ein wenig so wie dieser Fänger im Roggen, ich meine Holden Caulfield?!« – »Nein, bist Du nicht!« – »Ich finde schon. Holden ist ein unsicherer Typ, und er steht zwischen allen Lagern. Er ist kein Junge mehr, aber er ist auch noch kein Erwachsener – und er hat seine Probleme mit fast allen Menschen in seiner Umgebung. Er kommt mit ihnen nicht richtig zurecht, besonders dann nicht, wenn sie ihm etwas vormachen. Holden hasst solche Spieler, die sich wichtig tun, na, Du weißt schon!« – »Ja und?! Das mag alles sein, aber auf Dich trifft es nicht zu. Hasst

Du etwa Kapitän Reckling? Oder Mühlenthal? Oder Heinrich? Und vergiss nicht, Du hast jetzt eine Freundin! Holden hat keine, und er wird so schnell auch keine finden.« – »Doch, er hat eine! Seine kleine Schwester!« – »Ah ja, na klar. Wenn Du so willst, ist die kleine Schwester auch seine beste Freundin, da hast Du recht. Übrigens sind die Passagen mit der jüngeren Schwester großartig. In meinen Augen sind sie das Beste in diesem Roman. Wie genau Holden sie beobachtet, und wie viel versteckte Liebe in diesen Beobachtungen liegt! Salinger beschreibt das so gut wie kein anderer!« – »Wie kein anderer? Du meinst, er ist unserem *old man* darin überlegen?!« – »Ja, ist er. In der Beschreibung der Zuneigung Holdens zu seiner Schwester schon. Darüber hätte Hemingway niemals geschrieben, es wäre ihm nie in den Sinn gekommen.« – »Moment, noch ein Letztes! Du meinst ernsthaft, ich habe Holden etwas voraus?! Ich meine, ich bin weiter als er?! Ein kleines Stück?!« – »Ja, meine ich. Aber lass uns ein anderes Mal länger darüber reden. Wenn ich den Roman ausgelesen habe.« – »Gern, machen wir!« – »Na schön. Dann lesen wir jetzt beide zusammen den Roman Deiner Mutter!« – »Okay! …: ›Ihr Lieben! Ich stelle mir vor, dass Ihr inzwischen in Athen angekommen seid. Könnte ich doch mit eigenen Augen sehen, wie Ihr die Akropolis besteigt …‹« – »Johannes, lass das! Man macht keine Scherze über die Briefe seiner Mutter!« – »Doch, macht man. Muss man sogar machen. Unbedingt. Dann wirken sie stärker als ohne Scherze…« – »Jetzt lies endlich. Ich bin hier der Rechthaber, nicht Du!« – »Stimmt, Du bist der Rechthaber, heute sogar in Bestform!«

Dann las ich Mamas Brief vor: Sie bewegte sich, wann immer es ging, in unserem großen Garten. Sie zählte auf, was blühte und was nicht mehr, und sie erzählte von einzelnen Bäumen im oberen Wäldchen. Welche kleineren Schäden sie hatten und was man dagegen tun konnte.

Manchmal kam ihre Schwester mit ihrem VW-Käfer vorbei, dann fuhren die beiden übers Land. Sie tranken irgendwo unterwegs einen Kaffee und unterhielten sich mit anderen Gästen. Und sie sprachen über C., ihren Bruder, der ein Geistlicher ist. Mama schrieb über ihn, als wäre er ihr relativ fremd, und das kam daher, dass er Theologie studiert hatte und jetzt zusammen mit seiner Haushälterin in einem Pfarrhaus lebte.

Die beiden anderen Brüder arbeiteten in der Firma unseres Großvaters, und der Großvater war eindeutig der Prinzipal. Mama schrieb, dass er unsere Reise auf einer Karte genau verfolge und gespannt darauf sei, was wir nach unserer Rückkehr berichten würden.

Ich konnte mir ihn genau vorstellen: meinen wissensdurstigen Großvater! Ich mochte ihn sehr, und auch die Großmutter mochte ich sehr, sie hatten beide (wie man so sagt) »die Ruhe weg«, und wenn man sie besuchte, nahmen sie sich alle Zeit, um sich mit uns zu unterhalten. Mama wollte im Haus der Großeltern immer irgendetwas ordnen und richten, und Großvater sagte dann meistens zu ihr: »Kind, lass das! Du brauchst das nicht mehr zu tun!« Ich hörte es furchtbar gern, wenn er das sagte und Mama »ein Kind« nannte, und wenn wir wieder allein waren, sagte ich spaßeshalber zu ihr auch »Kind, lass das!« – und sie fand es sehr komisch.

Mama drehte dann richtig auf, und nahm mit ihren Erzählungen das halbe Dorf durch – und Papa sagte plötzlich: »Mein Gott, was sie wieder alles erlebt hat!« – Sie hatte aber gar nicht so viel erlebt, sondern nur genau hingehört und sich viele Geschichten erzählen lassen. Mama mag es, wenn andere Menschen erzählen, ich glaube, das ist das Schönste, was sie so kennt. »Erzähl doch weiter!« sagt sie und bringt andere zum

Reden, und das Seltsame ist, dass sie den ganzen Kram wirklich behält – und ihn hinterher in genau derselben Manier, in der ihr das alles erzählt wurde, wiedererzählen kann. Irgendetwas Geheimnisvolles geht in ihr vor, wenn sie in die Seelen anderer schlüpft, aber ich verstehe nicht genau, was das ist.

Ich habe mit meinem Onkel (ich meine den Geistlichen) einmal darüber gesprochen, und er hat gemeint, dass Mama durch ihr langes Stummsein in den Jahren nach dem Tod meiner Brüder das genaue Hinhören gelernt hat und außerdem noch, wie man sich in die Seelen anderer vertieft. Sie kann das so gut, dass sie sogar im Tonfall anderer Menschen spricht und erzählt – das Ganze ist manchmal unheimlich, aber ich möchte jetzt darüber nicht weiter schreiben und nachdenken.

Als wir in Athen ankamen, war ich mit Mamas Brief durch, und Papa nahm ihn an sich, und wir machten uns auf den Weg zur Akropolis. Bis man ganz oben auf dem Berg ist, erlebt man einen richtig anstrengenden Aufstieg, und Papa sorgte mal wieder dafür, dass wir alle Meter stehen blieben, uns umschauten und die sich verändernden Perspektiven besprachen.

Während dieses Gehens tauchten nämlich laufend neue Einzelheiten und Terrains neben oder unter uns auf (das Halbrund eines Theaters, eine Säulenvorhalle, eine Aussichtsplattform mit Blick auf den Areopag), so dass dieser Weg wie ein langer Film wirkte, der uns die Besonderheiten Athens Stück für Stück vorführte. Wie die alten Athener absolvierten wir jenen Gang, der Panathenäenzug genannt worden war – und als wir oben auf dem Plateau ankamen, hatten wir zunächst gar keine Augen für den mächtigen, alles dominierenden Parthenon-Tempel, sondern vor allem für die weite Umgebung ringsum!

Reisetagebuch (25. Juli 1967, 10.21 Uhr)

Man steht auf einem großen, strahlendweißen Höhenplateau und kneift in der sengenden Sonne die Augen zusammen. Zwei, drei Fremdenführer streifen umher und bieten ihre Dienste in mehreren Sprachen an. (Es ist aber so heiß, dass kein Fremder langen Erklärungen zuhören möchte.) Überall liegen bereits behauene oder zerborstene oder hilflos aufeinander getürmte Steinbrocken herum – das Plateau sieht aus wie ein Schlachtfeld, das unzählige Kriege erlebt hat und das niemand mehr aufräumen mag (sind die Griechen etwa der ewigen Antike müde geworden?). Dieses Durcheinander, sagt Papa, habe aber durchaus seinen Reiz. Jedenfalls wirke es stärker als eine glatte, aufgeräumte Fläche, auf der die Tempel wie öde Rekonstruktionen aussehen würden.

Reisetagebuch (25. Juli 1967, 10.46 Uhr)

Es stimmt! Der große Parthenontempel wirkt nicht wie eine Rekonstruktion, nein, auf keinen Fall! Jede seiner Säulen leuchtet bei genauerem Hinschauen in einer anderen Tönung. Da sie so ordentlich nebeneinander stehen (die Grundfarbe ist ein Altweiß, mit vielen Schlieren und Dunkelstellen und Ausbesserungen), wirken sie wie der geniale Einfall eines klugen, zurückhaltenden Architekten, der mal ein Experiment wagen wollte. Ich meine, sie wirken nicht einschüchternd oder bedrohlich, nein, überhaupt nicht. Eher wie das gelungene Ergebnis eines Architekturwettbewerbs! Genau diese Wirkung trägt dazu bei, dass man noch heute Freude an ihnen hat. ›Diese Säulen, die haben doch was!‹ sagte gerade Papa, und er meinte (wohl) damit, dass er sich keine Gedanken darüber macht, was sie ›bedeuten‹ sollen. Er begann, sie zu zählen, die Unregelmäßigkeiten zu notieren und sich nach den statischen Erfordernissen des Baus zu befragen. (Ich ließ ihn zeichnen und überlegen …, und entfernte mich etwas von ihm.)

Reisetagebuch (25. Juli 1967, 11.08 Uhr)

Der antike Panathenäenzug war auf einem langen Fries des Parthenontempels, ganz ringsum verlaufend, abgebildet. Auf ihm war die Bevölkerung Athens in unterschiedlichen Gruppen (junge Frauen, junge Männer, Rossereiter, tanzende Mädchen, Erzieher ...) zu sehen, wie sie sich den auf der Akropolis sitzenden (und keineswegs thronenden!) Göttern näherten. Die Göttinnen und Götter saßen auf kleinen Schemeln, nicht frontal, sondern meist einander seitlich zugewandt, in lockerem Gespräch oder in lässigen Posen. Im Zentrum natürlich Zeus und seine Frau Hera, daneben aber waren Athene (als Stadt- und Schützgöttin) sowie Hephaistos (jener Gott also, der den Menschen die Kenntnis der höheren Kulturstufen näher gebracht hatte – über ihn habe ich schon einmal geschrieben) zu erkennen. An der Spitze des Panathenäenzugs überbrachten junge Athenerinnen der Göttin Athene ein von ihnen gesticktes Gewand. Dieses Festkleid besiegelte die Verbindung von Göttern und Menschen, wie ja überhaupt der Festzug nicht in zwei unterschiedlichen Regionen (höheren und niederen) spielte, sondern die Sphäre der Götter und die Lebenswelten der Menschen aufs Engste miteinander verband. Die Platten des Frieses sind heute nicht mehr an der alten Stelle, sie wurden geraubt und nach England gebracht (Schweinerei!). Und so bekam ich auf dem Akropolishügel nur kleine Teilstücke des Originals, Kopien und Zeichnungen zu sehen. (Ich kaufte mir ein schmales Buch mit Fotografien des gesamten Frieses und mit einem Kommentar eines Archäologen, auf Deutsch.)

Reisetagebuch (25. Juli 1967, 11.32 Uhr)

Ich sitze hinter dem Parthenontempel im Schatten, auf einem Säulenstumpf. Es sind viel weniger Menschen unterwegs als Papa und ich gedacht hatten (die Hitze ist anscheinend zu groß.) Große Freude habe ich an dem kleinen Büchlein mit den Darstellungen des Panathenäenfrieses. Über jedes Detail würde ich gern etwas schreiben, über die schnaubenden Rosse, die schwere Krüge tragenden Frauen – und über den Jungen, der sich seine Sandalen schnürt (tut er das?!). Papa hat das Büchlein auch bereits durchgeblättert – er überlegt, ob er den gesamten Fries nachzeichnen soll, natürlich nicht hier oben, sondern während unserer weiteren Fahrt auf dem Meer. Ich habe ihn sehr ermuntert, das zu tun. Wir könnten die Blätter zuhause rahmen lassen und aufhängen … (Mein Gott, was für eine gute Idee!! Wir sollten alle von Papa auf der Reise gezeichneten Blätter rahmen und aufhängen – das ganze Westerwaldhaus wäre dann ein einziges großes Griechenlandhaus!!)

Reisetagebuch (25. Juli 1967, 11.53 Uhr)

Der Panathenäenzug ist die Urprozession der alten Griechen. Die Prozessionen der orthodoxen Kirche greifen (behaupte ich jetzt einfach mal) auf diese antike Urprozession zurück. (Und die älteren Griechen bewegen sich noch heute auf den Straßen so, als wären sie Teil einer Prozession, die sich heutzutage allerdings hin zu den Kaffeehäusern bewegt.) Doch ich wollte keine dummen Witze machen, sondern aufschreiben, dass die Panathenäenprozession etwas ganz anderes ist als eine unserer christlichen Prozessionen (wie etwa die an Fronleichnam in Köln). Die christlichen Prozessionen kreisen (so kommt es mir vor) um ein dunkles Geheimnis (die Monstranz, den Altar, den Tabernakel) – und sie führen in strenger hierarchischer Anordnung (der Herr Kardinal zieht voraus) in die Tiefe einer Kirche, hin vor Gottvater. Der Panathenäenzug aber führt, begleitet von lauten Gesängen und Hymnen, zu den antiken Göttern, die sich auf ihren Schemeln ungeduldig räkeln, bis die Opfer und Gesänge vorbei sind und sie sich endlich unter die essende und feiernde Festgesellschaft der Menschen mischen können. (Schöne Vorstellung: Man sitzt als junger Grieche plötzlich neben Hephaistos, der gierig nach einem Lammkotelett greift …). Interessante Frage: Hätte ich nicht lieber in der Antike gelebt, zusammen mit Göttern, die keine Zehn Gebote *kennen und viel übrig haben für Festmähler, Lebensfreude, Musik, Tanz und so weiter? Gegenfrage: Oder ist das Zusammensein mit einem unsichtbaren Gottvater in dunklen Kirchen nicht doch viel geheimnisvoller?!*

Postbriefkarte an die Mama (25. Juli, 12.32 Uhr)

Liebe Mama, diese Postbriefkarte schreibe ich von der Akropolis, hoch oben, bei einer Temperatur von 35 Grad. Ringsum liegt die alte Stadt Athen mit ihren modernen Häusern und lauten Straßen. Einige schmale Wäldchen rahmen ihre niedrigen Hügel, und in der Ferne reihen sich die höheren aneinander und verbeugen sich vor dem weit (wie eine riesige Pfütze) auslaufenden großen Meer. Der Poseidontempel brütet vor sich hin, und Papa und ich trinken laufend Wasser aus unauffälligen Wasserstellen, kurz vor dem Verdursten. Die Szenen des Panathenäenfrieses (ich erkläre es Dir zuhause) gehen mir sehr nahe – warum habe ich bloß vor ein paar Jahren mit dem Reiten auf dem Hof von Onkel C. aufgehört? Die jungen Athener in meinem Alter waren alle auf Rossen unterwegs. (Und: Wo gibt es in Köln Schnürsandalen zu kaufen?)

Papa und ich waren mehrere Stunden auf der Akropolis (Papa zeichnete noch das Erechtheion, das ihm mit seinen Korengestalten (»Koren als Säulen – das ist ein Einfall!«) besonders gefiel. Schließlich wurde es aber Zeit, und wir machten uns an den Abstieg.

Kurz vor dem Verlassen des Plateaus drehten wir uns noch einmal um, und Papa markierte auf einer kleinen Skizze, was die Prozession des Panathenäenzuges vor Augen gehabt haben musste, als sie die Propyläen (die Vorhalle) hinter sich gelassen hatte. Zunächst eine große (fast zehn Meter hohe) Statue der Göttin Athene auf einem Sockel. Sie ist nicht mehr erhalten, man glaubt aber, dass diese Bronzefigur einen erhobenen Speer in der Rechten gehalten habe und dass man sie von weither (wohl sogar vom Meer aus) sehen konnte. Sie beherrschte also nicht nur den Burgberg, sondern zielte mit ihrem Speer auf das gesamte bewohnte Gelände der Stadt Athen.

Im Innern des Parthenontempels stand aber noch eine viel größere Athene (von ihr hatten wir gestern eine kleine Kopie im Nationalmuseum gesehen). Sie trug einen schweren Helm, besetzt mit einer Sphinx und Flügelpferden, und sie stützte sich mit der Linken auf einen schweren Schild, in dessen Innenseite sich (wie in einer Höhle) eine Schlange befand. Um Schultern und Brust trug sie ein merkwürdiges Fell (wie ein Halstuch), auf dem sich kleinere Schlangen (?) befanden.

Was für eine Gestalt war denn das?! Im Museum hatte ich sie mehrmals umkreist. Man konnte Angst vor diesem Wesen bekommen, so gebieterisch und fremd sah es aus. Es hatte so gar nichts gemein mit anderen Frauenstatuen, nein, es kam aus einer eigenen Welt.

Die Athena-Statue im Parthenon

Der gewaltigen Athena-Statue im Parthenon sah man an, dass sie die kriegerische Tochter des Zeus darstellte: Mit einem schweren Helm, einem Schild und mit der Statue einer Siegesgöttin in der Linken. Und dann: Überall diese Schlangen! Sie war ›bis zu den Zähnen bewaffnet‹, sogar das Halstuch war angeblich aus einem Fell, das Blitze abhielt! Kein Flecken freier Haut, selbst das Gewand bestand aus schweren Falten, wie eine Rüstung! Sie muss sehr stolz auf ihren Vater gewesen sein, ja, ich sah es ihr an! Sie hatte diesen grollenden, starken Vater wohl oft im Sinn und eiferte ihm nach. Alle Weiblichkeit ging darüber verloren, oder?! Na ja, es gibt auch viele andere Darstellungen der Athene, solche ohne martialischen Schmuck. Im Parthenon trat sie als Schutzgöttin der Stadt in Aktion – da musste sie kriegerisch erscheinen: ohne ein Lächeln, ohne die geringste Erinnerung an menschliche Gesten.

Nach dem Abstieg von der Akropolis machte Papa sich sofort auf den Weg zurück nach Piräus. Ich aber hatte Delia versprochen, mich noch einmal kurz mit ihr in einem Café in der Nähe des Omonia-Platzes zu treffen.

Als ich das Café erreichte, sah ich sie gleich. Sie saß an einem der kleinen, runden Tische – und ich wusste sofort, dass sie ein Geschenk mitgebracht hatte. In hellblaues Papier eingewickelt und mit einem dunkelblauen Geschenkband eingebunden, lag es vor ihr auf dem Tisch.

Verdammt, ich hatte so etwas nicht zu bieten! Heute früh hatte ich den bereits gestern entworfenen Brief noch rasch in Schönschrift abgeschrieben, etwas Passenderes war mir nicht eingefallen!

Wir umarmten uns und küssten uns flüchtig, und dann hörte ich die Minuten und Sekunden langsam vergehen und ticken!

Was redet man in solchen Abschiedsmomenten?! Wieder mal hatte ich keine Ahnung! Ich konnte ihr doch nicht von der Akropolis und den unterschiedlichen Statuen der Athene erzählen – nein, das ging wirklich nicht! Auch sonst gab es nichts mehr zu berichten, es ging nur noch darum, sich voneinander zu trennen und einen fernen Punkt in der Zukunft anzuvisieren. Die Zeit schrumpfte urplötzlich zusammen, und es gab nur noch den Moment des Abschieds und den eines möglichen

Wiedersehens. Dazwischen musste irgendeine Brücke gebaut werden, aber wie?!

Selbst was man in so einem Moment trinkt, war mir nicht klar. Einen banalen Kaffee, wie an jedem anderen Tag?! Ein Glas Wasser (das wäre ein Hohn!)? Einen Sekt? Das wäre zu festlich (es gab doch nichts zu feiern). Irgendeinen Drink, wie ihn sich Paare am frühen Abend reinziehen? »Ich möchte nichts trinken«, hätte ich fast gesagt – und wäre nicht erstaunt gewesen, wenn Delia dasselbe gesagt hätte. Wir hätten einander gegenüber gesessen und uns die Hände gehalten. Und wir hätten einander angeschaut, bis die Tränen gekommen wären …

Herrgott – das sollte auf keinen Fall geschehen! Ich öffnete meinen Rucksack und nahm den Brief heraus. Ich legte ihn auf den Tisch und sagte: »Ein passendes Geschenk habe ich leider nicht gefunden. Ich habe Dir stattdessen einen Brief geschrieben.« – Sie nahm den Brief in die rechte Hand und schaute ihn an, als könnte sie ihn durch den Umschlag hindurch lesen. »Lies ihn bitte zu Hause!« sagte ich (zur Vorsicht).

Sie legte ihn zurück auf den Tisch und übergab mir ihr eigenes Geschenk, und als ich es so betrachtete, als wäre es ein Brief mit Umschlag, durch den ich hindurchschauen konnte, sagte sie: »Mach es bitte auf, es ist nichts Besonderes!«

Nun gut, ich musste es wohl oder übel öffnen, obwohl ich es lieber mit auf das Schiff genommen und erst viel später geöffnet hätte. Ich zog die Schleife des Geschenkbandes vorsichtig auf und gab mir Mühe, die Papierhülle nicht zu beschädigen. Als ich sie abgestreift hatte, lag ein schmales Büchlein vor mir. Es enthielt Fotografien des Panathäenfrieses, mit dem Nachwort eines Archäologen, auf Deutsch.

›Das kann ja nicht wahr sein‹, dachte ich, ›Mensch, dasselbe Buch! Jetzt besitzen wir es zweimal!‹

Ich versuchte, erstaunt und überrascht zu wirken – aber ich kann mich nicht dafür verbürgen, dass es klappte. Ich bedankte mich jedenfalls sehr und sagte, dass es ein wunderbares Geschenk sei und dass ich es gleich, während der Weiterreise, studieren werde.

»Na denn!« sagte Delia – und stand plötzlich auf. Wir hatten noch keinen Schluck getrunken, das passte einfach nicht. »Also gut!« antwortete ich und stand ebenfalls auf. Und dann stand der Kellner direkt neben uns und fragte, was wir trinken wollten. Delia schüttelte nur den Kopf, und ich sagte: »Zu spät! Es ist leider vorbei!«

Der Kellner wollte so etwas nicht hören und sagte, dass er sich beeilen werde, uns etwas zu servieren. »Nein danke«, sagte ich, »es ist jetzt einfach zu spät!«

Ich glaube, er hielt mich für komplett verrückt, aber er machte keine Anstalten mehr und schlich weiter.

Wir gingen ein paar Schritte zusammen – und dann küssten wir uns, lange, wie zum ersten Mal vor ein paar Tagen. Ich hatte einen trockenen Mund und einen rauen Hals, und ich fühlte mich gar nicht gut. Es war, als hätte ich Grippe oder etwas viel Schlimmeres, Selteneres, etwas, das mit den vielen Schlangen der Athene zu tun hatte, eine Infektion durch Schlangengift – oder, mit anderen Worten: etwas richtig Obszönes!

Dann aber setzte mein Verstand vollständig aus, und ich sagte: »Du weißt ja, ich wohne in Köln! Du weißt Bescheid!« – Delia lächelte (wenigstens das!) – und antwortete: »Und Du weißt, ich wohne in Patras und in Athen, Du weißt auch Bescheid!«

Ich presste die Zähne fest aufeinander und kämpfte, verdammt nochmal, gegen die Tränen. Und dann brachte ich es doch noch heraus und sagte: »Wir bringen das hin, keine Sorge, wir bringen das schon zusammen!« (Mein Gott, ich sprach wie ein Handwerker!) – Und Delia antwortete: »Ich habe da gar keine Sorge. Von Köln bis zum Meer sind es dreihundert Kilometer, und ich möchte jeden einzelnen sehen!«

Ich atmete tief durch, hörbar, erschöpft. Und Delia lächelte wieder und tat dasselbe: tief und laut durchatmen!

Und dann war es endgültig soweit, und wir trennten uns, und ich drehte mich um und ging davon, und als ich mich nach höchstens einer halben Minute noch einmal umdrehte, stand sie noch an derselben Stelle und schaute mir nach.

Ich dachte: ›Tu mir den Gefallen und geh!‹, sie tat es aber nicht. Stattdessen winkte sie mir zu – und ich muss sagen: Dieses Winken war von der ganzen Zeremonie (denn das war es, es war eine Ze-re-mo-nie!) eindeutig das Schlimmste! Ich hob ebenfalls meinen rechten Arm, er war bleischwer, als hielte ich den Speer der Athene, und ich nahm mir vor, rasch um die nächste Ecke zu biegen, um das Bild der winkenden Delia nicht noch einmal sehen zu müssen.

Wenige Minuten später saß ich in der alten, scheppernden Vorstadtbahn und stierte ins Leere. Ich fühlte mich, als hätte ich etwas verloren: die Lebenslust, die Energie – was weiß ich!

In Piräus tappte ich nur noch zu unserem Schiff, ging die Gangway hinauf und legte mich in unserer Kabine aufs Bett. Papa war (zum Glück) nicht zu sehen, so war ich allein mit meinem Unglück. Ich hörte, dass jemand an die Tür klopfte (das musste Denis sein), und als die Tür einen Spalt geöffnet wurde, schloss ich die Augen und stellte mich schlafend.

Schlafen wollte ich, nur noch schlafen! Und so blieb ich liegen, als ich draußen an Deck immer mehr Stimmen hörte. Ich wusste, dass die *Albireo* bald ablegen würde, aber ich hatte nicht die geringste Lust, an diesem Manöver wie ein interessierter Beobachter teilzunehmen.

Schließlich kam Papa in die Kabine. »Wir legen gleich ab«, sagte er, »kommst Du nach draußen?« – »Ich habe einen Hitzestich und starken Sonnenbrand, mir geht es nicht gut«, antwortete ich (leise). – »Dann bleib ruhig liegen«, sagte Papa, »ich kümmere mich um Medikamente!« – »Ich möchte keine Medikamente«, antwortete ich, »ich möchte ein Glas *Retsina*! Kannst Du mir das bringen, und kannst Du dafür sorgen, dass ich Denis ein paar Stunden nicht sehe?« – »Das kann ich alles, stell Dir das vor!« sagte Papa und begann, sich um mich zu kümmern.

Aus den Aufzeichnungen meines Vaters
(25. Juli 1967, 18.55 Uhr)

Dem Jungen geht es nicht gut. Die vielen Stunden in großer Hitze auf dem hohen Plateau der Akropolis haben ihm zugesetzt. Er hat einen starken Sonnenbrand und trinkt sehr viel Wasser. Wir haben kurz nach 16 Uhr den Hafen von Piräus problemlos verlassen. Die übliche, jetzt schon vertraute Prozedur: Ein Schlepper, der uns aufs offene Meer zieht, der Lotse, der die Navigation weitgehend übernimmt! Draußen vor der Küste lagen noch immer viele weitere Frachtschiffe, die auf die Einfahrt in den Hafen warteten. Reckling sagte, wir seien tadellos behandelt und rasch abgefertigt worden, in Bestzeit geradezu! Beim Abendessen (der Junge war nicht anwesend) erklärte Mühlenthal unserer Runde, dass er sich verlobt habe und seine Verlobte in Chalkis zusteige. Reckling war natürlich längst informiert, ich auch (durch den Jungen), nur Heinrich und Denis wussten noch nicht Bescheid! Wir werden bereits kurz nach Mitternacht in Chalkis eintreffen und dort zunächst ankern. Am frühen Morgen werden wir in den dortigen Hafen einfahren.

Aus den Aufzeichnungen meines Vaters
(25. Juli 1967, 21.13 Uhr)

Der Junge schläft viel. Denis hat mir Medikamente gegeben, und ich habe sie dem Jungen gebracht. Er mochte sie nicht nehmen, sondern hatte einen starken Widerwillen dagegen. Sein Gesicht glüht rot, und seine Haare sind so blond wie seit ewigen Zeiten nicht mehr. Ich blieb bei ihm in der Kabine, als er mir ein schmales Buch mit Fotografien des Panathenäenfrieses zeigte. Er bat mich, bald mit dem Zeichnen der einzelnen Szenen zu beginnen. Ich hatte das Gefühl, als bedeutete ihm das Zeichnen (ausgerechnet dieser Szenen?) sehr viel. Und so machte ich mich an die Arbeit. ›Fang bitte mit dem Jungen an, der sich die Sandale schnürt‹, sagte er. Ich suchte nach der Abbildung und entdeckte sie endlich. ›Warum denn damit?‹ wollte ich wissen. ›Frag nicht soviel, Papa!‹ sagte er und rollte sich unter der Decke zusammen, als wäre ihm kalt.

Zustandsbeschreibung

Ich glaube, ich habe sehr lange geschlafen, vom Nachmittag bis zum frühen Morgen. Ab und zu wurde ich wach, trank ein großes Glas Wasser und schlief wieder ein. Ich schwitzte stark und träumte viel, vergaß aber jeden Traum, sobald ich aufgewacht war.

Schließlich war es damit genug, und ich stand leise auf, zog mir etwas über und verließ (mit einer Decke) unsere Kabine. Es war noch dunkel, aber die *Albireo* hatte die kleine Stadt Chalkis längst erreicht. Wir hatten nahe der Küste Anker geworfen und warteten auf die Morgensonne und den Tagesanbruch.

Ich klappte einen Liegestuhl auf und legte mich hinein, und ich hüllte mich in die Decke, so dass nur noch mein Kopf herausschaute. Was für ein ruhiger Moment: Die Stille (kein Motorengeräusch), das Funkeln der Lichter an Land, die vielen Sterne, und das Meer, das sich friedlich in die Dunkelheit der Nacht zurückgezogen hatte!

Ich dachte an Delia und überlegte, was sie gerade wohl tun würde. Schlafen natürlich, schlafen. Wirklich?! Würde sie überhaupt schlafen können nach unserem Abschied? Und wie war es ihr ergangen während der Lektüre meines Briefes?

Wäre ich zwei, drei Jahre älter gewesen, hätte ich unsere Mittelmeerreise vielleicht in Athen vorläufig beendet. Ich wäre bei Delia geblieben, ein paar Wochen oder auch Monate, alles Weitere hätte sich von selbst ergeben. In meinem jetzigen Alter war das aber nicht möglich, natürlich nicht. Ich musste zurück – nach Hause (zu Mama und Papa, haha!), zum Klavierüben, in die (nichts als lästige) Schule! ›Du bist leider noch immer ein grüner Junge‹, dachte ich und weidete mich an der hässlichen, abschreckenden Formulierung. Ein grüner Junge, ja, genau das war ich: nichts Gares, sondern halbgar, noch nicht ganz bei sich, in der Entwicklung, ein Möchtegern!

Am schlimmsten waren die Erinnerungen: Das Bild des kleinen, runden Caféhaustisches mit Delias Abschiedsgeschenk!

Das Bild der Winkenden, die sich nicht von der Stelle fortbewegen wollte! Das Bild einer Mauer in Kap Sounion mit einem jungen Paar, das einen Sonnenuntergang erlebte! Und – das erste Bild überhaupt: Das Bild einer jungen Griechin, die mich am Arm festhielt und plötzlich küsste, als gehörten wir schon lange zusammen!

Shit, diese Bilder würde ich nun eine Weile mit mir herumtragen und laufend abrufen, oder?! Ich würde sie wie einen Diavortrag des Scheiterns und des sinnlosen Abbruchs einer Freundschaft im Geisterstübchen meines Gehirns auf- und abblenden!

Damit wäre die Zukunft erst einmal besetzt, mit diesem Bilderchaos und den noch abzurufenden, sich wahrscheinlich laufend wiederholenden Texten. (Typisch, Bruchstücke unserer Unterhaltungen hatte ich schon im Kopf … – ich hätte sie wie ein Schauspieler auswendig aufsagen können. ›Diese Gespräche sind mir eingeschrieben‹, dachte ich viel zu pathetisch und schloss die Augen.)

Das Beste war, dass die *Albireo* sich kaum bewegte und nur leicht hin und her schaukelte. Es kam mir so vor, als wäre sie leichter geworden und hätte einen Großteil der Ladung in Piräus gelassen. ›Sie und ich – wir ankern beide und atmen tief durch‹, dachte ich und begriff, dass ich dabei war, die *Albireo* zu behandeln wie eine Freundin.

›Soweit ist es mit Dir also gekommen‹, dachte ich, ›Du betrachtest dieses bis zum gestrigen Tag noch fremde Schiff plötzlich mit liebevollen Augen. Die Ersatzhandlungen nehmen zu, so ist das! Du vertiefst Dich in Erinnerungen, erfindest einen Begleitschutz in Form eines Schiffes und klagst Dich selbst an, weil Du noch nicht das richtige Alter für ein abenteuerliches Leben hast. Und wie nennt man diesen Zustand? – na, sag schon!

Na klar, man nennt ihn *Romantik*! Ersatzhandlungen, Zuflucht suchen bei Fremden, Selbstanklagen – das ist, jawohl, pure Romantik! Wie Du schon daliegst, in Deinem Liegestuhl, unter einer Wolldecke, mit Blick hinauf zu den Sternen! Papa sollte Dich zeichnen, und das Bild gleich benennen: ›Junger Romantiker in der Nachfolge Lord Byrons in der Bucht von Chalkis!‹

Ich war so erregt, dass ich wieder aufstand und zur Reling ging. Mein Herz schlug sehr rasch, es stimmte einfach nichts mehr mit mir. ›Es gibt nur ein Medikament gegen diesen unwürdigen Zustand‹, dachte ich, und dann schlich ich zurück in die Kabine und holte einen Stift und ein paar leere Seiten.

Der Salon war leer, Denis hatte gut aufgeräumt gestern Nacht. Aber es roch stark nach Zigaretten und schweren Getränken (Cognac? Anisschnaps?). ›Je älter man wird, umso unwürdigeres Zeug säuft man anscheinend‹, dachte ich, ›wahrscheinlich bereitet man sich damit auf den Tod vor! Schnaps, Cognac, Whisky – das sind alles Todesgetränke, um die letzte Bitternis schon mal zu kosten und gut vorbereitet zu sein … Mein Gott, hast Du dunkle Gedanken …, grau – en – haft …!‹

Reisetagebuch (26. Juli 1967, 5.25 Uhr)

So eine Trennung (mit dem damit verbundenen Abschied) habe ich zum ersten Mal in meinem Leben erlebt. Ich habe mir nie vorstellen können, dass es einmal so kommt. Man nähert sich einem Menschen, gewinnt ihn gern (um nicht zu sagen ›lieb‹) und muss damit rechnen, ihn zu verlieren. Für einen jungen Mann in meinem Alter ist das viel. Oder?! Denk bitte mal weiter: Wie wird es Paaren ergehen, die bereits lange zusammen sind und gegen ihren Willen auseinander gerissen werden? Und wie wird es sein, wenn man einen lange geliebten Menschen plötzlich verliert, durch einen plötzlichen, unerwarteten Tod?! Stop: Soweit wollte ich gar nicht denken, obwohl es nahe liegt, den Trennungsgedanken immer weiter zu spinnen … Ich erreiche jetzt aber Regionen, die nichts für mich sind, jetzt nicht und früher erst recht nicht! Hör auf damit …

Reisetagebuch (26. Juli 1967, 5.43 Uhr)

Ich habe Mama oft angesehen, dass ihr meine vier Brüder fehlen, obwohl von ihnen gar nicht die Rede war.

Reisetagebuch (26. Juli 1967, 5.48 Uhr)

Wenn Du so weiter denkst wie gerade jetzt, ist diese Reise mit dem heutigen Tag bereits zu Ende! Du wirst immer trauriger werden und an Deinen Erinnerungen ersticken. Na und?! Was na und?! Du bist (mit Papa!, vergiss das nicht!) unterwegs, um das zu machen, was man ›Erfahrungen‹ nennt. Am Ende dieser Reise könnte so etwas wie ein wenig mehr ›Lebenserfahrung‹ stehen – das abgenutzte Wort ist in diesem Fall gar nicht so dumm! Zu solchen ›Erfahrungen‹ gehören aber nicht nur Beobachtungen darüber, wie die alten Griechen (im Unterschied zu den heutigen Katholiken) Prozessionen gestalteten, sondern eben auch, wie man eine junge Griechin kennenlernt, mit ihr ein paar Tage zusammen ist und darüber nachdenkt, wie man es hinbekommt, sie wiederzusehen. Außerdem bist Du nicht das Zentrum der Welt: Auch Papa macht hier an Bord seine ›Erfahrungen‹ (und zwar mit Dir), ganz zu schweigen von Mama, die sich im Westerwald jeden Tag ängstigt und befürchtet, es könnte uns etwas passieren und wir könnten nicht wiederkommen. Schreibt sie davon? Nein, keine Silbe, sie tut so, als wäre sie die lebenslustigste, entspann-

teste Person von uns allen. Dabei weiß ich genau, dass es nicht so ist. Mama hat große Angst, deshalb schreibt sie immer längere Briefe.

Reisetagebuch (26. Juli 1967, 6.12 Uhr)

Könntest Du so etwas wie eine ›Schlussfolgerung‹ schreiben? Ja. Erstens: Ich sollte mich nicht hängen lassen, sondern die Reise so neugierig fortsetzen wie bisher. Zweitens: Ich sollte mich beschäftigen, mit Lektüren, Schreiben und Denken (was ist aus Deinen kleinen Geschichten geworden? Nimm wieder verstärkt Kontakt mit Maro auf!). Drittens: Ich sollte wieder mehr Gespräche mit den anderen hier an Bord führen (Mühlenthal!). Viertens: Ich sollte, bis wir zu Hause sind, keinen weiteren Satz über Delia schreiben. Aus. Ende. Das alles erscheint mir richtig und vernünftig. (Ja genau, was für eine armselig dackelige Jungmännervernunft!)

Ich packte meine Blätter zusammen, als Mühlenthal in den Salon kam. Er war kein bisschen erstaunt, mich vorzufinden, sondern wünschte einen guten Morgen und fragte, ob ich einen Kaffee mit ihm trinken wolle.

Ich musste auf seine Slipper schauen, sie waren dunkelblau und glänzten tadellos. Er trug eine weiße Hose und ein hellblaues, ärmelloses Hemd, und das Hemd war oben recht eng geschlossen, was durch eine dunkelblaue, schmale Krawatte noch verstärkt wurde, die vor seiner Brust hin und her wedelte.

Ich war froh, dass er erschien, und sagte, dass ich gern einen Kaffee mit ihm trinken würde. Er verschwand kurz und kam dann mit den zwei Tassen zurück.

»Bist Du eigentlich aufgeregt?« fragte ich, »ich meine wegen der Argentinierin?« Mühlenthal zeigte keine Regung, sondern wirkte gelassen. »Ja, bin ich«, sagte er, »wir haben uns jetzt drei Monate nicht gesehen, das ist eine fast zu lange Zeit.« – »Drei Monate sind zuviel?« – »In unserem Fall ja. So gut kennen wir uns noch nicht, dass drei Monate nicht vieles verändern könnten.« – »Das verstehe ich nicht.« – »Na ja, ich habe eine Theorie, wie man ein getrenntes Leben einrichten sollte. Man sollte auf jeden Fall einige Zeit länger zusammen sein und zusammen wohnen. Dann ergibt sich so etwas wie eine Basis, die nicht bei jedem Windstoß zerbricht. Alle paar Wochen sollte man die Basis erneuern. Auf keinen Fall aber sollte man sich über einen längeren Zeitraum immer wieder nur ein paar Tage sehen, das ist der Tod einer Freundschaft!«

Ich war drauf und dran, ihm von Delia und meinen Problemen zu erzählen, aber ich hielt mich an meine Vorsätze: Kein Wort mehr darüber! Ich fragte ihn auch nicht weiter nach der Argentinierin und seinen Lebensplänen, sondern sprach ihn auf Hesiod an.

»Ich habe einige Seiten *Werke und Tage* gelesen, können wir darüber sprechen und den Dichterwettkampf Homer–Hesiod bald eröffnen? Oder passt es Dir nicht, jetzt, wo Deine Verlobte erscheint?« Mühlenthal lachte (endlich). »Natürlich passt es, darüber reden wir beide. Dass meine Verlobte erscheint, bedeutet doch nicht, dass ich von nun an jede Stunde mit ihr zusammen sein muss.« – »Nein? Das muss nicht sein?« – »Aber nein! Was denkst Du denn?«

Wir unterhielten uns noch ein paar Minuten zu zweit, dann kamen (in dieser Reihenfolge) Kapitän Reckling, Denis und Papa hinzu. Alle tranken eine Tasse Kaffee – und erwarteten den Lotsen, der die Einfahrt in den Hafen von Chalkis navigieren sollte.

Ich ging nach draußen an Deck, und Papa folgte mir. »Geht

es Dir wieder besser?« fragte er. – »Ja«, antwortete ich, »Athen war großartig! Eine gewaltig kompakte Erfahrung!« – »Das freut mich«, sagte Papa, »ich habe auch eine Menge Neues erfahren!« Ich war mir nicht sicher, ob wir beide dasselbe meinten, hatte aber in diesem Moment keine Lust, das Thema ›Lebenserfahrung‹ noch zu vertiefen.

Papa und ich standen jedenfalls dicht nebeneinander an der Reling und schauten zu, wie der Lotse an Bord kam und die *Albireo* wenig später langsam und zielsicher in den Hafen von Chalkis einlief. Eigentlich war es kein richtiger Hafen, jedenfalls keiner wie in Patras oder wie im großen Piräus. Es gab nur eine lange Kaimauer, an die das Schiff sich vorsichtig anschmiegen musste. Weitere Frachtschiffe waren nicht zu sehen, alles sah sehr bescheiden aus, was mir aber gerade recht war.

»Wir bleiben nur wenige Stunden in Chalkis, oder?« fragte ich Papa. – »Ja, höchstens sieben oder acht, am frühen Abend fahren wir weiter.« – »Was haben wir denn in so einem kleinen Ort vor?« – »Einen Rundgang machen, auf den Markt gehen, uns umschauen.« – »O ja, einen Rundgang machen, auf den Markt gehen und uns umschauen!« – »Du bist ja richtig begeistert!« – »Ja, bin ich! Nach dem großen Athen kommt das kleine Chalkis genau richtig! Mensch, wir sind wieder mal auf dem Land! Ich freue mich auf das Land!«

Ich wollte zurück in die Kabine, um mich für unseren Landgang umzuziehen, als ich die Argentinierin erkannte. Sie stand direkt am Kai und schaute hinauf zu uns. Als sie bemerkte, dass wir sie ebenfalls anschauten, winkte sie – und ich Esel dachte: ›Hör mit dem Winken auf! Winken gehört zu den dämlichsten Gesten überhaupt!‹

Ich drehte mich nach Mühlenthal um, der von einem höheren Deck ebenfalls nach unten blickte. Na bitte! Mühlenthal winkte nicht, er lächelte nicht einmal. Stattdessen zeigte er nur seine perfekt sitzende Krawatte und sein hellblaues, frisch aussehendes Hemd.

›Die beiden passen ideal zusammen!‹ dachte ich und bekam den Blick nicht von der Argentinierin los. Neben ihr standen ein kleiner Koffer und eine Reisetasche, beide aus hellbraunem Leder. ›Ich wette, sie ist auf den Zentimeter so groß wie Mühlenthal‹, dachte ich weiter und bildete mir ein, etwas zu ahnen: ›Sie spielt sehr gut Tennis, und sie spricht ebenfalls mehrere Sprachen! Und sie hat keinen normalen Beruf, sondern ist so eine Art Managerin, vielleicht managt sie argentinische Tangogruppen auf ihren Tourneen durch Europa. Herrgott, sie ist wirklich einschüchternd … na was? Hübsch? Elegant? Attraktiv? Nein, das passt alles nicht …‹

Ich trat dann die Flucht an und ging wirklich zurück in unsere Kabine. Dabei zu sein, wie die Argentinierin die Gangway hinauf kommen und Mühlenthal sie in die Arme nehmen würde – das ging auf keinen Fall! Papa schien etwas Ähnliches zu denken, denn er begleitete mich und sagte (leise): »Na, dann lassen wir die beiden mal lieber allein!«

Auf dem Tisch lagen einige Zeichnungen, die Papa anscheinend am Abend oder in der Nacht angefertigt hatte. Ich erkannte gleich, dass er begonnen hatte, den Panathenäenfries zu zeichnen, Gruppe für Gruppe! Athen lag also doch noch nicht ganz hinter uns, wir blieben weiter damit verbunden! Die Idee, dass eine ganze Stadt zu einem Heiligtum auf einem Berg unterwegs war, ließ mich nicht los. Wie schön wäre es gewesen, zu diesen ziehenden Gruppen zu gehören! Ein junger Mann, auf einem Pferd, mit Sandalen an den Füßen, begleitet (oder inmitten) von anderen jungen Männern, ebenfalls auf Pferden und mit Sandalen!

Hatten die Jungmänner Athens überhaupt Sorgen gehabt? Hatten sie ihr zukünftiges Leben nicht klar vor sich gesehen? Angeführt von den Älteren? Und welche Rolle hatten dabei die jungen Frauen gespielt? Die Tänzerinnen, die Sängerinnen? All das war nur schwer vorstellbar – und doch war es auf dem langen Fries so detailgetreu festgehalten, als könnte dieser Zug sich jederzeit wieder in Bewegung setzen! Nein, dieser Zug war nichts Erledigtes, Altes, Antikes, sondern ein Stück Leben – und genau deshalb gehörte er nun zu meinen ›Erfahrungen‹!

Mit Delias Vater, ihren Brüdern und den Tanten war ich auch als kleine Gruppe unterwegs gewesen, nicht hinauf zur Akropolis, aber doch in der Nähe! Der Einzelne (glaubte ich verstanden zu haben) existierte in Griechenland nur im Rahmen einer größeren Gruppe oder Gemeinschaft. Deshalb hatte Delia darauf bestanden, mich inmitten der anderen ›willkommen zu heißen‹. Und deshalb hatte ihr Vater mir zuvor sein Athen gezeigt – wenn auch nur während einer Taxifahrt!

Angenommen, sie würde wirklich nach Köln kommen – was würde geschehen? Würde Papa ihr sein Köln zeigen? – wäre möglich. Würden wir zusammen mit Mama zu Abend essen? – nein, bestimmt nicht. Würden wir Verwandte hinzu laden? – niemals. Und würden wir uns in einen Clan verwandeln, der in die Spitzen der Domtürme klettern würde, um dem Himmel besonders nahe zu sein? – dass ich nicht lache!

Ich ging unter die Dusche und zog mich danach rasch an. »Wir sind nur kurz in Chalkis«, sagte ich zu Papa, »wollen wir nicht sofort aufbrechen, ich meine auf den Markt, zum Rundgang?« –

»Machen wir«, antwortete Papa und machte sich ebenfalls fertig. Ich ließ den Rucksack zurück und wählte stattdessen die Umhängetasche. Dann verließen wir die Kabine.

Draußen an Deck standen jedoch Mühlenthal, die Argentinierin und Kapitän Reckling zu dritt im Gespräch. Mühlenthal stellte uns seine Verlobte vor und sagte: »Keine Angst, sie spricht tadellos Deutsch!« (Hatte ich es nicht geahnt?) – »Sie stammen aus Buenos Aires?« fragte Papa (und ich dachte: ›Hör bitte auf mit solchen Fragen!‹) – Die Argentinierin nickte aber entspannt und bestätigte das, ja, sie erwähnte sogar das Viertel, aus dem sie kam. (Sollte uns das etwas sagen?)

Sie sprach deutlich, aber recht leise. ›Eine Managerin ist sie nicht‹, dachte ich, ›aber Tennis spielt sie bestimmt!‹ – Ich wollte auch etwas sagen, irgendetwas, deshalb wagte ich es: »Spielen Sie etwa Tennis, Sie sehen so aus!« – Sie war kein bisschen erstaunt, nein, sie tat, als hätte ich eine ganz normale, zu erwartende Frage gestellt. »Leider nein«, antwortete sie, »Tennis nicht! Obwohl ich Tennis sehr mag! Als Zuschauerin! Ich darf es aber nicht spielen, es wäre nicht gut für die Hände!«

›Na klar‹, dachte ich, ›sie ist aus der Kosmetikbranche. Sie vertritt eine große argentinische Marke in Europa. Das ist es.‹ »Was meinen Sie damit, dass es nicht gut wäre für Ihre Hände?« fragte ich (tapfer). – »Ich spiele Klavier«, sagte sie, »ich bin Pianistin.«

Wie bitte?! Ich schaute Mühlenthal an – und danach Kapitän Reckling, und ich spürte, dass Papa sich anschickte, von mir zu erzählen. »Na sowas«, sagte ich, »das interessiert mich! Vielleicht ergibt sich ja die Gelegenheit, dass Sie mir mehr davon erzählen.« – »Es ist nämlich so ...«, begann Papa, doch ich schnitt ihm das Wort ab: »Es ist nämlich so, dass mein Vater und ich eine kleine Runde durch Chalkis drehen wollen. Frühstücken werden wir auf dem Markt, es soll dort besonders gutes griechisches Frühstück geben.«

Ich nahm Papa am Arm und deutete auf die Gangway. »Johannes?« hörte ich da Mühlenthal sagen, »Sara spielt keine Klassik, Sara ist Jazzpianistin!« – »Toll!« sagte ich (dämlich genug), »das interessiert mich ganz besonders.«

Ich ging voraus und beeilte mich, auf die Gangway zu gelangen, Papa kam hinterher. Warum hatte Mühlenthal mir nicht früher gesagt, dass seine Verlobte Pianistin war? Keine Ahnung, Mühlenthal hatte eben seine Geheimnisse und war (und blieb) undurchschaubar.

Chalkis

Als wir den Hafen verlassen hatten, gingen wir an lauter kleinen Tavernen vorbei, von denen aus man auf das Wasser schauen konnte. Dann bogen wir ab und nahmen eine gerade und schmale Straße hinein in den Ort – und sofort wurde es »ländlich«. Die Häuser wurden kleiner, manche waren auch richtig verfallen und seit Jahrzehnten nicht mehr gestrichen worden.

Nur wenige Menschen waren unterwegs, meistens Frauen, die vielleicht auf dem Markt einkaufen wollten. Stark bemerkbar waren aber vor allem die vielen Gerüche, die aus den Häusern kamen. Es roch nach Essen, nach Bohnen zum Beispiel, und es roch nach Abfällen und frisch angerührtem Beton. Bei geschlossenen Augen war noch viel mehr zu riechen: Dung, Mist und Teer, und einige Hunde schleppten sich durch die Hitze und schnüffelten an allem herum, was im Weg stand.

Vielleicht hört sich das etwas abstoßend an – es war aber nicht so. Ich hatte eher das Gefühl, in der Nähe von Menschen zu sein, die auf Feldern hart arbeiteten und damit nur wenig Geld verdienten. Bestimmt lebten viele von dem, was sie anbauten, und wahrscheinlich gab es im ganzen Ort keine große Fabrik.

Ich witterte jedenfalls so etwas, ja, ich hatte einen Riecher in dieser Richtung, und ich spürte, dass mich das alles auch ein wenig an das Land zuhause erinnerte. ›Wahrscheinlich ist das Land in halb Europa gleich‹, dachte ich, ›es riecht nach Hausfluren und kleinen Gehöften und Tieren – und die große Welt aus den Zeitungen kommt einfach nicht vor. Haben die Menschen Fernsehen, setzen sie sich mit dem Rücken dazu in die Küche. Zeitungen lesen sie überhaupt nicht, und wichtig ist nicht, was in der Politik los ist, sondern ob es dem Vieh gut geht, wann man erntet und wer gerade gestorben ist.‹

Ich war ganz sicher, dass Papa auch das »Ländliche« spürte und es sehr mochte (während Mama das »Ländliche« überhaupt nicht mag und jedes Mal, wenn es zu spüren ist, sofort die Flucht antritt). Das »Ländliche« ist nie elegant und nie attraktiv (und damit überhaupt nichts für die Argentinierin), sondern gezeichnet vom Boden, der Erde, dem Angebauten – weswegen Mama manchmal sagt, es sei »bodenständig«. »So ein Unsinn!« sagt Papa in solchen Fällen, »das Land ist doch nicht bodenständig! Bodenständig ist Onkel C., weil er kein Auto fährt und nur Dialekt spricht, das ist bodenständig!«

»Das Land« ist zwischen den beiden gar nicht so selten ein Streitpunkt. Was daran liegt, dass Papa von einem Bauernhof kommt und Mama aus einem Kaufmannshaushalt. Man sollte meinen, es bestehe zwischen diesen Welten kaum ein Unterschied, zumal sie sich ja in ein und demselben Ort befinden. Das stimmt aber nicht. Den Bauernhof trägt Papa ein Leben lang mit sich herum, während das Kaufmannshaus so eingerichtet ist, dass man es auf keinen Fall mit sich herumtragen kann (dazu ist es zu kompliziert eingerichtet, fast wie ein Haus in der Stadt).

Nun gut, ich will auch nur sagen, dass ich verdammt froh war, »das Land« mal wieder zu riechen und mich Leuten nahe zu fühlen, die ich (fast) zu kennen glaubte. (Wahrscheinlich sind auch die Bewohner des Landes in halb Europa gleich, reden ähnlich und haben ähnliche Bräuche und Sitten.) Das ging mir jedenfalls durch den Kopf, und ich hätte am liebsten einen Test mit den Landbewohnern von Chalkis gemacht, um zu sehen, ob an meinen Vermutungen etwas dran war …

Die Gelegenheit dazu ergab sich, als wir den kleinen Markt mitten im Ort erreichten. Er bestand aus höchstens zwanzig oder dreißig Ständen mit viel Gemüse und Nusssorten, und es gab auch ein paar Stände mit Kleidung oder Schuhen oder Haushaltswaren (Messer, Korkenzieher, »Metallgegenstände« sagte Papa …).

In großen Städten (wie Athen) rufen die Händler die Waren und Preise aus und kommen einem mit ihren einladenden Gesten und ihrem Geschrei fast zu nahe. Auf dem Land schreit aber niemand, vielmehr stehen die Händler hinter ihren Waren und schauen so drein, als würden sie selbst das Gemüse nicht kaufen, das sie gerade anbieten. Weil es keine Spitzenware und weil es immer dasselbe Gemüse ist – und weil dieses Gemüse seit ewigen Zeiten zu immer denselben langweiligen Gerichten verarbeitet wird.

»Das Land« mag keine Abwechslung oder Veränderung – Papa behauptet das oft, und dann sagt er noch: »Gerade darin besteht ja seine Stärke.« Mama entgegnet: »Wenn Langeweile stark macht, muss das Land ja ein Kraftriese sein« – und dann geht der Streit darüber, wie lange man es auf dem Land aushält, wieder los.

Ganz am Rand des kleinen Marktes standen zwei Pferdekutschen. Es waren Wagen aus Holz mit jeweils nur einem einzigen braunen Pferd. Als Papa sie entdeckte, ging ein richtiger Ruck durch ihn hindurch. Er zog seine Onassis-Brille aus und gab sie mir. »Tu das mal weg!« sagte er, und es hörte sich an, als wäre die Onassis-Brille nicht nur etwas Lästiges, sondern auch etwas ausgesprochen Peinliches, Fieses.

Er steuerte dann geradewegs auf die beiden Kutschen zu und sprach einen der älteren Männer an, die daneben standen und denen die Kutschen anscheinend gehörten. Keiner von ihnen sprach Englisch, aber das war Papa egal. Er wollte nämlich mit einer der Kutschen fahren – und zwar sofort. Er machte einige hilflose und plumpe Zeichen, das half aber nicht, denn die Männer schauten ihn an, als wäre er ein Pantomime, dessen Bewegungen sie nicht verstanden. »Rede Du mal mit Ihnen!« sagte Papa, »eine kleine Fahrt mit so einer Kutsche wäre doch schön!« Ich sollte mit ihnen reden?! Etwa wieder Altgriechisch?! Ich sagte: »Tour! Pater (Griechisch für ›Vater‹) auf Tour!« Wieder kam keine Reaktion.

Da wurde es Papa zu bunt, und er kletterte auf den Kutschbock und griff nach den Zügeln. Das Pferd machte auch sofort eine minimale Bewegung vorwärts, während Papa zu mir sagte: »Setz Du Dich nach hinten!« Und dann?! Wollte er allein mit mir los – und die beiden Männer stehen lassen? Es hätte ihm ähnlich gesehen, und ich wette, es wäre während der gesamten Kutschfahrt nicht das Geringste passiert. Papa ist als Junge, als junger und sogar noch als älterer Mann unzählige Male mit einer Kutsche gefahren, niemand macht ihm darin etwas vor.

Das aber konnten die beiden älteren Griechen natürlich nicht wissen. Immerhin gaben sie einige bedrohliche Laute von sich, doch Papa sagte ruhig »Nun mach schon! Spring auf und setz Dich!«, und dann schnalzte er, wie eben nur Papa schnalzt, und sprach mit dem Pferd, das die Ohren aufrichtete und alles verstand.

»Also los!« sagte Papa und lachte (fast deftig), da bewegte sich endlich einer der beiden Männer und kletterte zu Papa auf den Kutschbock. Er nahm ihm die Zügel ab und gab dem Pferd einen kurzen Befehl, und dann legte auch das Pferd (unglaublich langsam) los, und unsere Kutschfahrt begann.

Papa hielt es aber neben dem Kutschenbesitzer nicht ruhig aus, er wollte selber die Zügel halten, das bot er zwei-, dreimal mit Gesten an, aber der ältere Grieche tat so, als bemerkte er Papas freundliche Angebote nicht.

Wir rollten eine längere Straße geradewegs entlang, sie stieg etwas an, hinauf zu Wiesen und Feldern, und ich spürte mit jedem Meter mehr, dass alles wirklich ähnlich war wie zuhause (im Westerwald), wo wir zwar nicht laufend mit Großvaters Kutsche fahren, wohl aber dann und wann. Ja, es war wie eine kleine Reise nach Hause zurück – und ich musste daran denken, dass unsere Mittelmeerreise allmählich dem Ende entgegen ging. (Wie würde ich die Heimat nach der Rückkehr erleben? Bestimmt sehr anders als vor unserem Aufbruch. Sehr anders, ja, schon, aber wie?!)

Am Ausgang des Dorfes stand ein kleines, besonders verfallenes Haus mit einem wilden Garten. Das Törchen stand weit offen, und es gab einige runde Tische, an denen ältere Männer saßen. Hier machte unser Kutscher Halt und stieg ab, er wollte wieder (wie schon der ältere Grieche in Patras) die schweigsame Tour hinlegen, ohne Worte, ohne Zeichensprache, ohne alles. Anscheinend wollte er mit den Männern einen Schluck trinken, denn er setzte sich zu ihnen, und wir sahen erst jetzt, dass jeder von ihnen wohl einen Anisschnaps getrunken hatte. Die fingerhutgroßen Gläschen standen auf den Tischen, unser Kutscher gab ein Zeichen, und ein Mann stand daraufhin auf, um ihm ein Schnäpschen zu holen. (Törchen, Gläschen, Schnäpschen – was ist los? Wir sind in keiner Märchenstunde, o nein …)

Ich vermutete, unser Kutscher nahm an, dass wir auch absteigen würden, das aber taten wir nicht. Wir blieben sitzen und warteten, bis der Kutscher zurückkommen würde, aber er kam so schnell nicht, sondern bestellte ein weiteres Gläschen.

Da griff Papa (und das musste ja kommen …) nach den Zügeln und befahl dem Pferd, sich wieder in Bewegung zu setzen. Das gute Tier verstand sofort und setzte sich in der Tat auch in Bewegung, und so ging unsere Kutschfahrt ohne den Kutscher weiter.

Wir blickten uns nicht um, nein, besser nicht, Papa ließ die Kutsche (etwas zügiger als zuvor) rollen, und wir verließen das Dorf und setzten unsere Fahrt auf der zur Höhe hin ansteigenden Straße fort. Was der Kutscher inzwischen tat, war uns egal, wir hörten nichts, vielleicht war er wirklich stumm oder ein Herzschlag hatte ihn vor lauter Entsetzen hingestreckt, wir erhielten jedenfalls keinerlei Meldung, kein Rufen, kein Geschrei, nur die Stille des Landes.

Die asphaltierte Straße hörte dann auf und ging in einen Feldweg über, unserem Pferd machte das nichts, es schritt behäbig voran und ließ die Kutsche rollen – und ich saß hinten wie ein König, der durch seine Lande gefahren wird.

Der Feldweg führte dann durch Olivenhaine, und es wurde steinig, so dass Papa unserem Pferd befahl, die Richtung zu wechseln, es legte also einen Halbkreis zurück, und dann ging es bergab. Papa hatte aber nicht vor, die vertraute Strecke zu nehmen, und so bogen wir mehrfach vom Hauptweg ab und fuhren den Ort aus einer anderen Richtung an.

Ich wusste, dass Papa sich längst halb Chalkis gemerkt und seinen Ortsplan im Kopf hatte – und richtig: Plötzlich bogen wir auf den Marktplatz ein und erreichten schließlich die Stelle, von wo wir aufgebrochen waren. Der zweite ältere Grieche stand noch immer dort und blickte uns an, als wären wir fremde Gespenster.

Wir stiegen ab, und Papa gab dem Mann etwas Geld und sagte ihm (auf Englisch), dass sein Freund wohl bald kommen werde, wenn er seine Schnäpschen getrunken habe. Der Mann war sehr unruhig und sprach mit einem Mal laut und viel, aber wir verstanden ihn nicht, da war nichts zu machen. »Ist ja gut«, sagte Papa nur (mindestens fünfmal), und ich sagte: »All okay! Okay!« – was dem Mann nicht recht einleuchten wollte.

Schließlich sahen wir unseren Kutscher zurückkommen, er ging erstaunlich rasch, und als er uns erkannte, geriet er ein wenig in Panik und wurde ebenfalls laut. »All okay!« sagte ich (mindestens dreimal), und dann zeigte ich ihm das Geld, das

Papa dem anderen Kutscher gegeben hatte, und sorgte dafür, dass es seinen Besitzer wechselte.

Papa lachte (um sich etwas zu entspannen), und ich musste auch lachen (um die Situation zu entkrampfen), aber die beiden älteren Griechen lachten zunächst nicht, sondern hielten ein Weilchen dagegen, bis sie auch (etwas) lachten, weil unser Zweierlachen einfach zu ansteckend war.

Wir verabschiedeten uns mit einem Händeschütteln und gingen noch einmal über den Markt. »Lass uns auch so ein Schnäpschen trinken«, sagte Papa, ich wollte aber auf keinen Fall (eingedenk der ›Erfahrungen‹, die ich mit diesem Aniszeug schon einmal gemacht hatte). Und so bestellte ich mir ein schlichtes Glas Wasser, und Papa trank ein griechisches Bier und danach das ins Auge gefasste Schnäpschen.

Wir saßen im Schatten eines kleinen Cafés, als Denis auf den Markt kam. Er hatte zwei große Einkaufstaschen dabei, und Papa winkte ihn zu uns und lud ihn zu einem Getränk ein. Denis ließ sich nicht lange bitten und setzte sich zu uns, und ich ahnte, dass er uns jetzt mit den neusten Bordinformationen zuschütten und nicht aufhören würde, bis er selbst noch die winzigste, unbedeutendste losgeworden war.

»Ihr seid bescheidene, zufriedene Passagiere«, fing er an, »die Argentinierin ist aber nicht so. Sie mag weder Fleisch noch Fisch, sondern vor allem bestimmte Gemüse. Keine Bohnen, keine Paprika! Ich habe Listen mit all dem Kram erhalten, den ich eigens für sie an Bord bringen muss. Mühlenthal besteht darauf, und Reckling hat klein beigegeben, ab sofort werden sich unsere Mahlzeiten ändern, und wir werden alle nur noch essen, was der vornehmen Dame gefällt. Einen Fuß an Land setzen möchte sie nicht, sie duscht und duscht, an einem einzigen Tag mehrmals! Segemann hat den Auftrag erhalten, die Verladung an Deck zu kontrollieren, denn Mühlenthal ist ja nun anderweitig beschäftigt. Wahrscheinlich muss er seine Göttin nach jedem Duschen föhnen oder sie in Watte hüllen, Mensch, es ist nicht zu fassen! Solche Frauen lassen die Männer tanzen, vorausgesetzt, sie lassen es sich gefallen. Dass Mühlenthal darauf eingeht, hätte ich nie gedacht. Aber er tut es und spielt gerade eine ganz schwache Nummer.« – »Ich glaube Dir nicht, Denis«, antwortete ich, »Du bist eifersüchtig, das ist alles.« – »Ich?! Eifersüchtig auf Mühlenthal?!« – »Ja, eindeutig! Die Argentinierin ist klasse, das solltest Du einfach mal zugeben. Sie ist aber nicht nur klasse, sondern auch sehr sympathisch. Sie spricht fast akzentfrei Deutsch, und sie wirkt offen und freundlich. Warum machst Du sie nieder? Verstehe ich nicht!« – »Das kann ich Dir sagen! Weil sie alles durcheinander bringt. Unsere ganze Ordnung, die Hierarchie, unser Gemeinschaftsleben.« – »Ach was, unser Gemeinschaftsleben, wie Du es nennst, wird unter ihr bestimmt nicht leiden. Es wird eher neue Anregungen erhalten. Sie ist eine Jazzpianistin, das ist doch toll!« – »Ha, und das sagst ausgerechnet Du! Sie wird Dich abhängen, Dich kleines Würstchen mit Deinen Johann Sebastian-Bach-Miniaturen ...«

»Denis, das geht zuweit!« sagte Papa, »ich finde übrigens auch, dass Du übertreibst. Die Argentinierin ist erst wenige Stunden an Bord, und Du tust so, als hätte sie bereits eine Revolte angezettelt. Das kann gar nicht stimmen.« – »Na gut«, antwortete Denis, »dann stellt Euch nur weiter blind, vielleicht bekommt Ihr dann wenigstens Karten für ihr Konzert!« – »Für welches Konzert?« fragte Papa. – »Sie gibt zusammen mit einigen anderen Jazzern in Saloniki ein großes Konzert! An dem Abend, an dem auch wir dort sind! Deshalb ist sie vielleicht nur an Bord gekommen! Um sich verwöhnen und entspannt, hunderte Male geduscht, nach Saloniki schippern zu lassen. Dort lässt sie sich die Gangway hinunter tragen und von einem Edelwagen in Schwarz zur Konzertbühne bringen. Wir sind also Teil ihres großen Auftritts. Und danach wird sie sich in Luft auflösen, und es ist uns erlaubt, das kleine, letzte Stück unserer Reise ohne sie zurück zu legen. Istanbul wäre für sie wohl auch zuviel! So viele Menschen! Und eine ganz andere Kultur!«

Papa und ich antworteten nicht mehr, und ich muss zugeben, dass ich verblüfft war. Sara gab bald ein Konzert, auch davon hatte Mühlenthal mir nichts gesagt. Warum nicht? Warum hütete er so ein Geheimnis, anstatt mit mir darüber zu reden? Offen gestanden, hatte ich keine Lust, so schnell wieder an Bord zurückzukehren, ich vermutete aber, dass Papa durchaus zurück wollte, denn es gab in Chalkis nun einmal nicht viel zu sehen.

»Was habt Ihr nun vor?« fragte Denis und leerte sein Glas Bier. »Gebt Ihr Euch von vornherein geschlagen und lasst alles über Euch ergehen? Mein Gott, Ihr seid zahlende Passagiere! Ihr habt Rechte! Man kann Euch nicht abspeisen! Also: Wehrt Euch!« – »Denis, das ist lächerlich! Ich werde mir die Argentinierin erst einmal genauer anschauen und mich mit ihr unterhalten. Und wenn mir etwas nicht passt, sage ich es, da kannst Du sicher sein«, sagte Papa. – »Das ist nicht genug!« sagte Denis, »Sie haben nicht einmal einen Plan! Und erst recht keine Strategie!« – »Können Sie mir die Unterschiede mal erklären«, antwortete Papa, »Strategien sind doch eigentlich etwas für Kriegsparteien, oder?! Wir befinden uns aber in keinem Krieg!«

»Ach, hören Sie doch auf mit Ihren Weisheiten!« rief Denis, »Sie sollten zeichnen, nicht reden! Und Sie sollten die Strategien mir überlassen!« – »Denis, das geht jetzt eindeutig zu weit«, sagte nun auch ich – und Papa machte (wie sagt man denn?) – er machte das Fass voll und rief (ebenso laut wie Denis): »Denis, das geht eindeutig zu weit!«

Wir beide lachten, aber Denis war es verdammt ernst (er hatte ja sowieso große Probleme mit dem Lachen, er brachte es nie richtig hin ...). Und so stand er auf und zog los, mit seinen zwei Einkaufstaschen. »Bringen Sie Sara etwas griechischen Joghurt und eine Ladung von den fantastischen Nusssorten mit – das wird sie mögen«, rief Papa ihm hinterher. Denis reagierte aber nicht mehr, wahrscheinlich ging ihm eine Strategie nach der andern durch den Kopf, mit so gewichtiger Miene schlich er von Stand zu Stand.

»Was machen wir denn nun?« fragte ich Papa. – »Ich esse an Bord zu Mittag, aber Du kannst natürlich machen, was immer Du willst. Viel Zeit verbringen wir sowieso nicht mehr in Chalkis.« – »Dann bleibe ich über Mittag im Ort, setze mich in den Schatten, lese Hesiod und löffle griechischen Joghurt mit Nüssen und Honig. Ich komme also etwas später und lasse Dich beim ersten Mittagessen mit der Jazzvirtuosin allein!« – »Jazzvirtuosin!« sagte Papa, »bist Du etwa auch eifersüchtig?« – »Aber nein«, antwortete ich, »ich bin doch sowieso nur ein Minitalent in der Nachfolge des unbedeutenden Bach, ich meine natürlich nicht Johann Sebastian, sondern Johann Christian, ist klar!«

Reisetagebuch (26. Juli 1967, 12.45 Uhr)

Ich sitze auf dem Markt von Chalkis und denke nach. Ich habe einen kleinen Fleischspieß und etwas Salat gegessen und mir ein Glas Retsina *(ich mag das Zeug einfach) erlaubt. Wenn ich ehrlich bin, freue ich mich über die Ankunft der Argentinierin (den Vornamen Sara zu schreiben, gelingt mir noch nicht). Keine Managerin, keine Kosmetikberaterin, sondern eine Jazzpianistin! Was von Beruf hätte sie Besseres und Interessanteres sein können? Ich weiß kaum etwas vom Jazz, nein, ich weiß eigentlich gar nichts. Was für einen Jazz wird sie überhaupt spielen (es gibt wahrscheinlich hunderte von Stilen und Traditionen)? Und wer hat sie unterrichtet? In Saloniki werde ich sie auf jeden Fall hören – und genau darauf bin ich jetzt sehr gespannt. (Was Denis dazu sagt, ist mir komplett egal …)*

Reisetagebuch (26. Juli 1967, 13.11 Uhr)

Noch etwas zu Sara, nein, zur Argentinierin: Ihre Ankunft lenkt von den Athen-Erinnerungen (Du weißt schon) ab. Während der letzten Stunden habe ich kaum noch an Delia, wohl aber an (also doch) Sara, den Westerwald, das Land und so weiter gedacht. Der Kummer (blödes Wort!), den ich heute Morgen noch spürte, hat sich verflüchtigt. Was vor allem daran liegt, dass ich mehrmals an Zuhause gedacht habe – und weiter, dass es gar nicht so unwahrscheinlich ist, Delia in Köln zu begrüßen. (Oder mache ich mir etwas vor?! – Herrgott, Du wolltest ihren Namen eine Weile nicht mehr erwähnen!!!)

Reisetagebuch (26. Juli 1967, 13.24 Uhr)

Kaum waren wir wieder auf dem Land und hatten den bekannten Dorfgeruch in der Nase, trieb es Papa zu den Pferden und auf einen Kutschbock. Ruckzuck verwandelte er sich wieder in einen Bauern-

sohn, der zur Heuernte geht. Wie das aussieht, weiß ich genau. Ich weiß aber nicht, wie er aussah, als er um Mama geworben hat. Hat Papa um sie ›geworben‹? Und wenn ja – wie hat er so etwas gemacht? Ich kann es mir einfach nicht vorstellen …

Postbriefkarte an die Mama (26. Juli 1967, 13.46 Uhr)

Liebe Mama, nach dem kompakten Aufenthalt in Piräus und Athen (meine Herren, was haben Papa und ich dort alles erlebt!!) sind wir heute in Chalkis eingetroffen. Du wirst es nicht glauben, aber dieser kleine griechische Ort hat Ähnlichkeit mit einem Westerwalddorf. Zumindest vom Geruch, aber auch von den Bräuchen und Sitten her. Papa hat sich sofort wieder in einen Westerwaldbauern verwandelt und ein wackeres Pferd von einem Kutschbock aus durch die griechische Landschaft getrieben. Ich saß hinten und grüßte die Griechen am Wegrand. Gleich werde ich die nähere Bekanntschaft einer argentinischen Jazzpianistin machen, die heute an Bord gekommen ist. Übermorgen konzertiert sie in Saloniki, Papa und ich sind dabei.

Aus den Aufzeichnungen meines Vaters
(26. Juli 1967, 14.50 Uhr)

Sara K. ist sechsundzwanzig Jahre alt und eine argentinische Jazzpianistin. Davor hat sie eine Ausbildung in klassischer Musik absolviert, angeleitet von ihren Eltern, die aus Italien stammen und ebenfalls Musiker sind. Ich habe noch selten eine derart sympathische Person kennengelernt. Sie ist die reine Lebensfreude: munter, ohne Allüren! Am Mittag saß sie zum ersten Mal bei uns am Tisch. Reckling wirkte verklemmt und redete steif daher, Mühlenthal schwieg größtenteils, und Heinrich fiel wohl nicht einmal ein einziger Satz ein, mit dem er sie hätte unterhalten können. Also musste ich das übernehmen. Bevor wir aßen, gab es ein Überraschungsmoment:

Sara K. betete nämlich vor der Mahlzeit, wortlos natürlich, aber mit gefalteten Händen. Das hätte mich nicht weiter erstaunt, wohl aber erstaunte mich sehr, dass auch Mühlenthal zu beten begann. Wie kann ich mir das erklären?

Aus den Aufzeichnungen meines Vaters
(26. Juli 1967, 15.23 Uhr)

Der kleine Markt, das Pferd, die Kutsche! Es geht wieder nach Hause! Bald sitzen der Junge und ich im Zug und fahren durch den Balkan zurück nach Köln. Schon in wenigen Tagen bin ich wieder im Dienst. Am ersten Morgen mit den Kollegen werde ich viele Fragen zu hören bekommen: »Wie war es denn, Josef? Erzähl doch!« – Und ich werde antworten: »Ihr müsst Euch gedulden! Bis die Dias des Jungen da sind und bis sein Reiseroman fertig ist!«

Gegen 14.00 Uhr war ich wieder an Bord. Etwas später als geplant verließ die *Albireo* den kleinen Ort Chalkis (ich werde ihn gut im Gedächtnis behalten). Die Ausfahrt verlief schwierig, denn es gab Probleme mit einer Brücke, die geöffnet (und hochgeklappt) wurde, damit wir hindurch fahren konnten. Kapitän Reckling, Mühlenthal und der Lotse hatten damit zu tun, ich hörte Reckling sogar fluchen. Die Argentinierin war nicht zu sehen.

Denis sprach kein Wort mit mir, sondern tat so, als existierte ich nicht mehr für ihn. Er ging mehrmals an mir vorbei, trotzig und überheblich.

Papa verfolgte die Ausfahrt, saß aber später lange Zeit am Tisch in unserer Kabine. Er zeichnete weiter den Panathenänenfries und antwortete auf meine Frage, ob er beim Mittagessen nähere Bekanntschaft mit der argentinischen Jazzpianistin gemacht habe: »Allerdings! Und ich sage Dir eins: Sie ist fabelhaft! Fa – bel – haft!«

Ich fragte nicht weiter nach, Papa hielt diese Auskunft anscheinend für ausreichend. Ich erinnerte mich an meine Vorsätze: Lesen, Schreiben, sich ablenken! Als wir weiter Richtung Volos fuhren, vertiefte ich mich erneut in Hesiod.

Reisetagebuch (26. Juli 1967, 17.11 Uhr)

Was ist an Werke und Tage *von Hesiod so Besonderes? Kann mir das Mühlenthal endlich einmal erklären? Ganze Kapitel widmet er den einzelnen Tagen der Woche und eines Monats: Was man jeweils tun soll, was nicht! An einer einzigen Stelle wurde ich plötzlich hellwach. Da geht es um Schiffe und Schifffahrt, und Hesiod gibt zu (endlich mal), davon nicht viel zu verstehen. Nur einmal sei er auf einem Schiff übers Meer gefahren – und zwar von Aulis nach Chalkis. (Ist das sein Ernst? Verstehe ich da etwas falsch? Ich habe nachgeschlagen und entdeckt, dass die Entfernung von Aulis nach Chalkis sehr kurz ist …) In Chalkis (schreibt er angeberisch) habe er einen Dichterwettkampf mitsamt der Trophäe (ein Dreifuss??) gewonnen. Hat er dort etwa Homer besiegt? Hesiod den Homer?! Das ist unmöglich.*

Reisetagebuch (26. Juli 1967, 20.12 Uhr)

Die argentinische Jazzpianistin sitzt bei Tisch direkt links neben mir (und nicht neben Mühlenthal). Sie sitzt Kapitän Reckling gegenüber und redet während der Mahlzeit mehr als jeder von uns. Vor der Mahlzeit hat sie gebetet (nicht laut, aber gut sichtbar). Ich glaube, ich habe sie angestarrt, denn es kam zu überraschend. Als sie betete, schwiegen alle. Nur Denis machte Krach und servierte seine Platten besonders aufdringlich und laut. Die Jazzpianistin spricht alle am Tisch an, das fällt richtig auf. Ich wartete darauf, dass sie auch mich ansprechen würde, aber sie tat es nicht. Vielleicht zählt ein Jungspund wie ich in ihren Augen nicht voll. Kann ich verstehen, obwohl es mir nicht gefällt.

Reisetagebuch (26. Juli 1967, 22.14 Uhr)

Ich habe mir von Papa den Fänger im Roggen *ausgeliehen und lese darin noch einmal ein paar Kapitel. Der Anfang ist etwas öde (die Szenen im Internat). Später ging ich an Deck, wo Mühlenthal und die argentinische Jazzpianistin in Liegestühlen den Nachthimmel bewunderten. Keiner von ihnen sprach mich an, warum auch?! In zwei Stunden sollen wir vor Volos ankern, und morgen früh werden wir auch in diesen Hafen einlaufen. Inzwischen fühle ich mich wie ein erfahrener Matrose. Hätte ich nie für möglich gehalten! Und das heißt, Du hast keine Angst mehr wie zu Beginn?! Nein, Angst habe ich nicht mehr. (Ein starker Sturm ist schließlich nicht zu erwarten …)*

Vor Volos

Ich war kein bisschen müde, und so setzte ich mich in den Salon und las weiter den *Fänger im Roggen*. Der Roman gefiel mir mit jeder Seite besser, und ich hatte das Gefühl, als würde ich ihn zum ersten Mal richtig lesen (vor einiger Zeit hatte ich ihn schon einmal gelesen, anscheinend aber flüchtig und vor allem unbeteiligt). Holden Caulfield ist in der Tat genau so alt wie ich bald (also sechzehn), und er hat manchmal ähnliche Probleme mit den anderen wie ich auch. (Oder kam das mir nur so vor?) Ich machte mir jedenfalls einige Notizen und nahm mir vor, mit Papa und Denis (wenn er wieder zurechnungsfähig war) darüber zu sprechen.

Noch vor Mitternacht erreichten wir die Stadt Volos und ankerten wieder draußen, vor dem Hafen. (Ich mag das sehr: wenn die *Albireo* nicht bei Tage in einen Hafen einläuft, sondern ihn während der Nacht ansteuert und sich bis zum Morgengrauen gedulden muss. Sie bleibt auf Distanz, schaukelt hin und her und nimmt sich eine Auszeit: Und das Ausladen und Verladen beginnt erst etwas verspätet, wenn sie den Hafen erreicht hat …)

Da an Bord nichts mehr zu tun war, kam von der Besatzung einer nach dem andern in den Salon, um sich etwas zu trinken zu holen. Zunächst kreuzte Mühlenthal auf und holte Wasser für seine Virtuosin und für sich selbst.

»Ich habe Sara davon erzählt, dass Du Pianist werden willst. Und dass ich Dich in Patras spielen gehört habe«, sagte Mühlenthal. – »Aha!« antwortete ich (und blickte weiter auf mein Buch). – »Sara hat auch eine Ausbildung in klassischer Musik, ist aber mit Zwanzig zum Jazz umgeschwenkt.« – »Gute Idee!« – »Sie konzertiert jetzt seit etwas mehr als drei Jahren. Das macht unsere Treffen kompliziert.« – »Kann ich mir vorstellen.« – »Wir haben aber jetzt eine gemeinsame Wohnung in Buenos Aires.« – »Toll!« – »Sag mal, was ist los? Soll ich aufhören zu reden? Störe ich Dich bei Deiner Lektüre?«

Ich klappte das Buch zu und schaute ihn an. »Ich verstehe nicht, warum Du mir nicht früher von Sara erzählt hast. Warum diese Geheimniskrämerei?!« – »Ach, deshalb bist Du so wortkarg!« – »Ja, deshalb.« – »Nun gut. Das kann ich Dir rasch erklären. Erstens war ich nicht sicher, ob Sara wirklich in Chalkis an Bord kommen würde. Es war zwar ihr Wunsch, weil sie sich an Bord vor dem wichtigen Konzert in Saloniki perfekt entspannen kann. Aber wir wussten bis zuletzt nicht, ob es klappt. Sie geht nicht an Land, sie bleibt an Deck und kommt etwas zur Ruhe. Verstehst Du?« – »Ja, verstehe ich.« – »Zweitens wollte ich Dich überraschen. ›Was wird Johannes sagen, wenn er erfährt, dass Sara eine Pianistin ist?‹ habe ich mich gefragt. Auf den Moment, in dem Du es erfahren würdest, war ich richtig gespannt.« – »Und?! Habe ich Deine Erwartungen erfüllt?« – »Nein, hast Du nicht! Du bist über die Mitteilung hinweg gegangen, ich war enttäuscht.« – »Tut mir leid.« – »Hat es Dich denn wirklich nicht interessiert?« – »Und wie! Ich habe mir zunächst mal nichts anmerken lassen. Und ich war verlegen, weil ich vom Jazz nichts verstehe. Umso schöner ist es, dass ich Sara bald zu hören bekomme.« – »Gott sei Dank! Das freut mich. Und damit Du sie ganz aus der Nähe hören kannst, habe ich für Deinen Vater und Dich beste Karten. Reihe Eins!« – »Im Ernst?!« – »Reihe Eins!«

Die Stille des Schiffes, der zufriedene Eindruck, den Mühlenthal machte – das alles löste in mir plötzlich auch so etwas wie ein Glücksgefühl aus. Die Freunde um mich herum (und natürlich Papa) arbeiteten (ohne es zu wissen) gegen meinen blöden Kummer an. Mühlenthal zauberte eine Pianistin aus dem Hut, mitsamt Karten für ein Konzert, Reckling hatte die *Albireo* ankern lassen (anstatt es mit dem Reisetempo zu übertreiben), die Pianistin war interessant und an Tisch eine perfekte Unterhalterin, und Papa zeichnete den Panathenäenfries, damit die Zeichnungen später die Wände unseres Westerwaldhauses schmückten. (Nur mit Denis haperte es noch ein wenig, aber das würde sich legen …)

Mühlenthal wollte mit seinen Wässerchen verschwinden, als ich ihn noch einmal zurückhielt. »Erwin?!« – »Was gibt es denn noch?!« – »Du weißt, dass Saras Ankunft nicht allen an Bord Freude bereitet?« – »Ja, ist mir klar. Du sprichst von Denis. Er benimmt sich unmöglich. Aber das überstehen wir schon.« – »Und wie?!« – »Denis hat Freunde in Volos, oder besser gesagt: In den Bergen hoch über Volos. Nach dem Frühstück wird er verschwinden, und erst in Saloniki wieder an Bord kommen. Er verbringt eine Nacht an Land, auf seinen ausdrücklichen Wunsch!« – »Und Kapitän Reckling ist einverstanden?« – »Um des lieben Friedens willen.« – »Und wer sorgt dann für unser leibliches Wohl?« – »Wir alle zusammen. Du, Sara, ich – wir teilen uns die Arbeit. Es ist ja nur für kurze Zeit.« – »Klingsor wird auch mitmachen, er hat in seiner Jugend in der Gastwirtschaft auf dem Hof seines Vaters bedient.« – »Im Westerwald?« – »Ja, genau dort.« – »Aber nur wenn er wirklich will ...« – »Natürlich wird er wollen, das macht ihm sogar Spaß. Während der Fahrt hat er mindestens schon zehnmal gesagt ›Sich immer nur bedienen zu lassen, ist gar nicht in Ordnung!‹« – »Sehr schön. Na, ich brauche Dir ja nicht mehr zu sagen, was ich von Deinem Vater halte, oder?« – »Doch, sag ruhig ...« – »Wir haben noch nie so einen Passagier wie ihn an Bord gehabt. Er ist ...« – »Okay, das reicht.« – »Darf ich jetzt gehen, mein Lieber?« – »Na klar – und grüße Sara von mir.« – »Tue ich. Und hab bitte etwas Verständnis dafür, dass sie sich jetzt nicht lange mit Dir unterhält. Ich weiß, ihr hättet viel Stoff für eine Unterhaltung. Sie ist aber sehr konzentriert und spricht momentan außerhalb der Mahlzeiten vor allem mit mir. Das ändert sich schlagartig nach dem Konzert, Du wirst sehen.« – »Aber ich denke, sie geht in Saloniki schon wieder von Bord?« – »Hat Denis das behauptet?! Nein, das ist Unsinn. Denis *will*, dass sie von Bord geht. In Wahrheit fährt sie mit uns bis Istanbul. Dort verlassen wir beide die *Albireo* und fliegen nach Argentinien. Die neue Wohnung wartet auf uns ... – und einige Wochen Urlaub, um sie einzurichten.«

Ich war weiter hellwach und las den *Fänger im Roggen.* ›Holden Caulfield‹, dachte ich plötzlich, ›wäre ein idealer Lehrer für Kinder. Ein Volksschullehrer mit ganz eigenen Unterrichtsformen. Einer, der mit den Kindern wandert und sich die seltsamsten Spiele für sie ausdenkt. Warum weiß er das nicht und warum quält er sich so lange mit den Erwachsenen ab?‹

Als nächster kam Maro vorbei. »Ah, *hier* bist Du! Man bekommt Dich ja gar nicht mehr zu sehen«, sagte er. – »Während der Landaufenthalte sicher nicht. Ich nutze jede Minute, um mir etwas anzuschauen!« – »Na klar, aber das legt sich. Ich bin schon eine Weile mit Schiffen auf der ganzen Welt unterwegs. Irgendwann wirst Du wählerisch und suchst Dir nur noch die Rosinen an Land aus.« – »Das kann ich mir nicht vorstellen. Ich finde alles an Land interessant. Selbst Chalkis hat mir gefallen.« – »Chalkis?! Niemand von uns ist dort an Land gegangen.« – »Weil Ihr hochmütig seid! Und weil Euch nichts auffällt! Ihr schaut nicht genau hin!« – »Du meinst, ich soll ein Nest wie Chalkis fotografieren?« – »Nein, Du sollst genau hinschauen. Auf dem Bauernmarkt, in die Tavernen, während der Fahrt mit einer Pferdekutsche.« – »Bist Du etwa damit gefahren?« – »Ja, bin ich. Durch die Stadt und aus ihr heraus, über Land, und es hat mir gefallen.« – »Deine Sache, nicht meine! Aber wie steht es mit Deinen Geschichten? Soll ich Dir wieder mal ein Bündel Nachrichten auf den Tisch zaubern?« – »Gern, mach nur, hast Du was Frisches?« – »Natürlich. Ich bringe es Dir gleich.«

Maro holte sich eine Cola und verschwand wieder. Mitternacht war schon lange vorüber, als Denis in den Salon kam. Er sagte kein Wort, sondern holte sich ein Glas und schenkte sich ein Bier ein. Er blieb stehen und tat so, als wäre ich nicht im Raum.

»Na«, sagte ich, »hat Dein Zorn sich etwas gelegt?« – »Nein, im Gegenteil. Ich kann diese Tante nicht ausstehen, ich halte es in ihrer Nähe nicht länger aus.« – »Und was willst Du dagegen tun?« – »Ich habe mit Reckling gesprochen. Wenigstens einer, der mich versteht. Ich habe Urlaub genommen und verlasse Euch heute nach dem Frühstück, und zwar bis morgen Abend. Dann gibt sie ihr Konzert in Saloniki und verschwindet im Anschluss.« – »Sie bleibt nicht bis Istanbul an Bord?« – »Das will ich nicht hoffen. Wie auch immer – vorerst habe ich sie aus den Augen.« – »Und was machst Du an Land?« – »Ich besuche alte Freunde in den Bergen von Volos.« – »Alte Freunde?« – »Ja, oberhalb von Volos liegt das Pilion-Gebirge. In den Bergdörfern habe ich Freunde. Aussteiger sind das, verstehst Du? Leute, die seit langem dort leben. Einfach. Genügsam. Von dem, was sie erwirtschaften.« – »Und woher kommen sie ursprünglich?« – »Aus Deutschland, Italien, England, es ist eine bunt gemischte Truppe, auf viele Dörfer verteilt. Nicht, was Du vielleicht denkst. Kein Club und kein Verein, vielleicht nicht mal eine Gemeinschaft. Jeder lebt für sich, ab und zu sehen sich einige, aber eher durch Zufall.« – »Und wie hast Du sie kennengelernt?« – »Ich hatte von einem von ihnen gehört, einem Österreicher, der vorher die halbe Welt bereist hat, ein Abenteurer wie aus dem Bilderbuch. Während einer unserer letzten Fahrten habe ich mir in Volos ein Motorrad beschafft und bin hinauf zu ihm in sein Bergdorf gefahren. Der Mann war eine Wucht, sage ich Dir. Ich bin nie wieder einem solchen Menschen begegnet. Schon mit vierzehn oder fünfzehn ist er von zu Hause abgehauen und hat sich später allein durch die verschiedensten Länder geschlagen.« – »Ist er so etwas wie ein Vorbild für Dich?« – »Vor-bild! Wer braucht schon ein Vorbild?! Vorbilder sind etwas für Streber, die hoch hinaus wollen, am besten noch höher als ihre Vorbilder!« – »Du verstehst mich schon, Du bist auch früh von zu Hause weg!« – »Das hast Du behalten?! Sagen wir mal so: Ich bin auf Seiten der Leute, die ihre ganz eigenen Wege gehen! Weg von Mama und Papa, weg von Klavierlehrern und Gitarrengurus, weg von Schulen und Universitäten. Ich bin für ›das Leben‹, verstehst Du? Für das nackte, ehrliche, abseits von allem Unterricht und allem Getue.« – »Und worauf soll das nackte, ehrliche Leben hinauslaufen?« – »Worauf?! Pah, ich will ›nichts werden‹, wenn Du das meinst. Vielleicht bleibe ich einige Zeit oben im Pilion, nicht diesmal, aber schon bald. Ich werde versuchen, den Österreicher wieder zu finden. Vielleicht hat er Arbeit für mich, vielleicht ist er längst weiter gezogen. Mit den Schiffsreisen mache ich auf jeden Fall möglichst bald Schluss. Es reicht. Ich bediene auch längst nicht mehr gern. Die argentinische Tante hat mir den Rest gegeben. Für solche Leute mache ich den Rücken nicht krumm, das sage ich Dir. Und wenn sie hundert Konzerte rund um den Globus gibt.« – »Du solltest Dir ihr Konzert trotzdem anhören.« – »Bist Du verrückt? Ich kenne in Saloniki Clubs, da würde ein Früchtchen wie Du durchdrehen, so heiß geht es da zu. Da werde ich doch Deiner Tante nicht lauschen, wie sie ihre gepflegten Fingerchen über blank polierte Schwarz-Weiß-Tasten gleiten lässt.« – »Mann! Du bist wirklich schlimm drauf! Es ist nicht zum Anhören ...«

Ich schlug meinen Roman wieder auf und dachte weiter an Holden Caulfield. War er ein Aussteiger oder ein Abenteurer? Nein, war er nicht. Warum hielt Denis dann aber so viel von ihm? Ich hätte ihn das sofort fragen können, aber ich hatte dazu einfach keine Lust. Sollte er sich doch in sein Pilion-Gebirge verziehen, um dort Tabak oder was weiß ich für bizarre Drogen anzubauen.

»Liest Du etwa den *Fänger im Roggen*?« fragte er da. – »Ja, tue ich. Aber ich verstehe das Buch sicher nicht so gut wie einer, der es auf jeder Seereise mindestens zweimal liest.« – »Ich habe es ja schon einmal gesagt: Der *Fänger im Roggen* ist nichts für Dich! Der hat mit allem gebrochen, der kriecht in kein Nest der Welt mehr zurück.« – »Stimmt nicht. Er hat keineswegs mit allem und allen gebrochen. Vor allem nicht mit seiner Schwester – und mit seinem Bruder wohl auch nicht.« – »Phoebe, die kleine Schwester, das musste ja kommen! Das geht Dir nahe, stimmt's? Dass Holden Caulfield am Ende wegen seiner Schwester aufs endgültige Abhauen verzichtet!« – »Ja, er hat vor abzuhauen. Aber dann ist er noch eine Weile mit ihr zusammen. Sie fährt Karussell, erinnerst Du Dich? Und er sitzt im Regen und schaut dabei zu. Erinnerst Du Dich auch daran? Und als er so sitzt und ihr zuschaut, entwickelt er ein starkes Mitgefühl und beschließt, sie nicht im Stich zu lassen, sondern in ihrer Nähe zu bleiben. So ist das, Du Idiot!« – »Mitgefühl, ja? Holden Caulfield entwickelt ein starkes Mitgefühl! Am Ende geht er vielleicht noch zur Beichte. Richtig? Und ein Priester spendet den Segen, und Johannes spielt auf der Orgel eine friedliche Weise von Johann Sebastian Bach.« – »Na klar, würde ich tun, ohne zu zögern.« – »Ich will Dir mal etwas sagen: Ich habe eine Weile geglaubt, Dir ein paar Anstöße geben und Dich aus Deinem Pianistenschlummer wecken zu können. Ich gebe es auf. Du hast Dich auf die andere Seite geschlagen, weg von den Holden Caulfields, hin zu den Duschköniginnen, die Folklorejazz spielen! Wohl bekomm's!«

Er spülte sein Glas unnötig laut aus und ließ mich allein. Ich schaute auf die Uhr, es war zwei Uhr in der Nacht, und ich hatte noch immer keine Lust, ins Bett zu gehen. Maro kam noch einmal kurz mit einem Stapel Nachrichten vorbei. »Die rot angestrichenen werde ich in der Zeitung bringen«, sagte er, »aber das braucht Dich ja nicht zu interessieren. Du schreibst weiter Deine Geschichten, und ich bringe den Kraut&Rüben-Salat! Stimmt's?« – »Wenn Du es so siehst, wird es stimmen!« antwortete ich.

Reisetagebuch (27. Juli 1967, 2.14 Uhr)

Ich kann nicht schlafen, es geht mir zuviel durch den Kopf. Was ist an Aussteigern, die im Pilion-Gebirge wohnen, so interessant? Wäre das etwas für mich? Nein, solche Leute beherrschen Dinge, von denen ich nicht die geringste Ahnung habe. Handwerkliches, Technisches. Wie man ein Motorrad repariert. Wie man Tomaten anbaut. Wie man Bäume fällt oder Äste kürzt. Außerdem habe ich keine Aussteiger-Mentalität. Oder doch? Eine kleine Spur?! Manchmal träume ich davon, allein durchs Land zu ziehen (ich meine durch Deutschland, nicht weiter, also nicht durchs Ausland, denn ich hätte Angst, die Menschen nicht zu verstehen – und ich mag nie mehr auf Menschen treffen, die nicht mit mir reden, aus welchen Gründen auch immer). Mit Papa zu reisen, war bisher immer am besten. Papa ist ein wunderbarer Freund, und er bleibt unsichtbar, wenn er spürt, dass ich allein sein möchte. Mit anderen Freunden (etwa solchen in meinem Alter) möchte ich dagegen nicht gerne reisen, die würden nie unsichtbar bleiben. Also müsste ich es wohl oder übel allein versuchen ... Und wie wäre es, mit einer Freundin zu reisen? Ein Nachdenken über dieses Thema habe ich mir aus guten Gründen verboten.

Ich holte mir noch eine kleine Flasche Wasser und blätterte die Nachrichten durch, die Maro gebracht hatte. Mein Gott, wie weit war das alles von mir entfernt! Die Zuckerpreise in Mittelamerika! Der Drogenanbau in Südamerika! Die Große Koalition! Kiesinger! Franz Josef Strauß! Unvorstellbar, was all diese Menschen eigentlich umtrieb! In zwanzig, dreißig Jahren würde sich kaum jemand noch an sie erinnern – und jetzt machten sie so einen Lärm und drängelten sich jeden Tag in die Nachrichtenbörsen.

Als ich hörte, dass die Tür des Salons geöffnet wurde, schaute ich mich nicht um. ›Denis kommt noch einmal vorbei, um sich zu entschuldigen‹, dachte ich. Es war aber nicht Denis, sondern Klingsor. Mit nacktem Oberkörper und in kurzer Hose tauchte er neben mir auf und setzte sich.

»Bekomme ich auch ein Glas Wasser?« sagte er. Ich stand auf und holte eine große Flasche mit zwei Gläsern.

»Kannst Du nicht schlafen?« fragte Papa. – »Nein, ich bin hellwach.« – »Bist Du am Grübeln?« – »Ja, ich grüble mir das zukünftige Leben zusammen.« – »Und worüber grübelst Du da genau?« – »Über Dich zum Beispiel! Eben habe ich Mühlenthal erzählt, dass Du als junger Mann auf dem Hof Deiner Eltern in der Wirtschaft bedient hast. Das stimmt doch?« – »Ja, an jedem Wochenende während des Studiums. Ich kam freitags aus Bonn auf den Hof und bediente bis Sonntagnacht, Montagfrüh fuhr ich wieder nach Bonn.« – »Hat Mama auch auf dem Hof bedient?« – »Nein, aber sie hat manchmal in der Küche ausgeholfen.« – »Hast Du lange um sie geworben?« – »Was?!« – »Na, ich meine, Du hast sie über einen längeren Zeitraum kennen gelernt, Dich dann mit ihr verlobt und sie schließlich geheiratet?« – »Ja, habe ich. Aber wenn Du es so sagst, hört es sich an wie ein Programm. Das war es natürlich nicht. Das eine hat sich aus dem anderen ergeben, ganz organisch.« – »Organisch! Ich würde mir wünschen, dass es in meinem Leben auch mehr von diesem Organischen gäbe. Ich habe einfach zuviel Anorganisches um die Ohren!« – »Du übertreibst! Du machst doch das alles sehr gut. Es gibt ein klares Ziel, und die nächsten Schritte dorthin hast Du genau vor Augen.« – »Na toll! Und wenn ich mit dem Klavierspiel scheitere und keine Musikhochschule mich aufnimmt?! Was ist dann? Ich habe keine Ahnung, oder doch: Ich werde einfach aussteigen! Raus aus dem Lebenstheater! Und zwar für lange Zeit! Ich werde auf Wanderschaft gehen, durch ganz Deutschland!« –»Aha!« – »Nichts aha! Was würdest Du als mein Vater denn tun, wenn ich Dir abhanden käme und durch Deutschland ziehen würde?« – »Das ist ganz einfach. Ich würde mitgehen. Ich wollte schon immer mal monatelang unterwegs sein.« – »Aber Papa! So geht das nicht! Das ist für mich keine Lösung! Wir können nicht ein Leben lang miteinander durch die Welt reisen, Vater und Sohn, das muss irgendwann mal vorbei sein.« – »Von mir aus nicht! Nur dann, wenn Du es sagst! Ich bin immer an Deiner Seite, wenn Du mich brauchst oder das willst.« – »Das weiß ich ja, aber ich muss irgendwann versuchen, alleine zurecht zu kommen.« – »Was heißt schon alleine? Du wirst nie allein sein – und wenn Du Tausende von Kilometern entfernt bist.«

Als ich das hörte, wusste ich, dass er recht hatte. So war es wirklich, ich konnte tun und lassen, was ich wollte. Papa würde mich immer begleiten, sein ganzes Leben lang und wahrscheinlich noch darüber hinaus! So gesehen, war das Vorhaben ›Aussteigen‹ lächerlich. Ein Spiel, eine Marotte, etwas für das Theater oder (noch besser) den Film!

»Du hast wieder mal recht«, sagte ich, »es ist schlimm mit

Dir.« – »Ist es das?« – »Klingsor, Sie gehören jetzt sofort ins Bett. Und Ihren Sohn sollten sie grübeln lassen, so lange er will.« – »Ist ja gut«, sagte Papa, stand auf und nahm die große Flasche Wasser mit. – »Papa?« sagte ich noch, bevor er den Salon verließ, »weißt Du schon, dass wir beide morgen im Salon bedienen?!« – »Wie bitte?« – »Denis hat Urlaub, deshalb bedienen morgen und übermorgen die Passagiere.« – »Du meinst, wir beide bedienen die anderen? Auch Mühlenthal und die Argentinierin?« – »Selbstverständlich.« – »Na, das muss ich mir noch überlegen. Mich hat jedenfalls bisher noch niemand gefragt.«

Kurz nach Drei ging ich ins Bett. ›Vier bis fünf Stunden Schlaf müssen reichen‹, dachte ich, ›ich sollte mit viel weniger Schlaf als früher auskommen! Lesen und grübeln – das ist etwas für die Nacht. Wenn das Schiff vor Anker gegangen ist und hin und her schaukelt. Wenn kein Mensch mehr auf der Kommandobrücke steht. Sieh das mal so …‹

Aussteigen

Vier Stunden später stand ich auf. ›Prima geschlafen habe ich‹, dachte ich (und machte mir etwas vor). Papa war ebenfalls schon auf und fragte, ob die Sache mit dem Bedienen gestern Nacht mein Ernst gewesen sei? »Warten wir es mal ab. Kapitän Reckling muss es uns erst noch erklären und beibringen«, antwortete ich.

Das gemeinsame Frühstück im Salon verlief angespannt. Denis sagte kaum ein Wort, und die Argentinierin war viel weniger gesprächig als gestern Abend. Als Denis abdeckte, beugte sie sich zu mir und sagte: »Erwin hat mir davon erzählst, dass Du sehr gut Klavier spielst und Pianist werden willst. Wir können uns gerne mal darüber unterhalten, wenn Du das willst. Am besten nach meinem Konzert in Saloniki!«

Ich fand es gut, dass sie mich darauf ansprach und antwortete, dass wir wohl noch Zeit genug hätten, um über diese Themen zu sprechen. Zum Beispiel auf der Fahrt nach Istanbul. »Dann auf jeden Fall!« antwortete sie (wodurch ich sicher war, dass sie bis Istanbul mitfahren würde).

Wir standen dann alle auf, als Papa plötzlich anfing, Denis beim Abdecken zu helfen. Er stapelte einige Teller aufeinander und legte Besteck darauf. Und dann tat er so, als wollte er alles zurück in die Anrichte bringen.

»Was machst Du da, Josef?« fragte Kapitän Reckling. – »Na, ich habe gehört, Denis nimmt Urlaub, und wir sollen ihn ab jetzt vertreten.« – »Kommt nicht in Frage!« sagte Reckling, »Du nicht, Josef! Das erledigen wir Besatzungsmitglieder allein!« – »Nein«, antwortete Papa, »wir helfen mit. Ich bin es sowieso leid, laufend bedient zu werden. Das gehört sich nicht.« – »Was?« tat Reckling erstaunt, »das höre ich von einem Passagier zum ersten Mal!« – »Na, dann freu Dich doch!« sagte Papa und nahm in die andere Hand noch einen zweiten Stapel mit Tellern.

»Geben Sir das *mir*!« sagte die Argentinierin und griff danach, da passierte es: Der zweite Stapel rutschte ihr aus der Hand und krachte auf den Boden.

»Scheiße!« rief Denis, »was machen Sie denn? Merken Sie nicht, dass Sie alles hier durcheinander bringen?! Bevor Sie an Bord kamen, ist so etwas noch nie passiert. Und wer räumt den Scherbenhaufen weg?! Der gute Denis!« – »Lassen Sie mich das machen!« sagte Sara, aber Denis schüttelte nur weiter den Kopf und holte Besen und Schaufel. »Ich glaube nicht, dass Sie das können«, sagte er, »Sie beherrschen ganz andere Metiers.« – »Wie bitte? Wie meinen Sie das?« – »Wie ich es sage. Denken Sie mal selbst darüber nach.«

Herrgott, Denis war wirklich scheußlich drauf. Man hätte ihn keine Stunde länger an Bord ertragen können. Irgendetwas Überdrehtes wäre sonst bestimmt passiert.

Ich stand an der Reling, als er die *Albireo* nach ihrem Einlaufen in den Hafen von Volos verließ. Er trug Jeans und eine schwarze Lederjacke, und ich sah wenig später, dass er anscheinend ein Motorrad gemietet hatte. Ich verfolgte noch, wie er es bestieg, den Motor aufheulen ließ und sich davon machte. ›Wenn der wiederkommt, sollte es mich wundern!‹ dachte ich, ›im Grunde hat er mit der Seefahrt längst abgeschlossen. Sie war die Nummer Eins seines ›Aussteigerprogramms‹, jetzt ist die Nummer Zwei dran: Ein Leben in einem griechischen Bergdorf!‹

Mühlenthal kam zu mir und blieb eine Weile neben mir stehen. »Ich glaube, es ist keine gute Idee, Deinen Vater bedienen zu lassen«, sagte er. – »Doch, ist es! Nun glaub mir doch, es macht ihm nichts aus. Und er ist darin geschickter als Deine Sara!« – »Danke! Habe verstanden! Gut, dass Denis verschwunden ist. Er konnte sich ja kaum noch beherrschen.« – »Ich verstehe ihn nicht mehr«, sagte ich, »seit Deine Verlobte an Bord ist, ja, seit überhaupt von ihr gesprochen wird, ist er ein anderer

Mensch. Aber Du kennst ihn besser als ich.« – »Ja, ich vermute, es hat mit seinen Eltern zu tun. Im Besonderen mit seiner Mutter. Denis hat einmal angedeutet, sie sei Sängerin gewesen. Konzert- oder Opernsängerin, hoher Sopran! Von den ersten Kindertagen an habe er ihr Üben ertragen müssen, nicht zum Aushalten sei es gewesen. Seitdem hat er einen Hass auf klassische Musik und auf Musiker, die auf Tournee gehen oder in Opernhäusern auftreten. Verstehst Du? Ich glaube, die Beatles waren für ihn die große Erlösung. Die Beatles und alles, was mit ihnen begann. Die Konzerte im Freien, die Clubs, das Tanzen – all das! Nichts hasst er so wie Konzertbesucher in steifen Garderoben, die mit geschlossenen Augen Mozart hören.« – »Kann es sein, dass er nicht mehr wiederkommt?« – »Nein, er wird auf jeden Fall wiederkommen.«

Wir schauten auf die langen, weit gestreckten Gebirgshöhen, die sich oberhalb der Küstenstadt Volos hinzogen. Sie sahen entrückt aus, eine eigene Welt, zu der man (wie ich mir vorstellte) erst mühsam hinfinden musste. Mit einem Motorrad! In einem Bus, der nur einmal am Tag fuhr! Auf einer Pferdekutsche, deren Pferd irgendwann einfach an einer Taverne am Wegrand stehen blieb.

»Würde Dich das Aussteigerdasein reizen?« fragte ich Mühlenthal. – »Nein«, sagte er, »Bergdörfer im Pilion reizen mich nicht. Und erst recht nicht das Leben, das man in ihnen führt. Ich möchte anders aussteigen.« – »Im diplomatischen Dienst«, antwortete ich, »in noblen Botschaften, die in Jugendstilhäusern residieren. Bei nächtlichen Gläsern Rosé oder Rotwein! Mit Jazz-Begleitung.« – »Genau so«, antwortete Mühlenthal und ließ mich allein an der Reling zurück.

Ich bekam den Blick nicht von den Berghöhen los, es war doch schade, dass sich Denis so plötzlich und barsch davon gemacht und mich nicht mitgenommen hatte. Mist, ich hätte ihn gern begleitet und mir einmal angeschaut, was an seiner Aussteigeridee dran war, auch wenn ich sie beim ersten Nachdenken instinktiv abgelehnt hatte. Die Hafenstadt Volos reizte mich nicht, die ansteigenden, kahlen und menschenleeren Höhen waren anscheinend viel interessanter.

Auf der *Albireo* hatte das Aus- und Verladen der Waren (in jedem Hafen kamen wieder neue hinzu) längst begonnen. Heinrich hatte das Kommando und stand, ohne ein Wort zu sagen, an den Luken. Mühlenthal hatte sich in die Kabine zurückgezogen und betreute anscheinend seine Verlobte, die sich auf ihr Konzert vorbereitete. Ein Agent der Reederei war inzwischen auch an Bord, alles nahm seinen Gang.

Ich blieb unschlüssig weiter an der Reling stehen. Sollten Papa und ich an Land gehen? Lohnte sich das überhaupt, da wir doch in wenigen Stunden schon wieder ablegen würden?

Plötzlich kam Kapitän Reckling auf mich zu. »Begleitest Du mich mal ein paar Schritte?« fragte er. Ich wusste erst nicht, wohin er wollte, er ging dann aber voraus und kletterte die schmale, weiße Treppe zur Kommandobrücke hinauf. Ich folgte ihm, ganz oben waren wir allein.

»Du sollst es zuerst wissen!« sagte Reckling, »ich hatte Dich ja eingeweiht, jetzt habe ich eine Nachricht erhalten.« – »Eine Nachricht von Ihrem Sohn?« – »Ja, er ist bei der Marine angenommen worden!« – »Wunderbar! Ich gratuliere! Das ist eine fantastische Nachricht! Ihre Sorgen werden sich in Luft auflösen!« – »Da hast Du recht, ich spüre schon, wie ich mich besser und fast befreit fühle. Wochenlang habe ich immer wieder daran gedacht.« – »Aber sagen Sie, was hätte Ihr Sohn gemacht, wenn man ihn nicht aufgenommen hätte?« – »Ich vermute, er wäre auf und davon gegangen, und wir hätten ihn lange Zeit nicht wieder gesehen.« – »Einfach so?! Er wäre, wie sagt man, spurlos verschwunden?!« – »Ich glaube ja, er hätte sich geschämt, versagt zu haben, und er hätte sich in sehr ferne Regionen begeben.« – »Mit den Marineschiffen wird er auch ferne Regionen anlaufen.« – »Natürlich, und das soll er ja auch. Unbedingt. Wie sein Vater. Der nun dann und wann eine Karte oder einen Brief erhalten wird: ›Melde mich aus Singapur …‹, mein Gott, das würde mir vielleicht gefallen.«

Ich fand, Reckling nahm die Sache reichlich soldatisch. ›Melde mich aus …‹ – das gefiel mir eigentlich nicht. In ihm lebte noch immer ein Offizier aus dem Weltkrieg, der aber in letzter Zeit kein Wort mehr über Feldherren, Bataillone und Kriege verloren hatte. (Und genau das hatte ich zu Beginn unserer Reise befürchtet!) Er hatte sich zurückgehalten, das musste man anerkennen – hoffentlich blieb es bei dieser Zurückhaltung, jetzt, da sein Sohn ein halber Soldat geworden war!

Nun gut, unsere gemeinsame Reise war sowieso bald zu Ende, in Istanbul würde auch Reckling die *Albireo* für einen Heimaturlaub verlassen, und eine neue Besatzung würde von Deutschland aus eintreffen, um das Schiff ins Schwarze Meer zu lenken, wo neue Herausforderungen auf es warteten.

»Eigentlich sollten wir auf diese Nachricht einen guten Schluck trinken«, sagte Reckling. – »Unbedingt«, antwortete ich. – »Was hältst Du davon, wenn wir es heute Abend machen und das Mittagessen ausfallen lassen?« – »Heute Abend ist Denis nicht an Bord.« – »Das macht nichts. Wir könnten das Abendessen anders gestalten.« – »Und wie?« – »Am Nachmittag laufen wir aus. Danach könnten wir abends ein paar Tische und Stühle an Deck stellen und dort tafeln, statt wie sonst im Salon.« – »Das ist eine gute Idee! Aber woher bekommen wir das passende Essen?« – »Das kaufen wir während des Tages in Volos.« – »Und wer kauft es?« – »Na wir selber. Ich kann allerdings das Schiff nicht verlassen und Heinrich leider auch nicht. Mühlenthal nun wiederum möchte ich auch darum nicht bitten, Du verstehst …« – »Mit anderen Worten: Mein Vater und ich kaufen ein und bringen die Sachen an Bord! Das machen wir, dazu habe ich große Lust – und mein Vater bestimmt auch.« – »Ihr würdet das für uns machen?« – »Na, hören Sie. Wir sind genau die richtigen Leute für so eine Aufgabe.« – »Tja, das glaube ich übrigens auch. Ihr seid genau die richtigen. Also gut: Hier ist etwas Geld! Damit es später nicht heißt: Die Passagiere mussten das Festessen für den Kapitän aus eigener Tasche bezahlen!« – »Danke! Ich bringe Ihnen exakte Quittungen, damit es nicht heißt, die Passagiere haben den Kapitän übers Ohr gehauen.«

Reckling öffnete sein Portemonnaie und gab mir einige Scheine. Es war ein starker Moment, denn ich spürte genau, wie ihm die Nachricht seines Sohnes zu Herzen ging und alle Last von den Schultern nahm. ›Irgendeine Geste musst Du jetzt draufhaben‹, dachte ich, aber dann reichte es doch nur zu einer einfachen, fast plumpen. Ich umarmte Reckling ganz kurz, ja, ich wollte ihn spüren lassen, dass ich mit ihm fühlte (was ich übrigens auch wirklich tat). »Danke, mein Junge«, sagte er, »es war gut, Dich in der Nähe zu haben. Das hat mir geholfen!« – »Im Ernst?« hätte ich fast gesagt, aber ich wollte die Feierlichkeit nicht noch vertiefen. Und so sagte ich: »Das freut mich. Nicht schlecht, einmal für etwas nütze zu sein, wenn man noch so jung ist …« – »Ach was! Du bist doch kein Kind mehr!

Du bist ein Vollmatrose! Habe ich immer gesagt!« – »Herr Kapitän, ich gehe jetzt sofort an Land und kaufe in Volos das Beste vom Besten.« – »Tun Sie das, Matrose Johannes, aber übertreiben Sie es bitte nicht!«

Ich ging in unsere Kabine zurück und erzählte Papa, was Reckling mir gerade mitgeteilt und was wir zusammen ausgeheckt hatten. »Das ist eine große Befreiung für ihn«, sagte Papa, »dann werden wir uns mal anstrengen, ihm ein kleines Fest auszurichten.«

Ich nahm Kontakt mit Maro auf, der mir erklärte, wo ich Einkaufstaschen für unsere Einkäufe in Volos finden konnte. Schließlich hielt ich genau jene zwei in Händen, die Denis in Chalkis auf den Markt ausgeführt hatte. Ab jetzt war ich also der offizielle Denis-Vertreter und damit beauftragt, ihn zu ersetzen. Um keine bösen Überraschungen zu erleben, informierte ich auch Mühlenthal und Heinrich Segemann. Beide fanden den Einfall, am Abend an Deck zu essen, originell und gut. »Mittags versorgen wir uns also selbst?« fragte Heinrich, und Papa antwortete: »Du sagst es, Heinrich.«

»Das Abendessen wird dann unser vorgezogenes Abschiedsfest«, sagte Mühlenthal, »in Istanbul möchte sowieso jeder von uns so schnell wie möglich verschwinden: ab in die Heimat oder nach Argentinien!« – »Aber werden wir Sara nicht bei ihrer Vorbereitung auf das Konzert stören?« – »Überhaupt nicht! Sie wird sich zu uns setzen und froh sein, wenn der Abend entspannt verläuft. Sprecht sie nur nicht auf Musik, Jazz oder das Klavierspielen an, diese Themen blendet sie vor Konzerten konsequent aus!« – »Ist gut, dann reden wir über Hesiod und Homer und über griechische Küche!«

Wenig später verließ ich mit Papa die *Albireo.* Wir hatten die beiden großen Einkaufstaschen und viele Tüten dabei, es sah aus, als hätten wir vor, ein Festessen für eine große Truppe von gefräßigen Mitessern zu gestalten. Dabei war das gar nicht so. Kapitän Reckling war eher ein einfacher, vorsichtiger Esser, Mühlenthal jemand, dem man Freude mit etwas Besonderem machte, und Heinrich Segemann war jemand, der alles aß, wenn man es ihm vollmundig beschrieb und erklärte.

Wir gingen (wie Papa es so liebte) einfach drauflos: Keine Hauptstraßen, schmale Nebenstraßen, Straßen mit kleinen Tavernen oder Gemüseständen! Papa hielt Passanten an und erklärte ihnen (auf Englisch), was wir suchten, und wir bemerkten, dass die Englischkenntnisse in Volos viel besser waren als im dörflichen Chalkis.

Ein besonders guter Tipp war eine Taverne mit Korbstühlen und rechteckigen Tischen mit Marmorplatten, der Boden war hell gekachelt, und die Besitzerin stand in einer weißen Schürze am Eingang und unterhielt sich mit ankommenden Gästen. Schon als ich sie sah, wusste ich, dass sie in wenigen Minuten Papas spezielle Freundin sein würde. Ich meine nicht im Ernst, keine richtige Freundin, sondern eine Frau, mit der Papa gut auskam und die Papa gefiel.

(Papa hat einen sehr besonderen Charme. Zu sagen, er sei charmant, empfände er als Beleidigung. »Charmant sein ist was für Operettenfiguren«, hat er einmal gesagt, und damit hat er natürlich mal wieder recht. Es gibt aber auch andere Formen von Charme, ich meine von männlichem (mit weiblichem weiß ich nicht gut genug Bescheid, Mama zum Beispiel würde sich auch zur Wehr setzen, wenn man sie »charmant« nennen würde). Papa hat »Charme«, wenn er gut drauf und etwas übermütig ist. Er spricht dann mehr als normalerweise und verleiht der Unterhaltung etwas Lockeres, Gelöstes. Jeder, der mit ihm spricht, bemerkt, dass er das Leben gerade nicht hundertprozentig ernst nimmt, sondern sich ein Vergnügen daraus macht, eine Rolle zu spielen. Das ist es, ich hab's: Papa spielt in Charmesituationen eine Rolle! Er tut so, als wäre er ein Koch, ein Schlittschuhläufer, ein Zoodirektor und redet wie ein Experte. Sein Gegenüber aber bemerkt sofort, dass er das alles nicht ist, spielt aber mit. Und dann nehmen beide das Leben leicht und amüsieren sich darüber, dass man auch mal eine ganze Stunde ohne den verdammten, kastrierenden und nichts als nervenden Lebensernst auskommen kann. (Ist sturer »Lebensernst« nicht das Allerletzte? Sollte man ihn nicht verbieten?! Aber wer sollte das tun? Der Staat und die Politik leben davon, und die Kirchen haben den »Lebensernst« ja geradezu erfunden … – Ende der Abschweifung!))

Die Besitzerin der Taverne in der weißen Schürze sprach eigentlich kaum ein Wort Englisch, verstand aber anscheinend genau, was Papa suchte und meinte. Ich erkannte es daran, dass sie ihm winkte und auf dem schnellsten Weg in die (recht geräumige) Küche führte. Eine kleine Schar von jungen Köchinnen und Köchen stand dort an den Töpfen und Herden, und auf den Tischen standen die bereits fertigen kalten und warmen Speisen für den mittäglichen Verzehr.

O mein Gott! Es sah paradiesisch aus, als hätte uns eine freundlich winkende Hand (endlich) zu den verlockendsten Kochtöpfen Griechenlands entführt! In großen Auflaufformen aus Aluminum lagen gegrillte Tintenfrische, gegrillte Fleischklößchen und gegrillte, winzige Lammkoteletts, und es gab gefüllte Zucchini- und Auberginenröllchen sowie gegrillte Tomaten, Paprika und langstielige Peperoni! Die Chefköchin ließ uns schnuppern und die Köpfe tief über die Platten und Formen beugen, und sie hörte nicht auf, uns den Duft entgegen zu wedeln: Rosmarinzweige, Thymianästchen – die wilden Gewürze der ausgebleichten Felder hatten sich mit dem Fisch, Fleisch und Gemüse zusammen getan und machten aus dem großen Küchenraum eine Insel des Genusses.

Und, das Schönste: Die Auswahl bedurfte keines langen Palaverns und Kartenlesens, sondern einiger weniger Gesten. Papa und ich – wir berieten uns höchstens drei, vier Minuten, dann zeigten wir auf das, was wir wünschten, gaben die Zahl der jeweiligen Speisen an, bestellten noch mehrere kleine Brote und fragten, wo wir guten Wein kaufen könnten. Den Wein gab es in einem Laden direkt nebenan, der einem Verwandten unserer eifrigen Köchin gehörte, dort suchten wir aus, was wir für notwendig hielten: *Retsina* (für alle und im Besonderen für mich), kretischen Weißwein (für alle und im Besonderen für Papa), kretischen Rosé (im Besonderen für Mühlenthal) und eine kleine Flasche Rotwein (im Besonderen für Sara). (Heinrich Segemann würde alles einmal probieren und sich für nichts entscheiden können …)

Das alles, also die Speisen und den Wein (»heute Abend bitte einmal kein Bier, nichts, was an Deutschland erinnert …« sagte Papa, als gäbe er eine Losung aus) ließen wir gut verpacken und für später bereitstellen. Die Chefköchin nahm uns die Taschen und Tüten ab und schob uns beinahe aus der Taverne hinaus auf die Straße: Wir sollten sie machen lassen und in zwei Stunden (wenn die Taverne schloss) wiederkommen. Dann auch auf einen letzten Anisschnaps, den es auf Kosten des Hauses gebe (»nicht mit mir!« sagte ich, und Papa antwortete: »In so einem Fall klinkt man sich nicht aus, der Schnaps ist ein Ritual …«).

Plötzlich standen wir also »mit leeren Händen« auf der Straße und hatten keine Aufgaben mehr. So richtig Lust, Volos zu entdecken, hatten wir nicht (angeblich gab es außer dem Hafen nichts Besonderes, Verlockendes zu entdecken). Zurück auf das Schiff wollten wir aber auch noch nicht, weswegen wir ein wenig apathisch in der beträchtlichen Hitze durch die Straßen zogen.

Sie verliefen im rechten Winkel zueinander und stiegen zum Gebirge hin an. Ich blickte mehrmals hinauf zur Höhe und stellte mir vor, wie Denis dort in einem Bergdorf angekommen war und gerade exotische Drogen probierte. Wenn er mitbekommen würde, welches Fest wir (ohne ihn!) für den Abend geplant hatten, würde er toben – da war ich sicher! (Würden wir danach überhaupt noch mit ihm reden können?!)

Wir erreichten schließlich die Uferpromenade am Hafen, wo sich ein paar kleinere Cafés befanden. In einem von ihnen hockte Heinrich Segemann und aß ein gewaltiges Eis. In einem anderen saßen Sara und Mühlenthal und tranken einen dunkelroten Cocktail. In beiden Fällen winkten wir, näherten uns aber nicht. Man sollte verstehen, dass Papa und ich nicht zum Vergnügen unterwegs waren, sondern bestimmte Pflichten übernommen hatten.

Schaute man hinüber zum Landeplatz der *Albireo*, konnte man die kleinen Kräne erkennen, mit deren Hilfe einige wenige Güter geladen wurden. Sie schwebten so vereinzelt und lustlos durch die Luft, als wollten sie andeuten, dass sie lediglich Dekoration waren. In Istanbul würde das Schiff komplett geleert und neu bestückt werden – damit aber hatte niemand von der jetzigen Besatzung noch weiter zu tun.

»Aufs Ende hin haben wir Passagiere endlich auch richtige Funktionen an Bord«, sagte ich zu Papa. – »Wieso? Das hatten wir doch schon die ganze Zeit!« – »Welche meinst Du?« – »Ich habe gezeichnet und die Besatzung damit unterhalten. Und Du hast viele Geschichten geschrieben, die wir zu Hause abtippen und als Erinnerungen an die gemeinsame Reise an alle verschicken.« – »Glaubst Du, dass wir gute Passagiere waren?« – »Auf jeden Fall! Wir haben uns jedenfalls Mühe gegeben und waren anregend, interessiert und fast immer gut drauf.« – »Mit Ausnahme der Stürme«, sagte ich. – »Die gehören dazu – und auch da haben wir uns beachtlich gehalten.«

»Papa?!« – »Was ist?!« – »Es war eine ganz wunderbare Reise. Ich wollte das einmal ausdrücklich sagen.« – »Stimmt, ich fand auch, dass wir beide sehr gut harmoniert haben.« – »Nicht nur das! Ich habe das Gefühl, als hätte ich ein anderes Hirn! Ein lebendigeres, schnelleres, zupackenderes, eines, das mehr begreift und vielfältiger reagiert.« – »Ja, ich habe auch das Gefühl, dass Du ein paar Entwicklungssprünge getan hast. Und das von ganz allein, ohne Hilfe.« – »Das stimmt nicht, jeder an Bord hat mir auf seine Weise geholfen.« – »Na gut, wenn Du das so siehst.« – »Findest Du etwa nicht?« – »Na ja, ich finde natürlich, dass der alte Klingsor in diesem Zusammenhang eine besondere, herausragende Rolle …« – »Ist ja gut, Papa! Lass uns das abendliche Fest vorbereiten. Wir beide können so was, ohne vorher ein einziges Wort darüber zu wechseln. Ich wette!« – »Solange Du so ein Vertrauen in uns hast, kann nichts schief gehen!« – »Passieren kann aber durchaus mal was, Papa, draußen auf dem Meer, meine ich, wenn selbst *old hem* nicht mehr weiter weiß.« – »Ach, damit beschäftigen wir uns auf unserer nächsten gemeinsamen Reise.« – »Nein! Jetzt hör damit auf!!«

Glaubensansichten

Das gemeinsame Abendessen an Deck verlief sehr entspannt. Kein Streit, keine Probleme, und jeder fand etwas, was ihm schmeckte. Papa und ich – wir hatten die aus der Taverne geholten Speisen erwärmt und auf große Platten verteilt. Körbe mit geschnittenem Weißbrot standen daneben, und den Wein hatten wir in Karaffen gefüllt, was den langen Tisch gut dekorierte.

Um 17 Uhr hatte die *Albireo* abgelegt und Kurs auf Saloniki genommen. Schon eine Stunde später waren Papa und ich mit dem Aufbau der Tische, Stühle und kleiner Lampen fertig, und das Deck war nicht wiederzuerkennen. Wir trieben wie eine leuchtende Insel dahin, und je dunkler es wurde, umso mehr strahlten die bunten Teller mit ihren dominanten Grün- und Gelbfarben.

Sara nahm an unserem Gelage teil, und Mühlenthal wiederholte mehrmals, es handle sich um ein griechisches Gastmahl, wie Platon es beschrieben habe (na klar, er konnte mit dem »Philosophieren« einfach nicht aufhören …).

Noch vor dem Essen hatte Kapitän Reckling die Nachricht von der Aufnahme seines Sohnes in die Marine mitgeteilt. Darauf hatten wir angestoßen und einen Glückwunschbrief an seinen Sohn aufgesetzt (das hatte der junge Vollmatrose O. übernommen). Alle unterschrieben und grüßten herzlich.

Die gute Nachricht bestimmte eine Weile das Gespräch während der sich lange hinziehenden Mahlzeit. Es ging um das Thema der »Berufswahl« in jugendlichem Alter, und je mehr getrunken wurde, umso kurioser und komischer wurde darüber geredet.

Reckling sagte, er habe schon immer Offizier oder Kapitän werden wollen. Jetzt sei er froh, dass er sich für Letzteres entschieden habe, denn ein Kapitän sei ein Offizier höheren Grades, mit noch größeren Kompetenzen als einer an Land. »Gut, dass Du uns das nicht jeden Tag gezeigt und bewiesen hast«, sagte Papa, und Reckling war sichtlich stolz, dass ihm diese Zurückhaltung hoch angerechnet wurde.

Auch Heinrich sagte, er habe schon immer Ingenieur werden wollen, inzwischen habe er aber von Schiffsmotoren genug, sie stellten für ihn einfach keine Herausforderung mehr dar. »Und was wäre eine richtige Herausforderung?« fragte ich. – »Mit einem Viermaster über den Atlantik zu segeln«, antwortete Segemann (und erklärte mindestens zehn Minuten lang, worin die Herausforderungen in einem solchen Fall bestanden hätten ... – leider verstand ich nicht alles ...).

Mühlenthal sprach (erstaunlich offen und gut gelaunt) von seinen »zwei Existenzen«: Dass er froh sei, mehrere Sprachen zu beherrschen und die Welt bereits in großem Umfang gesehen zu haben. Und dass er daran denke, seine Kenntnisse bald in einem anderen Beruf als dem eines Ersten Offiziers auf See anwenden zu können. »Sie wollen also wirklich nicht Kapitän werden?« fragte Reckling, und Mühlenthal antwortete: »Momentan habe ich noch andere Präferenzen, aber nichts auf Erden ist sicher.« Dabei schaute er Sara an und lächelte, als hätte sie ihm den Pfad der Weisen gewiesen. Sie lächelte auch tapfer zurück, aber so, als wäre Mühlenthals Entschluss ihr auch etwas unheimlich.

Natürlich wurde auch ich gefragt, wie ich mir meine Zukunft vorstelle – inzwischen wussten alle aber doch längst, dass ich Pianist werden wollte (wobei das nie in großer Runde angesprochen worden war, alle hatten es einzeln erfahren …). »Wenn Du kein Pianist wirst, könnte auch ein guter Schriftsteller aus Dir werden«, sagte Kapitän Reckling, worauf Papa seltsamerweise sofort reagierte: »Das muss nicht sein, ein Schriftsteller kann er nebenher sein und bleiben. Er ist ja auch längst einer, wenn man es genau nimmt.«

Das Thema »Berufswahl« wurde noch einige Zeit weiter traktiert, da ging es um Fantasie- oder Wunschberufe. Mühlenthal sagte, er wäre auch gerne ein Weinhändler mit Niederlassungen auf der ganzen Welt (darunter tat er es nicht) geworden. Der südamerikanische Wein sei zum Beispiel gerade »groß im Kommen«, den würde er – in Konkurrenz zum führenden französischen – gerne in Mitteleuropa durchsetzen. (Papa war deutlich anzusehen, für wie verrückt er diese Idee hielt.)

Heinrich Segemann erzählte, dass er als Junge davon geträumt habe, ein Schifffahrtsmuseum zu leiten. Alle paar Wochen sei er mit seinem Vater in einem gewesen, und später habe er seine Frau ebenfalls häufig in eines geführt, was allerdings wohl zur späteren Scheidung beigetragen habe (haha!).

Auch Sara meldete sich mit einem Wunschberuf, und so erfuhren wir (die Themen »Musik«, »Klavier« und »Konzert« wurden raffiniert umgangen), dass sie auch gerne Journalistin geworden wäre. Das aber nicht in Argentinien, sondern in Frankreich oder Deutschland! »Finden Sie die deutschen Zeitungen wirklich so interessant und gut?« fragte Papa, und sie antwortete prompt (und als brauchte sie keine Sekunde nachzudenken): »Sie sind die besten der Welt!«

Papa hatte sich immer wieder mit Fragen oder (vor allem) ironischen Kommentaren in das Gespräch eingeschaltet. Irgendwann fragte man aber auch ihn nach seinem Wunschberuf, da kratzte er sich am Hals, schaute aufs Meer und sagte: »Tja, ich wäre sehr gerne Förster geworden. Dann hätte ich mit der Familie in einem Forsthaus mitten im Westerwald gelebt. Wir hätten zwei Hunde gehabt, und ich hätte den Jungen manchmal morgens mit in den Wald genommen. Wir hätten häufiger Wild gegessen – was ich sehr mag –, und wir hätten uns um jeden Strauch, jeden Baum und jede Wiese gekümmert. Ich hätte die Tiere und Blumen meines Reviers Stück für Stück gezeichnet, und wir hätten die Bilder im Forsthaus aufgehängt. Es hätte weder ein Fernsehen noch Zeitungen gegeben, wir hätten auf die neusten Nachrichten verzichtet. In strengen Wintern – und die Winter im Westerwald sind sehr streng – wären wir mit Hundeschlitten ins Dorf gefahren, und ich hätte dem Jungen beigebracht, wie man Ski fährt. Stundenlang wären wir unterwegs gewesen, mit Langlaufskiern natürlich, die schnelleren für die Abfahrt wären ja nichts für uns gewesen ...«

Papa sprach noch eine Weile, und es hörte sich an, als wäre in Wahrheit das seine eigentliche Geschichte und die andere, wahre, die von seinem jetzigen Geodätenberuf handelte, demgegenüber eine viel schwächere Version seines Lebens. Seltsam war auch, dass Papa das alles am Stück erzählte, als hätte er die Förstergeschichte seit Urzeiten wie einen sich immer wiederholenden Traum im Kopf.

Ich glaube, dass alle am Tisch spürten, dass er von einem geheimen, anderen Leben träumte und dass dieser Traum so realistisch war wie die Wirklichkeit selbst. Es war Sara, die dieser Empfindung Ausdruck verleihen wollte, denn sie sagte: »Da kommen einem ja beinahe die Tränen vor Rührung…« Sie war richtig bewegt, griff aber mit ihrem Satz vollkommen daneben.

Papa schaute sie auch etwas erstaunt an, erwachte aus seinen Träumen und antwortete: »Aber nein, so hatte ich das nicht gemeint. Ich bin mit meinem jetzigen Beruf sehr zufrieden, es ist alles in Ordnung, und es ist letztlich gut, dass ich kein Förster geworden bin. Das Schönste und Höchste ist gerade gut genug für den Traum – warum wären viele von uns sonst noch immer gläubige Christen?«

Ich erschrak richtiggehend bei dieser Frage, sie kam so unerwartet und plötzlich, und ich brachte sie mit dem, was davor geredet worden war, nicht in Verbindung. Was wollte Papa denn genau sagen? Ich wiederholte seine Frage in meinem Kopf, aber ich kam nicht weiter, sie erschien mir dunkel und ernst und auch »philosophisch«, vielleicht war sie aber auch als Provokation gemeint, keine Ahnung.

Den anderen Essern am Tisch schien es genau so zu gehen, denn niemand antwortete etwas darauf, und es war eine Zeitlang so still, als wartete man darauf, dass Gottvater sich aus den Höhen des Himmels einschaltete, um Papas merkwürdige Frage zufriedenstellend zu beantworten.

Es war Mühlenthal, der als erster die Sprache wiederfand. »Wenn man sich anhört, was wir alle gerade zurechtfantasieren, fällt einem auf, dass es zwei Lager gibt. Das eine ist das der Abenteurer und des Sich-Treiben-Lassens. Und genau davon erzählt Homer in der Odyssee. Odysseus ist jahrelang unterwegs – und das nicht, weil er ein Dummkopf wäre, der den richtigen Kurs immer wieder verfehlt, sondern weil er das Abenteuer sucht. Es zieht ihn hin zu der Nymphe Kalypso und zu Nausikaa und ihren Freundinnen – und, später, als Nausikaas Vater ihn darum bittet, erzählt er von diesen Abenteuern, eins nach dem andern. Immer wieder kommen ihm dabei die Tränen, es sind aber keine Tränen der Trauer oder der Angst, sondern Tränen über das abenteuerliche Leben, das ihm auferlegt ist und das einmal enden wird, letztlich aber nicht enden soll. Das ist es: Odysseus möchte zwar heimkehren, aber er möchte es nicht auf ruhige, spießige Art. Und genau dieser Zwiespalt führt zur ewigen Unruhe und dem nicht zu unterdrückenden Bedürfnis, das halbe Mittelmeer zu befahren. Was bieten ihm denn Kalypso oder Nausikaa anderes an als eine neue Heimat, die noch schöner und prachtvoller wäre als die eigentliche in Ithaka? Aber nein, er bleibt nicht, sondern lässt sich weitertreiben, bis er endlich doch wieder zu Hause in Ithaka ist. Genau in diesem Moment aber fühlt er sich geschlagen. Das Abenteuer ist aus, und es warten langweilige Abende mit Freunden und damit Tafel- und Unterhaltungsrunden, wie wir sie gerade genießen.«

Ich fand diese Deutung fabelhaft und wurde hellwach, schließlich hatte ich die Odyssee während unserer Fahrt (zumindest in großen Teilen) gelesen. Aber auch aus einem anderen Grund fand ich faszinierend, was Mühlenthal gesagt hatte: Mir selbst war es während unserer Mittelmeerreise manchmal so ergangen wie dem antiken Helden Odysseus. Oft genug hatte ich mich nach Hause gesehnt, und andererseits (in besonders guten Momenten) die Reise als das momentan einzig Richtige (und als großes Abenteuer) empfunden. Ich wollte nicht zu Hause sitzen, sondern »die Welt sehen« und erkunden, welches Leben die unterschiedlichsten Menschen führten. Und ich wollte doch auch wieder nach Hause, um mir in Ruhe meine Gedanken zu machen, Klavier zu spielen und mit den Eltern und Freunden zusammen zu sein …

»Das Abenteuer, Homer und die Odyssee – das also ist das eine Lager«, sagte ich zu Mühlenthal, »das andere wäre wohl: ein beständiges Leben an einem Ort! Ein Haus, ein Hof, eine Familie, Freunde, der Markt, das Dorf, die Stadt?!« – »Du sagst es, das wäre das andere Lager, und beschrieben hat es als erster Hesiod in seinen Geschichten der *Werke und Tage*. Hesiod hat die Schönheit nicht des Abenteuers, sondern des Wohnens an einem Ort besungen. Wie man ein glückliches Leben im Kreislauf der Jahreszeiten führt. Welche Pflanzen man anbauen, wann geerntet werden soll, wann den Göttern geopfert, wann ein Fest gefeiert wird – all das. Die Abenteurer empfinden diesen ewigen Kreislauf des Lebens, in dem sich die Menschen wie fleißige Gärtner einrichten, als armselig und beschränkt. Und die Landbewohner (und damit die Gärtner) halten die Abenteurer für verwirrte Existenzen, die dem Glück vergeblich hinterherlaufen und den glücklichen Moment nie zu fassen bekommen.«

»Wir Seeleute sind jedenfalls meistens Abenteurer«, sagte Reckling, »das bemerke ich ja schon an dem Unwohlsein, das ich zu Hause empfinde.« – »So eindeutig könnte ich mich da nicht entscheiden«, antwortete Papa, »ich liebe das Unterwegssein wirklich sehr. Käme es aber darauf an, würde ich mich für das Zuhause entscheiden. Was ist ein Förster anderes als ein Mann, der an seinem Wald und seinem Revier hängt und beides nie verlassen wird?!« – »Ich vermute«, sagte Mühlenthal, »dass ein Förster sogar noch etwas Extremeres ist: Ein Mann, der es auch allein aushalten würde. Einer, der sich in eine Hütte zurückziehen könnte, um dort glücklich zu werden. Haben Sie daran schon einmal gedacht?« – »Daran, allein in einer Hütte zu wohnen?« – »Ja, genau daran!«

Mir fiel sofort ein, dass es auf unserem Westerwald-Grundstück eine Jagdhütte gibt und Papa in ihr viel Zeit verbringt. Dort liest er, hört Musik, zeichnet – und fast immer ist er allein. Mühlenthals Frage ließ das Bild der Hütte plötzlich vor mir entstehen, mein Gott, in dieser Hütte hatte Papa mir jahrelang Unterricht im Schreiben erteilt! Und das Tag für Tag, mit einer Engelsgeduld, bis ich schließlich (nach vielen Jahren) im Schreiben sogar besser geworden war als er selbst (was wirklich stimmt und keine hochmütige Bemerkung ist, nein, wirklich nicht …).

Ich schaute Papa an und wusste genau, dass er auch das Bild unserer Jagdhütte vor Augen hatte und überlegte, ob er von dieser Hütte erzählen sollte. »Lebe ich etwa, ohne es zu ahnen, in einer Hütte?« wandte er sich (lachend) an mich. »Und bin ich am liebsten allein, ohne Mama und Dich?«

»Ich wüsste nicht, wo es bei uns eine solche Hütte gäbe«, antwortete ich, »sieht man einmal von der Hütte ab, in der ich als Kind immer gespielt habe.« – »Na ja«, sagte Papa, »das war ein Spiel- und Abenteuerhaus, in dem Du gekritzelt, gemalt und Musik gehört hast. So ein Haus ist etwas anderes als eine einsame Klause.« – »Salinger hat in einer solchen Klause gelebt, oder?!« fragte ich Mühlenthal, und er antwortete: »Am Ende vom *Fänger im Roggen* hat Holden Caulfield den Traum vom Leben in einer einsamen Hütte. Taubstumm, allein, abseits von allen Menschen. Und als Salinger den Roman beendet hatte, verwirklichte er genau diesen Traum für sich selbst: Ein Holzhaus, umgeben von hohen Bretterzäunen, im Abseits.«

»Ich habe von Anfang an gewusst, dass dieser Roman nichts für mich ist«, sagte Reckling (und trank als erster von uns allen wieder ein Glas Bier – ich bemerkte es genau). – »Für mich wäre er ganz bestimmt auch nichts«, ergänzte Segemann (und starrte auf Recklings Bier, als hielte der gerade etwas ungemein Lustbringendes in der Hand). – »Eine Zeitlang hielte ich es durchaus in einer solchen Hütte aus«, sagte Mühlenthal lächelnd – worauf Papa antwortete: »Sie reden darüber, als wäre so was ein Abenteuerspielplatz. Das war es für Salinger nicht. Für Salinger war das Holzhaus eine radikale Entscheidung, das ist von einem ganz anderen, ernsten Niveau.«

›Jetzt hat Papa es Mühlenthal aber gegeben‹, dachte ich – und fühlte mich dadurch bestätigt, dass Mühlenthal nichts erwiderte, sondern (leicht) durcheinandergeriet. »Ist Dir nicht zu kühl?« fragte er seine Verlobte (dabei schwitzte doch jeder von uns vor Wärme). »Zu kühl?!« antwortete denn auch Sara erstaunt und schwieg einen Moment. Dann erst begriff sie, dass Mühlenthal ihr (auf indirekte Weise) vorschlagen wollte, zurück in die Kabine zu gehen. Um sich zu entspannen. Um den Abend »ausklingen zu lassen«.

Es dauerte dann aber noch einige Zeit, bis Sara und Mühlenthal sich wirklich verabschiedeten. Als es soweit war, zog auch ich mich in unsere Kabine zurück. Papa hatte angekündigt, kurz vor Ende der Reise eine kubanische Zigarre rauchen zu wollen (»ein Rauchopfer« nannte er das …). Worauf sowohl Kapitän Reckling wie Heinrich Segemann erklärt hatten, es ihm gleich tun zu wollen. Das zu erleben, hatte ich nicht vor. Ich wollte etwas notieren und mich später um die Nachrichtenbündel kümmern, die Maro mir übergeben hatte.

Reisetagebuch (27. Juli 1967, 23.17 Uhr)

Gespräche wie heute Abend an Bord werde ich zu Hause sehr vermissen. Mit wem soll ich mich über solche wichtigen und interessanten Themen (wie das Abenteurertum, das Gärtnern und die Einsamkeitsklausen) denn unterhalten? Die Schule wäre genau der richtige Ort dafür – aber sie berührt solche Fragen nicht einmal entfernt. Stattdessen präsentiert man uns lauter Lernstoff – wie ödes Futter für Mastochsen. Wir sollen fressen und uns damit vollpumpen – aber es geht uns nicht das Geringste an. In zwei, drei Jahren haben wir den ganzen Lernstoff vergessen, und in zehn Jahren halten wir Odysseus für einen griechischen Segelweltmeister. Es ist doch zum Heulen! Und was folgt aus diesem Elend?! Man muss sich um alles selbst kümmern. Selbständig lernen, sich keine Ruhe gönnen, viel schreiben, festhalten, wo im Gelände man sich genau befindet (die Wendung würde Papa gefallen). Kann mir aber jemand erklären, wie man sich bei alldem Wirrwarr auch noch verliebt? Und: Sollte man das überhaupt?! Oder brächte jede Verliebtheit den gerade mal mühsam errichteten Lebensbau sofort wieder zum Einstürzen?! Wahrscheinlich, sehr wahrscheinlich sogar! Mist, ich habe das Thema leider nicht in unser Gespräch eingebracht. Dabei ist Mühlenthal gerade »frisch verliebt«. Hätte ich ihn (mutig) gefragt, hätte er auch dazu eine tadellose, lange durchdachte Theorie zur Hand gehabt und sie klug und gescheit (wie immer) entwickelt.

Reisetagebuch (27. Juli 1967, 23.52 Uhr)

Ich habe schon gute Freunde, so ist das ja nicht! Aber ich habe keinen einzigen, mit dem ich mich über »die Themen des Lebens« unterhalten kann. Worüber reden wir denn? Viel über Sport, viel über bestimmte Sportler, manchmal über unsere Eltern, auch über Schüler aus den höheren Klassen (und ihren pseudo-erotischen Firlefanz).

Über Frauen in unserem (oder etwas höherem Alter) reden wir übrigens ausgesprochen selten. Wir trauen uns nicht, oder wir wissen nichts dazu zu sagen. Wir starren die Frauen in unserem Alter von ferne an, als führten sie ein ganz anderes Leben und gingen geheimen Beschäftigungen nach, von denen wir noch nie gehört haben. Wir sind ›Schüler‹, sie aber sind keine ›Schülerinnen‹. Nein, sie sind ›junge Frauen‹, die selbst von den Lehrern (aus der Distanz) oft so angeschaut werden, als käme es vor allem darauf an, sie in Ruhe ihr eigenes Leben führen zu lassen.

Reisetagebuch (28. Juli 1967, 0.11 Uhr)

Ein einziges Mal bin ich mit einer Mitschülerin ins Kino gegangen. Es lief ein saudummer Tierfilm, und sie hatte mich vorher gefragt, ob ich sie begleiten würde, weil keine ihrer Freundinnen sich den Film anschauen wollte. Nach der Vorstellung ging ich mit ihr noch ein paar Schritte bis zur Straßenbahnhaltestelle. Eine kleine Gruppe von Mitschülern bekam uns zu sehen, blieb stehen und starrte uns an, als täten wir gerade etwas extrem Obszönes. Und dann riefen sie: »Na na na … – na na na!« (und es hörte sich an, als ließen wir uns gerade auf so verbotene Weise gehen, dass es nicht zum Anschauen und geradezu ekelhaft war …).

Nachdem ich diese Überlegungen fixiert hatte, widmete ich mich endlich Maros Nachrichten. Ich mochte die trockenen Meldungen überhaupt nicht mehr, und so schrieb ich sie einfach um und machte wieder ›Geschichten‹ daraus.

Historische Begegnung

Papst Paul VI. fliegt in wenigen Tagen nach Istanbul, um den Bischof von Konstantinopel zu treffen und mit ihm Gespräche über eine mögliche Annäherung der katholischen und der orthodoxen Kirche zu führen. Die Begegnung wurde schon lange geplant, scheiterte aber daran, dass keiner der beiden Kirchenfürsten den anderen zuerst aufsuchen wollte. So plädierte die römische Kurie dafür, dass Patriarch Athenagoras I. zuerst nach Rom kommen, und die Berater des Patriarchen rieten ihrem Oberhaupt wiederum, dass Paul VI. zuerst nach Konstantinopel kommen solle. Schließlich wurde es dem Papst zu bunt, und er meldete der Kurie: »Ich besuche nicht den Patriarchen von Konstantinopel, sondern reise dorthin, um mir in seiner Begleitung ›Ostrom‹ anzuschauen und endlich herauszubekommen, wo eigentlich Istanbul liegt.«

Französische Mode

Gilbert Feruch, Pariser Couturier, hat die neue Mode des Maolooks entworfen. Sie soll vor allem den Männern eine zwanglose, lockere Kleidung verleihen und von den Zwangsjacken der Vergangenheit befreien. Längst tragen auch die Beatles schlichte, einfarbige Jacken mit noch schlichteren Knopfleisten und Stehbündchen. Inzwischen gibt es sogar Mao-Smokings, und Birgitte Bardot überlegt, wie man eine entsprechende Mode für Frauen kreieren könnte. Gunter Sachs steht ihr mit Rat und Tat zur Seite, das passende Damenparfüm hat er bereits in Arbeit und testet den Duft in der Normandie. »Er hat etwas Herbes, Chinesisches«, ließ er verlauten, was den Filmregisseur Jean-Luc Godard derart gegen ihn aufbrachte, dass er sofort einen Film mit dem Titel Die Chinesin *drehte. Provozierenderweise ist die Hauptdarstellerin erst sechzehn Jahre alt und Enkelin eines katholischen Nobelpreisträgers, was nun wiederum Brigitte Bardot fast zur Raserei brachte. ›Gib Ruhe, mein Täubchen‹, flüsterte Gunter Sachs, ›wir kontern bald mit* Die Päpstin!‹

Verwirrung

Michelangelo Antonionis Film Blow Up, *der gerade in Cannes die ›Goldene Palme‹ erhalten hat, verwirrt die Kritiker. Ein Mann ist ermordet worden – oder auch nicht. Seine Leiche liegt im Gebüsch eines Parks – oder auch nicht. Ein Fotograf hat die Leiche fotografiert – auch das war jedoch wohl nur ein Versehen. Eine junge Frau kommt zu ihm ins Atelier und fordert den Film zurück – und er gibt ihr einen Leerfilm. Was konnte besser zur Aufklärung dieser Rätsel beitragen, als jenen Schauspieler zu befragen, der den Toten im Film spielte? »Ich habe auch keine Ahnung, was da eigentlich los war«, sagte Ronan O'Casey auf Befragen durch Kritiker. »Anscheinend hat Antonioni die entscheidenden, aufklärenden Szenen einfach vergessen. Oder er hat sie nicht gedreht, weil ihm das Geld ausgegangen ist.« Michelangelo Antonioni, schließlich selbst zur Rede gestellt, antwortete nur knapp und lakonisch: »Ich hasse meine Filme und will nicht über sie sprechen.«*

Saloniki

Am nächsten Morgen kamen wir gegen sieben Uhr im Hafen von Saloniki an. Papa und ich hatten die Größe dieser Stadt stark unterschätzt, denn vom Deck aus blickten wir auf eine lange Uferpromenade mit vielen Hotels und großzügigen Wohnanlagen, pompöser und aufwendiger als die von Piräus.

Beim Frühstück kam darauf die Sprache. Mühlenthal und Segemann hatten es vorbereitet und den Tisch reichlich gedeckt, und Papa hatte geholfen (»keine Widerrede! Ich helfe selbstverständlich!«).

Kapitän Reckling war es, der den Hymnus auf Saloniki sang. Die Stadt, sagte er, habe seit ewigen Zeiten hohe strategische Bedeutung. Westlich der Balkan, im Osten die Türkei! Saloniki sei die Hauptstadt Makedoniens, von hier aus habe Alexander der Große seine legendären Feldzüge begonnen! Die Römer hätten die Bedeutung dieser Stadt von Anfang an richtig eingeschätzt, unbedingt sollten wir uns die Bauwerke anschauen, die aus dieser Zeit stammten. Der Galeriusbogen, die Rotunde! Saloniki sei einmal eine Residenz römischer Kaiser gewesen!

Wir spürten alle, dass Reckling dabei war, seine militärischen Kenntnisse nach Herzenslust auszubreiten. Saloniki, machte er weiter, habe es ihm immer mehr »angetan« als Athen, denn Saloniki sei vielfältiger, vitaler und interessanter als das alte Athen mit seiner Akropolis, seinen Museen und der ewigen, stehengebliebenen Antike. Was sei dabei schon anderes herausgekommen als ein jämmerlich in die Länge gezogener Krieg gegen Troja, ein bisschen Abenteurertum auf hoher See, ein paar Schlachten auf winzigen Inseln gegen die Perser und später viel angeblich demokratisches Palavern auf Marktplätzen?! Alexander, der Makedonier, habe als erster Feldherr der Geschichte weiter und großräumiger gedacht, das gefalle ihm …

Mühlenthal räusperte sich und unterbrach Reckling schließlich: »Habt Ihr alle genug zu trinken? Sollen wir noch etwas Tee bringen oder reicht der Kaffee? Rühreier könnten wir auch noch servieren. Was ist?!« – Die Fragen enthielten genau die richtigen Stichworte, um von den militärischen Themen abzulenken. Jeder wollte etwas über seinen Appetit und das

Frühstück sagen, und am Ende saß Reckling mit seiner Alexanderbiografie (die er eigens aus der Bibliothek an den Tisch geholt hatte) da wie ein Lehrer, dem die Schulklasse nicht mehr zuhörte.

Es wurde dann abgedeckt und darüber gesprochen, wie der Tag verlaufen sollte. Mühlenthal überbrachte mir Saras Nachricht (sie hatte nicht mit uns gefrühstückt), dass ich zur Generalprobe des abendlichen Konzertes am Nachmittag eingeladen sei. Allerdings nur allein, ohne meinen Vater, denn größeres Publikum sei nicht zugelassen, sondern nur »Leute vom Fach«! Mühlenthal sagte, er selbst dürfe an der Generalprobe auch nicht teilnehmen, so streng seien die Vorschriften.

Von allen an Bord war ich also der einzige, das ehrte mich wirklich, und ich sagte natürlich zu. Die Probe fand am frühen Nachmittag in einem großen Park- und Freigelände nahe einem alten Turm direkt am Wasser statt, etwa eine halbe Stunde vorher sollte ich dort sein.

»Findest Du es schade, nicht mitgehen zu können?« fragte ich Papa (obwohl ich die Antwort schon ahnte). – »Nein, natürlich nicht«, sagte er, »ich brauche mir diesen Jazz doch nicht zweimal anzuhören, einmal reicht auch.« – »Ich glaube, Du unterschätzt den Jazz so, wie Du Saloniki unterschätzt hast.« – »Das kann man nur hoffen«, sagte er und lachte (laut). – »Dann pilgern wir am Vormittag zu den Römern?« fragte ich. – »Ja, machen wir. Die Römer fehlen uns noch in unserer beachtlichen Völkerkundesammlung.« – »Und nach dem Besuch bei den Römern gibt es einen kleinen griechischen Imbiss, wie wir ihn so mögen?« – »Richtig – und danach trennen wir uns. Du gehst zur Probe, und ich ziehe noch etwas herum. Am frühen Abend sitzen wir dann nebeneinander in Reihe Eins.«

In unserer Kabine packte ich einige Sachen in meinen Rucksack und zog mich um. Ich wollte für den Jazz »gerüstet« sein, ahnte aber nicht, wie man sich für ein Jazzkonzert kleidet. »Ziehst Du etwas Besonderes an?« fragte ich Papa. – »Nein«, sagte er, »es ist schließlich ein Freiluftkonzert. Da sind Hemden mit kurzen Ärmeln erlaubt. Auf kurze Hosen werde ich allerdings verzichten. Aber die sehen bei älteren Männern sowieso nur hässlich aus.«

Ich zog ein hellblaues Hemd und eine weiße Hose und Sportschuhe an, und als Papa mich so sah, meinte er, diese Kleidung sei schon beinahe übertrieben »gefällig«. – »Das Wort habe ich wirklich lange nicht von Dir gehört«, antwortete ich, »hast Du es überhaupt schon einmal benutzt? Es ist ein Wort von Mama.« – »Stimmt. Vielleicht hat sie uns auch hierher einen Brief geschickt. Aber bei wem sollen wir uns danach erkundigen, jetzt, wo Denis nicht da ist?«

Wir verließen die Kabine und begegneten an Deck erneut Heinrich Segemann. »Ich habe Post für Euch«, sagte er (wie bestellt), und Papa antwortete: »Meine Frau ist wirklich eine treue Briefschreiberin.«

Heinrich wedelte mit dem Brief hin und her und lachte (so seltsam, wie ich ihn noch nie hatte lachen sehen): »Nein, Josef, der Brief ist nicht von Deiner Frau, er kommt aus Athen, und die Briefschreiberin heißt mit Vornamen Delia. Schaut her, hier steht ihr voller Name, und darunter steht ihre Adresse ...« – »Gib her, Du alter Lurch!« hätte ich fast gesagt, geduldete mich dann aber und nahm ihm den Brief aus der Hand. Lässig steckte ich ihn in den Rucksack und lenkte Segemann ab: »Kommen Sie auch zum Jazzkonzert?« – »Tja, weiß nicht. Von Jazz habe ich keine Ahnung.« – »Na«, sagte Papa, »das ist doch der beste Grund hinzugehen.«

Segemann schaute uns an, als hätten wir etwas Tolldreistes, aber Abwegiges vor. Er schüttelte den Kopf, als wollte er warnen, dann aber ließ er alle Gegenwehr fallen und sagte (etwas matt): »Ich werde es mir noch überlegen.«

Papa und ich zogen dann los und verließen den Hafen. Nach ein paar hundert Metern sagte Papa: »Willst Du den Brief jetzt nicht öffnen?« Und ich antwortete: »Später. Was wird da schon drinstehen?«

Ich bildete mir einiges auf meine Lässigkeit ein, dabei konnte ich nur noch an den Brief denken. Warum hatte Delia mir geschrieben? Wollte sie mich noch einmal sehen? Oder wollte sie mir »die Leviten lesen«, weil ich ihr mein richtiges Alter nicht verraten hatte? Ich ging verschiedene Varianten eines möglichen Briefinhalts durch, um mich auf alle Eventualitäten vorzubereiten. ›Egal, was sie schreibt‹, sagte ich mir schließlich, ›ich werde hinterher nicht den enttäuschten Max spielen. Auch dann nicht, wenn sie beleidigt tut und niemals wieder etwas mit mir zu tun haben will.‹

Wir steuerten auf die von Kapitän Reckling erwähnten römischen Altertümer zu, und Papa spielte mit den Bewohnern von Saloniki sein Frage- und Antwort-Spiel (Wo steht der Galeriusbogen? Wo gibt es gute Tavernen?). Hier verstand jeder zweite sein Englisch, und es waren so viele Jugendliche auf den Straßen wie bisher noch nirgendwo. Sie zogen in kleinen Reihen, untereinander gehakt, von Park zu Park, aßen Eis und unterhielten sich angeregt.

»Das ist angenehm hier, oder?« fragte Papa, und ich stimmte ihm zu, und dann kauften auch wir uns in einem Eisladen jeder ein Eis und setzten uns nach draußen, unter einen Schatten spendenden Kastanienbaum.

»Willst Du den Brief jetzt öffnen?« fragte Papa, und ich tat weiter so, als hätte ich ihn schon vergessen: »Den Brief?! Ach so, ja, etwas später.«

Papa war mit dieser Antwort aber nicht mehr zufrieden, sondern sagte: »Soll ich ihn öffnen?« – »Du?! Wieso denn das? Der Brief ist für mich.« – »Vielleicht sträubt sich etwas in Dir, ihn jetzt zu öffnen.« – »Was soll sich denn sträuben? Und was ist ›sträuben‹ schon wieder für ein seltsames Wort? Du redest heute mit mir, als wärst Du ein Lateinlehrer, der zuviel altertümliche Übersetzungen vom Latein ins Deutsche gelesen hat.« – »Komm, jetzt tu bitte nicht so! Ich weiß, dass es Dir nicht leicht fällt, den Brief zu lesen!« – »Diesmal liegst Du daneben – und wie! Und jetzt schau!«

Ich holte den Brief aus dem Rucksack, öffnete ihn mit dem rechten Zeigefinger, lehnte mich etwas zurück (damit Papa keinen Blick darauf werfen konnte) und begann, ihn zu lesen. (Ich mache es kurz und gebe hier eine knappe, den seltsamen Stil leicht karikierende Version wieder.)

Hey, Delia grüßt ihren Ioannis und übermittelt ihm eine Botschaft! Er hat ihr geschrieben, er sei vom Alter her Sechzehn, das aber glaube sie nicht. Ein Meter fünfundachtzig (mindestens) und achtzig Kilo (mindestens) – das ergebe Summa summarum nicht Sechzehn. Und wenn doch – liege ein mathematischer Irrtum vor. Eingeladen habe er sie, nach Köln (κολωνία) zu kommen. Diese Einladung nehme sie an. Bis Anfang Oktober habe sie Ferien und könne jederzeit auftauchen. Sie erwarte einen Anruf nach seiner Rückkehr (Athener Telefonnummer). Unvergesslich seien ihr die Stunden in Sounion und ihr gemeinsamer Auftritt im Seebad von Vouliagmeni. Hey, bis bald – Delia!

»Was schreibt sie denn so?« fragte Papa. – »Ach, nichts Besonderes.« – »Und woraus besteht ›nichts Besonderes‹?« – »Mein Gott, Papa«, sagte ich, »wenn Du so neugierig bist, liest Du den Brief am besten selbst. Hier, lies!«

Ich reichte ihm den Brief, denn ich war sicher, dass er ihn auf keinen Fall lesen würde. Falsch! Er zog seine Onassis-Brille umständlich aus, strich den Brief mit der rechten Hand glatt und studierte so langsam Zeile für Zeile, als handelte es sich um ein uraltes Papyrusdokument, schwer zu entziffern.

»Der Brief ist nicht von Mama, sondern von Delia«, sagte ich schließlich, »Du kannst ihn rasch lesen und brauchst ihn nicht wie einen Brief von Mama auswendig zu lernen.« – »Ich lerne ihn nicht auswendig, sondern denke mit, und dafür brauche ich etwas Zeit«, antwortete Papa. – »Inwiefern denkst Du mit? Was meinst Du?« – »Ich frage mich, wie bringen wir Mama bei, dass Du eine Freundin aus Griechenland zu Hause erwartest? Und ich frage mich weiter, wo Delia schlafen soll. Und ich denke darüber nach, was wir ihr im Einzelnen von Köln und der Umgebung zeigen. Den Dom natürlich, aber doch sicher auch Sankt Maria im Kapitol. Meinst Du, sie möchte wirklich eine Rheinschifffahrt machen, bis zur Mündung?«

Ich konnte es nicht fassen. Das alles ging Papa durch den Kopf? Er nahm den Brief also wörtlich. Ja, wie denn sonst? Er nahm wirklich an, dass Delia kommen würde?! Ganz offensichtlich, schließlich stand es schwarz auf weiß in ihrem Brief. Schwarz auf weiß? Meinte sie denn ernst, was sie geschrieben hatte? Papa nahm es jedenfalls ernst. Und ich?! Nein, ich vermutete, der Brief sei ein Scherz. Aber wieso? Schließlich stand doch schwarz auf weiß da … – meine Herren, ich wollte nicht mehr daran denken, nein, ich lehnte es einfach ab, mich mit dem Briefinhalt zu beschäftigen. Am Abend vielleicht oder, noch besser, morgen – oder während der Rückfahrt nach Deutschland. Richtig, es war noch viel Zeit, den Brief mehrmals zu lesen und seinen Inhalt zu interpretieren …

»Ich werde darüber nachdenken«, sagte ich, »aber nicht jetzt. Wir sind in Saloniki und noch nicht in Köln. In Köln denke ich darüber nach. Okay?« – »Sie meint es ernst, das sage ich Dir«, antwortete Papa. – »Natürlich meint sie es ernst. Denkst Du, ich hätte es nicht gemerkt?« – »Sie schreibt kurz und bündig, das gefällt mir. Kein Wort zuviel. Guter griechischer Stil.« – »Was verstehst Du denn davon?« – »Ich höre es aus ihrem Englisch heraus. Es ist ein durch das Griechische geformtes Englisch. Jedes Wort sitzt.« – »Jetzt übertreibst Du aber. So besonders ist dieser Brief nicht.« – »Doch, ist er. Glasklar, wie gemeißelt. Jedes Wort zu verstehen und am richtigen Platz. Bis auf eine kleine Ausnahme!« – »Und die wäre?« – »Was meint sie mit dem gemeinsamen Auftritt im Seebad von Vouliagmeni?« – »Ach das! Wir haben dort zusammen gesungen. *Penny Lane*, den neusten Song von den Beatles. Ein paar Zuhörer haben geklatscht.«

Papa schaute mich nicht prüfend an, obwohl ich genau das erwartet hatte. Er zog seine Onassis-Brille auf und gab mir den Brief zurück. »Das Schreiben wird uns noch beschäftigen!« sagte er (und es hörte sich an, als beauftragte uns Delias Brief mit der Ausrichtung eines Großereignisses in Köln und Umgebung, bis hin zur Mündung des Rheins in das Meer).

Wir setzten unseren Weg durch Saloniki fort, aber ich hatte plötzlich etwas ganz Anderes als Saloniki im Kopf. Am liebsten hätte ich Delia eine kurze, hinhaltende Antwort geschrieben und mich dadurch von allem Grübeln fürs Erste befreit.

Papa aber ging so rasch und bestimmt vorwärts, als habe

er den Inhalt des Briefes befriedigend durchgearbeitet. Wo befand sich der Galeriusbogen? Und wo die Rotunde? Beides dicht nebeneinander, in kaum mehr als dreihundert Metern Entfernung? Vielen Dank!

Ich schlurfte (und es wurde wärmer und wärmer) hinter ihm her – hatten wir nicht vereinbart, die touristische Beschäftigung mit »Altertümern« weitgehend zu drosseln? »Wollen wir uns diese römischen Brocken wirklich ansehen?« fragte ich (vorsichtig). – »Unbedingt!« antwortete Papa, »Saloniki ist anscheinend vor allem römisch und nicht griechisch geprägt und steht damit in unmittelbarer Verbindung zu Rom und damit letztlich zu Köln!«

›Lass Köln aus dem Spiel und erwähne in den nächsten Tagen bitte kein einziges Mal mehr Sankt Maria im Kapitol und erst recht keine römischen Altertümer am Rhein‹, hätte ich am liebsten gesagt, ging dann aber doch lieber stumm weiter. Wie sollte ich Mama erklären, dass wir eine junge Griechin erwarteten? Ja, das war ein schwieriges Thema. Und wo sollte sie schlafen? Ja, das musste man sich überlegen …

Ich bat Papa, mir zu zeigen, wo sich der Galeriusbogen mitsamt der Rotunde (was war damit gemeint?) befand. Dort vorn, er war schon in Sichtweite! Ich sagte, dass ich bald nachkommen, vorher aber noch einen Kaffee und etwas Wasser trinken werde. In Ordnung? Oder hatte auch Papa Lust auf eine weitere, kleine Pause? Nein, hatte er nicht, er konnte es nicht mehr abwarten, römisches Terrain zu betreten und sofort zu zeichnen.

Ich ließ ihn ziehen und setzte mich in ein Café (schon wieder: diese auffälligen Scharen von jungen Leuten! Studenten? Bestimmt. Aber wieso hatte ich in Athen kaum Studenten bemerkt?)

Postbriefkarte an die Mama (28. Juli 1967, 11.37 Uhr)

Liebe Mama, unsere Reise geht langsam zu Ende, wir sind in Saloniki, einer durch und durch römischen Stadt. Hier fällt es uns leicht, Parallelen zu Köln zu ziehen, und hier hatten wir die gute Idee, junge Griechen (Studenten!) zu uns nach Köln einzuladen. Sie haben noch Ferien bis Anfang Oktober und wollen den Dom und den Rhein sehen und eventuell auch Sankt Maria im Kapitol. Fest verabredet haben wir uns noch nicht, das werden wir in Köln zusammen mit Dir organisieren. Wir zählen auf Dich, denn Dir fällt ja immer was ein.

Reisetagebuch (28. Juli 1967, 11.45 Uhr)

Delias Brief hatte vom Stil her überhaupt nichts Besonderes, wie Papa verkündete. Er war verspielt, als machte sie sich über mich lustig! Was meint sie wirklich? Bin ich nun sechzehn – oder bin ich es nicht?! Verdammt, ich hatte mir eine eindeutigere Antwort erhofft. ›Glasklar, wie gemeißelt!‹ Von wegen! Und die Wendung ›gemeinsamer Auftritt‹ für unsere Turnübungen in der Kabine des Freibads ist eine Frechheit! Ironie – und keine Spur von Gefühl oder Wärme! Genau das ist anscheinend griechischer Stil!

Reisetagebuch (28. Juli 1967, 11.52 Uhr)

Ich könnte Delia schreiben, dass meine Kölner Freundin mit Delias Kommen nicht einverstanden sei. Petra sei so was von eifersüchtig! Sie habe damit gedroht, sich von mir zu trennen, wenn es soweit komme. Meine Mutter dagegen freue sich auf die Anreise einer jungen Griechin. Sie könne Petra nicht ausstehen, widerspreche ihr aber mir zuliebe nie. So dass die Freude meiner Mutter über Delias eventuelles Kommen letztlich leider zu gar nichts führe, weil Petra nun mal nicht dafür sei. Verflixt aber auch! (Nein, diesen elenden Quatsch könnte ich niemals schreiben! Ich käme sofort durcheinander ...)

Ich trank einen Mokka und etwas Wasser und zog weiter. Papa saß vor dem Galeriusbogen im Schatten und zeichnete. Der Bogen selbst sah furchtbar aus, als bräche er jeden Moment zusammen. Er hatte nichts (aber auch gar nichts) von der Schönheit griechischer Tempel, sondern wirkte soldatisch, wie von Kapitän Reckling entworfen. Zwei schwere Säulen, dick wie Elefantenbeine, mit groben Reliefs, kurz vor dem Abbröckeln. Und dann ein unpassender, anscheinend später aufgesetzter Bogen, schmalbrüstig und hilflos.

Ich hatte überhaupt keine Lust, mich in die Reliefs zu vertiefen. Bestimmt handelten sie von Feldzügen und Eroberungen und der Macht des römischen Kaisers! Ich kannte solche Sachen aus Köln, wo das Römische immer auf das Militärische hinauslief – auf ein römisches Lager, römische Straßen, römische Verteidigungsanlagen.

Das einzig Schöne war hier und da ein kleines Mosaik, ein Fußboden in einer Villa oder ein Atrium mit Springbrunnen! Geredet worden war in solchen Behausungen aber nur über die nächsten Einsätze im Kampf gegen die Germanen oder die Gallier oder Gott weiß wen!

Die Lektüre von Caesars *De bello gallico* hatte mir ein für allemal den Rest gegeben. So ein trostloses, kriegsfixiertes Buch, ohne jeden Humor oder Witz, knochentrocken in seinen Schilderungen angeblich sagenhafter Strategien und Taktiken! Und das alles wofür?! Um auch in Gallien und im Land der Germanen römische Straßen, Kastelle und quadratische Lager zu bauen, aus denen Kunst, Literatur und Musik weitgehend verbannt waren!

»Zeichnest Du etwa diese trostlosen Reliefs mit den daneben geratenen Pferden und all diesen Soldaten in abscheulichen Rüstungen?« fragte ich Papa. – »Nein«, antwortete er, »natürlich nicht. Ich mache nur eine Skizze von dem Bogen als ganzem. Die Reliefs halten dem Vergleich mit dem Panathenäenfries in keinem Moment stand, da hast Du recht.« – »Freut mich, dass Du es auch so siehst!« sagte ich und wandte mich ab. »Ist die berühmte Rotunde etwa ebenso hässlich?«

Papa stand auf und steckte seinen Feldbuchrahmen mit der Galeriusbogenzeichnung (ich schaute nicht drauf!) in meinen Rucksack. »Bist Du etwas gereizt?« fragte er (ruhig). – »Nein«, antwortete ich, »ich habe gerade nur eine leichte Aversion gegen das Römisch-Militärische. In Rom mag man das ja noch ertragen, da wird es nicht dominieren. In den römischen Provinzen, weitab von Rom, wirkt es aber sehr penetrant.« – »Was ein Grund wäre, bald einmal nach Rom zu fahren«, sagte Papa. – »Bitte nicht wieder dieses Thema«, antwortete ich, »eine bessere Idee wäre doch: Du fährst mit Mama nach Rom, und ihr Zwei kümmert Euch vorher um eine Privataudienz beim Papst. Gibt es im Vatikan nicht einen guten Freund von Mamas geistlichem Bruder, der zur römischen Kurie gehört?« – »Den gibt es, aber ich weiß seinen Namen nicht mehr.« – »Na bitte! Er existiert – gute Voraussetzungen, von Paul VI. empfangen zu werden, wenn er aus Istanbul zurückgekehrt ist.« – »Wie bitte? Was ist los? Paul VI. ist in Istanbul?« – »Allerdings, ich habe gestern Nacht die passende Geschichte zu seinem Auslandsbesuch geschrieben!«

Papa freute sich, dass ich mit meinen ›Geschichten aufgrund von Nachrichten‹ weitergemacht hatte. »Wie viele werden wir denn davon am Ende der Reise so haben?« fragte er. – »Dreißig, vierzig, mal sehen«, antwortete ich. – »So viele?! Das ist fabelhaft. Die tippst Du zu Hause ab …« – »Ja doch …« – »Die tippst Du auf Kohlepapier ab …« – »Ich weiß …« – »Die vervielfältigen wir, und unsere Korbrunde bekommt …« – »Papa, es reicht jetzt aber wirklich. Lass uns erstmal nach Hause kommen. Und lass uns erstmal die anstehenden Fragen klären.« – »Was denn für Fragen?« – »Egal, ich gebe es auf! Lass uns die Rotunde anschauen, ist die etwa auch römisch?!«

Die Rotunde war ebenfalls römisch und als Mausoleum für Kaiser Galerius gebaut worden. Sie war in der Tat kreisrund und ein mächtiger Ziegelbau, der wegen seiner Größe und Höhe wieder mal enorm beeindruckend sein sollte. Innen war er – na was schon? – groß und hoch und sonst vollkommen leer. Einige Mosaiken waren in großer Höhe (haha!) kaum oder nicht zu erkennen. (Warum brachte man sie dann aber dort oben an?) Um sie zu studieren, hätte man sich mit dem Rücken auf den Boden legen und ein Fernglas bemühen müssen.

Ich ahnte, dass Papa so eine Idee durch den Kopf ging, und baute rasch vor: »Papa, wir legen uns jetzt aber nicht auf den Boden und betrachten die Mosaiken dort oben durch ein Fernglas.« – »Das wäre aber die einzig richtige Methode, sich ihnen zu nähern.« – »Sie bestehen nur noch aus Bruchstücken, große Partien fehlen. Auf Postkarten sind sie besser zu erkennen.« – »Du weißt, dass ich keine Postkarten mag.« – »Ausnahmsweise?« – »Auf gar keinen Fall.« – »Und wenn ich einen Bildband entdecke, auf dem sie Steinchen für Steinchen abgebildet sind?« – »Kommt darauf an.«

Kaiser Galerius hatte seine Grabkammer als Rundbau geplant. (Anscheinend waren solche Rundbauten für die Römer das Größte.) Die ersten Christen hatten später aus den meisten vorhandenen Rundbauten Kirchen gemacht. Und wie? Ganz einfach: Schöne Mosaike an die kahlen Wände! Einen Altar in die Mitte! Kirchenmusik, Gesang, Gebete und etwas Weihrauch – und schon verwandelte sich ein aufgeblasenes Tyrannenrefugium in eine Zone der Andacht!

So gesehen, hatten die Mosaiken natürlich doch eine eminente Bedeutung. (Sie gehörten zu den frühsten, christlichen auf der ganzen Welt!) Papa würde die Rotunde auf keinen Fall verlassen, ohne sich mit ihnen länger beschäftigt zu haben.

Ich ging nach draußen, wo am Eingang Souvenirs, Postkarten und Dokumentationen verkauft wurden. Darunter befand sich auch ein Buch mit Abbildungen der goldenen Mosaike. Ich kaufte es kurz entschlossen und schlich in die Rotunde zurück. »Ich werde mich doch auf den Rücken legen, um wenigstens einige der Mosaiken zu zeichnen«, sagte Papa. – »Nicht nötig«, sagte ich, »ich habe Dir eine Prachtdokumentation gekauft. War nicht billig, ist aber ihren Preis wert.« – »Lass mal sehen«, sagte Papa.

Wir setzten uns auf eine unbequeme Wandbasis. Warum gab es keine bequemen Stühle? Etwa aus Respekt vor Galerius, dem Tyrannen? Er war, wie ich der Dokumentation entnommen hatte, wohl ein übler Bursche gewesen, zuständig für grausame Christenverfolgungen. Anscheinend hatte er sich in seinen letzten Lebensjahren eine schwere Krankheit zugezogen – daraufhin hatte er wohl doch nachgegeben und die Christenverfolgungen für beendet erklärt. War es so gewesen? Der Text im Mosaikbuch erging sich in Vermutungen.

»Das Buch ist eine Hilfe«, sagte Papa. »Ich bleibe hier, um einige der Mosaiken zu zeichnen. Du kannst ruhig gehen, wir sehen uns dann beim Konzert.« – »Essen wir nicht mehr zusammen?« – »Nein, Du weißt doch: Wenn ich einmal anfange zu zeichnen, dauert das seine Zeit.« – »Ja, ich weiß. Dann bis zum Abend. Das Konzert beginnt um 18 Uhr und dauert angeblich zwei Stunden.« – »Zum Glück gibt es keine Pause.« – »Warum zum Glück?« – »Weil die *Albireo* gegen 21 Uhr ablegen wird. Da sollen und müssen wir wieder an Bord sein.« – »Stimmt, das hätte ich fast vergessen. Um 21 Uhr nehmen wir Kurs auf Istanbul und das Reich der Osmanen.« – »Byzanz hieß die Stadt früher, dann Konstantinopel ...« – »Ist ja gut, Papa, ich werde mich informieren, keine Sorge ...«

Wir trennten uns, und ich schaute auf die Uhr. Bis zum Beginn der Generalprobe hatte ich noch etwas Zeit. Hinter der Rotunde befand sich ein kleiner, ruhiger Platz mit Zypressen. Dort kaufte ich mir in einer Imbissstube eines der mit Spinat und Schafskäse gefüllten Brotschiffchen (knusprig, aus dem Ofen) und dazu eine Cola. Dann trank und aß ich und ruhte mich etwas aus (hingestreckt auf eine Parkbank).

Reisetagebuch (28. Juli 1967, 13.31 Uhr)

Ich sitze in Saloniki, hinter der frühchristlichen Rotunde mit den alten Mosaiken. Papa zeichnet, ich habe einen Imbiss gegessen. Es ist unglaublich still, und ich denke seltsamerweise an Rom. Papa hat eben davon gesprochen, dass man Rom bald besuchen solle, um »das Römische« zu verstehen. (Und damit auch Köln noch etwas besser ...) Ich habe ihm nicht gesagt, dass ich daran denke, mich bald für ein Stipendium dort zu bewerben. Wenn ich es bekäme, würde ich am römischen Conservatorio Klavier studieren. Ich würde einige Zeit in Rom wohnen und römische Freunde haben. Nach dem Besuch von Athen und Griechenland (sowie von Konstantinopel, Byzanz und Istanbul) wäre Rom eine ideale Adresse. Ich sitze in Saloniki hinter einer uralten römischen Rotunde und träume mir gerade mein weiteres Leben zurecht.

Reisetagebuch (28. Juli 1967, 14.05 Uhr)

Wird Delia nach Köln kommen? Ich kann diese Frage jetzt wirklich nicht klären. Deshalb werde ich sie vorerst einmal verdrängen und mich auf das Konzert und den Jazz konzentrieren. Ich habe Sara heute noch gar nicht gesehen. Angeblich wollte sie die Albireo *gegen Mittag verlassen und sich von einem Taxi zu der Konzertbühne im Park neben dem alten Turm bringen lassen. Ich gehe jetzt hin, ich mache mich auf den Weg.*

Da ich noch einmal am Eingang der Rotunde vorbeikam, warf ich einen kurzen Blick hinein, um zu sehen, wie weit Papa mit seinen Zeichnungen war. Der große Bau war noch immer leer, aber in seiner Mitte lag ein älterer Mann mit dem Rücken auf dem Boden.

Als ich Papa erkannte, erschrak ich. Er hatte die Augen geschlossen, und der alte Feldbuchrahmen lag neben ihm, als hätte er mit dem Zeichnen für immer abgeschlossen. Auch die Onassis-Brille lag auf dem Boden, das Ganze irritierte mich sehr, und ich blieb einen Moment auf dem Fleck stehen, weil ich nicht verstand, was ich dort zu sehen bekam.

War Papa wegen der großen Hitze müde geworden und eingeschlafen? Oder war ihm etwas zugestoßen?

Vor etwa zehn Jahren hatte er einmal einen schweren Herzinfarkt gehabt. Er war längere Zeit im Krankenhaus gewesen und später zur Erholung in ein Sanatorium im deutschen Norden geschickt worden. Als kleiner Bub hatte ich ihn dort mit Mama besucht, und die Stunden in dem muffigen Bau, in dem sich lauter Schwerkranke aufhielten, hatten sich mir tief eingeprägt.

Seither hatte Papa sich aber erholt, starke Herzbeschwerden waren nicht wieder aufgetreten. Vor unserer Mittelmeerreise war er noch einmal untersucht worden, und der Hausarzt hatte keine Einwände gegen die Reise gehabt. Papa galt als gesund (»ich bin kerngesund«, sagte er, wenn er darauf angesprochen wurde), und er hatte genau das während der gesamten Reise durch seine Widerstandsfähigkeit in allen Lebenslagen bewiesen.

In dem Moment, als ich ihn auf dem Boden hingestreckt (und wie leblos) liegen sah, dachte ich jedoch noch an etwas Anderes. Plötzlich erinnerte ich mich daran, dass Papa in wenigen Wochen sechzig Jahre alt wurde. Papa und Sechzig! War das nicht ein schlimmer, kaum auszuhaltender Gedanke?

Mit Sechzig gehörte er zu den älteren Männern, die sich vor dem Tod in Acht nehmen mussten. Über dieses Thema hatte Papa nie ein einziges Wort verloren, natürlich nicht, jetzt aber kam es mir wie eine Drohung in den Sinn. Einige Jahre würde er noch seinen Dienst tun und als Geodät arbeiten – und danach würde er mit Mama ganz und für immer in das Land- und Ferienhaus im Westerwald ziehen. Um dort die letzten Lebensjahre zu verbringen …

Mein Gott – wie sich das anhörte! Die letzten Lebensjahre! Ich hatte einen herzkranken Vater und eine beinahe noch herzkränkere Mutter – ihnen konnte jeden Tag etwas zustoßen. Und was dann?! Ohne die beiden würde ich es doch niemals aushalten, nirgends, auch nicht in unserem gemeinsamen, ewigen Zufluchtsort des Landhäuschens! Allein könnte ich dort nicht leben – ach was, aber wo könnte ich überhaupt noch leben, so eng wie ich nun einmal mit den Eltern verbunden war?

Solche Gedanken jagten mir wie kalte Blitze durch den Kopf, und ich dachte: ›Großer Gott! Lieber Heiland! Bitte lasst ihn am Leben! Er darf nicht sterben, jetzt nicht und später auch nicht! Niemals!‹

Ich biss mir auf die Lippen und ging wieder in die Rotunde zurück, langsam, Schritt für Schritt, leise. Was nun? Schlief er? Aber er schlief doch nie, wenn er zeichnete! (Das Zeichnen belebte ihn derart, dass er es stundenlang ohne Schlaf aushielt!)

Ich beugte mich über ihn und betrachtete sein Gesicht. Nein, es war nicht blass, sondern, im Gegenteil, dunkelbraun, es glänzte geradezu vor Frische, als wäre er lange im Urlaub gewesen. (War er das?! Nein, Papa hasste allein schon das Wort, »Urlaub gibt es nicht«, sagt er, »Urlaub ist etwas für Leute, die ihre Arbeit nicht mögen.«)

»Papa?!« sagte ich leise, »Papa – ist Dir nicht gut?!«

Er öffnete sofort die Augen – und ich wusste, dass er gar nicht geschlafen hatte.

»Was?! … – doch, natürlich«, antwortete er, »ich habe nur kurz nachgedacht, wie wir das Problem mit Deiner griechischen Freundin angehen. Und ich habe sogar eine mögliche Lösung.«

›Mensch, Papa‹, hätte ich am liebsten gesagt, ›was interessiert mich meine griechische Freundin – Hauptsache, Du bist am Leben!‹ Ich sagte das aber nicht, sondern antwortete ruhig (als hätte ich keine Todesangst ausgestanden): »Da bin ich aber gespannt!«

»Du lädst sie nach Köln ein und lädst einen ihrer Brüder dazu! Dann kommen sie eben zu zweit! Eine junge Griechin und ein junger Grieche, die Köln, den Dom, Sankt Maria im Kapitol und den Rhein bis zur Mündung sehen wollen! Das wird auch Mama gefallen – und das Drumherum spielt keine Rolle!«

›Genial‹, dachte ich, ›das ist wahrhaftig die Lösung! Wenn Delia von einem ihrer Brüder begleitet wird, sieht es nicht nach einer Begegnung mit einer jungen griechischen Freundin, sondern nach einem Treffen mit dem jungen Griechenland aus. Wir würden zu dritt, zu viert (mit Papa) oder zu fünft (mit Mama und Papa) durch Köln streifen, in immer neuen, wechselnden Konstellationen – und niemand würde sich dabei etwas denken! Ein Projekt der Völkerverständigung! Ein Jugendaustausch!‹

»Das ist die Idee, Papa!« sagte ich, »und das ist Dir ausgerechnet hier eingefallen, in der alten Rotunde?« – »Ja, es ist so schön still! Und die Mosaiken haben so etwas Einladendes! Man kommt hier wirklich auf viele gute Gedanken!« – »Und das Zeichnen?« – »Verläuft nebenher, von ganz allein!«

Er griff nach dem Feldbuchrahmen und zeigte mir, wie viele Blätter er dort bereits untergebracht hatte. Es waren Zeichnungen von Details der Mosaiken: Pflanzen, Gebäude mit großen Bögen und offenen Durchgängen. Alles wirkte luftig und weit und wie bereit für die langen Prozessionen der großen Figuren, die auf den anderen Mosaiken reglos nebeneinander verharrten. (Waren es Heilige, Apostel, Märtyrer? Papa wusste sicher Bescheid, aber ich wollte ihn später danach fragen, weil ich zur Generalprobe musste.)

»Hat die Dokumentation Dir beim Zeichnen geholfen?« fragte ich noch. – »Nein«, antwortete er, »solche Sachen taugen doch nichts. Ich habe sie an der Pforte zurückgegeben. Aber wieso bist Du noch hier? Ich dachte, Du wärst längst bei der Probe!« – »Da bin ich in zehn Minuten«, antwortete ich.

Ich versuchte ein Lächeln (was war ich erleichtert! – und ich konnte es Papa nicht einmal sagen ...), und dann fragte ich: »Soll ich Dir aufhelfen? Willst Du nicht einmal eine Pause einlegen?« – »Eine Pause? Ach was, ich bringe das jetzt zu Ende, und später setze ich mich in einen schönen Park und spanne ein wenig aus.« – »Tu das aber bitte auch!« sagte ich. – »Jaja«, antwortete er – und ich wusste, dass er sich kaum mehr als eine Viertelstunde Erholung gönnen (und dann schon wieder weiterziehen) würde.

Ich verließ die Rotunde und beeilte mich, zu dem alten Turm an der Uferpromenade zu kommen. Das Gelände in der Umgebung war abgesperrt, und die schmalen Eingänge für die späteren Konzertbesucher wurden bereits streng kontrolliert.

Ich zeigte meinen Ausweis und sagte, dass Sara, die Pianistin, mich persönlich zur Generalprobe eingeladen habe. Der Kontrolleur kramte eine Namensliste heraus und fand zum Glück recht schnell meinen Namen. Dahinter machte er einen Haken, und ich durfte passieren.

Auf der Konzertbühne saß Sara bereits in einem schlichten, blauen Kleid auf einem Klavierhocker hinter einem großen, schwarzen Flügel. Neben ihr saß ein Mann mit Schlagzeug, und daneben hielt ein anderer, übergroßer Mann einen Kontrabass. Spielte also ein Trio? (Davon war bisher nicht die Rede gewesen.) Ich schaute auf die Uhr, noch fünf Minuten, dann setzte ich mich auf einen der Stühle, etwa in die Mitte des Halbrunds, das die Zuhörer während des Konzerts bis zum letzten Platz füllen würden.

Ich beobachtete, wie Sara sich mit den beiden anderen Musikern unterhielt. Sie schaute sie abwechselnd an und schien etwas mit ihnen zu besprechen. Ich wunderte mich, dass sie das kurz vor Beginn der Probe noch hinbrachte, ich jedenfalls hätte mich in so einem Moment nicht mehr unterhalten können, nein, auf keinen Fall. In das Zuhörerhalbrund schaute sie nicht, sie wirkte locker und nicht übertrieben konzentriert.

›Auf die ersten Töne bin ich gespannt‹, dachte ich, ›beginnt sie allein am Klavier oder fangen sie gleich zu dritt an?‹

»Aha, der Nachwuchs ist auch schon vor Ort!« sagte jemand direkt hinter mir, und ich wusste sofort, dass es Denis war. Ich drehte mich um, und er stieg von hinten über den Sitz neben mir und setzte sich neben mich. »Wie kommst Du denn hierher?« fragte ich, und er antwortete: »Ich komme überall rein, das weißt Du doch längst. Ich habe viele Beziehungen.«

»Und, wie war es oben im Gebirge?« fragte ich. – »Fantastisch. Wahrscheinlich werde ich dort einige Zeit bleiben.« – »Und das heißt?« – »Ich werde noch bis Istanbul mitfahren und dann Urlaub nehmen für ein paar Wochen im Pilion.«

Sara nickte den beiden Musikern zu, beugte sich etwas vor und begann zu spielen. Ich hatte mit allem Möglichem (aber mit was genau?!) gerechnet – nicht aber damit, dass sie die Probe mit einem Stück eröffnen würde, das ich selbst sehr gut kannte und schon oft gespielt hatte. Es war der erste, langsame Adagio-Satz von Händels Suite in F-Dur!

Meine Herren, es ist ein kurzes Stück, höchstens drei Minuten, aber es ist ein Stück, das einen verrückt macht! Händel hat unscheinbare Stücke komponiert, die kein Mensch kennt, einen aber schon beim ersten Hören umhauen. Dieser langsame Satz in F-Dur ist so eins: als spielte es im Jenseits, dort, wo Musik nicht gemacht wird, sondern von selbst entsteht. Als säßen zwei Menschen im Dunkel und starrten auf das Flackern einer Kerze, der die Musik entspringt!

Ich hielt die Luft an und schaute, es war nicht zum Aushalten, so ergreifend war es. Als führe ich in diesen drei Minuten die ganze Mittelmeerreise zurück bis zu meiner Wiege in einem ollen Mietshaus im Kölner Norden. Als blickten mich gerade vier Augen an, erstaunt, dass ich wirklich lebte und da war! Und als hielte ich still, um ihnen genau das zu beweisen.

Sara spielte das Stück sehr leise, wie weggetreten, danach gab es eine minimale Pause – und dann spielte sie das Stück nochmal von vorn …, worauf diesmal nach wenigen Takten das Schlagzeug einfiel – und die sich fortstehlenden Klänge durchstöberte und zum Wanken brachte …, bis kurz darauf auch der Kontrabass einstieg und den löslichen Klangboden zu lockern begann.

War das Jazz?! Wenn man in bekanntem Gefilde aufbrach zu einem Spaziergang oder einer Wanderung – und begleitet wurde von zwei Gesellen – und sich ein Trio auf den Weg machte, um das bekannte Gefilde in eine Traumlandschaft zu verwandeln?!

Die erste Wanderung dauerte etwa eine Viertelstunde. »Bach?« fragte Denis hinterher, *»Wohltemperiertes Klavier?«* – »Nein«, antwortete ich, »Händel, Suite in F-Dur, erster Satz!« – »Wir sehen uns später auf dem Schiff, ich muss weg!« sagte er noch und legte mir kurz die linke Hand auf die rechte Schulter.

»Ja«, sagte ich, »bis später!« – und kroch tief hinein in meinen Stuhl und schloss die Augen und hörte, wie Saras Jazz und der Jazz ihrer Mitspieler mir eine Musik präsentierten, wie ich sie noch nie gehört (und nicht einmal erahnt) hatte.

Sie klang wie improvisiert, war es aber nicht. Mir selbst kam es so vor, als wäre sie ein raffinierter Schleichweg aus den oft engen Fesseln der Klassik. Doch das war wohl noch zu kurz gedacht und gegriffen. Was wusste ich schon darüber, was während dieser Stücke passierte und wie sie entstanden?

Seltsam war, dass sich während des abendlichen Auftritts die Szenen der Generalprobe einfach nur wiederholten. Sara betrat mit den beiden Musikern die Bühne – in demselben schlichten, blauen, langen, ärmellosen Kleid. Alle Drei gingen zu ihren Instrumenten – und Sara sagte zu den beiden ein paar Worte, als wollte sie an einige Verabredungen erinnern. Ohne sich weiter zu konzentrieren, spielte sie die ersten Takte – genauso unerwartet und locker wie am Nachmittag. Die Verwunderung des Publikums, das gewiss nicht mit einem Händel-Adagio als Eröffnung des Konzerts gerechnet hatte, war spürbar – und auch das Ausatmen, als das Stück ein zweites Mal gespielt und langsam mit auf die Wanderschaft genommen wurde.

Papa und ich saßen in der ersten Reihe, und der Eindruck war dadurch besonders intensiv. Eine Zeitlang dachte ich, es sei ganz einfach, diesen Verabredungen des Trios zu folgen und sich in das Spiel einzureihen. ›Ich sollte diese Art des Improvisierens mal versuchen, heimlich, nur für mich‹, sagte ich mir, glaubte aber keine Sekunde daran, dass es mir gelingen würde.

Nach dem Konzert fragte ich Papa, wie es ihm gefallen hatte. »Sehr gut«, antwortete er, »ich fand nur die vielen Stuhlreihen und die große Bühne unpassend. Die sind für Klassik-

Konzerte – und was wir gehört haben, war alles andere als ein Klassik-Konzert.« – »Aber wie und wo sollte man diesen Jazz hören?« – »Jedenfalls nicht in Konzertsälen oder dergleichen. Das Publikum sollte viel näher heran an die Musik. Leichte Bestuhlung, nicht die üblichen Polstersessel. Dieser Jazz war doch luftig, und ein luftiger, offener Raum wäre dafür genau richtig.« – »Hast Du das Händel-Adagio erkannt?« – »Na hör mal, natürlich.« – »Und was hast Du gedacht, als Du es gehört hast?« – »Dass Sara es Dir zuliebe zu Beginn spielt. Weil Du es doch so magst und selbst so oft gespielt hast.« – »Das hast Du wirklich gedacht?« – »Ja, ich fand das Ganze sehr feierlich, fast, als würde eine Hymne gespielt, zu der man sich erheben sollte.« – »Erheben? Zu Händels Adagio?« – »Doch, ja, sich erheben zu unserer Hymne.« – »Wieso denn zu unserer?!« – »Na, es ist doch unsere Familienhymne, das weißt Du doch besser als ich.«

War das Händel-Adagio der Suite in F-Dur unsere Familienhymne? Niemand hatte darüber in der Vergangenheit je so gesprochen, nein, wirklich nicht, ich hatte den Begriff weder von Papa noch von Mama zu hören bekommen. Ich bohrte aber nicht weiter, sondern dachte darüber nach und lief stumm neben Papa her, bis wir die *Albireo* im Hafen erreichten.

Heinrich Segemann war der erste, dem wir an Deck begegneten. »Heinrich«, sagte Papa, Du warst nicht im Konzert? Dann hast Du etwas verpasst.« – »Was habe ich verpasst?« – »Unsere Familienhymne! Sie ist von Georg Friedrich Händel – und im Konzert wurde sie zu Beginn und zur Begrüßung gespielt.« – »Meinst Du die Feuerwerksmusik, Josef?« – »Nein, Heinrich, die Feuerwerksmusik meine ich nicht. Ich meine ein kleines Adagio in F-Dur aus einer Suite für das Klavier. Der

Junge spielt es Dir irgendwann einmal vor, wenn wir zurück in Deutschland sind.« – »Spielt Johannes etwa auch Jazz?« – »Noch nicht, aber bald. Im Kopf übt er bereits, stimmt doch?« fragte Papa. – »Im Kopf bin ich schon ziemlich weit«, antwortete ich, »es fehlen nur noch die übrigen, blöden Reflexe.«

Die letzten Stunden an Bord

Wir verließen Saloniki gegen 21 Uhr. Denis war wahrhaftig wieder an Bord und benahm sich so, als hätte es nie irgendwelche Konflikte gegeben. Er servierte das (verspätete) Abendessen und war selbst Sara gegenüber ausgesprochen freundlich. Ich glaube, dass ihm die Aussicht, bald einige Wochen an Land zu verbringen, sehr half. In Gedanken hatte er die Fahrt bereits abgehakt und beschäftigte sich mit dem, was ihn im Pilion-Gebirge erwartete.

Reisetagebuch (28. Juli 1967, 22.34 Uhr)

Morgen Abend werden wir in Istanbul ankommen und das Schiff danach sofort verlassen. Unsere Reisegesellschaft wird sich auflösen, und jeder wird ein anderes Ziel ansteuern. Papa und ich – wir haben ein Zimmer in einer kleinen Istanbuler Pension reserviert. Leider fängt Papas Dienst schon bald wieder an, so dass wir nicht lange bleiben können (wir haben noch eine lange Rückfahrt mit dem Zug durch den Balkan vor uns). »Wir sollten bald wieder nach Istanbul fahren«, hat Papa gesagt, »um dieser wunderbaren Stadt ausreichend viel Zeit zu widmen …« – »Woher weißt Du, dass sie so wunderbar ist?«

fragte ich. – »Ich habe das im Gefühl«, antwortete Papa, »ich rieche und spüre es, je schneller wir uns auf die Dardanellen und den Bosporus zubewegen. Schon solche Worte sind wunderbar – und ganz anders als alles, was wir so kennen.« – »Zunächst empfangen wir aber die griechische Jugend in Köln«, sagte ich, »und dann fahren Mama und Du nach Istanbul, nachdem ihr vorher einige Zeit in Rom verbracht habt.« – »Und Du, was hast Du so vor?« fragte Papa (und lachte). – »Ich kümmere mich weiter um Köln-Nippes und mache Ferien im Westerwald«, sagte ich.

Reisetagebuch (28. Juli 1967, 23.05 Uhr)

Ich habe bisher nur kurz mit Sara gesprochen. Sie war müde und erschöpft und ist bereits schlafen gegangen. Ich habe ihr davon erzählt, wie elektrisiert und überrascht ich gewesen sei, als ich das Händel-Adagio gehört habe. Sie erzählte davon, dass sie während ihrer ersten Jahre am Klavier ausschließlich Klassik gespielt und nie daran gedacht habe, etwas Anderes zu spielen. Mit siebzehn, achtzehn habe sie viel argentinische Volksmusik, Tango, Musik aus Mexiko und amerikanischen Jazz gehört. Sie habe begonnen, mit solchen Melodien und Stilen auf dem Klavier zu improvisieren. Vollkommen dilettantisch, einfach nach Gehör. Natürlich habe sie auch weiter klassische Musik gespielt, vor allem solche des neunzehnten Jahrhunderts (Liszt, Brahms, Rachmaninoff). Doch sie habe sich immer mehr danach gesehnt, die beiden Welten miteinander zu verbinden: Klassik und die Musik, die sie immer »die Musik aus dem Radio« genannt habe. Also habe sie begonnen, klassische Kompositionen Schritt für Schritt zu zerlegen und mit anderen Musikstilen zu verbinden. »Und das nennst Du Jazz?« fragte ich. – »Ja«, sagte sie lachend, »das ist eben unser Jazz – und nicht das, was man sonst darunter versteht.«

Reisetagebuch (28. Juli 1967, 23.35 Uhr)

Unsere Kabine ist ein kleines Chaos. Papa und ich haben überlegt, wie wir an die »Aufräumarbeiten« gehen sollen. »In dieser Nacht bitte noch nicht«, habe ich gesagt, und Papa hat geantwortet: »In dieser Nacht auf keinen Fall.« Wir werden die Sachen, die unsere Kabine bevölkern, nicht in unseren kleinen Koffern und in meinem Rucksack unterbringen können. Papas Zeichnungen, meine vielen Texte und die Berge an gehorteten Materialien (Quittungen, Prospekte, Zeitschriftenausschnitte etc.) nehmen allein schon so viel Platz in Anspruch, dass wir dafür eine eigene große Tasche benötigen. Und woher bekommen wir die? Von Denis, von wem sonst? (Er hat angeblich eine alte Tasche übrig, die er auf keinen Fall mit ins Gebirge nehmen will.)

Aus den Aufzeichnungen meines Vaters
(28. Juli 1967, 23.40 Uhr)

Unsere Reise geht langsam zu Ende. Ich kann mich schwer an den Gedanken gewöhnen, dass es die letzte längere zusammen mit dem Jungen sein wird. Er schlägt laufend vor, dass ich mit M verreisen solle – nach Rom, nach Istanbul. Ich glaube nicht, dass sie das möchte, denn sie hat zu viele Bedenken, dass ihr unterwegs etwas zustoßen könnte. M verarbeitet die Dinge um sie herum auf eigene Art – vieles geht ihr sehr nahe, rührt sie zu Tränen und lässt sie nicht los. In Rom oder Istanbul würde sie keine Minute schlafen können, das vermute ich jedenfalls. Und ich wäre an ihrer Seite keine wirkliche Hilfe, sondern würde alles nur noch mehr durcheinanderbringen. Ich wüsste aber eine Lösung für das Problem, sie fiel mir am Nachmittag in der alten Rotunde plötzlich ein, als ich auf dem Boden lag und zu den herrlichen Mosaiken aufschaute. Die Lösung für unser Familienproblem des Reisens in ferne Länder bestünde darin, dass M mit dem Jungen verreist! Viele Jahre waren die beiden so eng zusammen wie sonst nie Mutter und Kind! Sie wissen genau, was in dem anderen vorgeht. In Gegenwart des Jungen fühlt M sich geborgen und sicher, und der Junge hat inzwischen auch das richtige Alter, um sie aufmerksam und liebevoll zu begleiten. Auf Reisen wären sie wie ein eingespieltes Duo unterwegs, und M würde ihre Sorgen und Bedenken wegen des nicht stabilen Herzens vergessen. Ich bin sicher, dass es klappen würde, vor allem jetzt, nach dieser Reise, während der Johannes sich sehr bewährt hat. Schade, dass ich diesen Vorschlag weder M noch dem Jungen machen kann. Es geht nicht, ich bringe ihn nicht über die Lippen.

Postbriefkarte an die Mama (29. Juli 1967, 0.23 Uhr)

Liebe Mama, dies ist unsere letzte Nacht an Bord der Albireo. *Bisher hat sie uns gut und sicher und fast immer pünktlich durch das Mittelmeer geschleust. Ehrlich gesagt, hatte ich zu Beginn dieser Reise noch große Angst, dass etwas schiefgehen und das gewaltig große Schiff es nicht packen könnte. Die Angst kam auch immer wieder (vor allem bei einigen Stürmen), jetzt hat sie sich fast ganz gelegt. Was auch darin liegt, dass wir laufend die Küste sehen. Wir fahren in wenigen Stunden die Meerenge der Dardanellen an. Noch einmal wird kurz davor ein Lotse an Bord kommen. Dann durchschiffen wir das Marmara-Meer Richtung Istanbul. Liebe Mama, bald sind wir in Asien!*

Bis gegen 1 Uhr in der Nacht saß ich noch mit Mühlenthal zusammen und befragte ihn über die Themen Byzanz, Konstantinopel und Istanbul.

Die Stadt sei ursprünglich griechisch, dann römisch und eine Zeitlang sogar genuesisch sowie venezianisch gewesen, erzählte er. In der Mitte des fünfzehnten Jahrhunderts habe man sie zur Hauptstadt des Osmanischen Reiches gemacht, für beinahe fünf Jahrhunderte.

Im zwanzigsten Jahrhundert sei ihr unter Atatürk dann wiederum eine westeuropäische Identität verordnet worden. Istanbul habe daher keine stabile historische Identität, auf die sich seine Einwohner verständigen könnten. Jede Religion und jede politische oder soziale Gruppe lebe ihr eigenes Istanbul – was dazu führe, dass man sich in Kämpfen zerreibe und der größeren Weltgeschichte oft hinterherlaufe. Man sei zu sehr mit sich selbst beschäftigt – und müsse häufig auf- oder nacharbeiten, was in anderen Regionen der Welt längst Geschichte und an der Tagesordnung sei.

Er wurde dann immer kleinteiliger und ausführlicher, und ich dachte: ›Mühlenthal, Mühlenthal! – eigentlich solltest Du kein Diplomat, sondern ein Hochschullehrer werden! Und zwar einer, der die Erkenntnisse vieler Fächer miteinander verbindet! Ein Genie der Vergleiche, Synthesen und Zukunftskonzepte – etwas in der Art.‹ Ich sagte aber nichts, um ihn so kurz vor unserer Trennung nicht zu irritieren.

Wir tranken noch ein letztes Glas zusammen, und es musste (auf Mühlenthals ausdrücklichen Wunsch hin) natürlich etwas Alkoholisches sein. »Ich hoffe, ich konnte Dir ein paar Anstöße geben«, sagte er (mein Gott, er wartete richtiggehend auf ein Kompliment von meiner Seite!). – »Keine Anstöße«, antwortete ich, »Du warst eher ein dickes Lehrbuch mit einschüchternd vielen Kapiteln und tausend Details. Grandios war das! Aber, mal im Ernst: Das Beste, was ich von Dir gelernt habe, war das Philosophieren, ich meine das, was Du so nennst und was mir unglaublich gefällt. Wissen in kleine Bausteine zerlegen, Zusammenhänge erfinden, unerwartete Verbindungen herstellen – das kannst Du perfekt!«

»Danke!« sagte er (und wurde zum ersten Mal während der

gesamten Reise rot im Gesicht). – »Wirst Du gerade etwa rot?« fragte ich, und er antwortete: »Du kannst einen schon in Verlegenheit bringen.« – »Tja«, sagte ich, »vielleicht besteht momentan eine meiner wenigen Fähigkeiten darin, andere in Verlegenheit zu bringen. Damit muss ich vorerst leben. Es wird aber bald vergehen, glaubst Du nicht auch?«

Mühlenthal öffnete eine kleine Flasche Champagner (aus seinen speziellen Vorräten). Und dann tranken wir sie aus, jeder etwas mehr als ein Glas. Wir saßen einander gegenüber, als wären wir uralte Kumpel (oder Mühlenthal der Professor, bei dem ich meine Doktorarbeit schreiben würde).

Ich wurde entsetzlich sentimental und sagte genau das: dass ich bei ihm gern meine Doktorarbeit geschrieben hätte. Und Mühlenthal entblödete sich nicht, mich zu fragen: »Und über welches Thema?«

›Welches Thema?! Welches Thema?!‹ – wie sollte ich das jetzt schon wissen? Ich hatte einen Scherz und ein letztes Kompliment machen wollen, nicht mehr. Dann aber leerte ich mein Glas (macht Champagner eigentlich schneller betrunken als etwa Retsina?) und sagte: »Über die Hirtenmusik auf dem Olymp, in Vergangenheit und Gegenwart, unter Berücksichtigung antiker und griechisch-orthodoxer Quellen!« – »Ich würde die islamischen nicht unterschätzen«, antwortete Mühlenthal und lachte mit einem Mal drauflos und immer länger, und ich lachte mit ihm, und wir hörten gar nicht mehr auf.

Papa schlief längst, als ich in unsere Kabine kam. Ich legte mich auf dem Rücken ins Bett und starrte gegen die Decke, als befänden sich dort oben goldene Mosaiken. Das Händel-Adagio kam immer wieder, ich konnte es aber weder zerlegen noch fortführen noch sonst etwas mit ihm anstellen. Das Händel-Adagio war einfach nur das Händel-Adagio – und entweder war ich noch nicht soweit, mehr daraus zu machen, oder ich war eben jemand, dem das Händel-Adagio reichte, so, wie es nun einmal war.

Saras Jazz hatte mir aber sehr gefallen, und ich dachte wieder daran, etwas Ähnliches (zumindest) auszuprobieren. Ich wusste jedoch genau, dass ich so etwas (zumindest jetzt) noch nicht konnte und dass solche Versuche (noch viel schlimmer) mein Klassikspiel durcheinanderbringen könnten. So, wie ich mich Esel nun einmal kannte, würde ich weder ›Jazz spielen‹ noch ›Jazz üben‹, ja nicht einmal ›Jazz hören‹ können, ohne dass mein Klassikspiel aus den Fugen geraten würde. Ich war ein Gefangener meiner Ausbildung und meines Musikhörens, da kam ich vorerst nicht dagegen an.

Vor kurzem hätte ich mir das noch vorgeworfen und mir gesagt, was ich doch für ein verbohrter, kleinkarierter Trottel sei, fest und wohl für immer mit seinem Händel-Adagio liiert! Jetzt aber war das anders. Ich akzeptierte meine Verbohrtheit und sagte mir: ›Okay, es ist nun mal so. Jetzt bring erst einmal Deine Verbohrtheit zu Ende – und wenn Du damit scheiterst, fängst Du eine neue Karriere, eine als Jazzpianist, an.‹ (Schöne Worte waren das, nichts als schöne Worte! Ich glaubte kein bisschen an sie, aber sie hörten sich gut an und waren als Ausrede für späteres Scheitern gar nicht so schlecht!)

Ich schlief wirklich verdammt mies. Einmal hörte ich Papa aufstehen, um auf die Toilette zu gehen. Ich hielt die Augen geschlossen, als schliefe ich, bemerkte aber, dass er auf dem Rückweg von der Toilette neben meinem Bett stehen blieb. Was war los? Betrachtete er mich etwa? Aber warum?

Ich lag auf dem Rücken und presste die Augen noch etwas fester zusammen. Und plötzlich dachte ich, dass Papa mich gerade genauso betrachtete, wie ich ihn am Nachmittag in der Rotunde betrachtet hatte. Ich musste schlucken, das verriet mich, und ich hörte Papa sagen: »Johannes, geht es Dir gut? Ist alles in Ordnung?« – Und ich öffnete (endlich) die Augen und sagte: »Es ist alles in Ordnung, Papa. Ich bin nur entsetzlich sentimental.« – »Sentimental? Wie merkt man denn so was?« – »Daran, dass ich gerne noch ein paar Tage auf dem Schiff bliebe. Die *Albireo* würde in Istanbul anlegen, und unsere Reisegesellschaft würde zusammen durch diese wunderbare Stadt spazieren, in der sich die Einwohner für keine gemeinsame Identität entscheiden können. Reckling, Mühlenthal, seine argentinische Freundin, Heinrich, Maro, Du und ich – wir würden die vielen Identitäten kennenlernen, und Denis würde als Kundschafter vorangehen und die schönsten Restaurants und Clubs für uns entdecken.« – »Junge, Du hast geträumt, kann das sein?« fragte Papa, und ich antwortete: »Kann sein, Papa, ja, kann sein, dass ich das alles wirklich geträumt habe.«

Höchstens zwei Stunden habe ich während der letzten Nacht an Deck noch geschlafen, und als ich (mit etwas Verspätung) erwachte, war Papa bereits dabei, die Kabine aufzuräumen.

Wir frühstückten noch einmal kurz (in großer Runde), aber es war nicht mehr wie früher, sondern nervöser und hektischer. Dann machten Papa und ich mit dem Aufräumen ernst, und als wir (wieder zum letzten Mal – diese letzten Male sind wirklich beschissen!!) alle zu Mittag aßen, hatten wir die Koffer, den Rucksack und die Tasche längst gepackt.

Ich sprach Mühlenthal noch einmal kurz auf die verschiedenen Identitäten der Bevölkerung von Istanbul und darauf an, wie man sie entdecken könne. Er sagte, dass die Stadtviertel sehr verschieden seien und jedes Viertel eine eigene Kultur mit eigenen Traditionen beherberge. Man brauche Wochen und Monate, um sie kennenzulernen.

»Die Zeit haben wir leider diesmal nicht«, antwortete ich, »gib uns mal einen Tip, was sollten wir uns anschauen?« – »Als erstes den großen Bazar, dann die Hagia Sophia-Moschee! Und fahrt hinaus auf die Prinzeninseln, sie wären der ideale Abschluss Eurer Reise!« – »Von den Prinzeninseln habe ich noch nie gehört«, sagte ich, »was steckt denn dahinter?« – »Die Lehrstunden sind beendet, mein Lieber, Ihr müsst jetzt selbst philosophieren – und ich bin sicher, Du beherrschst es bereits gut, auch ohne mich.«

Am Nachmittag unterhielt ich mich auch noch länger mit Sara und notierte mir eine lange Liste von Musikern und Jazzstücken, die ich mir bald anhören wollte. (Einen Versuch war es doch auf jeden Fall wert …)

Mit Denis kam ich nicht mehr so recht ins Gespräch. Zum Abschied schenkte er mir eine Platte von den Beatles und machte dazu ein paar seiner typisch spitzen Bemerkungen. Ich sagte ihm, dass er mich während der Reise ganz schön in Atem gehalten habe, und er antwortete: »Du hattest es aber auch dringend nötig!«Am frühen Abend (wir hatten die Dardanellen längst durchfahren) wurden Adressen ausgetauscht und Verabredungen für ein Wiedersehen an Land getroffen. Heinrich Segemann würde uns bald besuchen, und auch Kapitän Reckling wollte nach Köln kommen, um, wie er sagte, die Reise noch einmal »zu rekapitulieren«. Ob Maro den Kontakt mit mir fortsetzen würde, wusste ich nicht so recht, obwohl er das in Aussicht stellte und von meinen »Geschichten« sprach, die er unbedingt bald zu lesen bekommen wollte.

Dass ich dagegen Denis nie mehr sehen und nie mehr etwas von ihm hören würde, war mir klar. Und so gab ich mir einen Ruck und umarmte ihn ein letztes Mal. »Mach es gut, Denis«, sagte ich, und er antwortete: »Du auch! Und lass Dich nicht von Typen wie mir kleinkriegen. Du wirst es schon schaffen, glaub mir! Verdammt, Du hast einiges drauf!«

Von Sara und Mühlenthal erhielt ich ebenfalls eine Platte (natürlich mit Jazz), und dann gab es keine Geschenke oder schönen Worte mehr, und die *Albireo* näherte sich der Märchenstadt am Bosporus.

Als Ganzes konnte man sie nicht in den Blick bekommen, nein, das ging nicht. Sie hatte nichts Ganzes, so wie andere Städte mit klaren Grenzen und Oben und Unten und Rechts und Links.

Stattdessen verteilte sie sich anscheinend auf viele Hügel, und dazwischen tanzten schmale Meere mit kleinen Schiffen, Booten und Tausenden von Lichtern.

Das alte Rom, die Ewige Stadt – ungefähr so hatte ich sie mir in meinen kümmerlichen Fantasien immer vorgestellt. Zu den vielen Hügeln Roms kamen in Istanbul aber noch die blau und weiß schäumenden Meere und Gewässer hinzu.

Ununterbrochen setzten Menschen von den Ufern hinüber zu anderen Ufern, wie wilde Schwärme, die nie zur Ruhe kommen, sondern immer weiter übersetzen, sich verteilen und Hügel hinauf und hinab ziehen würden.

Die *Albireo* ankerte in einiger Entfernung vom Hafen, mitten unter vielen anderen, wartenden Schiffen. Ein kleines Boot kam uns entgegen – und dann war es soweit.

Eine Strickleiter wurde herunter ins Boot gelassen, und dann kletterten Papa und ich unbeholfen hinab, und Denis und Maro brachten uns das Gepäck hinterher.

Von oben winkten sie danach alle, und wir winkten auch. Und dann legte das kleine Boot von dem Schiff ab, auf dem Papa und ich einige Wochen unseres Lebens verbracht hatten.

»Junge, schau nicht mehr zurück!« sagte Papa, »dreh Dich um und schau auf dieses Wunder!« – Und ich drehte mich um und starrte auf die unendlich vielen Wunder von Byzanz, Konstantinopel und Istanbul und blickte nicht mehr zur *Albireo* zurück.

Coda 1

Postbriefkarte an die Mama (30. Juli 1967, 6.23 Uhr)

Liebe Mama, wir sind in Istanbul! Gestern Abend haben wir uns von unseren Freunden auf der Albireo *trennen müssen und das Schiff verlassen. Nach vielen gemeinsamen Tagen war das kein leichter Abschied, nein, wirklich nicht. Wir mussten die Zähne zusammenbeißen, und nur der Gedanke, dass wir uns bald einmal an Land wiedersehen, tröstete etwas. Außerdem lenkte uns aber auch das Wunder dieser Stadt mächtig ab. Wir nahmen ein Taxi und fuhren zum Taksim-Platz, in dessen Nähe wir ein kleines Zimmer in einer*

Pension bewohnen. Auf diesem großen Platz hört das Menschentreiben auch während der Nacht niemals auf. Zur Begrüßung haben wir den ersten türkischen Tee unseres Lebens getrunken. Er ist sehr stark und fährt einem sofort wie der Ruf eines Muezzins ins Gehirn, dass man hellwach, klar und begeistert ist.

Tee trinken (30. Juli 1967, 6.48 Uhr)

Wie viele Menschen hier Tee trinken! Er wird in tulpenförmigen, kleinen Teegläsern serviert und verbrennt einem die Zunge. Dann trägt man das Gläschen eine Weile mit sich herum, bis es einem auch die Finger verbrennt. Man nimmt einen zweiten Schluck und denkt, man trinke etwas Verbotenes, Alkoholisches, weil so ein Tamtam um diese Gläschen gemacht wird. Hat man das Gläschen dann ausgetrunken, dampft es noch drei oder vier Sekunden nach, und man glaubt, Feuer geschluckt zu haben. »Der starke Tee ersetzt hier den Alkohol«, sagte Papa, »Muslime dürfen nämlich keinen Alkohol trinken!«

Reisetagebuch (30. Juli 1967, 7.06 Uhr)

Papa schläft noch, im Zimmer ist es sehr stickig und warm. Papa fragte gestern nach einem Ventilator, aber es gibt keinen. Papa wollte auch vom Zimmer aus telefonieren, aber es gibt im Zimmer kein Telefon. Papa fragte schließlich, ob er eine Flasche Bier bekommen könne, aber es gibt in der Pension kein Bier, sondern nur Pfefferminztee. »Bevor ich das trinke, nehme ich lieber einen Schluck von den köstlichen Säften, die an jeder Straßenecke serviert werden«, sagte Papa. Die köstlichen Säfte entpuppten sich als gekühltes Wasser mit einem rötlichen Sirup, angeblich gut gegen den alkoholischen Durst. »Was ist alkoholischer Durst?« habe ich Papa gefragt, und er meinte, es handle sich um einen Durst, der prinzipiell nur durch den Schlaf gestoppt und beendet werden könne. Sich darauf einzulassen, sei lebens-

gefährlich, weswegen man die Klugheit der Türken rühmen müsse. Säfte, Tee, Mokka, viel Wasser – die Getränke von lebensklugen Asketen.

Frauen in Istanbul 1 (30. Juli 1967, 9.54 Uhr)

In den Straßen von Istanbul sind viele Frauen in Dreier- oder Viererketten unterwegs. Sie gehen langsam in diesen Ketten voran und schauen streng nach vorn – als bewegten sie sich auf einer Demonstration. Viele tragen dunkle Kopftücher mit nur wenigen Mustern und dazu lange Gewänder, die bis zum Boden reichen. Die Schuhe sieht man nicht, und man sieht auch keinen Schmuck. Selbst Uhren sind nicht zu erkennen und übrigens nur wenige Brillen. Man schaut also in ein schmales, umhegtes Gesicht, das umso lebendiger wirkt, je weniger der restliche Teil dekoriertes Leben ausstellt. Diese Frauen von Istanbul (es gibt natürlich auch solche in bekannter, westlicher Kleidung) erscheinen wie Frauen aus einem mir völlig unvertrauten, geheimen Leben. Nach außen hin geben sie nicht das Geringste preis – und wenn sie sprechen, dann nur mit ihresgleichen.

Frauen in Istanbul 2 (30. Juli 1967, 10.05 Uhr)

Ich sitze mit Papa in einem Imbisscafé, wir trinken (na was schon?) starken Tee und essen dazu eine klebrige Süßigkeit, die mit Pistazien bestückt ist (das ist unser Frühstück). Die streng gekleideten Frauen in Dreier- oder Viererreihen kommen herein, besetzen einen Tisch und bestellen alle Tee und dieselbe Süßigkeit wie wir. Papa meint, man dürfe sie nicht anstarren oder lange beobachten, das sei unhöflich. Ich antworte, dass ich mir Mühe gebe, nicht hinzuschauen, aber immer wieder hinschauen müsse. (Ich bekomme den Blick nicht weg von ihrem Mienenspiel und den Rätseln, die es mir aufgibt.) »Schau trotzdem weg!« sagt Papa, und ich blicke auf den Boden des

Cafés, der (wie mir gerade auffällt) unglaublich sauber ist. Keine Papierreste, keine Zigarettenstummel, keine sonstigen menschlichen Spuren! Alle paar Minuten kommt ein Mann mit einem langen Besen und einer Schaufel vorbei und versucht, etwas Herumliegendes zu finden. Meist findet er nichts, kehrt aber trotzdem weiter und weiter. Die Frauen tun so, als bemerkten sie ihn nicht. Sie unterhalten sich, schauen aber sonst niemanden an. Wie gerne würde ich mich zu ihnen setzen, sie freundlich grüßen und sie ermuntern: »Na, dann erzählen Sie mal!«

Männer und Frauen (30. Juli 1967, 10.18 Uhr)

In Griechenland fallen einem die älteren Männer auf, die in den Cafés, vor den Häusern oder auf den Plätzen sitzen. Sie verbringen damit viele Stunden, und sie bleiben streng unter sich. Wahrscheinlich spuken ihnen die alten Geschichten noch durch den Sinn, die Abenteuer des Odysseus, die Auftritte der Göttinnen und Götter – so kommt es mir jedenfalls vor. Hier in Istanbul beherrschen eher die Frauen die Szenen. Sie treten in ununterbrochen parlierenden Gruppen auf, die oft so wirken, als spielten sie gerade in einem Theaterstück mit (dann wären die anderen Passanten die Zuschauer). Odysseen und Göttergeschichten gehen ihnen bestimmt nicht durch den Kopf, eher die Märchen aus Tausendundeiner Nacht. Jedenfalls Geschichten und Stoffe, die sich nie auserzählen und bis an das Lebensende fortsetzen lassen. (Diese Unterscheidung hätte Mühlenthal gefallen – da bin ich ganz sicher.)

Der Ruf des Muezzins (30. Juli 1967, 11.01 Uhr)

Einen Gesang oder (besser!) Ruf wie den des Muezzins habe ich bisher noch nie gehört. Er ist die große Überschallmusik der Wunderstadt Istanbul. Fast zugleich, in derselben Sekunde, sind die stark nachhallenden Stimmen aus der Höhe plötzlich von allen Seiten und den Türmen der Minarette her zu hören. Eine von ihnen fällt einem ins Ohr und installiert dort einen laut brummenden Dauerton gegen Unglauben und Faulheit. Die übrigen Stimmen springen von Hügel zu Hügel, werfen sich kurze Koloraturen zu, werden immer lauter und mächtiger, wälzen sich auf dem Boden, erheben sich wieder stolz und beenden die Litanei mit einem markerschütternden hohen und langgezogenen Schrei, als hinge das Leben sowie das Seelenheil aller davon ab, möglichst schnell auf die Knie zu fallen und die nächsten Minuten im Gebet zu verbringen.

Postbriefkarte an die Mama (30. Juli 1967, 11.14 Uhr)

Liebe Mama, in was für ein Land der tausend Märchen, Rufe und ziehenden Scharen sind wir geraten! Alles wirkt bunt, vital und munter, es stört nur, dass einen niemand so richtig wahrnimmt. Mit Frauen braucht man es erst gar nicht zu versuchen, sie übersehen einen komplett und gehen um einen herum: schwupps, sind sie weitergegangen. Die Männer sind aber auch nicht viel besser. Sie antworten in einer Sprache, von der man nicht einmal eine einzige Silbe versteht. Papa sagt, es gebe eine Lösung für unsere Probleme – und diese Lösung seist Du! »Deiner Mutter würde es gelingen, mit den türkischen Frauen zu sprechen! Mühelos! Stundenlang! Und am Ende würden nicht mehr die türkischen Frauen, sondern es würde Deine Mutter erzählen!« Liebe Mama, würdest Du es auf einen solchen Erzählwettbewerb ankommen lassen? Ich könnte Dich als Dein Gehilfe begleiten – und wir würden zusammen den vielen Rätseln dieser Wunderstadt auf den Grund gehen.

Schuhputzer (30. Juli 1967, 11.29 Uhr)

Papa ist von den vielen Schuhputzern fasziniert, die dicht nebeneinander in einer Reihe an den Straßenrändern sitzen. Viele Männer kommen zu ihnen, nehmen Platz und lassen sich von ihnen die Schuhe putzen. Sie werden gebürstet und gewienert und eingeölt und wieder gebürstet – für jeden Schuh brauchen die Schuhputzer um die fünf Minuten. Schuhbesitzer und Schuhputzer unterhalten sich während dieser Zeremonie nicht. Die Schuhbesitzer lesen demonstrativ Zeitung, und die Schuhputzer betrachten die zu putzenden Schuhe verächtlich, weil es sich nur selten um gutes Schuhwerk handelt. Papa dachte daran, sich auch die Schuhe putzen zu lassen, traute sich aber nicht. Er ist einige Schritte auf die Schuhputzer zugegangen, um sich als Kunde anzubieten. Statt eines Winks erhielt Papa aber nur müde Blicke. »Fremdländischen Kunden putzen sie vielleicht keine Schuhe«, sagt er, »und irgendwie haben sie damit ja auch recht.«

Zwiespältiges Leben (30. Juli 1967, 11.38 Uhr)

Papa meint, man führe hier in Istanbul (und damit in einem stark islamisch geprägten Land) als Fremder ein, wie er es nennt, »zwiespältiges Leben«. Die meisten Ereignisse auf den Straßen unterlägen bestimmten Regeln, die man sich als nichtislamischer Fremder erst vergegenwärtigen und klarmachen müsse. Sonst könne es nämlich passieren, dass man nicht gern gesehene oder sogar beanstandete Fehler begehe. Als Fremder lebe man daher nicht wie sonst das Leben der Einheimischen in vollem Umfang mit. Man teile es nicht richtig, man habe keinen freien, unkomplizierten Anteil daran. Stattdessen laufe man wie ein distanzierter Zuschauer herum, dem an jeder Ecke eine innere Warnschrift im Kopf auflauere: ›Entgegenkommende Frauen mit Kopftuch bitte nicht anstarren oder gar anlächeln! Keinen Alkohol konsumieren, erst recht nicht dort, wo er in Hinterzimmern ausgeschenkt wird! Bitte nicht laut sprechen, bitte keine aufwändigen Gesten! Ziehen Sie sich auf einen möglichst beschränkten, unauffälligen Raum zurück und überlassen Sie die Gestaltung der Lebensvorgänge dem Regelspiel der Menschen vor Ort.‹

Reisetagebuch (30. Juli 1967, 11.54 Uhr)

Papa (wie ich ihn sonst überhaupt nicht kenne) sagt: dass er einmal »so richtig aus sich herausgehen möchte«: Laut rufen. Irgendjemandem zuwinken. Eine Kopftuch tragende Frau umarmen. Auf ein Minarett steigen und »Freude, schöner Götterfunken« singen. Ein Wiener Schnitzel bestellen und sich beschweren, wenn es (aus religiösen Gründen) kein Wiener Schnitzel gibt. Bei starker Hitze nicht ein Glas, sondern einen Bierkrug mit Bier auf einen Schluck so genießerisch leeren, dass alle Männer in der Umgebung es ihm sofort gleichtun. »Untersteh Dich bloß nicht!« habe ich gesagt, und Papa musste lachen: »Untersteh Dich bloß nicht, Josef!« (im warnenden, imitierenden Tonfall von Mama)

Reisetagebuch (30. Juli 1967, 12.08 Uhr)

Papa redet immer seltsamer: »Hätten wir doch irgendeinen Freund oder Bekannten hier! Hätten wir doch Ansprechpartner! Hätten wir doch wenigstens eine Straßenlaterne zum Begrüßen und Anlehnen!« In einem Laden mit Sportartikeln hat er sich Fußballtrikots der Istanbuler Clubs angesehen. Er hat ernsthaft darüber nachgedacht, ob wir uns nicht als Fans eines solchen Clubs verkleiden und ins Stadion gehen sollten: »Dann würden wir endlich mal dazu gehören!« Der Verkäufer hat ihm abgeraten. Wir könnten, ohne es zu ahnen, im Trikot eines Vereins genau dort auftauchen, wo dieser Verein nicht geliebt, sondern ausgesprochen gehasst werde. Das könnte übel enden. Resigniert hat Papa danach einen großen Teeladen besucht und sich drei verschiedene Sorten Tee und zwei Teegläschen andrehen lassen: »Ich glaube, ich habe diesmal alles richtiggemacht!«

Die Annäherung an die Hagia Sophia (30. Juli 1967, 14.29 Uhr)

Wir haben die Hagia Sophia-Moschee besucht. Vorher war uns nicht klar, dass sie nicht mehr als Moschee, sondern als Museum genutzt wird. Wir standen in einer langen Schlange vieler Besucher und hatten uns darauf vorbereitet, die Schuhe ausziehen zu müssen. Dazu kam es aber nicht. Viel wichtiger schien zu sein, dass wir als Besucher Teil einer immer ruhiger werdenden Prozession wurden, die sich sehr langsam dem Eingang näherte. (Ich fragte mich, ob es eine bloße Besucherprozession oder eine Prozession in der Art griechischer Prozessionen oder sogar eine Prozession in islamischem Geist sei – natürlich erhielt ich darauf keine Antwort.) Nach Durchschreiten der Vorhalle betraten wir das weite, von vielen Kerzen erleuchtete Innere, und ich wunderte mich darüber, wie leer es war. Keine Stühle, keine Bänke, keine Figuren, keine Bilder, höchstens einige Mosaike (was mich an die Rotunde in Saloniki erinnerte). Es fiel nicht leicht, sich zu orientieren, denn es gab weder einen Altar noch einen Lettner noch ein anderes Teil einer Inneneinrichtung, das einem ein paar Zeichen hätte geben können. Wo wurde gepredigt? Wie verlief die Zeremonie? Sangen die Gläubigen in ihrem Verlauf mit? Stark irritierend war das Verhalten der Besucher. Manche behandelten den mächtigen, voluminösen Bau in der Tat wie ein Museum, lasen sich Texte aus Reiseführern vor und gingen alle Ecken ab, als müsse man überall »einmal gewesen sein«. Andere (darunter viele Frauen) bewegten sich wie in einem Gotteshaus, knieten sich hin, drückten die Stirn auf den Boden, beteten und nahmen nichts Anderes mehr wahr als die ersehnte Gegenwart Gottes.

Die Kuppel der Hagia Sophia (30. Juli 1967, 14.52 Uhr)

Papa ist ein großer Bewunderer der Kuppel. Er hat mir erklärt, wie schwer es ist, eine so flache Kuppel auf schweren Säulengebirgen zu bauen. Kirchen mit zentralen Kuppeln gefallen ihm mehr als Kirchen mit Langhäusern und breiten Querschiffen. »In solchen Kirchen zieht einen alles hin zur Apsis, wo früher der Hochaltar stand. Die Bewegung folgt einer Flucht nach vorn, um alles Weltliche Stück für Stück hinter sich zu lassen. In Kirchen mit zentraler Kuppel dagegen bleibt man zunächst stehen, schaut sich um und begibt sich unter den Kuppelschirm, um (wie unter einem schützenden großen Dach) zur Ruhe zu kommen. Die Kuppel sollte allerdings nicht zu hoch und damit zu pompös sein. Sonst packt einen nun wiederum die Kuppel und zieht die Blicke nach oben, und man tritt die Flucht himmelwärts an.« Ich fragte ihn, wie er die große Kuppel der Peterskirche in Rom in dieser Hinsicht einschätze und bewerte. Und er antwortete: »Bevor ich nicht dort gewesen bin, sage ich dazu kein einziges Wort.«

Die kalligraphischen Schilde der Hagia Sophia (30. Juli 1967, 15.19 Uhr)

Im Emporenbereich hängen große, runde Schilde mit arabischen Schriftzeichen. Sie halten in goldener Schrift (auf schwarzem Grund) die angebeteten Namen fest: Allah und Mohammed sowie Namen von Kalifen und Propheten. Da sie (neben den Mosaiken) der so ziemlich einzige Schmuck im Inneren sind, begann Papa, die Schriftzeichen abzuzeichnen. Er lehnte sich mit dem Rücken gegen einen Pfeiler, nahm den Feldbuchrahmen hervor und fing damit an. Nach kaum einer Minute war eine Aufsichtsperson da und bat ihn nach draußen. Ich ging mit, um Papa zu unterstützen. Draußen wurde er (in strengem Ton) dahingehend ermahnt, die Schriftzeichen nicht abzuzeichnen. Papa sagte mehrmals »Why not?« – aber der erboste Aufsichtsbeamte antwortete nicht, sondern wiederholte nur, was er schon einmal gesagt hatte. Beim dritten »Why not?« wurde die Situation brenzlig. Da öffnete ich meinen Rucksack und zeigte dem Kontrollmenschen mein Reisetagebuch mit meinen handschriftlichen Notizen. »We are calligraphers from Germany, you know«, sagte ich. Der Mann nahm mir das Tagebuch aus der Hand und betrachtete meine Schrift so eindringlich, als wäre er Experte für Kalligraphie. Dann wurde er versöhnlich, lobte mich und ließ sich einen Zettel geben. Darauf notierte er, wo Papa und ich mitten in Istanbul wunderschöne Kalligraphie aus ältester Zeit zu sehen bekämen. »There you can draw«, sagte er und begleitete uns zurück in das Innere der Hagia Sophia, um Zeuge davon zu sein, dass Papa den Feldbuchrahmen wieder in meinen Rucksack packte. »Na also, geht doch!« sagte ich zu Papa, und Papa antwortete (noch immer etwas grimmig und unzufrieden): »Ja, geht. Jetzt sind wir Bewohner des Elfenbeinturms!«

Reisetagebuch (30. Juli 1967, 15.47 Uhr)

In der Nähe der Hagia Sophia gibt es kleine Restaurants für die vielen Besucher. Die Speisekarte liegt auf allen Tischen. Sie bildet jedes Gericht mit einem Foto ab. Man deutet darauf und zeigt mit den Fingern eine entsprechende Zahl: ›Zweimal Bohnensuppe! Einmal Salat! Zweimal Wasser!‹ Salat, Wasser und (etwas) Brot werden in Windeseile gebracht. Kellner oder Bedienungen (im üblichen Sinn) gibt es jedoch nicht. Der Mann in blauem Kittel, der alles bringt, redet kein Wort mit einem, sondern nimmt nur die Bestellung entgegen. Dann verschwindet er, um niemals wiederzukommen. Man isst, steht auf und bezahlt an der Kasse in der Nähe des Eingangs. Ein Mann blickt auf den Zettel, den man dort abgibt, nennt eine Summe (auf Englisch) und kassiert – wobei er kein einziges Wort mit einem wechselt. Papa kommt mit solchen Abläufen einfach nicht klar: »Was haben wir eigentlich verbrochen? Kannst Du mir das sagen?« Und, stark übertrieben: »Salat, Wasser, Brot und eine Schüssel mit Suppe! In welchem Sanatorium fristen wir unser Dasein?«

Aus den Aufzeichnungen meines Vaters (30. Juli 1967, 16.10 Uhr)

Ich muss mich sehr zurückhalten, denn ich habe ein dumpfes Gefühl. Als wollte man uns zum Schweigen bringen oder zu einem bestimmten Verhalten erziehen. Mein Widerstandsgeist wird in solchen Fällen sofort geweckt (und hat dann meist unangenehme Folgen). Wenn ich spüre, dass das Leben auf das Befolgen von Regeln, Befehlen oder seltsamen Ritualen hinausläuft, entsteht in mir eine heftige Gegenwehr. Gut, dass der Junge in meiner Nähe ist. Er reagiert anders als ich und behauptet, es gefalle ihm sehr, wie respektvoll und ruhig die Menschen hier in Istanbul miteinander umgingen. Ich empfinde das anders, aber ich werde es ja wohl noch schaffen, mein Temperament zu zügeln. Wir versuchen es jetzt mit dem Besuch des Großen Bazars. Wenn auch dort undurchschaubare Regeln alles beherrschen, kann ich jedoch für nichts garantieren.

Reisetagebuch (30. Juli 1967, 19.10 Uhr)

Im Großen Bazar ist alles anders als draußen auf den Straßen. Die Verkäufer gehen auf einen zu, führen einen in ihren Stand, zeigen ihre Waren und reden ununterbrochen. Darauf waren wir nicht gefasst – und nicht nur darauf, wir waren auf gar nichts gefasst! Man betritt den Großen Bazar durch ein steinernes Tor und befindet sich plötzlich auf schmalen, geradlinigen Wegen durch ein unglaublich buntes Spektakel von Stimmen, Gerüchen und Angeboten. Bleibt man irgendwo auch nur einen Moment stehen, wird man angesprochen und nach der Herkunft befragt – was auf Papa richtig befreiend wirkte, so dass er ebenfalls stehen blieb, Auskunft gab und sich laufend Sachen anschaute, von denen ich wusste, dass er sie niemals kaufen würde. Ich war sehr erleichtert, dass es ihm so gut gefiel, er blühte auf, und sein Gesicht glänzte, und mit einem Mal hörte ich sein lautes Lachen (ich hatte mich etwas von ihm entfernt, weil er nur langsam vorankam). »Papa, Du kannst Dir nicht alles so genau zeigen lassen und dann weitergehen«, sagte ich, »das bringt die Händler am Ende noch gegen Dich auf!« – »Niemals!« sagte Papa, »merkst Du nicht, wie freundlich sie sind?« Insgeheim hatte er aber anscheinend verstanden, was ich meinte, denn er begann schließlich doch, etwas zu kaufen. »Wie geht man beim Verhandeln des Preises am besten vor?« fragte er, und ich antwortete: »Ich habe wirklich gar keine Ahnung.«

Papa verhandelt (30. Juli 1967, 19.38 Uhr)

Papa nimmt einen gelben Lederpantoffel Größe 38 (für Mama!) in die Hand und schaut den Händler neugierig an. Der Händler nennt einen Preis, und Papa sagt (auf Englisch): »Ha! Viel zuviel! Ein Zehntel!« Der Händler wird beinahe wütend und nimmt ihm den Lederpantoffel sofort aus der Hand. (Der Fremde ist unverschämt / ein Idiot / eine Witzfigur!) Papa steht auf und sagt dem Händler auf Wiedersehen. Der Händler schimpft weiter und holt den zweiten gelben Lederpantoffel des Pantoffelpaars aus einer Schachtel. Papa nimmt das Paar in die Hand, und der Händler nennt erneut einen Preis, zehn Prozent weniger als zuvor. Papa erhöht sein eigenes Angebot ebenfalls um zehn Prozent und flüstert mir zu, dass Handeln und Verhandeln für ihn sehr anstrengend seien. Er gibt das Paar Lederpantoffeln zurück und verabschiedet sich ein zweites Mal. Dann verlassen wir den Pantoffelstand und ziehen weiter. In dreißig Metern Entfernung taucht der Händler wieder auf und bietet Papa die gelben Lederpantoffeln zum halben Preis an. Papa ist sofort einverstanden und zahlt. Dann sagt er (auf Deutsch) »Auf Wiedersehen,

Du alter Gauner!«, grüßt den Händler und begibt sich auf den Weg zum nächsten Handel.

Reisetagebuch (30. Juli 1967, 19.58 Uhr)

Mein Traum: Ich möchte lange Listen anlegen, die alle Waren verzeichnen, die auf dem Großen Bazar in seinen funkelnden, verführerischen Hallen zu kaufen sind! Dazu die Namen der Händler und ihre Biografien. Von jedem Stand ein einziges Foto, frontal. Und von jedem Händler ein Foto des Kopfes, Porträt. Das würde ein Buch von der Art ergeben, wie es kaum Bücher gibt und wie ich Bücher mag. Alle Waren benannt und erfasst, wenige Fotos (oder andere »Abbildungen«). Der Große Bazar als großes Museum der Waren! Mein Gott, das wäre (in meinen Augen) ein sehr schönes Buch!

Durch den Bazar gehen (30. Juli 1967, 21.05 Uhr)

Wie geht man durch den Großen Bazar? Indem man beim Blick auf jeden einzelnen Stand und seinen Händler eine Erzählung entdeckt und erfindet! So ist der Große Bazar die real gewordene Welt von Tausendundeine Nacht! Leider hört man keine Musik – aber vielleicht ist dies einer der wenigen Orte der Welt, der keine Musik verträgt. Die Stimmen, die Sprachen – sie sind die Musik, die sich auf die Waren legt, sie besingt, anpreist, ablehnt, verteufelt. Im Großen Bazar wird das Handeln, Verhandeln und Kaufen zu einer Droge. Nie habe ich Papa seltsamere Gespräche führen hören – und nie hätte ich es vorher für möglich gehalten, dass Papa Türkisch versteht.

Reisetagebuch (30. Juli 1967, 22.08 Uhr)

Wir sind erschöpft in unsere kleine Pension am Taksim-Platz zurückgekehrt. Papa hat ein Paar gelber Lederpantoffeln, ein Teeservice, die Skizze eines tanzenden Derwischs sowie eine alte Koranausgabe erstanden. Je häufiger wir verhandelt haben, umso länger dauerte es jedes Mal. Am Ende war Papa auf einem Trip: »Zeig mir irgendwas, was Dir gefällt, und ich verhandle, dass dem Händler Hören und Sehen vergeht!« Ich hatte in einem Stand mit lauter Zeichnungen von Kindern die Zeichnung eines Fischs entdeckt, den ich ihm zeigte. »Das gefällt mir«, sagte ich, »darüber würde ich mich freuen!« – »Pass auf!« sagte Papa und sprach mit dem Händler. Nach fünf Minuten kam er mit ihm zu mir, und der Händler sagte plötzlich (auf Deutsch): »Den Fisch schenke ich Dir. Möge er zum Abschluss Deiner weiten Reise Glück und Segen bringen!«

Coda 2

Reisetagebuch (31. Juli 1967, 09.25 Uhr)

An unserem letzten Tag in Istanbul möchte Papa noch eine richtige, große Moschee (und keine Museums-Moschee wie die Hagia Sophia) sehen. Die schönste ist die Süleymaniye-Moschee, die auf einem Hügel am Goldenen Horn liegt und triumphal die halbe Stadt überblickt. Auf dem Weg dorthin sind wir mehrmals aufgehalten worden. Von Verkäufern mit (grünem, rotem, orangenem) Sirupwasser, von kleinen Ständen mit gerösteten Maiskolben und von Fischhändlern, die in ihren Booten stehen und Brötchen mit Fisch anbieten. Normalerweise essen wir solche Sachen ja nicht am Morgen, Papa aber meinte, dass wir in Istanbul eine Ausnahme machen und uns den »Gepflogenheiten vor Ort« anpassen sollten. Das haben wir denn auch getan und nach dem Start unserer Speise- und Getränkefolge durch schwarzen, starken Tee Brötchen mit hier typischem Belag (Lamm, Fisch) gekostet.

In der Nähe der Fischbrötchenboote wurde geangelt, und Papa versuchte, mit den Anglern ins Gespräch zu kommen. Sie waren aber (wieder mal) überhaupt nicht gesprächig und taten so, als fielen ihnen die Namen der geangelten Fische nicht ein. »So eine Angel würde ich auch gern einmal in die Hand nehmen«, sagte er (Papa hat in seiner Kindheit und Jugend im Westerwald viel geangelt). Und ich sagte sofort: »Untersteh Dich bloß nicht, Josef!«

Postbriefkarte an die Mama (31. Juli 1967, 10.48 Uhr)

Liebe Mama, es ist gar nicht so einfach, mit Papa durch Istanbul zu gehen. Er interessiert sich sehr für die Sitten und Bräuche der Muselmanen, geht aber ungern auf Distanz. Wird am Goldenen Horn geangelt, möchte er mitangeln. Ruft der Muezzin von seinem Minarett herab zum Gebet, möchte Papa auch etwas rufen und singen. Stehen wir an einem Imbissstand mit gelben Maiskolben, empfiehlt er den Händlern bestimmte Gewürze und Butter und Öl, die den Händlern überhaupt nicht gefallen. Gleich gehen wir in eine große Moschee, in der gebetet wird. Papa wollte die Reinigungsprozeduren der Gläubigen mitmachen und sich ebenfalls die Arme, die nackten Füße und das Gesicht an einer der vielen Wasserstellen waschen. Ich konnte ihn gerade noch zurückhalten. Wüsste ich bloß, wie man sich in Moscheen als Fremder benimmt!

Der Hof der Süleymaniye-Moschee
(31. Juli 1967, 11.08 Uhr)

Papa und ich sitzen im Hof der Süleymaniye-Moschee. Man erreicht ihn durch mehrere, verschiedene Tore und kann sich danach in den Schatten setzen, um den Eingang der Moschee und ihre Architektur in Ruhe zu bewundern. In der Mitte des Hofes befindet sich ein Brunnen. Die Gläubigen kommen in kleinen Gruppen (viele auch einzeln) herbeigeeilt und entledigen sich vor dem Eingang ihrer Schuhe. Viele kommen im Hof zur Besinnung, bewegen sich plötzlich langsamer, sprechen weniger und bereiten sich auf das Betreten der Moschee vor. Ein umschlossener, stiller Hof wie dieser gefällt mir sehr. Er reduziert die sonstige Hektik und beruhigt enorm. Die Gläubigen denken weniger an das Drumherum, ja, ich vermute sogar, dass sie es bald vergessen. Ich meine, dass wir unsere Kirchen zu rasch und unaufmerksam betreten. Höfe wie diesen gibt es bei uns nicht, höchstens Kirchplätze, auf denen Kinder Fußball spielen oder an Spielgeräten herumturnen. Sehr selten haben unsere Kirchen Vorhallen (St. Ursula hat eine schmale), wo man Kerzen entzündet und zur Ruhe kommt. Vielen Gläubigen machen niedrige Vorhallen mit Kerzen jedoch wegen ihres Dunkels auch Angst. Sie tauchen die Finger rasch ins Weihwasserbecken und eilen ins Hauptschiff.

Sich waschen (31. Juli 1967, 11.23 Uhr)

Dass sich die Gläubigen noch vor Betreten des großen Hofes waschen, hat mich stark beeindruckt. Sie tun es nämlich nicht nebenbei, sondern konzentrieren sich darauf. Die Säuberung ist also kein lästiges Ritual, das man pro forma hinter sich bringt, sondern eines, das wie ein erster Anlauf zum Gebet erscheint. Ich habe nur Männer gesehen, die sich waschen. Sie setzen sich auf einen sehr niedrigen Hocker, ziehen Schuhe und Strümpfe aus, waschen sich Gesicht und Arme sowie schließlich sogar die Füße. Die meisten haben ein Tuch dabei, mit dem sie die nassen Stellen abtrocknen. Zum Schluss kommt die seltsamste, auffälligste Geste: Sie streichen sich mit der angefeuchteten rechten Hand kurz übers Haar. Als wollten sie das darunter sitzende Gehirn daran erinnern, dass gleich das Innere der Moschee betreten wird und höchste Aufmerksamkeit geboten ist.

Im Innern der Moschee (31. Juli 1967, 11.54 Uhr)

Papa und ich – wir sind (ohne Schuhe!) in der Nähe des Eingangs stehen geblieben und haben das weite Innere der großen Moschee bestaunt. Die meisten Gläubigen blieben ebenfalls stehen oder zogen sich nach den Seiten zum Gebet zurück. Einige Frauen beteten in einem abgetrennten Bereich. Sie lagen auf dem Boden und rührten sich nicht von der Stelle. Das Innere wird von nur wenigen, sanften und hellen Farben bestimmt. Weiß- und Rottöne (helles Rot!) überwiegen. Säulenbögen und Emporen werden durch Ornamente hervorgehoben. Wie in der Hagia Sophia fehlten auch hier Stühle und Bänke. Man steht vor einem ausgedehnten Rund und weiß nicht, wohin. Papa rätselte laut darüber, was während eines Gottesdienstes geschehe, kam mit seinen Vermutungen aber nicht weiter. Neben einem Verkaufsstand mit Führern und Dokumentationen zur Geschichte der Moschee entdeckte er einen jungen Mann, den er mindestens zwanzig Minuten lang befragte. Ich hatte Papa nicht begleitet, vielleicht auch aus Angst, Papa könne etwas fragen oder sagen, was sich absolut nicht gehörte. Dem war aber anscheinend nicht so. Als er zurückkam, sagte er nämlich: »Der junge Mann war die Freundlichkeit selbst! Beinahe wäre ich auf der Stelle zum Islam übergetreten!«

Der Gebetsruf des Muezzins (31. Juli 1967)

Papa zeigte mir eine kleine Broschüre, die sich mit dem Gebetsruf des Muezzins beschäftigte. Sie brachte den Text in arabischer, englischer und sogar deutscher Sprache, und ich konnte (endlich!) verstehen, was an jedem Tag fünfmal von den Minaretten herab gerufen wird. Der Gebetsruf ist immer derselbe (zuvor hatte ich angenommen, dass an jedem Tag etwas Anderes gebetet werde, so wie bei uns, wo die Gebete des Gottesdienstes dem Kirchenjahr folgen). Er beginnt mit einer Anrufung Allahs und wird fortgesetzt mit dem Bekenntnis, dass es außer Allah keinen anderen Gott gibt. Dann wird verkündet und bezeugt, dass Mohammed der Prophet Gottes sei. Zum Schluss werden die Gläubigen zum Gebet geladen – bis noch einmal der Name Allahs, des großen Gottes genannt wird. Im Grunde handelt es sich also um einen schlichten, leicht nachvollziehbaren Text und nichts Dunkles, das nur für Eingeweihte bestimmt wäre. Jeder kann diesen Gebetsruf verstehen, ja, ich kann mir sogar vorstellen, auch als Christ darauf zu reagieren und mich (auf meine Weise) zum Gebet einzufinden. (Seit ich den Text kenne, höre ich den Ruf anders: Ich höre nämlich auf den Text und nicht mehr so sehr auf den Gesang ...)

Das Studium der Moschee (31. Juli 1967)

Papa sah man an, dass er sein Wissen über die Moschee sofort loswerden wollte. Und so begann er mit jenem Spiel, das wir schon vor vielen Jahren miteinander gespielt haben. Ich muss sagen, was mir auffällt und Vermutungen über die Verwendung all dessen anstellen, was mir aufgefallen ist. Also los! Mir fiel eine frei stehende Treppe auf, die hinauf zu einer Nische führte. Sie war von kostbarem Marmor eingefasst, schien aber nur für eine einzige Person bestimmt zu sein (so schmal wie sie war). Papa erklärte, es handle sich um eine Kanzel, die der Imam für die Predigt besteige. Von der Höhe der Treppe aus sei er gut zu sehen und zu verstehen. Weiter! Mir fiel ein hölzernes Gebilde in Form eines überdimensionalen Stuhles auf, ebenfalls wohl nur für einen Einzelnen bestimmt. Dieser Stuhl sei ein Predigtstuhl, auf dem der Imam sitze, wenn er längere Predigten halte oder den Koran auslege. Weiter! Mir fielen mehrere kleine Säulen auf, die einen Überbau trugen. Das war die Sultanloge, früher bestimmt für den obersten Herrscher, seine Verwandten und die hohen Beamten. Noch etwas? Ja, mir fiel die große Nische am anderen Ende der Moschee auf, genau gegenüber dem Eingang. Diese Nische, sagte Papa, gebe die Richtung für das Gebet an – und damit die Ausrichtung nach Mekka. Und was folgte aus alldem?! Einen Gottesdienst in unserem Sinn (mit seiner komplizierten Liturgie) gab es nicht. Der islamische bestand vielmehr aus dem Gebet und der Predigt – und das war alles. Im weiten Rund versammelten sich die Gläubigen, standen dicht nebeneinander und warfen sich auf den Boden (auch das Knien gab es nicht), um zu Allah zu beten und ihn zu verehren.

Reisetagebuch (31. Juli 1967, 14.37 Uhr)

Wir sitzen noch immer nahe der Moschee und schauen auf die Stadt. In wenigen Stunden geht unsere Reise zu Ende. Noch einmal werden wir in der kleinen Pension übernachten und Istanbul morgen früh mit dem Zug verlassen. Was haben wir noch vor? Ich erinnerte mich an Mühlenthals Rat, die Prinzeninseln zu besuchen. Während wir auf einer Dachterrasse Wasser mit Zitronensaft trinken und dazu ein Stück Kuchen essen, befragt Papa den Kellner danach. »Wie wäre es, noch einmal auf ein Schiff zu steigen – und wenn es auch nur ein Ausflugsdampfer ist!« sagt Papa. »Und wie wäre es, auf einer Prinzeninsel zu Abend zu essen?!« Zum Schluss wartete Mühlenthals (wieder einmal geniale) Idee nur noch darauf, in die Tat umgesetzt zu werden.

Aus den Aufzeichnungen meines Vaters
(31. Juli 1967, 16.11 Uhr)

Wir sitzen an Deck eines Ausflugsdampfers, der uns auf die Prinzeninsel Büyükada bringt. Bei den Einheimischen ist sie anscheinend sehr beliebt. An den Wochenenden fahren sie gerne hin, und manche bleiben dort sogar während des ganzen Sommers und nutzen die Insel als Ferienquartier. Schade also, dass wir nicht länger bleiben, um unsere Reise durchs Mittelmeer hier ein paar Tage ausklingen zu lassen, Büyükada wäre dafür genau richtig. Sehne ich mich nach zu Hause? Ein wenig, ja, aber ich könnte durchaus noch eine Woche bleiben. Um mit dem Jungen endlich auch einmal allein zu sein. Wir würden die Insel erwandern, abseits von den Scharen, wie wir es schon oft gemacht haben. Jetzt ist leider die Melancholie des Abschieds zu spüren. Bloß nicht darüber reden!

Reisetagebuch (01. August 1967, 01.18 Uhr)

Die letzte Nacht in Istanbul! Papa schläft bereits, nachdem wir in der Nacht von der Prinzeninsel Büyükada zurückgekehrt sind. Wir sind dort am Wasser lange spazieren und hinauf auf einen Hügel gegangen, von dem aus man einen weiten Blick auf das Marmara-Meer hat. In Hafennähe gab es viele Kutschen, aber Papa hatte keine Lust zu einer Kutschfahrt. »Lass uns mal wieder wandern«, hat er gesagt, und ich habe gemerkt, dass er stiller und stiller geworden ist. Oben auf dem Hügel haben wir nebeneinander auf einem Steinmäuerchen gesessen und nichts mehr gesagt. Ich glaube, wir waren beide sehr melancholisch, aber wir haben uns zusammengerissen, als wäre es nicht der letzte Abend unserer großen Odyssee durch das Mittelmeer. Auch als wir den Hügel hinabgestiegen sind, haben wir nicht miteinander geredet, und dann haben wir in der Nähe des Hafens ein Restaurant gefunden, wo wir zu Abend gegessen haben. Es gab sehr guten, gegrillten Fisch – und Papa fragte den Wirt, ob er eine Ausnahme machen und Wein dazu servieren könne. Der Wirt lachte und sagte, natürlich gebe es auf den Prinzeninseln auch Wein. Und dann aßen Papa und ich zusammen und tranken jeder zwei Gläser Weißwein und erzählten uns Geschichten von unserer langen Reise, als läge sie schon Wochen oder Monate zurück. Kurz bevor Papa zahlte, beugte er sich zu mir vor und bat mich darum, noch einmal den Beginn von Homers Odyssee auf Altgriechisch zu flüstern. Wir saßen direkt am Wasser, und das Wasser des Marmara-Meers war vollkommen still und lauschte, und direkt uns gegenüber saßen zwei, drei Möwen auf langen Stangen und schauten uns an, als wären sie die vielen Wochen mit uns gereist. Ich wurde, verdammt nochmal, noch melancholischer, aber ich sagte es nicht, sondern richtete mich tapfer in meinem Sesselchen auf und blickte hinaus auf das Meer und sagte die ersten, wunderschönen Verse der Odyssee, so gut ich weitgereister Junge es eben konnte ...

Abspann (2018)

Die Kontakte mit den Besatzungsmitgliedern der *Albireo* (die Namen wurden geändert) blieben teilweise noch über Jahre erhalten. Auch die Verbindung mit der jungen Griechin (die Köln im August 1967 zusammen mit einem Bruder besuchte) bestand noch einige Zeit.

In den siebziger Jahren wurde die »Albireo« an eine griechische Reederei verkauft. Während einer Fahrt von Hamburg nach Istanbul strandete sie 1977 und wurde danach noch einmal instandgesetzt. 1979 führte ihre letzte Fahrt sie von Schweden zum Pearl River (China), wo sie am 31. Januar 1979 in Brand geriet und explodierte. Alle siebzehn Besatzungsmitglieder kamen ums Leben.

Eine längere Reise in der Art der Mittelmeerreise habe ich mit meinem Vater nicht mehr unternommen. Nach dem Abitur habe ich am römischen Conservatorio das Klavierstudium fortgesetzt und wegen schmerzhafter Sehnenscheidenentzündungen abbrechen müssen. Nach einer längeren Pause des Nachdenkens habe ich Philosophie, Musikwissenschaft, Vergleichende Literaturwissenschaft und Germanistik studiert und 1976 promoviert.

In all den Jahren habe ich weiter Tag für Tag kürzere oder längere Texte geschrieben, nur für mich, ohne jemals an eine Veröffentlichung zu denken. Erst nach der Promotion habe ich »ernst gemacht« und meinen ersten Roman verfasst, der 1979 bei S. Fischer erschien (»Fermer«). Seither habe ich viele weitere Bücher veröffentlicht. Die alte, seit den Kindertagen bestehende Gewohnheit, Tag für Tag Texte zu schreiben, habe ich bis heute beibehalten.

Nachbemerkung (2018)

Alle Texte dieses Buches sind 1967 entstanden, die kursiv gedruckten noch während der Reise, die normal gedruckten in den Monaten unmittelbar danach. Zusammen mit Hunderten von Dias und einigen Ordnern mit sonstigem Material (Zeitungsausschnitte, Dokumente der Reise, Notizen etc.) befanden sie sich im Familienarchiv meiner Eltern.

Sie existierten in handschriftlicher oder stenographischer Form oder aber in einer Schreibmaschinenversion. Ich habe sie abgetippt und zu diesem »Roman eines Heranwachsenden« collagiert. Dabei konnte ich mich an den meist präzis vermerkten Daten ihrer Entstehung (Tag und Ortszeit) orientieren.

Mein besonderer Dank gilt Imma Klemm und meinem Lektor Klaus Siblewski.

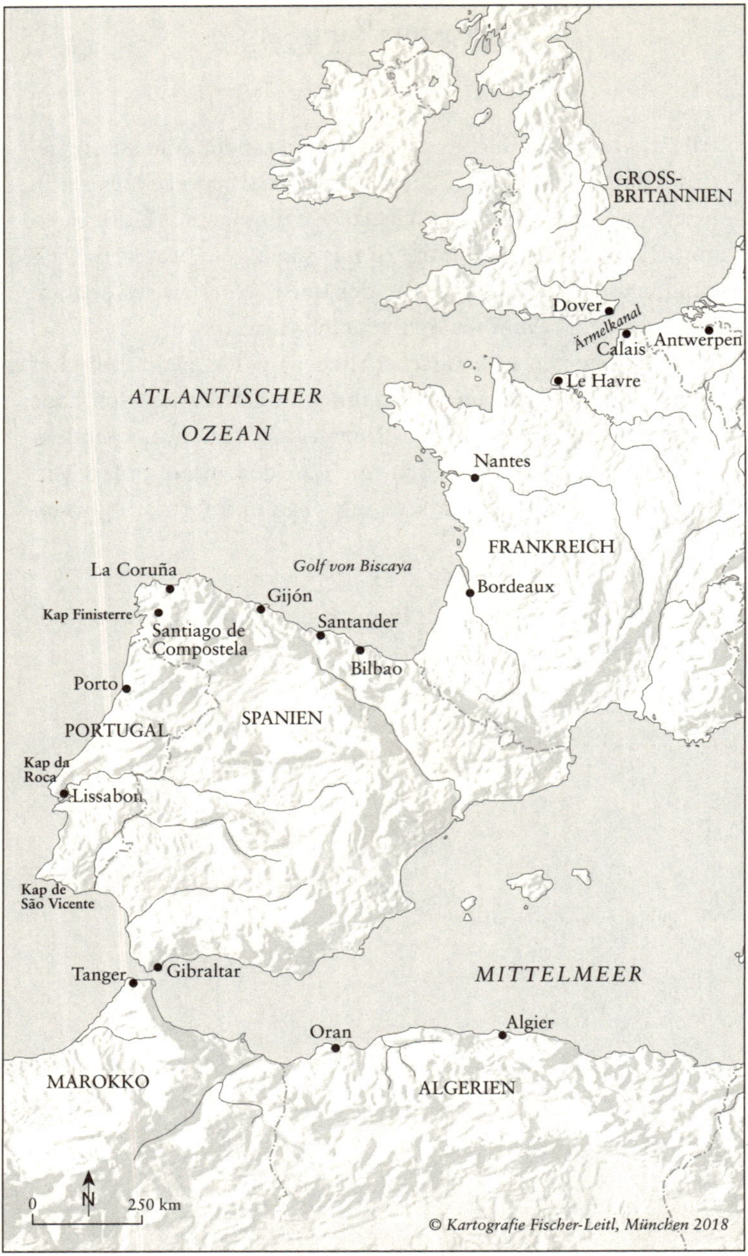
GROSS-
BRITANNIEN
Dover
Ärmelkanal
Calais
Antwerpen
Le Havre
ATLANTISCHER
OZEAN
Nantes
FRANKREICH
Golf von Biscaya
La Coruña
Bordeaux
Gijón
Kap Finisterre
Santiago de
Compostela
Santander
Bilbao
Porto
SPANIEN
PORTUGAL
Kap da
Roca
Lissabon
Kap de
São Vicente
Tanger
Gibraltar
MITTELMEER
Algier
Oran
MAROKKO
ALGERIEN
N
0
250 km

Donau
SCHWARZES MEER
Bosporus
Istanbul
Marmara Meer
Saloniki
Dardanellen
GRIECHENLAND
TÜRKEI
KORFU
Volos
ÄGÄISCHES MEER
ITHAKA
Golf von Korinth
Chalkis
KEFALONIA
Patras
Piräus
Athen
IONISCHES MEER
Zakynthos
Korinth
Vouliagmeni
Kap Sounion
MALTA
N
0
100 km
© Kartografie Fischer-Leitl, München 2018